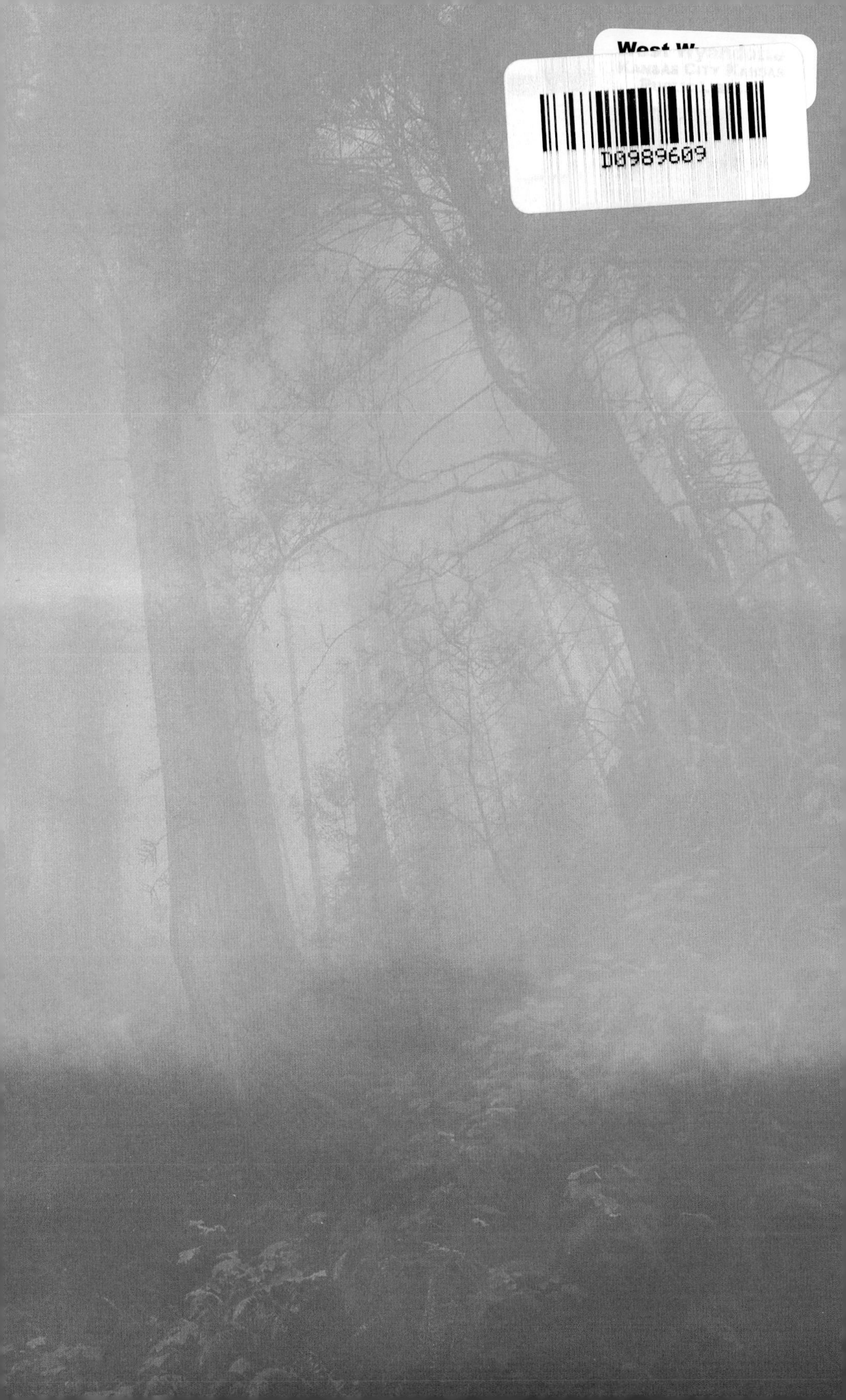

La bruja

Este libro se ha elaborado con papel procedente de bosques gestionados de forma sostenible y de fuentes controladas, certificado por el sello de FSC (Forest Stewardship Council), una prestigiosa asociación internacional sin ánimo de lucro, avalada por WWF/ADENA, GREENPEACE y otros grupos conservacionistas. Código de licencia: FSC-C007782. www.fsc.org

MAEVA desea contribuir al esfuerzo colectivo y permanente de proteger y preservar el medio ambiente y nuestros bosques con el compromiso de producir nuestros libros con materiales responsables.

LOS CRÍMENES DE FJÄLLBACKA

CAMILLA LÄCKBERG

La bruja

Traducción:
CARMEN MONTES CANO

MAEVA | NOIR

Título original:
HÄXAN

MAEVA defiende el *copyright*©.
El *copyright* alimenta la creatividad, estimula la diversidad, promueve el diálogo y
ayuda a desarrollar la inspiración y el talento de los autores, ilustradores y traductores.
Gracias por comprar una edición legal de este libro y por apoyar las leyes del *copyright*
y no reproducir total ni parcialmente esta obra por cualquier medio o procedimiento,
ya sea electrónico o mecánico, tratamiento informático, alquiler o cualquier otra
forma de cesión de la obra sin la autorización previa y por escrito de los titulares del
copyright.
Diríjase a CEDRO (Centro Español de Derechos Reprográficos) a través de la web
www.conlicencia.com o por teléfono en el 91 702 19 70 / 93 272 04 47, si necesita
fotocopiar o escanear algún fragmento de esta obra. De esta manera se apoya a los autores,
ilustradores y traductores, y permite que MAEVA continúe publicando libros para
todos los lectores.

1.ª edición: marzo de 2018
2.ª edición: mayo de 2018

© Camilla Läckberg, 2017
    Publicado originalmente por Bokförlaget Forum, Suecia
    Publicado por acuerdo con Nordin Agency, Suecia
© de la traducción: Carmen Montes Cano, 2018
© MAEVA EDICIONES, 2018
    Benito Castro, 6
    28028 MADRID
    emaeva@maeva.es
    www.maeva.es

ISBN: 978-84-17108-35-9
Depósito legal: M-272-2018

Diseño de cubierta: Sylvia Sans sobre imagen de Getty Images @ Vladimir Serov
Preimpresión: Gráficas 4, S.A.
Impresión y encuadernación: Huertas, S.A.
Papel interior: Super Snowbright 60 gr. Certificado FSC-C007782
Impreso en España / Printed in Spain

Para Polly

Era imposible saber qué vida habría llevado la niña. Quién habría llegado a ser. En qué habría trabajado, a quién habría querido, llorado, perdido y conquistado. Si habría tenido hijos y, en ese caso, quiénes habrían sido. Ni siquiera era posible imaginarse cuál habría sido su aspecto de adulta. A la edad de cuatro años no había aún nada definido. El color de los ojos alternaba entre el verde y el azul; el pelo, que tenía oscuro al nacer, era claro, pero había cierto matiz de rojo en el rubio, y seguramente aún podría cambiar. Ahora era más difícil todavía de decir. Flotaba boca abajo, con la cara vuelta hacia el fondo. Tenía la parte posterior de la cabeza cubierta de sangre densa, coagulada. Solo en los largos mechones que flotaban en el agua desde la coronilla se apreciaban los tonos rubios.

No podía decirse que aquella escena de la niña tuviera nada de espeluznante. Al menos, no más que si hubiera estado fuera del agua. Los ruidos del bosque eran los mismos de siempre. La luz se filtraba entre los árboles igual que siempre que el sol brillaba a esa hora del día. El agua se movía plácidamente alrededor de la pequeña, y lo único que alteraba la superficie era una libélula que, de vez en cuando, se posaba en ella y provocaba círculos diminutos en el agua. Ya había empezado la transformación y, llegado el momento, se fundiría con el bosque y con el agua. Si nadie la encontraba, la naturaleza seguiría su curso y la convertiría en una parte de sí misma.

Nadie sabía aún que la niña había desaparecido.

–¿Crees que tu madre irá de blanco? –preguntó Erica, y se volvió hacia Patrik en la cama.

–Hay que ver lo graciosa que eres –dijo.

Erica se echó a reír y le dio con el codo en el costado.

–¿Por qué es tan problemático que se case tu madre? Tu padre volvió a casarse hace mucho y no te parece nada raro, ¿no?

–Ya sé que es ridículo –dijo Patrik mientras movía la cabeza y plantaba los pies en el suelo antes de empezar a ponerse los calcetines–. Gunnar me cae bien, y es un alivio que mi madre no tenga que estar sola...

Se levantó y se puso los vaqueros.

–Supongo que es la falta de costumbre. Mi madre lleva sola desde que me alcanza la memoria y, si lo analizáramos detenidamente, seguro que la culpa la tiene el rollo ese de madre e hijo. Es que me parece, cómo diría..., raro... que mi madre vaya a tener vida... conyugal.

–¿Quieres decir que te parece raro que Gunnar y ella se acuesten?

Patrik se tapó los oídos con las manos.

–¡Para!

Muerta de risa, Erica le tiró un cojín que le llegó volando de vuelta, y enseguida estalló la guerra. Patrik se lanzó sobre ella en la cama, pero a la lucha siguieron las caricias y los suspiros. Erica buscó con las manos los botones de los vaqueros y empezó a desabotonarle el primero.

–¿Qué hacéis?

La voz clara de Maja los hizo detenerse y los dos miraron hacia la puerta. No era Maja la única que estaba allí, la flanqueaban sus dos hermanos pequeños, los gemelos, que observaban muy contentos a sus padres.

—Nada, estábamos haciéndonos cosquillas —dijo Patrik sin aliento, y se puso de pie.

—¡Tienes que arreglar el pestillo de la puerta urgentemente! —susurró Erica, y se tapó con el edredón, que la dejaba al descubierto de cintura para arriba.

Se sentó en la cama y sonrió a los niños.

—Bajad y empezad a poner el desayuno, ahora vamos.

Patrik ya se había puesto el resto de la ropa e iba animando a los niños a que caminaran delante de él.

—Si tú no vas a poder atornillar ese pestillo, pídeselo a Gunnar. Él siempre tiene a mano la caja de herramientas. A menos que tu madre lo tenga muy ocupado con otros menesteres...

—Déjalo ya, anda —rio Patrik antes de irse.

Con una sonrisa en los labios, Erica se tumbó otra vez. Bien podía permitirse unos minutos más antes de levantarse. El hecho de no tener ningún horario que respetar era una de las ventajas de ser tu propio jefe, aunque también podía considerarse uno de los inconvenientes. Ser escritora implicaba tener mucha fuerza de voluntad y disciplina, y a veces podía resultar un tanto solitario. A pesar de todo, le gustaba mucho su trabajo, le encantaba escribir, dar vida a aquellas historias y aquellos destinos que decidía narrar, fisgonear e investigar para saber qué había ocurrido de verdad y por qué. Y llevaba mucho tiempo queriendo hincarle el diente al caso en el que estaba trabajando ahora. El caso de Stella, la niña a la que secuestraron y asesinaron Helen Persson y Marie Wall, había conmovido y aún conmovía a todos los habitantes de Fjäll-backa.

Y Marie Wall había vuelto. La celebrada estrella de Hollywood se encontraba en Fjällbacka para rodar una película sobre Ingrid Bergman. El pueblo se deshacía en rumores.

Todos habían conocido a alguna de las dos, o ellos mismos o sus familias, y todos quedaron consternados aquella tarde de julio de 1985 que el cadáver de Stella apareció en la laguna.

Erica se tumbó de lado y se preguntó si el sol calentaría tanto aquel día como lo hacía hoy. Cuando por fin recorriera los escasos metros de pasillo que la separaban del despacho, empezaría precisamente por comprobar ese dato. Pero aún esperaría unos minutos más. Cerró los ojos y se adormiló al son del parloteo de Patrik y los niños, que le llegaba de la cocina.

Helen se inclinó hacia delante y dejó vagar la mirada. Apoyó las manos sudorosas en las rodillas. Récord personal, a pesar de que había salido a correr más tarde de lo habitual.

El mar se extendía azul y reluciente ante su vista, pero en su interior se desataba una tormenta. Hizo unos estiramientos y se rodeó con los brazos, no podía dejar de temblar. «Alguien acaba de pasar por encima de mi tumba», solía decir su madre cuando le ocurría. Y quizá fuera así, en cierto modo. No que caminaran sobre *su tumba* en concreto, pero sí sobre la de otra persona.

El tiempo había extendido un velo sobre lo sucedido, los recuerdos eran muy vagos. Lo que sí recordaba eran las voces, las de quienes querían saber con exactitud qué había ocurrido. Decían lo mismo una y otra vez, hasta que ella ya no sabía cuál era la verdad de los otros y cuál la suya.

Entonces le parecía imposible volver aquí, construir aquí su vida. Pero los gritos y los susurros se fueron acallando con los años, se convirtieron en un leve murmullo hasta que se silenciaron por completo. Y se sintió como si ella fuera, de nuevo, una parte natural de la existencia.

Pero ahora volverían las habladurías. Todo saldría otra vez a relucir. Y, como tantas veces sucedía en la vida, coincidían las circunstancias. Llevaba varias semanas sin dormir, desde que recibió aquella carta en la que Erica Falck le decía que estaba escribiendo un libro y que le gustaría verla. Había tenido que volver a pedir que le recetaran aquellas pastillas sin las que llevaba tantos años arreglándoselas. Sin ellas no habría superado la siguiente noticia: Marie había vuelto.

Habían pasado treinta años. James y ella habían vivido la vida en silencio y sin muchos aspavientos, y ella sabía que eso era lo que quería James. Al final dejarían de hablar, le dijo un día. Y así fue. Los momentos oscuros pasaban rápidamente, siempre que ella procurase que todo fluyera como debía. Y se las había ingeniado para mantener ocultos los recuerdos. Hasta ahora. Veía fogonazos de imágenes. La cara de Marie se le representaba a la vista con toda claridad. Y la alegre sonrisa de Stella.

Helen volvió la vista al mar, tratando de seguir el movimiento de las escasas olas. Pero las imágenes se resistían a dejarla en paz. Marie había vuelto; y con ella, la perdición.

—Perdón, ¿dónde están los servicios?

Sture, de la parroquia, miraba alentador a Karim y a las demás personas que se habían reunido para recibir clases de sueco en el campo de refugiados de Tanumshede.

Todos repetían la frase lo mejor que podían: «Perdón, ¿dónde están los servicios?».

—¿Cuánto cuesta? —continuó Sture.

Y otra vez el coro: «¿Cuánto cuesta?».

Karim se esforzaba por relacionar los sonidos que emitía Sture desde la pizarra con el texto que tenía delante. Todo era tan distinto..., las letras que debían leer, los sonidos que debían reproducir.

Miró alrededor en la sala y vio a aquel valeroso grupo de seis personas. Los demás estaban fuera jugando con un balón bajo el sol, o se habían quedado en las cabañas. Algunos trataban de pasar los días y ahuyentar los recuerdos durmiendo, mientras que otros se escribían por correo electrónico con amigos y familiares que seguían en su país y que aún estaban localizables, o visitaban páginas de noticias en internet. No porque hubiera mucha información: el Gobierno se limitaba a difundir propaganda, y las agencias de noticias de todo el mundo tenían serias dificultades a la hora de enviar allí a sus corresponsales. Karim había sido periodista en la vida que había dejado atrás y conocía bien lo difícil que resultaba obtener información correcta y actualizada de un país en guerra, tan destrozado por dentro y por fuera como Siria.

—Gracias por invitarnos a vuestra casa.

Karim resopló. Aquella era una frase que nunca podría usar. Si algo había aprendido a la primera fue que los suecos eran reservados. Allí no tenían ningún contacto con suecos, salvo con Sture y los demás trabajadores del campamento.

Era como si los hubieran llevado a un país más pequeño dentro del país, aislados del entorno. Ellos mismos eran su única compañía. Y los recuerdos de Siria. Los buenos, pero sobre todo los malos, los que muchos revivían una y otra vez. Karim, por su parte, trataba de reprimirlos. La guerra, que se convirtió en algo cotidiano. El largo viaje hasta aquella tierra prometida del norte.

Él había sobrevivido. Igual que su mujer, Amina, a la que tanto quería, y sus dos tesoros, Hassan y Samia. Eso era lo único que contaba. Había logrado llevarlos a un lugar seguro, darles una posibilidad de futuro. Lo importunaban en sueños los cadáveres flotando en el agua, pero en cuanto abría los ojos desaparecían. Él y su familia estaban allí. En Suecia. Lo demás carecía de importancia.

—¿Cómo dice cuando acuestas con alguien?

Adnan se rio al oírse hacer la pregunta. Él y Khalil eran los dos chicos más jóvenes. Siempre se sentaban juntos y se jaleaban.

—Un respeto —dijo Karim en árabe, reprobándolos con la mirada.

El chico se encogió de hombros a modo de disculpa y Sture asintió sin decir nada.

Khalil y Adnan habían llegado solos, sin familia, sin amigos. Habían logrado salir de Alepo antes de que huir resultara demasiado peligroso. Huir o quedarse, las dos opciones implicaban peligro de muerte.

Karim no era capaz de enfadarse con ellos, a pesar de la evidente falta de respeto. Eran unos críos. Asustados y solos en un país extraño. Esa bravuconería era lo único que tenían. Todo les resultaba ajeno. Karim había hablado con ellos alguna vez después de las clases. Sus familias habían reunido todo lo que tenían para poder darles la oportunidad de llegar a Suecia. No era poco el peso que llevaban aquellos muchachos sobre sus hombros. No solo se veían arrojados a un mundo extraño, sino que además se les exigía que se buscaran la vida cuanto antes para poder salvar de la guerra a sus familias. Sin embargo, aunque los comprendía, a Karim no le parecía aceptable que fueran irrespetuosos con su nueva patria. Por mucho miedo que les inspirasen a los suecos, estos los habían acogido en su país. Les habían dado techo y comida. Y Sture acudía allí en su tiempo libre y se esforzaba por enseñarles a preguntar cuánto costaban las cosas y dónde estaban los servicios. Karim no entendería del todo a los suecos, pero les estaba eternamente agradecido por lo que habían hecho por él y su familia. No todo el mundo pensaba como él, y aquellos que no respetaban el país de acogida los perjudicaban y conseguían que los suecos los vieran a todos con recelo.

—¡Qué buen tiempo hace hoy! —dijo Sture pronunciando las palabras con claridad junto a la pizarra.

—Qué buen tiempo hace hoy —repitió Karim sonriéndole.

Después de dos meses en Suecia, entendía perfectamente lo mucho que agradecían los suecos que brillara el sol. «Vaya mierda de tiempo» fue una de las primeras frases que aprendió en sueco. Aunque seguía sin ser capaz de pronunciarla bien.

—¿Cuántas veces crees tú que lo hace la gente a esa edad? —dijo Erica, y bebió un trago de la copa de vino espumoso que había pedido.

Las risas de Anna atrajeron la mirada de los demás clientes del café Bryggan.

—¿En serio, hermanita? ¿De verdad que te planteas esas cosas? ¿Cuántas veces lo hará la madre de Patrik?

—Sí, pero me lo planteo desde una perspectiva un poco más amplia —dijo Erica, y tomó otra cucharada de la cazuela de marisco—. ¿Cuántos años de buena vida sexual tenemos? ¿Se pierde el interés en algún momento del camino? ¿Se sustituye el apetito sexual por un deseo irrefrenable de hacer crucigramas o sudokus y de comer gominolas, o permanece constante?

—Desde luego...

Anna meneó la cabeza y apoyó la espalda en la silla, tratando de encontrar una postura cómoda. A Erica se le encogía el corazón cuando miraba a su hermana. No hacía tanto que habían superado el terrible accidente de tráfico en el que perdió el hijo que esperaba. Nunca le desaparecerían las cicatrices de la cara. Por otro lado, ahora estaba a punto de dar a luz al fruto del amor que Dan y ella se profesaban. La vida podía darte sorpresas, desde luego.

—Por ejemplo, ¿tú crees que...?

13

—Si estás *a punto* siquiera de decir «mamá y papá», me levanto y me voy —dijo Anna con la mano en alto—. No quiero ni pensarlo.

Erica respondió con una sonrisa burlona.

—Vale, no voy a poner de ejemplo a mamá y a papá, pero ¿cuántas veces crees que lo hacen Kristina y Bob el Manitas?

—¡Erica! —Anna se tapó la cara con las manos y sacudió otra vez la cabeza—. Y tenéis que dejar de llamar al pobre Gunnar Bob el Manitas, como el personaje de los dibujos animados, solo porque es bueno y mañoso.

—Bueno, vale, pues vamos a hablar de la boda. ¿A ti también te han convocado como consejera de estilo para el vestido? No puede ser que sea yo la única que tenga que dar mi opinión y poner buena cara mientras ella me enseña un modelito tras otro, a cual más ñoño y espantoso.

—No, claro, a mí también me ha preguntado —dijo Anna, y trató de adelantarse un poco para comerse el bocadillo de gambas.

—Póntelo en la barriga en lugar de en la mesa —sugirió Erica con una sonrisa, que recibió como recompensa una mirada iracunda de Anna.

Por mucho que Dan y Anna desearan aquel hijo, estar embarazada con ese calor estival no era ningún regalo, y Anna tenía una barriga gigantesca, sin exagerar.

—Bueno, ¿y no podemos tratar de dirigir un poco ese tema? Kristina tiene muy buen tipo, tiene la cintura más estrecha que yo, y el pecho más bonito, solo que no se atreve a lucirse. Imagínate lo guapa que iría con un vestido entallado de encaje y un poco de escote.

—Conmigo no cuentes si lo que quieres es someter a Kristina a una especie de cambio de imagen —dijo Anna—. Yo pienso decirle que está guapísima se ponga lo que se ponga.

—Cobardica.

—Tú te encargas de tu suegra y yo de la mía.

Anna dio un mordisco al bocadillo y puso cara de placer.

—Ya, claro, como Esther es tan dura de pelar, ¿no? —dijo Erica, y enseguida se imaginó a la madre de Dan, que era encantadora y que nunca jamás expresaba la menor crítica u oposición.

Ella lo sabía por experiencia propia, desde la época ya remota en la que estuvo saliendo con Dan.

—Sí, es verdad, he tenido suerte con ella —dijo Anna, y soltó un exabrupto al ver que se le caían las gambas del bocadillo encima de la barriga.

—Bah, no te preocupes, nadie se fija en la barriga, con ese par de bazukas enormes que tienes —dijo Erica, y señaló los pechos talla grande de Anna.

—Cierra el pico.

Anna se limpió la mayonesa del vestido como pudo. Erica se inclinó hacia delante, le cogió a su hermana pequeña la cara entre las manos y le dio un beso en la mejilla.

—¿Y eso...? —preguntó Anna asombrada.

—Nada, que te quiero mucho —dijo Erica sin más, y alzó la copa—. Por nosotras, Anna. Por ti y por mí y por esta locura de familia que tenemos. Por todo lo que hemos pasado juntas, por todo aquello a lo que hemos sobrevivido y porque ya no hay secretos entre nosotras.

Anna parpadeó conmovida, alzó el vaso de refresco y brindó con Erica.

—Por nosotras.

Por un instante, Erica creyó atisbar un destello sombrío en la mirada de su hermana, pero un segundo después había desaparecido. Habrían sido figuraciones suyas.

Sanna se inclinó sobre las celindas y aspiró su aroma, pero no la apaciguó como otras veces. Los clientes se movían a su alrededor, examinaban las plantas de las macetas y cargaban sacos de tierra en los carritos, pero ella apenas se percataba de su presencia. Lo único que veía ante sí era la sonrisa falsa de Marie Wall.

Sanna no podía creérselo, pero había vuelto. Después de todos aquellos años. Como si no tuviera bastante con tropezarse con Helen por el pueblo y tener que saludarla con un gesto siquiera.

Había aceptado el hecho de que Helen estuviera por allí, de poder cruzársela en cualquier momento. Veía en sus ojos la culpa, veía que a medida que pasaban los años la iba devorando cada vez más. Pero Marie nunca había mostrado ningún remordimiento, y en todas las revistas del corazón aparecía con su cara sonriente.

Y allí estaba otra vez. Marie la falsa, la guapa, la que siempre estaba riendo. Eran compañeras de clase en el colegio Kyrkskolan. Sanna había envidiado sus pestañas larguísimas y su frondosa melena rubia que se desgranaba en rizos hasta la cintura, pero también había detectado la negrura que llevaba dentro.

Por suerte, los padres de Sanna no tenían que ver a Marie pasearse tan sonriente por el pueblo. Ella tenía trece años cuando su madre murió de cáncer de hígado, y quince cuando su padre exhaló el último suspiro. Los médicos no lograron señalar la causa exacta de la muerte, pero Sanna sabía lo que le había ocurrido: se había muerto de pena.

Sacudió la cabeza y se le reavivó el dolor.

La obligaron a mudarse con su tía Linn, pero allí nunca se sintió en casa. Los hijos de sus tíos Linn y Paul eran varios años menores que ella y no sabían qué hacer con una adolescente huérfana. No fueron crueles ni se portaron mal con ella, hicieron lo que pudieron, seguramente, pero nunca dejaron de ser unos extraños.

Sanna eligió un instituto de recursos naturales que se encontraba lejos de allí y empezó a trabajar al poco tiempo de graduarse. Desde entonces vivía para su trabajo. Había puesto en marcha un modesto vivero a las afueras de Fjällbacka, no ganaba mucho, pero sí lo suficiente para vivir con su hija. No necesitaba más.

Sus padres se convirtieron en muertos vivientes cuando encontraron el cadáver de Stella, y ella los entendía en cierto modo. Algunas personas irradiaban más luz que otras, y Stella era una de ellas. Siempre alegre, siempre amable, siempre cargada de besos y abrazos que repartía entre todos los que tenía cerca. Si Sanna hubiera podido morir en lugar de Stella aquella calurosa mañana de verano, no lo habría dudado.

Pero fue a Stella a quien encontraron flotando en la laguna. Después de aquello, todo se acabó.

—Perdona, quería saber si hay algún tipo de rosa que sea más fácil de cuidar que las otras.

Sanna se sobresaltó y levantó la vista hacia la mujer que se le había acercado sin que ella se percatara.

La mujer le sonrió, y las arrugas de la cara se le alisaron un poco.

—Me encantan las rosas, pero, por desgracia, no tengo mano para las plantas.

—¿Algún color especial? —preguntó Sanna.

Era experta en ayudar a la gente a encontrar la planta que mejor le iba a cada cual. Había quien encajaba mejor con flores que necesitaban muchos cuidados y atención. Personas capaces de hacer que una orquídea creciera y floreciera, y de convivir con ella muchos años. Otras apenas lograban cuidar de sí mismas y necesitaban plantas pacientes y resistentes. No solo cactus, forzosamente, esos los reservaba para los casos más difíciles, pero sí podía ofrecerles una flor de cala o una monstera. Y llevaba muy a gala el hecho de emparejar siempre a cada planta con su tipo de persona ideal.

—Rosa —dijo la mujer con expresión soñadora—. Me encanta el rosa.

—Pues creo que tengo la flor ideal para ti. Una rosa pimpinela. Lo más importante es poner mucho cuidado a la hora de plantar el rosal. Haz un buen hoyo y riégalo con agua abundante. Añade un poco de abono, te daré el más adecuado, y luego lo plantas. Rellenas el hoyo con tierra y vuelves a regarlo. El agua es muy importante al principio, para que arraigue la planta. Luego ya es cuestión de mantenimiento, hay que cuidarla para que no se seque. Y pódala todos los años por primavera, dicen que conviene hacerlo cuando florecen los abedules.

La mujer miraba encantada el rosal que Sanna le había colocado en el carrito. La había entendido a la perfección. Las rosas tenían algo especial. Ella solía comparar a las personas con las flores. Si Stella hubiera sido una flor, habría sido una rosa, sin asomo de duda. Una rosa de Francia. Preciosa, espléndida, capas y más capas de pétalos.

La mujer carraspeó un poco.

—¿Estás bien? —preguntó.

Sanna meneó la cabeza, consciente de que, una vez más, se había perdido en los recuerdos.

—Sí, sí, un poco cansada. Este calor...

La mujer asintió sin comentar tan evasiva respuesta.

Pero no, no estaba bien. El mal había regresado. Sanna lo sentía tan inequívoco como el aroma de las rosas.

Las vacaciones con los niños no podían clasificarse como tiempo libre, pensaba Patrik. Era una extraña combinación de agotamiento completo y maravilloso. Sobre todo ahora que se había quedado solo con los tres mientras Erica comía fuera con Anna. Además, aun a sabiendas de que era un error, bajó con ellos a la playa, porque en casa estaban empezando a subirse por las paredes. Solía ser más fácil conseguir que no se pelearan si los mantenía ocupados, pero no había tenido en cuenta hasta qué punto la playa lo hacía todo mucho más difícil. Para empezar, estaba el riesgo de ahogamiento. Su casa estaba en Sälvik, justo encima de la zona de baño, y más de una vez se había despertado con un sudor frío después de soñar que alguno de los niños salía y llegaba desorientado hasta la orilla. Luego estaba la arena. Noel y Anton se empeñaban no solo en tirarles arena a los otros niños, cuyos padres lanzaban a Patrik miradas furiosas, sino que, por alguna razón insondable, también les gustaba metérsela en la boca. La arena en sí podía pasar, pero Patrik se estremecía ante la idea de todas las demás cosas repugnantes que podían entrar en aquellas boquitas. Ya le había quitado a Anton de la mano llena de arena una colilla asquerosa, y era solo cuestión de tiempo que encontraran un fragmento de cristal. O una bolsita de rapé.

Gracias al cielo estaba Maja. A Patrik le remordía a veces la conciencia al pensar en cuánta responsabilidad asumía por sus hermanos menores, pero Erica siempre decía que a Maja le gustaba. Exactamente igual que a ella le gustaba cuidar de su hermana pequeña.

Y allí estaba ahora la pobre Maja, vigilando que los gemelos no se adentraran demasiado en el agua, los llevaba con gesto resuelto a tierra firme, controlaba lo que se metían en la boca y les limpiaba la arena a los niños a los que sus hermanos habían puesto perdidos. Patrik pensaba a veces que le gustaría que no fuera siempre tan formal. Temía que, si seguía siendo tan concienzuda, la vida le depararía muchas úlceras de estómago.

Desde que tuvo aquel problema de corazón unos años atrás, sabía lo importante que era cuidarse, y descansar y relajarse de vez en cuando. La cuestión era si las vacaciones con los niños le permitían eso, relajarse. Aunque quería a sus hijos más que a nada en el mundo, debía reconocer que a veces echaba de menos la calma de la comisaría de Tanumshede.

Marie Wall se acomodó en la tumbona y echó mano de la copa. Un Bellini. Champán con zumo de melocotón. Nada comparado con el de Harry's, en Venecia, por desgracia. Allí no tenían melocotones frescos, claro. Los tacaños de la compañía cinematográfica le habían llenado el frigorífico con una variante barata de champán, que mezclaba con zumo de melocotón de la marca Proviva. Pero tendría que conformarse. Les había exigido que hubiera ingredientes para el Bellini a su llegada.

Era una sensación de lo más extraña la de estar otra vez allí. No en la casa, naturalmente. La habían derribado hacía tiempo. No podía por menos de preguntarse si los propietarios de la nueva casa que se construyó sobre la parcela de la antigua no recibían la visita de los malos espíritus, después de todo lo que había ocurrido allí. Seguramente no. Toda aquella maldad quedó enterrada junto con sus padres.

Marie tomó otro trago del Bellini. Se preguntaba dónde estarían los dueños de la casa en la que se encontraba. Una semana de agosto con un tiempo estival maravilloso debía de ser el mejor momento del año para disfrutar de una casa como aquella. Debían de haberse gastado una millonada en comprarla y amueblarla, aunque no pasaran demasiado tiempo en Suecia. Seguramente se encontrarían en esa residencia de la Provenza que parecía un castillo y que Marie había visto en fotos cuando buscó a la familia en Google. La gente adinerada rara vez se conformaba con menos de lo máximo de cualquier cosa. Incluidas las casas de veraneo.

En todo caso, ella se alegraba de que alquilaran aquella casa. Allí se refugiaba en cuanto terminaban de rodar. Sabía que a la larga no funcionaría, que el día menos pensado volvería a cruzarse con Helen, y se sorprendería de lo mucho que significaron la una para la otra en el pasado y de lo mucho que habían cambiado las cosas. Pero aún no estaba preparada.

—¡Mamá!

Marie cerró los ojos. Desde que Jessie aprendió a hablar, había intentado que la llamara por su nombre de pila en lugar de con aquella etiqueta tan espantosa, pero había sido en vano. La niña se empeñaba en llamarla mamá, como si así pudiera transformar a Marie en uno de esos especímenes achaparrados tipo vaca.

—¿Mamá?

19

El apelativo resonó justo detrás de ella, y Marie comprendió que no tendría dónde esconderse.

—¿Sí? —dijo, y alargó la mano en busca de la copa.

Sintió en la garganta el chisporroteo de las burbujas. El cuerpo se le relajaba y se le volvía más dócil con cada trago.

—Sam y yo habíamos pensado salir a dar una vuelta en su barco, ¿puedo?

—Sí, claro —dijo Marie, y tomó otro trago.

Miró a su hija entornando los ojos desde debajo del ala del sombrero.

—¿Quieres?

—Mamá, tengo quince años —dijo Jessie con un suspiro.

Por Dios, Jessie era tan seria que costaba creer que fuera hija suya. Menos mal que se las había ingeniado para conocer a un chico cuando llegaron a Fjällbacka.

Marie se hundió en la tumbona y cerró los ojos, pero los volvió a abrir al instante.

—¿Qué haces que no te has ido? —dijo—. Me estás haciendo sombra. Quiero ponerme un poco morena. Vamos a rodar después de comer y quieren que tenga un moreno natural. Ingrid parecía una galleta tostada los veranos en Dannholmen.

—Es que... —Jessie iba a decir algo, pero se dio media vuelta y se fue.

Marie oyó la puerta al cerrarse, muy fuerte, y sonrió para sus adentros. Por fin sola.

Bill Andersson abrió la tapa del cesto y sacó uno de los bocadillos que Gun había preparado. Miró al cielo y cerró la tapa: las gaviotas eran rápidas, si no se andaba uno con cuidado, eran capaces de comerse todo el almuerzo. Allí, en el embarcadero, era especialmente vulnerable.

Gun le dio un codazo en el costado.

—Es una buena idea, de verdad —dijo—. Loca pero buena.

Bill cerró los ojos y dio un bocado.

—¿Lo dices en serio o es solo por tener contento a tu marido? —dijo.

—¿Desde cuándo digo las cosas solo por tenerte contento? —dijo Gun y, sobre ese punto, Bill tuvo que darle la razón.

En los cuarenta años que llevaban juntos, no había habido muchas ocasiones en las que Gun no hubiera sido de una sinceridad brutal.

—Sí, llevo pensándolo desde que estuvimos en aquel cine, y creo que debería funcionar aquí también. Estuve hablando con Rolf en el campo de refugiados, y no puede decirse que lo pasen bomba. La gente es tan cobarde que ni se atreve a acercarse.

—En Fjällbacka no tienes más que ser del pueblo de al lado, de Strömstad, como yo, para que la gente te vea como a un forastero. A lo mejor no es tan raro que no hayan recibido a los sirios con los brazos abiertos.

Gun alcanzó otro bollo, recién comprado en Zetterlinds, y le puso una generosa capa de mantequilla.

—Pues ya es hora de que la gente empiece a cambiar de actitud —dijo Bill, y señaló con la mano—. Ahí hay personas que han venido con sus hijos y demás huyendo de la guerra y la miseria, que han tenido un viaje con no menos horrores, así que tendremos que procurar que la gente empiece a hablar con ellas. Si un puñado de somalíes puede aprender a patinar y a jugar al *bandy,* también podremos enseñar a los sirios a navegar a vela, ¿no? Por cierto, ¿Siria tiene mar? A lo mejor ya saben navegar.

—Ni idea, cariño, tendrás que mirarlo en Google.

Bill echó mano del iPad en el que acababa de resolver el sudoku de la mañana.

—Pues sí, Siria tiene costa, pero es difícil saber cuántos de ellos han estado en el mar. Yo siempre he dicho que todo el mundo puede aprender a navegar, esta es una buena ocasión para demostrarlo.

—Pero ¿no te parece suficiente que aprendan por gusto? ¿Tienen que competir también?

—Eso, precisamente, era lo interesante del documental *Buena gente,* que los motivaba un reto auténtico. Era algo así como un *statement.*

Bill sonrió. Quién iba a decir que él pudiera expresarse con tanta sabiduría y tanto juicio.

—Ya, pero ¿por qué tiene que ser..., cómo has dicho..., un *statement?*

—Porque de lo contrario no tiene el mismo impacto. Si inspira a más gente, igual que me inspiró a mí, se difundirá como los círculos en el agua, y a los refugiados les será más fácil integrarse en la sociedad.

Bill se imaginaba perfectamente poniendo en marcha un movimiento nacional. En algún sitio tienen que empezar a producirse los grandes cambios. Y si lo que empezó con el Campeonato del Mundo de Bandy para los somalíes continuaba con la navegación a vela para los sirios, ¡la cosa podía terminar donde quisieran!

Gun le agarró la mano y le sonrió.

—Iré a hablar con Rolf hoy mismo, y trataré de conseguir que nos reunamos en el campamento —dijo Bill, y alcanzó otro bocadillo.

Tras unos instantes de vacilación, cogió otro bollo y se lo lanzó a las gaviotas. Después de todo, ellas también tenían derecho a comer.

Eva Berg arrancó la mata de maleza y la puso en el cesto que tenía al lado. El corazón le dio un brinco, como de costumbre, al contemplar las tierras. Todo aquello era suyo. La historia de la finca nunca les preocupó. Ni ella ni Peter eran particularmente supersticiosos. Claro que, diez años atrás, cuando le compraron la finca a la familia Strand, se propagaron las habladurías acerca de todas las desgracias que les sobrevinieron a ellos en su día. Sin embargo, por lo que Eva sabía, lo que ocurrió fue una gran tragedia que desencadenó todo lo demás. La muerte de la pequeña Stella precipitó el trágico destino de la familia Berg, y eso no tenía nada que ver con la finca.

Eva se agachó en busca de más hierbajos, sin hacer caso del dolor de rodillas. Para Peter y para ella, aquel nuevo hogar era un paraíso. Provenían de la ciudad, si es que Uddevalla podía considerarse una ciudad, pero siempre habían soñado con vivir en el campo. Aquella finca de las afueras de Fjällbacka era perfecta desde todos los puntos de vista. El hecho de que el precio fuera tan bajo a causa de todo lo que había ocurrido allí supuso que pudieran permitírselo. Eva esperaba que hubieran logrado llenar aquel lugar del amor y la energía positiva suficientes.

Lo mejor de todo era lo bien que se encontraba allí Nea. Le habían puesto el nombre de Linnea, pero ella decía de pequeña que se llamaba Nea, y Eva y Peter pensaron que era natural llamarla así ellos también. Ya tenía cuatro años, y era tan decidida y tan obstinada que Eva ya empezaba a temblar ante la idea de la adolescencia. No parecía que Peter y ella fueran a tener más hijos, así que al menos podrían concentrarse por completo en Nea llegado el momento. Por ahora se le antojaba muy lejano. Nea correteaba por la granja como una ráfaga de energía, con el pelo rubio, que había heredado de Eva, como una nube revoloteándole alrededor de aquella carita tan blanca. Eva siempre temía que se quemara con el sol, pero simplemente le salían más pecas.

Se incorporó y se secó el sudor de la frente con la muñeca para no mancharse con los guantes de jardín. Le encantaba limpiar el huerto. Era un contraste maravilloso con su trabajo de oficina. Ver cómo las semillas que había sembrado se convertían en plantas que crecían y florecían y, al final, estaban listas para la cosecha, le proporcionaba una felicidad infantil. Cultivaban solo para consumo propio, la finca no daba para ganarse la vida, pero tenían algo así como una fuente de abastecimiento particular, un huerto, una plantación de árboles frutales y un patatal. A veces sentía cargo de conciencia por lo bien que vivían. Su vida había resultado mucho mejor de lo que nunca pudo imaginar, y no necesitaba nada más en el mundo que a Peter, a Nea y aquella casa y su finca.

Eva empezó a arrancar zanahorias. A lo lejos vio a Peter, que se acercaba en el tractor. Peter trabajaba en Tetra Pak, pero le gustaba pasar todo su tiempo libre con el tractor. Esa mañana había salido temprano, mucho antes de que ella se despertara, y se llevó el almuerzo y un termo de café. Tenían una porción de bosque que pertenecía a la finca, y había decidido despejarlo y hacer limpieza, de modo que Eva sabía que volvería con leña para el invierno, sudoroso y sucio, con los músculos doloridos y con una gran sonrisa en la cara.

Puso las zanahorias en la cesta y la apartó, eran para la cena de esa noche. Luego se quitó los guantes, los dejó al lado de la cesta y se dirigió hacia donde estaba Peter. Entornó los ojos y trató de distinguir a Nea en el tractor. Se habría dormido, como siempre. Para ella había sido un madrugón, pero le encantaba estar con Peter en el bosque. A su madre la quería, sin duda, pero a su padre lo adoraba.

Peter llegó con el tractor a la explanada.

—Hola, cariño —dijo Eva cuando él paró el motor.

El corazón se le alegró en el pecho al verlo sonreír. Después de tantos años, aún se estremecía al verlo.

—¡Hola, corazón! ¿Qué tal os ha ido el día?

—Bien...

¿Qué quería decir con «os ha ido»?

—¿Y a vosotros? —dijo enseguida.

—¿Cómo que a nosotros? —dijo Peter, y le dio un beso sudoroso. Miró a su alrededor.

—¿Dónde está Nea? ¿Está durmiendo la siesta?

A Eva empezaron a zumbarle los oídos y, como un ruido lejano, oyó que los dos decían a la vez:

—Yo creía que estaba contigo.

Se miraron el uno al otro mientras su mundo se derrumbaba.

El caso Stella

Linda contemplaba a Sanna, que daba saltitos en el asiento.

–¿Qué crees que dirá Stella cuando vea toda la ropa que tienes?

–Pues creo que se va a alegrar –dijo Sanna con una sonrisa y, por un segundo, parecía clavada a su hermana pequeña. Luego arrugó la frente con ese gesto tan típico de ella–. Aunque puede que también le dé un poco de envidia.

Linda sonreía mientras entraba con el coche en la explanada. Sanna siempre había sido una hermana mayor muy considerada.

–Tendremos que decirle que a ella también le compraremos un montón de ropa bonita cuando vaya a empezar el colegio.

Apenas había parado el coche cuando Sanna ya había salido de un salto y había abierto la puerta trasera para sacar todas las bolsas.

Se abrió la puerta y apareció Anders en el umbral.

–Perdona que lleguemos tan tarde –dijo Linda–. Nos hemos parado a tomar algo.

Anders la miraba con una expresión extraña.

–Ya sé que casi es la hora de la cena, pero Sanna tenía el capricho de ir a una cafetería –continuó Linda, y sonrió mirando a su hija, que le dio al padre un abrazo y entró en la casa corriendo.

Anders meneó la cabeza.

–No es eso. Es que... Stella todavía no ha vuelto a casa.

–¿Que no ha vuelto?

Al ver la cara de Anders se le encogió el estómago.

–No, y he llamado a Marie y a Helen. Ninguna de las dos está en casa.

Linda suspiró aliviada y cerró la puerta del coche.

–Ya ves, se habrán retrasado, estarán juntas las tres. Ya sabes cómo es Stella, seguro que quería ir por el bosque para enseñárselo todo a sus amigas.

Le dio un beso a Anders en la boca.

—Sí, claro, tienes razón —dijo, aunque no parecía muy convencido.

El teléfono empezó a sonar y Anders se apresuró a cogerlo en la cocina.

Linda se extrañó un poco, y se agachó para quitarse los zapatos. No era propio de Anders ponerse tan nervioso, pero, claro, él llevaba ya una hora allí solo preguntándose lo que habría ocurrido.

Cuando se incorporó otra vez, Anders había vuelto de la cocina y estaba delante de ella. La expresión de su cara le reavivó el nudo en el estómago con una intensidad demoledora.

—Era KG. Helen ya está en casa y van a cenar. KG ha llamado a casa de Marie y, según él, las niñas dicen que se despidieron de Stella sobre las cinco.

—Pero ¿qué dices?

Anders se puso las zapatillas de deporte.

—La he buscado por todos los rincones de la finca, pero a lo mejor ha vuelto a adentrarse en el bosque y se ha perdido.

Linda asintió.

—Tenemos que salir a buscarla.

Se acercó a la escalera que llevaba a la planta de arriba y gritó:

—¿Sanna? Papá y yo vamos a buscar a Stella. Estará en el bosque, ya sabes lo mucho que le gusta. ¡No tardaremos!

Miró a su marido. No debían mostrar ante Sanna ni una pizca de la preocupación que sentían.

Pero media hora después ya no podían ocultársela a sí mismos. Anders se aferraba al volante con tanta fuerza que se le veían los nudillos totalmente blancos. Después de haber recorrido el bosque que lindaba con la finca, buscaron por la carretera, recorriendo a la velocidad mínima todos los lugares donde sabían que a Stella le gustaba esconderse. Pero no encontraron ni rastro de ella.

Linda le puso a Anders la mano en la rodilla.

—Hay que volver.

Anders asintió y se giró hacia ella. La preocupación que reflejaba su mirada era un espejo de la que ella misma sentía.

Tenían que llamar a la policía.

Gösta Flygare hojeaba descuidado el montón de papeles que tenía delante. Era un lunes del mes de agosto, así que no era muy grande. No le importaba trabajar en verano. Aparte de jugar unas rondas de golf de vez en cuando, no tenía nada mejor que hacer. Claro que Ebba iba a verlo de vez en cuando, pero acababa de tener otro hijo y cada vez pasaba más tiempo entre una visita y la siguiente. A él le bastaba con saber que podía ir a Gotemburgo a casa de Ebba cuando quisiera, y que esa invitación era auténtica y sincera. Una pequeña dosis de aquello que había llegado a ser para él una familia era más que ninguna familia en absoluto. Y era mejor que Patrik, que tenía niños pequeños, se tomara las vacaciones en verano. Él y Mellberg bien podían pasarse los días en la comisaría atendiendo los asuntos que iban entrando. Martin aparecía cada dos por tres de todos modos para echarles un ojo a los «abueletes», como él los llamaba con tono provocador, pero Gösta sospechaba que iba buscando algo de compañía. Martin no había encontrado a otra mujer desde que Pia murió y, según Gösta, era una lástima. Martin era un chico estupendo. Y su hija necesitaba un poco de atención femenina. Ya sabía él que Annika, la secretaria de la comisaría, se encargaba de la pequeña Tuva de vez en cuando y se la llevaba a casa con el pretexto de que pudiera jugar con su hija, Leia. Pero claro, eso no cubría todas las necesidades. A la niña le hacía falta una madre. Sin embargo, Martin no estaba preparado para otra relación. El amor se presentaba cuando le parecía oportuno. Para el propio Gösta solo hubo una mujer en la vida, pero pensaba que Martin era demasiado joven para estar así.

Sabía que no era tan fácil encontrar un nuevo amor. Los sentimientos no se pueden controlar, y cuando uno vive en un pueblo más bien pequeño las posibilidades son algo limitadas. Además, Martin había sido más o menos mujeriego antes de conocer a Pia, así que, en más de un caso, podía verse en un aprieto. Y según lo veía Gösta, el segundo intento rara vez salía bien si la cosa no había funcionado a la primera. Claro que, ¿qué sabía él? El amor de su vida fue su mujer, Maj-Britt, con la que compartió toda su vida adulta. No hubo nadie más ni antes ni después.

El sonido chillón del teléfono lo sacó de sus cavilaciones.

—Comisaría de policía de Tanumshede.

Escuchó con atención la voz que le hablaba desde el otro lado del hilo telefónico.

—Vamos enseguida. ¿Cuál es la dirección?

Gösta la anotó, colgó y entró a toda prisa en el despacho contiguo sin llamar siquiera a la puerta.

Mellberg, que estaba profundamente dormido, se despertó sobresaltado.

—¡Qué demonios! —dijo clavando la mirada en Gösta.

El pelo, que se había enrollado en la cabeza en un vano intento de esconder la calva, se le cayó de golpe, pero él se lo volvió a colocar enseguida con suma agilidad.

—Una niña desaparecida —dijo Gösta—. Cuatro años. Llevan sin verla desde esta mañana.

—¿Desde esta mañana? ¿Y ahora llaman los padres? —Mellberg se levantó de un salto.

Gösta miró el reloj. Eran poco más de las tres de la tarde.

Las desapariciones de niños no se contaban entre los casos habituales. Lo normal en verano eran borracheras, robos en domicilios y atracos, malos tratos y quizá algún intento de violación.

—El padre creía que la niña estaba con la madre, y viceversa. Les he dicho que vamos enseguida.

Mellberg se puso los zapatos, que tenía al lado del escritorio. *Ernst,* su perro, que también se había despertado, apoyó otra vez la cabeza en el suelo después de constatar que el alboroto no guardaba relación alguna con la posibilidad de que fueran a darle ni un paseo ni nada comestible.

—¿Dónde es? —preguntó Mellberg, que iba medio corriendo detrás de Gösta en dirección a la cochera.

Cuando llegaron al vehículo policial, Mellberg jadeaba sin resuello.

—En la finca de los Berg —contestó Gösta—. Donde vivía la familia Strand.

—Hay que joderse —dijo Mellberg.

Solo conocía de oídas y por algún artículo el antiguo caso que había tenido lugar allí mucho antes de que él llegara a Fjällbacka. Gösta, en cambio, sí vivía allí cuando ocurrió. Y lo sucedido a los Berg le resultaba de lo más familiar.

—¿Diga?

Patrik se sacudió la mano antes de responder, pero el teléfono se llenó de arena de todos modos. Con la otra mano, les indicó a los niños que se acercaran y sacó un paquete de galletas María y una tartera llena de cuartos de manzana. Noel y Anton se abalanzaron sobre las galletas y empezaron a pelearse por ellas; al final el paquete acabó en el suelo y la mayor parte de las galletas cayó a la arena. Varios de los padres que había por allí se los quedaron mirando, y Patrik advirtió su gesto de desaprobación. Los comprendía, desde luego. Pensaba que tanto él como Erica eran unos padres más o menos competentes, pero aun así, los gemelos de vez en cuando se comportaban como si se estuvieran educando con una manada de lobos.

—Espera, Erica —dijo, recogió con un suspiro un par de galletas y sopló un poco.

Noel y Anton se habían metido ya tanta arena en la boca que no pasaba nada porque comieran un poco más.

Maja cogió la tartera con la manzana y se sentó con ella en las rodillas, mirando al mar. Patrik contempló aquella espalda menuda y el pelo que se le había rizado en la nuca por la humedad. Le parecía tan preciosa..., a pesar de que, como de costumbre, había fracasado en su intento de hacerle una coleta en condiciones.

—A ver, ya puedo hablar. Estamos en la playa, acababa de producirse un incidente con las galletas y había que solucionarlo...

—Ya —dijo Erica—. Pero por lo demás va todo bien, ¿no?

—Claro, estupendamente —mintió Patrik mientras trataba una vez más de quitarse la arena limpiándose la mano en el bañador.

Noel y Anton recogieron las galletas de la arena y siguieron engullendo y masticando, con la arena crujiéndoles entre los dientes. Una gaviota los sobrevolaba en círculos, a la espera de que dejaran el paquete sin vigilancia aunque fuera un segundo. Pero el pájaro se llevaría un buen chasco: los gemelos podían zamparse un paquete entero de galletas en tiempo récord.

—Ya he terminado de comer —dijo Erica—. ¿Quieres que me reúna con vosotros en la playa?

—Claro, vente —dijo Patrik—. Y tráete un termo de café, con la falta de práctica se me ha olvidado.

—Entendido. *Your wish is my command.*

—Gracias, cariño, no te haces una idea de lo mucho que me apetece un café en estos momentos.

Sonrió al colgar. Desde luego, era un regalo que, después de cinco años y tres hijos, aún sintiera un cosquilleo en el estómago cuando oía en el teléfono la voz de su mujer. Erica era lo mejor que le había pasado en la vida. Bueno, y los niños también, claro, pero sin ella no los habría tenido.

—¿Era mamá? —dijo Maja volviéndose hacia él y haciéndose sombra en la cara con la mano.

Madre mía, cómo se parecía a su madre a veces. Patrik se alegraba muchísimo, porque para él Erica era la mujer más guapa del mundo.

—Sí, era mamá, ya viene.

—¡Bieeen! —gritó Maja.

—Anda, llaman del trabajo, tengo que responder, es un momento —dijo Patrik, y apretó el botón verde con el dedo lleno de arena.

En la pantalla decía «Gösta», y sabía que su colega no lo molestaría en plenas vacaciones si no fuera importante.

—Hola, Gösta —dijo—, espera un segundo. Maja, ¿les das un poco de manzana a los chicos? Y quítales esa piruleta pegajosa que Noel está a punto de volver a meterse en la boca... Gracias, bonita.

Se llevó de nuevo el teléfono a la oreja.

—Perdona, Gösta, ya está, estoy en la playa de Sälvik con los niños y la palabra caos se queda corta...

—Siento molestarte en plenas vacaciones —dijo Gösta—, pero he pensado que te gustaría saber que nos ha entrado una denuncia de una desaparición. Una niña a la que nadie ha visto desde esta mañana.

—Pero ¿qué me dices? ¿Desde esta mañana?

—Sí, es todo lo que sabemos. Mellberg y yo vamos camino de su casa a hablar con los padres.

—¿Dónde viven?

—Pues sí, por eso llamaba: en la finca de los Berg.

—Joder —dijo Patrik, y se quedó helado—. ¿No era allí donde vivía Stella Strand?

—Sí, sí, es esa finca.

Patrik observó a sus hijos, que ahora estaban jugando en la arena de forma más o menos pacífica. La sola idea de que alguno de ellos desapareciera lo ponía enfermo. No tardó mucho en decidirse: aunque Gösta no lo había dicho a las claras, él había entendido que le gustaría recibir ayuda de alguien más, aparte de Mellberg.

—Voy para allá —dijo—. Tengo que esperar a Erica, que llegará dentro de unos quince minutos.

—¿Sabes dónde está la finca?

—Por supuesto —respondió Patrik.

Vaya si lo sabía. Últimamente había oído hablar mucho de ese lugar en su propia casa.

Patrik colgó y sintió cómo se le encogía el estómago. Se inclinó y abrazó a los tres niños a la vez. Los pequeños protestaron y él volvió a quedar cubierto de arena. Pero eso no tenía ninguna importancia.

—Tiene gracia —dijo Jessie.

Se apartó el pelo, que le alborotaba continuamente delante de la cara por el viento.

—¿Qué es lo que tiene gracia? —preguntó Sam, y entrecerró los ojos al sol.

—Pues que no pareces precisamente... un chico que tenga barco.

—¿Y cómo es un chico que tiene barco?

Sam giró el timón y esquivó a un velero.

—Sí, bueno, ya sabes lo que quiero decir. Que llevan náuticos con un lacito, pantalón corto azul marino, camiseta de piqué y un jersey de hilo por los hombros.

—Ya, y la gorra marinera, ¿qué? —Sam respondió con una sonrisita—. Y además, ¿tú cómo sabes la pinta que tiene un chico con barco? Si ni siquiera habrás estado en la costa.

—No, no he estado, pero he visto películas. Y fotos en los periódicos.

Sam fingía no entender a qué se refería Jessie. Claro que los chicos que tenían barco no iban como él, con aquella ropa gastada, el pelo más negro que la noche y la raya negra en los ojos. Y las uñas. Sucias y mordidas. Aunque no era una crítica: Sam era el chico más guapo que Jessie había visto en la vida.

Pero sí, lo de la pinta de los chicos con barco había sido una bobada. En cuanto Jessie abría la boca soltaba una tontería. Era lo que le decían siempre en los internados por los que había pasado. Que era tonta. Y fea.

Y tenían razón, eso ya lo sabía ella.

Estaba gorda y era desgarbada, con la cara llena de acné y el pelo que siempre parecía grasiento, por mucho que se lo lavara. Notó que se le saltaban las lágrimas y parpadeó rápidamente para que Sam no se diera cuenta. No quería hacer el ridículo delante de él. Era el primer amigo que tenía en el mundo. Y así fue desde el día en que se le acercó en la cola, delante del Centrum Kiosken. Cuando le dijo que sabía quién era ella, y cuando ella cayó en la cuenta de quién era él.

Y de quién era su madre.

—Mierda, hay gente por todas partes —dijo Sam, y oteó la costa en busca de una cala en la que no hubiera barcos amarrados o anclados.

La mayoría de los sitios estaban ocupados desde primera hora de la mañana.

—Bañistas de mierda —masculló.

Consiguió encontrar una grieta al socaire en la roca, en la parte de atrás de la isla de Långskär.

—Aquí vamos a atracar. Salta a tierra tú y coges el cabo, ¿vale?

Sam señaló la cuerda que había en cubierta, en la proa del barco.

—¿Que salte? —dijo Jessie.

Saltar no era algo que ella hiciera en ninguna circunstancia. Y desde luego, no de un barco a una roca lisa y resbaladiza.

—No te preocupes —dijo Sam tranquilo—. Voy a parar justo delante. Agáchate ahí en la proa y podrás saltar a tierra, ya verás. No pasa nada. Tú confía en mí.

«Confía en mí.» ¿Podía ella confiar en alguien? ¿Podía confiar en Sam?

Jessie respiró hondo, se arrastró hasta la proa del barco, se agarró bien a la cuerda y se sentó en cuclillas. Cuando ya se acercaban a la isla, Sam frenó con la marcha atrás y se deslizaron despacio y plácidamente hacia la roca en la que iban a desembarcar. Y, para su sorpresa, Jessie dio un salto desde el barco y aterrizó suavemente sobre la roca. Con el cabo aún en la mano.

Lo había conseguido.

Era su cuarta visita a los almacenes Hedemyrs en dos días. Pero no había mucho más que hacer en Tanumshede. Khalil y Adnan deambulaban por la primera planta entre prendas de ropa y chismes. Khalil notaba las miradas en la nuca. Ya ni siquiera tenía fuerzas para enfadarse. Al principio le costaba contenerse precisamente ante aquellas miradas, ante la desconfianza. A aquellas alturas había aceptado que llamaban la atención. No eran como los suecos, ni hablaban como los suecos, ni se movían como los suecos. Él también se habría quedado mirando si hubiera visto a un sueco en Siria.

—¿Qué coño miras? —le soltó Adnan en árabe a una señora de unos setenta años, que los miraba fijamente.

Seguramente estaba actuando de policía civil para que no robaran nada. Khalil habría podido decirle que nunca habían cogido nada que no fuera suyo. Que no se lo planteaban ni en sueños. Que no los habían educado así. Pero al ver que la mujer resoplaba y se dirigía a la escalera para bajar a la primera planta, comprendió que no valía la pena.

—¿Qué mierda de opinión tienen de nosotros? Siempre es la misma historia.

Adnan siguió maldiciendo en árabe y manoteando tanto que estuvo a punto de volcar una lámpara que había en un estante.

—Que piensen lo que quieran. Seguro que no habían visto un árabe en su vida...

Por fin consiguió que Adnan sonriera. Era dos años menor que él, tan solo tenía dieciséis, y a veces aún se comportaba como un niño. No controlaba sus sentimientos, ellos lo controlaban a él.

Khalil llevaba mucho tiempo sin sentirse como un niño. Desde el día en que la bomba se llevó por delante a su madre y a sus dos hermanos pequeños. Solo de pensar en Bilal y Tariq, se le llenaban los ojos de lágrimas, y parpadeó nerviosamente para que Adnan no lo viera. Bilal, que siempre andaba inventando travesuras, pero que era un niño tan feliz que era imposible enfadarse con él. Tariq, que siempre estaba leyendo, siempre curioso, y del que todos decían que llegaría a ser algo grande. En un segundo, ya no estaban. Los encontraron en la cocina, el cadáver de su madre estaba cubriendo los de los dos pequeños. No había podido protegerlos.

Con los puños apretados, miró a su alrededor, pensó en cómo era su vida ahora. Se pasaba los días en un cuarto minúsculo del campo de refugiados, o recorriendo las calles de aquel pueblecito al que habían ido a parar. Tan silencioso y desierto, sin olores, sonidos ni colores.

Los suecos vivían aislados en su propio mundo, apenas se saludaban entre sí, casi parecían atemorizados si alguien se atrevía a dirigirles la palabra. Y hablaban muy bajito y sin gesticular...

Adnan y Khalil bajaron y salieron al calor estival que reinaba en la calle. Se quedaron plantados en la acera. Todos los días lo mismo. Siempre la misma dificultad para encontrar algo que hacer. Los muros del campo de refugiados estaban cada vez más cerca, como si trataran de ahogarlos. Khalil no quería ser desagradecido. Aquel país le había dado techo y comida. Y seguridad. Allí no caían bombas. Allí la gente no vivía amenazada por soldados y terroristas. Sin embargo, también en la seguridad resultaba difícil vivir en un limbo. No tener nada en casa, no tener nada que hacer, ningún objetivo.

Aquello no era vida. Era solo un estar.

Adnan suspiraba a su lado. Juntos, se encaminaron en silencio al campo de refugiados.

Eva estaba como congelada, abrazada a su propio cuerpo. Peter seguía corriendo de un lado a otro. La había buscado por todas partes, cuatro, cinco veces a aquellas alturas. Levantaba los mismos edredones, movía las mismas cajas, gritaba el nombre de Nea una y otra vez. Pero Eva sabía que no serviría de nada, Nea no estaba allí. Sentía su ausencia en todo el cuerpo.

Entornó los ojos e intuyó un punto a lo lejos. Un punto que a medida que se acercaba se iba volviendo cada vez más grande y de color blanco. Eva comprendió que por fin llegaba la policía. Pronto pudo distinguir con claridad las líneas azules y amarillas, y en su interior se abrió un abismo insondable. Su hija había desaparecido. La policía se personaba allí porque Nea estaba desaparecida. Desde aquella mañana. Su cerebro se esforzaba por asimilar esa información. Que su hija llevaba toda la mañana desaparecida. ¿Cómo habían podido ser tan malos padres y no darse cuenta siquiera de que su niña de cuatro años llevaba el día entero desaparecida?

Eva se quedó mirando al hombre de cierta edad con el pelo de color gris plateado que salió del coche policial y se dirigió hacia ella.

—¿Has sido tú quien ha llamado?

Eva asintió en silencio y él le estrechó la mano.

—Gösta Flygare. Y este es Bertil Mellberg.

El segundo policía, más o menos de la misma edad, aunque bastante más rellenito, la saludó también. Sudaba en abundancia y se secó la frente con la manga de la camisa.

—¿Está tu marido? —preguntó el policía más delgado y canoso, y miró alrededor.

—¡Peter! —gritó Eva, y se quedó horrorizada al comprobar lo débil que le sonaba la voz.

Hizo un nuevo intento, y Peter apareció corriendo desde el lindero del bosque.

—¿La has encontrado? —gritó.

El hombre clavó la mirada en el coche policial y se vino abajo.

Era todo tan irreal... Aquello no podía estar pasando. Eva pensó que se despertaría en cualquier momento y vería aliviada que todo había sido un sueño.

—¿Podemos tomarnos un café mientras hablamos? —propuso Gösta Flygare con voz serena, y le cogió el brazo a Eva.

—Sí, claro, pasad, nos sentaremos en la cocina —dijo, y se adelantó a los demás.

Peter se quedó en medio de la explanada, con aquellos brazos tan largos colgando inertes a los lados. Eva sabía que él quería seguir buscando, pero no podría afrontar ella sola aquella conversación.

—Peter, ven.

Él entró abatido en la casa, detrás de Eva y los policías. Ella empezó a preparar la cafetera de espaldas a ellos, pero sentía en todo momento la presencia de los policías. Era como si llenaran la cocina con sus uniformes.

—¿Leche? ¿Azúcar? —preguntó mecánicamente, y los dos asintieron.

Sacó la leche y el azucarero mientras su marido seguía en el umbral.

—Siéntate —le dijo, casi pasándose de severa en el tono, y él obedeció.

Como movida por un piloto automático, siguió poniendo en la mesa las tazas, las cucharillas y un paquete de Ballerina que sacó de la despensa. A Nea le encantaban esas galletas. Se estremeció al recordarlo y la cucharilla se le cayó al suelo. Gösta se agachó para recogerla, pero ella se le adelantó. La dejó en el fregadero y sacó una limpia del cajón de los cubiertos.

—¿No vais a empezar a hacer preguntas ya? —dijo Peter, sin dejar de mirarse las manos—. Lleva desaparecida desde esta mañana, cada segundo cuenta.

—Vamos a dejar que tu mujer se siente, y empezamos —dijo Gösta, y señaló a Eva.

Ella sirvió el café y se sentó.

—¿Cuándo fue la última vez que visteis a la niña? —preguntó el policía gordo mientras alargaba el brazo en busca de una galleta.

La rabia casi hizo que le estallara la cabeza. Las había sacado porque era lo habitual cuando uno tenía visita, pero que aquel hombre tuviera el valor de ponerse a comer galletas de chocolate mientras le hacían preguntas sobre Nea la puso fuera de sí.

Eva respiró hondo, sabía que estaba siendo irracional.

—Ayer noche. Se acostó a la hora de siempre. Duerme sola, yo le leí un cuento y apagué la luz antes de cerrar la puerta.

—¿Y desde entonces no la habéis visto? ¿No se despertó por la noche? ¿Ninguno de los dos se levantó en algún momento y la vio? ¿Nadie oyó nada?

Gösta hablaba con una voz tan suave que a Eva casi le pasó desapercibido que su colega había cogido otra galleta.

Peter se aclaró la garganta.

—No, duerme siempre en su cuarto toda la noche de un tirón. Yo fui el que se levantó primero, quería ir al bosque con el tractor, me tomé un café y una tostada y me fui.

Hablaba con tono suplicante, como si fuera posible hallar una respuesta en algo de lo que les estaba diciendo. Eva alargó la mano para asir la de Peter, las dos estaban igual de frías.

—Entonces ¿no la viste? ¿No la viste por la mañana?

Peter negó con la cabeza.

—No, la puerta de su cuarto estaba cerrada. Pasé de puntillas por delante para no despertarla. Quería que Eva pudiera seguir durmiendo un rato más.

Ella le apretó la mano. Ese era Peter. Siempre tan considerado. Siempre pensando en ella y en Nea.

—¿Y tú, Eva? Cuéntanos qué hiciste.

La voz suave de Gösta casi la hizo llorar.

—Me desperté tarde, a las nueve y media. Ni sé cuándo fue la última vez que dormí hasta tan tarde. No se oía nada en la casa, y subí directamente para ver a Nea. La puerta de su cuarto estaba abierta y la cama sin hacer. Ella no estaba y, simplemente, supuse que...

Se le escapó un sollozo. Peter le apretó la mano.

—Supuse que se había ido con Peter por la mañana, que estaba con él en el bosque. A ella le encanta, y se va con él muchas veces. Así que no era nada raro, ni por un momento pensé...

Ya no pudo seguir conteniendo las lágrimas, que se secó con la mano libre.

—Yo habría supuesto lo mismo —dijo Peter, y ella notó que volvía a reconfortarla con un apretón.

Eva sabía que él tenía razón. Aun así... Si hubiera...

—¿Hay alguna amiga a cuya casa haya podido ir? —preguntó Gösta.

Peter negó con la cabeza.

—No, siempre está aquí, en la finca. Nunca ha intentado salir de la parcela.

—Siempre hay una primera vez —dijo el policía gordo. Llevaba tanto tiempo callado zampando galletas que Eva se sobresaltó—. Puede haberse perdido en el bosque.

Gösta le lanzó a Mellberg una mirada que Eva no supo interpretar.

—Organizaremos batidas con perros —dijo.

—¿Será eso lo que ha pasado? ¿Se habrá perdido en el bosque?

El bosque era infinito... La sola idea de que Nea se hubiera perdido allí hacía que se le revolviera el estómago. Ninguno de los dos se preocupó nunca por eso. Y Nea nunca iba sola al bosque. Pero quizá hubieran sido unos ingenuos. Ingenuos e irresponsables. Dejar que una niña de cuatro años anduviera a su antojo por la finca, tan cerca del bosque. Nea se había perdido; y ellos tenían la culpa.

Como si le hubiera leído el pensamiento, Gösta dijo:

—Si está en el bosque, la encontraremos. Voy a hacer un par de llamadas ahora mismo y empezaremos la búsqueda de inmediato. Formaremos una cadena para iniciar la batida dentro de una hora, así aprovecharemos al máximo las horas de luz.

—¿Sobrevivirá a una noche en el bosque? —preguntó Peter inexpresivo.

Estaba pálido como la cera.

—Las noches todavía son cálidas —dijo Gösta con tono tranquilizador—. No se va a morir de frío, pero, naturalmente, haremos todo lo posible por encontrarla antes de que anochezca.

—¿Qué ropa llevaba? —preguntó Bertil Mellberg, que alargó la mano en busca de la última galleta del plato.

Gösta parecía sorprendido.

—Sí, buena pregunta. ¿Sabéis qué ropa llevaba cuando desapareció? Aunque no la hayáis visto por la mañana, a lo mejor podéis comprobar si falta alguna prenda en particular.

Eva asintió y se levantó para ir al cuarto de Nea. Por fin podía contribuir con algo concreto.

Una vez delante de la puerta, dudó un instante. Tuvo que tomar aire varias veces antes de poder abrirla. Todo estaba como siempre, tan desgarradoramente igual que siempre... El papel pintado rosa con estrellas del que Nea había arrancado algún que otro fragmento cuando le entró la manía de tironear del papel. La pila de peluches a los pies de la cama. Las sábanas de Elsa, el personaje de la película *Frozen*. El muñeco Olaf, que siempre tenía en el almohadón. La percha de... Eva se sobresaltó. Sabía exactamente lo que llevaba puesto Nea. Por si acaso, fue a mirar en el armario y buscó bien por el cuarto. No, no estaba por ninguna parte. Bajó corriendo.

—Lleva el vestido de Elsa.

—¿Cómo es ese vestido? —preguntó Gösta.

—Es un vestido azul de princesa que tiene en el pecho el dibujo de una princesa. De Elsa, la de la película *Frozen*. A Nea le encanta *Frozen*. Seguro que también lleva las braguitas con dibujos de la película.

Eva se dio cuenta de que ciertas cosas que resultaban evidentes para quienes tenían niños pequeños eran totalmente desconocidas para los demás. Ella había visto aquella película cientos de veces, la ponían por lo menos dos veces al día, a diario, todos los días del año. Era lo que más le gustaba a Nea, y se sabía de memoria la escena de la canción «¡Suéltalo!». Se tragó las lágrimas. Veía claramente a Nea dando vueltas con el vestido azul y los guantes blancos hasta el codo, bailando al tiempo que cantaba la canción entera. ¿Dónde estaba su niña? ¿Y por qué no hacían nada?

—Voy a ir a llamar ahora mismo, así empezaremos la búsqueda enseguida —dijo Gösta, como si hubiera oído su grito silencioso.

Eva no pudo responder más que con un gesto. Miró a Peter otra vez. Los mismos pensamientos sombríos los embargaban a los dos.

Bohuslän, 1671

*E*ra una nubosa mañana de noviembre y Elin Jonsdotter iba muerta de frío con su hija en aquel carruaje que no paraba de dar tumbos. La casa pastoral, que cada vez tenían más cerca, parecía un palacio comparada con la casita que ella y Per tenían en Oxnäs.

Britta había tenido suerte. Siempre la había tenido. Por ser la niña de los ojos de su padre, su hermana pequeña se había llevado todas las ventajas durante la infancia, y se casaría con un buen partido, de eso no le cabía la menor duda. Y su padre tenía razón. Britta se casó con el pastor, y se fue a vivir a la casa pastoral. En tanto que Elin tuvo que contentarse con Per, que era pescador. Sin embargo, Elin no se hacía mala sangre por ello. Per sería pobre, pero no cabía encontrar en la faz de la tierra a una persona más buena.

La desazón se le aferró al pecho al pensar en él, pero se irguió un poco y se animó. No valía la pena malgastar más lágrimas por algo que ella no podría cambiar. Dios había querido ponerla a prueba, y ella y Märta tendrían que tratar de sobrevivir sin Per.

Britta les había mostrado una gran benevolencia, no podía decir lo contrario, al ofrecerle la posibilidad de trabajar como criada en la finca pastoral, además de darles un techo. Aun así, la invadió una sensación de lo más desagradable cuando Lars Larsson entró en la explanada con el carro y el tiro, y con sus escasas pertenencias. Britta no había sido una niña buena, y Elin no creía que los años la hubieran convertido en un ser más amable, pero no podía permitirse rechazar aquella oferta. Eran pescadores, no tenían tierras, y al morir Per, el dueño de la casa les comunicó que podían quedarse hasta final de mes, pero que después las desalojarían. Sin hogar y sin un medio de vida, como la viuda pobre que era, dependía de la buena voluntad de los demás. Y había oído que el marido de Britta, Preben, el pastor de Tanumshede, era bueno y afable. Solo lo había visto en el oficio, a ella no la habían invitado a la boda, y naturalmente ni se plantearon que ella y su familia pudieran ir a la finca. Pero tenía una mirada bondadosa.

Cuando el carro se detuvo y Lars les masculló que se bajaran, Elin abrazó a Märta con fuerza. Les iría bien, se decía para convencerse. Pero una voz interior le decía todo lo contrario.

Martin volvió a empujar el columpio. No podía evitar sonreír ante los grititos de felicidad de Tuva.

Cada día que pasaba se sentía algo mejor. Y era consciente de que, sobre todo, se debía a Tuva. Ahora que era verano y no había colegio y que él tenía dos semanas de vacaciones, habían pasado juntos todo el tiempo. Y les había hecho bien a los dos. Desde que Pia murió, Tuva dormía con él, y la pequeña se quedaba dormida todas las noches con la cabeza en su pecho, por lo general mientras él le contaba un cuento. Martin solía levantarse con cuidado cuando estaba seguro de que se había dormido, y se sentaba a ver la tele una hora o dos y a tomarse una infusión relajante que había comprado en el herbolario. Fue Annika quien le aconsejó en invierno que se buscara algún tranquilizante natural, cuando el sueño lo rehuía. No sabía si sería el efecto placebo o si funcionaba de verdad, pero, como quiera que fuese, por fin había empezado a conciliar el sueño otra vez. Y quizá fuera eso lo fundamental. Lo que hacía que pudiera manejar mejor la pena, aunque aún estaba presente las veinticuatro horas del día. Pese a todo, el dolor se había suavizado y ahora podía incluso permitirse pensar en Pia sin venirse abajo. Trataba de hablarle de ella a Tuva. De contarle cosas suyas y ver fotografías con ella. Tuva era tan pequeña cuando Pia murió que no conservaba recuerdos propios de su madre, de ahí que él tratara de ofrecerle tantos como le fuera posible.

—¡Papá, empuja más fuerte!

Tuva chilló encantada cuando él la impulsó con más fuerza y el columpio subió más aún.

El pelo oscuro le revoloteaba alrededor de la cara y, una vez más, lo impresionó el asombroso parecido que guardaba con Pia. Activó la cámara del teléfono para grabarla y retrocedió unos pasos

42

para captar bien toda la imagen. Sus talones toparon con algo y se oyó un gritito agudo. Miró aterrado a su espalda y se encontró con un niño que apenas tendría un año y que gritaba con todas sus fuerzas, pala en mano.

—¡Ay, perdón! —dijo horrorizado, y se arrodilló para consolar al pequeño.

Miró alrededor, pero ninguno de los adultos que había por allí hizo amago de acercarse, de modo que los descartó como padres del pequeñuelo.

—Vamos, vamos, no llores, vamos a buscar a tu madre o a tu padre —dijo, tratando de calmar al niño, que cada vez gritaba más alto.

A unos metros de allí, junto a un arbusto, vio a una mujer de su edad que estaba hablando por teléfono. Trató de conseguir contacto visual con ella, pero parecía muy alterada, hablaba con gran indignación y gesticulaba mucho. Le hizo una seña, pero ella seguía sin verlo. Al final se volvió hacia Tuva, cuyo balancín había perdido velocidad, dado que había dejado de columpiarla.

—Espera aquí, voy a llevar al niño con su madre.

—Papá le ha dado una patada al bebé —dijo Tuva satisfecha, cosa que él negó vehemente con la cabeza.

—No, no, papá no le ha dado una patada al niño, papá solo... En fin, ya lo hablaremos luego.

Aupó al niño, que lloraba a pleno pulmón, con la esperanza de llegar hasta la madre antes de que esta descubriera que un extraño llevaba a su hijo en brazos. Pero no tenía de qué preocuparse, la mujer parecía aún inmersa en la conversación. Se sintió un tanto irritado al ver que seguía hablando y gesticulando. Cada cual debía estar al tanto de su hijo, la verdad. El niño gritaba tanto que le estallaban los tímpanos.

—¿Perdona? —dijo al llegar adonde estaba la mujer, que guardó silencio en mitad de una frase.

Tenía los ojos llenos de lágrimas y marcas negras de rímel en las mejillas.

—Tengo que colgar, ¡tu hijo está llorando! —dijo, y colgó.

—Perdón, lo he pisado sin querer —dijo Martin—. No creo que le haya hecho daño, pero claro, el pobre se ha asustado.

La mujer abrazó al niño.

—No te preocupes, a su edad es normal tener miedo de los extraños. —La mujer se secó las últimas lágrimas.

—¿Estás bien? —preguntó Martin, que vio cómo ella se sonrojaba.

—Ay, por Dios, qué vergüenza, mira que ponerme a llorar aquí en el parque a plena luz del día... Y encima tampoco estaba vigilando a Jon. Perdón, debo de parecerte la peor madre del mundo.

—No, qué va, no te sientas así, no ha corrido ningún peligro, pero espero que estés bien.

No quería entrometerse, pero la mujer parecía desesperada.

—Bah, no se ha muerto nadie, no te preocupes, es mi ex, que es un idiota. Parece que a su nueva pareja no le interesa «su equipaje», así que ha anulado los tres días que iba a quedarse con Jon, con la excusa de que Madde «estaba deseando tener algo de tiempo para ellos solos».

—Patético —dijo Martin, presa de la mayor irritación—. Menudo cerdo.

Ella le sonrió, y él notó que se le iba la mirada a los hoyuelos de la cara.

—¿Y tú?

—Sí, yo estoy bien —respondió, y ella se echó a reír.

Era como si la joven se iluminara por dentro.

—No, me refería a cuál es tu hijo.

Lo dijo señalando el parque, y Martin se llevó la mano a la frente.

—Claro, qué tonto. Claro que te referías a eso. Es aquella, la que está en el columpio, y que ahora está de lo más enfadada al verse allí tan quieta.

—Vaya, pues nada, más vale que le pongas remedio enseguida. Claro que a lo mejor está también su madre con vosotros.

Martin se sonrojó. ¿Estaría aquella mujer coqueteando con él? Se sorprendió al darse cuenta de que esperaba que así fuera. No sabía qué responder, pero al final pensó que lo mejor sería decir la verdad.

—No, soy viudo —dijo.

Viudo. Parecía propio de un octogenario, no del padre de una niña pequeña.

—Ah, lo siento —dijo ella, y se llevó la mano a la boca—. Muy propio de mí decir esa tontería de que no había muerto nadie.

Dicho esto, le puso a Martin la mano en el brazo, y él sonrió con toda la calma que pudo. Algo en su interior lo empujaba a no entristecerla ni incomodarla, quería verla reír. Quería volver a ver aquellos hoyuelos.

—No pasa nada —dijo, y notó que ella se tranquilizaba.

A su espalda, Tuva gritaba «¡Papáaaaaa!», cada vez más alto y con más impaciencia.

—Más vale que le des a esa pequeña un poco de impulso cuanto antes —dijo, y le limpió a Jon los mocos y la arena que tenía en la cara.

—A lo mejor volvemos a vernos por aquí, ¿no? —dijo Martin.

Él mismo se percató de lo esperanzado de su tono. Ella le sonrió, y los hoyuelos se dibujaron aún con más nitidez.

—Sí, venimos mucho. Seguro que volvemos mañana, sin ir más lejos —dijo, y él asintió feliz mientras empezaba a retroceder en dirección a Tuva.

—Entonces seguro que nos vemos —dijo, y trató de no sonreír demasiado.

Luego notó que los talones chocaban con algo. A continuación, un grito agudo. Desde el columpio oyó a Tuva decir con un suspiro:

—Pero papá, por favor...

En medio de aquel lío sonó el teléfono, y lo sacó del bolsillo. En la pantalla se leía «Gösta».

—¿De dónde habéis sacado a este desastre?

Marie apartó a la mujer que se había pasado los últimos sesenta minutos poniéndole mejunjes en la cara y miró al director, Jörgen Holmlund.

—Yvonne es muy buena —dijo Jörgen con ese temblor suyo en la voz tan irritante—. Ha trabajado en casi todas mis producciones cinematográficas.

Detrás de Marie, Yvonne dejó escapar un sollozo. Los dolores de cabeza que Marie había sufrido desde que llegó a la caravana se agravaban cada vez más.

—Tengo que ser Ingrid hasta el último milímetro, en todas las escenas. Ella siempre estaba perfecta. No puedo parecer una Kardashian. Contorno, ¿tú has oído algo más horrible? Yo tengo unos rasgos perfectos, ¡a mí no me vengas con esa porquería de contorno!

Señaló en el espejo su cara, que tenía manchas bien definidas de blanco y marrón oscuro.

—Pero si eso se elimina luego, no se va a ver así —dijo Yvonne con una vocecilla tan débil que Marie apenas la oyó.

—Y a mí qué. ¡A mí no hay que corregirme las facciones!

—Estoy seguro de que Yvonne puede hacerlo otra vez —dijo Jörgen—. Hacerlo como tú quieras.

Se le habían formado en la frente unas gotas de sudor, a pesar de que allí dentro hacía fresco.

El amplio equipo cinematográfico y la oficina de producción estaban en TanumStrand, un complejo turístico y de locales de congresos situado entre Fjällbacka y Grebbestad, pero en Fjällbacka se utilizaban autocaravanas como camerinos y salas de maquillaje.

—De acuerdo, límpialo todo y hazlo otra vez, a ver cómo queda —dijo, y no pudo por menos de sonreír al ver el alivio en la cara de Yvonne.

Durante los primeros años en Hollywood, Marie se había dejado moldear según los gustos ajenos, y hacía cuanto le pedían. Pero ahora era otra persona. Y sabía cómo debían dar forma a su personaje. Qué aspecto debía tener.

—Dentro de una hora como máximo tenemos que estar listos —dijo Jörgen—. Esta semana filmaremos algunas de las escenas más sencillas.

Marie se volvió. Yvonne le había retirado el trabajo de una hora en diez segundos con ayuda de una toallita, y ahora tenía la cara limpia y sin maquillar.

—Quieres decir que esta semana harás las escenas más baratas, ¿no? Yo pensaba que todos habían dado luz verde.

No pudo evitar que le resonara en la voz cierto tono de inquietud. Aquel no había sido uno de esos proyectos cinematográficos indiscutibles con una cola de patrocinadores ansiosos por aportar dinero. En Suecia habían cambiado las cosas en el mundo del cine, ahora daban prioridad a las películas para un público reducido, y las que iban dirigidas a un público más amplio quedaban atrás. Aquella producción había peligrado en varias ocasiones.

—Aún están intercambiando opiniones... sobre las prioridades... —Una vez más se oyó aquel temblor nervioso en la voz—. Pero nada de lo que tengas que preocuparte. Tú concéntrate en hacer un trabajo espléndido en las escenas que rodemos. Es lo único en lo que debes pensar.

Marie se volvió otra vez hacia el espejo.

—Hay varios periodistas que quieren entrevistarte —dijo Jörgen—. Preguntarte por tu relación con Fjällbacka, por el hecho de que no venías desde hacía treinta años... Comprendo que puede resultar... delicado hablar de aquella época, pero podrías...

—Cítalos —dijo Marie sin apartar la vista del espejo—. No tengo nada que ocultar.

Si algo había aprendido, era que toda publicidad es buena. Le sonrió a la imagen del espejo. Tal vez se le estuviera pasando el dichoso dolor de cabeza.

Erica había recogido a los niños después de relevar a Patrik, y luego tomaron despacio la pendiente camino a casa. Patrik salió corriendo en cuanto ella apareció, y tenía un punto de inquietud en la mirada. Erica compartía esa preocupación. La sola idea de que algo les ocurriera a los niños era como caer en un abismo.

Una vez en casa, les dio un beso más fuerte de lo normal. Acostó a los gemelos para que echaran una siestecita y sentó a Maja delante de la película *Frozen*. Y ya se encontraba por fin en el despacho. Cuando Patrik le contó cuál era la finca de la niña desaparecida, y el espeluznante parecido en lo que a la edad se refería, sintió una necesidad imperiosa de sentarse a examinar el material de que disponía. Estaba lejos de encontrarse preparada para empezar a escribir el libro, pero tenía la mesa atestada de carpetas, copias de artículos periodísticos y notas escritas a mano sobre la muerte de Stella. Se quedó un rato allí sentada mirando las pilas de papeles. Hasta el momento solo había acumulado datos, como un ratón de biblioteca, pero aún no había empezado a estructurarlos, ordenarlos y clasificarlos. Ese era el siguiente paso del largo y tortuoso camino hacia el libro acabado. Alargó el brazo en busca de la fotocopia de un artículo y se quedó observando a las dos niñas de la foto en blanco y negro. Helen y Marie. Miradas hoscas y sombrías. Resultaba difícil decir si lo que había en sus ojos era rabia o miedo. O maldad, tal y como tantos aseguraban. Pero a Erica le costaba creer que los niños pudieran ser malvados.

Ese tipo de especulaciones se habían dado en todos los casos en los que algún niño había cometido acciones horrendas. Mary Bell, que solo tenía once años cuando asesinó a dos niños. El asesino de James Bulger. Pauline Parker y Juliet Hulme, las dos niñas de Nueva Zelanda que mataron a la madre de Pauline. A Erica le encantaba *Criaturas celestiales,* la película de Peter Jackson basada en ese caso. Cuando todo pasó empezaron a decir que «siempre había sido una niña horrible», o «se le veía la maldad en los ojos desde que era muy pequeña». Los vecinos, los amigos e incluso la familia daban gustosos su opinión y señalaban los indicios de algo así como una maldad congénita. Pero ¿cómo iba a ser malvado un niño? En ese caso, Erica prefería creer lo que había leído en alguna parte, que «la maldad era la ausencia de bondad». Y que, seguramente, cada cual nacía con cierta propensión a lo uno o a lo otro. Una propensión que se veía fortalecida o mitigada según el entorno y la educación.

Por esa razón debía recabar toda la información posible sobre las dos niñas de la foto. ¿Quiénes eran Marie y Helen? ¿Cómo se criaron? No pensaba conformarse con lo que se veía en la superficie, le interesaba lo que había ocurrido en el seno de cada una de las dos familias. ¿Qué valores les transmitieron a aquellas niñas? ¿Las trataban bien o mal? ¿Qué habían aprendido del mundo, hasta los sucesos de aquel día aciago de 1985?

Las dos niñas retiraron su confesión al cabo de un tiempo e insistieron tenazmente en su inocencia. Aunque casi todo el mundo estaba convencido de la culpabilidad de Helen y de Marie, hubo muchas especulaciones. ¿Y si el culpable de la muerte de Stella era otra persona, que ese día vio su oportunidad? ¿Y si ahora se había presentado la oportunidad otra vez? No podía ser mero azar que una niña de la misma edad desapareciera de la misma finca. ¿Cuál era la probabilidad de que ocurriera algo así? Tenía que existir alguna relación entre pasado y presente. ¿Y si la policía había pasado por alto la pista de un asesino que ahora, por alguna razón, había vuelto a las andadas? Tal vez inspirado por el regreso de Marie... Pero, si así fuera, ¿por qué? ¿Habría más niñas en peligro?

Si al menos hubiera avanzado más en sus investigaciones... Erica se levantó de la silla. Hacía un calor sofocante, y se estiró por encima de la mesa para abrir la ventana de par en par. Allá fuera la vida continuaba como siempre. Le llegaban los sonidos del verano. Los niños, que gritaban y reían en la playa. Las gaviotas, que chillaban sobrevolando las aguas. El viento, que soplaba entre las copas de los árboles. Allí fuera todo era un idilio. Pero Erica ni se daba cuenta.

Se sentó otra vez y empezó a clasificar el material que había reunido. Ni siquiera había empezado aún con las entrevistas. Tenía una larga lista de personas con las que había pensado hablar y, naturalmente, Marie y Helen figuraban en primer lugar. Con Helen ya había intentado un acercamiento, le había enviado varias solicitudes que no recibieron respuesta, y se había puesto en contacto con el agente de prensa de Marie. En el escritorio tenía copias de varias entrevistas que trataban del caso Stella, de modo que no creía que la actriz se negara a hablar con ella. Al contrario, la opinión general era que la carrera de Marie no se habría desarrollado como lo hizo si la noticia de quién era en realidad no se hubiera filtrado a la prensa después de un par de papeles secundarios en producciones sin importancia.

Si algo había aprendido Erica de los libros que había escrito sobre casos de asesinato reales, era que el ser humano tenía un deseo inherente de decir la verdad, de contar su historia. Casi sin excepción.

Activó el sonido del móvil por si llamaba Patrik. Aunque lo más probable sería que estuviera demasiado ocupado para mantenerla al corriente. Ella se había ofrecido a ayudar en la búsqueda, pero él le dijo que seguro que habría voluntarios de sobra, y que era mejor que se quedara con los niños. Erica no protestó. Abajo, en la sala de estar, se oía que la película había llegado al punto en el que Elsa se venía abajo y construía un castillo entero de hielo. Sin hacer ruido, dejó en la mesa los papeles que tenía en la mano. Hacía muchísimo tiempo que no se sentaba con Maja a ver la tele. Así que tendría que tragarse a aquella princesa tan egocéntrica. Y Olaf era encantador. Y el reno aquel también, desde luego.

−¿Cuánto habéis avanzado? −preguntó Patrik sin saludar siquiera cuando llegó a la finca.

Gösta se encontraba delante de la entrada a la vivienda, al lado de un conjunto de muebles de jardín de madera pintada de blanco.

−He llamado a Uddevalla, y han enviado un helicóptero.

−¿Y la Compañía de Salvamento Marítimo?

Gösta asintió.

−Todos están avisados, ya hay gente en camino. He llamado a Martin y le he pedido que reúna un puñado de voluntarios para las batidas con los perros. Ha empezado a correr la voz por toda Fjällbacka, así que esto no tardará en llenarse de gente. También vendrán los colegas de Uddevalla con los perros.

−¿Tú qué crees? −dijo Patrik en voz baja, pues había visto a los padres de la niña a unos metros de allí, los dos abrazados.

−Quieren salir a buscar ellos también −dijo Gösta, al ver hacia dónde estaba mirando Patrik−. Pero les he dicho que tienen que esperar hasta que nos hayamos organizado; de lo contrario, pronto tendremos que invertir recursos en buscarlos a ellos también.

Carraspeó un poco.

−No sé qué pensar, Patrik. Ninguno de los dos ha visto a la niña desde que se fue a dormir ayer; eso fue a las ocho de la tarde, y es una niña pequeña. Cuatro años. Si estuviera por aquí, ya habría dado señales de vida. Por lo menos habría vuelto a casa cuando le hubiera entrado hambre. Así que debe de haberse perdido. A menos que...

Dejó la frase inconclusa.

−Es una extraña coincidencia −dijo Patrik.

Tenía un nudo en el estómago, y un montón de pensamientos que no quería ni plantearse lo atormentaban sin cesar.

—Doy por hecho que no trabajamos solo con la hipótesis de su desaparición, ¿verdad?

Patrik evitó ahora mirar a los padres.

—Verdad —confirmó Gösta—. Tan pronto como podamos empezaremos a hablar con los vecinos de la zona, o al menos con los que viven en la calle que empieza aquí, por si han visto algo por la noche o durante el día. Pero en primer lugar debemos centrarnos en la batida con los perros. Ahora en agosto anochece muy rápido, y la idea de que esté sola y asustada en medio del bosque me exaspera. Mellberg quiere que recurramos a la prensa, pero yo prefiero esperar.

—Sí, madre mía, cómo no iba a querer él llamar a la prensa —suspiró Patrik.

El jefe de la comisaría parecía una gran autoridad mientras recibía a los voluntarios que ya empezaban a llegar.

—Tenemos que organizar esto, me he traído un mapa de la zona que rodea la finca —dijo Patrik, y a Gösta se le iluminó la cara.

—Dividiremos el área de búsqueda en secciones —propuso, y le quitó a Patrik el mapa de las manos.

Lo extendió sobre la mesa, sacó un bolígrafo del bolsillo de la camisa y empezó a dibujar.

—¿Qué te parece? ¿Son secciones abordables para cada grupo? ¿Si hacemos grupos de tres o cuatro personas?

—Sí, yo creo que sí —dijo Patrik.

Los últimos años, la colaboración con Gösta había funcionado a la perfección, y aunque por lo general su colega trabajaba casi siempre con Martin Molin, él se encontraba a gusto con aquel policía algo mayor. Las cosas no eran así unos años atrás, cuando Gösta trabajaba con Ernst, otro colega ya fallecido. Pero resultó que sí era posible enseñar a un perro viejo. Aún hoy, la cabeza de Gösta se encontraba a ratos más en el campo de golf que en la comisaría, pero a la hora de la verdad, como en aquellos momentos, era ágil y rápido.

—¿Haces tú una breve sesión informativa? —preguntó Patrik—. ¿O me encargo yo?

No quería pisarle el terreno a su colega haciéndose con el control nada más llegar.

—Mejor encárgate tú —dijo Gösta—. Lo importante es que Bertil no tome la palabra...

Patrik asintió. Casi nunca era buena idea dejar que Bertil Mellberg hablara en público. La cosa siempre acababa con que alguien se sentía herido u ofendido, y entonces tenían que invertir tiempo en resolver la crisis en lugar de ocuparse de lo que debían hacer.

Dirigió la vista hacia los padres de Nea, que ahora estaban en el centro de la explanada, aún abrazados.

Dudó un instante, pero al final dijo:

—Voy a saludar a los padres. Luego reuniré a los que ya están aquí e iremos dando la información según vayan llegando los grupos. No para de llegar gente, así que será imposible reunirlos a todos al mismo tiempo. Y tenemos que hacer lo posible por empezar cuanto antes.

Se acercó discretamente a los padres de la niña. Siempre resultaba muy difícil afrontar el contacto con los familiares.

—Patrik Hedström, también soy de la policía —dijo, y les estrechó la mano—. Como veis, hemos empezado a reunir voluntarios para dar una batida con perros, y he pensado abordar con ellos un breve repaso de lo que hay, para que nos pongamos en marcha inmediatamente.

Se dio cuenta de que había sonado demasiado oficial, pero solo así podía mantener los sentimientos a raya y centrarse en lo que había que hacer.

—Hemos llamado a amigos, y los padres de Peter, que están en España, ya han confirmado que van a venir —dijo Eva en voz baja—. Les hemos dicho que no hacía falta, pero están muy preocupados.

—Una patrulla canina procedente de Uddevalla está ya en camino —dijo Patrik—. ¿Tenéis algún objeto de... vuestra hija?

—Nea —dijo Eva, y tragó saliva—. En realidad es Linnea, pero la llamamos Nea.

—Nea, un nombre muy bonito. ¿Tenéis algo de Nea que los perros puedan olisquear para seguir su rastro?

—En el cesto de la ropa sucia hay varias prendas de ayer, ¿eso puede servir?

Patrik asintió.

–Perfecto. ¿Podéis entrar a buscarlas ahora mismo? Y quizá hacer café para ofrecer a los voluntarios...

Él mismo se dio cuenta de lo absurdo de la propuesta, pero por un lado quería estar tranquilo mientras daba instrucciones a los que iban a salir a dar la primera batida, y por otro le interesaba mantener ocupados a los padres. Eso solía facilitar las cosas.

–¿No deberíamos acompañarlos? –dijo Peter–. A buscar, me refiero.

–Os necesitamos aquí, debemos teneros localizados cuando la encontremos, así que será mejor que permanezcáis en la finca, habrá mucha gente buscando, te lo aseguro.

Peter parecía dudar y Patrik le puso la mano en el hombro.

–Sé que cuesta quedarse en la finca esperando, pero créeme, seréis más útiles aquí.

–De acuerdo –dijo Peter en voz baja, y se dirigió a la casa con Eva.

Patrik dio un silbido para llamar la atención de la treintena de personas que ya se habían reunido en la explanada. Un hombre de unos veinte años que había estado grabando con el móvil se guardó el teléfono en el bolsillo.

–Vamos a daros la salida en breve para que empecéis a buscar cuanto antes; cuando desaparece una niña tan pequeña, cada minuto cuenta. Recordad, buscamos a Linnea, a la que llaman Nea, de cuatro años. No sabemos con exactitud cuánto tiempo lleva desaparecida, pero sus padres no la ven desde que la acostaron ayer, sobre las ocho de la tarde. Hoy se han pasado el día creyendo cada uno que la niña estaba con el otro, un malentendido de lo más desafortunado, así que no han descubierto que había desaparecido hasta hace unas horas. Una de las hipótesis con las que vamos a trabajar, y la más probable, es que se ha perdido en el bosque.

Señaló a Gösta, que seguía junto al conjunto de muebles de jardín, con el mapa extendido sobre la mesa.

–Os dividiremos en grupos de tres o cuatro personas, luego Gösta asignará una zona a cada uno. No tenemos más mapas, de modo que tendréis que orientaros más o menos, tal vez alguno de vosotros pueda hacer una foto del mapa con el móvil, así sabréis por dónde tenéis que buscar.

53

—También podemos buscar un mapa de la zona en el móvil —dijo un hombre calvo con el teléfono en alto—. Si no tenéis localizada una buena aplicación de mapas, os enseñaré cuál es la mejor. Yo suelo utilizar el mapa del móvil cuando salgo a caminar por el bosque.

—Gracias —dijo Patrik—. Cuando cada grupo tenga asignada su zona, quiero que avancéis dejando un brazo de distancia entre vosotros. Sin pausa, pero sin prisa. Ya sé que puede ser tentador tratar de examinar la zona cuanto antes, pero hay muchos rincones en el bosque donde pueden esconder a una niña de cuatro años. O bueno..., donde una niña de esa edad puede esconderse. Así que sed exhaustivos.

Cerró el puño y le dio un golpe de tos. El nudo en el estómago no paraba de crecer.

—Si..., si encontrarais algo —dijo, y perdió el hilo.

No sabía muy bien cómo continuar, esperaba que los presentes lo comprendieran sin necesidad de más aclaraciones. Empezó de nuevo.

—Si se produce algún hallazgo, no toquéis nada ni lo cambiéis de sitio. Pueden ser pistas, o en fin, otra cosa.

Algunos asintieron, pero la mayoría se quedaron con la cabeza gacha mirando al suelo.

—Os detenéis en el lugar en cuestión y me llamáis enseguida a este número —dijo, y pegó una nota bien grande en la pared del cobertizo—, guardadlo en vuestro teléfono. ¿Entendido? Os quedáis en el lugar en cuestión y me llamáis. Y nada más. ¿De acuerdo?

Un hombre mayor que estaba detrás del grupo levantó la mano. Patrik lo reconoció, era Harald, que regentó durante muchos años la panadería de Fjällbacka.

—¿Existe..., existe algún riesgo de que no sea casualidad? ¿Lo de la finca y la niña? Y lo que ocurrió...

No tuvo que decir más. Todos entendían exactamente a qué se refería. Patrik reflexionó un instante sobre cómo debía responder.

—No descartamos nada —dijo al fin—. Pero por el momento, lo más importante es peinar la zona de bosque más próxima.

Con el rabillo del ojo vio a la madre de Nea, que salía con un montón de ropa infantil en los brazos.

—Bueno, pues en marcha.

Un primer grupo de cuatro personas se dirigió a Gösta para que les asignara la zona de búsqueda. Al mismo tiempo, se oyó el ruido de un helicóptero que se acercaba por encima de las copas de los árboles. Aterrizar no supondría ningún problema, había mucho sitio en la finca. La gente empezaba a moverse en dirección al lindero del bosque, y Patrik se quedó observándolos mientras se alejaban. A su espalda oyó cómo el helicóptero iba descendiendo para aterrizar, al mismo tiempo que entraban en la explanada los coches de Uddevalla con los perros. Si la niña se encontraba en el bosque, la encontrarían, estaba convencido. Lo que lo asustaba era la alternativa de que no se hubiera perdido allí.

El caso Stella

Pasaron la noche buscando a la criatura. Se les iban uniendo cada vez más personas, y Harald oía a su alrededor a la gente en el bosque. La policía había hecho un buen trabajo y no faltaban voluntarios. Aquella era una familia muy querida, todos conocían a la pequeña de cabello anaranjado. Era el tipo de niña que no se rendía hasta que no se le correspondía con una sonrisa en la tienda.

Harald compartía el sufrimiento de los padres. Sus hijos eran ya mayores, dos de los chicos se habían sumado a la búsqueda. Él cerró la panadería; de todos modos, apenas había clientes, ya se habían acabado las vacaciones en las fábricas y la campanilla del reloj que tenía colgado encima de la puerta tardaba en dar las horas. Habría cerrado de todas formas, aunque hubiera habido mucho trajín de gente. Sintió una presión en el pecho solo de imaginar el terror que debían de estar viviendo los padres de Stella.

Harald removió al tuntún unos arbustos con una rama que había encontrado. No era aquella tarea fácil. El bosque era enorme y extenso, pero ¿hasta dónde era capaz de llegar sola una niña pequeña? Eso, si es que estaba en el bosque. Esa no era más que una de las posibilidades que barajaba la policía, su carita aparecía en todos los telediarios. Y claro que también podrían habérsela llevado en un coche y tenerla muy lejos de allí a aquellas alturas. Pero no podía permitirse pensar así; en esos momentos, su misión era buscarla en el bosque, la suya y la de todos los demás cuyos pasos se oían entre las ramas.

Se detuvo un instante y aspiró el aroma del bosque. Cada vez salía menos a disfrutar de la naturaleza. La panadería y la familia habían absorbido las últimas décadas, pero cuando era joven pasaba mucho tiempo al aire libre. Se prometió que volvería a hacerlo. La vida era breve. El último día había sido un recordatorio constante de que uno nunca podía estar seguro de cuándo las cosas cambiarían de rumbo por completo.

Tan solo unos días atrás, los padres de Stella pensarían seguramente que sabían lo que la vida iba a depararles. Dejarían correr los días tranquilamente, sin detenerse un instante a regocijarse por lo que tenían. Eso mismo hacía casi todo el mundo. Hasta que algo ocurría, y entonces empezaban a apreciar cada segundo que pasaban con sus seres queridos.

Empezó a caminar otra vez, despacio, muy despacio, metro a metro. Algo más allá, delante de él, se atisbaba agua entre los árboles. Les habían dado instrucciones precisas de lo que debían hacer si encontraban algún riachuelo. Debían comunicárselo a la policía, que buscaría en el agua, rastrearía o llevaría buzos, si eran aguas profundas. El agua estaba inmóvil, como un espejo. Solo unas libélulas aterrizaban sobre la superficie y originaban en el agua unos anillos diminutos. Harald no vio nada. Lo único que podía apreciarse en el agua a simple vista era un tronco de árbol caído, derribado años atrás por el viento o por un rayo. Se acercó un poco y vio que aún estaba anclado a la tierra por un trozo de raíz. Con sumo cuidado, se subió encima. Seguía sin ver nada. Tan solo el agua en la calma más absoluta. Luego se miró los pies. Y entonces vio el pelo. Aquella melena rojiza que flotaba en las aguas turbias como un manojo de algas.

Sanna se quedó plantada en medio de uno de los pasillos del supermercado Konsum. En verano solía mantener abierto el vivero hasta muy tarde, pero hoy la atosigaban los pensamientos. Por una vez, las preguntas del tipo «¿Cada cuánto se riegan los geranios?» se le antojaron absurdas.

Volvió en sí y miró a su alrededor. Hoy llegaría Vendela después de estar en casa de su padre, y quería tener en casa su comida y sus aperitivos favoritos. Antes era capaz de recitar los platos favoritos de Vendela hasta dormida, pero en la actualidad esos platos variaban tanto como el color de pelo de la jovencita. Una semana era vegana, la siguiente solo comía hamburguesas, la tercera se ponía a dieta y chupaba una zanahoria mientras Sanna le insistía en que debía comer y la advertía de los riesgos de la anorexia. Nada era estable, nada era como antaño.

¿Tendría Niklas los mismos problemas que ella? Tener a Vendela cada dos semanas fue un acuerdo que había funcionado bien durante muchos años, pero ahora la muchacha parecía haber comprendido cuánto poder tenía. Si no le gustaba la comida, decía que la de Niklas le gustaba más, y, por supuesto, él le permitía salir con Nils por las noches. Sanna se sentía exhausta a veces, se preguntaba cómo pudo parecerle tan agotadora la época de la infancia: la adolescencia había resultado ser siete veces peor.

Su hija le parecía a menudo una extraña. Vendela siempre había estado pendiente de Sanna en cuanto intuía que había fumado a escondidas detrás de la casa, y le había dado incontables charlas sobre el riesgo de contraer cáncer. Pero la última vez que estuvieron juntas, Sanna se había dado cuenta de que a Vendela le olía la ropa a tabaco.

Sanna miraba los estantes. Al final se decidió. Se decantó por una apuesta segura. Tacos. Con carne picada normal y corriente y carne de soja cubriría la posibilidad de que esta vez tocara ser veganos.

Sanna nunca atravesó la fase de la adolescencia. Se hizo mayor demasiado rápido. La muerte de Stella y todos los horrores que sucedieron después la arrojaron directamente a la vida adulta. No había ningún espacio para quejarse de cosas de adolescentes. No había ningunos padres con los que desesperarse.

Conoció a Niklas en el instituto de recursos naturales. Se fueron a vivir juntos cuando ella consiguió el primer trabajo. Al cabo de un tiempo nació Vendela, más bien por accidente, en honor a la verdad. El que la cosa no funcionara no era culpa de Niklas. Él era un buen hombre, pero ella nunca lo dejó entrar. Querer a alguien, ya fuera un marido o un hijo, dolía demasiado, y ella lo había aprendido bien pronto en la vida.

Sanna metió tomates, pepinos y cebolla en el cesto de la compra y se dirigió a la caja.

—Bueno, te habrás enterado, ¿no? —dijo Bodil, mientras marcaba con toda soltura los artículos que Sanna iba poniendo en la cinta.

—No, ¿de qué? —dijo Sanna, y puso encima la botella de refresco de cola.

—¡Lo de la niña!

—¿Qué niña?

Sanna la escuchaba solo a medias. Ya se arrepentía de haberle comprado coca-cola a Vendela.

—La que ha desaparecido. De la finca de tus padres.

Bodil no pudo ocultar la emoción en la voz. Sanna se quedó helada en mitad de un movimiento, con la bolsa de queso tex-mex en la mano.

—¿La finca de mis padres? —dijo, mientras le zumbaban los oídos.

—Sí —dijo Bodil, y continuó marcando los artículos sin percatarse de que Sanna había dejado de poner sus compras en la cinta—. Ha desaparecido una niña de cuatro años de vuestra antigua finca. Mi marido ha ido como voluntario para dar una batida en el bosque con los perros, parece que hay un buen despliegue.

Sanna dejó muy despacio la bolsa de queso en la cinta. Luego se dirigió a la puerta. Allí se dejó la compra. Y el bolso. A su espalda oyó cómo la llamaba Bodil.

Anna se retrepó en la silla mientras contemplaba cómo Dan aserraba un tablón. Justo ahora, en plena ola de calor, se le había ocurrido que era el momento idóneo para el proyecto de «construcción de un porche nuevo». Llevaban tres años hablando del tema, pero al parecer ya no podía posponerse más. Suponía que sería el instinto masculino, que salía a relucir. Por lo que a ella se refería, se había manifestado en el impulso de revisar todos los armarios. Los niños habían empezado a esconder su ropa favorita, por temor de que acabara en el contenedor de reciclado.

Anna sonrió al ver a Dan luchando con aquel calor, y se dio cuenta de que, por primera vez en mucho tiempo, estaba disfrutando de la vida. Su pequeña empresa de decoración no estaba seguramente como para cotizar en bolsa, pero muchos de los veraneantes de la zona, tan exquisitos ellos, lo contrataban a menudo, y había empezado a rechazar encargos por falta de tiempo. Y la criatura crecía sana en sus entrañas. No habían querido que les dijeran el sexo, así que el nombre de batalla era por el momento «bebis». Los demás niños hacían grandes aportaciones a la cuestión del nombre, pero propuestas como Buzz Lightyear, Rackaralex[*] y Darth Vader no resultaban de gran ayuda. Y una noche, Dan citó medio irritado a Fredde, el personaje de la serie *Solsidan*[**]: «Cada uno de los dos hicimos una lista de nombres y luego elegimos el primero de la lista de Micka». Y solo porque ella había rechazado su propuesta de que, si era niño, se llamara Bruce, por Bruce Springsteen. Él tampoco lo hacía mucho mejor; según

---

[*] Rackaralex, Alexander Hermansson (Estocolmo, 1992), *youtuber* miembro del grupo de entretenimiento y de deportes extremos Rackartygarna (Los Diablillos). *(N. de la T.)*

[**] Personaje de la telecomedia sueca *Solsidan,* nombre de la zona residencial holmiense de Saltsjöbaden donde se ambienta la serie. Es un prototipo masculino exitoso en el trabajo, pero doblegado en lo doméstico a Micka, su mujer. *(N. de la T.)*

decía, al oír la propuesta de Anna de que se llamara Philip, veía al niño naciendo directamente con la chaqueta de marinero. Así que allí estaban, a un mes del parto y sin un solo nombre razonable, ni de niño ni de niña.

Pero seguro que se arreglaría, pensó Anna mientras veía acercarse a Dan, que se agachó y le dio un beso en la boca. Sabía salado por el sudor.

—Ahí estás, tan ricamente —dijo, y le dio una palmadita en la barriga.

—Pues sí, los niños están todos en las casas de sus amigos —dijo, y bebió un poco de café helado.

Sabía que, según algunos, no había que tomar demasiado café durante el embarazo, pero alguna alegría tendría que poder darse ahora que el alcohol y los quesos sin pasteurizar estaban prohibidos.

—Ay, hoy por poco me muero en el almuerzo cuando he visto a mi hermana pimplarse un buen vaso de espumoso frío —se lamentó, y Dan le dio un apretón en el hombro.

Se había sentado a su lado y se tumbó con los ojos cerrados para disfrutar del sol de la tarde.

—Ya falta poco, cariño —le dijo acariciándole la mano.

—Me pienso bañar en vino después del parto —dijo ella con un suspiro, y cerró los ojos también.

Luego recordó que las hormonas del embarazo podían provocarle manchas en la piel y, con una maldición, se puso el sombrero de ala ancha que tenía en la mesa.

—Joder, ni siquiera puede una tomar el sol —protestó entre dientes.

—¿Qué? —dijo Dan con tono indolente, y Anna comprendió que estaba a punto de quedarse dormido al sol.

—Nada, cariño —dijo mientras sentía unas ganas irresistibles de darle una patada en las espinillas, solo porque era hombre y podía librarse de todos los síntomas y privaciones del embarazo.

Era de lo más injusto. Y todas aquellas mujeres que suspiraban y hablaban con aire soñador de la *maravilla* de estar embarazada y del *don* que era llevar al niño en su seno. A ellas también quería pegarles. Fuerte.

—La gente es idiota —murmuró enojada.

—¿Qué? —repitió Dan, más inmerso aún en el sueño.

—Nada —respondió Anna, y se encajó bien el sombrero hasta los ojos.

¿Qué era lo que estaba pensando antes de que Dan la interrumpiera con su llegada? Ah, sí, eso. Que la vida era maravillosa. Y sí que lo era. A pesar de los problemas del embarazo y todo lo demás. Era una mujer querida. Y vivía rodeada de su familia.

Se quitó el sombrero y volvió la cara al sol. Si le salían manchas, le daba igual. La vida era demasiado corta para renunciar a tomar el sol.

A Sam le habría gustado poder quedarse allí para siempre. Adoraba aquello desde que era pequeño. El calor de las rocas. El chapoteo del agua. Los gritos de las gaviotas. Allí podía refugiarse y huir de todo. La hija de Marie Wall. La ironía del destino.

—¿Tú quieres a tus padres?

Sam abrió un ojo y la miró. Jessie estaba boca abajo, mirándolo con la barbilla apoyada en la mano.

—¿Por qué lo preguntas?

Era una pregunta personal. Hacía muy poco que se conocían.

—Yo no he visto nunca a mi padre —dijo ella, y apartó la mirada.

—¿Por qué no?

Jessie se encogió de hombros.

—Pues no lo sé. Supongo que mi madre no quería que lo conociera. No estoy segura de que sepa quién es mi padre.

Sam alargó una mano vacilante. Se la puso en el brazo. Ella no se movió, y él no la retiró. En los ojos de Jessie había algo así como un brillo nuevo.

—¿Y tú? ¿Tienes buena relación con tus padres? —dijo ella.

La seguridad y la calma que había sentido hacía un momento desaparecieron. Pero sabía por qué preguntaba y, en cierto modo, le debía una respuesta.

Sam se incorporó y respondió mirando al mar.

—Mi padre... Mi padre ha estado en la guerra. A veces se ha pasado fuera varios meses seguidos. Y otras veces se trae la guerra a casa.

Jessie se inclinó hacia él, apoyó la cabeza en su hombro.

—¿Te ha...?

—No quiero hablar de ese tema... todavía.

—¿Y tu madre?

Sam cerró los ojos. Dejó que lo caldearan los rayos del sol.

—Con ella, bien —dijo al fin.

Por un instante pensó en aquello en lo que no debía pensar, y cerró los ojos con más fuerza aún. Se tanteó el bolsillo en busca de lo que llevaba para fumar. Sacó dos cigarrillos liados, los encendió y le pasó uno a ella.

La calma se le extendió por todo el cuerpo, el zumbido de la cabeza se acalló, el humo apartó los recuerdos. Se inclinó un poco y besó a Jessie. En un primer momento, ella se quedó helada. Por miedo. Por la falta de costumbre. Luego, él notó cómo sus labios se relajaban y lo dejaban entrar.

—Oh, qué tierno.

Sam dio un respingo.

—Mira ese par de tortolitos.

Nils bajaba por la roca seguido de Basse y Vendela. Como siempre. Como si no pudieran existir el uno sin el otro.

—¿Y a quién tenemos aquí, eh? —Nils se sentó justo donde estaban ellos y se quedó mirando fijamente a Jessie, que se ajustó un poco la parte de arriba del biquini—. ¿Te has echado novia, Sam?

—Me llamo Jessie —dijo ella, y le tendió la mano, pero Nils hizo caso omiso.

—¿Jessie? —dijo Vendela a su espalda—. La hija de Marie Wall.

—No me digas, la hija de la amiga de tu madre, la estrella de Hollywood.

Nils miraba ahora con fascinación a Jessie, que seguía tirándose del biquini. Sam quería protegerla de sus miradas, cubrirla con sus brazos y decirle que no se preocupara de ellos. Pero alargó el brazo y le dio su camiseta.

—Claro, es normal que estos dos hayan hecho buenas migas —dijo Basse, y le dio a Nils con el codo en el costado.

Tenía una voz muy aguda y femenina, como de falsete, de la que nadie se atrevía a burlarse si no quería granjearse la ira de Nils. En realidad se llamaba Bosse, pero ya en los primeros años de instituto consiguió que todo el mundo lo llamara Basse, porque sonaba más guay.

—Sí, de lo más normal —dijo Nils, y miró a Jessie y luego a Sam.

Nils se incorporó con ese brillo en los ojos que siempre hacía que se le encogiera el estómago. Ese brillo que decía que algo malo se estaba cociendo. Pero de pronto se volvió a Vendela y a Basse.

—Tengo un hambre de narices —dijo—. Nos largamos.

Vendela sonrió a Jessie.

—Nos vemos luego.

Sam se los quedó mirando sorprendido. ¿A qué había venido aquello?

Jessie se apoyó en su pecho.

—¿Quiénes son? —dijo—. Son un poco raros. Simpáticos, pero raros.

Sam meneó la cabeza.

—No, no son simpáticos. Para nada.

Sacó el móvil del bolsillo. Abrió la carpeta de imágenes y ojeó los vídeos. Sabía por qué había guardado aquella grabación: como un recordatorio de lo que las personas eran capaces de hacerse unas a otras. Lo que eran capaces de hacerle a él. Pero no se había planteado enseñárselo a Jessie. Ya lo había visto bastante gente.

—El verano pasado subieron esto a Snapchat —dijo, y le dio el móvil a Jessie—. Conseguí copiarlo antes de que desapareciera.

Sam apartó la vista cuando Jessie pulsó para ver el vídeo. Él no necesitaba verlo, lo visualizaba todo con tan solo oír las voces.

«¡Estás en baja forma! —se oyó la voz estentórea de Nils—. Debilucho como una niñita. La natación es muy buena.»

Nils se dirigía al barco de Sam, que estaba amarrado no muy lejos de donde ahora se encontraban Jessie y él.

«Ve nadando hasta Fjällbacka. Seguro que echas músculo.»

Vendela se reía mientras lo grababa todo con la cámara. Basse corría al lado de Nils.

Nils echó el cabo en el barco, apoyó el pie en la proa y empujó. La pequeña embarcación de madera retrocedió alejándose de la isla, muy despacio al principio, pero enseguida la atraparon las corrientes a un par de metros de la orilla y empezó a alejarse cada vez más rápido.

Nils se volvió hacia la cámara. Sonrió satisfecho.

«Pues nada, que disfrutes de la sesión de natación.»

Y ahí terminaba el vídeo.

—Joder —dijo Jessie—. Joder.

Miró a Sam con los ojos llorosos.

Él se encogió de hombros.

—Me han pasado cosas peores.

Jessie parpadeó para reprimir unas lágrimas. Sam sospechaba que también a ella le habrían pasado cosas peores. Le puso la mano en el hombro, notó cómo temblaba. Pero también notaba el vínculo que había entre ellos. Que los unía.

Algún día le enseñaría el cuaderno de notas. Compartiría con ella todos sus pensamientos. El gran plan. Un día se iban a enterar todos.

Jessie le rodeó el cuello con los brazos. Olía maravillosamente a sol, sudor y marihuana.

Empezaba a hacerse tarde, pero la luz persistía, como un recuerdo del sol que había estado brillando todo el día en el cielo azul. Eva contemplaba la explanada de la finca, donde las sombras eran cada vez más alargadas. Unas manos gélidas le estrujaban el corazón a medida que empezaba a cobrar conciencia. El recuerdo de Nea, que siempre se apresuraba a entrar mucho antes de que oscureciera.

La gente iba y venía allí fuera. Las voces se mezclaban con los ladridos de los perros que se iban turnando en la búsqueda. Los mismos dedos helados volvieron a apretarle el corazón.

El policía de más edad, Gösta, entró por la puerta.

—Solo venía por un café, vuelvo ahí fuera enseguida.

Eva se levantó para servirle una taza, había preparado infinidad de cafeteras en las últimas horas.

—¿Nada todavía? —dijo, aunque sabía la respuesta.

Si Gösta hubiera sabido algo, lo habría dicho en el acto, no le habría pedido un café. Pero había algo que la hacía sentirse segura y tranquila en el simple hecho de preguntar.

—No, pero somos muchos los que hemos salido a buscar. Parece que toda Fjällbacka se haya echado al bosque.

Eva asintió, trató de controlar la voz.

—Sí, la gente se ha portado de maravilla —dijo, y volvió a hundirse en la silla—. Peter también ha ido a buscar, no he podido retenerlo aquí.

—Lo sé. —Gösta se sentó enfrente de ella—. Lo he visto con una de las cadenas de perros.

—¿Qué...? —se le quebró la voz—. ¿Qué cree que ha pasado?

No se atrevía a mirar a Gösta. Diversas alternativas, a cuál peor, reclamaban su atención continuamente, pero cuando trataba de aferrarse a alguna de ellas, cuando trataba de hacerlas comprensibles, sentía un dolor tan intenso que le faltaba la respiración.

—No hay razón alguna para ponerse a especular —dijo Gösta con dulzura, y se acercó.

Le puso una mano rugosa en la de ella. Y la calma cálida del policía fue caldeándola despacio.

—Es que ya lleva muchas horas desaparecida...

Gösta le apretó la mano.

—Es verano y hace calor, no se va a morir de frío. Y es un bosque muy extenso; sencillamente, necesitamos más horas. Seguro que la encontramos, y estará asustada y aturdida, pero nada que no tenga remedio. Somos muchos buscando.

Se levantó.

—Gracias por el café, ya me voy. Seguiremos con la búsqueda toda la noche, pero estaría bien que tratara de dormir un poco.

Eva meneó la cabeza. ¿Cómo iba a poder dormir con Nea perdida en medio del bosque?

—Ya, ya me lo imaginaba —dijo Gösta—. Pero tenía que decírselo.

Eva vio cómo se cerraba la puerta tras él. Otra vez estaba sola. Sola con sus pensamientos, y con aquellos dedos gélidos que le estrangulaban el corazón.

Bohuslän, 1671

*E*lin se inclinó e hizo la cama de Britta. Luego se llevó la mano a la espalda. Aún no se había acostumbrado a la cama tan dura que tenían en la cabaña de las criadas.

Por un instante se quedó contemplando la hermosa cama en la que dormía Britta y se permitió sentir algo parecido a la envidia, luego meneó la cabeza y alargó la mano en busca de la jarra vacía que había en la mesilla de noche.

Elin había comprobado con sorpresa que su hermana no compartía con su marido ni cama ni alcoba. Ella no era quién para juzgar eso, claro. Aunque pensaba que el mejor momento del día era cuando por fin podía acurrucarse al lado de Per. Descansar segura entre sus brazos le hacía sentir que nada malo podía pasarles a ella y a Märta.

Qué equivocada estaba.

–¿Elin?

La voz suave del señor de la casa la sobresaltó. Estaba tan sumida en sus pensamientos que a punto estuvo de caérsele la jarra.

–¿Sí? –dijo, y se volvió después de unos instantes para serenarse.

Sus ojos azules y amables no se apartaban de ella, y Elin notó que la sangre se le agolpaba en las mejillas. Enseguida bajó la vista.

No sabía exactamente cómo actuar ante el marido de su hermana. Preben siempre era muy amable con ella y con Märta. Era pastor, y también el señor de la casa. Y ella no era más que una sirvienta en la casa de su hermana. Una viuda que vivía por caridad en un hogar que no era el suyo.

–Lill-Jan dice que sabes remediar el mal de ojo, Elin. Mi mejor vaca lechera está sufriendo.

–¿Es Estrella? –dijo Elin, aún con la vista clavada en el suelo–. Algo me ha dicho el mozo esta mañana.

–Sí, Estrella. ¿Estás ocupada o puedes venir a verla ahora mismo?

–Sí, señor, claro que puedo.

Dejó la jarra en la mesilla de noche y siguió a Preben en silencio al cobertizo. Al fondo se lamentaba Estrella. Estaba dolorida, era evidente, y le costaba mantenerse de pie. Elin le hizo un gesto al mozo, Lill-Jan, que estaba al lado de la vaca sin saber qué hacer.

—Ve a la cocina y tráeme un poco de sal.

Ella se puso en cuclillas y acarició despacio el lomo suave del animal. Estrella tenía los ojos grandes y desorbitados de miedo.

—¿Puedes hacer algo, Elin? —dijo Preben en voz baja, y acarició también al animal de color blanco bayo.

Por un instante, sus manos se rozaron sin querer, y Elin apartó la suya enseguida, como si le hubiera mordido una serpiente. Otra vez sintió que se le subía la sangre a la cara, y creyó ver un leve rubor también en la cara de su señor, antes de que este se levantara al oír que Lill-Jan volvía jadeando.

—Aquí está —dijo con ese leve ceceo suyo, y le alargó a Elin el salero.

Ella le dio las gracias con un gesto antes de ponerse un buen puñado de sal en la palma de la mano. Con el índice derecho movió la sal en sentido contrario a las agujas del reloj, mientras recitaba en voz alta el ensalmo que le había enseñado su abuela: «Que nuestro Señor Jesús levante montes y mares, que sane a las reses de maleficio malo, que sane del mal de ojo lapón, del mal de ojo de las aguas y de todo maleficio entre el cielo y la tierra. Palabra de Dios y amén».

—Amén —dijo Preben, y Lill-Jan se apresuró a repetirlo.

Estrella berreaba de dolor.

—¿Qué pasará ahora? —dijo Preben.

—Ahora no queda más que esperar. Leer la sal suele dar resultado, pero puede llevar su tiempo, y depende de lo fuerte que sea el mal de ojo. Pero venid a verla mañana temprano, yo creo que habrá sanado.

—Lill-Jan, ya lo has oído —dijo Preben—. Échale una ojeada a Estrella por la mañana temprano.

—Como mande, señor —dijo Lill-Jan, y salió del cobertizo caminando hacia atrás.

Preben se volvió hacia Elin.

—¿Dónde has aprendido esas cosas, Elin?

—De mi abuela materna, señor —dijo Elin.

La sensación de sus manos al rozarse aún la llenaba de inquietud.

—¿Qué más sabes remediar? —dijo Preben, y se apoyó en una de las cuadras.

Ella arrastró el pie por el suelo y respondió a disgusto:

68

–*Pues… casi todo lo que no sean dolencias graves.*

–*¿De hombres y animales?* –*preguntó Preben con curiosidad.*

–*Sí* –*dijo Elin.*

Le sorprendía que Britta no le hubiese hablado de aquello a su marido. Después de todo, el mozo Lill-Jan sí que había oído rumores de lo que Elin sabía hacer. Aunque quizá no fuera tan extraño: cuando vivían juntas bajo el techo paterno, su hermana siempre había hablado en tono despectivo de la abuela materna y de sus artes.

–*Cuéntame* –*dijo Preben, y empezó a caminar hacia la puerta.*

Elin lo siguió un tanto incómoda. No era de recibo que ella estuviera allí de cháchara con el amo, y bien podía suceder que las malas lenguas empezaran a soltarse por la finca. Pero allí era Preben quien mandaba, de modo que ella lo fue siguiendo a paso lento. Fuera del cobertizo los esperaba Britta, con los brazos en jarras y la mirada sombría. A Elin se le cayó el alma a los pies. Sucedió lo que ella temía. Él no arriesgaba nada, pero ella caería en desgracia. Y con ella, su hija Märta.

Sus sospechas de cómo sería vivir de caridad en la casa de su hermana pequeña no se vieron defraudadas. Britta era una señora malvada y dura, y tanto ella como Märta se vieron obligadas a padecer lo afilado de su lengua.

–*Elin me ha ayudado con Estrella* –*dijo Preben, y miró a su mujer a los ojos con total tranquilidad*–. *Y ahora iba a poner la mesa para que nos sentemos tú y yo. Ha sugerido que pasemos un rato juntos, después de todo el tiempo que he pasado últimamente recorriendo los caminos con asuntos de la parroquia.*

–*No me digas…* –*dijo Britta con un tono suspicaz pero más aliviado*–. *Pues sí, no ha sido mala sugerencia.*

Cogió a Preben del brazo con cierto descaro.

–*He echado muchísimo de menos a mi esposo y señor, y me parece que ha tenido a su mujer un tanto abandonada.*

–*Querida mía, tienes toda la razón* –*respondió Preben, y se encaminó con ella hacia la casa*–. *Pero lo vamos a remediar ahora mismo. Según Elin, podremos sentarnos a la mesa dentro de media hora; perfecto, porque así podré asearme para no parecer un cerdo al lado de mi bella esposa.*

–*Quita, tú nunca pareces un cerdo* –*dijo Britta, y le dio una palmada en el hombro.*

Elin los siguió, olvidada ya por ambos, y respiró con gran alivio. Aquella sombra que había percibido en la mirada de Britta le resultaba más que familiar, y sabía que su hermana no escatimaba medios para causar el mayor daño posible a quienes consideraba que la habían tratado mal. Pero Preben las había salvado a ella y a Märta en esta ocasión, y le estaba profundamente agradecida. Aunque, para empezar, no debería haberla puesto en una situación así.

Apremió el paso hacia la cocina. En tan solo media hora, debía poner la mesa y conseguir que la cocinera preparase algo fuera de lo común. Se alisó el delantal. Aún sentía el calor de la mano de Preben.

–¿Qué haces, papá?

Bill estaba tan inmerso en sus papeles que se sobresaltó al oír la voz de su hijo. Le dio sin querer a la taza que tenía al lado y salpicó la mesa de café.

Se volvió hacia Nils, que estaba en el umbral.

–Estoy trabajando en un nuevo proyecto –dijo, y giró la pantalla del ordenador para que la viera Nils.

–«Gente más maja» –leyó Nils en la primera diapositiva de la presentación.

Debajo del texto había una foto de un velero que surcaba las aguas.

–¿Qué es?

–Sí, hombre, ¿no te acuerdas de aquel documental de Filip y Fredrik, *Buena gente?*

Nils se acordaba.

–El de los negratas que querían jugar al *bandy.*

Bill hizo una mueca de disgusto.

–Los somalíes que querían jugar al *bandy,* «negratas» no se dice.

Nils se encogió de hombros.

Bill se quedó observando a su hijo allí, en la semipenumbra del despacho, tan desenfadado, con las manos en los bolsillos del pantalón corto y el flequillo rubio tapándole los ojos. Lo habían tenido algo tarde en la vida. Sin planificar y sin desearlo del todo. Gun tenía cuarenta y cinco años, él casi los cincuenta, y los dos hermanos mayores de Nils estaban dejando atrás la adolescencia. Gun insistió en tener al niño, decía que debía de ser una señal de algo. En todo caso, Bill nunca tuvo con Nils la misma relación que con sus dos hermanos mayores. No se sintió con fuerza, no quería cambiar pañales ni sentarse en el arenero o repasar las mates de primero por tercera vez.

Bill se volvió otra vez hacia la pantalla.

—Esta es la presentación para los medios. Mi idea es hacer algo para ayudar de una forma positiva a los refugiados de la zona a integrarse en la sociedad sueca.

—¿Les vas a enseñar a jugar al *bandy?* —preguntó Nils, aún con las manos en los bolsillos.

—¿Es que no ves el velero? —Bill señaló la pantalla—. ¡Aprenderán a navegar! Y después competiremos en la regata de Dannholmen Runt.

—Dannholmen Runt no es lo mismo que el Mundial de *bandy* en el que participaron los negratas —dijo Nils—. Es otra liga, me parece a mí.

—¡Que no digas negratas! —dijo Bill.

Seguro que Nils lo hacía solo para irritarlo.

—Ya sé que Dannholmen Runt es un contexto mucho menos relevante, pero tiene un gran valor simbólico en la zona y dará muchísima publicidad. Sobre todo ahora que se está rodando la película y todo eso.

Nils resopló a su espalda.

—Bueno, a saber si son refugiados. Yo he leído en la red que aquí llegan solo los que se lo pueden pagar. Y esos niños tienen barba y bigote, vamos.

—Pero ¡Nils!

Bill miró a su hijo, que tenía la cara roja por la tensión. Era como mirar a un extraño. Si no lo conociera, pensaría que era... un racista. Pero no, los adolescentes no sabían lo suficiente de cómo funcionaba el mundo. Así que otra razón más para llevar a cabo un proyecto como aquel. La mayoría de las personas en el fondo eran buenas y solo necesitaban un empujoncito en la dirección adecuada. Educación. De eso se trataba. Nils no tardaría en comprender lo equivocado que estaba.

Su hijo se fue y cerró la puerta del despacho. Al día siguiente se reunían para la puesta en marcha, y era importante tenerlo todo listo para la prensa. Aquello iba a ser algo grande. Algo grande de verdad.

–¿Hola? –gritó Paula cuando entró con Johanna, cada una con un niño en la cadera y con tres maletas y dos cochecitos.

Paula le sonrió a Johanna mientras dejaba en el suelo la maleta más pesada. Unas vacaciones en Chipre con una criatura de tres años y una niña de pecho no había sido la decisión más meditada de cuantas habían adoptado en la vida, pero habían sobrevivido.

–¡Estoy en la cocina!

Paula se relajó en cuanto oyó la voz de su madre. Si Rita y Bertil se encontraban allí, podrían encargarse de los niños para que ella y Johanna se dedicaran a deshacer las maletas tranquilamente. O pasar de las maletas hasta mañana y tirarse en la cama a ver una película con la que dormirse.

Rita les sonrió al verlas entrar en la cocina. Que su madre estuviera allí cocinando como en su propia casa no tenía nada de extraño. Rita y Bertil tenían el piso de arriba, pero desde que nacieron los niños, los límites se habían desdibujado hasta el punto de que podrían poner una escalera entre los dos pisos.

–He preparado unas enchiladas, he pensado que vendríais con hambre del viaje. ¿Ha ido todo bien?

Extendió los brazos en busca de Lisa.

–Sí. O bueno, no –dijo Paula, y le pasó encantada a la niña–. Si un día empiezo a hablar otra vez de lo estupendo que sería hacer una escapada de una semana con los niños, pégame un tiro.

–Pues sí, porque fue idea tuya –refunfuñó Johanna, que trataba de despertar a Leo.

–Ha sido horrible –dijo Paula, y pellizcó la capa dorada de queso fundido que cubría la enchilada–. Había niños por todas partes, adultos vestidos de animales de peluche que se paseaban con aquel calor y cantaban no sé qué espanto de canción de guerra.

–Bueno, no creo que pudiera llamarse canción de guerra, la verdad –la corrigió Johanna muerta de risa.

–Ya, no, pero adoctrinamiento sectario por lo menos. Si hubiera tenido que oírla una vez más, habría estrangulado con mis propias manos a aquel oso peludo.

–Cuéntale lo de la fuente de chocolate –dijo Johanna.

Paula soltó un lamento.

73

—Sí, por Dios, tenían bufé todas las noches, adaptado sobre todo a los niños, así que había tortitas, albóndigas, pizza y espaguetis a montones. Y una fuente de chocolate. Había un niño que se llamaba Linus y que dejó más huella que los demás. Todo el mundo se enteró de que se llamaba Linus, porque su madre se ha pasado la semana gritando: «Liiiinus, eso no», «Liiiinus, así no», «Liiinus, no le des patadas a la nena». Todo eso mientras el padre bebía cerveza tan tranquilo desde el desayuno. Y el último día...

Johanna ahogó una risita mientras Paula se servía una enchilada y se sentaba a la mesa.

—El último día —continuó—, ¿querrás creer que se abalanzó contra la fuente de chocolate y la volcó entera? ¡Había chocolate por todas partes! Y el niño se tiró encima y empezó a manosearlo todo, mientras la madre iba histérica de acá para allá.

Dio un buen mordisco y dejó escapar un suspiro. Era el primer bocado con un sabor razonable que probaba en una semana.

—¿Abuelo Bertil? —dijo Leo, que empezaba a despertarse en el regazo de Johanna.

—Es verdad, ¿dónde está Bertil? —preguntó Paula—. ¿Se ha dormido ya delante del televisor?

—No... —dijo Rita—. Está en el trabajo.

—¿A estas horas?

Él nunca se quedaba en el turno de noche.

—Sí, tenía que ir. Pero tú estás todavía de baja maternal —dijo Rita, y miró vacilante a Johanna.

Sabía que no había sido fácil conseguir que su hija se tomara la baja, y a Johanna le preocupaba siempre que Paula empezara a trabajar demasiado pronto. La idea era que la familia pasara junta todo el verano.

—¿Qué ha pasado? —quiso saber Paula, y dejó los cubiertos en la mesa.

—Están buscando a un desaparecido.

—¿A quién?

—Una niña —dijo Rita, y evitó mirarla a los ojos—. Una niña de cuatro años.

Rita conocía demasiado bien a su hija.

—¿Cuánto tiempo lleva desaparecida?

—En el peor de los casos, desde ayer noche, pero los padres no lo descubrieron hasta primera hora de la tarde de hoy, así que no llevan más que un par de horas de búsqueda.

Paula miró con expresión suplicante a Johanna, que miró a Leo y asintió.

—Claro, tienes que ir. Necesitan toda la ayuda posible.

—¡Te quiero! Salgo ahora mismo.

Se levantó y besó a su pareja en la mejilla.

—¿Dónde es? —dijo mientras se ponía en el vestíbulo una chaquetilla de verano.

—En una finca. Bertil la ha llamado la finca de Berg.

—¿La finca de Berg?

Paula se quedó helada. Conocía bien aquella finca. Y su historia. Y era demasiado racional como para creer en las coincidencias.

Karim aporreó la puerta. Sabía que Adnan estaba allí, y no pensaba irse hasta que le hubiera abierto. Los años pasados en un mundo en el que un toque en la puerta podía significar la muerte, para ellos mismos o para un miembro de su familia, hacían que muchos fueran reacios a abrir, así que Karim volvió a golpear con los nudillos. Al final, la puerta se abrió.

Al ver los grandes ojos de Adnan, Karim casi se arrepintió de haber llamado tan fuerte.

—Acabo de hablar con Rolf, me ha contado que toda Fjällbacka está buscando a una niña que se ha perdido. Tenemos que ayudarles.

—¿Una niña? ¿Una niña pequeña?

—Sí, Rolf dice que tiene cuatro años. Creen que se ha perdido en el bosque.

—Claro, vamos a ayudar. —Adnan se volvió hacia el interior y echó mano de la cazadora—. Khalil, ¡ven!

Karim retrocedió unos pasos.

—Ayúdanos a reunir a la gente tú también. Diles que nos vemos en el quiosco, Rolf nos llevará en el coche.

—Por supuesto. Más vale que nos demos prisa, una niña tan pequeña no puede estar sola de noche en el bosque.

Karim siguió llamando de puerta en puerta, y en la distancia oyó que Khalil y Adnan hacían otro tanto. Al cabo de un rato, habían reunido a unas quince personas dispuestas a echar una mano. Rolf tendría que hacer dos o tres viajes para llevarlos a todos, pero seguramente no habría ningún problema. Rolf era muy amable y siempre estaba dispuesto a ayudar.

Karim dudó por un instante. Rolf era muy amable. Y los conocía. Pero ¿cómo reaccionarían los demás suecos cuando los vieran aparecer? Un montón de negros del campamento. Él sabía bien que así era como los llamaban. Negros. O cabezas negras. Pero la desaparición de un niño era responsabilidad de todos. Daba igual que fuera un niño sueco o sirio: en algún lugar había una madre que lloraba de desesperación.

Cuando Rolf apareció con el coche, Karim, Adnan y Khalil lo esperaban junto con Rashid y Farid. Karim miró a Rashid. Sus hijos se habían quedado en Siria. Rashid le devolvió la mirada. No estaba seguro de que sus hijos siguieran con vida, pero esa noche estaba dispuesto a ayudar a encontrar a una niña sueca.

Ahora que los niños se habían dormido, el silencio reinaba como una bendición. Erica sentía a veces cargo de conciencia al pensar en lo mucho que disfrutaba de la paz nocturna. Cuando Maja era pequeña, se dio de alta en el foro «Vida familiar» para conocer a madres que pensaran lo mismo y para desahogarse escribiendo. Se decía que debía de haber más personas que, como ella, se enfrentaran al conflicto entre ser madre y la necesidad de ser ellas mismas de vez en cuando. Pero la avalancha de desprecio que se le vino encima cuando se expresó sinceramente sobre sus sentimientos la disuadió de volver a entrar. La pilló tan desprevenida el aluvión de insultos y descalificaciones que las demás madres utilizaron para explicarle lo mala persona que era por no disfrutar de las noches en vela, de cada minuto que pasaba dando de mamar, cambiando pañales o entre llantos desconsolados... Tuvo que oír que no debería haber tenido hijos, y que necesitaba tiempo para sí misma porque era una persona egoísta y egocéntrica. Erica podía sentir aún cómo la embargaba la ira ante el solo recuerdo de aquellas mujeres que la condenaron porque no hacía lo mismo que ellas. ¿Por qué no puede cada cual hacer lo que más le convenga?, se decía mientras trataba de relajarse viendo la tele en el sofá con una copa de vino tinto.

Enseguida se le fue el pensamiento a otra madre. Eva, la madre de Nea. Se imaginaba perfectamente la angustia que estaría pasando en aquellos momentos. Erica había enviado un mensaje de texto a Patrik preguntándole si de verdad no necesitaban su ayuda, podía pedirle a Kristina que se quedara con los niños. Pero él le repitió que ya eran tantos que no necesitaban más voluntarios, y que sería más útil quedándose en casa con los pequeños.

Erica no conocía a los Berg, y nunca había estado en la finca. A fin de hacer una descripción lo más fidedigna posible del lugar, debía ir allí, y eso había pensado hacer en varias ocasiones, pero aún no había pasado a la acción. Había viejas fotos que estaban disponibles, así que podía describir cómo era la finca cuando vivía allí la familia Strand, pero no era lo mismo poder empaparse de la atmósfera personalmente, ver los detalles, hacerse una idea de cómo era antaño la vida en la finca.

Había preguntado por la familia Berg, y se enteró de que eran de Uddevalla y se habían mudado en busca de la paz y la tranquilidad del campo. Un buen lugar para que creciera su hija. Erica esperaba de verdad que ese sueño se cumpliera, que Patrik la llamara pronto diciéndole que habían encontrado a la niña en el bosque, asustada, desorientada, pero con vida. Pero todo su ser le decía algo muy distinto.

Giró la copa de vino. Se había permitido el lujo de un Amarone bien denso, a pesar del calor agobiante. La mayoría de la gente bebía vino rosado frío en verano, o blanco, con cubitos de hielo. Pero a ella no le gustaba ni el blanco ni el rosado, y solo bebía espumosos o vinos tintos con cuerpo, sin importarle la época del año. En cambio, apenas notaba la diferencia entre un champán caro y un cava barato, de modo que al final salía barata, como solía decir Patrik bromeando.

Enseguida le entró cargo de conciencia por estar allí sentada pensando en vinos mientras una niña de cuatro años se había perdido en el bosque, en el mejor de los casos. Pero así le funcionaba a ella el cerebro por lo general: le resultaba insoportable pensar en lo que podría ocurrirle a la criatura, y el pensamiento se le iba inconscientemente hacia cosas banales, insignificantes. Era un lujo que la madre de Nea no podía permitirse en aquellos momentos. Ella y su marido debían de estar viviendo una pesadilla.

Erica se incorporó en el sofá, dejó la copa y alargó la mano en busca del cuaderno que había en la mesa. Era una costumbre que había adquirido con los años, siempre tenía a mano papel y lápiz. Solía garabatear ideas y reflexiones que se le ocurrían, escribía listas de cosas que debía hacer para poder seguir avanzando con el libro. Y eso era lo que pensaba hacer a partir de ahora. Su instinto le decía que la desaparición de Nea guardaba relación con la muerte de Stella. Se había pasado las últimas semanas sin dar golpe, el verano y el calor se habían impuesto, y no se había empleado con el libro tal y como tenía pensado. Ahora se pondría manos a la obra y, si había ocurrido lo peor, sus conocimientos del antiguo caso podrían ser de ayuda. Tal vez podría encontrar esa conexión de cuya existencia estaba convencida.

Erica miró el teléfono. Patrik seguía sin llamar. Y ella empezó a escribir febrilmente.

El caso Stella

Lo supo desde que los vio aparecer. Esos pasos lentos. La mirada, clavada en el suelo. No tenían que decir nada.

—¡Anders! —gritó, y su voz le sonó chillona.

Él salió de la casa a todo correr, pero se paró en seco al ver a los policías.

Cayó de rodillas en la grava de la explanada. Linda echó a correr hacia él y lo rodeó con sus brazos. Anders siempre había sido corpulento, fuerte, pero ahora era ella quien debía sostenerlo a él también.

—¿Papá? ¿Mamá?

Sanna estaba en la puerta. La luz de la cocina le encendía el pelo rubio como una aureola.

—¿Han encontrado a Stella, mamá?

Linda no podía mirar a su hija a la cara. Se volvió hacia uno de los policías, que le dijo que sí con un gesto.

—Hemos encontrado a vuestra hija. Está…, está muerta. Lo sentimos mucho.

El hombre se quedó mirándose las puntas de los zapatos y tragándose las lágrimas. Tenía una palidez mortal, y Linda se preguntaba si habría visto a Stella. Si habría visto el cadáver.

—Pero ¿cómo que está muerta? Eso no puede ser, ¿verdad, mamá, papá?

Oía la voz de Sanna a su espalda. Las preguntas como rayos. Pero Linda no tenía respuestas que dar. No tenía consuelo que dar. Sabía que debería soltar a Anders, abrazar a su hija. Pero solo Anders era capaz de entender el dolor que sentía en todas las fibras de su cuerpo.

—Queremos verla —dijo, y logró por fin levantar la cabeza del hombro de Anders—. Tenemos que ver a nuestra hija.

El más alto de los policías carraspeó un poco.

—Y la veréis. Pero antes hemos de hacer nuestro trabajo. Debemos averiguar quién lo ha hecho.

—¿Cómo que quién lo ha hecho? Ha sido un accidente, ¿no?

Anders se soltó de los brazos de Linda y se puso de pie.

El policía alto respondió en voz baja.

—No, no ha sido un accidente. A vuestra hija la han asesinado.

La tierra se aproximaba a tal velocidad que Linda no alcanzó a extrañarse. Luego todo se volvió negro.

Solo veinte más.

James Jensen ni siquiera respiraba con dificultad al hacer la última flexión. La misma rutina todas las mañanas. Verano e invierno. La noche de Navidad y la fiesta del solsticio de verano. Esas cosas no significaban nada. Lo importante eran las rutinas. La coherencia. El orden.

Diez más.

El padre de Helen había comprendido la importancia de las rutinas. James aún podía echar de menos a KG, aunque la añoranza fuera una debilidad que, en realidad, no quería permitirse. Pronto haría diez años desde que KG sufrió aquel infarto, y nadie había podido sustituirlo.

La última. James se puso de pie después de aquellas cien flexiones de brazos. Una larga vida en el Ejército le había enseñado que era crucial estar siempre en plena forma.

James miró el reloj. Las ocho y un minuto. Iba retrasado. Siempre desayunaba a las cero ocho cero cero en punto cuando estaba en casa.

—¡El desayuno está listo! —le avisó Helen, como si le hubiera leído el pensamiento.

James frunció el entrecejo. El hecho de que Helen lo llamara indicaba que se había dado cuenta de que iba con retraso.

Se secó el sudor con una toalla y pasó de la terraza al salón, contiguo a la cocina, de donde venía el olor a beicon.

—¿Dónde está Sam? —preguntó al tiempo que se sentaba y les hincaba el diente a los huevos revueltos.

—Sigue durmiendo —dijo Helen, y le sirvió el beicon, perfectamente crujiente.

—¿Son las ocho y sigue durmiendo?

81

La irritación le atravesó el cuerpo como un rayo. Como ocurría siempre últimamente cada vez que pensaba en Sam. Durmiendo a las ocho de la mañana... Él tenía que levantarse a las seis en verano, y luego trabajar hasta la noche.

–Despiértalo –dijo, y tomó un buen trago de café que enseguida escupió en la taza–. ¡Qué coño! ¿Sin leche?

–Huy, perdona –dijo Helen, y le quitó la taza de las manos.

Tiró el café en el fregadero, volvió a llenar la taza y le añadió un chorrito de leche entera.

Ahora sí sabía como debía.

Helen se apresuró a salir de la cocina. Se oyeron unos pasos rápidos por la escalera y luego un susurrar de voces.

La irritación volvió. La misma que sentía cuando salía con una tropa y alguno de los soldados trataba de escabullirse o evitaba alguna situación por miedo. No era capaz de tener ninguna comprensión para ese tipo de comportamiento. Cuando uno elegía entrar en el Ejército, sobre todo en un país como Suecia, donde era completamente voluntario partir hacia las zonas de guerra de otros países, debía hacer el trabajo que le asignaran. El miedo había que dejarlo en casa.

–¿A qué tanta prisa? –preguntó Sam protestando cuando entró en la cocina, con el pelo teñido de negro hecho una maraña–. ¿Por qué tengo que levantarme a estas horas?

James cruzó las manos sobre la mesa.

–En esta casa no perdemos el día durmiendo –dijo.

–Pero si no he encontrado ningún trabajo para este verano, ¿qué coño quieres que haga?

–¡No digas tacos!

Tanto Helen como Sam se sobresaltaron. A James la ira le nubló la vista, y tuvo que obligarse a respirar hondo varias veces. Tenía que conservar el control. Sobre sí mismo. Sobre esa familia.

–A las cero nueve cero cero nos vemos en la parte trasera de la casa para entrenamiento de tiro.

–Vale –dijo Sam, y clavó la vista en la mesa.

A su espalda, Helen aún seguía encogida.

Se pasaron la noche buscando. A Harald se le cerraban los ojos de cansancio, pero ni se le pasaba por la cabeza volver a casa. Eso sería rendirse. Cuando el agotamiento fue demasiado grande, regresó a la finca para entrar un poco en calor y hacer acopio de más café. Siempre encontraba a Eva Berg sentada en la cocina, con la cara sombría y muda. Y solo eso le renovaba las fuerzas para volver con la expedición canina.

Se preguntaba si los demás sabían quién era. Qué papel había interpretado treinta años atrás. Que fue él quien encontró a la otra niña. Los vecinos de Fjällbacka que vivían allí entonces estaban al corriente, como es lógico, pero no creía que Eva y Peter conocieran ese detalle. Esperaba que no lo supieran.

Cuando les asignaron las zonas de búsqueda, él eligió conscientemente la laguna en la que encontró a Stella. Y aquel fue el primer sitio en el que empezó a buscar. Hacía ya mucho que se había secado el riachuelo, lo único que quedaba era aquel terreno boscoso y los viejos troncos de los árboles tendidos. Claro que el árbol recio de antaño se veía marcado por el tiempo, y más reseco y débil que treinta años atrás. Pero allí no estaba la niña. Y se sorprendió al oírse soltar un hondo suspiro de alivio.

Los grupos se habían ido remodelando a lo largo de la noche. Algunos se iban a casa a dormir unas horas, volvían y se unían a otros grupos, mientras llegaban nuevos refuerzos a medida que la noche avanzaba hacia el amanecer. Algunos de los que no se retiraron a descansar fueron los hombres y los muchachos del campo de refugiados. Harald estuvo hablando con ellos durante las distintas batidas por el bosque, en una torpe mezcla de su sueco deficiente y del precario inglés de Harald. Pero de una forma u otra, lograron comunicarse.

El grupo al que se había unido en esta ocasión lo formaban él, un hombre que se había presentado como Karim y Johannes Klingsby, un constructor de la zona al que Harald solía recurrir cuando hacía reformas en la panadería. Avanzaban resueltos y atentos por el bosque, cada vez más iluminado por los rayos del sol. Los policías que dirigían la búsqueda les habían dicho varias veces a lo largo de la noche que no debían apresurarse, sino más bien avanzar despacio, rigurosa y metódicamente.

—Llevamos toda la noche peinando la zona —dijo Johannes—. No puede haber ido muy lejos... —añadió desmoralizado.

—La última vez estuvimos veinticuatro horas buscando —dijo Harald.

Una vez más, vio ante sí el cuerpo sin vida de Stella.

—*What?*

Karim meneaba la cabeza. Le costaba tanto entender el marcado dialecto de Bohuslän en el que hablaba Harald...

—Harald *found dead girl in the woods, thirty years ago* —dijo Johannes.

—*Dead girl?* —repitió Karim, y se detuvo—. *Here?*

—*Yes, four years old, just like this girl.*

Johannes le mostró cuatro dedos.

Karim miró a Harald, que asintió despacio.

—*Yes. It was just over here. But it was water there then.*

Se avergonzaba de su mal inglés, pero Karim asintió.

—*There...* —dijo Harald, y señaló el tronco—. *It was a... not a lake... a... our word for it is* laguna.

—*A small lake, like a pond* —añadió Johannes.

—*Yes, yes, a pond,* un estanque —dijo Harald—. *It was a pond here over by that tree and the girl was dead there.*

Karim se acercó despacio al árbol. Se acuclilló, puso la mano en el tronco. Cuando se dio la vuelta, estaba tan pálido que Harald retrocedió unos pasos.

—*Something is under the tree. I can see a hand,* una mano. *A small hand.*

Harald se tambaleó. Johannes se agachó sobre un arbusto, y enseguida dejó escapar unos hipidos. La mirada de Harald se cruzó con la de Karim, y en ella vio reflejada su propia desesperación. Tenían que avisar a la policía.

Marie estaba sentada con el guion en el regazo, tratando de leer las réplicas de la escena siguiente, pero hoy no se le estaba dando nada bien. Era una escena de interior, que filmarían en el gran local industrial de Tanumshede. Allí habían construido con mucha habilidad una serie de ambientes que aparecían con frecuencia en la película, como pequeños mundos en los que no había más que entrar. La película se filmaría casi en su totalidad en la isla de Dannholmen. Trataba sobre los años en los que Ingrid estuvo casada con el director teatral Lasse Schmidt, pero también sobre el final de su vida, cuando siguió visitando Dannholmen a pesar de haberse separado de Lasse.

Marie se estiró y sacudió la cabeza. Quería librarse de todos los pensamientos que la habían perseguido desde que empezaron a hablar de la niña desaparecida. Los recuerdos de las risas de Stella, que iba dando saltitos delante de ella y de Helen.

Marie dejó escapar un suspiro. Allí estaba ahora, preparada para hacer el papel de su vida. Llevaba muchos años trabajando por ello, la recompensa, ahora que no había tanta abundancia de papeles en Hollywood. Se lo merecía, y lo hacía bien. A ella no le costaba ningún trabajo meterse en un papel, fingir que era otra persona. Era algo que llevaba practicando desde pequeña. Mentira o teatro, la diferencia era mínima, y había aprendido desde muy pronto a controlar las dos vertientes.

Aunque ojalá pudiera dejar a un lado los recuerdos de Stella.

—¿Cómo tengo el pelo? —le preguntó a Yvonne, que se acercaba con ese caminar suyo tan nervioso.

Yvonne se detuvo de pronto, casi con un respingo. Observó a Marie de arriba abajo, retiró el peine que le sujetaba el moño de la nuca y le alisó unos mechones. Luego le dio el espejo a Marie y aguardó expectante a que inspeccionara el resultado.

—Está bien —dijo Marie, y a Yvonne se le borró la angustia de la cara.

Marie se volvió hacia el decorado del salón donde Jörgen estaba discutiendo con Sixten, el responsable de la iluminación.

—¿Vais a tardar mucho?

—¡Quince segundos! —gritó Jörgen.

Se le reflejaba la frustración en la voz. Marie sabía a qué se debía. Todo lo que exigía tiempo costaba dinero.

Una vez más, se preguntó cómo iría la financiación de la película. No era la primera vez que, sin tener claro el asunto de la financiación, empezaban un rodaje que luego se veían obligados a interrumpir bruscamente. Nada estaba garantizado hasta que no superaban el punto en el que el rodaje había costado ya tanto que no era rentable abandonarlo. Pero todavía no habían llegado ahí.

—Perdona, ¿puedo hacerte unas preguntas mientras esperas?

Marie apartó la vista del guion. Un hombre de unos treinta años la miraba con una amplia sonrisa. Un periodista, estaba claro. En condiciones normales nunca habría permitido que la entrevistaran sin cita previa, pero al joven le sentaba la camiseta demasiado bien como para pedir que lo echaran de allí.

—Pregunta lo que quieras, no estoy haciendo nada.

Comprobó con satisfacción que la camisa que llevaba le favorecía mucho. Ingrid siempre había tenido estilo y buen gusto.

Aquel chico de cuerpo tan en forma dijo llamarse Axel, del diario *Bohusläningen*. Comenzó con unas tímidas preguntas sobre la película y sobre su carrera para luego ir aproximándose a aquello que a todas luces constituía el motivo de su visita. Marie se retrepó en la silla y cruzó las largas piernas. El pasado había beneficiado su carrera, desde luego.

—¿Qué sentimientos te ha provocado volver aquí? En fin, he estado a punto de decir «al lugar del crimen», pero digamos que ha sido un desliz freudiano, dado que Helen y tú siempre habéis insistido en vuestra inocencia.

—Es que «éramos» inocentes —dijo Marie, y constató satisfecha que el joven periodista no podía dejar de mirarle el escote.

—Ya, pero os juzgaron por aquel crimen, ¿no? —dijo Axel, y apartó como pudo la vista de sus pechos.

—Éramos niñas, y totalmente incapaces de cometer el delito por el que nos juzgaron, pero claro, las cazas de brujas han existido siempre, también en nuestra época.

—¿Cómo fueron los años siguientes?

Marie meneó la cabeza. Jamás podría describir con palabras aquella época. Seguramente él se crio con unos padres decentes que le ayudaron en todo, y ahora viviría con su pareja y sus hijos. Le miró de reojo la mano izquierda. Con su mujer, no con su pareja, se corrigió.

—Fueron muy instructivos —dijo—. Es una época que algún día describiré detalladamente en mis memorias. No resulta fácil abordar ese tema en menos espacio.

—A propósito de las memorias, he oído que Erica Falck, la célebre escritora de la comarca, tiene el propósito de escribir un libro sobre el asesinato, y sobre ti y Helen. ¿Estás colaborando con ella? ¿Habéis dado Helen y tú el visto bueno?

Marie no respondió enseguida. Claro que Erica la había contactado, pero ella andaba en negociaciones sobre una versión propia con una de las grandes editoriales de Estocolmo.

—Aún no he decidido si voy a colaborar o no —dijo, y dio a entender que no pensaba responder a más preguntas sobre ese particular.

Axel captó la indirecta y cambió de rumbo.

—Supongo que habrás oído hablar de la niña de la que no se tiene noticia desde ayer. Ha desaparecido de la misma granja de la que desapareció Stella.

El periodista guardó silencio, seguramente con la esperanza de advertir en ella alguna reacción, pero Marie se limitó a volver a cruzar las piernas. Él siguió el movimiento con la mirada, y ella supo que no había nada en su rostro que desvelara que no había pegado ojo en toda la noche.

—Una extraña coincidencia, pero seguro que no es más que eso. La niña se habrá perdido, espero.

—Sí, esperemos que así sea —dijo Axel.

Volvió a mirar el cuaderno, pero en ese momento Jörgen llamó a Marie con un gesto. Lo de la prensa estaba bien, pero ahora lo que quería era entrar en el salón de Dannholmen y brillar como una estrella. Convencer a los inversores de que aquella película iba a ser un éxito.

Le estrechó a Axel la mano unos segundos de más y le dio las gracias. Se encaminó hacia donde se encontraban Jörgen y el resto del equipo, pero se detuvo de pronto y se dio media vuelta. La grabadora de Axel seguía encendida, y Marie se acercó y dijo en voz baja una serie de números en el micrófono. Miró a Axel.

—Mi número de teléfono.

Luego se volvió y dio un paso para entrar en los años setenta, en aquella isla azotada por el viento que fue el paraíso en la tierra para Ingrid Bergman.

Era un número desconocido y, ya al oír la primera sílaba, Patrik supo que se trataba de la llamada que todos temían. Escuchaba la voz mientras hacía señas para que se acercaran a Gösta y a Mellberg, que estaban a unos metros de allí hablando con los guías caninos.

—Sí, sé dónde es —dijo—. No toquéis nada, pero nada de nada. Y esperad a que lleguemos.

Luego colgó despacio. Mellberg y Gösta ya se le habían acercado, y no hizo falta decirles nada. Se lo vieron en la cara.

—¿Dónde está la niña? —dijo Gösta al fin.

No apartaba la vista de la casa, en cuya cocina estaba la madre de Nea preparando más café.

—En el mismo lugar donde encontraron a la otra niña.

—¡Qué demonios! —dijo Mellberg.

—Pero si allí ya habíamos buscado —dijo Gösta extrañado—. ¿Cómo es que no la vieron?

—No lo sé —dijo Patrik—. Era Harald el que llamaba, el dueño de Zetterlinds, ha sido su grupo el que la ha encontrado.

—Él también encontró a Stella —dijo Gösta en voz baja.

Mellberg lo miró extrañado.

—¿Y no es un poco raro? ¿Cuántas probabilidades hay de que la misma persona encuentre a dos niñas asesinadas con un intervalo de treinta años?

Gösta levantó la mano.

—La vez anterior lo investigamos, pero tenía una coartada perfecta y no tiene nada que ver con los asesinatos. —Miró a Patrik—. Porque esto es un asesinato, ¿no? No es un accidente, ¿verdad? Teniendo en cuenta que la hemos encontrado en el mismo lugar, resulta un tanto inverosímil que no sea un asesinato.

Patrik asintió.

—Tendremos que esperar y ver qué dicen los técnicos, pero según Harald, está desnuda.

—Joder —dijo Mellberg con la cara descompuesta.

Patrik respiró hondo. El sol matinal había empezado a abrirse camino en el cielo, y la temperatura era ya tan alta que el sudor le pegaba la camisa al cuerpo.

—Propongo que nos dividamos. Yo iré a reunirme con Harald en el lugar donde han encontrado a la niña, su grupo nos está esperando. Me llevaré cinta y acordonaré la zona de alrededor. Bertil, tú llama a Uddevalla y dile a Torbjörn que venga cuanto antes con un equipo de técnicos. También puedes encargarte de informar a la gente según vaya llegando, para que nadie vuelva a salir a buscar. Y di a los guías caninos y a los helicópteros que interrumpan la búsqueda. Y tú, Gösta...

Patrik guardó silencio y miró atormentado a su colega.

Gösta asintió.

—Sí, yo me encargo.

Patrik no le envidiaba la misión, pero lo más lógico era pedírselo a él, que era quien había estado más en contacto con los padres de Nea desde que la policía llegó a la finca. Además Patrik sabía que era un hombre firme y sereno y que podría manejar la situación.

—Llama también al pastor —dijo Patrik, y miró a Mellberg—. Bertil, cuando regrese el grupo del padre de Nea, llévalo enseguida contigo para que no se entere por nadie que no sea Gösta.

—No va a ser fácil —dijo Mellberg angustiado.

Tenía el bigote cubierto de gotitas de sudor.

—Lo sé, se difundirá a la velocidad del viento, pero inténtalo por lo menos.

Mellberg asintió y Patrik se despidió de sus colegas y se encaminó al bosque. No lograba explicárselo. Lo primero que hicieron fue examinar la zona donde habían encontrado a Stella treinta años atrás. Aun así, se ve que se les pasó.

Diez minutos después divisó a los tres hombres que lo estaban esperando. Aparte de Harald, el grupo se componía de dos hombres jóvenes, uno de los cuales era extranjero. Patrik les estrechó la mano. Ninguno de ellos se atrevía a mirarlo a la cara.

—¿Dónde está? —preguntó.

—Debajo de ese tronco grande —dijo Harald, y señaló el lugar—. Por eso no la vimos la primera vez. Debajo del tronco se ha formado una oquedad, y ahí la han metido. Solo se la ve si te acercas y empujas el tronco.

Patrik asintió. Eso lo explicaba todo. Pero se indignó consigo mismo por no haber dado órdenes de examinar con más detenimiento ese lugar.

—Sabrás que ha vuelto, ¿verdad? Por primera vez desde que la echaron.

Patrik no tuvo que preguntar a quién se refería. Ningún vecino del pueblo ignoraba que Marie Wall estaba en Fjällbacka, máxime cuando su regreso se había producido en circunstancias tan espectaculares.

—Sí, lo sé —dijo sin abundar en lo que su vuelta podría significar.

Sin embargo, a él también se le había pasado por la cabeza que era, cuando menos, una extraña coincidencia que hubieran asesinado a otra niña en la misma granja y que la hubieran encontrado en el mismo lugar, prácticamente en el mismo momento en que Marie había vuelto.

—Voy a acordonar la zona, luego vendrán los técnicos y examinarán el escenario del crimen.

Dejó en el suelo la bolsa que llevaba y sacó dos rollos grandes de cinta azul y blanca.

—¿Y nosotros, ¿volvemos a la granja? —preguntó el joven que se llamaba Johannes.

—No, quiero que permanezcáis aquí y, si puede ser, que os mováis lo menos posible por el terreno. Los técnicos querrán examinar vuestra ropa, y también los zapatos, dado que habéis transitado por todo el escenario.

El hombre de aspecto extranjero parecía extrañado. Harald se volvió hacia él y le dijo en un inglés chapurreado pero inteligible:

—*We stay here. Okay,* Karim?

—*Okay* —respondió el hombre, y Patrik comprendió que era uno de los que habían venido con Rolf del campo de refugiados.

Guardaron silencio un instante. El contraste entre la razón por la que se encontraban ahí y el paraje idílico que los rodeaba era enorme. El alegre trino de los pájaros continuaba como si nada hubiera sucedido, como si, a unos metros de allí, no hubiera una niña de cuatro años muerta. Y el rumor de las copas de los árboles acompañaba el canto de los pájaros. Era tan hermoso que partía el corazón, con el sol filtrándose por entre las ramas como afiladísimos rayos láser. Patrik descubrió un buen rodal de rebozuelos allí mismo, a su lado. En condiciones normales se habría puesto a dar saltos de alegría, pero no era ni de lejos el momento de pensar en recoger setas.

Empezó a desenrollar la cinta. Lo único que podía hacer por aquella niña era cumplir con su obligación lo mejor posible. Pero evitó mirar hacia el árbol.

Eva estaba enjuagando la cafetera en el fregadero. Había perdido la cuenta de cuántas había puesto aquella noche. Oyó un leve carraspeo a su espalda y se dio la vuelta. Vio la mirada de Gösta, la tensión, y se le escapó la cafetera de las manos. Poco después del ruido del cristal al quebrarse se oyó el grito, que sonó cerca y, aun así, muy lejos. Un grito que expresaba un dolor y una pérdida más allá de todo lo imaginable.

Un grito que procedía de ella misma.

Cayó en los brazos de Gösta, y las manos del policía fueron lo único que le impidió romperse en pedazos. Se esforzaba por respirar mientras Gösta le acariciaba el pelo. Ojalá Nea estuviera allí, bailando y riendo a su alrededor. Ojalá Nea no hubiera nacido nunca, ojalá no hubieran tenido una criatura que luego les sería arrebatada.

Pero ya todo estaba perdido. Con Nea, todo había muerto.

—He llamado al pastor —dijo Gösta, y la condujo hasta una silla.

Tiene que ver que estoy destrozada por dentro, pensó Eva, puesto que me lleva con tantísimo cuidado.

—¿Para qué? —dijo, y lo preguntaba de corazón.

¿Qué podía hacer por ella un pastor? Nunca había sido muy creyente que se dijera. Y una criatura debía estar con sus padres, no con ningún dios en el cielo. ¿Qué podía decir un pastor para darles el menor consuelo a ella y a Peter?

—¿Peter? —preguntó con la voz quebrada.

También la voz se le había muerto con Nea.

—Están buscándolo. Llegará pronto.

–No –dijo Eva, y meneó la cabeza–. No lo traigáis. No le digáis nada.

Dejad que se quede en el bosque, pensó. Que siga albergando esperanza. Solo Peter continuaba ahora con vida. Ella había muerto con Nea.

–Tiene que saberlo, Eva –dijo Gösta, y la rodeó con el brazo–. Es inevitable.

Eva asintió y apoyó la cabeza en el pecho del policía. Claro que Peter no podía seguir deambulando por ahí como una criatura del bosque. Tenían que contárselo, aunque eso significara también su muerte.

Se liberó del brazo de Gösta, apoyó la cabeza en la mesa. Sintió la madera en la cara. Llevaba despierta más de veinticuatro horas, el miedo y la esperanza la habían mantenido alerta. Ahora solo quería dormir y olvidarse de todo aquello. Hacer que todo fuera un sueño. Su cuerpo se relajó por completo, notaba en la mejilla la madera blanda, como un almohadón, y se fue sumiendo en el sueño cada vez más. Una mano cálida le daba suaves palmaditas en la espalda. El calor se le extendió por todo el cuerpo.

Entonces se abrió la puerta. Ella no quería abrir los ojos. No quería alzar la cabeza. No quería ver a Peter. Pero Gösta le apretó el hombro, y ella lo hizo a pesar de todo. Levantó la vista y se encontró con la mirada de Peter, que estaba tan quebrada como la suya.

Bohuslän, 1671

Cuando Lill-Jan fue a verla por la mañana, Estrella estaba sana. Preben no le dijo a Elin nada al respecto, pero había empezado a mirarla con renovada fascinación. Ella notaba sus ojos mientras preparaba el desayuno. Britta se encontraba de un buen humor insólito cuando Elin le ayudó a vestirse. Pero claro, así solía sentirse los domingos, le encantaba ir a la misa dominical y sentarse en primera fila con ropa bonita y un peinado elegante, y ver los bancos llenos de los feligreses de Preben.

No había mucha distancia entre la casa del pastor y la iglesia, y el personal de servicio iba en grupo. Preben y Britta se habían adelantado en el coche, para que el fino vestido de Britta no se ensuciara de barro y polvo.

Elin llevaba a Märta de la mano. Más que caminar, la pequeña iba dando saltitos, y las trenzas rubias le caían rítmicamente sobre la espalda y el abrigo raído que llevaba. Hacía un frío helador, y Elin le había puesto unas capas de papel en los zapatos para aislar los pies del frío y la humedad, pero también para rellenarlos, puesto que los había heredado de una de las criadas, que tenía los pies bastante más grandes. Pero Märta no se quejaba, al menos tenía zapatos, y ella ya había aprendido a conformarse con lo que había.

Elin sintió un gran alivio al ver la iglesia al fondo. Ocupaba una ubicación privilegiada en Vinbäck. La torre, de nueva construcción, era imponente de ver, y el tejado de plomo relucía al sol invernal. Rodeaba la iglesia el muro del cementerio coronado de un tejado de tablones pintados de rojo, y tres grandes puertas protegidas con rejas y tejado de ladrillo evitaban que el ganado se perdiera por el camposanto y lo destrozara.

Elin sintió el canto en su corazón en cuanto cruzó el umbral, y al entrar en la iglesia respiró hondo y se dejó inundar por la paz del ambiente.

Märta y ella se acomodaron en el último banco. Había cuarenta y ocho bancos en total, pero en aquellos días nunca se llenaban. La guerra y el hambre habían depauperado el lugar, y el hormigueo de personas que, cien

93

años atrás, acudían a la región costera en la época del arenque, no era en la actualidad más que un recuerdo. Su abuela le había hablado de aquella época, le contó historias que ella había oído de sus abuelos y bisabuelos. Entonces todo era distinto. Había tanto arenque que no sabían qué hacer con él, y llegaban a la región personas de todas partes para instalarse a vivir allí. Sin embargo, el arenque se acabó y llegaron las guerras. Ahora solo quedaban las historias. Y había varios bancos vacíos. Los otros los ocupaban bohuslandeses apáticos, raquíticos y pálidos, en cuya mirada algo se había apagado. Eran un pueblo herido, pensó Elin mirando a su alrededor.

Solo había ventanas en el ala sur de la iglesia, pero la luz que entraba por ellas era tan hermosa que a Elin casi se le saltaron las lágrimas. El púlpito estaba también en el ala sur, y cuando Preben subió cesaron los rumores.

Empezaron con un salmo, y Elin se esforzó en cantar más alto que los demás, como solía, pues era consciente de que tenía una voz muy bonita. Era una vanidad que se permitía porque a Märta le encantaba oírla.

Se esforzaba en comprender lo que decía Preben. El hecho de que ahora solo pudiera usarse y oírse el sueco en la iglesia era un invento que todos los feligreses encontraban de lo más irritante, pues estaban mucho más acostumbrados al danés y al noruego.

Pero Preben tenía una voz bonita. Elin cerró los ojos y enseguida notó el calor de su mano. Volvió a abrirlos y se obligó a concentrar la vista en la nuca de Britta, allá en la primera fila. Britta llevaba el cabello recogido en una hermosa trenza que Elin le había hecho por la mañana, y el cuello blanco recién almidonado. Mientras Preben hablaba, ella iba asintiendo.

Elin se esforzaba por no pensar en cómo sonaba la voz de Preben ni en el roce de su mano. Era el marido de Britta, y allí estaba ella, en la casa de Dios, con la cabeza llena de pensamientos prohibidos. No sería de extrañar que cayera un rayo en la iglesia y acabara con ella en el acto, en castigo por tamaña impiedad. Apretó bien la mano a Märta y se obligó a escuchar para comprender las palabras que surgían del púlpito. Preben hablaba de los grandes disturbios que se extendían por aquel reino y por aquellas provincias, y de cómo sus compatriotas luchaban valerosamente contra el diablo encontrando a sus enviados y llevándolos a juicio. Los fieles parecían hechizados. Al igual que Dios, también el diablo formaba parte de su vida cotidiana. Una fuerza omnipresente que trataba de afianzarse con su maldad. El peligro acechaba por doquier, en el ojo de un gato, en la oscuridad marina, en el cuervo que se posaba en el árbol. Satanás era tan real como un padre o un hermano, o como el vecino de *la casa de al lado. El hecho de no poder observarlo a simple vista lo hacía más peligroso aún, y se debía estar siempre pendiente de uno mismo y de la familia.*

—Hasta ahora nos hemos librado —dijo Preben con aquella voz que tan bellamente resonaba entre las paredes de piedra—. Pero es solo cuestión de tiempo que Satanás clave sus garras en niños y mujeres también en esta parte insignificante del mundo. Así que os lo ruego, estad atentos. Habrá señales. Observad a vuestra esposa, a vuestra hija, a vuestra criada, a la vecina, a vuestra suegra y a vuestra hermana con el ojo vigilante de Dios. Cuanto antes encontremos a esas esposas del diablo, con tanta más celeridad podremos defendernos e impedir que Satanás arraigue entre nosotros.

Todos asentían con las mejillas encendidas. Los niños soltaban alguna que otra risita, pero recibían rápidamente un codazo, un buen repelón o, sencillamente, una bofetada para que callaran.

El resto del servicio terminó demasiado rápido. Era un paréntesis en lo cotidiano, un tiempo de descanso y un rato para que el alma recibiera su alimento.

Elin se levantó y apretó bien la mano de Märta para que no se perdiera entre la multitud que quería salir al mismo tiempo. Una vez fuera, ya en la pendiente que descendía desde la iglesia, se estremeció de frío.

—¡Maldita seas! —oyó a su espalda.

Elin se volvió sorprendida, pero al comprobar quién refunfuñaba bajó la vista. Era Ebba, la de Mörhult, viuda de Claes, que se había ahogado en el barco junto con Per y los demás. Ebba era una de las razones por las que no pudo quedarse en Fjällbacka y se vio obligada a aceptar el ofrecimiento de Britta. El odio que le profesaba no conocía límites, pues la culpaba de lo ocurrido. Y Elin sabía bien por qué, a pesar de que las palabras que le dijo a Per aquella mañana aciaga no influyeron en lo que ocurrió después. No fueron sus palabras lo que hundió a Per y a sus hombres, sino la tormenta que los sorprendió de pronto.

Pero a Ebba no le había ido bien después de la muerte de Claes, y la mujer culpaba a Elin de todas sus desgracias.

—Ebba, en el recinto de la iglesia y en suelo sacro, no —la reprendió su hermana mayor, Helga Klippare, que la agarró del brazo.

Elin le dedicó una mirada de gratitud y se apresuró a alejarse con Märta antes de que lo ocurrido cobrara las proporciones de un espectáculo mayor aún. Muchas miradas la seguían, y Elin sabía que algunas consideraban que

Ebba tenía razón en sus acusaciones. Pero Helga siempre había sido buena y justa. Además, fue ella quien le ayudó a traer a Märta al mundo ocho años atrás, aquella mañana de primavera; no había niño en la comarca que no hubiera nacido con la ayuda y los conocimientos que Helga tenía sobre el parto. También corría el rumor de que ayudaba en secreto a jóvenes muchachas que habían caído en desgracia, pero Elin no le daba crédito.

Ahora se dirigía a la casa del pastor con el corazón oprimido. La dicha del servicio religioso había desaparecido de un plumazo, y los recuerdos de aquel día aciago la hicieron recorrer arrastrando los pies un camino que no era demasiado largo. Por lo general, trataba de no pensar en ello, las cosas habían ocurrido así y ni siquiera Dios podía deshacer lo hecho. Y, en cierta medida, el culpable era Per. La soberbia lo llevó a la desgracia, como ella le advirtió desde el día que aceptó casarse con él. Pero él no le hizo caso. Y ahora estaba en el fondo del mar junto con los otros hombres, y servía de botín a los peces, mientras ella y la niña se dirigían a casa de su hermana como dos hospicianas. Tendría que vivir el resto de su vida sabiendo que despidió a su marido con unas palabras muy duras el último día que lo vio. Unas palabras por las que Ebba y Dios sabía cuántos más de los habitantes de Fjällbacka la culpaban ahora.

Todo empezó con un tonel de sal. Habían promulgado un decreto según el cual todo comercio con el extranjero debía producirse desde Gotemburgo, y en todo Bohuslän estaba prohibido comerciar con Noruega o con cualquiera de los demás países con los que hubieran mantenido algún intercambio mercantil hasta el momento. Aquello agravó la pobreza de la comarca, y no era poca la indignación del pueblo contra unos poderosos que con tanta ligereza tomaban decisiones que impedían a los más desfavorecidos llevar comida a la mesa. No todos acataron aquella ley, y a los miembros de la guardia montada de la costa se les presentaban días de mucho trajín cuando debían requisar mercancías no declaradas. Elin había exhortado a Per en numerosas ocasiones a cumplir el decreto, pues contravenirlo solo podía acarrearles desgracias. Per asentía y le aseguraba que así lo hacía.

De modo que cuando el guardia costero Henrik Meyer llamó a la puerta aquella tarde de primeros de septiembre, ella lo dejó entrar en la cabaña sin asomo de preocupación. Sin embargo, una mirada a Per, que estaba sentado a la mesa de la cocina, le bastó para comprender que había sido un gran *error.* Al guardia costero Meyer no le llevó más que unos minutos encontrar el tonel de sal sin declarar que tenían en la caseta de aperos. Elin sabía exactamente lo que aquello implicaba, y cerró los puños que tenía dentro de los bolsillos del sayo. Tantas veces como le había dicho a Per que no cometiera ninguna tontería... Aun así, no lo había podido evitar. Y todo por un tonel de sal.

Ella lo conocía de sobra. Esa mirada retadora con el orgullo brillándole a través de la pobreza le daba arrestos. El simple hecho de que la hubiera cortejado demostraba un valor del que carecía la mayoría. Per no sabía que a su padre ella y su destino no le importaban un ápice; a sus ojos, era la hija de un hombre rico, y debería haberla considerado fuera de su alcance. Sin embargo, ese mismo valor, ese orgullo y esa fuerza los habían llevado a todos a la perdición.

Cuando el guardia costero entró en su cabaña, les comunicó que iba a llevarse el barco. Le concedían a Per tres días, tras los cuales le arrebatarían la embarcación que había conseguido después de tantos años de duro trabajo, a pesar de que la pesca era escasa y el hambre siempre acechaba detrás de la puerta. Había conseguido tener algo suyo, y todo lo había puesto en peligro por un tonel de sal que había comprado en Noruega contra la ley.

Elin estaba enfadada. Más enfadada que nunca. Sentía deseos de golpearle, de sacarle aquellos ojos verdes y arrancarle el rubio cabello. Su maldito orgullo acabaría por arrebatárselo todo. ¿De qué iban a vivir ahora? Ella ya aceptaba todas las tareas que podía, pero no eran muchos los dáleros que podía aportar, y a Per no le resultaba fácil encontrar trabajo en el barco de otro ahora que estaba prohibido comerciar con mercancías extranjeras. Y la pesca ya no daba gran cosa.

Se pasó toda la noche tumbada en silencio. La mujer del vecino le había contado que a Henrik Meyer lo había tirado del caballo una ráfaga de viento cuando se dirigía a casa y que acabó en la cuneta. Le estaba bien empleado. No les había mostrado ni una pizca de compasión cuando les dijo que pensaba requisarles aquello de lo que dependía su vida. Sin el barco, no tenían nada.

Al llegar la mañana, Per trató de ponerle la mano en el hombro, pero ella se apartó y le dio la espalda. Con la cara vuelta, se puso a llorar amargamente. De ira. Y de miedo. Fuera de su humilde morada, el viento había arreciado más aún y cuando Per salió al alba, ella se incorporó y le preguntó que adónde pensaba ir.

—Vamos a salir con el barco —dijo, y se puso los pantalones y la camisa.

Elin se lo quedó mirando mientras Märta dormía plácidamente en el catricofre de la cocina.

—¿Con este tiempo? ¿Es que no estás en tu sano juicio?

—Si piensan quitarme el barco dentro de tres días, tenemos que hacer todo lo que nos dé tiempo —dijo, y se puso el abrigo.

Elin se apresuró a vestirse y lo siguió fuera de la cabaña. Ni siquiera se había molestado en comer algo, parecía tener tanta prisa en salir al temporal que era como si el diablo le fuera pisando los talones.

—¡No quiero que salgas hoy! —gritó para hacerse oír por encima del viento, y vio con el rabillo del ojo que de las cabañas cercanas salían los vecinos llenos de curiosidad.

Claes, el marido de Ebba la de Mörhult, también salió, con su mujer detrás, igual de furiosa.

—¡Acabaréis encontrando la muerte si salís con esta tormenta! —gritaba Ebba con voz chillona mientras le tironeaba a Claes del abrigo.

Él se soltó y replicó:

—Si quieres que los niños tengan algo que comer, no nos queda otro remedio.

Per le hizo una seña a Claes, y los dos se dirigieron al lugar donde tenían amarrado el barco. Elin se quedó mirando la ancha espalda de Per mientras se alejaba, y el miedo le clavó su zarpa con tal violencia que apenas podía respirar. Con toda la fuerza de sus pulmones, gritó para imponerse al viento:

—¡Sea, pues, Per Bryngelsson, que el mar os engulla a ti y a ese maldito barco, porque yo no os quiero a ninguno de los dos!

De reojo vio la mirada aterrada de Ebba, que se dio media vuelta con los faldones revoloteándole alrededor de las piernas cuando volvía a su casa. Y poco sospechaba ella al dejarse caer llorando en la cama que aquellas palabras la seguirían hasta la muerte.

Jessie se retorcía en la cama. Su madre había acudido al lugar del rodaje poco antes de las seis de la mañana, y ella estaba disfrutando de la sensación de tener la casa para ella sola. Se estiró, se puso la mano en la barriga y la metió todo lo que pudo. Estaba perfectamente lisa. No gorda y temblona como solía tenerla, sino delgada y plana. Como la de Vendela.

Al final tuvo que respirar otra vez y se le hinchó la barriga. Asqueada, retiró la mano. Detestaba su barriga. Detestaba todo su cuerpo. Toda su vida. El único al que no odiaba era a Sam. Aún podía sentir el sabor de su beso en los labios.

Puso los pies en el suelo y se levantó. Se oía el chapotear del agua bajo la casa, y retiró la cortina. Un sol radiante, un día más. Esperaba que Sam quisiera salir con el barco hoy también. A pesar de lo que le había enseñado en la grabación.

Ella se había cruzado con gente como Nils, Basse y Vendela a lo largo de toda su vida, en distintos colegios, en distintos países, en distintos continentes. Sabía lo que querían. Lo que podían hacer.

Pero, por alguna razón, no querían hacerle nada a ella.

Jessie siempre sabía cuándo empezaba a difundirse en cada colegio la noticia de quién era su madre. Primero, las sonrisitas; después el orgullo de que la hija de una estrella de cine estuviera en su colegio. Pero luego venía lo demás, cuando alguien buscaba en Google y averiguaba quién era su madre en realidad. La asesina que se convirtió en actriz. Entonces empezaban aquellas miradas. Los cotilleos. Ella nunca llegaría a ser una de las chicas más populares, por ser como era y por ser quien era.

Su madre no lo entendía. Para ella, toda atención era buena. Por mal que le fuera en un colegio, Jessie tenía que seguir allí hasta que a su madre la llamaran para un nuevo proyecto cinematográfico en otro lugar.

A Sam le pasaba lo mismo. Lo que les ocurrió a sus madres treinta años atrás pendía sobre ellos dos como un oscuro nubarrón.

Jessie entró en la cocina y abrió el frigorífico. Como de costumbre, no había nada de comer, tan solo un montón de botellas de champán francés. Comer no era algo a lo que su madre diera prioridad, no le interesaba la comida en general, solo le importaba conservar la figura. Jessie sobrevivía con la generosa paga mensual que le daba su madre. La mayor parte la gastaba en comida rápida y golosinas.

Pasó la mano por las botellas, notó el vidrio frío bajo las yemas de los dedos. Luego sacó una muy despacio. Le sorprendió lo mucho que pesaba. La dejó en la encimera de mármol. Nunca había probado el champán, pero su madre..., *Marie,* lo bebía continuamente.

Retiró el envoltorio metálico, se quedó unos segundos mirando los hilos de acero que rodeaban el corcho antes de empezar a girarlo con cuidado. Tiró un poco, pero no se oyó el sonido habitual al descorchar, estaba durísimo. Jessie miró a su alrededor. Eso es, Marie solía envolver el corcho en un paño de cocina cuando abría una botella. Jessie alcanzó uno de los paños de color blanco, tiró del corcho al mismo tiempo que lo giraba. Al final, empezó a soltarse. Cuando tiró un poco más, se oyó el «plop» y el corcho salió disparado.

La espuma salía a raudales de la boca de la botella y Jessie dio un paso atrás para no quedar empapada de champán. En la encimera había un vaso, y se apresuró a servirse un poco. Con cierta reserva, tomó un trago e hizo una mueca. Sabía fatal. Pero Marie solía añadirle zumo, seguro que así estaría más rico. Y siempre lo tomaba en copa de champán. Jessie abrió uno de los armarios en busca de una copa y, al mismo tiempo, sacó el zumo de melocotón del frigorífico. No tenía ni idea de cuánto zumo había que echar, pero puso dos tercios de champán y un tercio de zumo. La bebida empezó a derramarse y ella se apresuró a sorber un poco. Ahora sabía mucho mejor. Estaba hasta bueno.

Jessie dejó la botella abierta en el frigorífico, junto con el zumo, y se llevó la copa al embarcadero que había delante de la casa. Su madre se pasaría el día entero rodando, podía hacer exactamente lo que le viniera en gana.

Echó mano del teléfono. Tal vez Sam quisiera pasarse y beber un poco de champán con ella.

–¿Toc, toc?

Erica preguntó discretamente asomando la cabeza por la puerta abierta y rodeada de unas enormes rosas trepadoras de color rosa claro. Olía de maravilla, y se tomó el tiempo de admirarlas unos instantes.

–¡Adelante!

Se oyó una voz clara procedente del interior de la casa, y Erica se quitó los zapatos en el recibidor antes de entrar.

–¡Hombre, hola! ¿Eres tú? –dijo una señora de unos sesenta años que apareció con un paño de cocina en una mano y un plato en la otra.

Siempre le resultaba extraño que la gente, aun sin conocerla, la reconociera. Pero después del éxito de sus libros se había convertido en algo parecido a una famosa, y de vez en cuando la paraba alguien que quería hacerse una foto con ella o que le firmara un autógrafo.

–Hola, bueno, pues sí, soy Erica Falck –dijo, y le dio la mano.

–Viola –dijo la señora con una amplia sonrisa.

Tenía una delicada red de marcas de expresión alrededor de los ojos, indicio de que reía mucho y con frecuencia.

–¿Te puedo robar unos minutos? –dijo Erica–. Estoy escribiendo un libro sobre uno de los antiguos casos de tu padre, y puesto que él ya no vive...

–Habías pensado comprobar lo que pudiera saber yo, ¿no es eso? –adivinó Viola, y volvió a sonreír–. Pasa, acabo de poner una cafetera. Creo que sé de qué caso se trata.

Viola se adelantó hacia el interior de la casa. La cocina, amplia y luminosa, estaba conectada con el vestíbulo. El único toque de color eran las acuarelas que adornaban las paredes. Erica se paró a contemplar uno de los cuadros. Ni se le daba bien el arte ni le interesaba particularmente, pero al observar aquella pintura supo de un modo visceral que era obra de un artista, y sintió que el motivo la absorbía.

—Qué cuadros más bonitos —dijo, y fue observándolos uno a uno.

—Gracias. —Viola se sonrojó—. Los he pintado yo. Durante mucho tiempo no fue más que una afición, pero ahora he empezado a exponer y... Bueno, la verdad, parece que es posible venderlos. Expongo el viernes en el Stora Hotellet, si te apetece venir.

—Pues no te digo que no. Comprendo que te vaya bien, son maravillosos —dijo Erica, y se sentó a la mesa amplia y blanca que había delante de una gigantesca ventana antigua con travesaños.

Le encantaban las ventanas antiguas, había algo en las irregularidades del vidrio que las hacía mucho más vivas que las modernas de fabricación industrial.

—¿Leche? —preguntó Viola, y Erica aceptó con un gesto.

—Un chorrito nada más.

Viola puso en la mesa el bizcocho que había en la encimera y cortó un par de trozos generosos. Erica notó que se le hacía la boca agua.

—Pues sí, quiero escribir acerca del caso Stella, y Leif, tu padre, es una pieza importante del rompecabezas.

—Pronto se cumplirán quince años de la muerte de mi padre. Bueno, quizá ya lo sepas: se quitó la vida. Fue una conmoción enorme, pero en realidad deberíamos haber adivinado que pasaría. Llevaba deprimido desde que mi madre murió de cáncer de pulmón. Y cuando se jubiló, las cosas no hicieron más que empeorar. Decía que no tenía nada por lo que vivir. Pero recuerdo que hasta el día de su muerte siempre hablaba mucho del caso.

—¿Recuerdas qué decía?

Erica contuvo el impulso de cerrar los ojos al dar un buen mordisco al bizcocho. La mantequilla y el azúcar se le deshacían en la boca.

—Ha pasado mucho tiempo, la verdad. Ahora mismo no recuerdo ningún detalle. Puede que, si hago memoria, me venga algún dato que contarte. Lo que sí recuerdo es que aquel caso lo atormentaba. Había empezado a dudar.

—¿A dudar de qué?

—De que de verdad hubieran sido las niñas.

Viola tomó pensativa un sorbo de café de la taza de cerámica blanca.

—¿Dudaba de que fueran culpables?

Era la primera vez que Erica oía tal cosa. Sentía en el estómago la emoción ante lo que Viola acababa de decirle. Llevaba muchos años viviendo con un policía y sabía por experiencia que solían acertar con sus intuiciones. Si Leif dudó en su día de que las niñas fueran culpables, algo habría de cierto.

—¿Dijo algo que explicara por qué dudaba?

Viola apretó la taza entre las manos y empezó a pasar los pulgares por las ondulaciones de la superficie.

—No... —respondió pensativa—. Nunca dijo nada concreto. Pero aquella idea se vio reforzada cuando las niñas se retractaron de su declaración; han insistido desde entonces en su inocencia.

—Ya, pero nadie las ha creído —dijo Erica, que recordaba todos los artículos que había leído sobre el caso, todos los comentarios que había oído de la gente de la comarca cada vez que salía a relucir el tema.

Todos coincidían en que no cabía la menor duda de que las niñas hubieran matado a Stella.

—Poco antes de morir, mi padre estuvo hablando de reabrir el caso. Pero se suicidó antes de empezar siquiera. Además, ya estaba jubilado, así que habría tenido que convencer al nuevo jefe de la comisaría. Y no creo que le hubiera interesado mucho. El caso estaba resuelto. La cuestión de la culpabilidad se había esclarecido, por más que nunca se celebró un juicio al uso, dada la corta edad de las niñas.

—No sé si habrás oído... —dijo Erica, y miró el teléfono de reojo; seguía sin haber mensajes de Patrik—. Se ha perdido una niña, desapareció ayer o, en el peor de los casos, anteayer por la noche, precisamente de la finca en la que vivía Stella.

Viola se la quedó mirando fijamente.

—¿Qué me dices? No, no me había enterado. He estado encerrada en el estudio, trabajando con los cuadros para la inauguración. Pero ¿qué es lo que ha ocurrido?

—Todavía no lo saben. Llevan buscándola desde la tarde de ayer. Mi marido es policía, así que está implicado en la búsqueda.

—Pero... ¿Dónde...? ¿Cómo...?

Viola se esforzaba por encontrar la palabra adecuada. Seguramente luchaba contra los mismos pensamientos que abrumaban a Erica desde ayer.

—Sí, es una coincidencia muy extraña —dijo Erica—. Demasiado extraña. La niña tiene la misma edad que tenía Stella. Cuatro años.

—¡Madre mía! —dijo Viola—. ¿Y no se habrá perdido simplemente? Esa finca queda un poco apartada, ¿verdad?

—Sí, claro. Y espero que sea así.

Pero Erica se dio cuenta de que Viola la creía tanto como ella se creía a sí misma.

—¿Tenía tu padre algunas notas sobre el caso? ¿Guardaría en casa algún material de la investigación?

—No que yo sepa —dijo Viola—. Fuimos mis dos hermanos y yo quienes nos encargamos del inventario de la herencia cuando murió, pero no recuerdo haber visto nada. Podría preguntar a mis hermanos, aunque no creo que hubiera cuadernos de notas ni archivadores con material de la investigación. Y si los había, me temo que los tiraríamos. No somos muy de guardar cosas en plan sentimental, más bien creemos que los recuerdos se guardan aquí.

Se llevó la mano al corazón.

Erica comprendía lo que quería decir, y le habría gustado ser así. A ella le costaba un mundo separarse de los objetos que tenían valor sentimental, y Patrik solía bromear diciendo que se había casado con una ardilla.

—Habla con ellos si puedes. Anota mi número, por si encontraras algo a pesar de todo. O por si recuerdas algo que dijera tu padre acerca del caso. Lo que sea. Llama por nimio o insignificante que te parezca, nunca se sabe.

Erica sacó del bolso una tarjeta de visita y se la dio a Viola, que la observó un instante antes de dejarla en la mesa.

—Es terrible lo de la niña, espero de verdad que la encuentren —dijo apesadumbrada.

—Sí, yo también —asintió Erica, y volvió a mirar de reojo el teléfono.

Pero seguía sin haber ningún mensaje de Patrik.

—Gracias —dijo cuando se levantó para irse—. Si puedo, me pasaré el viernes. Son unos cuadros preciosos.

—Pues espero que nos veamos entonces —dijo Viola, sonrojándose por el elogio.

Erica aún sentía el aroma de las rosas mientras se dirigía al coche. Las palabras de Viola seguían resonándole en los oídos. Leif dudó en su día de la culpabilidad de Marie y Helen.

La espera se le había hecho eterna, pero una hora después de que llamara Mellberg aparecieron por fin cruzando el bosque Torbjörn Ruud y el equipo de técnicos criminalistas de Uddevalla. Tras darse la mano, Patrik les señaló el tronco que estaba a un par de metros del cordón policial.

—Joder —se limitó a decir Torbjörn, y Patrik asintió.

Sabía que los técnicos criminalistas estaban acostumbrados a ver de todo, y que con el tiempo se curtían. Pero el cadáver de un niño nunca dejaba de conmover. El contraste entre la fuerza vital de un niño pequeño y lo irrevocable de la muerte tenía el mismo efecto que un puñetazo en el plexo solar.

—¿Está ahí? —dijo Torbjörn.

Patrik respondió con un gesto.

—Debajo del tronco. Yo todavía no he ido a ver, quería esperaros para que no hubiera más pisadas innecesarias cerca del escenario. Pero según los que la han encontrado, está encajada en una oquedad que hay debajo del tronco. De ahí que no la hayamos visto hasta ahora, aunque hemos inspeccionado esta zona varias veces.

—¿La encontraron ellos?

Torbjörn señalaba hacia Harald, Johannes y Karim, que estaban a unos metros de allí.

—Sí, les hemos pedido que esperen, así podréis hacer lo necesario para garantizar que nada de lo que hay en el escenario procede de ellos. Supongo que querréis fotografiar las suelas de los zapatos para comprobar qué pisadas son suyas.

—Exacto —dijo Torbjörn, y dio unas instrucciones rápidas a uno de los dos técnicos que lo acompañaban.

Acto seguido se puso el traje de bioseguridad y los cubrezapatos y le dio a Patrik un equipo.

—Ven —dijo cuando los dos se hubieron puesto la protección.

Patrik tomó aire y siguió a Torbjörn hacia el árbol. Iba preparado para lo que habría allí; aun así, fue tal la impresión que se tambaleó ante lo que vio. Lo primero fue una manita. La niña estaba desnuda y, en efecto, encajada en un hueco que se había formado en el suelo, debajo del árbol, y estaba doblada, como si se hubiera encogido hasta adoptar la posición fetal. Tenía la cara vuelta hacia ellos, pero parcialmente oculta con la mano, que se veía renegrida por la tierra. La melena rubia estaba llena de suciedad y de hojas, y Patrik tuvo que contener el impulso de agacharse y retirarlas. ¿Quién habría sido capaz de hacer algo semejante con una niña pequeña? ¿De qué pasta había que estar hecho? La rabia le corría por las venas y le dio fuerzas para hacer lo que tenía que hacer. Le ayudó a mantenerse frío y a actuar con objetividad. Se lo debía a la niña y a sus padres. Tendría que dejar a un lado los sentimientos hasta más tarde. Y, después de tantos años de colaborar con Torbjörn, sabía que él funcionaba igual.

Se acuclillaron y tomaron nota de todos los detalles. Tal y como estaba tumbada la niña era imposible determinar la causa de la muerte, lo verían en el siguiente paso. En aquellos momentos se trataba de asegurar las pistas que el asesino hubiera podido dejar.

—Me apartaré un rato y así os dejo trabajar —dijo Patrik—. Ya me avisaréis cuando vayáis a sacarla del hoyo. Me gustaría estar presente.

A Torbjörn le pareció bien y los técnicos empezaron con la laboriosa tarea de reunir pistas de la zona que circundaba el árbol. Era un trabajo que no podía hacerse con prisa. Un simple cabello, una colilla, un trozo de plástico, en fin, cualquier cosa que encontraran en las inmediaciones del cadáver, debían fotografiarlo todo, meterlo en una bolsa y etiquetarlo adecuadamente. Había que sacar moldes de las pisadas que hubieran quedado impresas en la tierra removida, y para ello las rellenaban con una masa espesa. Cuando esta se había endurecido, los técnicos se llevaban la pieza para su análisis y comparación con la de un posible autor de los hechos. Era una tarea que exigía tiempo y, después de una serie de casos de asesinato, Patrik había aprendido a controlar su impaciencia y a dejar que Torbjörn y su equipo hicieran su trabajo tranquilamente. Más adelante les sería útil. Si algo se perdía o malograba, tal vez no pudieran recuperarlo nunca.

Dejó la zona acordonada y se quedó algo retirado. No tenía fuerzas para hablar con nadie en esos momentos, más bien quería ordenar sus pensamientos acerca de lo que habría que hacer después. Las primeras veinticuatro horas de una investigación eran decisivas para obtener un buen resultado. Los testigos lo olvidaban todo enseguida, las pistas desaparecían, el autor de los hechos podía tener tiempo de eliminar su rastro... En veinticuatro horas podían pasar muchas cosas, de ahí que tuvieran que priorizar correctamente. El encargado de todo eso debería ser Mellberg, en teoría, por su condición de jefe de la comisaría, pero en la práctica esa responsabilidad siempre recaía en Patrik.

Echó mano del teléfono para avisar a Erica de que llegaría tarde. Sabía que estaría preguntándose por lo ocurrido. Confiaba en su discreción y sabía que no se lo contaría a nadie hasta que él le diera permiso, pero no había cobertura, de modo que se volvió a guardar el teléfono en el bolsillo. Ya la llamaría después.

Hacía calor al sol, cerró los ojos y levantó la cara. Los sonidos del bosque se mezclaban con las voces susurrantes de los técnicos. Patrik pensaba en Gösta. Se preguntaba cómo le iría, y daba gracias de no haber sido él quien respondió a la llamada de los padres de Nea.

Un mosquito le aterrizó en el brazo, pero no trató de matarlo como solía, sino que lo espantó sin más. Ya había habido bastantes muertes por un día.

Todo aquello era de lo más surrealista. Allí estaba él, en medio de un bosque sueco, en compañía de unas personas a las que nunca había visto.

No era la primera vez que Karim veía un cadáver. Cuando estuvo prisionero en Damasco vio cómo arrastraban a un hombre muerto delante de él. Y cuando cruzaban el Mediterráneo, vieron cadáveres de niños flotando junto al barco.

Pero aquello era distinto. Había ido a Suecia porque era un país sin niños muertos. Y aun así, allí estaba aquella niña muerta, tan solo a unos metros de donde se encontraba él.

Karim notó una mano en el brazo. Era Harald, el hombre mayor, el de los amables ojos castaños que hablaba inglés con tanto acento que a Karim le costaba entenderlo. Habían pasado el tiempo charlando. Cuando las palabras no bastaban, recurrían a gestos y muecas. Y el chico más joven, Johannes, ayudaba al hombre mayor a encontrar las palabras que le faltaban.

Karim se sorprendió al oírse hablar con ellos de su familia y su país por primera vez desde que llegó. Oía la nostalgia que le resonaba en la voz al referirse a la ciudad que había dejado atrás tal vez para siempre. Pero sabía que estaba dando una imagen injusta. Su nostalgia abarcaba solamente aquello que no tenía nada que ver con el terror.

Pero ¿qué sueco podría comprender la sensación de tener que ir siempre mirando si venía alguien detrás, la sensación de que te pudieran traicionar en cualquier momento, un amigo, un vecino, incluso un familiar? El Gobierno tenía ojos por todas partes. Todo el mundo cuidaba de sí y de lo suyo, todos hacían cualquier cosa por salvar el pellejo. Todos habían perdido a alguien. Todos habían visto morir a algún ser querido, y eso implicaba que uno hacía lo que fuera para no tener que revivirlo. Por su condición de periodista, él siempre tuvo una posición delicada.

—*You okay?* —preguntó Harald sin retirar la mano.

Karim se dio cuenta de que las preocupaciones se le reflejaban en la cara. Había bajado la guardia, había mostrado toda la añoranza y la frustración que le latían bajo la superficie, y sintió que lo habían sorprendido. Sonrió y cerró la portezuela de los recuerdos.

—*I'm okay. I'm thinking about the girl's parents* —dijo y, por un segundo, vio ante sí la cara de sus hijos.

Amina estaría preocupada y, como solía suceder, contagiaría esa preocupación a los niños. Pero donde se encontraban no había cobertura, de modo que no había podido llamarla. Cuando volviera, estaría enfadada. Amina siempre se enfadaba cuando estaba preocupada. Pero no importaba. Se ponía muy guapa cuando se enfadaba.

—*Poor people* —dijo Harald, y Karim vio que tenía los ojos llenos de lágrimas.

Algo más allá, unos hombres con monos blancos de plástico trabajaban arrodillados junto a la niña. Habían fotografiado los zapatos de Karim, al igual que los de Johannes y los de Harald. Les pusieron cinta adhesiva en la ropa, presionaron y luego la guardaron en bolsas de plástico que cerraron antes de anotar en ellas los pormenores del contenido. Karim comprendía lo que estaban haciendo, a pesar de que nunca lo había visto antes. Los técnicos querían poder descartar las huellas que él y los demás habían dejado al moverse por el lugar en el que se encontraba la niña.

Johannes le dijo algo en sueco al hombre mayor, y este asintió. Johannes tradujo:

—*We thought maybe we could ask the policeman if we can go back. They seem to be done with us.*

A Karim le pareció bien que preguntaran si podían irse ya. Tenía ganas de alejarse del lugar donde se encontraba la niña muerta. Aquel pelo rubio, la manita, detrás de la cual ocultaba la cara... Metida en un hoyo en la tierra, tumbada en posición fetal.

Harald fue a hablar con el policía que estaba al otro lado de la cinta. Hablaban en voz baja, y Karim se dio cuenta de que el policía decía que sí.

—*We can go back* —dijo Harald cuando volvió con ellos.

Ahora que se iba relajando, empezaba a temblarle todo el cuerpo. Quería ir a casa. Con sus hijos. Y con Amina y el fulgor de su mirada.

Sanna cerró los ojos cuando oyó el retumbar de los peldaños mientras Vendela subía por la escalera. Tenía la cabeza a punto de estallar, y no pudo evitar sobresaltarse cuando la puerta se cerró de sopetón. Casi vio cómo la madera se resquebrajaba un poco más.

Lo único que había hecho era proponerle a Vendela que la acompañara al vivero. A su hija nunca le habían entusiasmado las plantas, pero ahora parecía que ir allí fuera un castigo. Sanna sabía que debería hacerle frente, pero no se sentía con fuerzas. Era como si se le hubiera esfumado toda la energía cuando oyó hablar de la desaparición de Nea.

Arriba empezó a sonar la música, el retumbar del bajo. Sanna se preguntaba qué pensaría hacer hoy su hija. Últimamente solo la veía andar con aquellos dos chicos, y seguro que no eran muy buena compañía. Una chica de quince años y dos chicos de la misma edad no podían significar más que problemas.

Sanna recogió la mesa del desayuno. Vendela solo había tomado un huevo; el pan que solía desayunar todas las mañanas desde pequeña contenía, al parecer, demasiada azúcar. Sanna se hizo una tostada del pan de molde blanco y le puso una buena capa de mermelada de naranja. Ya iba tarde, así que cinco minutos más o menos no supondrían una gran diferencia.

En cierto modo, era un alivio que, precisamente en estos momentos, Vendela estuviera tan rebelde. Sanna no había podido pensar en Nea. Y no había podido pensar en Stella. Pero ahora, en aquella cocina silenciosa, todos los pensamientos acudían a la vez. Recordaba aquel día hasta el último detalle. Lo contenta que estaba de haber ido a Uddevalla a comprar ropa nueva para el comienzo del curso. Cómo se debatía entre la alegría de ir de compras con su madre y la envidia de Stella, que se quedaba al cargo de dos canguros, dos chicas mayores superchulas. Pero la envidia se esfumó en cuanto se despidieron y su madre puso rumbo al centro de la gran ciudad con aquel Volvo enorme.

Se pasó el camino de regreso mirando las bolsas que estaban en el asiento trasero. Qué cosas más bonitas se había comprado. Estaba tan contenta que no podía mantenerse quieta en el asiento. Su madre le llamó la atención varias veces riendo.

Fue la última vez que la vio reír.

Sanna dejó la tostada de mermelada en la mesa. Le crecía el bocado en la boca. Recordaba la mirada de desesperación de su padre, que las esperaba cuando se bajaron del coche. Las náuseas aparecieron como en una conmoción. Sanna echó a correr en dirección al baño y consiguió levantar la tapa a tiempo. Unos trozos de mermelada de naranja salieron disparados y cayeron en la taza del váter, y Sanna notó cómo se le revolvía el estómago de nuevo.

Después se hundió temblando en el suelo frío de baldosas. En el piso de arriba, la música retumbaba a todo volumen.

Se oyó un estallido en uno de los paneles que había colgados en los troncos de los árboles del claro del bosque que se abría junto a la parte trasera del jardín.

–Bien, Sam –dijo James.

Sam se obligó a reprimir la sonrisa. Aquello era lo único por lo que recibía elogios. Que fuera capaz de plantar una bala donde quisiera. Esa era la principal cualidad de un hijo para su padre.

–Cada vez tienes más seguridad –siguió James, y lo miró satisfecho por encima de las gafas de sol de montura de acero.

Eran un modelo piloto, con los cristales de espejo. Su padre era como una parodia de un *sheriff* americano.

–Mira a ver si puedes acertar desde una distancia algo mayor –le dijo a su hijo, y le indicó que retrocediera.

Sam se apartó un poco más del árbol.

–La mano firme. Respira justo antes de apretar el gatillo. Apunta bien.

James le daba las instrucciones con calma. Durante muchos años entrenó con éxito a unidades de élite suecas, y Sam sabía que tenía buena reputación. El ser un cerdo carente de sentimientos seguro que le había ayudado en su carrera, pero eso solo hacía que Sam deseara que llegase el siguiente servicio en el extranjero.

Los meses que James estaba fuera, en ocasiones en paradero desconocido, era como respirar aire fresco. Tanto él como su madre caminaban con paso más ligero, ella reía más y él disfrutaba viéndola reír. Sin embargo, en cuanto James entraba por la puerta se apagaba la risa, y su madre corría incluso más de lo que lo hacía normalmente. Se volvía más delgada aún. Se le dibujaba una expresión de agobio en el rostro. Y él detestaba a aquella madre tanto como adoraba a la que reía. Sabía que era injusto, pero fue ella quien decidió tener hijos con un hombre así. Sam ni siquiera quería decir que era su padre. Ni llamarlo papá.

Disparó una salva rápida. Sabía que había dado en el blanco.

James asintió satisfecho.

—Joder, si hubieras tenido agallas habrías podido ser un buen soldado —se burló.

Su madre apareció en el jardín trasero.

—Salgo a correr —dijo, pero ni James ni Sam respondieron.

Sam creía que ya se habría ido. Solía salir después de desayunar, para evitar la hora de más calor, pero ya eran casi las diez.

—Retrocede un par de metros más —dijo James.

Sam sabía que daría en la diana incluso desde aquella distancia. Había entrenado desde distancias aún mayores mientras James estaba fuera. Pero por alguna razón, no quería mostrarle a su padre lo bueno que era en realidad. No quería darle esa satisfacción, que creyera que su hijo había heredado algo suyo, algo de lo que poder alardear. No era mérito suyo. Nada era mérito de James. En la vida de Sam, todo era a pesar de James, no gracias a él.

—*Nice!* —gritó su padre cuando acertó también con la siguiente serie de disparos.

Había otra cosa que molestaba a Sam. La frecuencia con la que James se pasaba al inglés, con un acento marcadamente americano. No tenía ascendencia americana, solo que, cuando era joven, al abuelo le gustaba James Dean. Pero James había pasado tanto tiempo entre americanos que se le había pegado el acento. Espeso y pastoso. A Sam siempre le daba la misma vergüenza que no se atuviera al sueco y nada más.

—*One more time* —dijo James, como si hubiera podido leerle el pensamiento, y lo hiciera solo para fastidiar.

—*All right* —dijo Sam con el mismo acento americano, con la esperanza de que James no se diera cuenta de que se estaba burlando de él.

Apuntó a la diana y apretó el gatillo. En el clavo.

Bohuslän, 1671

–¡La niña entró ayer en la casa grande, y ya sabes lo que te he dicho al respecto!

La voz de Britta resonaba chillona, y Elin agachó la cabeza.

–Hablaré con ella –dijo en voz baja.

–¡El que tengamos una vivienda propia para el servicio tiene su explicación! Britta puso los pies en el suelo.

–Hoy recibimos una visita muy distinguida –continuó–. Todo debe estar perfecto. ¿Has lavado y almidonado el vestido azul? ¿El del brocado de seda?

Metió los pies en un par de zapatillas que había al lado de la cama. Y buena falta que hacían. Por más que Elin no hubiera visto una casa más bonita que la del pastor, era fría, entraba mucha corriente y los suelos estaban helados en invierno.

–Todo está listo –respondió Elin–. Hemos limpiado cada rincón de la casa, y Boel, la de Holta, llegó ayer mismo y empezó a preparar la comida. De primero servirá cabezas de bacalao rellenas; de segundo, gallo con grosella silvestre y tarta rápida de postre.

–Pues muy bien –dijo Britta–. Al apoderado de Harald Stake hay que agasajarlo con manjares dignos de un caballero. Harald Stake es gobernador de Bohuslän y tiene orden del propio rey de hablar con los pastores de la plaga que está asolando el país. Hace tan solo unos días me contaba Preben que han apresado a una bruja en Marstrand.

A Britta se le encendieron las mejillas.

Elin asintió. La gente no hablaba de otra cosa que de la recién designada comisión de brujería, que se dedicaba a cazar brujas por todo Bohuslän y a llevarlas a juicio. De hecho, decían que se habían empleado con mano dura para combatir aquella abominación por todo el país. Elin se estremeció. Hechiceras y hechiceros. Viajes a Blåkulla, la colina azul, el monte de las brujas, y alianzas con el mismísimo Satanás. Jamás se había visto espanto semejante.

—Ida-Stina me ha contado que ayudaste a Svea, la de Hult, a quedarse embarazada —dijo Britta mientras Elin le ayudaba a vestirse—. Sea lo que fuere lo que le hiciste, quiero que lo hagas conmigo también.

—Lo único que hice fue lo que me enseñó la abuela —dijo Elin, y le anudó bien fuerte el vestido a la espalda.

No le extrañó la pregunta. Britta empezaba a acercarse a la veintena y llevaba dos años casada con Preben sin que se le hubiera hinchado el vientre.

—Haz lo que hiciste por Svea y punto. Ya es hora de que le dé a Preben un hijo. Ha empezado a preguntarme cuándo me voy a quedar preñada.

—A Svea le hice una infusión según una receta de la abuela —dijo Elin, y alargó el brazo en busca del cepillo para peinar la larga cabellera de Britta.

Pese a ser hermanas, no se parecían físicamente. Elin había heredado el cabello rubio y los ojos claros de su madre, mientras que Britta, con el pelo negro y los ojos azul oscuro, se parecía a la mujer que había ocupado el lugar de la madre de Elin antes incluso de que esta muriera. En el pueblo aún rondaban rumores que decían que la madre de Elin había muerto porque le habían roto el corazón. Aunque fuera cierto, Elin no podía perder el tiempo pensando en esas cosas. El padre había fallecido hacía un año, y Britta era la única que se interponía entre ellas y la hambruna.

—También me enseñó varios ensalmos —dijo Elin discretamente—. Si a la señora Britta no le importa, puedo leerlos además de preparar el brebaje. Tengo todo lo necesario para la infusión, el verano pasado puse a secar una cantidad de hierbas suficiente para todo el invierno.

Britta hizo un gesto desdeñoso con su mano blanca y delicada.

—Haz lo que quieras. Tengo que darle un hijo a mi marido, de lo contrario traeré la desgracia a esta casa.

Elin estuvo a punto de decirle que, para eso, quizá fuera buena idea compartir el lecho marital, pero fue lo bastante sensata como para morderse la lengua. Había sido testigo de las consecuencias que podía acarrear desatar la ira de Britta. Por un instante, se preguntó cómo un hombre tan bueno como Preben había podido contraer matrimonio con alguien como Britta. Seguro que las ganas de su padre de conseguir un buen partido para su hija tuvieron algo que ver.

—El resto ya lo puedo hacer yo —dijo Britta, y se puso de pie—. Seguro que tienes mucha tarea antes de que llegue el enviado de Stake. Y habla con tu hija, o me ocuparé de que sea la vara la que le hable.

114

Elin asintió, pero la amenaza de su hermana de azotar a Märta le hizo hervir la sangre. Britta aún no le había puesto la mano encima, pero Elin sabía que, el día que lo hiciera, no podría responder de sus actos. Así que lo mejor sería hablar cuanto antes muy seriamente con su hija y advertirle que no debía entrar en la casa.

Elin salió a la explanada y miró inquieta a su alrededor.

—¿Märta? —dijo en voz baja.

A Britta no le gustaba que el personal de servicio hablara en voz alta. Un detalle más que tener en cuenta si uno no quería caer en desgracia.

—¿Märta? —repitió algo más fuerte, y se dirigió a los establos.

Era el lugar más verosímil donde buscar, pero a Märta tampoco le permitían estar allí. Desafortunadamente, la criatura no solo había heredado los ojos verdes de su padre, sino también la tozudez, y era como si las palabras se resistieran a entrarle a la niña en la cabeza.

—Estamos aquí —oyó decir a una voz familiar.

Preben. Se paró en seco.

—Entra, Elin —dijo con voz amable desde la oscuridad del fondo del establo.

—Sí, madre, ven —dijo Märta con voz ansiosa.

Elin dudaba, pero al final se remangó los faldones para no mancharse con la suciedad del suelo y se dirigió con paso resuelto al lugar del que procedían las voces.

—Mira, madre —dijo Märta sobrecogida.

Estaba sentada al fondo de una cuadra vacía, con tres gatos diminutos en el regazo. No parecían tener más de un día de vida, y giraban la cabeza de un lado a otro, ciegos al mundo. Al lado de Märta estaba Preben, también con el regazo lleno de gatitos.

—¿No es esto un milagro de Dios? —dijo, al tiempo que acariciaba a un gatito gris.

El animal maulló quejumbroso mientras cabeceaba contra la manga de la camisa.

—Madre, toma, acarícialo —dijo Märta, y le dio un animalito con manchas blancas y negras con las patas estiradas en el aire.

Elin no estaba segura. Miró atrás. Britta sería implacable si las viera allí a las dos. Con Preben.

—Siéntate, Elin. Mi querida esposa está más que ocupada con los preparativos para recibir a la visita de esta noche.

Preben sonrió.

115

Elin vaciló aún unos segundos. Pero al final no pudo resistirse a aquel gatito desamparado y se sentó sobre el heno con el animal en el regazo.

–Preben dice que puedo elegir uno, y que será mío, solo mío.

Märta miró al pastor con los ojos encendidos. Elin lo miraba dudosa. Él sonrió; una sonrisa que le afloró hasta los ojos azules.

–Y podrá bautizarlo –dijo Preben–. Pero hemos acordado que tendrá que ser un secreto entre nosotros.

Se llevó el índice a los labios y miró a la niña muy serio. Märta asintió con la misma seriedad.

–Lo guardaré como el más preciado de todos los secretos –dijo, y echó un vistazo a los gatitos–. Este es el que quiero.

Se puso a acariciarle la cabeza a un gatito gris. Era el más pequeño de todos, y Elin miró a Preben y trató de negar con la cabeza sin que se notara. El animal parecía desnutrido, Elin dudaba de que tuviera posibilidades de sobrevivir. Pero Preben le devolvió la mirada con calma.

–Märta tiene buen ojo para los gatos –dijo, y acarició al animalito detrás de la oreja–. Yo habría elegido el mismo.

Märta miró al pastor con una expresión que Elin no le había visto desde que ocurrieron todas las desgracias, y le dolió en el alma. Solo Per le había arrancado a su hija miradas así. Pero había algo en Preben que recordaba a Per. Una suerte de bondad que habitaba en sus ojos y que infundía paz y confianza.

–La llamaré Viola –dijo Märta–. Que para eso las violetas son mis flores favoritas.

–Inmejorable elección –asintió Preben.

Lanzó a Elin una mirada. Ojalá no resultara ser macho.

–Märta quiere aprender a leer –continuó Preben, y le dio a la niña una palmadita en el rubio cabello–. Mi campanero da clase a los niños dos veces por semana.

Si algo le había enseñado la vida, era que a las mujeres lo que más les convenía era no destacar. O no tener demasiadas esperanzas. Esas cosas solo acarreaban grandes decepciones.

–Tiene que poder leer el catecismo –dijo Preben, y Elin se sintió avergonzada.

Porque, claro, ¿cómo iba a poder argumentar contra el pastor sobre ese punto? Si a él le parecía que era adecuado o incluso aconsejable que su hija aprendiera a leer, ¿quién era ella para poner objeciones?

116

–En ese caso, Märta asistirá encantada –dijo Elin, e inclinó la cabeza.

Ella nunca aprendió a leer, y cuando le preguntaban el catecismo se las arreglaba porque se lo había aprendido de memoria.

–Pues entonces está decidido –exclamó Preben radiante de alegría, y le dio a Märta una última palmadita.

Se levantó y se sacudió el heno de los pantalones. Elin trataba de no mirarlo. Tenía algo que atraía su mirada, y se avergonzaba ante la sola idea. Preben era el marido de su hermana, era su amo y el pastor de aquella comunidad. Sentir por ese hombre otra cosa que gratitud y respeto era un pecado, y por ello merecía que la castigara Dios.

–Creo que debería ir y ayudar a Britta con los preparativos, antes de que los sirvientes terminen agotados –dijo alegremente, y se volvió hacia Märta–. Y tú, cuida de Viola. Me he dado cuenta de que tienes buen ojo para saber quién necesita algo de ayuda.

–Gracias –dijo Märta, y miró a Preben con tal fervor que a Elin se le derretía el corazón.

Y le dolía. Sintió la añoranza de Per con tal fuerza que tuvo que volver la cara. Mientras los pasos de Preben se alejaban, se obligó a no recordar. Él no estaba. No había nada que hacer al respecto. Ahora solo estaban Märta y ella. Y, a partir de ahora, también estaba Viola.

—Bueno, este es un día duro —dijo Patrik, y miró a todos los presentes en la sala de reuniones.

Nadie respondió ni lo miró. Suponía que, como él, todos estaban pensando en sus hijos. O en sus nietos.

—Bertil y yo queremos cancelar todas las vacaciones y que os incorporéis al servicio de inmediato —continuó—. Espero que lo comprendáis.

—Me parece que puedo hablar por todos en este asunto, no creo que pudieras mantenernos al margen —intervino Paula.

—Sí, eso pensaba yo —dijo Patrik, lleno de gratitud hacia los colegas que había en la sala.

Incluso a Mellberg. Ni siquiera él había dudado.

—¿Y podéis solucionar los aspectos prácticos de la vuelta al trabajo? Sé que varios de vosotros tenéis niños pequeños que están de vacaciones...

Miró sobre todo a Martin.

—Los padres de Pia se quedan con Tuva cuando estoy trabajando.

—De acuerdo —dijo Patrik.

Puesto que nadie más se pronunció, dio por hecho que también Paula y Annika habían resuelto la situación en casa. La muerte de un niño era una circunstancia límite. Cuando eso ocurría, todo el mundo arrimaba el hombro, y sabía que tenían muchas horas de trabajo ante sí.

—Gösta, ¿cómo están los padres? —dijo Patrik, y se apoyó en la mesa que había delante de la pizarra.

—Pues como cabe esperar —respondió Gösta conmovido—. El pastor fue a verlos, y decidí llamar también al médico de la comarca, así que, cuando me fui, los dos se habían tomado algo para poder dormir.

—¿No tienen familia que pueda quedarse con ellos? —preguntó Annika, a la que también se veía muy afectada.

—Los padres de Eva han muerto, y los de Peter viven en España. Pero ahora mismo están en un avión camino de Suecia; llegarán dentro de unas horas.

Annika asintió.

Patrik sabía que la secretaria de la comisaría tenía una familia numerosa y muy unida, y estaba acostumbrada a tener mucha gente a su alrededor.

—¿Qué dice Torbjörn? ¿Han avanzado mucho? —preguntó Martin, y alargó un brazo en busca del termo, que Annika había llenado de café para la reunión.

—La niña va camino de Gotemburgo para la autopsia —dijo Patrik en voz baja.

Aquellas imágenes nunca se le borrarían de la retina. Estuvo presente cuando sacaron a Nea de debajo del tronco y sabía que, durante un tiempo, vería aquella imagen al cerrar los ojos cada noche. Los animales de cierto tamaño no habían podido colarse donde estaba, pero cuando levantaron el cadáver salieron miríadas de insectos. Las imágenes se sucedían como *flashes* a toda velocidad. Había presenciado autopsias y sabía cómo se desarrollaban. Vaya si lo sabía. No quería ver a aquella pobre niña allí desnuda e indefensa sobre una fría mesa de acero. No quería saber dónde iba a cortar Pedersen, cómo le sacarían los órganos internos, cómo procederían a medir y a pesar todo aquello que una vez le dio vida. No quería saber cómo terminarían por formar la i griega los puntos de sutura que le cerrarían el pecho.

—¿Cómo ha ido la cosa en el lugar del crimen? —dijo Gösta—. ¿Habéis encontrado algo de valor?

Patrik se sobresaltó y trató de apartar de la memoria las imágenes de Nea que se sucedían una tras otra.

—Recogieron bastante material, pero aún no sabemos qué tendrá valor y qué no.

—Pero ¿qué encontraron? —preguntó Martin con curiosidad.

—Pisadas, pero también pueden ser de los tres hombres que hallaron el cadáver. Además, habían inspeccionado la zona varias veces, así que, por seguridad, les hemos pedido las huellas a los que han participado en la búsqueda. ¿Alguno de vosotros estuvo por esa zona? En ese caso, tendrá que dejar sus huellas también.

—No, ninguno estuvo en esa parte del bosque —dijo Gösta, y se sirvió una taza también.

—Pisadas, ¿y qué más? —preguntó Paula.

—No lo sé exactamente, solo he visto que recogían cosas del suelo y las guardaban en bolsas. He pensado esperar el informe de Torbjörn, no suele estar dispuesto a darnos información antes de haber revisado a fondo el material.

Mellberg se levantó y se acercó a una de las ventanas.

—Joder, qué calor hace aquí dentro.

Se tironeó un poco del cuello de la camisa, como si le faltara el aire. Tenía grandes manchas de sudor en las axilas y el nido de pelo que llevaba en la coronilla se le había resbalado hacia la oreja. Abrió la ventana. El rumor del tráfico resultaba un poco molesto, pero nadie protestó al notar cómo el aire fresco despejaba el ambiente cargado de la sala. *Ernst,* el perro de la comisaría, que hasta ese momento había estado jadeando a los pies de Mellberg, se acercó a la ventana y asomó el hocico. Era una mole de tales proporciones que le afectaba muchísimo el calor, y allí estaba el animal, con la lengua colgándole hasta el suelo.

—¿Quieres decir que no ha mencionado ningún hallazgo en particular? —preguntó Paula.

Patrik negó con la cabeza.

—No, tendremos que esperar hasta que Torbjörn nos envíe el informe preliminar. Y luego tendré que comprobar con Pedersen cuánto tardaremos en recibir los resultados de la autopsia. Por desgracia parece que hay cola, pero hablaré con él para ver qué puede hacer.

—Tú estuviste allí, ¿no se le veía nada? A la niña, digo...

Martin puso cara de espanto al preguntar.

—No, y no tiene ningún sentido empezar a especular antes de que Pedersen la haya examinado.

—¿Con quiénes debemos hablar primero? ¿Hay algún sospechoso claro? —dijo Martin, que tamborileaba en la mesa con el bolígrafo—. ¿Qué me dices de los padres? No sería la primera vez que un progenitor mata a su hijo y luego trata de que parezca que lo ha hecho otro.

—No, en este caso, me costaría creerlo —dijo Gösta, y dejó la taza con tal ímpetu que estuvo a punto de derramar el café.

Patrik levantó la mano.

—Por el momento no tenemos ningún motivo para creer que los padres de Nea estén involucrados. Pero Martin tiene razón en que, pese a todo, no podemos excluir esa posibilidad. Tenemos que hablar con ellos en cuanto sea posible, en parte para comprobar si tienen coartada, y en parte para ver si tienen alguna información que pueda ayudarnos a avanzar en la investigación. Pero estoy de acuerdo con Gösta en que no hay nada que los señale.

—Puesto que la niña estaba desnuda, quizá deberíamos comprobar si hay algún pederasta merodeando por la zona —sugirió Paula.

Se hizo un silencio absoluto alrededor de la mesa. Nadie quería pensar en lo que de verdad implicaba esa sugerencia.

—Por desgracia, tienes razón —dijo Mellberg pasados unos instantes—. Pero ¿cómo habías pensado hacerlo?

Seguía sudando a mares y jadeaba tanto como *Ernst*.

—Ahora mismo hay miles de turistas —continuó—. No tenemos ninguna posibilidad de saber si hay entre ellos algún agresor sexual o algún pederasta.

—No, eso es verdad, pero sí podemos revisar las denuncias de sospechosos de agresión sexual que hayamos recibido este verano. ¿No denunció la semana pasada una señora a un chico que iba por ahí grabando a escondidas a los niños en la playa?

—Pues sí —respondió Patrik—. Yo mismo registré esa denuncia. Bien pensado. Annika, ¿podrías revisar todas las denuncias que hayamos recibido desde mayo? Trae todo lo que te parezca que podría ser interesante, mejor un filtro poco tupido. Ya cribaremos bien luego, cuando tengamos una primera selección.

—Dalo por hecho —dijo, y anotó algo en el cuaderno.

—Tenemos que hablar del elefante rosa de la habitación —dijo Paula, y se sirvió más café del termo.

Ya empezaba a silbar, señal de que el café estaba a punto de acabarse, y Annika se levantó para ir a preparar más. El café era el combustible con el que funcionaban todos.

—Sí, ya sé a qué te refieres —dijo Patrik, y se retorció algo incómodo—. El caso Stella. Helen y Marie.

—Sí —dijo Gösta—. Yo trabajaba en la comisaría entonces, hace treinta años. Por desgracia, no recuerdo ningún detalle de aquella investigación. Fue hace mucho tiempo, y Leif me encomendó las tareas rutinarias mientras que él se hizo cargo de la investigación y los interrogatorios. Pero recuerdo la conmoción que hubo en todo el pueblo cuando Helen y Marie se confesaron culpables de haber matado a Stella y luego retiraron la confesión. Tal y como yo lo veo, es imposible que sea una coincidencia que Nea desaparezca de la misma granja, y que la encuentren en el mismo lugar. Y que eso ocurra precisamente cuando Marie vuelve después de treinta años... Resulta un poco difícil tragarse que sea una coincidencia.

—Estoy de acuerdo —dijo Mellberg—. Tenemos que hablar con las dos. Aunque yo no estaba cuando ocurrió, he oído hablar del caso, naturalmente, y siempre he pensado que era verdaderamente espantoso... a tan corta edad, matar a una niña.

—Hace muchos años que las dos defienden su inocencia —observó Paula. Mellberg soltó un resoplido.

—Ya, pero primero confesaron. Siempre he dudado de que ellas dos hubieran matado a la niña. Y no hay que ser Einstein para sumar dos más dos ahora que ha vuelto a ocurrir, precisamente cuando las dos están de nuevo aquí treinta años después.

Se dio unos toquecitos en un lado de la nariz.

—Bueno, creo que debemos tener cuidado a la hora de sacar conclusiones precipitadas —dijo Patrik—. Pero estoy de acuerdo con que debemos hablar con ellas.

—Para mí está más claro que el agua —dijo Mellberg—. Marie vuelve al pueblo, ella y Helen se reencuentran. Se produce un nuevo asesinato.

Annika volvió con el termo lleno de café.

—¿Me he perdido algo?

—No, solo hemos constatado que necesitamos comprobar ciertas similitudes con el caso Stella —dijo Patrik—. Y también que tenemos que interrogar a Helen y a Marie.

—Sí, desde luego, es un tanto extraño —comentó Annika, y se sentó de nuevo.

Patrik miró la pizarra.

—No debemos obsesionarnos, pero es de capital importancia que nos pongamos al día con el caso Stella y la investigación que llevaron a cabo en 1985. Annika, ¿podrías ver si encuentras las actas de los interrogatorios y el resto de la información de la investigación? Sé que puede resultar difícil, teniendo en cuenta el desastre que es el archivo, pero inténtalo, por favor.

Annika asintió y lo anotó en el cuaderno.

Patrik guardó silencio un rato mientras se preguntaba si debía decir lo que tenía en mente. Pero si no decía nada ahora, seguro que saldría a relucir en cualquier momento y entonces le caería una buena por habérselo guardado.

—A propósito del caso Stella... —dejó la frase inacabada. Luego tomó un nuevo impulso—. Veréis, resulta que Erica ha empezado a trabajar en un nuevo libro. Y... casualmente ha decidido escribir sobre ese caso.

Mellberg se irguió en la silla.

—Pues tendrá que esperar un poco —dijo—. Ya hemos tenido bastantes problemas con tu mujer, que no para de entrometerse. Esto es un asunto policial, nada en lo que deban inmiscuirse civiles sin formación ni experiencia en nuestra labor.

Patrik se mordió la lengua para no recordar que Erica había sido de bastante más ayuda que Mellberg durante las últimas investigaciones de envergadura. Sabía que no serviría de nada ofenderlo. Su jefe jamás dejaría de creer en su propia excelencia, y Patrik había aprendido a trabajar evitándolo en lugar de contando con él. Claro que también sabía por experiencia que no servía de nada decirle a Erica que se mantuviera apartada del caso Stella. Cuando empezaba a indagar sobre un asunto, no paraba hasta haber obtenido respuesta a todas sus preguntas. Sin embargo, esa era una verdad que no tenía por qué revelar ante aquel auditorio. En cualquier caso, suponía que era algo que, salvo Mellberg, todos conocían.

—Claro —dijo—. Se lo diré. Pero ya ha avanzado bastante en sus indagaciones, así que se me había ocurrido que podríamos considerarla un recurso y pedirle que nos ayude a reunir datos. ¿Qué os parecería que le dijera que se pasara por aquí esta tarde para que nos cuente lo que sabe del caso?

—A mí me parece una idea estupenda —dijo Gösta, y todos menos Mellberg se mostraron de acuerdo.

Pero el jefe sabía cuándo había perdido, y al final dijo entre dientes:

—Bueno, bueno, que venga.

—Bien, la llamaré en cuanto termine la reunión —dijo Patrik—. Tú podrías ir aportando lo que recuerdes del caso, Gösta, ¿no te parece?

Gösta aceptó con media sonrisa, y avisó de que no sería mucho.

—En fin, ¿qué otros temas hay en la lista de lo que debemos hacer? —dijo Patrik.

—La conferencia de prensa —dijo Mellberg, y enseguida se lo vio más animado.

Patrik hizo una mueca de disgusto, pero sabía que debía elegir a qué renunciar. Tendría que cederle a Mellberg la rueda de prensa. Y luego habría que rezar para que hiciera el menor daño posible.

—Annika, ¿puedes convocar la conferencia de prensa para esta tarde?

—Claro —dijo, y lo anotó en el cuaderno—. ¿Antes o después de la visita de Erica?

—Mejor antes —respondió Patrik—. A las dos, si puede ser, y le diré a Erica que venga sobre las tres y media.

—Los convoco a las catorce horas. Me tienen acribillada a llamadas, así que será un alivio poder darles una cita.

—Sí, debemos ser conscientes de que esto se convertirá en un circo mediático —dijo Patrik.

Se retorció en la silla, con las piernas cruzadas y los brazos apoyados en la mesa. A diferencia de Mellberg, él solo veía el interés de los medios de comunicación como un obstáculo para la investigación. Claro que, de forma excepcional, la información de los medios podía conducir a aportaciones decisivas de la población, pero por lo general los efectos negativos eclipsaban a los positivos.

—Tranquilo, yo me encargo de esa parte —dijo Mellberg satisfecho, y se retrepó en la silla.

Ernst se acomodó a sus pies otra vez y, aunque debía de ser como tener puestos unos calcetines de lana, Mellberg no lo apartó.

Erica solía decir que uno de los pocos rasgos que lo redimían era el amor que sentía por aquel animal grandote y peludo.

—Pero mide bien tus palabras —le advirtió Patrik, consciente de cómo solía explayarse Mellberg, que lo contaba todo sin pararse a reflexionar.

—Tengo mucha experiencia a la hora de manejar a la prensa; durante mis años de servicio en Gotemburgo...

Patrik lo interrumpió.

—Genial, entonces tú te encargas de ese asunto. Lo que podemos hacer es repasar juntos con antelación qué queremos destacar y qué deberíamos guardarnos para nosotros, ¿te parece?

Mellberg parecía disgustado.

—Como decía, durante mis años en Gotemburgo...

—¿Cómo vamos a distribuir el resto de las tareas? —preguntó Martin para detener la retahíla de Mellberg, y Patrik se volvió hacia él agradecido.

—Hablaré con Torbjörn y con Pedersen y trataré de averiguar cuándo podremos contar con algo más de información.

—Yo puedo hablar con los padres de Nea —dijo Gösta—, pero antes pensaba llamar al médico para ver cómo se encuentran.

—¿Quieres que te acompañe alguien? —preguntó Patrik, y se le volvió a encoger el estómago al pensar en Eva y Peter.

—No, iré solo, así podremos emplear el resto de los recursos en otras tareas —dijo Gösta.

—Yo puedo hablar con las chicas a las que condenaron por el asesinato de Stella —propuso Paula—. O con las mujeres, más bien, ya no son unas niñas.

—Te acompaño —dijo Martin, que levantó la mano, igual que un escolar.

—Bien. —Patrik asintió—. Pero espera a que Erica venga y nos dé más datos. Invertid ese tiempo en hacer una ronda de las de toda la vida, id llamando de casa en casa por la zona cercana a la granja. La gente que vive algo apartada del centro tiene tendencia a fijarse en cualquier cosa llamativa y en todos los movimientos extraños que se produzcan en la zona. Así que puede que valga la pena.

—De acuerdo —dijo Paula—. Saldremos a hacer una ronda y hablaremos con los vecinos.

—Yo me quedaré a cubrir este frente —respondió Patrik—. El teléfono no para de sonar, y tengo que revisar la situación de la investigación con vistas a la conferencia de prensa.

—Y yo tengo que prepararme —dijo Mellberg, y se tanteó la cabeza para comprobar que el pelo estaba bien colocado encima de la coronilla.

—Muy bien, pues todos tenemos tarea —concluyó Patrik, y dio a entender que la reunión había terminado.

La reducida sala estaba tan cargada y calurosa que resultaba difícil respirar. No veía el momento de salir de allí, y sospechaba que a sus colegas les pasaba lo mismo. Lo primero que haría sería llamar a Erica. No estaba del todo seguro de que fuera atinado involucrarla en la investigación, pero, a su entender, no les quedaba otra alternativa. Con un poco de suerte, igual tenía alguna información que pudiera ayudarles a encontrar al asesino de Nea.

A pesar de los muchos años que llevaba corriendo, el primer kilómetro siempre era duro; luego los pasos se aligeraban. Helen sentía cómo respondía su cuerpo y cómo se le iba acompasando la respiración.

Había empezado a correr casi inmediatamente después de terminado el proceso judicial. La primera vez corrió diez kilómetros para liberar el cuerpo de aquella frustración. Los pasos de sus pies en la grava, el viento que le atravesaba el pelo, los sonidos del entorno eran lo único que conseguía hacer callar al mundo.

Cada vez corría más lejos, cada vez lo hacía mejor. Con los años, había corrido treinta maratones. Pero solo en Suecia. Soñaba con una maratón en Nueva York, en Sídney y en Río, pero podía darse por satisfecha con que James la dejase correr en Suecia.

El hecho de que le permitiera tener una afición propia e invertir en ella un par de horas al día se debía exclusivamente a que James apreciaba la disciplina en el deporte. Aquello era lo único que respetaba de ella, el que fuera capaz de correr milla tras milla, que su mente pudiera vencer las limitaciones del cuerpo. Pero ella jamás podría contarle que, cuando corría, todo lo ocurrido desaparecía, se volvía borroso, lejano, como un antiguo sueño.

Con el rabillo del ojo vio la casa que había sustituido al hogar de la infancia de Helen. Cuando Helen regresó a Fjällbacka, aquella casa nueva ya estaba en pie. Los padres de Helen decidieron marcharse casi inmediatamente después de que todo se derrumbara. Harriet no podía enfrentarse a las habladurías, los rumores, todas las miradas furtivas, todos los susurros.

KG, su padre, y James, se veían continuamente hasta que KG murió. A veces Sam y ella acompañaban a James cuando iba a Marstrand, pero solo para que Sam viera a los abuelos maternos. Por lo que a ella se refería, no deseaba tener ningún contacto con sus padres. La habían abandonado cuando más los necesitaba, y jamás podría perdonárselo.

Empezaba a sentir el agotamiento en las piernas, y se dijo que debía corregir el paso. Como con tantas otras cosas en la vida, había tenido que emplearse a fondo por conseguir un buen ritmo de carrera. Nada le fue dado jamás de un modo natural.

Aunque..., no, en eso mentía. La vida fue fácil hasta ese día. Hasta entonces fueron una familia normal. No recordaba ningún problema, ningún obstáculo, solo claros días de verano y el aroma del perfume de su madre cuando la llevaba a la cama por la noche. Y el amor. Recordaba el amor.

Aumentó la velocidad para ahogar los pensamientos. Aquellos pensamientos que solían desdibujarse con la carrera. ¿Por qué se le imponían ahora? ¿Acaso no podría conservar ni siquiera aquel refugio? ¿Lo habría estropeado todo el regreso de Marie?

A cada suspiro que daba, Helen sentía lo distinto que era todo. Cada vez le costaba más respirar. Al final, se vio obligada a detenerse. Tenía las piernas entumecidas, el cuerpo exhausto por el ácido láctico. Por primera vez, el cuerpo se impuso a su voluntad. Helen no se dio cuenta de que se derrumbaba hasta que se vio tendida en el suelo.

Bill miró alrededor en el restaurante del hotel y centro de convenciones de TanumStrand. Tan solo había allí reunidas cinco personas. Cinco rostros cansados. Sabía que se habían pasado la noche buscando a la pequeña Nea. Gun y él lo habían comentado mientras se dirigían allí, se preguntaban si no valdría la pena posponer la reunión, pero Bill estaba convencido de que aquello era precisamente lo que necesitaban.

Ahora bien, que fueran a asistir no más de cinco personas era algo que jamás se habría imaginado.

Rolf había procurado que hubiera en la mesa termos de café y bandejas de bocadillos de queso y pimiento, y Bill ya se había pertrechado. Tomó un sorbo de café. En la silla de al lado, Gun ya estaba saboreando el suyo.

Bill miró aquellas caras cansadas y luego a Rolf, que estaba de pie cerca de la puerta del restaurante.

—¿Podrías presentar a los asistentes? —dijo.

Rolf asintió.

—Este es Karim, ha venido a Suecia con su mujer y sus dos hijos. Era periodista en Damasco. Luego tenemos a Adnan y a Khalil, dieciséis y dieciocho años respectivamente, han venido solos, se conocieron en el campo de refugiados. Este es Ibrahim, el mayor del grupo. *How old are you, Ibrahim?*

El hombre que había al lado de Rolf tenía una barba enorme y, muy sonriente, mostró cinco dedos.

—*Fifty*.

—Eso es, Ibrahim tiene cincuenta años, y ha venido con su mujer. Finalmente tenemos a Farid, que llegó aquí con su madre.

Bill le hizo una seña de aprobación a aquel hombre de unos treinta y tantos que, a juzgar por sus dimensiones, dedicaba gran parte del tiempo de vigilia a comer. El reparto del peso podía resultar un asunto peliagudo con alguien que pesaba por lo menos el triple que los demás, pero todo tenía arreglo. Había que ser positivo. De no ser así, no habría sobrevivido en aquella ocasión en que se fue a pique cerca de la costa de Sudáfrica y los tiburones blancos empezaron a nadar en círculos a su alrededor.

—Pues yo me llamo Bill —dijo despacio y articulando con claridad—. Hablaré con vosotros solo en sueco, en la medida de lo posible.

Rolf y él habían acordado que sería lo mejor. Esa era la idea precisamente, que aprendieran el idioma y pudieran adaptarse a la sociedad.

Todos tenían cara de no haber entendido nada, salvo Farid, que respondió en un sueco con mucho acento, pero perfectamente gramatical.

—Yo soy el único que entiende bien el sueco, soy el que más tiempo lleva aquí y he estudiado mucho, muchísimo. Quizá pueda ayudar a traducir al principio. Para que los chicos entiendan, quiero decir...

Bill asintió. Le parecía razonable. Incluso para un sueco nativo podían resultar difíciles las expresiones relacionadas con la vela. Farid tradujo raudo y veloz al árabe lo que Bill acababa de decirles. Los demás asintieron.

—Tratamos de... comprender... el sueco. Y de aprender —dijo el hombre que se llamaba Karim.

—¡Bien! *Good!* —exclamó Bill, y levantó el pulgar—. ¿Sabéis nadar?

Hizo unos movimientos en el aire con los brazos y Farid repitió la pregunta en árabe. Los cinco empezaron a hablar rápidamente entre sí, y Karim volvió a responder como pudo:

—Sabemos... Por eso hacer nosotros este curso. Si no, no.

—¿Y cómo habéis aprendido? —preguntó Bill aliviado, aunque sorprendido—. ¿Habéis frecuentado la costa?

Farid tradujo rápidamente y se oyó una salva de risas.

—Bueno, es que tenemos piscinas —dijo con una sonrisa.

—Claro...

Bill se sentía como un idiota. No se atrevía a mirar a Gun, que estaba a su lado, pero notaba sus intentos de ahogar una risita. Tendría que informarse un poco sobre Siria, para no quedar como un perfecto ignorante. Había visitado muchos rincones del mundo, pero ese país era para él una mancha blanca en el mapa.

Alargó el brazo en busca de otro bocadillo. Tenía una buena capa de mantequilla, tal y como a él le gustaba.

Karim levantó la mano y Bill lo animó a preguntar.

—¿Cuándo..., cuándo nosotros empezar?

Karim le dijo algo en árabe a Farid, que completó la frase:

—¿Cuándo empezamos a navegar?

Bill hizo un gesto de impotencia.

–No hay tiempo que perder, Dannholmen Runt se celebra dentro de unas semanas, ¡así que empezamos mañana! Rolf os llevará a Fjällbacka y comenzaremos a las nueve. Poneos una capa extra de ropa, en alta mar hace más frío que en tierra, y el viento sopla más fuerte.

Cuando Farid tradujo, todos se retorcieron un poco. De repente, no parecían muy seguros. Pero Bill los miró, animándolos con una sonrisa que esperaba se entendiera como victoriosa. Aquello saldría de maravilla. No había problemas. Solo soluciones.

–Gracias por quedarte con los niños un rato –dijo Erica, y se sentó enfrente del porche a medio terminar de Anna.

Le había aceptado de mil amores un té helado, el calor era insoportable y, como tenía estropeado el aire acondicionado del coche, se sentía como si se hubiera pasado cuarenta días atravesando el desierto. Alargó el brazo en busca del vaso que Anna le había servido de la jarra y lo apuró de un trago. Anna se echó a reír y se lo llenó de nuevo. Una vez calmada la sed, Erica pudo beber con más calma.

–Se han portado estupendamente –dijo Anna–. Han sido tan buenos que apenas he notado que estaban.

Erica sonrió.

–¿Seguro que te refieres a mis hijos? La mayor es una bendita, pero los dos diablillos no terminan de encajar en esa descripción.

Erica lo decía de verdad. De más pequeños, los gemelos eran muy distintos. Anton se mostraba más tranquilo y reflexivo, mientras que Noel siempre andaba enredando y tocándolo todo. Ahora se encontraban los dos en un período de exceso inagotable de energía y ella sentía que la dejaban totalmente sin fuerzas. Maja nunca pasó por un período parecido, ni siquiera tuvo una edad rebelde digna de tal nombre, de modo que Patrik y ella no estaban preparados para aquello. Y además, multiplicado por dos. Erica habría dejado a los niños con Anna el resto del día, pero su hermana parecía tan cansada que no fue capaz de abusar más.

–Bueno, ¿y cómo te ha ido? –preguntó Anna, y se retrepó en una tumbona modelo Baden-Baden, con un cojín bastante chillón con estampado de soles.

Anna se lamentaba de aquellos cojines cada vez que se sentaban en la terraza, pero los había hecho la madre de Dan, y era una mujer tan buena que Anna no tenía valor para cambiarlos. En eso Erica era bastante afortunada: Kristina, la madre de Patrik, no era muy dada a las labores de aguja.

—Bueno, no demasiado bien —respondió Erica apesadumbrada—. Hace tanto tiempo que murió su padre que no recuerda muchos detalles. Tampoco cree que hubiera conservado ningún material de la investigación. Pero dijo algo que me pareció interesante: Leif había empezado a dudar de que hubieran hecho lo correcto.

—¿Quieres decir que dudaba de que las niñas fueran culpables? —dijo Anna, y apartó un moscardón que se empeñaba en revolotear a su alrededor.

Erica lo observaba vigilante. Detestaba todo lo que tuviera que ver con avispas y moscardas.

—Sí, dice que no estaba del todo convencido. Sobre todo al final.

—Pero las niñas confesaron, ¿no? —dijo Anna, y dio otro manotazo al bicho, que se quedó un tanto aturdido, pero volvió a atacar en cuanto se estabilizó un poco en el aire.

—Pero ¡qué puñetas!

Anna se puso de pie, alcanzó una revista que había en la mesa, la enrolló y le dio al moscardón, que quedó aplastado en el mantel de hule.

Erica sonrió ante la imagen de su hermana con aquella barriga enorme a la caza del moscardón. Últimamente no podía decirse que Anna fuera un dechado de agilidad.

—Sí, tú ríete —dijo Anna enfadada, y se secó el sudor de la frente mientras se sentaba otra vez—. ¿Por dónde íbamos? Ah, sí, ¿las niñas confesaron?

—Sí, y en esa confesión se basó la sentencia. Como eran tan pequeñas, no recayó sobre ellas ninguna condena, pero la cuestión de la culpabilidad se dirimió en una audiencia probatoria.

—Pero ¿por qué no iban a ser culpables, si confesaron y fueron halladas culpables? —insistió Anna.

—Yo qué sé. El tribunal concluyó que habían cometido el asesinato juntas. Pero en cuanto a la confesión... Tenían trece años. No creo que sea muy difícil influir en una niña de esa edad para que diga cualquier cosa en una situación así. Seguro que estaban asustadas. Y cuando retiraron su declaración, ya era demasiado tarde. El caso se daba por cerrado y nadie las creyó.

—Imagínate que de verdad eran inocentes —dijo Anna, mirando a Erica con los ojos abiertos de par en par—. De ser así, menuda tragedia. Dos niñas de trece años con la vida destrozada. Pero una de ellas vive aquí, ¿no? Muy valiente, debo decir.

—Sí, es increíble que se atreviera a volver después de vivir unos años en Marstrand, figúrate las habladurías por toda la comarca. Pero al final la gente se cansa de hablar.

—¿Te has entrevistado ya con ella? Por el libro, digo...

—No, le he enviado varios mensajes, pero no he recibido respuesta. Así que había pensado presentarme allí directamente. Y ver qué le parece hablar conmigo.

—¿Cómo crees que afectará lo ocurrido a tu trabajo con el libro? —preguntó Anna con tiento—. Me refiero a lo de la niña.

Erica la llamó y le contó lo de Nea en cuanto se enteró de que la habían encontrado. De todos modos, la noticia de la muerte de la pequeña se propagaría como un reguero de pólvora por todo el pueblo.

—No lo sé —dijo Erica insegura, y se sirvió más té helado de la jarra—. Puede que ahora la gente se preste más a hablar, o quizá ocurra justo lo contrario. La verdad es que no lo sé. Pero ya lo veremos.

—¿Y Marie? ¿Nuestra glamurosa estrella de Hollywood? ¿Se dejará entrevistar?

—Llevo seis meses hablando con su agente. Supongo que ella tiene en mente escribir su propio libro, y no sabe si el mío impulsará el interés por el suyo o se lo robará por completo. Pero trataré de citarme con ella también, ya veremos.

Anna asintió pensativa. Erica sabía que la sola idea de ir en busca de una desconocida y entrometerse en su vida era para su hermana como una pesadilla.

—¿Quieres que hablemos de algo más agradable? —propuso Erica—. Tenemos que preparar la despedida de soltera de Kristina.

—Sí, desde luego que sí —dijo Anna, y se echó a reír de tal manera que parecía que la barriga estuviera dando saltos—. Pero

¿qué le organizas a una novia un poco... entrada en años? Lo de mandarla a que vaya por el centro vendiendo besos no parece muy apropiado, por no hablar del salto con paracaídas o del *puenting*.

—No, me cuesta imaginar a Kristina en ninguna de esas situaciones —dijo Erica—. Pero sí podemos juntar a un grupo de amigas suyas y organizarle una noche entretenida, sin más, ¿no crees? Una cena en el café Bryggan, un buen menú y un buen vino, no tiene por qué ser nada del otro mundo.

—Pues a mí me parece una idea magnífica —dijo Anna—. Aunque alguna broma, como un secuestro o algo parecido, sí que tenemos que organizarle.

Erica se mostró conforme.

—De lo contrario, ¡no será una despedida de soltera! Y a propósito, ¿cuándo te piensa convertir Dan en su legítima esposa?

Anna se sonrojó.

—Bueno, ya ves la pinta que tengo ahora. Hemos pensado que primero nos ocuparemos del niño, y luego pensaremos en la boda.

—Entonces, ¿cuándo...? —empezó Erica, pero la interrumpió el sonido de *Mambo núm. 5* en el bolso—. Hola, cariño —respondió después de ver el nombre en la pantalla.

Escuchó mientras Patrik hablaba y se limitó a contestar brevemente.

—Desde luego. Sí, yo me encargo de los niños. Te veo luego.

Colgó y guardó el teléfono en el bolso. Luego miró suplicante a su hermana. Era un poco fuerte pedírselo otra vez, pero no tenía otra opción. Kristina estaría toda la tarde en Uddevalla, no podía recurrir a ella.

—Sí, claro que puedo quedarme con ellos un rato más, ¿cuánto tardarás en volver? —preguntó Anna riendo al ver la cara de pena de Erica.

—¿Podría traértelos otra vez a las tres? Patrik me ha pedido que vaya a la comisaría a las tres y media para hablar sobre el caso Stella. Lo que significa que volvería sobre las cinco o las cinco y media. ¿Cómo lo ves?

—Sin problemas —respondió Anna—. Sé mantener a raya a tus hijos mejor que tú.

—Anda, calla —dijo Erica, y le lanzó un beso a su hermana.

Pero Anna tenía razón, sin duda. Los niños se comportaban como unos angelitos.

—¿Tú de qué crees que tienen miedo?

Sam se dio cuenta de que empezaba a articular mal. La combinación del sol y el champán se le había subido a la cabeza. Sostenía la copa en la mano izquierda, la derecha le dolía y le temblaba un poco después de las prácticas de tiro al blanco de aquella mañana.

—¿Miedo? —dijo Jessie.

Ella también arrastraba las palabras. Cuando él llegó, llevaba varias copas, y ya iban por la segunda botella.

—¿No se dará cuenta tu madre de que le faltan botellas? —dijo, y señaló a Jessie con la copa.

Las burbujas doradas centellearon cuando el sol incidió en el cristal. Nunca había pensado en lo bonito que era el champán. Por otro lado, nunca lo había visto tan de cerca.

—Bah, no importa, le da igual —dijo Jessie, y se encogió de hombros—. Siempre que quede suficiente para ella.

Alargó el brazo en busca de la botella.

—Pero ¿a qué te refieres con lo del miedo? No creo que nos tengan miedo a nosotros.

—Pues claro que nos tienen miedo, joder —dijo Sam, y le alargó la copa.

La espuma subió y se derramó, pero él se echó a reír despreocupado y se lamió la mano.

—Saben que no somos como ellos. Yo creo que sienten... la negrura que llevamos dentro.

—¿La negrura?

Jessie lo observó en silencio. A Sam le encantaba el contraste entre el verde de sus ojos y el pelo rubio. Le gustaría que fuera consciente de lo guapa que era. Él sabía ver por encima de los kilos de más, por encima del acné. Se reconoció en ella cuando la vio en el Centrum Kiosken, sabía que los dos estaban igual de perdidos. Y vio en ella la misma negrura.

–Saben que los odiamos. Ven todo el odio que han provocado en nosotros, pero no pueden parar, siguen insistiendo, siguen creando algo que no son capaces de controlar.

Jessie soltó una risita.

–Madre mía, qué pomposo. ¡Salud! Estamos sentados al sol, en el embarcadero, en un yate de lujo, estamos bebiendo champán y pasándolo *supernice*.

–Tienes razón. –Sam sonrió cuando entrechocaron las copas–. Esto es *supernice*.

–Porque nos lo merecemos –farfulló Jessie–. Tú y yo. Nos lo merecemos a tope. Somos mejores que ellos. Ellos no se merecen ni la pelusilla que tenemos en el ombligo.

Alzó la copa con tal ímpetu que le salpicó un poco en la barriga desnuda.

–Vaya –dijo, y soltó una risita.

Alargó el brazo en busca de una toalla, pero Sam la detuvo. Miró a su alrededor. El embarcadero estaba cercado con una valla de madera y los barcos que había en el agua quedaban a unos metros de allí. Estaban solos en el mundo.

Se puso de rodillas delante de ella. Entre sus piernas. Ella lo miraba expectante. Muy despacio, Sam fue lamiendo el champán de la barriga. Sorbió el que le había caído dentro del ombligo, y luego empezó a pasarle la lengua alrededor, recorriendo con ella la piel caldeada por el sol. Jessie sabía a champán y a sudor. Sam levantó la vista y la miró a los ojos. Y así, sosteniéndole la mirada, agarró la cinturilla del biquini y tiró hacia abajo muy despacio. Cuando empezó a saborearla, oyó que sus suspiros se mezclaban con los gritos de las gaviotas que los sobrevolaban. Estaban solos. Solos en el mundo.

El caso Stella

Leif Hermansson respiró hondo antes de entrar en la pequeña sala de reuniones. Helen Persson y sus padres, KG y Harriet, lo aguardaban allí dentro. Conocía a los padres, como todos los vecinos de Fjällbacka, pero solo superficialmente. Con los padres de Marie Wall era distinto. Los policías de Tanumshede habían tenido infinitas ocasiones de relacionarse con ellos a lo largo de los años.

A Leif no le gustaba ser jefe. No le gustaba tener que mandar sobre otros ni ser el que tomaba las decisiones. Pero era bastante bueno en su trabajo y la vida lo había llevado a la jefatura. En la comisaría de Tanumshede, sí; pero siempre rechazó, con amabilidad pero con firmeza, todas las ofertas que implicaran un traslado. En Tanumshede había nacido y allí tenía pensado seguir todos los días de su vida, hasta que llegara el momento de estirar la pata.

Y detestaba ser jefe muy en particular en días como aquel. No quería ser el responsable de encontrar a un asesino, o bueno, asesina, que, por añadidura, le había quitado la vida a una niña. Era una responsabilidad cuyo peso sentía como una losa sobre los hombros.

Abrió la puerta de la triste sala de paredes grises, detuvo la mirada en la figura hundida de Helen, que estaba sentada a la mesa, antes de saludar con un gesto a Harriet y a KG, cada uno a un lado de la niña.

—¿De verdad es preciso que hablemos en la comisaría? —dijo KG.

Era el presidente del Rotary Club, y uno de los peces gordos de la industria local. Su mujer, Harriet, siempre iba de punta en blanco, con el pelo perfecto y las uñas que parecían recién pintadas, pero Leif ignoraba a qué se dedicaba, aparte de cuidar su aspecto e implicarse en la asociación Hogar y Escuela. Siempre iba del brazo de KG en fiestas y reuniones, siempre se la veía sonriente y con un Martini en la mano.

—Nos ha parecido que lo más sencillo era que vinierais aquí —dijo Leif, dejando claro que sobre ese aspecto no cabía discusión.

La decisión de cómo hacer su trabajo era exclusivamente cosa suya, y tenía la sensación de que KG trataría de adueñarse de la situación si no lo ataba corto.

—Con quien tenéis que hablar es con la otra niña —dijo Harriet, y se alisó la camisa blanca y pulcramente planchada—. Marie. Su familia es horrenda.

—Tenemos que hablar con las dos, puesto que hay numerosos indicios de que fueron las últimas que vieron a Stella con vida.

—Pero Helen no tiene nada que ver con eso, como comprenderás.

KG estaba tan indignado que le temblaba el bigote.

—No estamos diciendo que tengan algo que ver con la muerte de la niña, pero sí que fueron las últimas que la vieron, y tenemos que repasar la sucesión de los acontecimientos para localizar al asesino.

Leif miró a Helen de reojo. Permanecía en silencio, mirándose las manos. Tenía el pelo tan oscuro como su madre y una belleza serena, corriente. Se le notaba la tensión en los hombros y jugueteaba enredando los dedos en la falda.

—Helen, ¿podrías contarnos lo que pasó? —preguntó Leif con voz suave, y se sorprendió al sentir una oleada de compasión por la niña.

Parecía tan vulnerable y asustada... Y los padres estaban demasiado ocupados con sus cosas como para captar el miedo de su hija.

Helen miró de reojo a su padre, que la animó con un gesto.

—Les habíamos prometido a Linda y a Anders que cuidaríamos de Stella. Vivimos cerca y a veces jugamos juntas. Nos iban a dar veinte coronas a cada una para ir con Stella al quiosco a comprar un helado.

—¿Y cuándo fuisteis a buscarla? —preguntó Leif.

La niña no lo miró a la cara.

—Creo que sobre la una. Lo único que hice fue acompañar a Marie.

137

—Marie —resopló Harriet, y Leif alzó la mano para que se callara.

—O sea, poco después de la una.

Leif iba anotándolo todo en el cuaderno que tenía delante. El zumbido de la grabadora se oía discretamente, pero tomar notas le ayudaba a ordenar los pensamientos.

—Sí, pero la que lo sabe bien es Marie.

Helen se retorció en la silla.

—¿Quién estaba en casa cuando fuisteis a recoger a Stella?

Leif levantó el bolígrafo del cuaderno y le sonrió a la niña. Pero ella seguía sin mirarlo a la cara, hacía como que eliminaba unas pelusas inexistentes en la falda blanca.

—Su madre. Y Sanna. Estaban listas para salir cuando llegamos. Nos dieron el dinero para el helado. Stella estaba contentísima. No paraba de dar saltitos de alegría.

—¿Y luego os fuisteis directamente, u os quedasteis en la granja?

Helen meneó la cabeza, y el largo flequillo de pelo oscuro le cayó sobre la cara.

—Jugamos un rato en la explanada, saltamos a la comba con Stella. Le gustaba que nosotras le diéramos a la cuerda para que ella saltara, aunque perdía el paso y se enredaba, así que al final nos cansamos.

—¿Y qué hicisteis entonces?

—Fuimos con ella a Fjällbacka.

—Os llevaría un buen rato, ¿no?

Leif hizo un cálculo rápido. A él le llevaría veinte minutos ir andando desde la finca de los Strand hasta el centro. Y con una niña de cuatro años tardaría bastante más. Había que pararse a oler la hierba y a recoger flores y le entraría una piedra en el zapato, luego habría que parar a hacer pis y se cansaría y no tendría ganas de seguir andando... En fin, que en recorrer a pie la distancia hasta Fjällbacka con una criatura de cuatro años tardarían una eternidad.

—Llevamos un carrito —dijo Helen—. Uno de esos que se pueden plegar y se quedan muy pequeños...

—Sería una silla de paseo, seguro —dijo Harriet.

Leif la reprobó con la mirada y ella cerró la boca.

—Sí, una silla de paseo, creo que se llama así.

Helen lanzó una mirada fugaz a su madre.

138

Leif dejó el bolígrafo.

—¿Cuánto tardasteis en llegar con Stella en la silla de paseo?

Helen frunció el entrecejo.

—Bastante, el camino hasta la carretera es de grava, y era difícil empujar la silla, las ruedas se torcían todo el tiempo.

—Pero ¿cuánto crees tú que tardasteis, más o menos?

—Tres cuartos de hora, a lo mejor. Pero no miramos el reloj, ninguna tenía reloj.

—Tú sí tienes un reloj —dijo Harriet—. Lo que pasa es que no quieres usarlo. Pero que esa niña no tenga reloj no es de extrañar. Si lo tuviera, seguro que sería robado.

—¡Mamá, para ya!

Helen echaba chispas por los ojos.

Leif miró a Harriet.

—Estaría bien que nos atuviéramos al tema que nos ocupa.

Y animó a Helen a continuar.

—¿Y después? ¿Cuánto tiempo estuvisteis con Stella en Fjäll-backa?

Helen se encogió de hombros.

—No lo sé. Compramos los helados, luego nos sentamos un rato en el embarcadero, pero no dejamos que Stella se acercara al borde, porque no sabe nadar y no teníamos chaleco.

—Muy bien —dijo Leif con expresión alentadora.

Anotó en el cuaderno que tendría que hablar con Kjell y Anita, los dueños del quiosco, para comprobar si recordaban haber visto a las niñas con Stella.

—Así que os comisteis un helado y estuvisteis un rato sentadas en el embarcadero. ¿Algo más?

—No, luego volvimos. Stella se cansó, se durmió un rato en la silla.

—O sea que estuvisteis en Fjällbacka una hora más o menos. ¿Tú crees?

Helen asintió con la cabeza.

—¿Y volvisteis por el mismo camino?

—No, a la vuelta Stella quiso que nos metiéramos en el bosque, así que se bajó de la silla y el resto del camino lo hicimos por el bosque.

Leif no dejaba de anotar.

—Y cuando llegasteis, ¿qué hora dirías que era?

—No estoy segura, pero yo creo que tardamos más o menos lo mismo a la ida que a la vuelta.

Leif miró las notas. Si las niñas llegaron a la granja sobre la una, estuvieron jugando unos veinte minutos, tardaron cuarenta minutos en ir a Fjällbacka, estuvieron allí una hora y tardaron otros cuarenta minutos en volver, debían de ser más o menos las cuatro menos veinte cuando regresaron. Aunque, teniendo en cuenta lo impreciso de los datos que ofrecía Helen, no se atrevía a confiar al cien por cien en esos parámetros, sino que escribió «15.30-16.15» y encerró esas indicaciones horarias en un círculo. Pero sin atreverse a confiar en ese intervalo siquiera.

—¿Y qué pasó cuando llegasteis a casa con Stella?

—Vimos el coche de su padre en la explanada, así que pensamos que había llegado. Stella echó a correr hacia la casa y nosotras nos fuimos.

—¿Llegasteis a ver al padre, o a verla a ella entrar en la casa?

—No.

Helen subrayó la negativa con un gesto de la cabeza.

—¿Vosotras os fuisteis derechas a casa?

—No...

La niña miró a sus padres de reojo.

—¿Qué hicisteis?

—Fuimos a bañarnos al lago que hay detrás de la casa de Marie.

—Pero si te hemos dicho que no podéis...

Harriet se interrumpió al ver la mirada de Leif.

—¿Cuánto tiempo estuvisteis allí aproximadamente?

—No lo sé, pero yo llegué a casa sobre las seis, para la cena.

—Sí, eso es verdad —confirmó KG—. A nosotros no nos dijo nada de que hubieran estado bañándose, sino que habían estado cuidando de Stella hasta ese momento.

Lanzó una mirada reprobatoria a su hija, que seguía mirándose la falda.

—Claro, vimos que tenía el pelo mojado, pero nos dijo que había estado corriendo con Stella debajo del aspersor de riego.

–No estuvo bien mentir, lo sé –dijo Helen–. Pero como no me dejan estar allí... No les gusta que esté con Marie, pero es por cómo es su familia, ella no tiene la culpa de eso, ¿no?

Una vez más le afloró ese brillo en los ojos.

–Esa niña está hecha de la misma pasta que su familia –dijo KG.

–Solo es... un poco más dura que otras –dijo Helen en voz baja–. Pero puede que tenga motivos para serlo, ¿no lo habéis pensado? Ella no ha elegido pertenecer a esa familia.

–Bueno, será mejor que nos calmemos –dijo Leif con las manos en alto.

Aunque la discusión desvelaba información muy valiosa acerca de la dinámica de aquella familia, no era ni el lugar ni el momento oportuno para ventilar esos asuntos.

Leif leyó en voz alta las notas.

–¿Encaja eso más o menos con lo que recuerdas del día de ayer?

–Sí, eso es lo que pasó.

–¿Y eso es lo que va a decir Marie?

Por un instante, le pareció atisbar un destello de inseguridad en los ojos de la niña. Luego respondió serena:

–Sí, ella dirá lo mismo.

–¿Cómo estás? –dijo Paula, y lo miró con curiosidad.

Martin se preguntaba hasta cuándo seguirían todos preocupándose por él.

–Bien –contestó, y oyó con sorpresa lo sincero que parecía.

El dolor por la muerte de Pia no desaparecería nunca, siempre se preguntaría cómo habría sido su vida juntos, y la vería como una sombra en todos los grandes acontecimientos de la vida de Tuva. Bueno, y en los pequeños también, naturalmente. Cuando Pia falleció le decían que poco a poco reconquistaría su vida; que un día volvería a estar alegre y a reír; que el dolor nunca desaparecería, pero que aprendería a vivir con él, a caminar con él codo con codo. Y en su momento, mientras deambulaba como en las tinieblas, le pareció una posibilidad. Hasta que empezó a seguir hacia delante solo.

Martin se sorprendió pensando en la mamá a la que conoció ayer en el parque. Para ser sincero, había pensado en ella varias veces. Se dijo que debería haberle pedido el teléfono. O por lo menos, haberle preguntado cómo se llamaba. Pero claro, ya era tarde. Por suerte, vivían en un pueblo pequeño, y esperaba encontrársela otra vez en el parque. Al menos, ese era su plan hasta que el asesinato de Nea lo obligó a interrumpir las vacaciones y volver al trabajo.

Llegaron los remordimientos. ¿Cómo era capaz de estar allí, pensando en una chica?

–Pareces contento, pero algo preocupado –dijo Paula, como si le hubiera leído el pensamiento.

Antes de poder pensárselo dos veces, le habló de la mujer del parque. Para colmo, estuvo a punto de pasarse la salida y tuvo que girar a la izquierda abruptamente.

—Vaya, qué estilazo al volante, se te ha olvidado hasta conducir —dijo Paula, agarrada al asa que había encima de la ventanilla.

—Pensarás que soy ridículo —dijo, y se sonrojó tanto que las pecas destacaban más todavía en la piel blanca como la nieve.

—Lo que pienso es que es maravilloso —dijo Paula, y le dio una palmadita en la pierna—. Y no tengas remordimientos, la vida sigue. Si te sientes bien, harás mejor tu trabajo. Así que averigua quién es y llámala. De todos modos, no vamos a aguantar trabajando las veinticuatro horas, porque empezaremos a cometer errores.

—Sí, tienes razón —dijo Martin, y empezó a pensar en cómo localizar a la mujer.

Sabía cómo se llamaba su hijo. Ya tenía por dónde empezar. Tanumshede no era tan grande como para que resultara imposible dar con ella. A menos que fuera una turista que estuviera de paso. ¿Y si ni siquiera vivía en la comarca?

—Oye, ¿no deberíamos parar en algún sitio? —dijo Paula al ver que Martin se alejaba a toda máquina de la primera casa que se veía desde que tomaron el carril de grava.

—¿Eh...? ¿Cómo...? Ay, sí, perdón —dijo, y volvió a ponerse colorado hasta la raíz del pelo.

—Ya te ayudaré luego a localizarla —dijo Paula con una risita.

Martin frenó en el acceso de una vieja casa roja con las ventanas y las vigas blancas y abundancia de adornos de madera tallada, y se sorprendió suspirando de envidia. Vivir en una casa como aquella era su sueño. Pia y él habían empezado a ahorrar para una casa, y casi habían conseguido reunir lo necesario. Se pasaban las noches mirando casas en un portal de internet y ya habían visto alguna. Pero luego se enteraron de que Pia tenía cáncer. Y allí seguía el dinero, en el banco, intacto. Los sueños de la casa habían muerto con Pia. Al igual que los demás sueños.

Paula llamó a la puerta.

—¿Hola? —dijo pasados unos instantes.

Lanzó una mirada a Martin, tanteó un poco la puerta y entró en el recibidor. En una gran ciudad, hacer algo así habría sido impensable, pero allí lo extraordinario era más bien que alguien cerrara con llave, y por lo general la gente entraba sin más en casa de los amigos si la puerta estaba abierta. La señora que los recibió tampoco parecía asustada de oír voces de extraños en el recibidor.

—Hombre, hola, si viene a visitarme la policía —dijo con una sonrisa.

Era tan pequeña, tan menuda y arrugada, que Martin temió que la corriente que empezó a soplar cuando abrió la puerta la tirara al suelo.

—Entrad, estoy en pleno tercer asalto entre Gustafsson y Daniel Cormier —dijo.

Martin miró a Paula extrañado. No tenía ni idea de a qué se refería la buena señora. Su interés por el deporte era extraordinariamente limitado, podía plantearse ver un partido si Suecia jugaba la Copa de Europa o el Mundial de Fútbol, pero de ahí no pasaba. Y sabía que el interés de Paula por el deporte era incluso menor, si es que eso era posible.

—Sea lo que sea, tendréis que esperar, sentaos ahí —dijo la anciana, y señaló un sofá tapizado con una tela satinada y con estampado de rosas.

Ella, por su parte, se acomodó en un sillón de orejas con reposapiés que había delante de un televisor enorme. Martin comprobó con asombro que el partido al que se refería la señora consistía en dos hombres que luchaban encerrados en una especie de jaula.

—Gustafsson lo tenía pillado con una inmovilización en cruz en el segundo asalto, y Cormier por poco cae redondo, pero el gong ha sonado justo cuando estaba a punto de rendirse. Y ahora, en el tercer asalto, se ve que Gustafsson empieza a estar cansado, así que Cormier parece que va viento en popa. Pero todavía no he perdido la esperanza, Gustafsson tiene un *fighting spirit* espectacular, y si consigue derribarlo creo que se traerá el premio. Cormier es más fuerte de pie, pero mucho menos peligroso en el suelo.

Martin no podía dejar de mirar a la abuela.

—Así que MMA, ¿no? —dijo Paula.

La anciana se la quedó mirando como si fuera idiota.

—Pues claro, ¿qué te creías, que era hockey?

Se echó a reír, y Martin observó que encima de la mesa, al lado del sillón, había un vaso bien largo de whisky. Pues sí, si llegaba a esa edad, él también pensaba permitirse lo que quisiera, cuando quisiera, sin pensar si era saludable o no.

—Es el combate final —dijo la señora sin apartar la vista del televisor—. Pelean por el título de campeón del mundo.

Era evidente que la mujer empezaba a tomar conciencia de que había dejado entrar en su casa a dos aficionados totalmente ignorantes en la materia.

—Es la pelea más cacareada del año. Así que me perdonaréis que no os conceda aún toda mi atención. No pienso perdérmelo.

Echó mano del vaso de whisky y tomó un buen trago. En el televisor, un gigante rubio aporreaba y tiraba al suelo a un hombre de piel oscura con unos hombros de una anchura llamativa, y luego se tumbaba encima. A ojos de Martin, aquello eran malos tratos y conllevarían varios años de cárcel en la vida real. ¿Y las orejas? ¿Qué les había pasado a aquellos muchachos en las orejas? Las tenían gordas y grandes, y parecían pegotes de arcilla que hubieran pegado a la cabeza. Se le vino a la memoria una palabra y, de pronto, comprendió a qué se refería la gente cuando hablaba de «orejas de coliflor». Así se les ponían a los luchadores. Y aquel era el aspecto que tenían.

—Quedan tres minutos —dijo la señora, y tomó otro trago de whisky.

Martin y Paula se miraron, y él se dio cuenta de que a su colega le costaba aguantarse la risa. Aquello sí que era una jugada inesperada.

De pronto, la anciana soltó un grito y salió disparada del sillón.

—¡Síiiii!

—¿Ha ganado? —preguntó Martin—. ¿Ha ganado Gustafsson?

El gigante rubio correteaba por la jaula como un loco, saltaba y se sentaba en el borde gritando sin parar. Era evidente que había ganado.

—Después de caerse redondo, Cormier ha perdido. Gustafsson lo ha neutralizado con una estrangulación desnuda y al final se ha rendido.

La mujer apuró el último trago de whisky.

—¿Es el que sale en los periódicos? ¿The... The Mole? —preguntó Paula, satisfecha de no estar del todo perdida.

—The Mole —repitió la anciana con desdén—. The Mauler, guapita. Gustafsson se encuentra entre los mejores del mundo. Deberíais saberlo. Después de todo, es cultura general.

La mujer se dirigió a la cocina.

—Pensaba poner café, ¿os apetece?

—Sí, gracias —dijeron Martin y Paula a coro.

Tomarse un cafetito durante los interrogatorios a los vecinos era habitual. Si uno entrevistaba a muchas personas al cabo del día, solía tener dificultades para conciliar el sueño por la noche.

Se levantaron y siguieron a la anciana hasta la cocina. Martin cayó en la cuenta de que aún no se habían presentado.

—Bueno, yo soy Martin Molin, y esta es Paula Morales, de la comisaría de Tanumshede.

—Dagmar Hagelin —dijo la anciana encantada, y puso agua a hervir—. Acomodaos en la mesa de la cocina, es más agradable. Yo solo me siento en el salón para ver la tele. Por lo demás, paso la mayor parte del tiempo aquí.

Señaló una mesa de madera muy gastada, con varias revistas de crucigramas esparcidas por toda la superficie. La mujer las recogió en un abrir y cerrar de ojos y las dejó en la ventana.

—Gimnasia cerebral. Cumplo noventa y dos en septiembre, y hay que ejercitar la cocorota, de lo contrario tienes encima la demencia senil antes de... Mmm... Vaya, se me ha olvidado —bromeó, y se rio de su propio chiste.

—¿Y cómo se explica ese interés por las artes marciales mixtas? —preguntó Paula.

—Mi bisnieto es luchador de élite. Bueno, todavía no compite en el UFC, pero es cuestión de tiempo, es bueno y tiene empeño.

—Ya, claro, pero, de todos modos, no es... habitual —dijo Paula, tratando de medir sus palabras.

Dagmar no respondió enseguida; retiró la cacerola del fuego con un agarrador de ganchillo y la puso en la mesa, encima de un salvamanteles. Luego sacó tres tazas preciosas de porcelana fina con dibujos en rosa y un filo de oro en el borde. Y cuando por fin se sentó y empezó a servir las tazas, respondió.

—Oscar y yo siempre hemos tenido muy buena relación, así que empecé a asistir a sus combates. Y la verdad es que te enganchas.

No puedes evitar emocionarte. Yo fui en su día muy buena atleta, así que comprendo cómo es, y la tensión que se siente.

Señaló una foto en blanco y negro que había en la pared; representaba a una joven muy atlética en plena carrera para saltar el listón.

—¿Eres tú? —dijo Martin impresionado, y trató de conciliar la imagen de aquella joven alta, delgada y musculosa con la personita menuda y encogida que tenía delante.

Dagmar pareció adivinar lo que estaba pensando, y lo miró sonriendo.

—A mí también me cuesta creerlo. Pero lo más extraño es que una se siente igual por dentro. A veces, cuando me veo en el espejo, me quedo perpleja y me pregunto: ¿Quién será esa ancianita?

—¿Cuánto tiempo estuviste en activo? —preguntó Paula.

—No mucho, según los parámetros actuales, pero demasiado para los de aquella época. Cuando conocí a mi marido tuve que dejar a un lado el atletismo, y luego tocaba cuidar de mi hija y de mi casa. Pero no la culpo a ella por que los tiempos fueran así, mi hija es maravillosa. Quiere que me vaya a vivir con ella ahora que ya me va costando apañármelas sola. Ella también empieza a ser mayor, cumple sesenta y tres este invierno, así que seguro que podríamos convivir bajo el mismo techo.

Martin tomó un sorbo de café de aquella tacita tan delicada.

—Es café de civeta, café «Kopi Luwak» —dijo Dagmar al ver su cara de satisfacción—. El mayor de mis nietos es el que lo importa a Suecia. Se obtiene del grano que ingieren las civetas; luego, después de pasar por el tracto intestinal de los felinos, sale expulsado en las heces. Entonces se lava y se tuesta. No es barato; por lo general, una taza cuesta seiscientas coronas. Pero, como es el importador, Julius lo compra a mejor precio, y me da un poco de vez en cuando. Sabe que me encanta, no hay un café mejor.

Martin miró el café con espanto, pero luego se encogió de hombros y tomó otro sorbito. Tanto daba de dónde venía, el caso era que estaba divino. Dudó un segundo, pero luego decidió que ya habían charlado lo suficiente.

—No sé si te has enterado de lo que ha ocurrido —dijo, y se inclinó hacia delante—. Resulta que en el bosque han encontrado a una niña asesinada.

—Sí, me he enterado, mi hija se pasó por aquí y me lo contó —dijo Dagmar, y se le ensombreció el semblante—. Es esa niña rubia tan bonita y tan graciosa que siempre andaba correteando como un torbellino. Yo sigo dando un buen paseo todas las mañanas, y suelo pasar por la granja Berg. Casi siempre la veía en la explanada.

—¿Cuándo fue la última vez que la viste? —preguntó Martin, y tomó otro sorbito de café.

—A ver... ¿cuándo fue? —dijo Dagmar haciendo memoria—. No fue ayer, sino el día anterior, creo; o sea, el domingo pasado.

—¿A qué hora? —preguntó Paula.

—Siempre salgo a pasear por la mañana temprano. Antes de que apriete el calor. Y ella ya estaba en la explanada jugando. La saludé con la mano al pasar, como siempre, y ella me devolvió el saludo.

—Entonces, el domingo por la mañana —dijo Martin—. Pero después ya no, ¿verdad?

Dagmar negó con un gesto.

—No, ayer no la vi en todo el día.

—¿Y no habrás visto algo que te haya llamado la atención? ¿Algo fuera de lo normal? El menor detalle puede ser importante, así que, aunque te parezca insignificante, es mejor que nos lo cuentes; nosotros decidiremos si vale la pena o no.

Martin apuró el último sorbo de café. Se sentía torpe con aquella tacita romántica tan delicada en la manaza, y la dejó con cuidado en el plato.

—No, la verdad es que no recuerdo nada de particular. Desde la ventana de la cocina tengo muy buena panorámica y, que yo recuerde, no pasó nada fuera de lo normal.

—Bueno, si se te ocurriera algo más adelante, no dudes en llamarnos —dijo Paula, y se levantó después de que Martin le indicara con un gesto que podían irse.

Dejó una tarjeta de visita en la mesa y colocó bien la silla.

—Gracias por el café —dijo Martin—. Estaba muy rico, y ha sido... toda una experiencia.

—Como tiene que ser todo en esta vida —dijo Dagmar con una sonrisa.

Martin echó un vistazo a la fotografía de la hermosa y joven atleta y apreció en sus ojos el mismo destello que en la nonagenaria Dagmar. Reconocía ese destello. Pia también lo tenía. Era el destello de la alegría de vivir.

Cerró la hermosa puerta de la anciana con sumo cuidado.

Mellberg se irguió en la silla, en un extremo de la mesa de la sala de conferencias. El grupo de periodistas que se había congregado allí era impresionante. No solo de la prensa local, sino también de la nacional.

—¿Se trata del mismo asesino? —preguntó Kjell, el del *Bohusläningen*.

Patrik observaba a Mellberg con expectación. En realidad, lo que quería era ocupar su lugar, pero por ahí no iba a pasar el jefe. Las ruedas de prensa eran su momento bajo los focos, y no estaba dispuesto a cederlas así como así. Todo el trabajo de campo y todo aquello que requería cierto esfuerzo, en cambio, lo dejaba de mil amores en manos de Patrik y los demás empleados.

—No podemos descartar que haya algún tipo de conexión con el caso Stella, pero no vamos a limitarnos exclusivamente a esa posibilidad —dijo Mellberg.

—Ya, pero no puede ser mera casualidad, ¿verdad? —insistió Kjell.

En la barba oscura del periodista empezaba a apreciarse alguna que otra pincelada gris.

—Como decía, investigaremos también esa línea, pero cuando algo parece evidente, existe el riesgo de cerrarse y dejar de examinar otras alternativas.

Bien, Mellberg, pensó Patrik sorprendido. A lo mejor había aprendido algo con el tiempo, después de todo.

—Aunque, naturalmente, resulta cuando menos llamativa la coincidencia de que esa actriz tan famosa haya vuelto justo antes de que suceda —dijo Mellberg, y los periodistas se pusieron a anotar febrilmente.

Patrik tuvo que cerrar los puños para no tirarse de los pelos. Ya se imaginaba los titulares de la prensa vespertina.

—Entonces, ¿vais a interrogar a Marie y a Helen? —dijo uno de los plumillas de los diarios de la tarde, inclinándose ansioso hacia delante.

Era uno de los más jóvenes, que siempre eran también los más insistentes. Ansiosos de conseguir un puesto en el periódico, dispuestos a hacer cualquier cosa por labrarse un nombre.

—Hablaremos con ellas —le confirmó Mellberg, y podía notarse a la legua lo mucho que disfrutaba de recibir tanta atención.

Volvió encantado la cara hacia las cámaras, que soltaron una salva de clics, y se tanteó discretamente el pelo para comprobar que estaba donde debía.

—Es decir, que son vuestras principales sospechosas, ¿no? —preguntó una joven reportera del otro gran periódico de la tarde.

—Bueno, no, yo no diría eso... No, no lo diría así.

Mellberg se rascaba la cabeza y empezaba a comprender que tal vez hubiera orientado la conversación en un sentido equivocado. Miró a Patrik, que carraspeó un poco.

—En este punto de la investigación no tenemos ningún sospechoso —dijo—. Tal y como acaba de asegurar Bertil Mellberg, no nos hemos cerrado a una sola vía. Estamos esperando el informe de los técnicos y hablando con personas de muy diversos ámbitos que creemos que pueden facilitarnos información sobre las horas próximas al momento de la desaparición de Nea.

—En otras palabras, crees que es casualidad que una niña desaparezca de la misma granja que Stella y que la encuentren muerta en el mismo lugar que a ella, precisamente la misma semana que una de las condenadas en el caso Stella vuelve al pueblo por primera vez después de treinta años, ¿no es eso?

—No creo que debamos dejarnos llevar por las apariencias —dijo en respuesta a la insinuación—. Sería muy peligroso que nos obcecáramos con una sola línea en estos momentos, tal y como ha señalado Bertil Mellberg.

Kjell, el reportero del *Bohusläningen,* levantó la mano para indicar que tenía una pregunta.

—¿Cómo murió la niña?

Mellberg se inclinó un poco.

—Como ha señalado Patrik Hedström, aún no hemos recibido el informe pericial, y todavía no se ha hecho la autopsia. Y antes de eso no tenemos ni posibilidades ni motivos para pronunciarnos al respecto.

—¿Existe algún riesgo de que mueran más niños? —continuó Kjell—. ¿Deberían los padres de la zona mantener a sus hijos a buen recaudo? Como comprenderéis, ya han empezado a circular los rumores y el miedo va en aumento.

Mellberg no respondió enseguida. Patrik negó con la cabeza muy discretamente, con la esperanza de que su jefe entendiera la señal. No tenía ningún sentido asustar a la población.

—En la situación actual, no hay razón para preocuparse —respondió Mellberg finalmente—. Hemos puesto todos nuestros recursos al servicio de esta investigación en concreto, para averiguar cómo asesinaron a Linnea Berg.

—¿Murió del mismo modo que Stella?

Kjell no se rendía. Los demás periodistas miraban ya a él ya a Mellberg. Patrik cruzaba los dedos para que siguiera en esa línea.

—Como decía, sabremos más cuando tengamos el informe forense.

—Pero no lo negáis.

El joven periodista no se daba por vencido. Patrik recreó de nuevo la imagen de la niña, se la imaginó indefensa y sola tendida en la mesa de operaciones, y no pudo por menos de soltarle con un bufido:

—¡Ya hemos dicho que no sabremos más hasta que no hayamos recibido el informe!

El periodista no dijo nada y puso cara de ofendido.

Kjell volvió a levantar la mano. Miraba directamente a Patrik.

—Tengo entendido que tu mujer ha empezado a trabajar en un libro sobre el caso Stella. ¿Es eso cierto?

Patrik ya se había figurado que le harían esa pregunta, pero, aun así, lo pilló un poco por sorpresa. Cerró los puños y bajó la vista.

—Por alguna razón, mi mujer no quiere comentar sus proyectos ni siquiera conmigo, que soy el cerebro de la familia —dijo al fin, y se oyeron unas risitas dispersas entre los asistentes—. Así que solo conozco el asunto por encima. No sé lo avanzado que puede llevar el trabajo; como digo, suelo mantenerme totalmente al margen del proceso creativo y no me involucro hasta que ella me pide que leamos juntos la versión final.

Y ahí mintió un poco, aunque no del todo. Sabía más o menos en qué punto del proceso se encontraba Erica, pero ese conocimiento se basaba en comentarios sueltos. Era cierto que se mostraba reacia a hablar de sus libros mientras estaba trabajando en ellos, y solo recurría a él si necesitaba comprobar algún aspecto policial. Pero, en esas ocasiones, le hacía preguntas fuera de contexto que no ayudaban a forjarse una idea del libro.

–¿Y eso podría haber sido un factor desencadenante del reciente asesinato?

La joven periodista del diario vespertino lo miraba esperanzada, mientras Patrik echaba chispas por los ojos. ¿Qué demonios estaba insinuando? ¿Que su mujer había ocasionado el asesinato de la niña?

Iba a abrir la boca para soltarle a la periodista el rapapolvo de su vida cuando oyó la voz tranquila pero censora de Mellberg.

–Esa pregunta me parece tan irrelevante como de mal gusto, pero no, nada indica que exista la menor conexión entre el proyecto literario de Erica Falck y el asesinato de Linnea Berg. Y si no mantenéis un nivel digno durante los... –Mellberg miró el reloj– ... diez minutos que nos quedan, no dudaré en interrumpir esta rueda de prensa anticipadamente. ¿Entendido?

Patrik intercambió una mirada atónita con Annika. Y, para su sorpresa, los periodistas se mantuvieron a raya el resto de la sesión.

Cuando Annika hubo logrado que salieran todos, a pesar de las protestas y los intentos de seguir lanzando preguntas, Patrik y Mellberg se quedaron solos en la sala.

–Gracias –dijo Patrik sin más.

–Que no se atrevan a ensañarse con Erica –masculló Mellberg, y se dio media vuelta.

Llamó a *Ernst,* que había estado todo el rato tumbado debajo de la mesa en la que Annika había puesto el café, y salió por la puerta. Patrik se rio para sus adentros. Aquella sí que era buena. El jefe era capaz de demostrar algo parecido a la lealtad, después de todo.

Bohuslän, 1671

Elin no pudo por menos de reconocer que Britta estaba preciosa. Sus hermosos ojos oscuros resaltaban con el vestido azul, y llevaba el pelo reluciente, suelto y retirado de la cara con un sencillo y bonito lazo de seda. No era frecuente que recibieran visitas tan ilustres. A decir verdad, nunca las recibían. Personalidades como la que esperaban no tenían motivos para visitar al humilde pastor de la comarca de Tanumshede, pero el mandato real a Harald Stake, gobernador de Bohuslän, no dejaba lugar a dudas. Todos los representantes de la Iglesia que hubiera en la región debían involucrarse en la lucha contra la brujería y las fuerzas de Satanás. El Estado y la Iglesia combatían conjuntamente al diablo, de ahí que la casa parroquial de Tanumshede se viera honrada con aquella visita. Había que difundir el mensaje por todos los rincones del país, así lo había manifestado el rey con toda la claridad deseable. Y Britta no tardó en ingeniárselas para aprovechar la circunstancia. Durante la visita de Lars Hierne no tendrían que avergonzarse ni de las vituallas ni de sus aposentos ni de la conversación. Él había sugerido educadamente que se alojaría en la casa de huéspedes, pero Preben le respondió que de ninguna manera. Naturalmente, ellos se ocuparían de tan distinguido huésped con el mejor de los empeños. Y aunque la casa de huéspedes disponía según ley de un ala independiente para la nobleza y para personas ilustres, la casa parroquial de Tanumshede procuraría ofrecerle todas las comodidades que el enviado del gobernador pudiera anhelar.

Britta y Preben estaban en la puerta cuando llegó el carruaje. Elin y el resto del servicio se mantenían apartados, con la cabeza gacha y la mirada clavada en el suelo. A todos les habían advertido que debían estar limpios y bien vestidos, con ropa en condiciones, y las criadas se habían peinado a conciencia para que ni un solo cabello asomara por fuera del pañuelo. Olía de maravilla a jabón y a las ramas de abeto con las que el mozo había adornado cada estancia aquella misma mañana.

Una vez sentados a la mesa, Elin fue sirviendo el vino en grandes copas. Las conocía muy bien. Vio a su padre usarlas desde niña, y se las regalaron a Britta cuando se casó. Elin, por su parte, recibió algunos de los manteles que había bordado su madre. Por lo demás, su padre consideraba que aquellos objetos tan bonitos que tenían en casa no lucirían como debían en la triste cabaña de un pescador. Y, en cierto modo, ella se sentía inclinada a darle la razón. ¿Qué iban a hacer Per y ella con tanto adorno y tantos objetos de decoración? Encajaban mejor en la casa parroquial que en el sencillo hogar de Elin. Pero los manteles de su madre los conservaba como oro en paño. Los guardaba en un cofrecillo, junto con las plantas que recogía y secaba todos los veranos, y que luego envolvía en papel para que no dejaran manchas en la tela blanca.

A Märta le había advertido desde muy pequeña que no podía abrir el cofre bajo ningún concepto. No solo para evitar que manchara los manteles de su madre con las manitas sucias, sino también porque algunas de las plantas podían ser venenosas si no se usaban debidamente. Su abuela le había enseñado la aplicación de cada una de las hierbas, y los ensalmos a los que había que recurrir en cada ocasión. Cualquier error en ese terreno podía acarrear terribles consecuencias. Elin tenía diez años cuando su abuela empezó a instruirla, y había decidido esperar a que Märta alcanzara esa misma edad antes de empezar a transmitirle sus conocimientos.

—¡Madre mía, qué espanto son esas mujeres del diablo! —le dijo Britta a Lars Hierne con una dulce sonrisa.

Él no apartaba la vista de ella, prendado de la belleza de sus rasgos, que resplandecían a la luz de incontables velas. El vestido de brocado azul fue un acierto, brillaba y relucía sobre el fondo oscuro de las paredes del comedor, y los ojos de Britta resaltaban tan azules como el mar en un día soleado del mes de julio.

Elin se preguntaba cómo reaccionaría Preben al descaro de las miradas que el huésped prodigaba a su mujer, pero no parecía afectarle en absoluto; a decir verdad, ni siquiera parecía darse cuenta. En cambio, se percató de que el pastor la miraba a ella, y bajó la vista enseguida. Aunque acertó a comprobar que también él se había puesto más elegante de lo habitual. Cuando no vestía la sotana, siempre llevaba la ropa sucia de trabajo. Para tratarse de un hombre de su posición, sentía una predilección sorprendente por el trabajo físico en la granja y por el cuidado de los animales. Ya el primer día en la casa pastoral se lo comentó a otra de las criadas, que le dijo que, en efecto, era muy extraño, pero que el pastor trabajaba codo con codo con ellos. Sencillamente, había que habituarse a esa mala costumbre. En todo caso, según había advertido la criada, a la señora no le agradaba demasiado, lo que daba lugar a no pocas disputas. Luego se enteró de quién era Elin y se ruborizó hasta las orejas. Aquello le había ocurrido más de una vez en la granja. Su posición como criada y hermana de la mujer del pastor era un tanto peculiar. Era parte de la familia y, al mismo tiempo, no lo era, y en numerosas ocasiones, cuando entraba en la casa del servicio, los demás se callaban en el acto y no se atrevían a mirarla a la cara. En cierto modo, aquello aumentaba su soledad pero, al mismo tiempo, tampoco la incomodaba demasiado. Nunca había tenido muchas amistades entre las mujeres, que, a su juicio, chismorreaban y cotilleaban de más sin necesidad.

—Sí, son tiempos inquietantes —dijo Lars Hierne—. Pero, por suerte, tenemos un rey que no vacila ni rehúye la guerra contra los poderes malignos que combatimos. Han sido unos años muy duros los que hemos vivido en nuestro reino, y hacía muchas generaciones que los estragos de Satanás no eran tan patentes. Cuantas más mujeres de esas seamos capaces de encontrar y enjuiciar, más fácil será someter el poder del diablo.

Partió un trozo de pan y lo saboreó satisfecho. Britta clavó en sus labios la mirada, con un destello de fascinación y terror a un tiempo.

Elin escuchaba con atención mientras servía el vino en las copas. El primer plato ya estaba en la mesa, y Boel, la de Holta, no parecía tener que avergonzarse de su labor en la cocina. Todos comían con apetito. Lars Hierne celebró los manjares en varias ocasiones, lo que movió a Britta a dar unas discretas palmaditas de satisfacción.

—Pero ¿cómo tenéis la certeza de que esas mujeres están en las redes del diablo? —preguntó Preben al tiempo que se retrepaba en la silla con la copa en la mano—. Aquí, en la zona, aún no hemos tenido que llevar a juicio a nadie, pero supongo que no nos veremos libres tampoco. Aunque por ahora solo hemos oído habladurías y rumores sueltos de cómo habéis procedido vosotros.

Lars Hierne arrancó la mirada de Britta y se volvió hacia Preben.

—En realidad, es extremadamente sencillo y elemental determinar si alguien es una bruja o, bueno, si es un brujo, no debemos olvidar que no solo las mujeres caen en las tentaciones diabólicas. Aunque lo cierto es que resulta más frecuente entre ellas, pues son más proclives a caer en esos cantos de sirena.

Dicho esto, miró a Britta muy serio.

—Lo primero que se hace después de atrapar a una bruja es la ordalía del agua. La arrojamos al agua, atada de pies y manos.

—¿Y después?

Britta se inclinó hacia delante. Parecía encontrar el tema de lo más emocionante.

—Si flota, es una bruja. Solo las brujas flotan, eso se sabe de antiguo. Si se hunde, es inocente. Pero puedo decir con orgullo que hasta el momento no hemos expuesto a una sola mujer inocente a una acusación injusta. Todas flotaban como aves, revelando su verdadera naturaleza. Luego se les ofrece, como es natural, la posibilidad de confesar y de ganarse así el perdón de Dios.

—¿Y han confesado? Me refiero a las brujas que habéis atrapado.

Britta se inclinó más aún; las llamas de las velas arrojaban sombras danzantes sobre su rostro.

Lars Hierne asintió.

—Desde luego que sí, confesaron todas y cada una. A algunas hubo que convencerlas más que a otras, se conoce que Satán había arraigado más en ellas. Nos preguntamos si es posible que se deba al tiempo que la mujer haya pasado bajo ese poder diabólico, o al aprecio que le haya tenido el maligno. Pero todas han confesado, eso sí. Y a todas las ejecutaron con arreglo al mandato de Dios y del rey.

—Hacéis un buen trabajo —dijo Preben con gesto de prudente aprobación—. A pesar de todo, me horroriza pensar en el día que debamos abordar una tarea semejante en la comarca.

—Sí, es una cruz muy pesada de llevar, pero sabido es que Dios no nos asigna cargas mayores de las que podemos soportar. Y debemos tener el valor de asumir la misión que se nos encomiende.

—En verdad que sí, en verdad que sí —dijo Preben, y se llevó la copa a los labios.

Sacaron el plato principal y Elin se apresuró a llenar las copas. Los tres bebían con fruición y pronto les afloró a los ojos el fulgor del vino. Elin notó de nuevo la mirada de Preben y puso todo su empeño en no corresponderle. Un escalofrío le recorrió la espalda, y a punto estuvo de dejar caer la jarra del vino. Su abuela solía decir que esa sensación era un presentimiento de algo venidero, una advertencia de que algo malo se avecinaba. Pero Elin se dijo que habría sido una corriente de aire que se habría colado por el escaso aislamiento de las ventanas.

Sin embargo, cuando esa noche se fue a acostar, ya tarde, volvió a experimentar la misma sensación. Se abrazó fuerte a Märta en aquella cama tan estrecha, en un intento de ahuyentar ese malestar, pero no lo consiguió.

Gösta se alegraba de haberse librado de la conferencia de prensa. Puro espectáculo, esa era su opinión. Siempre tenía la sensación de que los periodistas acudían más para detectar fallos y crear problemas que para comunicar noticias y así contribuir y ayudar. Aunque quizá él fuera un tanto cínico, dolencia que uno podía desarrollar con los años.

Al tiempo que se alegraba de tener una razón para no estar presente, se le encogía y se le revolvía el estómago solo de pensar adónde se dirigía. Había hablado con el médico de la comarca, y le habían dicho que Eva y Peter estaban conmocionados, pero que su estado les permitía mantener una conversación. Recordaba muy bien cuando él y Maj-Britt perdieron a su hijito, y cómo el dolor los paralizó durante mucho tiempo.

Vio el coche de Paula y de Martin al pasar junto a una casita roja con ventanas blancas, y pensó que ojalá tuvieran suerte con la ronda casa por casa. Sabía que la gente que vivía en el campo solía estar muy al tanto de lo que ocurría en la vecindad. Él vivía algo apartado, cerca del campo de golf de Fjällbacka, y más de una vez se sorprendía observando desde la ventana de la cocina a cuantos pasaban por allí. En fin, seguro que era algo propio de la edad. Tenía un recuerdo nítido de su padre sentado en casa, a la mesa de la cocina, mirando por la ventana. De pequeño le parecía que aquello era aburridísimo, pero ahora comprendía a su padre. Infundía calma. No es que él hubiera probado nunca la historia esa de la meditación, pero podía imaginarse que se trataba de algo parecido.

Giró y entró en el camino de la granja. Ayer la explanada era un hervidero de actividad, pero ahora se veía vacía y desierta. No había ni un alma. Reinaba el silencio. La calma. El ligero viento de la mañana había empezado a amainar ahora que el sol había superado el punto más alto. El aire vibraba con aquel calor.

Junto al granero había un saltador tirado en el suelo, y Gösta rodeó despacio una rayuela dibujada en la grava. Había empezado a borrarse, y no duraría mucho más tiempo. La habría hecho Nea con el piececillo, seguramente, o quizá le habrían ayudado su madre o su padre a dibujar las líneas.

Gösta se detuvo un instante a observar la casa. Nada de lo que rodeaba la pequeña granja evidenciaba la tragedia que había sufrido. El viejo granero estaba más desvencijado y torcido ahora de lo que él lo recordaba treinta años atrás, pero la casa estaba recién pintada y muy cuidada, y el jardín se veía más hermoso y florido que nunca. En un lateral había ropa tendida, y vio algunas prendas infantiles que nunca volverían a cubrir a la niña a la que habían pertenecido. Se le cerró la garganta y carraspeó un poco. Luego se dirigió a la casa. Fueran cuales fueran sus sentimientos, tenía un trabajo que hacer. Si alguien debía hablar con los padres de la pequeña, era él.

—Toc, toc, ¿se puede?

La puerta estaba entreabierta y la empujó un poco. Una versión avejentada y mucho más bronceada de Peter se levantó y se le acercó tendiéndole la mano.

—Soy Bengt —dijo el hombre muy serio.

Enseguida se levantó también una mujer menuda, con una melena redonda de pelo blanqueado por el sol y un bronceado a juego. Se llamaba Ulla.

—El médico nos ha dicho que vendrías —dijo Bengt.

Su mujer había vuelto a sentarse. En la mesa había montones de papeles arrugados.

—Sí, le pedí que os avisara para no presentarme así, sin más —dijo Gösta.

—Siéntate, voy a llamar a Eva y a Peter —dijo Bengt en voz baja, y se dirigió a la escalera—. Se han ido a descansar un rato.

Ulla miró a Gösta con los ojos llenos de lágrimas mientras él se sentaba frente a ella.

—¿Quién es capaz de hacer algo así? Con lo pequeña que era...

Alargó un brazo en busca de un rollo de papel que había en la mesa y arrancó una servilleta. Se enjugó las lágrimas.

—Haremos cuanto podamos por averiguarlo —dijo Gösta, y cruzó las manos sobre la mesa.

Con el rabillo del ojo vio a Bengt, que bajaba la escalera seguido de Eva y Peter. Se movían muy despacio, y Gösta notó cómo le crecía el nudo en la garganta.

—¿Quieres un café? —preguntó Eva mecánicamente.

Ulla se levantó de un salto.

—Siéntate, cariño, ya lo hago yo.

—Si yo puedo... —dijo Eva, y se volvió hacia la encimera.

Ulla apartó suavemente a su nuera y la llevó a la mesa.

—No, tú siéntate, anda, ya lo preparo yo —dijo, y empezó a buscar en los armarios.

—Los filtros están en el mueble alto que hay encima del fregadero —dijo Eva, e hizo amago de ir a levantarse.

Gösta le puso la mano en el brazo tembloroso.

—Deja que se encargue tu suegra —dijo.

—Quería hablar con nosotros —dijo Peter, y se sentó en la silla que había dejado Ulla.

Miró todos los trozos de papel arrugados, como si no entendiera qué pintaban allí.

—¿Ha pasado algo? —preguntó Eva—. ¿Sabéis algo? ¿Dónde está mi niña?

Hablaba en voz baja y contenida, pero le temblaba el labio.

—Todavía no sabemos nada, pero créeme, todo el equipo trabaja al máximo y estamos haciendo todo lo posible. Nea está ahora en Gotemburgo, podréis verla luego, si queréis, pero ahora mismo no es posible.

—¿Qué..., qué le estáis haciendo? —preguntó Eva, y se dirigió a Gösta con una mirada que lo atravesó de parte a parte.

Trató de no hacer ningún gesto. Sabía perfectamente lo que iban a hacer con aquel cuerpecillo, pero no era nada cuyos detalles debiera conocer una madre.

—Eva, no preguntes —dijo Peter, y Gösta se percató de que él también estaba temblando.

Quizá porque estaban conmocionados, o porque la conmoción ya estaba cediendo, no lo sabía. Cada uno reaccionaba de una forma, y a lo largo de los años había presenciado tantas reacciones como víctimas de asesinato.

–Tendría que haceros unas preguntas –dijo Gösta, y dio las gracias a Ulla cuando esta le sirvió una taza de café.

Parecía más tranquila ahora que tenía un cometido, y tanto ella como Bengt se mostraban más serenos cuando por fin se sentaron también a la mesa.

–Cualquier cosa que pueda ayudar... Responderemos a lo que haga falta. Pero no sabemos nada. No nos explicamos cómo ha podido pasar. Quién ha podido...

A Peter se le quebró la voz, y dejó escapar un sollozo.

–Iremos paso a paso –dijo Gösta muy sereno–. Sé que ya habéis respondido a algunas de estas preguntas, pero vamos a repasarlas, es importante ser meticulosos.

Gösta dejó el móvil en la mesa y, cuando Peter le dio su beneplácito con un gesto, activó la función de la grabadora.

–¿Cuándo la visteis por última vez? –preguntó–. La hora más exacta posible, si la recordáis.

–El domingo por la noche –dijo Eva–. Antes de ayer. Le leí un cuento después de que le pusiera el camisón y le ayudara a cepillarse los dientes; eso sería poco después de las ocho. Estuve leyendo media hora más o menos. Su cuento favorito, el del topo al que le cayó una caca en la cabeza.

Eva se secó la nariz y Gösta le alargó el rollo de papel de cocina y le arrancó un trozo. La mujer se sonó.

–Entonces, entre las ocho y media y las nueve menos cuarto, ¿no? –dijo Gösta, y Eva miró a su marido, que lo corroboró con un gesto.

–Sí, creo que sí.

–¿Y luego? ¿La oísteis o la visteis después? ¿No se despertó durante la noche ni nada de eso?

–No, siempre dormía como un tronco –respondió Peter, y sacudió vehemente la cabeza–. Siempre dormía con la puerta cerrada, y nosotros nunca entrábamos a verla después de darle las buenas noches. Nea nunca dio problemas a la hora de dormir, ni siquiera cuando era un bebé. Le encanta su cama... Le encantaba.

Al hombre le temblaba la boca, y parpadeó varias veces.

—Háblame de la mañana —dijo Gösta—. La mañana del lunes.

—Me levanté a las seis —dijo Peter—. Salí para no despertar ni a Eva ni a Nea, y preparé unos bocadillos para llevarme. La cafetera la había dejado preparada la noche anterior, de modo que solo tuviera que encenderla. Y luego... En fin, luego me fui.

—¿No viste nada que te llamara la atención? ¿La puerta de la casa estaba cerrada con llave?

Peter se quedó callado unos instantes, luego dijo con la voz llorosa:

—Sí, estaba cerrada. —Ahí se le quebró la voz, y se puso a sollozar. Bengt le acarició la espalda con aquella mano tan morena—. De lo contrario, me habría dado cuenta. Si hubiera estado abierta, habría reaccionado.

—¿Y la puerta de la habitación de Nea?

—Lo mismo, cerrada. También me habría dado cuenta si no, naturalmente.

Gösta se acercó un poco más a Peter.

—O sea, todo estaba como de costumbre. No había nada fuera de lo normal, ¿verdad? ¿No viste nada extraño cerca de la casa? ¿Alguna persona? ¿Algún coche que pasara?

—No. Nada. Hasta el punto de que cuando salí pensé que parecía que fuera yo el único hombre despierto sobre la faz de la tierra. Lo único que se oía era el canto de los pájaros, y la única criatura a la que vi fue al gato, que vino a frotarse en mis piernas.

—Ya, y luego se fue, ¿no? ¿Sabes qué hora era aproximadamente?

—Había puesto el despertador a las seis, y estuve en la cocina unos veinte minutos, así que sobre y veinte o y media, quizá.

—Y no volvisteis hasta la tarde, ¿verdad? ¿Te cruzaste con alguien? ¿Viste a alguien? ¿Hablaste con alguien?

—No, estuve todo el día en el bosque. Con la granja iba incluida cierta extensión de bosque, y hay que cuidarlo si...

Se le murió la voz en la garganta sin haber podido terminar la frase.

—En otras palabras, nadie puede confirmar dónde estuviste en todo el día, ¿no?

—¿Acaso estáis acusando de algo a Peter? —preguntó Bengt con la cara encendida—. Pues solo faltaba...

Gösta levantó la mano. Sabía que iban a reaccionar así. Era lo habitual. Y perfectamente comprensible.

–Tenemos que preguntarlo. Tenemos que poder descartar a Peter y a Eva de la investigación. No creo que estén involucrados. Pero, desde el punto de vista meramente policial, debo hacerlo.

–No pasa nada –dijo Eva con voz débil–. Yo lo entiendo, Gösta solo está haciendo su trabajo, Bengt. Cuanto antes y cuanto más a conciencia lo haga...

–De acuerdo –dijo Bengt, pero siguió muy erguido en la silla, dispuesto a defender a su hijo.

–No, no vi a nadie en todo el día –aseguró Peter–. Estaba en medio del bosque, y allí ni siquiera hay cobertura, así que no podéis comprobar llamadas entrantes ni llamadas salientes. Estuve totalmente solo. Luego me fui a casa. Llegué a las tres menos cuarto. Y lo sé con exactitud porque miré el reloj justo cuando entraba con el tractor en la explanada.

–De acuerdo –dijo Gösta–. ¿Y tú, Eva? ¿Qué hiciste esa mañana y a lo largo del día? ¿Y a qué hora?

–Estuve durmiendo hasta las nueve y media. También lo sé con exactitud, porque lo primero que hago al despertarme es mirar el reloj, cuando no he puesto el despertador, claro. Y recuerdo que me sorprendió...

Guardó silencio, meneando la cabeza.

–¿Qué fue lo que te sorprendió? –dijo Gösta.

–Me sorprendió que fuera tan tarde. Rara vez me despierto más tarde de las siete, y suelo despertarme sin alarma. Pero supongo que estaba cansada...

Se frotó los párpados.

–Subí, entré en el cuarto de Nea y vi que no estaba. Pero no me preocupé. No me preocupé lo más mínimo.

Se agarró fuerte al borde de la mesa.

–¿Por qué no te preocupaste? –preguntó Gösta.

–Muchas veces se iba con Peter –dijo Ulla.

Eva asintió.

–Sí, le encantaba estar con su padre en el bosque, y también solía despertarse muy temprano. Así que supuse que se habría ido con él.

—¿Qué hiciste luego a lo largo del día?

—Desayuné tranquilamente, leí el periódico y me vestí. Hacia las once decidí ir a Hamburgsund a hacer unas compras. Rara vez tengo tiempo de ir de compras.

—¿Te encontraste con alguien?

Gösta tomó un sorbo de café, pero ya se había enfriado y volvió a dejar la taza en la mesa.

—Te pongo otra taza. Ese ya se habrá enfriado —dijo Ulla solícita, y se levantó enseguida.

Gösta no solo no protestó, sino que sonrió agradecido.

—No, me dediqué a pasearme por las tiendas —respondió Eva—. Había mucha gente, pero no me crucé con ningún conocido.

—De acuerdo —dijo Gösta—. ¿Vino alguien a la granja antes o después de que fuera a Hamburgsund?

—No, no vino nadie. Bueno, pasaron unos cuantos coches, claro. Y algunas personas que iban corriendo. Y justo antes de salir con el coche vi a Dagmar, que había salido a pasear como cada mañana.

—¿Dagmar? —dijo Gösta.

—Sí, la que vive en la casa roja que hay más allá. Sale a pasear todos los días muy temprano.

Gösta asintió, le dio las gracias a Ulla por la taza que acababa de darle y tomó un trago de café ardiente.

—Muy bien —dijo—. Entonces, no pasó nada que te llamara la atención, ¿no? Nada que se saliera de lo normal.

Eva reflexionó unos instantes y arrugó la frente mientras se concentraba.

—Piénsalo bien. El detalle más nimio puede resultar valioso.

Finalmente, negó con la cabeza.

—No, todo estaba como siempre.

—¿Qué me dices de las llamadas? ¿Hablaste por teléfono con alguien a lo largo del día?

—No, no que yo recuerde. Bueno, sí, ahora que lo pienso. Ulla, te llamé a ti cuando llegué a casa.

—Sí, es verdad.

Ulla se sorprendió al caer en la cuenta de que ayer mismo la vida aún era totalmente normal, de que vivía sin la menor sospecha de que su mundo estaba a punto de derrumbarse.

—¿Qué hora era?

—Pues...

Eva miró a Ulla. Ahora temblaba un poco menos. Gösta sabía que aquella tranquilidad relativa era transitoria. El cerebro inhibía la realidad a ratos. Un segundo después, volvía a imponerse. Lo había visto muchas veces a lo largo de todos aquellos años en la policía. El mismo dolor. Distintas caras. Distintas reacciones. Y aun así, todas muy parecidas. No se acababa nunca. Las víctimas no se acababan nunca.

—Creo que fue hacia la una, ¿no? Bengt, tú también oíste cuando llamó Eva. ¿No fue sobre la una? Habíamos estado un rato bañándonos en La Mata, y volvimos poco antes de la una para preparar el almuerzo.

Se giró hacia Gösta.

—Cuando estamos en Torrevieja solemos hacer una comida bastante ligera, como un poco de *mozzarella* con tomate, es que allí los tomates están muchísimo más ricos que aquí, y...

Se llevó la mano a la boca, consciente de pronto de que, por unos segundos, había olvidado lo ocurrido y había empezado a hablar como si nada hubiera cambiado.

—Volvimos al apartamento poco antes de la una —repitió en voz baja—. Eva llamó unos minutos después. Y estuvimos hablando unos diez minutos, creo.

Eva asintió. Había empezado a llorar otra vez.

—¿Hablaste con alguien más ayer? —Gösta alargó la mano para alcanzarle otra servilleta.

Se figuraba que debía de parecerles una auténtica locura que les preguntara por las llamadas telefónicas y a quién habían visto. Pero lo que les había dicho era totalmente cierto: tenían que poder eliminarlos de la investigación y comprobar que tenían algún tipo de coartada. Ni por un momento pensaba que Eva y Peter estuvieran implicados, pero no sería el primer agente de policía de la historia al que le costara creer que unos padres fueran capaces de hacer daño a un hijo. Y por desgracia, en más de una ocasión la realidad les había quitado la razón. Se producían accidentes. Y, por tremendo que pudiera parecer, no solo accidentes.

–No, con Ulla nada más. Luego llegó Peter y comprendí que Nea no estaba y entonces..., en fin, entonces empezó todo.

Agarraba el papel de cocina con tal fuerza que tenía los nudillos totalmente blancos.

–¿Sabéis de alguien que quisiera hacerle daño a vuestra hija? –preguntó Gösta–. ¿Se os ocurre algún móvil posible? ¿Alguna persona que hayáis conocido en otra época? ¿Algún enemigo personal o de la familia?

Los dos negaron con la cabeza.

–Somos personas normales y corrientes –dijo Peter–. Nunca nos hemos visto involucrados en ninguna actividad delictiva ni nada parecido.

–¿Ningún ex sediento de venganza?

–No –dijo Eva–. Nos conocimos a los quince años, no ha habido nadie más.

Gösta respiró hondo al pensar en la próxima pregunta, pero al final no tuvo más remedio que formularla.

–Sé que se trata de una pregunta de lo más humillante, sobre todo dadas las circunstancias, pero ¿alguno tiene una relación extramatrimonial? ¿O la ha tenido? No quiero ser irrespetuoso, solo aclararlo por si nos diera un posible móvil. Que alguien viera a Nea como un obstáculo.

–No –respondió Peter con la vista clavada en Gösta–. Por Dios, no. Siempre estamos juntos, y nunca podríamos... No.

Eva negó con un gesto vehemente.

–No, no, no, ¿y por qué perdéis el tiempo en esto? ¿En nosotros? ¿Por qué no estáis por ahí buscando al asesino? ¿Hay gente en la zona que sea...?

Palideció al tomar conciencia de lo que estaba a punto de decir, de la palabra que estaba a punto de utilizar, y lo que implicaba.

–¿Estaba...? ¿La habían...? Dios mío...

El llanto resonaba entre las paredes de la cocina, y Gösta se esforzaba por no levantarse e irse de allí. Era insoportable ver la mirada de los padres de Nea en el momento de comprender que había una pregunta cuya respuesta no deseaban conocer.

Y Gösta no tenía respuestas, ningún consuelo que dar. Porque no lo sabía.

—Lo.siento, pero es que esto es un puro caos.

Jörgen se volvió hacia el joven ayudante. En la sien se le veía una vena hinchada.

—Pero ¡qué demonios, aquí estamos trabajando! —dijo.

Le dio un empujón a un cámara que se le había acercado demasiado y que a punto estuvo de volcar una mesa. Uno de los jarrones por poco se cae al suelo.

Marie compartía el sufrimiento del ayudante, que tragó saliva nervioso. Pronto harían la cuarta toma, y el humor de Jörgen empeoraba por momentos.

—Perdón —dijo el ayudante, que, según creía Marie, se llamaba Jakob. O Jonas.

El hombre sufrió un golpe de tos.

—No puedo contenerlos por más tiempo. Hay un tropel de periodistas ahí fuera.

—Pues no tenían que venir hasta las cuatro. Es la hora a la que hemos fijado las entrevistas.

Jörgen miró a Marie, que se desentendió con un gesto. Esperaba que no tomara la costumbre de dirigirse a ella en ese tono. De ser así, aquel sería un rodaje interminable.

—Están hablando de una niña muerta —dijo Jakob, o Jonas, un tanto nervioso, y Jörgen imploró al cielo exasperado.

—Sí, eso ya lo sabemos. Pero tendrán que esperar hasta las cuatro.

Jakob, o Jonas, empezaba a cambiar de color, pero no se fue de allí.

—Pero es que no están hablando de... esa niña, sino de otra niña... Y quieren hablar con Marie. Ahora mismo.

Marie paseó la mirada por el pequeño escenario. El director, el cámara, el *script,* la maquilladora, los ayudantes..., todos la miraban. Del mismo modo en que la miraban treinta años atrás. De alguna forma, lo conocido infundía seguridad.

—Iré a hablar con ellos —dijo al tiempo que se alisaba la blusa y comprobaba el peinado.

Seguro que también habría fotógrafos.

Miró al ayudante, que estaba nerviosísimo.

—Que entren en la sala de descanso —dijo, y se volvió a Jörgen—. Cambiaremos la orden de rodaje. Grabaremos esas escenas durante el tiempo que habíamos asignado a las entrevistas. Así no perderemos tiempo de rodaje.

En el rodaje de una película la orden del día era Dios, y Jörgen la miró como si se le hubiera venido el mundo abajo.

Cuando Marie llegó a la sala de descanso se detuvo un instante. Había una cantidad impresionante de periodistas. Se alegró de ir vestida como Ingrid, con unos pantalones cortos con botones a los lados, una blusa blanca y un pañuelo en la cabeza. Aquella indumentaria le favorecía, saldría bien en las fotos y sería una buena promoción para la película.

—Buenas —dijo con esa voz algo ronca que se había convertido en su seña de identidad—. Tengo entendido que queríais hacerme unas preguntas, pobre de mí.

—¿Tienes algún comentario que hacer sobre lo ocurrido?

Quien preguntaba era un joven con la mirada ansiosa propia de un periodista de un diario vespertino.

Los demás presentes en la sala la observaban con la misma expectación. Ella se sentó con cuidado en el brazo de un sofá que ocupaba casi todo el espacio. Sus largas piernas destacaban particularmente al cruzarlas.

—Perdón, pero llevamos unos días encerrados en el plató, ¿me podrías poner al corriente de lo que ha ocurrido?

El periodista se inclinó hacia delante.

—La niña que desapareció ayer y a la que han encontrado asesinada. La que vivía en la misma granja que Stella.

Se llevó la mano al pecho. Marie vio ante sí a una niña de pelo cobrizo. Sujetaba un helado de cucurucho enorme, que chorreaba y le caía en la mano.

—Qué horror —dijo.

Un hombre mayor que estaba sentado junto al periodista se levantó y se acercó a la mesa donde estaba el agua. Llenó un vaso y se lo dio a Marie.

Ella le dio las gracias con un gesto y tomó un par de sorbos.

Todos los ojos la observaron de nuevo igual de ansiosos.

—La policía acaba de dar una rueda de prensa y, según el jefe, Bertil Mellberg, Helen Jensen y tú figuráis entre las personas relacionadas con la investigación. ¿Qué tienes que decir al respecto?

Marie se quedó mirando la grabadora que acababan de acercarle. Al principio, las palabras se resistían a salir. Tragó saliva un par de veces. Recordaba otra sala, otro interrogatorio. Aquel hombre que la miraba suspicaz.

—No me sorprende —dijo—. La policía sacó conclusiones precipitadas y erróneas también hace treinta años.

—¿Tienes coartada para las horas en cuestión? —preguntó el hombre que le había ofrecido el vaso.

—Puesto que no sé de qué horas se trata, me es imposible responder.

Las preguntas se sucedían cada vez con más rapidez.

—¿Has tenido algún contacto con Helen desde que llegaste?

—¿No es una coincidencia un tanto extraña que una niña de la misma granja muera precisamente cuando acabas de volver?

—¿Habéis mantenido Helen y tú el contacto durante estos años?

Naturalmente, a Marie le encantaba aquello. Ser el centro de atención. Pero empezaba a resultar excesivo. Cuando su carrera comenzó a fraguar, se sirvió de ese pasado, porque le proporcionaba una ventaja con respecto a esos miles de jóvenes ansiosas que luchaban por un papel. Pero los recuerdos de aquellos años oscuros y terribles también la habían consumido.

Y ahora tenía que revivirlo todo de nuevo.

—No, Helen y yo no hemos tenido relación alguna. Hemos llevado vidas totalmente independientes desde que nos acusaron de algo que no hicimos, y mantener el contacto no habría hecho más que conservar vivo un recuerdo doloroso. Éramos amigas de niñas, pero ahora, de adultas, somos personas distintas. De modo que no, no hemos tenido ningún contacto desde que llegué a Fjällbacka; ni tampoco antes. No hemos hablado desde que me mandaron fuera de aquí. Y destrozaron la vida de dos niñas inocentes.

Los fotógrafos no paraban de tomar instantáneas, y Marie se reclinó un poco.

—¿Y qué me dices de la coincidencia? —insistió el periodista del diario vespertino—. Parece obvio que la policía piensa que existe alguna conexión entre los dos asesinatos.

—A eso no sé qué decir —respondió.

Frunció el ceño, como si lo lamentara. Se había puesto bótox hacía algo más de un mes y había recuperado el control de los rasgos de la cara justo para el comienzo del rodaje.

—Pero no, tampoco creo que se trate de una coincidencia. Es la confirmación de lo que llevo sosteniendo todos estos años: que el verdadero asesino quedó libre.

Otra lluvia de instantáneas resonó en la sala.

—En otras palabras, crees que la policía de Tanumshede ha causado la muerte de Linnea, ¿no es eso? —preguntó el periodista de más edad.

—¿Linnea? ¿Así se llamaba? Pobre niña... Sí, quiero decir que si hubieran hecho su trabajo hace treinta años, esto no habría sucedido.

—Pero resulta cuando menos llamativo que se cometa otro asesinato poco después de tu regreso —insistió una mujer morena que llevaba una media melena—. ¿Crees que ese puede haber sido el desencadenante de que el asesino haya vuelto a actuar?

—Desde luego que sí. ¿No es bastante lógico suponerlo?

Menudos titulares iba a darle aquello, seguro que ocuparía las primeras páginas de los periódicos de la mañana y de los de la tarde. Los inversores estarían encantados con toda aquella publicidad. Eso sí que garantizaría la supervivencia del proyecto.

—Lo siento, pero estoy tan conmocionada por la noticia... Necesito asimilarla antes de seguir respondiendo a más preguntas. En lo sucesivo, os remito al gabinete de prensa de la productora.

Marie se levantó, y notó con sorpresa que le temblaban las piernas. Pero no debía pensar en eso ahora. No debía pensar en aquellos oscuros recuerdos que siempre la acuciaban.

En la cima no había sitio para muchos, y si uno quería mantenerse en lo más alto tenía que dar siempre el máximo. A su espalda oyó cómo los periodistas se apresuraban a salir del local, camino de sus coches y sus redacciones para llegar a tiempo a la próxima edición. Cerró los ojos, una vez más recordó la imagen de una niña pelirroja y sonriente.

—Qué bien te lo montas con una madre que siempre está fuera.

Nils encendió un cigarro. Dejó que el humo subiera hasta el techo del cuarto de Vendela y echó la ceniza en una lata de refresco vacía que había en la mesita de noche.

—Ya, pero hoy quería llevarme al vivero —dijo, y alargó el brazo en busca del cigarrillo de Nils.

Dio una calada antes de que él lo recuperase. Limpió un poco del carmín que había dejado Vendela antes de dar otra calada.

—Pues a mí me cuesta verte allí plantando flores.

—¿Me das uno? —preguntó Basse, que estaba hundido en un puf de color rojo.

Nils le lanzó el paquete de Marlboro y él lo atrapó en el aire.

—Imagínate que me vieran allí. Habría sido la tonta del colegio.

—Bah, tienes unas tetas demasiado bonitas para ser la tonta...

Nils le apretó los pechos a Vendela, y ella le dio una palmada en el hombro. No muy fuerte, él sabía que solo era un paripé, que en el fondo le gustaba.

—¿No has visto lo grandes que tenía las tetas la cerda esa? —dijo Basse, sin poder ocultar cierto tonillo de añoranza.

Estaba obsesionado con los pechos grandes.

Nils le lanzó un cojín.

—No me dirás que te ponen las tetas de la cerda. Madre mía, pero ¿no has visto lo fea que es?

—Pues claro que sí, pero joder, es que tiene unas tetas enormes...

Señaló en el aire con las manos, y Vendela soltó un suspiro.

—Tú no estás bien de la cabeza.

Miró las marcas claras del techo. Haría un año que Nils le dijo que One Direction eran demasiado infantiles. Al día siguiente, Vendela quitó los pósteres.

—¿Vosotros creéis que se acuestan?

Nils soltó el humo de una calada hacia el techo abuhardillado. No tenía que explicar a quiénes se refería.

—Yo siempre he pensado que él es marica —dijo Basse, tratando de hacer unos aros de humo, sin éxito—. Si hasta se maquilla. No me explico cómo se lo consiente su padre.

Cuando eran más jóvenes todos admiraban al padre de Sam, James Jensen, un héroe de guerra musculoso. Ahora empezaban a verlo algo mayor y deteriorado, pero claro, ya tendría como sesenta tacos. Tal vez fuera por lo chulo que parecía James por lo que empezaron a meterse con Sam en primaria, él era todo lo que James no era.

Nils echó mano de la lata de refresco. Se oyó un chisporroteo cuando dejó caer dentro la colilla. Suspiró. Allí estaba otra vez, el desasosiego de siempre.

—Joder, a ver si pasa algo de una vez.

Basse lo miró.

—Y si no, tendrás que hacer que pase.

El caso Stella

Leif abrió la puerta despacio. A Larry y a Lenita sí los había visto en numerosas ocasiones a lo largo de los años. Y a sus hijos también. Pero a su hija no. Hasta ahora.

—Hola —dijo sin más, y entró en la sala.

Larry y Lenita se volvieron hacia él enseguida, pero Marie no se inmutó.

—En cuanto pasa algo, nos hacéis venir aquí —dijo Larry—. Claro que a estas alturas ya estamos acostumbrados, tenemos la culpa de todo. Aunque obligar a Marie a venir a declarar en un interrogatorio es ir demasiado lejos.

El escupitajo salió volando por el hueco de la dentadura. Había perdido tres de los dientes superiores en diversas peleas. Ya fuera el baile en el embarcadero, un concierto o simplemente una noche de sábado, allí estaba Larry, más que preparado para la bronca.

—No es un interrogatorio —dijo Leif—. Solo queremos hablar con Marie. Por ahora, lo único que sabemos es que Helen y Marie son las últimas personas que vieron a Stella con vida, así que es importante que podamos esclarecer lo sucedido durante las horas que pasaron con la niña.

—«Esclarecer.» —Lenita resopló, y se le agitaron los rizos de la permanente teñida de rubio—. Lo que queréis es «pillarla», más bien. Marie solo tiene trece años.

Encendió alterada un cigarro y Leif no tuvo fuerzas para recordarle las ordenanzas. Lo cierto era que en la comisaría estaba prohibido fumar.

—Queremos saber cómo pasaron las horas con Stella, eso es todo.

Observó a Marie, que hasta ese momento había guardado silencio sentada entre sus padres. ¿Cómo sería crecer en una familia así? Peleas, robos, alcohol y visitas constantes de los servicios de emergencias por denuncias y malos tratos.

Recordaba una Navidad en que la niña solo era una criatura. Si la memoria no le fallaba, fue el mayor de los hermanos quien llamó. ¿Qué edad tendría entonces el chico? ¿Nueve años? Cuando Leif llegó, Lenita estaba en el suelo de la cocina, con toda la cara cubierta de sangre. Larry le había estampado la cabeza contra la encimera, que también estaba cubierta de salpicaduras de sangre. En el comedor, detrás del árbol, estaban los dos niños medianos escondiéndose de Larry, que iba de un lado para otro maldiciendo y gritando. El hermano mayor tenía a la niña en brazos. Leif jamás olvidaría aquello.

Lenita se negó a denunciar, como de costumbre. Y durante todos aquellos años de peleas y cardenales, siempre defendió a Larry. De vez en cuando él también se llevaba un par de moratones, y en una ocasión un buen chichón, la vez que Lenita le atizó en la cabeza con una sartén de hierro fundido. Leif sabía que había ocurrido, así ni más ni menos, porque él estaba presente.

—No pasa nada —dijo Marie con tranquilidad—. Pregunta lo que quieras. Supongo que también hablaréis con Helen, ¿no?

Leif asintió con un gesto.

—Ya, los he visto llegar —dijo Marie, y cruzó las manos sobre las rodillas.

Era una niña muy guapa, y... ¿no había sido Lenita también una joven muy guapa en su día?

—Cuéntame con tus palabras lo que pasó ayer —dijo Leif animando a Marie con un gesto—. Lo grabaré, pero también iré tomando notas, espero que no te importe.

—No me importa.

Las manos seguían cruzadas en las rodillas. Iba vestida con sencillez, con unos vaqueros y una camiseta blanca. La larga melena rubia le cubría la espalda.

Tranquilamente y de forma ordenada fue repasando el día anterior. Sin trabarse y sin que le vacilara la voz, fue contando lo que hicieron con Stella hora a hora. Leif se dio cuenta de que la escuchaba fascinado. Tenía la voz un tanto ronca, cautivadora, y parecía muy madura para sus trece años. Criarse en medio de ese caos tal vez surtiera ese efecto en algunas personas.

—¿Encajan estas indicaciones horarias?

Repitió lo que Marie le había dicho, y la niña le dijo que sí.

—Y la dejasteis en la granja, y entonces el coche del padre de Stella estaba allí, ¿no es eso? Pero a él no lo visteis, ¿verdad?

Marie ya lo había dicho, pero ese era el punto crucial y él quería asegurarse de haberlo entendido bien.

—Sí, así es.

—¿Y luego fuisteis a bañaros? ¿Helen y tú?

—Sí, en realidad, a Helen sus padres no la dejaban. No nos dejan ir juntas.

Lenita resopló despectiva.

—Unos esnobs de tomo y lomo. Se creen muy finos ellos. Pero, que yo sepa, cagan en el váter como todo el mundo.

—¿Sois buenas amigas? —dijo Leif.

—Sí, somos amigas —dijo Marie, y se encogió de hombros—. Hemos ido juntas desde que éramos pequeñas hasta que nos lo prohibieron.

Leif dejó el bolígrafo.

—¿Desde cuándo lo tenéis prohibido?

Leif no sabía si él habría querido que su hija se hubiera relacionado con alguien de la familia Wall. Seguramente, también él sería un esnob.

—Desde hará medio año. Sus padres me pillaron fumando y me prohibieron seguir viendo a su princesita. Malas influencias y demás.

Larry y Lenita meneaban la cabeza.

—¿Hay algo más que quieras añadir? —preguntó Leif, y miró a Marie a los ojos. Eran totalmente insondables, pero en la frente se dibujó una arruga de preocupación.

—No. Solo quiero decir que lo que le ha ocurrido a Stella me parece espantoso. Era una niña muy bonita. Espero que atrapéis a quien lo hizo.

—Haremos todo lo que podamos —dijo Leif.

Marie asintió con total tranquilidad.

Era muy agradable encerrarse un rato en el despacho. Había pasado la noche fuera buscando, y luego todo se precipitó en el momento en que encontraron muerta a Nea. Patrik se sentía como si estuvieran a punto de caérsele los párpados, y si no descansaba un rato, no tardaría en quedarse dormido en la silla. Pero aún no se podía permitir echarse un poco en la sala de descanso de la comisaría. Tenía que hacer unas llamadas, luego llegaría Erica para contarles lo que sabía sobre el caso Stella. Y lo estaba deseando. Con independencia de lo que Mellberg hubiera dicho en la conferencia de prensa, todos sus colegas de la comisaría intuían que los dos casos estaban relacionados de alguna forma. La cuestión era cómo. ¿Se trataba de un asesino que había vuelto ahora a las andadas? ¿Era un imitador? ¿A qué se enfrentaban?

Echó mano del auricular para hacer la primera llamada.

—Hola, Torbjörn —dijo al cabo de unos segundos, al oír la voz del técnico criminalista—. Oye, solo quería saber si hay algún dato preliminar que puedas adelantarme.

—Conoces el procedimiento tan bien como yo —dijo Torbjörn.

—Sí, ya sé que tenéis que revisar todas las pruebas con la máxima exhaustividad, pero se trata de una niña y cada minuto que pasa cuenta. ¿No habéis visto nada llamativo? ¿Nada en el cadáver que te haya extrañado? ¿O alguno de los hallazgos que se hicieron en la zona?

—Lo siento, Patrik, todavía no tengo nada de lo que informar. Reunimos bastante material, y debemos revisarlo todo a fondo.

—Entiendo. Bueno, tenía que intentarlo. Ya sabes lo importante que es el factor tiempo, sobre todo las primeras veinticuatro horas de la investigación. Mételes un poco de prisa a los chicos, por favor, y llama en cuanto tengas algo concreto. Necesitamos toda la ayuda posible.

Patrik contempló el cielo azul allá fuera. Un ave de gran tamaño surcaba las alturas antes de descender de golpe y desaparecer de su vista.

—¿Podéis facilitarnos los informes del caso Stella? —dijo—. Para compararlos con los datos de Erica.

—Aquí los tengo. Pronto te los enviarán por el sistema de correo seguro.

Patrik sonrió.

—Eres una joya, Torbjörn.

Colgó y respiró hondo antes de hacer la siguiente llamada. Estaba tan cansado que le temblaba todo el cuerpo.

—Buenas, Pedersen. Aquí Hedström. ¿Cómo va la autopsia?

—¿Qué quieres que te diga? —respondió el jefe de medicina forense de Gotemburgo—. Siempre resulta igual de espantoso.

—Ya, joder. Los niños son lo peor. También para vosotros, supongo.

Tord Pedersen murmuró algo a modo de confirmación. Patrik no le envidiaba la tarea.

—¿Cuándo crees que tendréis algo para nosotros?

—Puede que dentro de una semana.

—Joder, ¿una semana? ¿No puede ir más rápido?

El forense soltó un suspiro.

—Ya sabes cómo están las cosas en verano...

—Sí, ya lo sé, el calor... Sé que aumenta el número de muertes. Pero estamos hablando de una niña de cuatro años. Seguro que podrías...

Se dio cuenta del tono suplicante de su voz. Sentía el mayor de los respetos por el orden de los procedimientos y por el reglamento, pero al mismo tiempo no podía quitarse de la cabeza la cara de Nea, y estaba dispuesto a rogar y suplicar si eso aceleraba un poco la investigación.

—Al menos dame algo con lo que empezar a trabajar. ¿La causa probable de la muerte? Seguro que has tenido tiempo de echarle un vistazo...

177

—Es demasiado pronto para pronunciarse al respecto, pero tenía una herida en la parte posterior del cráneo, hasta ahí te puedo decir.

—Vale, pero ¿no sabes la causa? ¿Qué fue lo que provocó la herida?

—No, por desgracia.

—Comprendo. En fin, date toda la prisa que puedas y llámame en cuanto tengas algo, ¿de acuerdo? Gracias, Pedersen.

Patrik colgó con cierto sentimiento de frustración. Quería los resultados ya. Pero había pocos recursos y muchos cadáveres. Así había sido la mayor parte de su carrera en la Policía. Sin embargo, algo había averiguado. Aunque solo fuera preliminar. Claro que eso no le aclaraba nada de nada. Se frotó los ojos con fuerza. A ver si podía descansar pronto.

Paula no pudo evitar una mueca de malestar al pasar por delante de la granja donde vivía Nea. Leo, el hijo que tenía con Johanna, tenía tres años, y la sola idea de que le ocurriera algo le encogía el estómago.

—Uno de nuestros coches —dijo Martin, y lo señaló cuando pasó ante ellos—. Será Gösta.

—Sí, la verdad, no lo envidio —dijo Paula en voz baja.

Martin no respondió.

Vieron una casa blanca unos metros más allá. Estaba a poca distancia de la granja de Nea, y probablemente se veía desde el cobertizo, pero no desde la vivienda.

—¿Allí? —preguntó Martin, y Paula asintió.

—Sí, es el vecino siguiente, así que parece lo más adecuado —dijo, y se dio cuenta de que había resultado despectiva, cuando no era su intención.

Martin no pareció tomárselo a mal. Giró por el camino de grava y aparcó. Nada se movió en el interior de la casa.

Llamaron a la puerta, pero nadie acudió a abrirles. Paula llamó una vez más, algo más fuerte. Llamó a voces, pero no obtuvo respuesta. Buscó un timbre, pero no había nada parecido.

—A lo mejor no hay nadie en casa, ¿no?

—Vamos a mirar en la parte trasera —dijo Martin—. Me ha parecido oír música.

Rodearon la casa. Paula no pudo por menos de detenerse a admirar el esplendor de las flores del jardincillo que se convertía en un bosque sin que uno se diera cuenta. También ella oía la música ahora. En la parte trasera había una mujer tumbada haciendo abdominales a buen ritmo, con la música a todo volumen.

La mujer se sobresaltó al verlos y se quitó los auriculares de un tirón.

—Perdón, hemos llamado... —dijo Paula, y señaló el otro lado de la casa.

La mujer asintió.

—No pasa nada, es que me he asustado un poco, estaba concentrada...

Apagó la música del móvil y se levantó. Se secó el sudor de las manos con una toalla y se la estrechó primero a Paula y luego a Martin.

—Helen, Helen Jensen.

Paula frunció el ceño. Aquel nombre le resultaba familiar. Entonces cayó en la cuenta. Joder. Era esa Helen... No tenía ni idea de que viviera tan cerca de los Berg.

—¿Qué trae a la policía por aquí? —preguntó Helen.

Paula miró a Martin. Por la expresión de la cara, supo que él también había supuesto de quién se trataba.

—¿Es que no lo has oído? —dijo Paula desconcertada.

¿Estaría fingiendo que no sabía nada? ¿De verdad le había pasado desapercibida toda la noche de despliegue en el bosque? Nadie hablaba de otra cosa en el pueblo.

—¿Si no he oído qué? —dijo Helen mirando ya a Martin ya a Paula. Se detuvo—. ¿Le ha ocurrido algo a Sam?

—No, no —dijo Paula enseguida levantando la mano.

Supuso que Sam sería su hijo o su marido.

—Es por la niña de la granja de al lado. Linnea. Desapareció ayer por la tarde, o bueno, ayer por la tarde se descubrió la desaparición. Y, por desgracia, esta mañana la han encontrado muerta.

A Helen se le cayó la toalla al suelo de la terraza. No se molestó en recogerla.

—¿Nea? ¿Nea está muerta? ¿Cómo? ¿Dónde?

Se llevó las manos al cuello, y Paula vio una arteria que le latía intensa y aceleradamente bajo la piel. Maldijo para sus adentros. La idea era ir a hablar con Helen después de que Erica hubiera estado en la comisaría y los hubiera puesto al corriente del caso Stella. Ahora ya no tenía remedio. Estaban allí, no podían irse y volver más tarde. Tendrían que sacar el máximo partido a la situación.

Paula miró a Martin, que le indicó con una señal que la había entendido.

—¿Podemos sentarnos? —preguntó Martin, y señaló un sofá de plástico que había a unos metros.

—Sí, sí, claro, perdón —dijo Helen.

Entró en el salón por una puerta acristalada.

—Perdonadme, voy a ponerme una camiseta —dijo señalando el top deportivo que llevaba puesto.

—Claro, desde luego —dijo Paula.

Martin y ella se sentaron en el sillón de plástico. Intercambiaron una mirada y Paula comprendió que Martin también se sentía insatisfecho de cómo se había desarrollado la situación.

—Quién tuviera un jardín así —dijo Martin mirando alrededor—. Montones de rosas y de rododendros y de malvarrosas. Y también hay peonías.

Señaló uno de los flancos del jardín. Paula no sabía distinguir bien todas las flores a las que se refería. La jardinería no era lo suyo. Le encantaba vivir en un piso, y no echaba de menos tener una casa con jardín.

—Sí, se han puesto muy bonitas —dijo Helen, que acababa de salir con un chándal fino—. Las trasplanté el año pasado, antes estaban allí.

Señaló una zona más umbría del jardín.

—Pero pensé que se sentirían más a gusto donde están ahora. Y así es.

—¿Has organizado el jardín tú sola? —preguntó Martin—. Porque yo sé que Sanna, la del vivero, es muy buena, sabe...

Se interrumpió de repente, al comprender la conexión entre Sanna y Helen, pero ella se encogió de hombros.

—No, no, lo hice por mi cuenta.

Se sentó en el sillón blanco de plástico que había enfrente de ellos. Parecía que se hubiera dado una ducha rápida, porque tenía el pelo de la nuca mojado.

—Bueno, pero ¿qué le ha pasado a Nea? —dijo Helen con la voz algo temblorosa.

Paula la observó con atención. Se la veía consternada de verdad.

—Sus padres denunciaron su desaparición ayer. ¿De verdad que no habéis oído a los grupos de búsqueda que se han pasado la noche en el bosque? Ha habido un despliegue espectacular justo a la vuelta de la esquina.

Era muy llamativo que Helen no hubiera oído a la gente que recorría el bosque a tan solo unos cientos de metros de su casa.

—No, nos acostamos pronto. Yo me tomé un somnífero y no me habría despertado ni una guerra mundial. Y James... Bueno, él ha dormido en el sótano, dice que está más fresco, y allí abajo no se oye nada.

—Antes has mencionado a un tal Sam —dijo Martin.

—Sí, es nuestro hijo. Tiene quince años. Y seguro que se quedó despierto hasta tarde escuchando música a todo volumen con los auriculares. Cuando se duerme, no hay quien lo despierte.

—En otras palabras, ninguno de los tres oyó nada, ¿verdad?

Paula se dio cuenta de que había sonado suspicaz, pero le costaba ocultar su sorpresa.

—No, por lo menos que yo sepa. Ninguno de los dos me ha dicho nada esta mañana, desde luego.

—De acuerdo —dijo Paula muy despacio—. Como comprenderás, necesitaremos hablar también con los demás miembros de la familia.

—Desde luego, claro que sí. Ninguno de los dos está en casa en estos momentos, pero podéis volver más tarde, o llamarnos.

Paula asintió.

—¿Visteis a Linnea ayer? ¿O la viste tú?

Helen trataba de hacer memoria mientras se observaba los dedos. Llevaba las uñas sin pintar y sin limar, tenía unas manos que se dedicaban a cavar y desbrozar la tierra.

—Pues no recuerdo haberla visto ayer en todo el día. Yo salgo a correr todas las mañanas, y cuando está fuera, siempre me saluda. Creo que saluda a todo el que pasa, la verdad. Ayer me parece que no la vi. Pero no estoy segura. No lo recuerdo bien. Cuando corro desconecto totalmente; si doy con el ritmo adecuado en la carrera, entro en mi propio mundo...

—¿Corres solo para mantenerte en forma o también compites? —preguntó Martin.

—Corro maratón —dijo.

Aquello explicaba que estuviera tan delgada y en tan buena forma. Paula se esforzaba por no sentir cada uno de sus kilos de más. Todos los lunes por la mañana se decía que iba a empezar en serio con el deporte y la alimentación, pero con los niños tan pequeños y el trabajo, no tenía ni tiempo ni ganas. Y saber que Johanna la quería tal y como era, con sus mollas y todo, no ayudaba demasiado.

—¿Y ayer pasaste por allí corriendo? —preguntó Martin.

—Sí, siempre hago el mismo recorrido. Salvo los dos días semanales de descanso, entonces no salgo a entrenar. Pero son los sábados y los domingos.

—Entonces, ¿crees que no la viste ayer? —repitió Paula.

—No, creo que no.

Helen frunció el entrecejo.

—¿Cómo... qué...? —comenzó, pero guardó silencio antes de decidirse otra vez—. ¿Cómo murió?

Paula y Martin intercambiaron una mirada.

—Aún no lo sabemos —dijo Martin.

Helen volvió a llevarse la mano al cuello.

—Pobres Eva y Peter. En fin, no es que los conozca mucho que digamos, pero son nuestros vecinos más próximos, así que de vez en cuando charlamos con ellos. ¿Ha sido un accidente?

—No —dijo Paula, y observó atentamente la reacción de Helen—. La han asesinado.

Helen se la quedó mirando atónita. Luego repitió:

—¿La han asesinado?

Movió la cabeza despacio.

–Una niña de la misma edad, de la misma granja. Ya entiendo por qué habéis venido aquí.

–La verdad es que ha sido pura casualidad –dijo Martin abiertamente–. Debíamos hablar con los vecinos más cercanos, comprobar si habían visto algo, y no sabíamos que vivieras aquí.

–Yo creía que tus padres vendieron la casa y se mudaron –dijo Paula.

–Sí, es verdad –dijo Helen–. La vendieron después del juicio y se mudaron a Marstrand. Pero la compró un buen amigo de mi padre. James. Y luego... En fin, luego James y yo nos casamos, y él quería que nos quedáramos a vivir aquí.

–¿Dónde está ahora tu marido? –preguntó Paula.

–Ha salido a hacer unos recados –dijo, y se encogió de hombros.

–¿Y Sam, tu hijo? –preguntó Martin.

–Ni idea. Es verano. Cuando volví de correr ya no estaba, y la bicicleta tampoco, así que habrá ido a Fjällbacka a ver a algún amigo.

Se hizo el silencio unos instantes. Helen se los quedó mirando con un nuevo brillo en los ojos.

–Ahora... ¿Creerá todo el mundo que hemos sido nosotras?

Apartó la mano del cuello y se la pasó por el pelo.

–¿Los periódicos? La gente... Supongo que ahora todo empezará otra vez.

–Estamos barajando todas las posibilidades –dijo Paula con cierta compasión por la mujer que tenía delante.

–¿Has tenido algún contacto con Marie desde que volvió? –preguntó Martin.

No pudo resistirse, a pesar de que sabía que debía esperar antes de formular preguntas relacionadas con el caso antiguo.

–No, no, no tenemos nada que decirnos –aseguró Helen meneando la cabeza.

–O sea que ni os habéis visto ni habéis hablado por teléfono –dijo Paula.

–Pues no –repitió Helen–. Marie pertenece a otro tiempo, a otra vida.

–De acuerdo –dijo Paula–. Tendremos que volver a hablar contigo más adelante, pero por ahora te necesitamos solo como vecina. ¿Has visto u oído algo fuera de lo normal los últimos días? ¿Algún coche? ¿Alguna persona? ¿Algo que te llamara la atención, que no encajara en el entorno, o algo en lo que te fijaras, sencillamente?

Paula trataba de expresarse con la mayor imprecisión: en realidad, no sabían sobre qué preguntar exactamente.

—No —dijo Helen despacio—. No, no puedo decir que haya visto u oído nada extraño los últimos días.

—En fin, como te decía, tendremos que hacerles las mismas preguntas a tu marido y a tu hijo —dijo Martin al tiempo que se levantaba.

Y Paula remató:

—Sí, y a ti tendremos que volver a hacerte más preguntas.

—Lo entiendo —dijo Helen.

Se quedó sentada a la mesa de la terraza cuando ellos se fueron, sin apenas mirarlos. A su espalda, las rosas y las peonías ofrecían un espectáculo de exuberante esplendor.

Erica le dio a Patrik un beso fugaz cuando se vieron en la recepción. A Annika se le iluminó la cara detrás del mostrador y salió para darle un abrazo a Erica.

—¡Hola! —dijo encantada—. ¿Cómo están los chicos? ¿Y Maja?

Erica secundó el abrazo y le preguntó por su familia. Le gustaba aquella mujer que llevaba años organizando la comisaría, y la respetaba cada día más. A veces lograban organizar una cena, aunque no tan a menudo como les gustaría. Cuando había niños pequeños de por medio, las semanas y los meses pasaban volando, y la vida social quedaba relegada a un segundo plano.

—Trabajaremos en la sala de conferencias —dijo Annika, y Erica asintió. Había estado allí en infinidad de ocasiones y sabía muy bien a qué sala se refería.

—Enseguida voy —dijo Annika mientras Erica y Patrik se alejaban por el pasillo.

—¡Hola, *Ernst!* —gritó Erica encantada al ver al perrazo de Mellberg, que se le acercaba con la lengua fuera y moviendo el rabo.

Seguro que estaba durmiendo debajo de la mesa de Mellberg, pero salió corriendo al oír la voz de Erica. El animal la saludó con unos lametones y olisqueándola con la nariz empapada. Erica lo recompensó acariciándolo detrás de las orejas.

—¡Alerta, civiles en la comisaría! —exclamó Mellberg con tono arisco al asomar adormilado por la puerta del despacho.

Pero Erica se percató de que él también se alegraba de verla.

—Me han dicho que has estado brillante durante la rueda de prensa —le dijo sin atisbo de ironía en la voz, y enseguida notó el codazo que le daba Patrik.

Sabía perfectamente que Erica animaba a su jefe solo para irritarlo a él. Circunstancia que pasaba totalmente desapercibida para Bertil Mellberg. Se lo veía radiante de satisfacción.

—Bueno, uno es un profesional de ese tipo de cosas desde hace mucho. Por estos lares no están acostumbrados a que alguien con mi experiencia celebre una rueda de prensa de ese nivel. Imagínate, los tenía literalmente comiendo de mi mano. Y si manejas al cuerpo de periodistas como lo hago yo, puede convertirse en una herramienta de la máxima importancia para nosotros.

Erica asintió muy seria y Patrik le lanzó una mirada furibunda.

Entraron en la sala de conferencias, y a Erica le pareció de pronto que la carpeta que llevaba en el maletín pesaba demasiado. La sacó y la dejó sobre la mesa. Mientras esperaba a que Patrik y Mellberg se sentaran, fue a saludar a Gösta, a Paula y a Martin, que ya estaban en sus sitios.

—Patrik me comentó que ibas a ayudarme a hacer el repaso —le dijo a Gösta.

—Vamos a ver de qué me acuerdo —dijo Gösta a la vez que se rascaba el cogote—. Ya sabes, hace treinta años de aquello.

—Agradeceré cualquier ayuda, desde luego.

Annika había preparado la gran pizarra blanca y había puesto rotuladores nuevos. Erica sacó varios papeles de la carpeta y los fue fijando a la pizarra con unos imanes pequeños y plateados. Luego, rotulador en mano, se paró a pensar por dónde empezar.

Carraspeó un poco.

—Stella Strand tenía cuatro años cuando desapareció de la granja de sus padres. Dos niñas de unos trece años, Marie Wall y Helen Persson, hoy Jensen, iban a cuidarla unas horas mientras Linda, su madre, y Sanna, su hermana mayor, estaban de compras en Udde-valla.

Señaló dos fotos del colegio que fijó a la pizarra. En una se veía a una niña morena y muy seria a las puertas de la adolescencia, y en la otra, a una jovencita rubia de mirada rebelde con unos rasgos tan hermosos que dejaban al espectador sin respiración. Helen tenía los rasgos indefinidos de una adolescente, se encontraba en esa tierra de nadie entre la niñez y la edad adulta, mientras que Marie poseía ya la mirada de una mujer.

—Las dos niñas vivían cerca de la granja de los Strand, por eso conocían a Stella y a su familia, y ya le habían hecho de canguro otras veces, no de forma regular, pero tampoco era infrecuente.

En la sala no se oía una mosca. Todos conocían partes del caso, pero era la primera vez que les contaban el conjunto.

—Llegaron a casa de los Strand sobre la una; nunca se pudo averiguar la hora exacta, pero era la una aproximadamente. Cuando Linda y Sanna se fueron a Uddevalla, las niñas estaban jugando con Stella en el jardín. Poco después pusieron rumbo a Fjällbacka con Stella en un carrito plegable. Les habían dado dinero para que se compraran un helado y bajaron al quiosco. Después de estar un rato por allí, volvieron a la granja paseando.

—Está bastante lejos —dijo Martin—. Yo no sé si habría querido que dos niñas recorrieran ese camino con una pequeña de cuatro años.

—Bueno, eran otros tiempos —dijo Erica—. La idea de la seguridad no era la que tenemos hoy. Cuando éramos pequeñas, mi hermana y yo íbamos de pie en los asientos del coche mientras mi padre conducía. Sin cinturón. Hoy cuesta comprenderlo, pero entonces no era nada raro. Pero sí, aquellas niñas volvieron a la granja con Stella en el carrito y llegaron a eso de las cuatro. Habían acordado con Linda que dejarían a Stella con Anders sobre las cuatro y media, pero como vieron el coche aparcado en la explanada de la granja, dieron por hecho que había vuelto antes del trabajo y dejaron a Stella sin más.

—¿No lo vieron? —preguntó Paula, y Erica señaló a Gösta.

—Estaba en el interior de la casa —dijo este.

Erica miró la pizarra y pensó en cómo debía continuar.

—En fin, en 1985 el jefe de la comisaría era Leif Hermansson. Lo cierto es que he visto a su hija esta mañana y le he preguntado si recordaba algo de la investigación de su padre. Pero la verdad es que no se acordaba de casi nada y, cuando él falleció, ella y sus hermanos no encontraron ningún material olvidado entre los bienes de la herencia. En cambio, sí me dijo que en los últimos años de su vida su padre le confesó que dudaba de que las niñas fueran culpables.

Patrik frunció el entrecejo.

—¿Y no aclaró en qué basaba esa duda?

Erica negó con la cabeza.

—No, al menos que ella recordara. ¿Qué dices tú, Gösta?

El agente empezó a rascarse el cuello hacia la barbilla.

—Pues no, tampoco yo recuerdo que Leif tuviera ninguna duda. Al contrario, tanto él como los demás pensamos que era una tragedia espantosa. Se arruinaron muchas vidas al mismo tiempo, no solo la de Stella y su familia.

—Pero ¿y durante el tiempo que estuvo trabajando con el caso? —dijo Martin—. ¿No expresó ninguna duda?

Gösta se inclinó y cruzó las manos sobre la mesa.

—No, ninguna, que yo recuerde —dijo—. Después de la confesión de las dos chicas, todo parecía claro como el agua. El hecho de que luego lo retirasen al comprender la gravedad de la situación no cambió nada, según Leif.

Clavó la vista en la mesa, y Erica supuso que estaba haciendo memoria. El hecho de que Leif hubiera tenido sus dudas los últimos años de su vida era, al parecer, información nueva para él.

—¿Qué ocurrió después? —preguntó Patrik impaciente—. Las niñas dejaron a Stella en el jardín porque creían que su padre había vuelto.

—¿Se consideró al padre sospechoso? —preguntó Paula.

—Anders Strand. Lo interrogaron varias veces —respondió Gösta—. Leif dio mil vueltas a las indicaciones horarias que nos facilitó, y también interrogó al resto de la familia, la madre y la hermana mayor, para...

Dudó un instante, y Martin completó la frase:

—Para comprobar si había problemas en la familia, malos tratos, abusos...

—Sí —asintió Gösta—. Nunca es una tarea grata tener que hacer esas preguntas.

—Pero uno tiene que cumplir con su deber —dijo Patrik en voz baja.

—No encontraron nada en ese sentido —intervino Erica—. Nunca encontraron nada que indicara que no estuvieran ante una familia normal, llena de cariño; no había el menor indicio de que algo fallara. De modo que la investigación entró en la fase siguiente: buscar a alguien de fuera de la familia.

—Lo cual no dio el menor resultado —dijo Gösta—. No habían visto a ningún desconocido en las inmediaciones de la granja, ni antes del asesinato ni en torno a la hora en que asesinaron a Stella, ni localizamos a ningún pederasta conocido en la zona, nada.

—¿De qué murió Stella? —preguntó Paula mientras rascaba a *Ernst* detrás de las orejas con gesto distraído.

—Golpes de una violencia brutal en la cabeza —dijo Erica y, tras dudar unos instantes, puso las fotografías en la pizarra.

—Qué espanto —dijo Annika, que comenzó a parpadear para contener las lágrimas.

Gösta bajó la mirada. Ya las había visto antes.

—Stella había recibido varios golpes en la parte posterior de la cabeza. El informe del forense decía que, seguramente, siguió recibiendo golpes mucho después de morir.

—Con dos objetos distintos —dijo Patrik—. He leído por encima el informe que envió Pedersen y ese dato me llamó la atención.

Erica lo sabía.

—Sí, en las heridas encontraron rastros de piedra y de madera. Una de las teorías era esa, precisamente, que la agredieron con un tronco y con una piedra.

—Esa fue una de las razones por las que Leif empezó a sospechar que había dos asesinos —dijo Gösta, y levantó la vista.

—Al ver que las niñas no llegaban con Stella tal y como habían acordado, el padre empezó a preocuparse, naturalmente —continuó Erica—. Cuando Linda y Sanna llegaron a casa hacia las cinco y media, Anders estaba desesperado. Recibió una llamada telefónica de KG, según el cual Helen y Marie habían dejado a Stella en el jardín hacía más de una hora. Linda y Anders salieron a buscarla por el bosque y por la carretera, pero abandonaron enseguida la búsqueda. Dieron la alarma a las seis y cuarto, y la policía emprendió la búsqueda poco después. Y, como en esta ocasión, también entonces hubo un grupo numeroso de voluntarios del pueblo que se presentaron a ayudar.

—He oído decir que el que ha encontrado a Nea es el mismo que encontró a Stella —dijo Martin—. ¿No deberíamos mirar eso con más detenimiento?

Patrik negó con un gesto.

—No, no lo creo. Más bien creo que fue una suerte que decidiera examinar el mismo lugar donde había encontrado a Stella.

—¿Y cómo es que los perros no dieron con ella? —preguntó Paula, sin dejar de rascar a *Ernst*.

—Las patrullas caninas no habían llegado aún a esa zona de búsqueda —dijo Patrik con una mueca de disgusto—. Háblanos más de las niñas.

Erica se dio cuenta de lo que pretendía Patrik. Ella siempre invertía mucho trabajo y esfuerzo en la descripción de los personajes, y estaba convencida de que ese era uno de los factores del éxito de sus libros. Siempre procuraba convertir en seres de carne y hueso a personas relacionadas con célebres casos de asesinato que antes solo habían aparecido en los periódicos en forma de negros titulares y fotografías desdibujadas.

—Bueno, hasta el momento no he podido entrevistar a mucha gente que conociera en aquella época a Helen y a Marie. Pero sí he hablado con algunas personas, y me he hecho una composición de algunas de las circunstancias que las rodeaban a ellas y a sus familias.

Erica se aclaró la garganta.

—Se trataba de dos familias de sobra conocidas en el pueblo, aunque por razones bien distintas. La de Helen era, en apariencia, la familia perfecta. Sus padres eran personajes célebres en la vida económica y cultural de Fjällbacka. El padre era presidente del Rotary Club y la madre colaboraba con la asociación Hogar y Escuela. Tenían una vida social muy activa y organizaban bastantes actividades de ocio en Fjällbacka.

—¿Algún hermano? —preguntó Paula.

—No, Helen era hija única. Una niña muy formal, buena estudiante, tranquila; en fin, así la describen todos. Sabía tocar el piano y a sus padres les encantaba lucirse con ella, por lo que tengo entendido. Marie, en cambio, procedía de una familia con la que me figuro que la policía había tenido mucho que ver bastante antes de aquello.

Gösta confirmó sus palabras:

—Desde luego, esa es una verdad como la copa de un pino.

—Peleas, borracheras, robos, en fin, ya sabéis... Lo que incluye no solo a los padres, sino también a los dos hermanos mayores de Marie. Ella era la única niña, y no figuró en el registro de delincuencia juvenil hasta la muerte de Stella. Sus hermanos, en cambio, aparecían asiduamente incluso antes de haber cumplido los trece.

—Daba igual el tipo de trastada: el robo de una bicicleta, el asalto a un quiosco, en fin, ese tipo de cosas. Lo primero era ir a la granja de la familia Wall —dijo Gösta—. Y nueve veces de cada diez encontrábamos allí la dichosa bicicleta o lo que fuera. Tampoco es que fueran muy listos.

—¿Y no hubo nada que afectase a Marie? —preguntó Patrik.

—No, únicamente nos llegaban denuncias del colegio, porque sufría malos tratos. Sin embargo, ella siempre lo negaba todo. Decía que se había caído de la bicicleta o que se había dado un golpe.

—Pero vosotros habríais podido intervenir de todos modos, ¿no? —dijo Paula con el ceño fruncido.

—Claro, aunque en aquel entonces no funcionaban así las cosas.

Gösta se revolvió en la silla un tanto incómodo, según observó Erica. Seguramente, porque sabía que Paula tenía razón.

—Eran otros tiempos. Implicar a Asuntos Sociales era el último recurso. Y Leif lo resolvió yendo a su casa y manteniendo una conversación muy seria con su padre. A partir de entonces, dejamos de recibir denuncias. Pero claro, es imposible saber si dejó de pegarle o si simplemente aprendió a no dejar marcas.

Ocultó un golpe de tos detrás del puño cerrado y no añadió nada más.

—Aunque las chicas procedían de ambientes muy distintos —continuó Erica—, se hicieron muy buenas amigas. Siempre andaban juntas, a pesar de que la familia de Helen no lo aprobaba. Al principio se ve que hacían la vista gorda, con la esperanza de que se les pasara, probablemente. Pero con el tiempo empezaron a sentirse cada vez más a disgusto con la elección de su hija y les prohibieron verse. El padre de Helen está muerto, y aún no he tenido tiempo de hablar con su madre, pero sí con algunas de las personas con las que se relacionaban entonces. Todos dicen que se armó una buena cuando Helen tuvo que dejar de salir con Marie, en fin, imaginad el drama de dos adolescentes. Pero al final tuvieron que amoldarse y dejaron de relacionarse durante el tiempo libre. Aunque los padres de Helen no pudieron prohibir que se vieran en el colegio: estaban en el mismo curso.

—Pero entonces, los padres de Helen hicieron una excepción cuando fueron a hacer de canguros de Stella —dijo Patrik pensativo—. ¿Por qué? ¿No es extraño, si tanto se oponían a la amistad de las niñas?

Gösta se inclinó hacia delante.

—El padre de Stella era el director del banco de Fjällbacka. De modo que ocupaba uno de los cargos más altos del pueblo. Y puesto que él y su mujer, Linda, ya les habían preguntado a las niñas si podían quedarse con Stella, me figuro que KG Persson no quiso indisponerse con Anders Strand. Por eso debieron de hacer una excepción.

—Cómo es la gente... —dijo Martin lleno de asombro y moviendo la cabeza.

—¿Cuánto tardaron en confesar? —preguntó Paula.

—Una semana —dijo Erica, y volvió a mirar las fotografías que había en la pizarra.

Siempre, de un modo recurrente, se planteaba la misma pregunta: ¿por qué confesaron aquellas dos niñas un asesinato brutal del que no eran culpables?

El caso Stella

—Esto es repulsivo. ¿Es que Marie no ha soportado ya suficiente?

Lenita se ahuecó un poco más la voluminosa melena rubia. Marie estaba sentada tranquilamente con las manos en las rodillas. El pelo largo enmarcaba aquella cara tan bonita.

—Tenemos que hacerle estas preguntas. Lo siento, pero es necesario.

Leif no apartaba la vista de Marie. Sus padres podían decir lo que quisieran, pero él tenía el convencimiento de que las niñas no estaban contando toda la verdad. Habían interrogado a Anders Strand varias veces, le habían dado mil vueltas a la historia de la familia sin encontrar nada. Solo las niñas podrían arrojar algo de luz. Estaba seguro.

—No pasa nada —dijo Marie.

—¿Podrías contarme una vez más qué pasó cuando llegasteis al bosque?

—¿Has vuelto a hablar con Helen? —le preguntó Marie mirándolo a la cara.

Leif pensó una vez más que aquella niña llegaría a ser una belleza.

¿Cómo encajaría Helen esa evidencia? Por su hija sabía bastante de la dinámica de las chicas, y que no siempre resultaba fácil ser invisible al lado de la más guapa. Helen tenía un físico mediocre al lado de aquella belleza luminosa, y Leif se preguntaba cómo habría afectado aquello a su relación. Eran una pareja extraña en muchos sentidos, y se preguntaba por qué se habían hecho tan amigas. Sencillamente, no le cuadraba.

Leif dejó el bolígrafo. Era ahora o nunca. Miró a los padres de Marie.

—Me gustaría hablar unos minutos a solas con Marie...

–¡De ninguna manera!

La voz chillona de Lenita rebotó contra las paredes de la salita de la comisaría.

–A veces la memoria se activa y recuerda más si nos relajamos, y yo creo que a Marie esta situación la estresa un poco –dijo Leif muy sereno–. Si pudiera hacerle unas preguntas sobre el paseo por el bosque, quizá podamos averiguar alguna información que nos conduzca a algo interesante para la investigación, y entonces todo esto habrá acabado en un abrir y cerrar de ojos.

Larry se toqueteaba uno de los muchos tatuajes que tenía en el brazo, y miró a su mujer.

Ella soltó un resoplido.

–En nuestra familia, las conversaciones individuales con la policía nunca han dado nada bueno. Acuérdate de aquella vez que Krille llegó a casa con un moratón después de que se lo llevaran a comisaría.

Otra vez esa voz chillona.

–Él no había hecho nada. Estaba por ahí pasándolo bien con unos amigos cuando, sin ningún motivo, se lo llevaron, y luego, pues eso, llegó a casa con un cardenal enorme.

Leif soltó un suspiro. Sabía perfectamente a qué se refería Lenita. En efecto, Krille había salido a divertirse. Y estaba como una cuba. Se le metió en la cabeza que un chico le estaba tirando los tejos a su novia y lo amenazó con una botella con el cuello roto. Hicieron falta tres hombres para meterlo en el coche de la policía y, camino de la celda, siguió amenazando a los agentes, que tuvieron que reducirlo para calmarlo, y en aquel jaleo se llevó un golpe. Pero Leif sabía que no tenía ningún sentido enzarzarse en esa discusión. Sobre todo, si lo que quería era que los padres de Marie salieran de la sala.

–Muy de lamentar –dijo–. Si queréis, puedo encargarme de examinar más a fondo ese incidente. Incluso puede que haya motivo de compensación. Indemnización. Pero es de capital importancia que cuente con vuestra confianza para hablar a solas un rato con Marie. Estará en buenas manos.

Sonrió tan abiertamente como pudo, y vio que a Lenita se le había iluminado la cara al oír la palabra indemnización.

Se volvió hacia Larry.

—Lógicamente, la policía debe tener la oportunidad de intercambiar unas palabras con Marie a solas. Es testigo de una investigación de asesinato. No me explico por qué andas enredando con eso.

Larry meneó la cabeza.

—Si es que yo...

Lenita se levantó sin permitirle que terminara la frase.

—Dejemos que haga su trabajo, ya hablaremos del otro asunto cuando hayáis terminado.

Agarró a Larry del brazo y lo sacó de la sala de interrogatorios. Ya en el umbral, se detuvo un instante.

—Y ahora no hagas el ridículo, Marie. Compórtate como tus hermanos.

Miró a Leif.

—Ellos llegarán a ser algo grande en la vida. Pero esa no me ha dado más que dolores de cabeza desde que nació.

Salieron, cerraron la puerta y se hizo un silencio absoluto en la sala. Marie seguía sentada con las manos en las rodillas y la cabeza gacha. La levantó muy despacio. Tenía la mirada sombría.

—Lo hicimos nosotras —dijo con esa voz ronca—. Nosotras la matamos.

James abrió el frigorífico. Estaba bien repleto y ordenado, ese mérito se lo reconocía a Helen. Sacó la mantequilla y la puso en la encimera. Había un vaso usado. Seguro que era Sam, que no lo había quitado de en medio. James cerró el puño. Lo invadía la decepción. Sam, con aquella pinta de tío raro. Sam, que no conseguía ningún trabajo de verano. Que no parecía triunfar en nada.

Pero sabía disparar, eso tenía que reconocerlo. En un día bueno, era mejor tirador que él mismo. Y a pesar de todo, se pasaría el resto de su absurda vida jugando a videojuegos.

Cuando cumpliera los dieciocho, lo echaría de casa. Helen ya podía decir lo que quisiera, pero él no tenía la menor intención de mantener a un adulto vago e inútil. Así se enteraría de lo fácil que era buscar trabajo con los ojos pintarrajeados de negro y con aquella ropa tan lamentable.

Llamaron a la puerta, y James se sobresaltó. ¿Quién sería?

El sol entró por la puerta cuando la abrió y James se hizo sombra con la mano para ver quién llamaba.

—¿Sí? —dijo.

Era un hombre de unos veinticinco años de edad, que soltó una tosecilla.

—Tú eres James Jensen, ¿verdad?

James frunció el entrecejo. ¿A qué venía aquello? Dio un paso al frente y el otro retrocedió enseguida. James solía provocar ese efecto en las personas.

—Sí, soy yo, ¿qué querías? —preguntó.

—Verás, soy del *Expressen*. Y me preguntaba si tienes algún comentario que hacer sobre el hecho de que a tu mujer se la mencione otra vez en relación con una investigación de asesinato.

James se lo quedó mirando. No entendía una sola palabra de lo que le estaba diciendo.

—¿Cómo que «otra vez»? ¿Qué quieres decir? Si te refieres a aquel asesinato del que acusaron a mi mujer sin motivo, hace mucho tiempo que no tenemos nada que decir, ¡como sabéis!

En la sien le latía una vena. ¿Por qué sacaban a relucir aquello de nuevo? Era verdad que, de vez en cuando, les pedía alguna entrevista alguien que quería hacer una «revisión» del caso y ofrecerle a Helen la oportunidad de «dar su versión de lo ocurrido», pero hacía ya mucho que no les preguntaban. Diez años, por lo menos.

—Me refiero a que esta mañana han encontrado muerta a una niña que vivía en la misma granja que Stella. La policía ha dado una rueda de prensa después del almuerzo en la que mencionaron a tu mujer y a Marie Wall.

¿Qué coño era aquello?

—Y me preguntaba qué opináis de que, treinta años después, se mencione a Helen otra vez como sospechosa. Quiero decir que ella siempre ha insistido en su inocencia. Por cierto, ¿está en casa? Si pudiera intercambiar unas palabras con ella también sería perfecto, claro, es importante que ella dé su visión de todo esto, antes de que la gente saque conclusiones precipitadas...

A James la vena le latía más fuerte aún. Hienas asquerosas.

¿Es que iban a sitiar la casa otra vez, como cuando vivían allí los padres de Helen? KG le había contado que aguardaban al anochecer sentados en los coches con los faros apagados, que llamaban a la puerta y por teléfono, que la casa se encontraba prácticamente sitiada.

Vio cómo la boca del periodista seguía moviéndose. Supuso que continuaba haciendo preguntas, tratando de convencerlo de que hablara con él. Pero James no oía nada en absoluto. Lo único que oía era un rumor ruidoso en la cabeza, y la única forma de acallarlo era conseguir que aquella boca dejara de moverse.

Cerró el puño más fuerte. Y dio un paso hacia el periodista.

Se habían quedado y se habían dado un baño después del encuentro de aquella mañana. Hablaron del entusiasmo de Bill y se rieron de aquella locura. Navegar a vela. Ninguno de sus conocidos había hecho nunca nada semejante. Ni siquiera habían estado en un barco de vela. Y ahora, dentro de unas semanas, iban a competir.

—¡Esto no va a salir bien! —dijo Khalil, y cerró los ojos en el *jacuzzi*.

Le encantaba el calor. En Suecia era un calor superficial, una brisa gélida podía hacer que se erizara la piel de frío cuando uno menos lo esperaba. Echaba de menos el calor aplastante y seco. Ese calor que no pasaba nunca, que solo se suavizaba un poco, y por las noches daba paso a un frescor que era una bendición. Era, además, un calor que olía. El calor de Suecia no olía a nada. Era tan anodino y tan insulso como los suecos. Pero no era una idea que se atreviera a expresar en voz alta.

Karim le reñía siempre que se quejaba de Suecia. O de los suecos. Decía que debían estar agradecidos. Que aquella era su nueva patria, que tenían allí un refugio, que allí podían vivir en paz. Y él sabía que Karim tenía razón. Pero era tremendamente difícil apreciar a los suecos. Irradiaban desconfianza, y lo miraban como si perteneciera a una clase inferior. No solo los racistas. Con ellos era fácil saber cómo comportarse, demostraban lo que pensaban con total franqueza, y sus palabras simplemente le rebotaban. Eran los suecos normales los que más problemas planteaban. Aquellos que, en realidad, eran buena gente, que se veían a sí mismos como personas abiertas, con amplitud de miras. Los que leían las noticias de la guerra y se lamentaban de lo terrible que era, los que donaban dinero a las organizaciones humanitarias y ropa cuando se hacía una colecta; pero que ni soñarían con hospedar a un refugiado en su casa. A ellos nunca lograría conocerlos bien. Y entonces, ¿cómo conseguiría conocer su nuevo país? No era capaz de llamarlo hogar, como hacía Karim. No era un hogar, era solo un país.

—Mira esas —dijo Adnan, y Khalil miró a donde señalaba.

Una chica rubia y dos morenas, más o menos de su edad, chapoteaban ruidosamente en la piscina, a unos metros de donde se encontraban.

—¿Vamos a hablar con ellas? —dijo Adnan.

—Eso solo nos traerá problemas —dijo Khalil.

Durante las clases de sueco, Sture había abordado el tema de cómo comportarse con las chicas suecas. Lo mejor era no hablar con ellas siquiera. Pero Khalil no podía dejar de pensar en lo bonito que sería conocer a una chica sueca. Además, así podría conocer mejor el país y mejorar el idioma.

—Ven, vamos a hablar con ellas —dijo Adnan, y le tiró del brazo—. ¿Qué puede pasar?

Khalil se soltó.

—¿Qué dirá Sture?

—Bah, es un viejo, ¿qué sabrá él?

Adnan salió del *jacuzzi* y se zambulló en la piscina. De unas cuantas brazadas, llegó hasta donde estaban las chicas. Khalil lo siguió algo dudoso, aquello no era buena idea.

—*Hello!* —oyó decir a Adnan, y comprendió que no le quedaba más remedio que sumarse.

Las chicas se mostraron al principio algo recelosas, pero luego sonrieron y respondieron en inglés. Khalil empezó a relajarse. Tal vez Adnan tuviera razón, y Sture estuviera equivocado. Aquellas chicas no parecían haberse molestado porque ellos les dirigieran la palabra. Se presentaron y les dijeron que estaban con su familia en un complejo vacacional. Y que se habían conocido allí.

—¿Qué coño creéis que estáis haciendo?

Khalil se llevó un sobresalto.

Un hombre de unos cincuenta años de edad se dirigía hacia ellos.

—*Sorry, no Swedish* —dijo con un gesto de disculpa.

Se le encogió el estómago. Lo único que quería era irse de allí.

La chica rubia miró enfadada al hombre y le soltó una retahíla en sueco. Por cómo hablaban, Khalil comprendió que debía de ser su padre.

—*Leave the girls alone and go back where you came from!*

El hombre los espantó desde donde se encontraba, con aquel bañador con la marca de Superman, lo que habría resultado bastante cómico si la situación no hubiera sido tan desagradable.

—*Sorry* —dijo Khalil, y retrocedió un poco.

No se atrevía a mirar a Adnan. Su temperamento le buscaba problemas demasiado a menudo, y Khalil casi podía sentir la ira que irradiaba.

—*We don't need people like you here* —dijo el hombre—. *Only trouble.*

Khalil observó el rostro encendido del hombre. Se preguntaba qué diría si supiera que se habían pasado la noche buscando a la pequeña Nea. Pero seguramente no le habría importado. Algunos tenían decidido de antemano qué pensar.

—Ven —dijo en árabe, y tiró de Adnan.

Más les valía irse. La chica rubia se encogió de hombros como disculpándose.

Cuando Erica terminó su exposición en la comisaría, habían dado ya las cinco y media. Patrik se había percatado del agotamiento general, ninguno de los presentes había descansado ni había podido dormir, así que tras unos instantes de vacilación, los mandó a todos a casa. Convenía más que estuvieran descansados y despabilados al día siguiente, para evitar que, por cansancio, cometieran errores que luego podrían resultar difíciles de reparar. Y eso también valía para él. No recordaba haber tenido tanta necesidad de dormir una noche entera.

—No te olvides de los niños —dijo Erica cuando iban en el coche hacia Fjällbacka.

Le sonrió, y apoyó la cabeza en su hombro.

—Joder, y yo que esperaba que se te hubieran olvidado a ti... Podrían olvidársenos «por casualidad» en casa de Dan y Anna, y que se quedaran allí hasta mañana, ¿no crees? Yo estoy agotado, y hace mucho que no disponemos de una noche entera sin que nadie aparezca y se cuele entre los dos.

—No creo que sea el mejor momento de que se nos olviden —dijo Erica sonriente, y le dio una palmadita en la mejilla—. Duerme tú esta noche en el cuarto de invitados y yo me encargo de los niños, tienes que descansar bien.

Patrik negó con la cabeza. Detestaba dormir sin Erica. Y también tenía su encanto oír los pasitos que se acercaban por la noche y sentir que los niños se acurrucaban entre los dos. Además, ahora más que nunca necesitaba tener cerca a la familia, y prefería sacrificar el sueño nocturno. Había sido una tontería bromear diciendo que podían dejar a los niños con Anna y Dan. Necesitaba tenerlos cerca. Y, con lo cansado que estaba, no creía que consiguieran despertarlo.

En casa de Anna y Dan los esperaban tres niños contentos que no habían parado de comer dulces. Los invitaron a quedarse a cenar, pero tras una mirada a Patrik, Erica dijo que no. Ni siquiera sabía si sería capaz de comer.

—Papá, papá, hemos comido helado —dijo Maja exultante desde el asiento trasero—. Y caramelos. Y galletas.

La pequeña comprobó que sus hermanos pequeños llevaban bien puesto el cinturón. Para ella, sus padres eran buenos y amables, pero carecían por completo de la madurez necesaria para encargarse de sus hermanitos.

—¡Qué bien! Así habéis completado todo el repertorio alimenticio... —dijo Patrik mirando a Erica con cara de circunstancias.

—No pasa nada —dijo ella riendo—. La próxima vez que nosotros les cuidemos a los niños, nos vengaremos atiborrándolos de dulces.

¡Ay, cómo adoraba aquella sonrisa! En fin, en honor a la verdad, le encantaba todo de Erica. Incluso sus malas costumbres. Sin ellas, no sería Erica. Se había sentido extraordinariamente orgulloso mientras, con orden y rigor, fue exponiendo lo que había averiguado en las investigaciones que había llevado a cabo para escribir el libro. Era brillante y muy competente, y él era el primero en reconocer que, de los dos, era la que se llevaba la palma en inteligencia. A veces se preguntaba cómo habría sido su vida si no hubiera conocido a Erica, pero el cerebro rechazaba tales pensamientos. Estaba allí y era su mujer, y en el asiento trasero tenían a tres mocosos adorables. Alargó el brazo en busca de la mano de Erica mientras seguía conduciendo hacia Sälvik, donde los aguardaba su hogar, y recibió como recompensa aquella sonrisa que siempre lo caldeaba por dentro.

Una vez en casa, los niños iban dando saltos por el exceso de energía, así que, para que se relajaran antes de que llegara la hora de acostarse, los sentaron en el sofá para ponerles una película. Aquello siempre era una dura batalla: la elección de la película solía terminar en un combate entre tres voluntades inquebrantables. Pero era obvio que Maja había entablado negociaciones a alto nivel mientras iban en el coche, porque, con aire sabiondo, dijo:

—Papá, ya sé que en realidad ellos no pueden ver *Frozen,* porque es muy espantosa, y que solo los niños mayores pueden verla a estas horas de la tarde... Pero les he dicho que hoy a lo mejor podríais hacer una *excelsión*...

Y remató con un guiño exagerado. A Patrik le costaba contener la risa. Mira que era lista. Tenía los genes de su madre, desde luego. Y sonaba como una personita mayor, aunque dijera «hacer una excelsión». Patrik no tuvo valor para corregirla y se esforzó por ponerse serio. Los gemelos lo observaban esperanzados.

—Pues..., no sé... De día es una cosa, y, como bien dices, es una película un poquiiiito espantosa para que la vean unos niños tan pequeños a estas horas de la tarde. Pero de acuerdo. Una *excelsión*. ¡Solo por esta vez!

Los gemelos soltaron un grito de alegría y Maja sonrió satisfecha. Madre mía, ¿adónde llegaría aquella niña de mayor? La imaginación de Patrik volaba entre las residencias presidenciales de Harpsund y la Casa Sagerska.

—¿La has oído? —le dijo a Erica entre risas cuando llegó a la cocina.

Ella sonreía mientras cortaba las verduras para la ensalada.

—Sí, madre mía, ¿qué será en el futuro?

—Primera ministra, acabo de pensar yo —dijo, y se colocó detrás de Erica, la abrazó y la besó en la nuca.

Adoraba su olor.

—Siéntate, la cena ya casi está —dijo ella, y le dio un beso—. Te he servido una copa de vino y he metido en el horno una de las lasañas de tu madre.

—Sí, a veces no está mal que nos mime tanto —dijo Patrik, y se dejó caer en la silla.

Su madre, Kristina, andaba siempre preocupada —Erica y Patrik también, naturalmente— por que los niños murieran de desnutrición si consumían demasiada comida precocinada y envasada. Por lo menos una vez a la semana se pasaba por allí y les llenaba el congelador de comida casera. Y aunque siempre protestaban y se sintieran como si los declarasen incapaces, en momentos como ese aquellos platos valían su peso en oro. Además, a Kristina se le daba bien la cocina, y del horno salía un aroma delicioso.

—Bueno, ¿qué te ha parecido? ¿Crees que lo que os he contado podrá ser de alguna ayuda? —Erica se sentó enfrente de Patrik y se sirvió una copa de vino—. ¿Habéis avanzado algo en la investigación?

—Por ahora no tenemos nada concreto a lo que aferrarnos —dijo Patrik despacio al tiempo que hacía girar la copa entre los dedos.

En el líquido rojizo se reflejaba la luz de dos velas encendidas y, por primera vez en casi cuarenta y ocho horas, se permitió relajar los hombros. Aunque jamás podría relajarse del todo antes de averiguar qué le había ocurrido a Nea.

—¿Has sabido algo de Helen o de Marie? —le preguntó a Erica. Ella negó con la cabeza.

—No, todavía no. La cuestión es qué le habrá aconsejado a Marie la editorial con la que está negociando, si le habrán dicho que acceda a una entrevista conmigo o no. Personalmente, pienso que mi libro serviría de arrastre y que incrementaría las ventas del suyo, pero nunca se sabe cómo lo verá el editor.

—¿Y Helen?

—Ella tampoco ha contestado, pero creo que tengo un cincuenta por ciento de probabilidades de que diga que sí. La mayoría de las personas tiene una necesidad congénita de desahogarse, pero después de todo Helen ha conseguido forjarse una vida en Fjällbacka, aunque lo haya hecho manteniéndose en la sombra. No estoy segura de que quiera dar un paso al frente ahora. Aunque, después de lo ocurrido, se verá obligada a hacerlo. Todas las miradas se volverán hacia ella y hacia Marie.

—¿Y qué crees tú? —dijo Patrik a la vez que se levantaba para abrir la puerta del horno y echarle un vistazo a la lasaña.

Había empezado a burbujear, pero aún le faltaban unos minutos para que el queso quedara bien gratinado y superrico. Volvió a sentarse y miró a Erica, que reflexionaba con el ceño fruncido:

—Sinceramente, no lo sé. Cuando empecé con las averiguaciones para el libro, estaba totalmente segura de que eran culpables. El hecho de que las dos confesaran es crucial, a pesar de que luego se retractaron, y después afirmaron su inocencia. Mi punto de partida era escribir un libro con el que tratar de comprender cómo era posible que dos chicas adolescentes llegaran a matar a una niña pequeña. Pero ahora..., no lo sé. El hecho de que Leif Hermansson creyera que eran inocentes me ha llevado a ver las cosas desde otro punto de vista. Al fin y al cabo, él fue quien más se involucró en el caso. Y todo se basaba en las confesiones de las chicas. Después, la policía dejó de investigar. Cuando se retractaron, no les interesó reabrir el caso. Ni siquiera a Leif; sus dudas vinieron más tarde.

—Entonces, ¿qué fue lo que le llevó a empezar a creer en la inocencia de las chicas?

—Ni idea —dijo Erica, y movió la cabeza, de modo que los rizos rubios le cayeron en la cara lentamente—. Pero pienso averiguarlo. Sencillamente, tendré que empezar por entrevistar a las personas que conocieron a Marie y a Helen hace treinta años, mientras ellas me responden.

Se levantó para sacar la lasaña del horno.

—Antes he llamado a la madre de Helen, y está dispuesta a recibirme para que le haga unas preguntas.

—¿Qué crees que opinará Helen? —preguntó Patrik—. ¿Qué le parecerá que su madre hable contigo?

Erica se encogió de hombros.

—Por lo que he oído, la madre se preocupa sobre todo de sí misma. No creo que se le haya pasado por la cabeza que a su hija pudiera disgustarle.

—¿Y la familia de Marie? Sus padres están muertos, pero tiene dos hermanos, ¿no?

—Sí, uno vive en Estocolmo. Al parecer, está hasta el cuello en la ciénaga de la droga; y el otro está encerrado en Kumla por un robo a mano armada.

—Bueno, pues preferiría que te mantuvieras lejos de ellos —dijo Patrik, aunque sabía que su mujer haría oídos sordos.

—Hum... —dijo Erica, pues sabía que Patrik sabía que no podía gobernarla.

Según un acuerdo tácito, cambiaron de tema de conversación y le hincaron el diente a la lasaña.

En el salón se oía la canción «Libre soy» a todo volumen.

El caso Stella

Leif trató de ordenar sus pensamientos antes de entrar en la pequeña sala de conferencias. Era lógico. Y, al mismo tiempo, no lo era. Más que nada, lo convenció la calma de Marie. No le había temblado la voz al confesar.

Marie era una niña, no sería capaz de engañar a un policía experimentado como él. ¿Cómo iba a mentir una niña sobre algo así? Era tan inaudito que por eso la creía. Se lo contó todo, de principio a fin, con objetividad y calma, mientras su madre lloraba y gritaba y su padre le aullaba que cerrase el pico y dejara de hablar.

Paso a paso, fue refiriéndole lo ocurrido. Él la escuchó con un nudo cada vez mayor en el estómago: iba oyendo aquella voz clara de niña, veía sus manos cruzadas en las rodillas y el sol que le relucía en el pelo rubio. Era increíblemente difícil creer que una persona que parecía un ángel hubiera podido hacer algo tan malvado, pero no dudó ni un momento de que fuera verdad. Ya solo necesitaba encajar las últimas piezas del rompecabezas. O mejor dicho, la última pieza.

—Perdón por la espera —dijo, y cerró la puerta tras de sí.

KG asintió brevemente y puso la mano enorme en el hombro de su hija.

—La verdad es que empezamos a estar un poco hartos del tema —dijo Harriet con un gesto displicente.

Leif se aclaró la garganta.

—Acabo de hablar con Marie —dijo.

Helen levantó la cabeza despacio. Tenía los ojos un tanto empañados, como si se encontrara en otro lugar.

—Marie ha confesado que lo hicisteis vosotras.

KG tomó aliento y Harriet se tapó la boca con la mano. Por un instante, Leif creyó ver un atisbo de asombro en la mirada de

Helen. Pero desapareció tan rápido como había llegado; después, ni siquiera estaba seguro de que fuera verdad.

La niña guardó silencio unos segundos, luego asintió con la cabeza.

—Sí, fuimos nosotras.

—¡Helen!

Harriet le tendió una mano, pero KG se quedó inmóvil, con la cara como una máscara.

—¿Deberíamos llamar a un abogado? —preguntó.

Leif no estaba seguro. Quería llegar al fondo de todo aquello, pero no podía negarles un derecho.

—Tenéis derecho, si queréis —dijo.

—No, quiero responder a las preguntas —dijo Helen, volviéndose a su padre.

Entre ellos pareció desarrollarse una guerra silenciosa y, para sorpresa de Leif, fue Helen quien salió vencedora de la contienda. Miró a Leif.

—¿Qué quieres saber?

Punto por punto, revisó toda la declaración de Marie. A veces Helen asentía sin más, y entonces él le recordaba que tenía que responder en voz alta, por la grabadora. Helen hacía gala de la misma calma que Marie, y él no sabía cómo interpretarlo. Había interrogado a muchos delincuentes a lo largo de los años. De todo tipo, desde ladrones de bicicletas y maltratadores hasta una mujer que había ahogado en la bañera a su hijo recién nacido. Todos habían mostrado un amplio registro de sentimientos. Ira, dolor, pánico, rabia, resignación... Pero nunca había tenido que interrogar a una persona que reaccionara a sus preguntas con total neutralidad. Y mucho menos a dos. Se preguntaba si se debía a que eran niñas, a que eran demasiado jóvenes para enfrentarse a lo que habían hecho. Su frialdad al contar aquella historia tan terrible no podía deberse a la maldad.

—Ya, y luego fuisteis a bañaros, ¿no? Marie dijo que queríais lavaros la sangre.

Helen asintió.

—Sí, eso es. Nos manchamos de sangre y teníamos que bañarnos.

—Pero ¿no se os manchó también la ropa? ¿Cómo eliminasteis esas manchas?

Helen se mordió el labio.

—Conseguimos quitar la mayor parte con agua. Luego todo se secó muy rápido al sol. Y mis padres no se fijaron demasiado en la ropa cuando volví a casa, así que me metí en mi cuarto, me cambié antes de cenar y metí la ropa en la lavadora.

Detrás de ella estaba Harriet llorando, con la cara entre las manos. Helen no la miraba. KG seguía sentado como una estatua de piedra. Como si hubiera envejecido veinte años.

La calma inaudita de Helen hacía que se pareciera más aún a Marie. Ya no parecían una pareja desigual. Se movían igual, hablaban del mismo modo y la mirada de Helen recordaba a la de Marie. Una nada. Un vacío silencioso.

Por un instante, Leif se estremeció al mirar a la niña que tenía delante. Se había puesto en marcha algo que tendría consecuencias durante muchos años, tal vez durante el resto de sus vidas. Y él había conseguido respuestas, pero esas respuestas habían dado lugar a otras preguntas de más envergadura. Unas preguntas cuya respuesta seguramente nunca llegaría a conocer. Los ojos de Helen eran un pozo sin fondo y lo miraban relucientes.

—Nos mandarán al mismo sitio, ¿verdad? Y estaremos juntas, ¿no?

Leif no respondió. Simplemente, se levantó y salió al pasillo. De repente, le costaba respirar.

La roca se extendía lisa bajo sus pies, pero Karim cambiaba de postura continuamente. Notaba el calor extraño del sol y, aun así, sentía un escalofrío de vez en cuando. Eran tantas las expresiones que debía aprender de golpe que le daba vueltas la cabeza. Viento a fil de roda, caña del timón, viento en popa, tener el viento a un largo, navegar de bolina... Izquierda y derecha se llamaban ahora «babor» y «estribor». Aún no habían dado las diez y ya estaba extenuado.

—Tener el viento a fil de roda es navegar con el viento, *the wind,* de frente, con el viento por la proa, *the front of the boat is* la proa.

Bill gesticulaba exageradamente y mezclaba los dos idiomas, el inglés y el sueco, mientras Farid traducía al árabe todo lo que decía. Por suerte, los demás parecían tan desconcertados como Karim. Bill señaló el barco que tenía al lado, tiraba de la vela aquí y allá, pero Karim pensaba sobre todo que parecía una embarcación minúscula y destartalada en la inmensidad del mar. El menor golpe de viento la volcaría, y entonces caerían al agua.

¿Por qué se habría prestado a aquello? Pero claro, él sabía por qué. Era una oportunidad de integrarse en la sociedad sueca, de conocer a los suecos y averiguar cómo funcionaban y, tal vez, de poner fin a aquellas miradas recelosas.

—Con el viento por la proa, las velas no paran de aletear y no vas a ninguna parte. —Bill lo ilustraba al tiempo que tironeaba de las velas—. Hay que tener al menos treinta grados, *thirty degrees,* de ángulo para que el barco cobre velocidad. Y la velocidad nos viene bien, puesto que vamos a competir.

Agitó los brazos.

—*We must find the fastest way for the boat. Use the wind!* ¡Utilizad el viento!

Karim asintió sin saber por qué. Notó un pinchazo en la nuca y se giró. Desde una roca, a unos metros de donde se encontraban, los observaban tres adolescentes. Una chica y dos chicos. Había algo en su actitud que lo llenó de inseguridad, así que volvió a centrar la atención en las explicaciones de Bill.

—Para adaptar las velas al viento hay que cazarlas. Es lo que se hace cuando uno va tirando o soltando los cabos que hay fijados a las velas.

Bill tiró de lo que Karim había llamado «cuerda» hasta el momento y la vela se tensó. Había mucho que aprender, nunca lo conseguirían en tan poco tiempo. Si es que llegaban a conseguirlo algún día.

—Para llevar el barco contra el viento sin tenerlo a fil de roda hay que ir navegando en cruz, como describiendo una cruz al avanzar contra el viento.

A su lado, Farid dejó escapar un suspiro.

—*Like* zigzag. —Bill volvió a usar los brazos para mostrar lo que quería decir—. *You turn the boat and then turn it again, back and forth.* Eso se llama «bordar».

Bill señaló otra vez la pequeña embarcación.

—Hoy he pensado que podríais venir conmigo a navegar de uno en uno, una vuelta no muy larga para que os hagáis una idea de lo que es.

Señaló los barcos que estaban atracados a unos metros de allí. Aquella mañana, cuando llegaron, Bill les dijo que se llamaban veleros Láser. Parecían demasiado pequeños.

Bill le sonrió a Karim.

—He pensado que podría empezar Karim, y luego tú, Ibrahim. Los demás podéis ir echando un ojo a estas fotocopias, ahí tenéis los conceptos de los que os hablaba. He conseguido encontrar en la red el equivalente en inglés, así que empezaremos por ahí, ya lo aprenderéis más adelante en nuestro idioma, ¿de acuerdo?

Todos asintieron, pero Karim e Ibrahim se miraron aterrorizados. Karim recordaba la travesía desde Estambul a Samos. Los mareos. El vaivén de las olas. La embarcación que volcó delante de ellos. Los gritos de la gente. Los ahogados.

—Aquí tienes un chaleco —dijo Bill alegremente, ignorante de la tormenta desatada en el interior de Karim.

Karim se lo puso como pudo, era muy distinto de aquel que tan caro había pagado antes del viaje por mar.

Notó otro pinchazo en la nuca. Los tres adolescentes los seguían observando. La chica soltó una risita. A Karim no le gustaba la forma de mirar del chico rubio. Contuvo el impulso de decirles algo a los demás; ya estaban bastante tensos.

—Eso es —dijo Bill—. Ahora vamos a comprobar que los chalecos estén bien puestos ¡y nos vamos!

Tiró de las cintas y asintió con gesto de aprobación. Vio algo que había detrás de Karim y se echó a reír.

—Vaya, vaya, la juventud ha venido a apoyarnos. —Bill saludó a los jóvenes—. Pero hombre, venid aquí.

Los chicos bajaron deslizándose por la roca y echaron a andar hacia ellos. Cuanto más se acercaban, más notaba Karim el hormigueo ante la mirada del chico rubio.

—Este es mi hijo, Nils —dijo Bill, y le puso al chico de la mirada negra una mano en el hombro—. Y estos son sus amigos, Vendela y Basse.

Los dos jóvenes a los que presentó como los amigos de su hijo les estrecharon la mano, pero Nils se limitó a mirarlos fijamente.

—Salúdalos tú también —le dijo Bill, y le dio un empujoncito.

Karim le tendió la mano. Al cabo de unos segundos eternos, Nils sacó la suya del bolsillo y saludó a Karim. Era una mano fría como el hielo. Pero la mirada era más fría aún. De repente, el mar le pareció un refugio cálido y bienvenido.

Helen se mordía la mejilla por dentro, como siempre que estaba concentrada. Hacía equilibrios subida a aquel taburete diminuto; si daba un paso demasiado grande, se caería. No se haría daño, pero molestaría a James, que estaba leyendo el periódico.

Estaba girando las latas y los paquetes del estante superior del mueble de la cocina, para que las etiquetas estuvieran hacia fuera. La mirada de James le ardía en la espalda. Un suspiro suyo cuando ella abrió el armario fue suficiente para que se le encogiera el estómago. Puesto que había empezado a ponerle remedio en el acto, podría evitar el castigo.

Helen había aprendido a vivir con James. El control. El mal genio. Sencillamente, no existía otra alternativa, y ella lo sabía. Los primeros años pasó tanto miedo..., pero luego nació Sam. Entonces dejó de tener miedo por sí misma y solo temía por él. La mayoría de las madres se horrorizaban al pensar en el momento en que sus hijos se independizaran. Ella contaba los segundos que faltaban para el día en que Sam quedara libre. Y estuviera seguro.

—¿Qué te parece? —preguntó, y se volvió hacia la mesa de la cocina.

Hacía ya que había retirado los platos del desayuno, se oía el rumor discreto del lavaplatos y todas las superficies se veían relucientes.

—Tiene un pase —dijo James sin levantar la vista del periódico.

Había empezado a usar gafas para leer. En cierto modo, le sorprendió descubrir que pudiera tener debilidades. Para su marido la perfección era una cuestión de honor. Tanto en él como en quienes lo rodeaban. Por esa razón estaba tan preocupada por Sam. A sus ojos, Sam era perfecto. Pero para su padre había sido una decepción desde pequeño. Era sensible, precavido y miedoso. Le gustaban los juegos tranquilos, no era capaz de trepar alto, no era rápido corriendo, no le gustaba pelear con los demás chicos, prefería quedarse en su cuarto durante horas inventando mundos de fantasía con sus juguetes. Cuando se hizo mayor le encantaba desmontar cosas y volver a construirlas. Viejos aparatos de radio, un magnetófono, un televisor antiguo que encontró en el garaje: todo lo que pudiera montarse él lo desarmaba y volvía a componerlo. Curiosamente, James dejó que siguiera con esa afición. Él, con ese sentido del orden tan extremo, le permitía a Sam disponer de un rincón del garaje para sus cosas. Al menos, aquella era una afición que podía comprender.

—¿Qué más quieres dejar listo hoy? —preguntó Helen al tiempo que se bajaba del taburete.

Lo colocó en su sitio, a un lado de la isla de la cocina. Perfectamente alineado con el otro taburete, a unos diez centímetros de distancia, para que estuvieran centrados.

—Había algo de ropa sucia en el lavadero. Y los pantalones están algo arrugados, así que ya puedes plancharlos otra vez.

—De acuerdo —dijo Helen, y bajó la cabeza.

Ya puestos, tal vez aprovechara para planchar otra vez todas las camisas.

—Hoy voy a hacer la compra —dijo Helen—. ¿Hay algo que te apetezca, aparte de lo de siempre?

Él pasó la hoja del periódico. Todavía estaba con el *Bohusläningen,* así que le quedaban el *Dagens Nyheter* y el *Svenska Dagbladet.* Siempre los leía en ese orden. Primero el *Bohusläningen,* luego el *DN,* luego el *Svenska.*

—No, lo de siempre vale.

Ahora sí levantó la vista.

—¿Dónde está Sam?

—Se ha ido con la bici al pueblo. Había quedado con alguien.

—¿Con quién, si puede saberse?

La miraba por encima de la montura de las gafas.

Helen dudó.

—Se llama Jessie.

—¿Jessie? ¿Una chica? ¿Quiénes son sus padres?

James dejó el periódico sobre las piernas, con ese brillo tan particular en los ojos. Helen soltó un suspiro.

—Él no me ha dicho nada, pero dicen que lo han visto con la hija de Marie.

James respiró varias veces con un ritmo controlado.

—¿Y a ti te parece adecuado?

—Si quieres que le diga que no puede verla, lo haré. O a lo mejor prefieres hablar tú con él...

Helen se miraba los pies, no era capaz de mirar a otra parte. Una vez más, notó que se le encogía el estómago. Por todos los recuerdos que se estaban removiendo y que deberían quedar relegados a un pasado remoto.

James echó mano del periódico otra vez.

—No, lo dejaremos así. Por ahora.

El corazón se le desbocó sin que ella pudiera remediarlo. No estaba segura de que su marido hubiera adoptado la decisión correcta. Pero no era cosa suya decidirlo. Desde aquel día de hacía ya treinta años, nada había sido decisión suya.

—¿Has sacado algo de las denuncias? ¿Alguna información que te parezca digna de explorarse?

Patrik se lo preguntaba a Annika, que negó con la cabeza.

—No, aparte del hombre que estuvo grabando en la playa, no he logrado encontrar nada que tenga la menor conexión con agresiones a niños ni nada parecido. Pero todavía no he revisado todo el montón.

—¿De qué período partimos?

Gösta alargó la mano en busca de una rebanada de pan y empezó a untarle mantequilla. Annika había tenido el sentido común suficiente como para presentarse esa mañana equipada con un buen desayuno, suponiendo que todos se lo habrían saltado en casa por llegar antes a la comisaría.

—He empezado por el pasado mes de mayo, tal como dijimos. ¿Queréis que me remonte más atrás?

Annika miró a Patrik, que negó con la cabeza.

—No, empezaremos en mayo, por ahora. Pero si no encuentras nada relacionado con niños deberíamos plantearnos ampliar la búsqueda y empezar a revisar las denuncias de abusos sexuales y de violación.

—Pero ¿es que hay algo que apunte a que el asesinato tenga un móvil sexual? —dijo Paula, y dio un mordisco a una rebanada de pan con queso y jamón de York.

Ernst se había sentado a su lado con mirada suplicante, pero ella hacía caso omiso. Ya estaba más gordo de la cuenta con todas las chucherías que le daba Mellberg.

—Pedersen no ha terminado con el análisis forense, así que no lo sabemos. Pero Nea estaba desnuda cuando la encontraron, y las dos posibilidades más frecuentes en los casos de asesinato infantil son o bien que se trate de un móvil sexual o bien...

Dudó un instante.

Gösta le ayudó a rematar la frase:

—O que el culpable sea un familiar o alguien cercano.

—Ya, ¿y a ti qué te parece que es? —dijo Paula, y apartó el hocico de *Ernst,* que había tratado de encaramársele a la rodilla.

—Sobre ese punto, ya he dicho cuál es mi opinión: a mí me cuesta mucho pensar que los padres de Nea tengan nada que ver con todo esto. Pero no puedo jurarlo. Cuando uno lleva en la Policía tanto tiempo como yo, sabe que no se puede descartar nada.

—Bueno, digamos que no es la hipótesis que nos parece más útil como punto de partida —dijo Patrik.

—No, claro, y tengo la sensación de que no podemos obviar la conexión con el asesinato de Stella —dijo Martin—. La cuestión es cómo continuamos. Ha pasado muchísimo tiempo.

Se levantó, fue en busca de la jarra llena de café y lo sirvió en las tazas.

—Vosotros estuvisteis hablando con Helen ayer —dijo Patrik—. Si hoy podéis hablar con Marie, yo voy a ver a Helen, ¿de acuerdo? Quiero saber cuál es su coartada.

—¿Qué hora será el punto de partida? —preguntó Paula—. Ni siquiera sabemos si Nea desapareció por la mañana, como creen sus padres. No la vieron desde después de que se acostara, pudieron llevársela por la noche.

—Pero ¿cómo? —dijo Martin, y se sentó de nuevo—. ¿Había alguna señal de que hubieran forzado la entrada?

—Puedo hablar con sus padres y comprobar si es posible que alguien entrara por la noche sin que se dieran cuenta —intervino Gösta—. Hemos tenido unas noches muy calurosas, aquí en el campo mucha gente duerme con la ventana abierta.

—Bien —dijo Patrik—, pues encárgate tú, Gösta. Y tienes razón, Paula, tenemos que comprobar las coartadas desde el domingo por la noche.

—De acuerdo, pues vamos a visitar a Marie, a ver qué tiene que decirnos.

—Hablad también con su hija —añadió Patrik—. Si no recuerdo mal, tiene una hija adolescente que se llama Jessie. Yo espero localizar no solo a Helen, sino también a su hijo Sam y a su marido, ese tipo que es soldado de las Naciones Unidas y que parece que hubiera desayunado alambre de espino.

Se levantó para guardar la leche en el frigorífico y evitar así que se pusiera agria con el calor estival. En la cocina no había aire acondicionado, tan solo un viejo ventilador, y el calor era casi inhumano en aquella sala diminuta, pese a que tenían las ventanas abiertas de par en par.

—Por cierto, ¿alguien ha visto a Mellberg? —preguntó.

—La puerta del despacho está cerrada, y antes, cuando he llamado, nadie ha respondido. Así que estará en la fase profunda del sueño —respondió Gösta con una sonrisita.

Ya nadie se molestaba en irritarse con Mellberg. Y mientras siguiera durmiendo en el despacho, los demás podían hacer su trabajo en paz.

—¿Has sabido algo de Torbjörn o de Pedersen? —dijo Paula.

—Sí, los llamé a los dos ayer —contestó Patrik—. Como de costumbre, Torbjörn no quería decir nada antes de tener listo el informe, pero me envió el informe técnico del caso Stella. Y, después de cierta labor de persuasión, Pedersen me desveló que Nea tenía una herida en la parte posterior del cráneo. No sé lo que implicará eso, pero ya es algo, al menos.

—¿Tú crees que es posible que Helen y Marie fueran inocentes? —preguntó Paula, y miró a Gösta—. ¿O habrá vuelto a cometer asesinato alguna de las dos?

—No lo sé —dijo Gösta—. En aquel caso yo estaba totalmente convencido. Ahora que sé que Leif dudaba, empiezo a preguntarme yo también... Y el que treinta años después tengan un móvil para matar a otra niña... En fin, me parece de lo más rebuscado.

—Puede que sea un imitador —sugirió Martin a la vez que agitaba la camisa para darse aire.

Tenía el cabello pelirrojo totalmente pegado a la cabeza.

—En fin, en estos momentos no podemos descartar nada —dijo Gösta, y bajó la vista hacia la mesa.

—¿Qué tal la tarea de encontrar los archivos de los antiguos interrogatorios? —preguntó Patrik—. ¿Y el resto del material de aquella investigación?

—Estoy en ello —dijo Annika—. Pero ya sabes cómo se ha ido formando el archivo en la comisaría. Papeles que se han trasladado. Papeles que han desaparecido. Papeles que se han destruido. Pero no me rindo; si se conserva una nota del caso Stella, por insignificante que sea, la localizaré seguro —afirmó con media sonrisa—. Por cierto, ¿le has preguntado a tu mujer? Normalmente a ella se le da mejor que a nosotros lo de encontrar material antiguo.

—Sí, sí, ya lo sé —dijo Patrik entre risas—. He tenido acceso a todo lo que ha recopilado hasta el momento, pero se trata sobre todo de fotocopias de lo que escribieron los periódicos. Ella tampoco ha conseguido dar con los documentos de la investigación.

—Seguiré indagando —dijo Annika—. Si encuentro algo, os aviso en el acto.

—Fenomenal. En fin, pues ya tenemos que hacer hoy —dijo Patrik, y volvió a sentir el nudo en el estómago.

Quería mantener la distancia emocional necesaria, pero no era fácil. Era casi imposible.

Una voz atronó en la cocina desde el umbral.

—¡Vaya, vaya, así que aquí estáis todos tomando café tan a gusto!

Mellberg los miraba maliciosamente con los ojillos aún adormilados.

—Menos mal que hay alguien que trabaja aquí. ¡Ven aquí, *Ernst!,* que tu dueño les va a enseñar cómo se hacen las cosas.

Ernst se encaminó contento hacia su dueño y todos oyeron cómo Mellberg se alejaba por el pasillo para luego cerrar de golpe la puerta de su despacho. Seguramente, con la intención de seguir con el sueñecito matutino sentado en el sillón. Nadie se molestó en hacer un comentario siquiera. Tenían mucho trabajo.

Jessie disfrutaba de la calma que le infundía la respiración rítmica de Sam. Estaba muy poco acostumbrada a aquello. A la calma. A la sensación de seguridad. A que la vieran de verdad.

Se giró en la cama, esperaba no molestar a Sam. Pero el brazo que la rodeaba la abrazó más fuerte aún. Nada de lo que hiciera parecía incordiarlo.

Le acarició despacio la barriga, por debajo de la camiseta negra. Le resultaba extraño. Estar cerca de otra persona. De un chico. Rozarlo, tocarlo, sin que la ridiculizaran o la rechazaran. Se giró y levantó un poco la cabeza. Se puso a contemplarlo. Aquellos pómulos tan marcados, aquellos labios tan sensuales. Las pestañas, tan largas y oscuras.

—¿Has estado con alguien ya? —dijo en voz baja.

Él pestañeó, pero siguió con los ojos cerrados.

—No —dijo al fin—. ¿Y tú?

Ella negó con la cabeza, le acarició el pecho con la barbilla.

No quería pensar en aquella época tan humillante del internado de Londres, la primavera pasada. Por un brevísimo y delicioso espacio de tiempo, creyó que Pascal la había elegido a ella. Era hijo de un diplomático francés, y era tan guapo que le cortaba la respiración. Había empezado a enviarle mensajes de texto, mensajes maravillosos, adorables, encantadores. Luego la invitó al baile del colegio, y ella apenas podía dormir pensando en lo boquiabiertos que se quedarían todos cuando entrara en el salón del brazo de Pascal. Siguieron enviándose mensajes, poco a poco él la fue sacando de su coraza, tontearon, bromearon, empezaron a acercarse al límite de lo prohibido.

Una noche, él le pidió una foto de sus pechos. Le dijo que quería dormir con ellos en la retina, que ella debía de tener el pecho más bonito del mundo, y que él estaba deseando acariciarlo. Así que, ya en su cuarto, Jessie se levantó la camiseta y se hizo una foto del pecho sin sujetador, totalmente desnuda.

Al día siguiente, la foto circulaba por todo el colegio. Todo el mundo estaba al corriente del plan de Pascal y sus amigos. Todos sabían que le habían tendido una trampa. Se habían reunido para escribir juntos los mensajes. Ella quiso morirse. Desaparecer de la faz de la tierra.

—No —dijo—. Nunca he estado con nadie.

—Eso es porque hemos sido sensatos y hemos esperado a la persona adecuada —dijo Sam en voz baja, y volvió la cara hacia ella.

Él la observó con aquellos ojos azules, y ella supo que podía confiar en él. Eran como dos veteranos curtidos que hubieran vivido la misma guerra y no necesitaran recurrir a las palabras para transmitir lo que habían sufrido.

Lo que sus madres hicieron les había dejado huella.

—¿Sabes?, yo apenas sé nada de lo que ocurrió hace treinta años.

—¿Cómo? —dijo Sam, y levantó la barbilla—. ¿Nada de nada?

—Bueno, sí, sé lo que se encuentra en Google. Pero entonces escribieron muchas cosas que no están en la red. De todos modos, yo no le he preguntado a mi madre... Es imposible hablar con ella de ese tema.

Sam le acarició el pelo.

—A lo mejor yo puedo ayudarte. ¿Te gustaría?

Jessie asintió. Apoyó la cabeza en su pecho, se dejó invadir de esa calma que casi la adormilaba.

—Dentro de un año me habré librado de esto —dijo Sam.

Se refería al colegio. Jessie lo sabía sin necesidad de que él lo aclarara. Hasta ese punto se parecían.

—¿Y qué piensas hacer después?

Él se encogió de hombros.

—No lo sé. No quiero entrar en la rueda. Dar vueltas y más vueltas para nada.

—Yo quiero viajar —dijo Jessie, y lo rodeó rápido con los brazos—. Llevar lo que cabe en una mochila e ir a donde me apetezca.

—Eso no podrás hacerlo hasta los dieciocho. Y todavía falta un montón. Yo no sé si voy a aguantar tanto.

—¿Qué quieres decir? —dijo Jessie.

Él volvió la cabeza para otro lado.

—Nada —dijo en voz baja—. No quiero decir nada.

Jessie quería seguir hablando, pero se limitó a acariciarle la barriga, como si así pudiera deshacer el nudo que sabía que tenía en el estómago. El mismo nudo que ella tenía que soportar siempre.

Notó algo bajo los dedos y le levantó la camiseta.

—¿Qué es? —dijo al tiempo que acariciaba una marca redonda.

—Una quemadura. En séptimo. Basse y varios de los demás chicos de la clase me sujetaron mientras Nils me quemaba con un cigarro.

Jessie cerró los ojos. Su Sam. Lo único que ella quería era sanar todas sus heridas.

—¿Esto?

Había deslizado la mano hacia la espalda y presionó suavemente para que él pudiera ponerse de lado y enseñarle la espalda. Largas estrías la recorrían de arriba abajo formando dibujos irregulares.

—¿También cosa de Nils?

—No. Mi padre. El cinturón. Cuando me preguntó el profesor de gimnasia le mentí y le dije que me había arañado con un arbusto espinoso. No creo que se lo tragara, pero nadie siguió indagando. Nadie se atreve a putear a James. Pero después el tío fue lo bastante listo como para comprender que no podía hacerme cosas que dejaran huella. Y hace tres años lo dejó, no sé por qué.

—¿Tienes más cicatrices? —preguntó Jessie, y fue siguiendo fascinada las marcas de la espalda.

Las suyas estaban por dentro. Pero eso no significaba que le hubieran dolido menos que un cinturón que le hubiera rasgado la piel.

Sam se incorporó y se sentó en la cama. Se subió las perneras del pantalón y dejó al descubierto las rodillas. Estaban llenas de cicatrices. Jessie alargó la mano y las acarició también. Las notaba huesudas bajo las yemas de los dedos.

—¿Y cómo..., cómo te hiciste esto?

—Me obligaron a arrodillarme en el suelo. Sobre un montón de azúcar. No parece muy duro, pero créeme, duele bastante. Y deja cicatrices.

Jessie se inclinó y le besó las marcas.

Él se volvió de espaldas y se bajó un poco los pantalones.

—¿Lo ves?

Sí, Jessie lo veía. Otra cicatriz circular, pero no parecía una quemadura.

—Un lápiz. El viejo truco en el que mantienes vertical un lápiz recién afilado justo cuando alguien va a sentarse en la silla. Se me clavó un par de centímetros. Y se partió dentro. En la clase se reían tanto que creí que se harían pis encima.

—Joder —dijo Jessie.

No quería saber más. No quería ver más cicatrices. Sentía demasiado sus cicatrices interiores como para soportar ver más de las exteriores de Sam. Se inclinó. Besó la cicatriz del cachete. Lo puso despacio boca arriba. Le bajó lentamente los pantalones sin atreverse a mirarlo. Oyó cómo le cambiaba la respiración, que se volvía más pesada. Con suavidad, le fue besando las caderas, los muslos. Él le enredó la mano en la melena, le acarició la cabeza. Jessie se estremeció de pronto al recordar las fotos que difundieron de ella, y cómo le fue después. Luego, abrió los labios y se obligó a desechar imágenes, recuerdos. Ya no se encontraba allí. Se encontraba aquí, con su alma gemela. Con aquel que iba a sanar todas las cicatrices.

—Joder, hace un calor insoportable. —Martin jadeaba como un perro mientras se dirigían al coche de policía—. ¿Tú no sudas?

Paula se echó a reír y negó con la cabeza.

—Soy chilena. Esto no es nada.

—Pero qué demonios, si apenas has vivido en Chile. —Martin rio mientras se secaba el sudor de la frente—. Eres tan sueca como yo.

—Nadie puede ser tan sueco como tú, Martin. Tú eres el tío más sueco que conozco.

—Lo dices como si fuera algo malo. —Martin sonrió y abrió la puerta del coche.

Y salió del coche tan rápido como se había sentado.

—Pero qué tontos, seguro que ahora estará en el plató.

—Claro —dijo Paula—. Estamos a un tiro de piedra.

—Bueno, puede tener su gracia ver un estudio de cine —dijo Martin, y echó a andar hacia el polígono industrial en una de cuyas naves estaban rodando la película sobre Ingrid Bergman.

—Pues yo no creo que sea tan guay como tú te imaginas.

Martin se volvió hacia Paula, que tenía dificultades para seguir su ritmo con lo bajita que era, y le guiñó un ojo con gesto guasón.

—Ya veremos. De todos modos, será muy emocionante conocer a Marie Wall, es muy guapa para su edad.

Paula soltó un suspiro.

—A propósito de mujeres —dijo—. ¿Cómo van las cosas con la chica aquella...?

Martin notó que se sonrojaba.

—Bueno, solo hablé con ella unos minutos en el parque. Ni siquiera sé cómo se llama.

—Ya, pero me da la impresión de que te hizo tilín.

Martin dejó escapar un lamento. Conocía a Paula y sabía que no dejaría el tema fácilmente. Cuanto más desconcertado lo veía, más se divertía ella.

—Bueno...

Buscó febrilmente algún comentario inteligente que hacer, sin conseguirlo.

—Venga ya —dijo al final—. Ya toca trabajar un poco.

—Vale —dijo Paula sonriendo.

El estudio de cine se encontraba en un edificio industrial de aspecto nada glamuroso. Lo rodeaba una cerca, pero cuando Martin tanteó la puerta vio que no estaba cerrada, así que pudieron entrar sin problemas. Vieron una puerta abierta, seguramente para que hubiera ventilación, y entraron con cierta cautela. Aquello parecía un hangar, con el techo altísimo y una única sala de grandes dimensiones. Delante de ellos había un tresillo y una especie de guardarropa con infinidad de prendas colgadas en perchas. A la izquierda había unas puertas que debían de conducir a los servicios y a lo que parecían salas de maquillaje improvisadas. A la derecha habían construido un par de paredes con ventanas con la idea de crear la ilusión de que se trataba de una habitación, y una infinidad de luces rodeaba los decorados.

Una mujer rubia se les acercaba despacio. Llevaba el pelo recogido en un moño flojo sujeto con un pincel, y un cinturón de carpintero lleno de todo tipo de instrumentos de maquillaje.

—Hola, ¿buscáis a alguien?

—Somos de la policía, nos gustaría hablar con Marie —dijo Paula.

—En estos momentos están rodando una escena, pero se lo diré en cuanto terminen. A menos que sea algo urgente, claro.

—No, no, podemos esperar unos minutos, no pasa nada.

–De acuerdo, pues podéis serviros un café y tomar asiento mientras esperáis.

Se sentaron después de servirse un café y algo para picar de la mesa que había al lado del sofá.

–Desde luego, tienes razón, no es muy glamuroso que digamos –comentó Martin mirando alrededor.

–Ya te digo –dijo Paula, y se echó a la boca un puñado de cacahuetes.

Miraron con curiosidad los decorados que había un poco más allá, desde donde salía el sonido de voces que repetían los diálogos. Al cabo de un rato, se oyó la voz de un hombre que gritó alto y claro: «¡Corten!», y unos minutos después llegó la maquilladora acompañada de la estrella, Marie Wall. De pronto, el local parecía mucho más elegante. Llevaba una camisa blanca, unos *shorts* ajustados y una cinta blanca en el pelo. Martin no pudo evitar advertir que tenía unas piernas espectaculares para su edad, pero se esforzó por centrarse. Las mujeres guapas siempre habían sido su debilidad. Antes de conocer a Pia, eso le causó infinidad de problemas, y aún había lugares de Tanumshede que evitaba para no tener que cruzarse con alguna de las protagonistas de aquellas complicaciones. Algunas personas eran más rencorosas que otras...

–Qué maravilla, un hombre elegante de uniforme desde primera hora de la mañana –dijo Marie con una voz un tanto ronca que hizo que a Martin se le erizara la piel.

Comprendía cómo se había ganado la fama de ser una de las mayores devoradoras de hombres de Hollywood.

Paula lo miró irritada, y Martin cayó en la cuenta de que estaba mirando a la actriz boquiabierto. Carraspeó un poco mientras Paula se levantaba para saludar y hacer las presentaciones.

–Paula Morales y Martin Molin, de la comisaría de Tanumshede. Estamos investigando el asesinato de una niña que apareció muerta en Fjällbacka, y nos gustaría hacerte algunas preguntas.

–Naturalmente –dijo Marie, y se sentó en el sofá, al lado de Martin.

La estrella de cine le estrechó la mano unos segundos de más al saludarlo. Él no sintió el menor deseo de protestar, pero vio con el rabillo del ojo la furia con que lo miraba Paula.

—Supongo que queréis hablar conmigo por lo que ocurrió hace treinta años.

Martin volvió a carraspear y asintió.

—Son tales las similitudes entre los sucesos que nos vemos obligados a hablar contigo. Y con Helen también.

—Comprendo —dijo, y no parecía particularmente afectada—. Pero sabréis que Helen y yo llevamos treinta años invocando nuestra inocencia. Que la mayor parte de nuestra vida hemos tenido que cargar con la culpa de algo que no hicimos.

Se retrepó y encendió un cigarro. Martin contempló hipnotizado cómo cruzaba las piernas.

—No fuimos a la cárcel, pero ante la sociedad no había ninguna diferencia —continuó—. A ojos de todos éramos culpables de asesinato, publicaron fotos nuestras en todos los periódicos, a mí me separaron de mi familia y nuestra vida nunca volvió a ser como antes.

Hizo un aro de humo mientras miraba a Paula directamente a los ojos.

—Y, dime, ¿no es eso una prisión?

Paula no respondió.

—Ante todo, necesitamos saber cuál es tu coartada para el período de tiempo que abarca desde las ocho de la noche del domingo hasta el lunes a primera hora de la tarde —dijo Martin.

Marie dio otra calada antes de responder.

—El domingo por la noche estuve fuera con todo el equipo, improvisamos un *kick off* en el Stora Hotellet.

—¿Y a qué hora llegaste a casa? —preguntó Martin, y tomó el bloc de notas y el bolígrafo.

—Pues..., al final terminé pasando la noche en el hotel.

—¿Hay alguien que pueda confirmarlo? —preguntó Paula.

—¿Jörgen, *darling?* Ven aquí...

Marie llamó a un hombre alto de pelo oscuro que hablaba casi a gritos y agitaba los brazos junto a los decorados. El hombre guardó silencio en cuanto oyó que Marie lo requería y se les acercó enseguida.

—Este es Jörgen Holmlund. El director de la película.

El hombre asintió y saludó, y luego miró extrañado a Marie, que parecía disfrutar de la situación.

—*Darling,* ¿podrías contarles a estos policías dónde me encontraba yo la noche del domingo?

Jörgen apretó las mandíbulas. Marie dio una nueva calada e hizo otro aro de humo.

—No te preocupes, *darling,* no creo que tengan el menor interés en llamar a tu mujer.

El hombre resopló, pero luego dijo:

—El domingo celebramos un acto de principio de rodaje en el Stora Hotellet, y al final Marie se quedó a pasar la noche en mi habitación.

—¿Y a qué hora llegaste a casa por la mañana? —preguntó Paula.

—No llegué, Jörgen y yo fuimos juntos al plató. Llegamos a eso de las ocho y media, y a las nueve empezaron a maquillarme.

—¿Alguna cosa más? —dijo Jörgen. No tenían más preguntas, así que se dio media vuelta y se alejó de allí.

Marie parecía disfrutar viendo lo incómodo que se sentía.

—Pobre Jörgen —dijo, y señaló con el cigarro en dirección a aquella espalda que se alejaba—. Invierte demasiado tiempo en evitar que su mujer se entere de sus aventurillas. Pertenece a la clase de hombres que tienen que conjugar la conciencia con una libido inconmensurable.

Marie se inclinó hacia delante y apagó el cigarro en una lata de refresco que había en la mesa.

—¿Algo más? Mi coartada no planteará muchas dudas, supongo.

—Nos gustaría hablar con tu hija también. ¿Podría ser? Como es menor de edad, necesitamos tu permiso.

Martin tosió un poco ante la cortina de humo que, a aquellas alturas, rodeaba los sofás donde se encontraban.

—Claro —dijo Marie, y se encogió de hombros.

Volvió a retreparse en el sofá.

—Comprendo perfectamente la gravedad de la situación, pero si no tenéis más preguntas que hacerme, tengo que volver al rodaje. A Jörgen volverán a salirle eccemas de estrés si nos cargamos la orden del día.

Se levantó y les tendió la mano. Luego le quitó a Martin el bloc y el bolígrafo, garabateó algo y se lo devolvió con media sonrisa, antes de volver al plató con paso diligente.

Paula levantó la vista y dijo:

—Deja que lo adivine: su número de teléfono.

Martin miró el cuaderno y asintió. No pudo ocultar una sonrisa bobalicona.

Bohuslän, 1671-1672

*L*os días posteriores a la visita era como si nadie pudiera hablar de otra cosa que de Lars Hierne y la comisión de brujería. La excitación de Britta contrastaba radicalmente con el desaliento de Preben, pero pronto se impuso de nuevo lo cotidiano y cesaron las habladurías. Había tareas que cumplir, tanto para los sirvientes de la granja como para Preben, que tenía servicio eclesiástico en la parroquia de Tanum y en la de Lur.

Los días de invierno se sucedían con monótona regularidad. La vida en la granja era uniforme pero, pese a todo, más variada que para la mayoría de la gente, que hacía lo mismo todos los días, desde que salía el sol hasta que se ponía. A la granja llegaban visitas, y Preben traía historias que contar de los muchos viajes que le exigía su oficio: pleitos que resolver, tragedias que administrar, alegrías que celebrar y penas que llorar. Se ocupaba de las bodas, los bautizos, los entierros..., y daba consejo en cosas de Dios y en asuntos de familia. Elin escuchaba a veces a escondidas cuando Preben hablaba con alguno de los miembros de la parroquia, y sus consejos le parecían sabios y meditados, aunque por lo general más bien cautos. No era un hombre valiente, no como lo había sido su Per, y carecía también de la valentía y la tozudez que poseyera su marido. Las aristas de Preben eran más suaves, y sus ojos, más dulces. Per siempre llevaba dentro una negrura que le imprimía a su estado de ánimo un punto sombrío. Preben no parecía conocer la melancolía en absoluto. Britta, por su parte, se lamentaba de vez en cuando de estar casada con un niño, y le reñía al ver que volvía a casa todos los días con la ropa sucia después de haber estado trabajando en la granja con los animales y labrando la tierra. Pero él no se lo tomaba a mal, sonreía y se encogía de hombros.

Märta había empezado las clases de lectura con el maestro campanero, junto con los demás niños. Elin no sabía bien cómo actuar ante la afición y el placer que su hija mostraba por aprender a dominar aquellos garabatos totalmente incomprensibles para ella. Claro que era un regalo aprender a leer y a escribir, pero ¿de qué le serviría a la niña ese conocimiento? Elin era una criada pobre, y ese sería también el destino de Märta. Para la gente como ellas no había ninguna salida. Ella no era Britta. Ella era Elin; de las dos, la hija a la que no quiso el padre. Ella era la viuda cuyo marido naufragó en el mar. Eran hechos que no podían cambiarse solo porque el pastor insistiera en que Märta aprendiera a leer. Su hija sacaría más provecho de las enseñanzas que ella había recibido de su abuela. Con ellas no llevaría comida a la mesa ni conseguiría que la premiaran con dinero, pero le granjearía un respeto que también tenía su valor.

A Elin solían llamarla para asistir algún parto, o gente con dolor de muelas o con melancolía. Desde luego, había montones de dolencias que ella sabía aliviar con hierbas y sortilegios. También para amores desgraciados o pretendientes no deseados solicitaban su ayuda, al igual que para el ganado de las granjas. Ella era alguien importante cuando algo fallaba, y ese sería un mejor destino para Märta que el de ir por ahí con la cabeza llena de conocimientos de los que nunca sacaría ningún provecho, y que incluso podrían infundirle ideas peligrosas y hacerle creerse superior a los demás.

En todo caso, los brebajes de Elin no parecían surtir ningún efecto en Britta. Pasaban los meses y seguía sangrando. Su hermana estaba cada vez más furiosa e insistía en que Elin debía de estar haciendo algo mal, que no sabía lo que decía saber. Una mañana, Britta estrelló contra la pared la jarra de la tisana, y la bebida verdosa fue chorreando despacio pared abajo hasta que formó un charco en el suelo. Luego, destrozada, se vino abajo y se derrumbó en el suelo llorando.

Elin no era mala persona, pero no podía evitar alegrarse un poco en secreto de la desesperación de su hermana. Britta solía ser malvada, no solo con el servicio, sino también con Märta, y a veces Elin pensaba que quizá esa maldad fuera la causa de que en su vientre se negara a crecer ninguna criatura. Luego se reprobaba aquellos malos pensamientos. No quería ser ingrata. ¿Quién sabía dónde habrían acabado ella y Märta si Britta no se hubiera apiadado de ellas y las hubiera acogido bajo su protección? No hacía ni dos días que oyó contar que Ebba, la de Mörhult, había terminado en una casa de pobres con sus dos pequeños. Sin Britta, ella y Märta habrían acabado igual.

Pero no era fácil ser compasivo con su hermana. Había en ella una dureza y una frialdad que ni siquiera un hombre bueno como Preben era capaz de dominar. A veces Elin pensaba que merecía una mujer mejor, alguien *que tuviera un corazón más cálido y un humor más alegre. No solo una cara hermosa y una melena oscura y ondulante. Pero eso no era asunto suyo.*

Cada vez con más frecuencia, Elin sorprendía a Preben mirándola a hurtadillas. Ella trataba de evitarlo, pero no resultaba nada fácil. El párroco se movía entre el personal de servicio con la misma naturalidad que si fuera uno de ellos, y a menudo se le veía en las cuadras o en los pastos, con los animales. Tenía buenísima mano con todos los seres vivos, y Märta iba siempre pisándole los talones como un cachorrillo. Infinidad de veces se había disculpado Elin por la insistencia de su hija, pero él se reía y movía la cabeza, y le decía que no se imaginaba una compañía más grata. Sabía que Märta nunca andaría lejos de donde estuviera Preben. Los dos parecían tener mucho de que hablar, Elin siempre los veía charlando, Märta, tan redicha, con los brazos cruzados a la espalda y tratando de dar zancadas para ir al ritmo de Preben. Elin había intentado sonsacar a su hija de qué hablaban, pero Märta se encogió de hombros y le dijo que de todo un poco. De los animales, de Dios y de las cosas que ella leía en los libros. Porque, además, Preben había tomado por costumbre enviarle a Märta libros de la biblioteca que tenía en la casa pastoral. En cuanto la niña terminaba sus tareas, cuando no andaba pisándole los talones a Preben, se ponía a leer. Elin se admiraba al ver el interés que podían suscitar en una niña tan pequeña los garabatos que cubrían las páginas de los libros, pero, en contra de su voluntad, la dejaba, a pesar de que todo su ser le decía que de aquello no podía salir nada bueno.

Y luego estaba Britta. A medida que pasaban los días, se la veía más disgustada con el interés que Preben mostraba por la niña. En varias ocasiones, Elin la había visto observar celosa desde la ventana a aquella pareja tan desigual, y había oído más de una discusión airada sobre el tema. Pero en ese asunto, Preben no cedía terreno a su mujer. Märta podría seguir correteando detrás de él por toda la granja. Y tras ella iba Viola. La gatita había crecido durante el invierno, e iba detrás de su dueña con la misma fidelidad con la que Märta seguía a Preben. Formaban un trío de lo más curioso, y Elin sabía que la gente murmuraba sobre el interés que el pastor mostraba por la niña. Pero nada habría podido importarle menos que lo que pensaran mozos y criadas. Ya podían murmurar cuanto quisieran a sus espaldas. En cuanto les entraba migraña o dolor de muelas, bien que les valían sus remedios. Y siempre que le preguntaban qué quería a cambio, ella procuraba pedir algo para la niña. Una porción extra de comida. Un par de zapatos que alguien hubiera desechado. Una falda que ella pudiera convertir en un vestido nuevo. Märta era su mundo, y si la niña era feliz, ella también lo era. Y que Britta pensara lo que le viniera en gana.

Elin apretaba los dientes cada vez que su hija se acercaba llorando y diciendo que la señora le había dado un pellizco o le había tirado del pelo. Era un precio no muy alto que había que pagar para que la niña gozara de cierta seguridad en aquella casa. Ella misma había sufrido los pellizcos de Britta cuando eran pequeñas, y se las había arreglado bien pese a todo. Preben protegería a Märta. Y también la protegería a ella. La dulzura de sus ojos cuando la miraba y creía que ella no se daba cuenta la había convencido de ello. Y a veces, cuando sus miradas se cruzaban por un segundo que se le antojaba eterno, sentía que la tierra se balanceaba bajo sus pies.

Erica notó el nerviosismo a medida que iba acercándose a Marstrand. Había leído mucho acerca de los padres de Helen, se había forjado una imagen de ellos a través de las entrevistas que ofrecieron en su día. El padre de Helen, KG, había muerto hacía mucho, pero ahora iba a ver a la madre. Erica debía reconocer que tenía ciertos prejuicios en torno a la figura de Harriet Persson. Ella y su marido culparon íntegramente a Marie y pintaron a Helen como a una víctima. Pero lo que más se dejó traslucir fue lo mal que se tomaron el escarnio público.

Erica sabía que, antes de que todo aquello ocurriera, los Persson pertenecían a la alta sociedad de Fjällbacka. KG era propietario de una cadena de papelerías y Harriet había sido modelo antes de casarse. Él era rico, ella era guapa. La combinación de toda la vida.

Entró en el aparcamiento de la isla de Koön. Hacía un día caluroso y soleado, y le apetecía la excursión a la isla de Marstrand. Hacía mucho que no iba por allí, y le sorprendió de pronto la belleza del pueblecito costero.

Disfrutó enormemente de la breve travesía hasta la isla, pero en cuanto bajó a tierra se centró en la entrevista. Les daba vueltas en la cabeza a las preguntas que quería hacer mientras subía entre jadeos la pendiente hacia la casa de Harriet. Cuando llegó al número que buscaba, se detuvo un instante a contemplar la casa. Era una maravilla. Blanca, decorada con unos detalles preciosos en madera, rosas en flor y lupinos en rosa y lila, y un balcón enorme que daba al mar. Si Harriet decidía vender la casa, le darían unos cuantos millones por ella, supuso Erica. Muchos millones.

Cruzó una verja de madera blanca y siguió el paseo empedrado hasta la puerta. No había timbre, solo una aldaba antigua en forma de cabeza de león con la que golpeó la puerta. Casi de inmediato la abrió una señora de unos sesenta años de lo más elegante.

—¡Erica Falck! ¡Qué alegría conocerte por fin! Es que he leído TODOS tus libros, y me parece que eres buenísima. Y me encanta que tengan tanto éxito en el extranjero.

Fue empujando a Erica por el pasillo sin aguardar respuesta.

—He preparado café, uno no recibe una visita tan famosa todos los días —dijo, y se adelantó hacia la terraza cruzando un salón enorme y despejado.

Erica no era experta en decoración, pero reconoció algunos muebles de Josef Frank, de Bruno Mathsson y de Carl Malmsten. Sin embargo, el mobiliario parecía más bien el sello de un decorador y no una elección de la propia Harriet.

—Bueno, ante todo quería darte las gracias por acceder a recibirme —dijo Erica, y se sentó en la silla que Harriet le acercó resuelta.

—Hombre, faltaría más. Nos hemos pasado años queriendo que la verdad saliera a la luz y llegara a la gente, sobre todo por la pobre Helen, así que tu libro es de lo más bienvenido. Tanto más cuanto que, según me han dicho unas amigas de Estocolmo, esa criatura horrible también tiene pensado publicar uno.

—Pero ¿de verdad sería tan negativo? —preguntó Erica con cierta cautela, y asintió al ver que Harriet le ofrecía café—. Marie también ha afirmado su inocencia todos estos años, de modo que su libro más bien podría fortalecer la versión de Helen, ¿no?

Harriet frunció los labios mientras le servía el café, que se veía de un color claro nada prometedor.

—Yo no creo que sea inocente, creo que fue ella quien mató a aquella pobre niña y que luego trató de culpar a Helen.

—¿A pesar de que Marie fue la primera en confesar el asesinato?

Erica tomó un sorbo de café; tal y como se temía, era demasiado flojo.

—Como comprenderás, ¡era parte de su plan!

De repente la voz de Harriet se volvió chillona, y tragó varias veces para aclararse la garganta.

—Quería engañar a Helen para que confesara —dijo luego—. Helen siempre fue maleable e ingenua, y la tal Marie era una niña maliciosa, procedente de una familia horrible. Desde el principio nos preocupó la influencia que ejercía sobre Helen. Desde que empezaron a verse, nuestra hija parecía otra. Pero, contra lo que dictaba la sensatez, las dejamos a su aire demasiado tiempo. No queríamos que nos tacharan de clasistas y, naturalmente, es importante que los niños se relacionen con todo tipo de personas, pero aquella familia... Deberíamos haber parado aquello desde el principio, y la verdad es que se lo dije a KG. Pero ya sabes cómo son los hombres, cuando se les mete algo en la cabeza no quieren escuchar, así que en un primer momento él no pensó que debiéramos entrometernos. Y por eso pasó lo que pasó, y a lo largo de los años me dijo más de una vez: «¿Por qué no te haría caso, Harriet?».

Paró para recobrar el aliento y tomó un sorbo de café.

—No sé si te has enterado de lo ocurrido —se apresuró a preguntar Erica—. Una niña de la misma granja en la que vivía Stella ha aparecido muerta. Y han encontrado el cadáver en el mismo lugar en el que hallaron el de Stella.

—Sí, eso me han dicho. Terrible.

Harriet se estremeció y se oyó el tintineo de las joyas de oro que se había puesto para la ocasión. Llevaba en el cuello una cadena Bismarck, gruesas pulseras en las muñecas y un discreto broche de Chanel prendido en la blusa. Erica entendía perfectamente que hubiera sido modelo en el pasado; tenía una postura erguida y el cuello recto, y llevaba el pelo hábilmente teñido en tonos rubios que de ningún modo revelaban si lo que había debajo era gris. Parecía tener cincuenta más que sesenta. Erica se irguió inconscientemente mientras la miraba. De hecho, tenía tendencia a sentarse como un saco de paja, un vicio profesional, de tantas horas como pasaba delante del ordenador.

Harriet sirvió un poco más de aquel café aguado y Erica se lamentó para sus adentros.

—Pero en fin, eso confirma lo que digo. Que Helen es inocente. De ninguna manera puede ser una coincidencia el que muera una niña justo cuando Marie vuelve después de todos estos años. Tiene que ser ella.

Clavó la mirada en Erica.

—Pero ¿por qué crees que Helen confesó? —preguntó Erica—. ¿Por qué confiesa una niña de trece años un asesinato que no ha cometido?

Harriet no respondió de inmediato. Se tiraba nerviosa de la cadena de oro mientras contemplaba la fortaleza de Marstrand. Cuando se volvió otra vez hacia Erica, tenía en la mirada una expresión difícil de interpretar.

—Helen era una niña frágil. Siempre será frágil. KG la mimó mucho. No tuvimos más hijos, y ella era la niña de sus ojos. La protegía de todo y le daba todo lo que quería. He de reconocer que a veces me sentía un poco marginada, podían pasar juntos horas y horas, era como si hubieran creado un mundo particular. Yo también fui la niña de los ojos de mi padre, así que lo entendía y los dejaba en paz. Pero cuando apareció Marie en escena fue como una fuerza de la naturaleza a la que Helen no podía oponerse. Yo lo veía, veía la fascinación que ejercía sobre ella. Era una niña muy guapa, y ya entonces, a los trece años, poseía un aura como de persona de mundo y..., cómo llamarlo..., una especie de instinto de supervivencia. Creo que Helen, que tenía miedo de todo, se sentía segura con ella. Helen cambió cuando se conocieron. Se apartó de nosotros. KG también lo notó, y trató de dedicarle más tiempo aún. A ninguno de los dos nos gustaba que se vieran. Pasado un tiempo tratamos de impedirlo, pero Fjällbacka es un pueblo pequeño y no es fácil conseguir que dos personas no se vean o se relacionen. ¿Qué íbamos a hacer? ¿Pasarnos el día con ella en el colegio?

No paraba de tironearse de la cadena, que tintineaba sobre la piel bronceada del escote.

—Entonces, ¿por qué crees que confesó? ¿Crees que tenía miedo de Marie?

La digresión anterior había apartado a Harriet de la pregunta, y Erica la recondujo discretamente.

—Yo creo que quería complacer a Marie. Creo que, cuando los policías dijeron que Marie había confesado, ella no quiso ser menos. Así era Helen. Así es. Procura no ir contra corriente. Luego, cuando Marie se retractó de la confesión, Helen hizo lo propio. Pero el daño ya estaba hecho.

En ese punto le tembló la voz. Empujó una bandeja de bollos y se la ofreció a Erica.

—Prueba uno, están recién hechos, comprados esta misma mañana en la panadería.

Erica alcanzó uno.

—Helen pudo quedarse con vosotros —dijo—. A diferencia de Marie, a la que enviaron a una casa de acogida...

Sonó como una pregunta, pero era más bien una constatación por parte de Erica.

—Sí, gracias a Dios, las niñas no podían ir a la cárcel. Fue la Dirección de Asuntos Sociales la que intervino y decidió lo que era mejor para ellas. Tal y como cabía esperar, juzgaron a la familia Wall no apta para cuidar de Marie. Pero Helen pudo volver con nosotros después de un breve período en un correccional. Y con mucha razón. Nada de lo ocurrido fue culpa nuestra, no había habido nada negativo en la educación de Helen. Si no hubiera conocido a ese demonio de niña, aquello no habría ocurrido.

Otra vez empezó a hablar con voz chillona.

—Pero os mudasteis de Fjällbacka enseguida, ¿verdad? —dijo Erica con calma.

Harriet asintió con la cabeza.

—Sí, era insostenible seguir viviendo allí, teniendo en cuenta todos los dimes y diretes. No resultaba nada agradable que, de repente, te empezaran a tratar como a un paria. Incluso cesaron a KG como presidente del Rotary Club. Como si lo ocurrido hubiera sido culpa suya de algún modo.

Respiró hondo varias veces. Era obvio que las viejas heridas no habían sanado aún. Erica estaba atónita al ver que Harriet parecía más indignada por haber descendido de la cima de la escala social que por el trauma que había sufrido su hija.

—Pero, a pesar de todo, Helen decidió volver.

—Sí, es algo que nunca he podido comprender. Pero James, que nos compró la casa, no quiso mudarse cuando se casó con Helen. KG lo apoyaba en esa decisión, así que, ¿qué podía hacer yo?

—James y tu marido eran buenos amigos, según tengo entendido. Y Helen era muy joven cuando se casó con un hombre que tenía la misma edad que su padre. ¿Qué os parecía a vosotros esa boda?

Erica se inclinó hacia delante llena de curiosidad.

Mientras investigaba para escribir el libro se había planteado esa pregunta muchas veces.

—KG estaba felicísimo. Él y James habían pasado juntos la infancia en Fjällbacka, y lo admiraba una barbaridad. Él alentó esa relación desde el principio, y yo no veía nada malo en ello. Conozco a James desde que KG y yo nos casamos y, en cierto modo, formaba parte de la familia. Así que cuando James abordó el tema poco antes de que Helen cumpliera los dieciocho años, dijimos, lógicamente, que era Helen quien tenía la última palabra, pero que por nosotros no había ninguna objeción.

Erica examinó a fondo la cara de Harriet, y creyó ver en ella algo distinto de lo que daban a entender sus palabras. ¿De verdad fue tan favorable al hecho de que un amigo de la familia, un hombre lo bastante mayor como para ser el padre de su hija, la cortejase de repente y se casara con ella? No colaba. Allí había algo que no encajaba, pero comprendía que a Harriet no le sacaría nada más.

—He llamado a Helen varias veces —dijo—, pero no me ha devuelto la llamada, y no creo que se deje entrevistar. Sin embargo, tendría un valor inmenso para el libro poder contar con su versión. ¿No podrías hablar con ella?

Harriet asintió.

—Por supuesto que lo hará. Sé que teme que todo se remueva de nuevo, y a mí también me preocupó al principio la idea de que otra vez empezaran los rumores. Pero enseguida comprendí que era la ocasión que llevábamos años esperando, una oportunidad de restablecer nuestro buen nombre de una vez por todas. Incluso después de todo este tiempo, la gente sigue mirándome mal y, año tras año, me excluyen de una serie de acontecimientos sociales de la isla. ¡A mí, con lo mucho que tengo que aportar!

Tragó saliva varias veces.

—Pero sí, hablaré con Helen, y colaborará.

—Gracias —dijo Erica.

—La llamaré hoy mismo —añadió Harriet resuelta—. No pienso permitir que pierda esta oportunidad de limpiar nuestro nombre.

Cuando Erica se fue, Harriet seguía fuera, en el balcón.

A mediodía siempre reinaba la paz. La gente estaba navegando o en el centro, almorzando al sol. No tenían fuerzas para recorrer todas las hileras de flores y arbustos cuando más apretaba el calor. Y a Sanna eso le convenía. Donde más a gusto se había encontrado siempre era dentro de un invernadero, de modo que el calor ardiente que hacía cuando el sol estaba en lo alto del cielo no le afectaba, aunque sí le dolía la cabeza, como siempre por las mañanas. Aquella soledad le permitía cuidar de sus plantas. En esta época consumían muchísima agua, y ella procuraba que ninguna planta mustia le pasara inadvertida.

A aquella hora tenía tiempo de enderezar los tiestos que hubieran volcado los clientes poco cuidadosos al pasar, y podía aprovechar para hablar un poco con las hortensias y chismorrear unos minutos con las rosas. Cornelia podía encargarse de la caja. La calidad de los trabajadores de refuerzo variaba mucho de un verano a otro, pero Cornelia era un hallazgo.

Si alguien le preguntara a Sanna quiénes eran sus mejores amigos, diría que las plantas. Tampoco es que hubiera otros entre los que elegir. Siempre le había resultado difícil intimar con la gente. En el instituto había hecho algún tímido intento de entablar relaciones amistosas con algunos de los compañeros. Trató de hacer lo mismo que veía hacer a los demás. Sentarse a merendar, hablar de chicos, charlar alegremente sobre los últimos zapatos que se hubiera comprado o muy en serio sobre las consecuencias del efecto invernadero. Había intentado ser normal. Pero no entendía a la gente; de hecho, fue un milagro que se casara con Niklas. Las plantas, en cambio... A las plantas sí las entendía. Y a diferencia de las personas, ellas la comprendían también. Sanna no necesitaba más compañía.

Con sumo cuidado, hundió la cara en una enorme hortensia de color lila y aspiró el aroma. Era mejor que todas las velas perfumadas del mundo. Infundía calma al espíritu y, por un instante, le permitía relajarse. Lograba apartar todos los recuerdos, todos los pensamientos, y solo albergaba un zumbido suave.

En su infancia las cosas eran diferentes. Stella era la que amaba el bosque, la que se pasaba los días jugando en el bosque. Sanna se quedaba en la granja, evitaba el bosque y sus aromas extraños.

Y después de lo que le pasó a Stella, tenía aún menos razones para acercarse al bosque. Después de lo que hicieron Helen y Marie.

Algo se le removía por dentro cada vez que pensaba en Marie. La necesidad de hacer algo. Lo que fuera. Treinta años de cavilaciones y de pensamientos que se habían ido acumulando, se habían ido endureciendo con el tiempo hasta formar una bola dura como una piedra. Una presión en el pecho, que se volvía más intensa cada día.

Pronto tendría que hacer algo al respecto.

—Perdona, ¿dónde tenéis las especias?

Sanna dio un respingo, aún con la cara hundida en la hortensia, y miró a su alrededor. Le preguntaba una mujer acompañada de un niño algo impaciente que le tironeaba de la mano.

—Sí, es por aquí —dijo Sanna, y se adelantó hacia la parte que destinaba a las especias y las hierbas aromáticas.

Ya había adivinado que aquella mujer era de albahaca. Y ella nunca se equivocaba.

La vida había sido como un carrusel durante años. Pero por primera vez en mucho tiempo, Anna sentía que contaba con algo parecido a una base estable en la que apoyarse. Eso le infundía un miedo indecible, pues sabía lo rápido que todo podía destruirse. Los años pasados con Lucas la cambiaron de raíz. Sus patadas y sus golpes fueron limando su seguridad en sí misma, y aún luchaba por encontrar el camino de vuelta a la persona que fue en su día.

Antes de conocer a Lucas, creía que era invencible. En gran medida, gracias a Erica. De mayor comprendió que su hermana la había sobreprotegido y la había mimado demasiado. Tal vez en un intento de compensar aquello que no recibieron de sus padres.

Ya hacía muchos años que Anna había perdonado a su madre, Elsy. Fue muy doloroso averiguar la verdad sobre su secreto, pero al mismo tiempo supuso una liberación que Erica encontrara aquella prenda de ropa ensangrentada en el desván del hogar de su infancia. Gracias a ello, la familia aumentó con un nuevo miembro. Tanto ella como Erica trataban de ver siempre que podían a su medio hermano Göran.

Todo lo que ocurre tiene un propósito, se decía Anna mientras adelantaba a un viejo tractor. El sol la cegaba, y alargó la mano en busca de unas gafas de sol sin apartar la vista de la carretera. Nunca fue una conductora temeraria, pero desde el accidente era aún más precavida. Y ahora, con aquella barriga, apenas si llegaba al volante. Pronto tendría que dejar de conducir. Dan se había ofrecido a llevarla, pero ella rechazó la oferta, de manera amable pero decidida. No quería que él participara en aquello. No quería que participara nadie, sino tomar la decisión ella sola.

Se permitió ver aquel corto trayecto como un rato de desconexión del quehacer cotidiano. Las vacaciones de verano eran un invento maravilloso en muchos sentidos para los niños, pero no siempre para los adultos. Al menos no ahora que estaba cansada, sudorosa y en avanzado estado de gestación. Quería a los niños, pero tenerlos ocupados el día entero suponía un gran esfuerzo, y dado que sus hijos y los de Dan se llevaban muchos años, tenían todo el repertorio, desde las pataletas infantiles hasta las explosiones adolescentes. Además, le costaba decir que no cuando Erica y Patrik le pedían ayuda. Dan solía reñirle y recordarle que debía pensar en sí misma, pero, por un lado, adoraba a sus tres sobrinos y, por otro, lo veía como una oportunidad de compensar todo lo que Erica hizo por ella en su niñez. Cuidar de Maja y de los gemelos de vez en cuando era lo menos que podía hacer, y Dan podía decir lo que quisiera. Ella siempre estaría dispuesta a echarle una mano a su hermana mayor.

Anna había sintonizado Vinyl 107, y disfrutaba de poder cantar las canciones. Desde que nacieron los niños le había perdido por completo la pista a la música actual; sabía que Justin Bieber era muy famoso, y era capaz de tararear algunas canciones de Beyoncé, pero por lo demás estaba totalmente perdida. En el programa Vinyl estaba sonando «Broken Wings», de Mr. Mister, y podía cantar a pleno pulmón.

En pleno estribillo se detuvo y soltó una maldición. Joder. El coche que venía en sentido contrario le resultaba demasiado familiar. Erica. Anna reconocería aquel viejo Volvo familiar en cualquier sitio. Se planteó esconder la cabeza detrás del volante, pero Erica reconocería el coche antes que al conductor. Por otro lado, sabía que su hermana era un verdadero desastre para los coches, incapaz de distinguir un Toyota de un Chrysler, y confiaba en que no reaccionara al ver el Renault rojo que ahora pasaba a su lado.

El teléfono empezó a sonar. Lo llevaba en el salpicadero, sujeto con un imán. Lo miró de reojo. Mierda, mierda, mierda. Era Erica. Habría reconocido el coche. Anna suspiró, pero como no le gustaba hablar por el móvil mientras conducía, disponía de unos minutos para inventarse algo. No le gustaba nada mentirle a su hermana. Ya lo había hecho con demasiada frecuencia a lo largo de los años. Pero esta vez no tenía otra opción.

Uno de los balancines del columpio se mecía despacio adelante y atrás; a pesar de ello, Gösta no notaba la menor brisa en medio de aquel calor insufrible. Se preguntaba cuándo fue la última vez que Nea se columpió en él. La grava crujía bajo sus pies. La rayuela estaba ya casi borrada del todo.

Sentía un nudo en el estómago mientras se acercaba a la puerta, que se abrió antes de que hubiera llamado siquiera.

–Entra –dijo Bengt.

Bengt lo recibió con una leve sonrisa, pero Gösta notaba la agresividad latente.

Había telefoneado para avisar de su visita, y todos estaban sentados alrededor de la mesa de la cocina, con cara de estar esperándolo. Se figuraba que los padres de Peter iban a quedarse por tiempo indefinido; sin duda, hasta después del entierro, cuando pudiera celebrarse. Mientras no hubieran terminado la autopsia, no podían enterrar a Nea. O incinerarla, si eso era lo que preferían sus padres. Ahuyentó los pensamientos y las imágenes que le suscitaban y aceptó una taza de café. Luego se sentó al lado de Peter y le puso la mano en el hombro.

–¿Cómo vas? –dijo, y le dio a Eva las gracias con un gesto cuando le puso en la mesa una taza humeante.

–Segundo a segundo, minuto a minuto –dijo Eva en voz baja, sentándose enfrente de él, al lado de su suegro.

–El médico les ha recetado somníferos, y algo ayudan –añadió la madre de Peter–. Al principio no querían tomarlos, pero los he convencido. De nada sirve que no duerman.

—Sí, es lo mejor —dijo Gösta—. Aceptad toda la ayuda que tengáis a mano.

—¿Habéis averiguado algo? ¿Has venido por eso?

Peter lo miraba sin el menor brillo en los ojos.

—No, lo siento —dijo Gösta—. Pero estamos trabajando a toda máquina y hacemos cuanto está en nuestra mano. He venido para preguntaros si existe la posibilidad de que alguien entrara en la casa mientras dormíais. ¿Os fijasteis si había alguna ventana abierta?

Eva alzó la cabeza y lo miró.

—Hacía mucho calor, y dormíamos con la ventana abierta. Pero las ventanas estaban sujetas por dentro con un gancho, y nadie había tocado nada.

—De acuerdo —dijo Gösta—. La última vez que estuve aquí me dijiste que la puerta de la casa estaba cerrada con llave. Pero puede que haya otras formas de entrar. La puerta del sótano, si os olvidasteis cerrarla, por ejemplo.

Peter se llevó la mano a la frente y señaló la puerta.

—¡Madre mía! La última vez que estuviste aquí se me olvidó decírtelo. Tenemos alarma. La conectamos todas las noches antes de irnos a dormir. Una vez, cuando vivíamos en Uddevalla, entraron a robar en el apartamento. Bueno, eso fue antes de que naciera Nea. Alguien arrojó una bomba de gases lacrimógenos por el hueco para el correo y forzó la puerta. No teníamos cosas de valor por las que preocuparnos, pero fue de lo más inquietante que alguien tuviera la desfachatez de entrar en el piso mientras dormíamos. Y desde entonces siempre hemos tenido alarma, fue una de las primeras cosas que instalamos cuando nos mudamos aquí. Nos parecía muy importante, teniendo en cuenta que vivimos bastante apartados...

Se le apagó la voz, y Gösta sabía lo que estaba pensando. Que, a pesar de todo, el peligro atacó. Seguramente la alarma les daba la sensación de estar protegidos, pero no sirvió de nada.

—Es decir, cuando subiste sí quitaste la alarma, ¿no?

—Sí, eso es.

—Y la volviste a conectar cuando te fuiste.

—No —dijo Peter, y negó con la cabeza—. Era por la mañana, había luz, así que...

240

Levantó la vista y comprendió lo que quería decir Gösta.

—En otras palabras, Nea no pudo salir antes de las seis y media.

—Exacto, debió de desaparecer después de esa hora, de lo contrario habría saltado la alarma. Porque nadie más tiene el código para desactivarla, ¿verdad?

Ahora fue Eva quien negó con la cabeza.

—No, y además, recibimos en el móvil notificaciones de la actividad de la alarma.

Se levantó y fue a buscar un iPhone que había dejado cargando en la encimera de la cocina. Marcó el pin, fue pasando pantallas y, al cabo de unos instantes, le mostró el teléfono a Gösta.

—Mira, esta es la actividad de aquella noche, conectamos la alarma cuando nos fuimos a la cama, y no se desconectó hasta las 06.03 de la mañana, cuando se levantó Peter.

—Y pensar que no caímos en la cuenta... —dijo Peter en voz baja.

—Yo sí que debería haber reparado en ello —dijo Gösta—. La alarma está ahí mismo. En situaciones así... En fin, la lógica deja de funcionar. En todo caso, ahora podemos descartar que alguien entrara durante la noche.

—¿Habéis investigado a esa gente de Tanumshede? —dijo Bengt.

Ulla le tiró del brazo y se le acercó y le susurró algo al oído. Él se soltó furioso.

—Si nadie más se atreve a decirlo, ¡tendré que hacerlo yo! —gritó—. Dicen que en el campo de refugiados de Tanumshede hay algunos sujetos que son criminales. Parece que varios de ellos participaron en la búsqueda. ¿No os dais cuenta de que para ellos fue una oportunidad de oro para destruir pruebas? Uno incluso estuvo cuando la encontraron, según he oído. ¿No os parece una extraña coincidencia?

Gösta no sabía muy bien qué responder. Con aquello no había contado, a pesar de que los últimos años había ido dándose cuenta de que las personas con opiniones xenófobas ya no eran identificables con cabezas rapadas y botas negras, sino que también podían ser jubilados normales y corrientes. Se preguntaba si Eva y Peter compartían el punto de vista de Bengt.

—No descartamos nada, pero no hemos recibido la menor indicación de que debamos dirigir nuestras sospechas hacia ninguno de los residentes del campo de refugiados.

—Pero ¿es verdad? ¿Hay delincuentes en el campo?

Resultaba difícil saber si Peter preguntaba por una convicción personal o como un hombre desesperado que se aferraba a un clavo ardiendo.

—¿No debería la policía investigar a esas personas cuando llegan? Pueden ser asesinos, ladrones, violadores y ¡hasta pederastas!

Bengt alzó la voz y su mujer volvió a tirarle del brazo.

—Chist, Bengt, no es el momento oportuno...

Pero su marido no podía contenerse.

—No me explico cuál es el problema de este puto país, ¡precisamente nos fuimos de aquí por la ingenuidad de los suecos! La gente cruza las fronteras en masa, y aquí tenemos que darles comida y ropa y un techo bajo el que cobijarse, ¡y hasta tienen valor de quejarse de las condiciones del alojamiento! Según ellos, vienen huyendo de la guerra y la tortura, pero luego se quejan de que no tienen wifi, eso lo dice todo, ¿no?

—Perdona a mi marido —dijo Ulla, y le volvió a tirar de la camiseta, consiguiendo así que, al menos, parase para recobrar el aliento—. Pero la verdad es que no sabemos qué clase de gente es la que hay en ese centro de refugiados, y cuando hemos ido al pueblo a comprar comida... En fin, la gente dice de todo, esa es la verdad. Tienen miedo de que secuestren a más niños.

—Tenemos otras pistas que consideramos más importantes —dijo Gösta.

Le disgustaba muchísimo el giro que había dado la conversación.

—¿Te refieres a lo que ocurrió hace treinta años? ¿Con Helen y la actriz esa que está aquí ahora? ¿De verdad creéis en esa posibilidad? —Eva levantó la cabeza y miró a Gösta a los ojos—. Conocemos a Helen, es vecina nuestra, y jamás le haría daño a Nea. Y la actriz, madre mía, ¿por qué iba a querer hacerle daño a nuestra hija? Las dos eran niñas cuando ocurrió aquello. No, ni por un momento lo creo posible. Más verosímil me parece..., eso, lo que dice Bengt.

Gösta guardaba silencio. Comprendió que no podía decir nada. Los padres de Nea se hallaban en una situación desesperada. No era el momento idóneo para una discusión ideológica.

–No descartamos nada, pero es muy peligroso precipitarse en cualquier dirección –dijo–. La investigación se encuentra en un estadio incipiente, estamos esperando el informe del forense y el análisis pericial. Creedme, no nos hemos cerrado a una sola teoría, pero a nadie favorece que se prodiguen un sinfín de rumores infundados que puedan obnubilar el buen juicio de la gente. Por eso os ruego que no nos dificultéis la tarea haciendo que..., en fin, que la gente se precipite en la dirección equivocada.

–Tomamos nota –dijo Peter apretando fuertemente los puños contra la mesa–. Pero prométenos que tampoco descartaréis ninguna posibilidad a la ligera. Si esa gente tiene mala fama y la gente habla, puede que haya motivos. No hay humo sin fuego.

–Lo prometo –dijo Gösta, pero el nudo que tenía en el estómago no paraba de crecer.

Tenía la desagradable sensación de que se había puesto en marcha un mecanismo que sería difícil de detener. Lo último que vio antes de salir por la puerta fue la mirada sombría y muerta de Peter.

Bohuslän, 1672

La última nieve que se derritió llenó de vida los arroyos y reavivó el verdor de la vegetación. La granja también se llenaba de vida, y durante una semana entera estuvieron haciendo limpieza para ahuyentar las huellas del invierno y dar la bienvenida al semestre más cálido del año. Lavaron todos los colchones, de plumas o de borra, que estaban ahora secándose en las cuerdas, sacudieron a fondo las alfombras y fregaron los suelos con jabón. Limpiaron las ventanas para que el sol pudiera entrar a raudales en todas las habitaciones y espantar las sombras de los rincones. En el pecho anidaba el calor y derretía aquello que había estado helado durante las largas noches de invierno, y a Märta parecían bailarle solas las piernas mientras iba saltando por la granja con Viola pisándole los talones. Elin se sorprendió tarareando una cancioncilla mientras cepillaba a fondo los tablones del suelo, y hasta Britta parecía de mejor humor.

Las noticias de las brujas a las que habían quemado en Bohuslän habían contribuido a crear un ambiente más animado en toda la comarca, y las historias se propagaban de casa en casa y la gente las contaba una y otra vez a la luz de las velas. Historias de vuelos de brujas que fornicaban con Satanás, y que se iban adornando más cuanto más se contaban. Las criadas y los mozos con los que compartían techo competían en referir con toda viveza cenas que empezaban por los postres y velas que aparecían boca abajo, historias de vacas y cabras que volaban y de niños que las brujas engatusaban para complacer a Satanás. Märta siempre escuchaba con los ojos abiertos de par en par, y Elin la observaba con cierta indulgencia. Eran historias muy emocionantes, innegablemente, pero para sus adentros se preguntaba cuánto habría en ellas de verdad. En su opinión, aquellos relatos se parecían a los cuentos de elfinas y de enanos que le contaba su abuela cuando era pequeña. Pero ella no decía nada. La gente necesitaba los cuentos para soportar las privaciones de la vida, y Elin se alegraba al ver aquella emoción en la cara de Märta. ¿Quién era ella para arrebatarle ese placer? Ya tendría tiempo la niña de aprender a distinguir entre los cuentos y la realidad, y cuanto más tiempo pasara en el mundo del cuento, tanto mejor.

Britta se había portado de maravilla con Märta los últimos días. Le acariciaba la melena rubia, le ofrecía dulces y le preguntaba si podía acariciar a Viola. Elin no habría sabido decir por qué, pero aquello la llenaba de desasosiego. Conocía a su hermana. Britta no hacía nada por pura bondad. La niña absorbía toda la amabilidad que le mostraban, y con la cara radiante de felicidad fue a enseñarle los manjares que le había dado la señora. Elin trataba de mantener la inquietud en lo más recóndito de la mente. Sobre todo hoy, con todo el trabajo que tenían por delante. Iban a recibir la visita de Ingeborg, la tía materna de Britta, así que debían apresurarse a terminar la limpieza anual de modo que todo estuviera listo antes de su llegada. Elin llevaba todo el día sin ver a Märta, pues había estado ocupada fregando y limpiando, y hacia primera hora de la tarde empezó a buscarla preocupada. Gritó su nombre por la granja, miró en la cabaña, así como en el cobertizo y en las demás cabañas de la casa pastoral, pero ni rastro de la niña. La preocupación le corroía las entrañas, y empezó a gritar su nombre cada vez más alto. Preguntaba a todos los que veía, pero nadie la había visto.

La puerta se abrió de golpe.

–¿Qué pasa, Elin? –preguntó Preben, y salió corriendo de la casa con el pelo revuelto y los faldones de la camisa blanca mal remetidos por el pantalón.

Elin se le acercó corriendo sin dejar de mirar por todas partes con la esperanza de ver la trenza rubia de su hija.

–¡No encuentro a Märta, y la he buscado por todas partes!

–Tranquila, Elin –dijo Preben, y le puso las manos en los hombros.

Ella sintió el calor de sus manos a través del vestido, y no pudo evitar caer desmayada en sus brazos. Se quedó así unos segundos, hasta que se apartó de su pecho y se secó las lágrimas con la manga del vestido.

–Tengo que encontrarla, es tan pequeña..., es lo que más quiero, lo más preciado que tengo.

–La vamos a encontrar, Elin –dijo Preben, y se dirigió resuelto a los establos.

–Ya he buscado allí –dijo Elin desesperada.

–He visto allí a Lill-Jan; si hay alguien que sepa todo lo que pasa en esta granja, es él –dijo Preben.

Abrió la puerta del establo y entró mientras Elin se recogía las faldas y lo seguía corriendo. En la penumbra del establo oyó las voces de los dos hombres, y entre los susurros oyó el nombre de Britta. El corazón empezó a latirle desbocado. Se obligó a esperar mientras Preben y Lill-Jan hablaban, pero cuando por fin vio la cara de Preben comprendió que el frío que se le había metido en el estómago estaba más que justificado.

–Lill-Jan ha visto a Britta hace un rato, iba con Märta camino del bosque.

–¿Al bosque? ¿Y qué iban a hacer allí? La señora Britta nunca va al bosque. ¿Y por qué se ha llevado a Märta?

Se dio cuenta de que estaba gritando, y Preben la acalló.

–No es momento de histerias. Tenemos que encontrar a la niña. Acabo de ver a Britta en la biblioteca, voy a hablar con ella.

Preben se apresuró hacia la casa y Elin se quedó allí sin saber qué hacer. Le venían en oleadas los recuerdos de la infancia. Todo lo que ella amaba se lo había arrebatado su hermana, con la anuencia de su padre. La muñeca que le había dado su madre apareció entre los excrementos de la letrina, le habían cortado el pelo y le habían arrancado las pestañas. El cachorro que le dio el mozo de cuadra desapareció, pero ella sabía bien que Britta había tenido algo que ver. Había algo podrido en el corazón de su hermana. No permitía que nadie tuviera nada que ella no poseyera primero. Siempre fue así.

Y ahora ella no podía ser madre, mientras que Elin tenía a la más adorable de las niñas. Una niña a la que el marido de Britta trataba amorosamente. Como si hubiera sido suya. Elin siempre tuvo el presentimiento de que aquello no terminaría bien, pero ¿qué habría podido hacer? Vivía en casa de su hermana por caridad, y no había otro lugar al que ella y la niña hubieran podido acudir. No después de que las palabras que pronunció le hubieran granjeado el odio y el desprecio de tantos vecinos. Britta era su única salvación. Y tal vez ahora tuviera que pagarlo con su propia hija.

Preben volvió corriendo con una expresión sombría en el semblante.

–Han estado en la laguna –dijo.

A Elin no le interesaba lo más mínimo lo que se hubieran dicho en la casa. Solo tenía en la cabeza un pensamiento: que su niña estaba en la laguna y que no sabía nadar.

Con el corazón en un puño echó a correr tras Preben hacia el interior del bosque, en dirección a la laguna, sin dejar de elevar a Dios sus plegarias. Si el Señor era piadoso, permitiría que encontraran a Märta con vida. De lo contrario, ya podía morir ella también en aquellas aguas oscuras, junto con su niña.

Nils apretó el cigarro entre los labios y dio una primera calada bien profunda. A su lado, Vendela también se encendió uno. Basse revolvía en la bolsa de caramelos que le había comprado a Eva, la del Centrum Kiosken.

Estaban en la cima de la montaña, en el mirador que había por encima de la Grieta del Rey. Allá abajo, un grupo de turistas fotografiaban la bocana del puerto de Fjällbacka.

—¿Tú crees que tu padre lo conseguirá? —dijo Basse—. ¿Aprenderán los árabes a navegar a vela?

Nils cerró los ojos y volvió la cara al sol. La tez pecosa no tardaría en volverse roja como una gamba si seguía allí.

—Desde luego, está completamente obsesionado —dijo Nils.

Su padre siempre había sido igual con todo. Si quería algo con el suficiente ahínco, podía invertir las veinticuatro horas del día en conseguirlo, con una energía inagotable. En las paredes de su casa había fotografías en las que Bill llevaba a hombros a los hermanos mayores de Nils, les enseñaba a navegar, les leía cuentos.

Él podía darse por satisfecho si su padre le preguntaba cómo estaba.

Vendela miraba el teléfono distraída. Dedicaba la mayor parte de sus horas de vigilia al teléfono, y Nils solía decirle que terminaría quedándosele pegado a la mano.

—Mira lo guapa que era —dijo.

Les mostró la pantalla a los chicos, que entornaron los ojos para poder ver la imagen a la luz del sol.

—Superguapa —dijo Basse, devorando la imagen con los ojos.

Era una instantánea de principios de los noventa. Marie Wall al lado de Bruce Willis. Nils había visto la película varias veces. La verdad, estaba buenísima.

—¿Cómo puede tener una hija tan fea? —dijo, y meneó la cabeza—. El padre de Jessie debía de ser un adefesio.

—De todos modos, las tetas son una pasada de grandes —dijo Basse—. Las tiene más grandes que las de su madre. A saber cómo será en la cama. Las chicas feas compensan siendo muy buenas en la cama.

Señaló a Vendela con el cigarro.

—¿Por qué no buscas en Google a Jessie también? A ver qué sale.

Vendela se puso a ello enseguida. Mientras trasteaba con el móvil, Nils se tumbó boca arriba, mirando al cielo.

—¡Qué pasada! —dijo Vendela, y le tironeó del brazo—. ¡Tenéis que ver esto!

Sujetó el móvil para que lo vieran Nils y Basse.

—¿Estás de broma? —dijo Nils, y sintió un escalofrío por todo el cuerpo—. ¿Y esto está en la red?

—Sí, ha sido de lo más fácil encontrarlo —dijo Vendela.

—Per-fec-to.

Basse daba saltitos a su lado.

—¿Qué hacemos? ¿Lo subimos a Snapchat?

Vendela le sonreía a Nils, que guardaba silencio y se permitió unos instantes para reflexionar. Luego se le dibujó en la cara una sonrisa de satisfacción.

—No vamos a hacer nada. Todavía no.

Basse y Vendela parecieron decepcionados al principio. Pero Nils les contó su plan, que hizo reír a Basse a carcajadas. Era genial. Sencillo, pero genial.

Cuando Karim se sentó a la mesa de la cocina, los niños lo acribillaron a preguntas, pero él no tenía ganas de responder. Se limitaba a gruñir un poco. Le habían metido en el cerebro demasiada información en muy poco tiempo. No se sentía tan cansado mentalmente desde que empezó a estudiar en la universidad. Seguro que aquello no era tan complejo en el fondo, había estudiado cosas más difíciles que la navegación a vela, pero era la combinación de información nueva transmitida en una lengua que aún no dominaba, y que el medio le resultaba extraordinariamente ajeno. Y aterrador.

Los recuerdos de la travesía por el Mediterráneo le sobrevinieron con una violencia que lo sorprendió. Hasta ahora no había tomado conciencia del pánico que sintió en aquel barco. Entonces no tenía ni tiempo ni espacio para el miedo. Amina y él estaban absolutamente concentrados en mantener a los niños sanos y salvos. Pero ahora, por la mañana, en el barco con Bill, recordó cada ola, cada grito de los que caían al agua, la mirada de los que, de repente, dejaban de gritar y se deslizaban silenciosos bajo la superficie para nunca más volver. Había reprimido todo aquello, se había convencido de que lo único que importaba era que ya estaban a salvo. Que habían llegado a tierra. A un nuevo hogar.

—¿Quieres contármelo? —dijo Amina acariciándole el pelo.

Él negó con un gesto. No es que pensara que no podía confiarle sus pensamientos. Ella no lo juzgaría, jamás dudaría de él. Pero Amina llevaba mucho tiempo siendo muy fuerte. Los últimos meses en Siria y durante el largo viaje a Suecia.

Ahora le tocaba a él ser fuerte.

—Es solo que estoy cansado —dijo, y alcanzó otra cucharada de la *baba ganoush* que ella había cocinado.

Era tan rica como la de su madre, aunque, naturalmente, a su madre nunca se habría atrevido a decírselo. Tenía casi tanto temperamento como Amina.

Su mujer le puso la mano en el brazo. Le acarició las heridas. Él le sonrió cansado.

La madre de Karim murió mientras él estaba preso, y luego toda la familia tuvo que huir. No se atrevieron a contárselo a nadie. Siria era, hoy por hoy, un país de delatores, y uno nunca sabía quién trataría de salvar el pellejo entregando a otros. Vecinos, amigos, familiares: no se podía confiar en nadie.

Karim no quería pensar en el viaje. Se había dado cuenta de que muchos suecos creían que habían abandonado su país con la esperanza de vivir en el lujo. Lo llenaba de asombro tanta ingenuidad. ¿Cómo podían creer que la gente dejaba todo lo que conocía por la creencia de que podía nadar en oro en Occidente? Claro que había conocido a gente capaz de pasar por encima de mujeres y niños para salvar el pellejo y que no reparaba en nada a la hora de mirar por lo suyo. Pero a él le gustaría que los suecos vieran también a todos los demás. A aquellos que se vieron obligados a abandonar sus hogares para salvar su vida y la de sus familias. A quienes querían contribuir con todo lo que tenían y sabían en aquel país que los acogía.

Amina seguía acariciándole las cicatrices del brazo, y él levantó la vista del plato. Cayó en la cuenta de que no había comido casi nada, perdido en unos recuerdos que creía haber reprimido.

—¿Seguro que no quieres contármelo? —dijo Amina sonriendo.

—No ha sido fácil —dijo Karim.

Samia le dio una patada a Hassan y Amina les lanzó una mirada. Con eso solía bastar.

—Eran tantas cosas nuevas... —continuó Karim—. Demasiadas palabras raras, y no sé, puede que en realidad él esté loco...

—¿Bill?

—Sí, no lo sé, puede que sea un loco que quiere lograr un imposible.

—Todo es posible, ¿no es lo que tú siempre les dices a los niños?

Amina se sentó sobre sus rodillas. No era frecuente que se mostraran cariñosos delante de los niños, que ahora los observaban con los ojos como platos. Pero ella sabía que, en aquellos momentos, él necesitaba esa ternura.

—¿Vas a usar las palabras de tu marido contra él mismo? —dijo, y le apartó el pelo de la cara.

Le caía abundante, largo y negro por la espalda, y esa era una de las muchas cosas que él adoraba de Amina.

—Mi marido dice cosas muy sensatas —respondió ella, y le besó la mejilla—. A veces.

Él se echó a reír y, por primera vez en mucho tiempo, sintió que se deshacía el nudo del estómago. Los niños no comprendieron la broma, pero también se echaron a reír. Porque él estaba riendo.

—Tienes razón. Todo es posible —dijo al fin, y le dio una palmada en el trasero—. Pero muévete, que no alcanzo la comida. Está casi tan rica como la de mi madre.

Ella le respondió con una palmada en el hombro. Y él alargó el brazo en busca de otra *dolma*.

—¿La vas a llamar? —dijo Paula, y sonrió a Martin, que cambió de marcha justo antes de la curva—. «Cougars» es el último grito, según tengo entendido. Y por lo que me han dicho, no sería tu primera experiencia en ese terreno...

No era ningún secreto que hubo un tiempo en que Martin arrasaba como una apisonadora entre las señoras del lugar, y que las mujeres de cierta edad lo miraban con muy buenos ojos. Paula no lo conoció antes de Pia, el amor de su vida, y lo había visto quererla y también perderla. Para ella, las historias de sus amoríos solo eran leyendas, pero eso no implicaba que no pudiera tomarle el pelo. Y el flirteo descarado de Marie le había dejado la puerta abierta de par en par.

—Venga ya, déjalo —dijo Martin poniéndose como un tomate.

—Aquí es. —Paula señaló una casa lujosa que había a la orilla del agua.

Martin pareció aliviado. Habría podido seguir chinchándole otros veinte kilómetros.

—Voy a dejar el coche en Planarna —la informó, aunque ya estaba girando para acceder al gran embarcadero de cemento, donde aparcó el coche.

Por encima de ellos se alzaba imponente Badis, y Paula se alegraba de que, un par de años atrás, hubieran vuelto a equipar el antiguo edificio de estilo funcionalista. Había visto fotografías del aspecto que tenía antes, y habría sido una pena y un escándalo que hubiera seguido deteriorándose. También había oído hablar de los clubes nocturnos y de las fiestas que se celebraban allí antaño, y suponía que muchos de los habitantes de Fjällbacka debían su existencia a Badis.

—No es seguro que esté en casa —dijo Martin mientras cerraba el coche—. Pero llamamos y ya veremos qué pasa.

Se dirigió a la preciosa casa que alquilaba Marie Wall, y Paula lo siguió.

—Jessie es una adolescente y vive en una casa así... —dijo—. Madre mía, yo no pisaría la calle.

Paula se hizo sombra con la mano. El mar que se extendía ante ellos lanzaba destellos cegadores.

Martin llamó a la puerta. Claro que podrían haber llamado por teléfono para cerciorarse de que Jessie estuviera en casa, pero tanto ella como Martin preferían presentarse de forma inesperada. Así la gente no tenía tiempo de pensar en lo que iba a decir, y de ese modo era más fácil que la verdad saliera a la luz.

—Parece que no hay nadie —dijo Paula, y dio una patada en el suelo.

La paciencia no era su mayor virtud, a diferencia de Johanna, que era la calma personificada. Lo cual a veces la exasperaba.

—Espera —dijo Martin, y llamó otra vez.

Al cabo de lo que les pareció una eternidad, oyeron pasos en una escalera del interior de la casa. Los pasos se acercaron a la puerta y oyeron una cerradura.

—¿Hola...? —dijo una adolescente.

Llevaba una camiseta negra con un estampado de rock duro y unos pantalones cortos. Tenía el pelo alborotado y parecía haberse vestido a toda prisa.

—Somos de la comisaría de Tanumshede, y veníamos a hacerte unas preguntas —dijo Martin, y saludó a la jovencita, que solo había entreabierto la puerta.

Ella parecía dudar.

—Mi madre...

—Acabamos de hablar con ella —la interrumpió Paula—. Sabe que íbamos a venir a hablar contigo.

La chica parecía aún algo indecisa, pero unos segundos después retrocedió y abrió la puerta del todo.

—Pasad —dijo, y se adelantó hacia el interior de la casa.

Paula notó que se le aceleraba el pulso al ver la habitación en la que acababan de entrar. Las vistas eran maravillosas. Unas enormes puertas de cristal se abrían a un embarcadero desde el que se veía todo el puerto de Fjällbacka. Madre mía. Que hubiera gente que pudiera permitirse aquello.

—¿Qué queríais?

Jessie se sentó a una enorme mesa de cocina de madera maciza, sin haber hecho amago de saludar adecuadamente. Paula se preguntó si aquella falta de cortesía era el resultado de una mala educación o pura y simple rebeldía adolescente. Después de haber hablado con la madre de Jessie, se inclinaba por lo primero. Marie no parecía pertenecer al tipo de madre amorosa.

—Estamos investigando el asesinato de una niña. Y resulta... En fin, hemos tenido que hablar con tu madre a propósito de...

Paula veía que a Martin le costaba encontrar las palabras adecuadas, dado que ignoraban cuánto sabría Jessie acerca del pasado de su madre.

Ella misma despejó esas dudas.

—Sí, ya me he enterado, han encontrado a una niña en el mismo lugar en el que hallaron a la niña a la que dicen que mataron mi madre y Helen.

Jessie apartó la mirada y Paula le sonrió.

—Necesitamos saber dónde se encontraba tu madre entre el domingo por la noche y el lunes a mediodía —dijo.

—¿Y cómo voy a saberlo? —Jessie se encogió de hombros—. El domingo por la noche estuvo en no sé qué fiesta con el equipo de la película, pero no tengo ni idea de cuándo volvió a casa, si es que volvió. No compartimos dormitorio.

Jessie subió los pies a la silla y se cubrió las rodillas con la camiseta. Paula no veía mucho parecido entre la madre y la hija, pero seguramente se parecería al padre, quienquiera que fuese. Había buscado en Google información sobre Marie para averiguar todo lo posible sobre su pasado. Y precisamente esa circunstancia se mencionaba en más de un sitio: nadie sabía quién era el padre de Jessie. Paula se preguntaba si la chica lo sabría. O si lo sabría la propia Marie.

—La casa no es tan grande, aunque no durmáis en el mismo cuarto, deberías haberla oído llegar —dijo Martin.

Tenía razón, se dijo Paula. Aquella antigua cabaña de pescador reformada era muy lujosa, pero lo que se dice grande no era.

—Duermo escuchando música. Con los auriculares puestos —dijo Jessie, como si fuera de lo más lógico.

Paula, que para conciliar el sueño necesitaba que el cuarto estuviera helado, totalmente a oscuras y en absoluto silencio, se preguntaba cómo podía nadie dormir con la música metida en los oídos.

—¿Y así te dormiste esa noche también, la noche del domingo? —preguntó Martin, que se negaba a rendirse.

Jessie soltó un bostezo.

—Como siempre.

—O sea, no tienes ni idea de cuándo llegó tu madre esa noche, o de si llegó siquiera, ¿no? ¿Estaba aquí cuando te despertaste por la mañana?

—No, suele irse temprano al estudio —dijo Jessie al tiempo que se tiraba un poco más de la camiseta.

Aquella prenda no recuperaría jamás la forma original. Paula trató de leer lo que ponía, pero las letras tenían forma de unos rayos muy raros, y era imposible. De todos modos, seguro que no conocía al grupo. De adolescente tuvo una época breve en la que fue fan de los Scorpions, pero desde luego no era experta en rock duro.

—No podéis creer de veras que mi madre fue a esa granja y mató a la niña, ¿no? ¿En serio?

Jessie se toqueteaba las cutículas de la mano izquierda, y a Paula le dolía todo el cuerpo solo de ver hasta dónde se había mordido las uñas. En algunos puntos se había mordido la piel justo al borde de la uña, y estaba llena de heridas.

—¿Os hacéis una idea de cómo lo han pasado sus familias? ¿Nosotros? ¿Cuánta mierda hemos tenido que tragarnos porque a nuestras madres las creyeron culpables de algo que no hicieron? ¡Y ahora venís aquí a preguntar por otro asesinato, que encima no tiene nada que ver con ellas!

Paula miraba a Jessie en silencio, y tuvo que morderse la lengua para no recordarle que su madre se había construido toda una carrera a base de hablar de su trauma de la infancia.

Martin se volvió hacia Jessie.

—¿«Nuestras madres»? —dijo—. ¿Estás hablando del hijo de Helen? ¿Es que os conocéis?

—Sí, nos conocemos —dijo Jessie, y echó hacia atrás la melena—. Es mi novio.

Un ruido procedente del piso de arriba los sobresaltó a todos.

—¿Está aquí? —preguntó Paula, al tiempo que miraba hacia la empinada escalera que subía al piso de arriba.

—Sí —dijo Jessie, con el cuello entero enrojecido.

—¿No podrías pedirle que bajara? —dijo Martin con voz amable—. Un colega iba a hablar con Helen y su familia, pero ya que él está aquí...

255

—Vale —dijo Jessie, y gritó mirando hacia el piso de arriba—: ¿Sam? ¡La policía está aquí! ¡Quieren hablar contigo!

—¿Cuánto hace que salís? —dijo Paula, y vio que la chica se erguía un poco.

Se figuró que no había tenido muchos ligues en su vida.

—Bueno, acabamos de empezar —dijo Jessie removiéndose un poco, aunque Paula se dio cuenta de que no le costaba nada hablar del tema.

Recordaba muy bien la felicidad de la primera vez que empezó a salir con alguien. De ser parte de una pareja. Aunque en su caso no era un Sam, sino una Josefin. Y, desde luego, no se atrevieron a mostrarlo abiertamente. No salió del armario hasta los veinticinco, y entonces se preguntó por qué había tardado tanto. Ni el cielo se vino abajo ni se abrió el suelo bajo sus pies ni cayeron rayos sobre la tierra. No se le arruinó la vida. Más bien al contrario. Por primera vez se sintió libre.

—Hola.

Un adolescente flacucho bajaba despacio las escaleras. Llevaba pantalón corto e iba sin camiseta. Señaló a Jessie.

—La tiene ella.

Paula lo examinó con curiosidad. La mayoría de la gente de la zona conocía a su padre, no podía decirse que hubiera muchos soldados de las Naciones Unidas en la comarca, y no se había imaginado que el hijo de James Jensen pudiera tener aquella pinta. El pelo teñido de negro. Lápiz negro alrededor de los ojos y una mirada rebelde que instintivamente supo que escondía otra cosa. La había visto muchas veces en los jóvenes a los que conocía en su trabajo. Rara vez eran cosas buenas y vivencias positivas las que se escondían detrás de una mirada así.

—¿Te importa hablar un rato con nosotros? —le preguntó Paula—. ¿Quieres llamar a tus padres y pedirles permiso?

Intercambió una mirada con Martin. En realidad, iba totalmente contra el reglamento interrogar a un menor sin la presencia de sus padres, pero había decidido considerarlo una conversación normal y corriente. No un interrogatorio. Solo iban a hacerle unas preguntas, y era una tontería desaprovechar la ocasión ya que estaba allí.

—Estamos trabajando en la investigación del asesinato de Nea, que era vecina tuya. Y por razones que seguramente conoces necesitamos saber dónde se encontraban vuestras madres cuando Nea desapareció.

—¿Habéis hablado con mi madre? —preguntó Sam, y se sentó al lado de Jessie.

Ella le sonrió y le cambió la cara por completo. Ahora resplandecía.

—Hemos estado con ella, sí —dijo Martin, que se levantó y se dirigió a la encimera de la cocina—. ¿Puedo ponerme un vaso de agua?

—Claro —dijo Jessie, y se encogió de hombros sin apartar la vista de Sam.

—¿Y qué ha dicho? —preguntó Sam jugueteando con un nudo que había en la madera de la mesa.

—Nosotros preferimos oír lo que tú tengas que decir —respondió Paula, y le sonrió amablemente.

Había algo en él que la conmovía. Estaba entre la niñez y la edad adulta, y casi podía ver las dos dimensiones luchando entre sí. Se preguntaba si él mismo sabía en cuál de las dos quería estar. Tampoco podía ser fácil crecer con un padre como James, pensó. Ella nunca había tenido en muy alta estima a los machos bravucones como él, quizá porque ellos rara vez tenían en mucha estima a las mujeres como ella. Y tener un padre que personificaba ese ideal masculino debía de ser duro.

—Bueno, ¿qué queréis saber? —dijo, y se encogió de hombros, como si no importara.

—¿Sabes lo que hizo tu madre entre la noche del domingo y el mediodía del lunes?

—¿No podéis precisar un poco? No controlo mucho el reloj, y tampoco a mi madre, por cierto.

Sam seguía toqueteando la mesa.

Martin volvió a sentarse con un vaso de agua en la mano.

—Cuenta lo que recuerdes —dijo—. Empieza por la noche del domingo.

Vació la mitad del vaso de un trago.

Paula también empezaba a tener sed. Había un ventilador junto a la pared, pero no refrescaba gran cosa. El calor estival era tan agobiante que el aire vibraba en la habitación, a pesar de que las puertas estaban abiertas de par en par. No corría la menor brisa que los refrescara un poco. El agua se extendía en el puerto como un espejo.

—Cenamos temprano —dijo Sam, y miró al techo, como tratando de recrear la escena de la noche del domingo—. Albóndigas y puré de patatas. Casero, el que hace mi madre. Mi padre no soporta el puré en polvo. Luego mi padre se fue de viaje de trabajo o algo así, y yo subí a mi cuarto. Y no tengo ni idea de lo que hizo mi madre. Yo por las noches me quito de en medio. Y por la mañana... me quedé durmiendo hasta... no sé, pero tarde. Supongo que mi madre salió a correr. Sale todas las mañanas.

Paula se levantó y fue también por un vaso de agua. Se le estaba pegando la lengua al paladar. Se volvió mientras llenaba el vaso.

—Pero no la viste, ¿no?

Él negó con la cabeza.

—Qué va. Estaba durmiendo.

—¿Y a qué hora la viste ese día?

Martin apuró el agua que quedaba y se secó los labios con el dorso de la mano.

—Ni idea. ¿Para el almuerzo, quizá? Es verano, ¿quién sigue los horarios?

—Luego nos fuimos en tu barco —dijo Jessie—. Creo que fue sobre las dos. El lunes.

La muchacha aún no había apartado la vista de Sam.

—Sí, eso es —dijo—. Salimos con mi barco. O con el de mis padres. El de la familia, vamos. Aunque casi soy el único que lo usa. Mi madre no sabe, y mi padre nunca está en casa.

—¿Cuánto tiempo lleva en casa ahora? —dijo Paula.

—Unas semanas. Pronto tendrá que irse otra vez. Poco después de que empiece el curso, creo.

—¿Adónde? —preguntó Martin.

Sam se encogió de hombros.

—No sé.

—¿Ninguno de los dos recuerda nada más del lunes?

Los dos negaron con la cabeza.

Paula intercambió una mirada con Martin, él comprendió y se levantaron.

—Gracias por el agua. Y por la charla. Puede que tengamos más preguntas que haceros más adelante.

—Claro —dijo Sam.

Y se encogió de hombros otra vez.

Ninguno de los dos chicos los acompañó a la puerta.

Bohuslän, 1672

Cuando Elin oyó los gritos de Märta corrió más rápido que nunca en su vida. Delante, entre los árboles, veía la camisa blanca de Preben; él era más rápido y la distancia entre los dos iba en aumento. El corazón le martilleaba en el pecho, y oía cómo la falda se le iba enganchando en las ramas que iba arrancando en la carrera y el ruido de la tela al rasgarse. Atisbó la laguna a lo lejos y aceleró aún más, mientras los gritos de Märta se oían cada vez más cerca.

–¡Märta! ¡Märta! –chillaba, y cuando llegó a la orilla de la laguna se hincó de rodillas.

Preben ya iba abriéndose paso hacia la niña, avanzando por las negras aguas, pero cuando ya se había adentrado tanto que el agua le llegaba al pecho, soltó una maldición.

–¡Se me ha atascado el pie, no consigo soltarlo! Elin, tienes que ir nadando hasta Märta, no aguantará mucho más.

Preben miraba desesperado, y ella lo veía tirar con fuerza para liberarse.

Miraba angustiada ya a Preben, ya a Märta, que había dejado de gritar y parecía estar hundiéndose bajo la superficie de aquella negrura.

–¡No sé nadar! –gritó, aunque mirando al mismo tiempo a su alrededor en busca de una salida.

Sabía que si se lanzaba al agua sin pensarlo en un intento de salvar a su hija, la niña se ahogaría. Y ella también.

Echó a correr rodeando la laguna hasta la otra orilla. Era pequeña, pero profunda, y ahora solo se atisbaba la coronilla de Märta sobresaliendo en la superficie reluciente. Una larga rama colgaba por encima del agua, y Elin se agarró a ella y se lanzó al agua todo lo lejos que pudo. A pesar de todo, aún faltaba más de un metro para llegar a la niña, y le gritó que resistiera. La pequeña pareció oírla, porque empezó a agitar los brazos y a manotear otra vez. A Elin le dolían los brazos de tirar tanto de la rama, pero ya empezaba a estar tan cerca de Märta que podía intentar alcanzarla.

–¡Agárrate a mí! –gritaba estirándose todo lo que podía hacia la niña sin arriesgarse a soltar la rama.

Preben también gritaba con todas sus fuerzas.

–¡Märta! ¡Agárrate a la mano de Elin!

La niña luchaba desesperadamente por alcanzar la mano de su madre, pero le costaba agarrarse y no paraba de tragar agua.

–¡Märta, por Dios bendito, agárrate!

Y como por un milagro, Märta logró alcanzar la mano. Elin se aferró a ella con todas sus fuerzas y empezó a volver sujetándose a la rama. El peso de la niña tiraba de ella hacia abajo, pero de alguna forma logró reunir la fuerza que necesitaba. Preben había conseguido liberarse por fin, y fue nadando hacia ellas. Cuando ya estaban cerca de la orilla, Preben alcanzó a Märta y la cogió en brazos, de modo que Elin pudo soltarla. Le dolían los dos brazos, pero era tal el alivio que sentía que rompió a llorar. En cuanto notó que había tierra firme bajo sus pies, se arrojó al cuello de Märta y abrazó al mismo tiempo a Preben, que estaba en cuclillas, rodeando a la niña con sus brazos.

Elin no fue capaz de decir después cuánto tiempo estuvieron así los tres, abrazados, pero solo cuando Märta empezó a tiritar se dieron cuenta de que debían volver para ponerle ropa seca y cambiarse ellos también.

Preben llevó a la niña en brazos por el bosque. Cojeaba un poco y Elin vio que se le había caído un zapato, seguramente cuando quedó atrapado en medio de la laguna.

–Gracias –le dijo con la voz quebrada por el llanto, y Preben se volvió hacia ella con una sonrisa.

–Yo no he hecho nada. Has sido tú la que has encontrado la solución.

–Y a mí me ha ayudado Dios –dijo Elin, con la certeza de que así era.

Fue la ayuda de Dios lo que recibió en aquel instante en que le dijo a su hija que se agarrara fuerte de su mano, de eso estaba convencida.

–En ese caso, tengo algo más que agradecerle a Nuestro Señor esta noche –dijo Preben, y abrazó más fuerte a la niña.

A Märta le castañeteaban los dientes, y tenía los labios morados.

–¿Qué hacías en la laguna? Si no sabes nadar…

Elin trataba de que no sonara a reproche, pero no lo entendía. Su hija sabía perfectamente que no podía acercarse al agua.

–Me dijo que Viola estaba en el agua y que se estaba ahogando –murmuró Märta.

–¿Quién? ¿Quién te dijo que Viola estaba en la laguna? –dijo Elin con el ceño fruncido.

Pero creía conocer la respuesta. Su mirada se cruzó con la de Preben.

–¿Te lo dijo Britta? –preguntó Preben.

Märta asintió.

–Sí, y vino conmigo un trecho y me indicó hacia dónde estaba la laguna. Luego me dijo que tenía que volver, pero que yo tenía que ir y salvar a Viola.

Elin miraba a Preben fuera de sí, y se dio cuenta de que él también tenía la mirada negra como la laguna.

–Hablaré con mi mujer –dijo con voz sorda.

Ya se acercaban a la casa pastoral y Elin habría querido protestar, le habría gustado arañar y golpear y arrancarle el pelo a su hermana, pero sabía que tenía que escuchar a Preben. De lo contrario, acarrearía la desgracia sobre sí misma y sobre su hija. Se obligó a respirar hondo varias veces y rogó a un poder superior que le diera fuerza para mantener la calma. Pero por dentro le hervía la sangre.

–¿Qué ha pasado?

Lill-Jan apareció corriendo hacia ellos seguido de otros mozos y criadas.

–Märta se metió en la laguna, pero Elin ha conseguido sacarla –dijo Preben, y se dirigió a la casa con paso ligero.

–Acuéstala en la cabaña –dijo Elin, que no quería que la niña estuviera cerca de Britta.

–No, la niña tiene que darse un baño caliente y ponerse ropa seca.

Se volvió a la más joven de las criadas.

–¿Puedes preparar un baño, Stina?

Ella inclinó la cabeza y se adelantó corriendo al interior de la casa para empezar a calentar el agua.

–Yo iré a buscar la ropa –dijo Elin.

Muy a su pesar, dejó a Preben y a Märta, pero no antes de haberle acariciado a su hija la cabeza y haberle besado la frente helada.

–Mamá no tardará –dijo al oír la débil protesta de la niña.

–¿Qué es todo esto? –preguntó Britta furiosa en el umbral de la puerta, al oír el tumulto que se había desatado en la explanada.

Al ver a Märta en brazos de Preben se puso tan blanca como la camisa de su marido.

–¿Qué..., qué...?

Tenía los ojos como platos de asombro. Elin rogaba febrilmente para sus adentros. Rogaba como nunca, quería encontrar la fuerza necesaria para no matar a Britta allí mismo. Y sus plegarias fueron atendidas. Consiguió callar, pero por si acaso se dio media vuelta y fue a buscar la ropa de la niña. No oyó lo que Preben le decía a su esposa, pero sí tuvo tiempo de ver la mirada que le lanzaba. Y por primera vez en la vida, vio el miedo en la cara de su hermana. Pero tras el miedo se agazapaba algo que asustó a Elin. Un odio tan ardiente como el fuego del infierno.

Los niños estaban jugando en el sótano. Patrik estaba en la comisaría y Erica le había pedido a Kristina que se quedara con ellos un rato, para que ella pudiera trabajar sin interrupciones. Lo había intentado estando sola con los niños, pero era imposible centrarse con una vocecilla infantil pidiéndole algo cada cinco minutos. Siempre había alguien que tenía hambre o que quería hacer pipí. Pero a Kristina no le importaba quedarse un poco más, y Erica le estaba profundamente agradecida. Podían decir lo que quisieran de su suegra, pero era estupenda con los niños y nunca dudaba en echar una mano. A veces se preguntaba qué tipo de abuelos habrían sido sus padres. Puesto que habían muerto antes de que nacieran los niños, nunca lo sabría, pero quería creer que sus hijos tal vez hubieran ablandado a su madre. Que ellos, a diferencia de Anna y ella, habrían podido atravesar la dura coraza que la cubría.

Ahora hacía ya mucho que conocía la historia de Elsy, su madre, y la había perdonado, y había decidido creer que habría sido una abuela amorosa y que habría jugado con los niños. Erica no dudaba ni por un segundo que su padre habría sido un abuelo maravilloso. Igual que fue maravilloso como padre. A veces se lo imaginaba sentado en el porche, en su silla favorita, con Maja y los gemelos correteando alrededor. Con la pipa humeante mientras les contaba los cuentos de piratas, fantasmas y espectros de las islas. Seguro que habría asustado a los niños con sus historias, igual que había hecho con ella y con Anna. Pero a los niños les habría encantado pasar miedo, como a ella y a su hermana. También les habrían encantado el olor de la pipa y los jerseys gruesos de lana que siempre llevaba, ya que Elsy insistía en ahorrar en calefacción.

Las lágrimas le ardían en los ojos y se obligó a dejar de pensar en sus padres. Observó la gran pizarra que cubría una de las paredes grandes del despacho. Había reunido todos los montones de papeles que tenía encima de la mesa y empezó a clavar en la pared las fotocopias, las impresiones, las fotos y las notas. Era una de las fases de su trabajo con los libros: primero, crear el caos, reunir todo el material, amontonarlo y asimilarlo todo; y luego, tratar de imponer algún tipo de orden y estructura en ese caos. Le encantaba esa parte del trabajo; por lo general, era entonces cuando la niebla empezaba a despejarse en torno a lo que, en un principio, se le antojaba una historia incomprensible por completo. Cada vez que empezaba un libro sentía que nunca conseguiría sacarlo adelante. Pero, de alguna forma, siempre lo conseguía.

En esa ocasión no solo se trataba de un libro. Aquello que empezó siendo un relato sobre una tragedia y un caso antiguos experimentó de pronto un giro inesperado. Ahora era, además, la historia de un nuevo caso de asesinato, otra niña muerta y más gente que lloraba su pérdida.

Erica se cruzó las manos en la nuca y entornó los ojos mientras trataba de encontrar algún tipo de hilo conductor. Empezaba a costarle un poco más que antes leer a esa distancia, pero se negaba a rendirse a la evidencia de que, seguramente, necesitaría gafas.

Observó las fotos de Marie y Helen. Eran muy distintas. Tanto por el físico como por la forma de ser que transmitían en las fotografías. Helen era morena, corriente y algo sumisa. Marie era rubia, guapa y siempre miraba tranquilamente a la cámara. Resultaba frustrante que no hubieran podido encontrar las antiguas actas de los interrogatorios. Nadie sabía dónde estaban, y cabía la posibilidad de que se hubieran destruido. Sabía por experiencia que en la comisaría de Tanumshede la organización no siempre había sido el punto fuerte. En la actualidad, Annika mantenía un orden prusiano, pero eso no ayudaba demasiado cuando había que utilizar material anterior a la época en la que ella empezó a trabajar allí como secretaria. Las actas habrían podido ayudarle a comprender la relación entre las dos niñas, lo que ocurrió aquel día y cómo fue que confesaron. Los artículos de prensa de la época no ofrecían demasiada información sobre los antecedentes, nada del «cómo», solo el «qué». Y puesto que ya había pasado mucho tiempo de la muerte de Leif, tampoco podría encontrar ayuda por ahí. Esperaba que la visita a su hija le diera algún resultado, pero Viola no la había llamado. Tampoco sabía si Leif habría guardado algún material, era solo una corazonada, basada en el hecho de que el policía nunca abandonó del todo el caso Stella. Y a ese punto volvía siempre. Fue él quien tomó nota de las confesiones de Helen y Marie, fue él quien declaró a todos los periódicos que el caso estaba resuelto. Así que, ¿por qué cambió de parecer? ¿Por qué dejó de creer que las niñas fueran culpables, tantos años después?

Erica volvió a entornar los ojos para ver las letras con más claridad. Desde allí oía que los niños estaban jugando al escondite con la abuela en el piso de abajo, algo que siempre resultaba difícil teniendo en cuenta la forma tan creativa de contar que tenían los gemelos: «Uno, dos, diez, ¡¡VOY!!».

De repente, un artículo del *Bohusläningen* llamó su atención. Se levantó y lo retiró de la pizarra. Lo había leído muchas veces con anterioridad, pero ahora rodeó en él una línea con un bolígrafo. Era posterior a que las niñas hubieran retirado su confesión, y un periodista había conseguido que Marie respondiese a una pregunta:

«Alguien nos vino siguiendo por el bosque», decía la cita.

Descartaron aquella información pensando que era mentira, la forma que tenía una niña de echarle la culpa a otro. Pero ¿y si alguien siguió de verdad a las niñas por el bosque aquel día? ¿Qué podía suponer esa circunstancia para el asesinato de Nea? Erica escribió en un post-it: «¿Alguien en el bosque?». Lo pegó en la pizarra, encima del artículo, y se quedó mirándolo con los brazos en jarras. ¿Cómo podía seguir? ¿Cómo podía averiguar si de verdad hubo alguien que siguió a las niñas aquel día? Y de ser así, ¿quién fue?

Oyó el pitido del móvil, que tenía encima de la mesa, y se volvió para mirar la pantalla. Un número desconocido, ningún nombre. Pero por el contenido del mensaje comprendió de quién se trataba.

«Me he enterado de que has hablado con mi madre. ¿Nos vemos?»

Erica sonrió, y volvió a dejar el teléfono después de responder brevemente que sí. Tal vez podría encontrar la respuesta a algunas de sus preguntas, después de todo.

Patrik terminó el informe sobre su conversación con Helen y James y le dio a «Imprimir». Los dos estaban en casa cuando él llegó a la granja, y respondieron solícitos a todas sus preguntas. James confirmó la versión de Helen de que nadie de la familia se había enterado de la operación de búsqueda de la noche del lunes, y le dijo qué hizo él el lunes. Tenía un viaje de trabajo y llegó al hotel de Gotemburgo la noche del domingo. Allí estuvo de reuniones hasta las cuatro de la tarde del lunes. Entonces cogió el coche para volver a casa. Helen dijo que ella se fue a dormir el domingo a las diez de la noche. Se había tomado una pastilla y no se despertó hasta las nueve de la mañana, hora a la que salió a correr como de costumbre.

Patrik se preguntaba si alguien podría confirmarle la información de Helen.

Lo sacó de sus reflexiones el timbre del teléfono, y respondió ausente mientras trataba de evitar que el contenido de un lapicero que había rozado sin querer quedara esparcido por toda la mesa. Cuando oyó quién era, se sentó en la silla y tomó papel y bolígrafo.

—Nos has colado —dijo aliviado, y oyó que Pedersen respondía refunfuñando.

—Sí, no ha sido fácil. *You owe me one*. Pero, claro..., los casos con niños... —Pedersen soltó un suspiro al otro lado del hilo telefónico y Patrik se dio cuenta de que el forense estaba tan afectado como él por la muerte de Nea—. Iré al grano. Todavía no tengo el informe final, pero hemos podido constatar que la niña murió por un traumatismo craneal.

—De acuerdo —dijo Patrik mientras anotaba.

Sabía que Pedersen le enviaría un informe detallado inmediatamente después de la conversación, pero tomar notas le ayudaba a ordenar los conceptos.

—¿Alguna pista de qué pudo causar la lesión?

—No, salvo que tenía la herida llena de suciedad. Por lo demás, la habían lavado.

—¿Suciedad? —Patrik dejó de anotar y frunció el ceño.

—Sí, he enviado una muestra al Centro Forense Nacional. Con un poco de suerte, nos harán llegar la respuesta en los próximos días.

—¿Y el objeto que provocó la lesión? Debía de estar sucio, ¿no?

—Pues... —Pedersen se lo estaba pensando.

Patrik sabía que el forense actuaba así cuando no estaba seguro del todo y no quería decir demasiado ni demasiado poco. Recibir la información equivocada podía ser fatal en una investigación de asesinato. Pedersen lo sabía.

—No estoy seguro —dijo, y volvió a interrumpirse—. Pero a juzgar por el tipo de lesión, debió de ser un objeto muy pesado. O bien...

—¿O bien...? —dijo Patrik.

Las pausas dramáticas de Pedersen le aceleraban el pulso.

—Bueno, o bien se lesionó al caerse.

—¿Al caerse?

Patrik recordó el claro del bosque. No había ningún lugar del que caer, a menos que la niña se hubiera caído de un árbol, claro. Pero, entonces, ¿quién la había escondido debajo del tronco del árbol?

—Yo creo que puede ser que la trasladaran —dijo Pedersen—. En el cadáver hay indicios de que pasó algún tiempo tumbada boca arriba, pero cuando la encontrasteis, estaba boca abajo. La trasladaron y la tumbaron en esa posición, pero antes estuvo boca arriba unas horas. No te puedo decir cuántas con exactitud.

—¿Has encontrado alguna similitud con el caso Stella? —preguntó Patrik.

Y acercó el bolígrafo al cuaderno.

—He estado leyendo el antiguo informe forense —dijo Pedersen—. La única similitud es que las dos niñas murieron por un golpe violento en la cabeza. Pero en el caso Stella había en la herida rastros de madera y de piedras. Y además, era evidente que a la niña la mataron en el claro del bosque, junto al riachuelo, allí donde la encontraron. Y Torbjörn, ¿ha encontrado algún rastro así en Nea? El que la hayan trasladado y la hayan colocado debajo del árbol no significa que la hubieran llevado allí desde muy lejos. Pudieron matarla por allí cerca.

—Ya, siempre y cuando las lesiones se deban a un golpe y no a una caída. En esa zona no hay ningún lugar del que caerse, ni siquiera es un terreno accidentado. Llamaré a Torbjörn enseguida a ver qué me dice. Pero yo no vi nada en el lugar del hallazgo del cadáver que indique que la hubieran matado allí.

Patrik volvió a imaginarse el claro del bosque. No había visto manchas de sangre, pero Torbjörn y su equipo de técnicos habían peinado el área y si hubiera habido allí algo que pasara inadvertido al ojo humano, ellos lo habrían encontrado.

—¿No tienes nada más que contarme? —dijo Patrik.

—No, no he encontrado nada de interés. La niña era una criatura sana, no estaba desnutrida, sin lesiones, a excepción de la que presenta en la cabeza. El estómago contenía una mezcla de chocolate y galleta, supongo que algún tipo de chocolatina, seguramente una Kex normal y corriente.

—De acuerdo, gracias —dijo Patrik.

Colgó el teléfono, dejó el bolígrafo y aguardó unos minutos antes de llamar a Torbjörn Ruud. Sonaron muchos tonos de llamada, y ya estaba a punto de colgar cuando oyó la voz brusca de Torbjörn:

—¿Diga?

—Hola, soy Patrik. Hedström. Acabo de hablar con Pedersen y solo quería comprobar cómo vais.

—Todavía no hemos terminado —dijo Torbjörn algo seco.

Siempre sonaba como si estuviera enfadado, pero Patrik ya se había acostumbrado después de tantos años. Torbjörn era de lo mejorcito que había en su campo en toda Suecia. Tanto el distrito de Estocolmo como el de Gotemburgo le habían ofrecido trabajo, pero sentía demasiado apego por su pueblo de Uddevalla y nunca vio ningún motivo para mudarse.

—¿Y cuándo crees que terminaréis? —preguntó Patrik, otra vez bolígrafo en mano.

—Imposible decirlo —masculló Torbjörn—. No queremos cometer el menor descuido con esta investigación. Bueno, lógicamente, con ninguna investigación. Pero bueno, ya sabes tú... Esa criatura no tuvo oportunidad de vivir muchos años. Y eso...

Tosió un poco y tragó saliva. Patrik lo entendía a la perfección, pero lo mejor que podían hacer por la niña era mantener toda la frialdad y la objetividad posibles. Y encontrar al culpable.

—¿Hay algo que me puedas adelantar? Pedersen le ha hecho la autopsia y parece que murió de un traumatismo en la cabeza. ¿Hay algo que indique que se haya podido utilizar algún objeto hallado en el lugar? ¿O que murió en los alrededores del sitio donde la encontramos?

—No... —dijo Torbjörn a regañadientes.

Patrik sabía que no le gustaba dar ninguna información hasta haber terminado, pero que también comprendía la necesidad de Patrik de conocer parte de los datos que le pudieran ayudar a avanzar en la investigación.

—No hemos encontrado nada que apunte a que la asesinaron en el claro del bosque. No había rastros de sangre, y no hemos encontrado sangre en ningún objeto contundente.

—¿Qué perímetro buscasteis?

—Peinamos una zona muy amplia alrededor del claro. No te lo puedo decir con exactitud, figurará en el informe definitivo, pero nos empleamos a fondo. Y ya te digo, nada de rastros de sangre. Un traumatismo craneal implicaría una gran cantidad de sangre.

—Sí, desde luego, todo indica que el claro del bosque es un lugar del crimen secundario —dijo Patrik mientras tomaba unas notas—. Y en algún lugar tenemos el principal.

—¿La casa de la niña? ¿Deberíamos buscar rastros de sangre allí?

Patrik no respondió enseguida. Luego dijo despacio:

—Gösta es el que ha interrogado a la familia. No cree que haya ninguna razón para sospechar de ellos. Así que, por ahora, no hemos seguido esa línea de investigación.

—Pues no sé yo —dijo Torbjörn—. Ya hemos visto lo que puede ocurrir en el seno de una familia. A veces, por accidente. Otras veces, no.

—Tienes razón —dijo Patrik a su pesar.

Tenía la desagradable sensación de que tal vez hubieran cometido un error. Un error ingenuo y tonto. No podía permitirse ser sentimental ni ingenuo. Habían visto demasiadas cosas a lo largo de los años y debería saber lo que se hacía.

—¿Patrik?

Unos discretos golpecitos en la puerta lo sacaron del ensimismamiento. Había concluido la conversación con Torbjörn y se había quedado allí mirando al vacío mientras pensaba en cuál debía ser el siguiente paso.

—¿Sí?

Annika estaba en la puerta, y parecía incómoda.

—Hay algo que deberíais saber. Empiezan a entrar llamadas. Muchas. De una naturaleza muy desagradable...

—¿Qué quieres decir?

Annika dio unos pasos, entró en el despacho y se plantó delante de él con los brazos cruzados.

—La gente llama indignada. Dicen que no estamos haciendo nuestro trabajo. Incluso hemos empezado a recibir amenazas.

—¿Por qué? No entiendo...

Annika respiró hondo.

—Muchos llaman y dicen que no estamos investigando a la gente del campo de refugiados tanto como deberíamos.

—Pero es que no tenemos ninguna pista que señale en esa dirección, ¿por qué íbamos a hacerlo?

Patrik frunció el ceño. No entendía a qué se refería. ¿A qué venía lo del campo de refugiados?

Annika abrió su cuaderno y leyó en voz alta.

—Bueno, pues según un señor que prefiere permanecer en el anonimato está claro que el autor del crimen «es algún cabeza negra de mierda del campo de refugiados». Y a decir de una señora, que tampoco quiere revelar su nombre, es un «escándalo que todavía no hayamos llamado a interrogatorio a todos y cada uno de esos criminales». Afirma además, sin asomo de duda, que «ninguno de ellos ha huido de ninguna guerra, que eso es solo un pretexto para venir aquí a vivir a costa de la sociedad sueca». Y he recibido como una docena de llamadas del mismo tipo. Todos quieren permanecer en el anonimato.

—Madre mía —dijo Patrik abrumado.

Aquello era lo último que necesitaban.

—Pues eso, ahora ya lo sabes. —Annika se dirigió a la puerta—. ¿Cómo quieres que lo afronte?

—Como lo has hecho hasta ahora —dijo Patrik—. Responde con educación y sin decir nada.

—Vale —dijo, y salió por la puerta.

Patrik la llamó para que volviera.

—¡Annika!

—¿Sí?

Ella asomó la cabeza otra vez.

—¿Podrías pedirle a Gösta que venga? Y llama al fiscal de Udde-valla. Necesitamos una orden de registro.

—Ahora mismo —dijo Annika.

Estaba acostumbrada a no hacer preguntas. Ya se enteraría en su momento.

Patrik se retrepó preocupado en la silla. A Gösta no iba a gustarle aquello. Pero era necesario. Y debería haberse hecho ya.

Martin sentía cómo se le caldeaba el pecho al ver a Tuva por el retrovisor. Había ido a recogerla a casa de los padres de Pia. Iba a dormir allí un día más para que él pudiera trabajar, pero la echaba tanto de menos que le había pedido a Patrik una hora para verla. Necesitaba pasar un rato con su hija para poder seguir trabajando. Sabía que sus ganas inmensas de estar con Tuva tenían que ver con sus ganas inmensas de ver a Pia, y que con el tiempo tendría que aprender a soltar a su hija, a darle más libertad. Por el momento, siempre quería tenerla a su lado. Annika y los padres de Pia eran las únicas personas con las que se atrevía a dejarla, y solo cuando el trabajo lo exigía. A sus padres no les gustaban mucho los niños. Iban a su casa a tomar un café y a verlos a él y a Tuva, eso sí, pero nunca habían preguntado si podían quedarse con ella, y él tampoco se lo había pedido.

—Papá, quiero ir al parque —dijo Tuva desde el asiento trasero, y él la miró por el retrovisor.

—Claro, cariño. —Le lanzó un beso a su hija.

En honor a la verdad, eso era lo que él quería, que ella le pidiera ir al parque. No había podido dejar de pensar en la mujer a la que había conocido allí. Sabía que había pocas probabilidades de que volviera a encontrarla, y no tenía ni idea de en qué otro lugar podría localizarla. Se prometió que, si tenía la suerte de verla otra vez, le preguntaría el nombre por lo menos.

Aparcó al lado del parque y soltó a Tuva de la sillita. A estas alturas podía ajustar aquellas hebillas con los ojos cerrados, pero recordaba lo mucho que le costaba al principio, cuando Tuva era pequeña. Resoplaba y maldecía mientras Pia se partía de risa viéndolo. Había tantas cosas que entonces le parecían difíciles y que hoy eran pan comido... Y tantas que entonces resultaban fáciles y que hoy eran dificilísimas... Martin aprovechó para darle a su hija un abrazo cuando la levantó del asiento. Cada vez eran menos los ratos en los que la pequeña quería simplemente juguetear con él. Había en el mundo demasiadas cosas por descubrir, muy pocas horas para jugar, y ahora ya solo quería sentarse con él y abrazarlo cuando se caía y se hacía daño o cuando estaba cansada. Martin lo aceptaba y lo comprendía, pero a veces pensaba que le gustaría parar el tiempo.

—Papá, ¡ahí está el bebé al que diste una patada!

Martin notó que se ponía colorado hasta las orejas.

—Gracias por expresarlo así, cariño —dijo, y le dio a Tuva una palmadita en la cabeza.

—De nada, papá —dijo la pequeña muy educada, sin comprender del todo por qué le daba las gracias, y echó a correr hacia el niño, que estaba a punto de meterse un buen puñado de arena en la boca.

—No, no, niño, la arena no se come —dijo, y le limpió la mano cuidadosamente.

—Vaya canguro más buena —dijo la mujer y le sonrió a Martin.

Él se ruborizó al ver sus hoyuelos.

—Prometo que esta vez no le daré ninguna patada a tu hijo.

—Se agradece. —Le sonrió de tal modo que Martin se ruborizó hasta la raíz del pelo.

—Martin Molin —dijo, y le estrechó la mano, que notó cálida y seca.

—Mette Lauritsen.

—¿Noruega? —preguntó Martin, y enseguida identificó un ligero acento.

—Sí, aunque llevo quince años viviendo en Suecia. Soy de Halden, pero me casé con un chico de Tanumshede. Bueno, el mismo con el que me oíste discutir por teléfono el otro día.

Hizo un gesto de disculpa.

—¿Y ya se han arreglado las cosas? —preguntó Martin.

Con el rabillo del ojo, vio que Tuva seguía jugando con el pequeño.

—No, no exactamente. Todavía está demasiado ocupado con la nueva como para tener tiempo para el hombrecito.

—El niño no se llamará hombrecito, ¿no? —bromeó Martin, aunque ya sabía cómo se llamaba el pequeño.

—No, claro que no. —Mette rio, mirando amorosamente al niño—. Se llama Jon, como mi padre, pero yo lo llamo siempre hombrecito. Espero poder dejar la costumbre a tiempo antes de la adolescencia.

—Será lo más conveniente —dijo Martin fingiendo seriedad, y sintió un cosquilleo en el estómago al ver la chispa en los ojos de ella.

—Bueno, ¿y a qué te dedicas? —preguntó Mette.

Por un instante, a Martin le pareció que había algo de coqueteo en la pregunta, pero no estaba seguro de no haber oído lo que quería.

—Soy policía —respondió, y se dio cuenta de lo orgulloso que sonaba.

Y es que de verdad estaba orgulloso de su profesión. Era una aportación valiosa para la sociedad. Quería ser policía desde niño, y nunca dudó a la hora de elegir. El trabajo fue su salvación cuando murió Pia, y sus colegas de la comisaría eran más que solo colegas, eran su familia. Incluso Mellberg. Todas las familias tenían un miembro disfuncional, y podía decirse que Bertil Mellberg cumplía esa función con creces.

—Policía —dijo ella—. Interesante.

—¿Y tú?

—Soy contable en una empresa de Grebbestad.

—¿Y vives aquí? —dijo Martin.

—Sí. Como el padre de Jon vive aquí..., pero si no piensa implicarse, no sé...

Permaneció unos instantes mirando a su hijo, al que Tuva besaba y abrazaba sin parar.

—Todavía no ha aprendido lo de no estar demasiado encima —la excusó Martin riendo.

—Algunas no aprendemos nunca —dijo Mette con una amplia sonrisa.

Luego dudó un poco.

—Bueno... Si no lo consideras demasiado descarado, ¿qué te parecería que quedáramos para cenar una noche?

Mette pareció arrepentirse en el acto, pero Martin volvió a sentir ese cosquilleo en el estómago.

—¡Claro! —dijo él, con un entusiasmo un tanto exagerado—. Con una condición...

—¿Cuál? —preguntó Mette algo recelosa.

—Que invito yo.

Allí estaban otra vez los hoyuelos de las mejillas, y Martin sintió que, en su interior, empezaba levemente, muy levemente, el deshielo.

—¿Dónde están Martin y Paula? ¿Todavía no han vuelto? —dijo Gösta cuando se sentó en la silla, enfrente de Patrik.

Cuando Annika le dijo que fuera al despacho de Patrik pensó que allí estarían todos, pero por el momento él era el único allí presente.

—Los he mandado a casa un rato. Martin iba a recoger a Tuva y Paula también iba a ver a los suyos, pero vendrán luego.

Gösta asintió, a la espera de que Patrik le dijera para qué lo había llamado.

—He estado hablando otra vez con Pedersen y con Torbjörn —comenzó Patrik.

Gösta se sentó más erguido en la silla. Hasta ahora había tenido la sensación de ir dando palos de ciego desde que encontraron a la niña, así que cualquier información que pudiera ayudarles a seguir avanzando sería impagable.

—¿Y qué han dicho?

—La autopsia está lista, y tengo un informe preliminar. Torbjörn y sus chicos no han terminado todavía, pero le he sacado una primera valoración.

—¿Y...? —dijo Gösta, y notó que el corazón empezaba a latirle más fuerte en el pecho.

Le gustaría muchísimo poder ofrecer a los padres de Nea alguna respuesta, alguna conclusión que pusiera fin a su incertidumbre.

–Lo más probable es que a la niña no la mataran en el claro del bosque. Seguramente se trata de un lugar del crimen secundario, y debemos encontrar el principal lo antes posible.

Gösta tragó saliva. Había dado por hecho que a Nea la asesinaron en el claro del bosque. Que hubiera muerto en otro lugar y que luego la hubieran trasladado allí lo cambiaba todo. Aunque por el momento no pudieran decir cómo.

–Entonces, ¿por dónde empezamos a buscar? –dijo.

Nada más hacer la pregunta, cayó en la cuenta de cuál era la respuesta.

–Demonios –dijo en voz baja.

Patrik asintió.

–Sí, claro, es el sitio más lógico.

Patrik lo observó con preocupación, sabía lo mucho que Gösta lo lamentaba por la familia de la niña. A pesar de que no los conocía, se identificó con su dolor desde el primer momento y sentía mucho apego por ellos.

–Por poco que me guste, no puedo oponerme, hay que hacerlo –aseguró, y notó que se le hundía el corazón en el pecho.

Miró a Patrik.

–¿Cuándo?

–Estoy esperando a que el fiscal de Uddevalla dé el visto bueno a la orden de registro. No debería haber ningún problema, yo quisiera empezar mañana mismo.

–Sí –dijo Gösta en voz baja–. ¿Te han dicho algo más?

–Murió de un traumatismo en la parte posterior del cráneo. Puede ser por una caída o por un objeto contundente. No está claro qué clase de objeto, no había rastros en la herida, solo suciedad.

–La suciedad debería poder analizarse más detalladamente –dijo Gösta, y se inclinó hacia delante con interés.

–Sí, todo está en el laboratorio para un análisis más a fondo, pero tardaremos un tiempo en recibir los resultados.

Se quedaron unos instantes en silencio. En la calle, el sol había empezado a ponerse, y los intensos rayos dorados del día habían dado paso a unos tonos más suaves, rojizos y anaranjados. La temperatura en la comisaría era más bien agradable.

–¿Hay algo que pueda hacer esta tarde? –dijo Gösta, tironeándose de un hilillo invisible de la camisa del uniforme.

–No, vete a casa y descansa un poco, te mantendré informado sobre lo que ocurra mañana. Martin y Paula vendrán luego a escribir el informe de los interrogatorios de hoy y, según ha dicho Annika, tú ya has escrito el tuyo de la conversación con los padres de Nea.

–Sí, ya está hecho. Estoy ayudando a Annika a repasar todas las denuncias de acoso sexual y todo eso, pero puedo llevármelas a casa y seguir allí, si te parece bien.

Se levantó y empujó la silla hasta dejarla en su sitio bajo la mesa.

–Claro –respondió Patrik de entrada. Pero luego pareció dudar–. ¿Te has enterado de las llamadas que estamos recibiendo? Sobre el campo de refugiados...

–Sí –dijo Gösta sin más.

Recordó los comentarios de los padres de Peter, pero no se lo mencionó a Patrik.

–Tienen miedo –dijo–. Miedo a lo desconocido. A lo largo de la historia, la gente siempre ha culpado a los que han llegado de fuera. Es más fácil que pensar que puede ser alguien que conocen.

–¿Crees que puede haber problemas? –dijo Patrik.

Se inclinó hacia la mesa y cruzó las manos.

Gösta se tomó su tiempo antes de responder. Pensaba en los titulares de los últimos años en la prensa, en los Amigos de Suecia, que cada vez tenían una base de electores más amplia, a pesar de todos los escándalos. Quería responder que no, pero se oyó a sí mismo confirmar lo que Patrik ya parecía saber.

–Sí, puede haber problemas.

Patrik no dijo nada.

Gösta lo dejó allí y fue a su despacho para recoger los documentos que pensaba llevarse a casa. Se sentó un rato al escritorio y miró por la ventana. Al otro lado, el cielo parecía en llamas.

Vendela abrió cuidadosamente la ventana mientras escuchaba el ruido del televisor en el piso de abajo. Aunque su cuarto estaba en la primera planta, hacía tiempo que disponía de una vía de descenso muy fiable. El tejado del porche estaba justo debajo, y podía saltar encima y luego seguir bajando por el gran árbol que crecía junto a la casa. Para más seguridad, había cerrado por dentro la puerta de su cuarto y había puesto la música a todo volumen. Si su madre llamaba, daría por hecho que no la oía y que por eso no respondía.

Cuando bajó trepando del árbol echó un vistazo por la ventana del salón. Vio la nuca de su madre, que estaba sentada sola en medio del sofá, viendo alguna triste serie policíaca, como siempre, con una copa de vino en la mano. Había tanta luz fuera que su madre la veía si se volvía, pero Vendela bajó rauda y cruzó sigilosamente el jardín. Y de todos modos, su madre no se daba cuenta de nada cuando había bebido. Antes bebía vino algún que otro día a la semana, normalmente con una foto de Stella en la mano. Al día siguiente siempre se quejaba de dolor de cabeza, como si no supiera a qué se debía. Desde que Marie Wall volvió a Fjällbacka, había empezado a beber a diario.

Marie y Helen. Las dos mujeres que habían matado a su tía y que habían convertido a su madre en una alcohólica de vino de cartón.

Justo delante del jardín la esperaban Nils y Basse, y Vendela ahuyentó la imagen de Marie y de Helen, y de sus hijos, Sam y Jessie.

Nils la abrazó y pegó su cuerpo al de ella.

Él y Basse habían ido en bicicleta, y Vendela se subió de un salto al portaequipajes de Nils. Se dirigieron veloces a Fjällbacka, dejaron atrás Tetra Pak y el gran aparcamiento abierto que se extendía al lado de la pequeña estación de bomberos. Pasaron zumbando por delante de la pizzería Bååthaket y la plazuela, con su pedacito de césped. Al final de la pendiente de Galärbacken se detuvieron, y Vendela se agarró más fuerte a la cintura de Nils y sintió el abdomen liso y duro.

La cuesta era empinada, y Nils no frenó. El viento le taponó los oídos a Vendela y el pelo iba aleteándole detrás. Se le encogió el estómago cuando las ruedas pisaron unos baches pequeños que había en el asfalto, y tragó saliva para combatir el miedo.

Pasaron por la plaza de Ingrid Bergman y respiró aliviada cuando se acabó la pendiente. Había un montón de gente en la plaza, y algunos jóvenes muy arreglados tuvieron que apartarse cuando ellos cruzaron a toda velocidad. Al volverse, los vio amenazar con el puño, pero ella se echó a reír. Veraneantes de mierda, venían unas semanas al año y se creían los dueños de Fjällbacka. Ni se les ocurriría venir en noviembre. No, llegaban navegando con sus familias, de vacaciones. Venían de buenas casas y buenos colegios, e intentaban colarse en todas partes y hablaban a voces de «los paletos» del lugar.

—¿Te has traído el bañador? —preguntó Nils volviendo la cabeza hacia atrás.

Iban pedaleando despacio por el embarcadero pequeño hacia la playa de Badholmen, así que lo oyó perfectamente.

—No, joder, se me ha olvidado. Pero puedo bañarme de todos modos.

Le acarició el muslo y él se echó a reír. Vendela había aprendido muy rápido qué era lo que le gustaba. Cuanto más descarada era, más se encendía él.

—Ya ha llegado alguna gente —dijo Basse, y señaló el viejo trampolín.

—Bah, solo son unos niñatos de un curso por debajo del nuestro, en cuanto nos vean se largan, ya verás.

Vendela se imaginaba la sonrisa de Nils en la semipenumbra. Aquella sonrisa le provocaba un cosquilleo en el estómago. Dejaron las bicis en la grava, junto a la vieja piscina, y enseguida se encaminaron al trampolín, donde había tres chicos manoteando y riendo. Callaron al ver quiénes eran los que se acercaban, y se pusieron a patear el agua sin moverse.

—Largo, vamos a bañarnos —dijo Nils tranquilamente, y los tres chicos se fueron nadando en silencio hasta la escalerilla.

En cuanto pudieron, subieron, cruzaron por las rocas y se alejaron hacia los vestuarios. Era un viejo balneario, así que los vestuarios estaban a cielo descubierto, con tan solo unas paredes de madera por toda protección, pero Nils, Vendela y Basse ni se molestaban en ir allí. Simplemente, se quitaron la ropa.

Nils y Basse empezaron a trepar por la torre de madera, pero Vendela tardó más en desnudarse. El trampolín no era lo suyo. Tampoco a Basse le gustaba, pero él siempre hacía lo que Nils.

Vendela se dirigió a la escalerilla, bajó un poco y luego se tiró de espaldas. Dejó que la envolviera el agua. Se le taponaron los oídos bajo la superficie, pero eso solo le facilitaba la tarea de aislarse de todo durante unos segundos maravillosos. De la imagen de su madre con una copa de vino en una mano y la foto de Stella en la otra. Al final, tuvo que salir a respirar. Se puso a hacer el muerto en el agua y miró hacia el trampolín.

Basse dudaba, naturalmente, mientras Nils sonreía socarrón a su lado. No era un trampolín altísimo, pero sí lo bastante como para que se le encogiera a uno el estómago al verse allí arriba. Basse se acercó al borde, pero seguía dudando. Entonces, Nils le dio un empujón en la espalda.

Basse cayó gritando todo el tiempo.

Nils se tiró detrás con una elegante bola de cañón. Cuando emergió, se puso a aullar mirando al cielo.

—¡Joder, qué gustazo!

Le agarró la cabeza a Basse y se la hundió en el agua, pero lo dejó salir al cabo de unos segundos. Luego, se acercó a Vendela dando unas buenas brazadas. La atrajo hacia sí y apretó la cintura contra ella mientras pateaba en el agua. La mano fue tanteando en busca de las braguitas. Y el dedo no tardó en penetrarla. Vendela cerró los ojos. Pensó en Jessie, esa cerda hija de la cerda de Marie, que seguramente haría lo mismo con Sam, y reaccionó dándole un beso a Nils.

De pronto, Nils se apartó de ella de golpe.

—¡Qué cojones! —dijo enfadado—. ¡Una puta medusa!

Se dirigió a la escalerilla y subió. Tenía el muslo derecho enrojecido y veteado.

Cuando subió, Vendela cayó en la cuenta de que tampoco se había llevado la toalla. El aire, antes tan caliente, le pareció de pronto helado.

—Toma. —Basse le tendió su camiseta para que se secara.

Había subido después de ellos. Tenía la cara tan blanca que casi parecía fosforescente.

—Gracias —dijo ella, y se secó el agua salada.

Nils se había vestido. De vez en cuando se llevaba la mano al muslo, pero el dolor parecía estimularlo más todavía. Cuando se volvió hacia ellos, Vendela vio que tenía en los ojos ese brillo que anunciaba que iba a destrozar la vida de alguien.

—Bueno, ¿qué? ¿Lo hacemos ya?

Vendela miró a Basse. Sabía que no se atrevería a decir que no.

Sintió un aleteo en el pecho.

—¿A qué esperamos? —dijo, y se adelantó en dirección a las bicicletas.

Bohuslän, 1672

La semana que siguió al incidente, el ambiente en la granja fue de lo más extraño. Elin hervía por dentro de odio y de ira, pero la sensatez se imponía a la locura. Si acusaba a Britta basándose tan solo en la palabra de una niña, las echarían de la granja, y entonces, ¿adónde irían?

Por las noches yacía despierta y abrazaba a Märta cuando las pesadillas atormentaban a la pequeña, que se retorcía de un lado a otro murmurando aquellas cosas que la angustiaban como una pesadilla. Y de Viola no había ni rastro. Y con la gata desapareció también la alegría de Märta. Ya no iba dando saltos por la granja ni respondía con sus protestas infantiles a las tareas que se le encomendaban. A Elin le dolía en el corazón ver los ojos de su hija, que se habían vuelto tan negros como las aguas de la laguna, pero no había nada que pudiera hacer. Nada de lo que le había enseñado su abuela servía para mitigar la pena y el miedo, y ni siquiera el amor de una madre podía curar el mal de Märta.

Se preguntaba qué le habría dicho Preben a Britta. Desde que él llevó a Märta en brazos a su casa y la tuvo allí dos días durmiendo en su cama, mientras él dormía en el cuarto de invitados, Britta no se había atrevido a mirar a Elin a la cara. Persistían en las mismas tareas rutinarias de siempre. En los aspectos prácticos, nada cambió, y las dos hablaban de las cosas que Britta quería que se hicieran, exactamente igual que desde el día que Elin y Märta llegaron a la granja. Pero Britta ponía buen cuidado en evitar su mirada. Tan solo una vez Elin la descubrió mirándola directamente, cuando se había vuelto a sacudir el colchón de Britta. Y el odio que vio en sus ojos casi la derribó. Comprendió que ahora su hermana pequeña era un enemigo aún mayor. Pero era mejor que Britta la tomara con ella que con su hija. En ese sentido, confiaba en Preben. Sabía que, fuera lo que fuera lo que le dijo a su mujer, no se atrevería a atacar a Märta otra vez. Sin embargo, Preben no podía reparar lo que a la niña se le había roto en el alma. La inocencia y la confianza de un niño era uno de los dones más frágiles de Dios, y Britta se lo había arrebatado.

–¿Elin?

La voz de Preben en la puerta de la cocina casi hizo que se le cayera la cazuela que estaba fregando.

–¿Sí? –dijo, y se volvió mientras se secaba las manos en el delantal.

También ellos llevaban una semana sin hablar, y de repente se lo imaginó corriendo delante de ella por el bosque. La camisa blanca entre los árboles, la mirada de desesperación al ver la cara de Märta hundirse despacio bajo la negra superficie del agua. La ternura que reflejaba cuando llevó a la niña a casa en brazos, cruzando por la maleza del bosque. De pronto sintió que no podía respirar. Le temblaban las manos, y las escondió detrás del delantal.

–¿Puedes venir, Elin? –dijo ansioso–. ¿Está Märta en la cabaña?

Elin frunció el entrecejo preguntándose qué querría Preben. Un rizo rubio le caía sobre la frente, y ella cerró los puños para no acercarse y retirárselo de los ojos.

–Sí, ahí está –dijo–. Al menos, estaba la última vez que he mirado. Últimamente no sale mucho.

Enseguida se arrepintió, era un recordatorio demasiado directo de lo ocurrido. De las aguas negras de la laguna y de la maldad de Britta. De la maldad de su mujer.

–Pues entonces, ven, ¿a qué esperas? –dijo Preben.

Elin lo siguió algo a disgusto.

–¿Lill-Jan? ¿Dónde estás? –gritó al salir a la explanada, y se le iluminó la cara cuando vio al mozo que se acercaba con algo en el regazo.

–¿Qué se le ha ocurrido ahora al señor Preben? –dijo Elin.

Miró preocupada a su alrededor. Lo último que quería era que Britta la viera allí departiendo con su marido en medio de la explanada. Pero la alegría de Preben cuando cogió en brazos el bulto que llevaba el mozo era indudable.

–Sé que Märta echa de menos a Viola. Pärla parió anoche y he pensado que uno de los cachorros podría ser para ella.

–Es demasiado –dijo Elin con tono muy severo, pero volvió la cara para ocultar las lágrimas.

–De ninguna manera –dijo Preben, y le enseñó un cachorro minúsculo de color blanco con manchas marrones.

Era adorable, y Elin no pudo evitar alargar el brazo y rascarle detrás de aquellas orejas largas y suaves.

–Necesito que alguien me ayude a convertir a este cachorrillo en un buen perro pastor, y he pensado que Märta podría hacerlo. Pärla no podrá seguir muchos años más, necesitamos un perro que la sustituya. Yo creo que este pequeñuelo podría ser un buen perro pastor. ¿Tú qué crees, Elin?

Le enseñó el cachorro, y ella sabía que estaba perdida. Los ojos acaramelados del animal la miraban confiados, y Elin notó en la mano una patita.

—Sí, si el señor se asegura de que Märta aprenda lo necesario para educarlo, no veo por qué no —dijo muy seria, aunque el corazón se le derretía en el pecho.

—Pues le doy las gracias de todo corazón a la madre de Märta —dijo Preben, con una sonrisa jocosa, y empezó a dirigirse a la casa de la servidumbre.

Había recorrido unos metros cuando se volvió y la animó a seguirlo.

—Vamos, ven, ¿es que no quieres ver cuando le dé el cachorro a la niña?

Empezó a caminar otra vez a buen paso, y Elin se apresuró a seguirlo. Sí, no quería perdérselo.

Encontraron a Märta en la cama. Estaba tumbada con los ojos abiertos mirando al techo. No se volvió hasta que Preben se arrodilló a su lado.

—¿Puedo pedirte un gran favor? —le preguntó Preben con dulzura, y la niña asintió muy seria.

La admiración que sentía por Preben no había disminuido desde que la sacó en brazos de la laguna.

—Necesito que me ayudes a cuidar de esta criaturita. Es un poco más débil que los demás cachorros, y su madre no quiere cuidarla. Así que, si no encuentra otra madre, se morirá de hambre. Y he pensado: ¿quién mejor que Märta para ayudarme con esto? Bueno, si es que tienes tiempo y ganas, claro. Es mucho trabajo, no te voy a mentir. Hay que darle de comer varias veces al día, y hay que cuidarla en todo lo necesario. Y además, necesita un nombre, naturalmente, que ni siquiera eso tiene la pobrecilla.

—Sí puedo —dijo Märta, y se incorporó enseguida en la cama sin apartar la vista del cachorro, que luchaba por zafarse del trapo en el que iba envuelto.

Preben lo soltó con cuidado y dejó al animalito en la cama de Märta, que enseguida hundió la cara en la suavidad de aquel pelaje. El cachorro empezó a lamerle la cara sin dejar de mover el rabo.

Elin vio que su hija sonreía como hacía tiempo que no la veía sonreír. Y cuando sintió la mano de Preben en la suya, no la retiró.

Eva tenía el almohadón hecho un lío debajo de la cabeza, pero no se sentía con fuerzas para cambiar de postura. Tampoco anoche consiguió dormir. No sabía cuándo fue la última vez. Una niebla cubría toda su existencia. Aquella existencia absurda. ¿Para qué iba a levantarse de la cama? ¿Para hablar? ¿Para respirar? Peter no podía darle respuestas. Su mirada estaba tan vacía como la de ella. Y su tacto igual de gélido. Las primeras horas trataron de encontrar consuelo el uno en el otro, pero Peter se había convertido en un extraño. Se movían por la misma casa sin rozarse, cada uno con su dolor.

Los padres de Peter hacían lo que podían. Procuraban que su hijo y ella comieran cuando tocaba y se fueran a la cama a su hora. Las pocas veces que Eva miraba por la ventana, se asombraba de que las flores siguieran ofreciendo ese espectáculo de esplendor. Que el sol siguiera calentando como antes, que las zanahorias siguieran prosperando en la tierra, que los tomates siguieran brillando rojos en las matas.

Peter suspiró a su lado. Lo había oído sollozar en silencio por la noche, pero no fue capaz de alargar una mano para consolarlo.

El retumbar de los pasos de Bengt se aproximaba a la escalera en el piso de abajo.

—Viene alguien —gritó.

Eva bajó trabajosamente las piernas al suelo.

—Dice tu padre que viene alguien —dijo mirándose los pies.

—Vale —respondió Peter en voz baja.

La cama crujió a su espalda cuando él también se sentó. Así se quedaron un rato en silencio: allí sentados, dándose la espalda. Un mundo destrozado entre los dos.

Muy despacio, Eva fue bajando los peldaños hasta la planta baja. Había dormido con la ropa puesta, la misma que llevaba el día que Nea desapareció. Ulla había hecho varios intentos para que se cambiara, pero aquella era la ropa que llevaba la última vez que creyó que todo estaba como siempre, la ropa con la que había pensado abrazar a Nea, jugar con Nea, prepararle la cena.

Bengt estaba delante de la ventana de la cocina.

—Son dos coches de policía —dijo, y se empinó un poco—. A lo mejor ya saben algo.

Eva no dijo nada. Retiró una silla y se hundió en ella. Ninguna información en el mundo les iba a devolver a Nea.

Bengt abrió la puerta a los policías. Hablaban bajito en la entrada, pero Eva oyó que uno de los agentes era Gösta. Menos mal.

Gösta fue el primero en entrar en la cocina. La miró a ella y luego a Peter; tenía en los ojos una expresión avergonzada que no le había visto antes.

Bengt se colocó al lado de la cocina. Ulla estaba detrás de ellos, con las manos en los hombros de Peter.

—¿Habéis averiguado algo? —preguntó Bengt.

Gösta negó con la cabeza, aún con ese punto de bochorno en la mirada.

—No, por desgracia no traemos ninguna novedad —dijo—. Pero tenemos que hacer un registro domiciliario.

Bengt se indignó enseguida, dio unos pasos hacia Gösta.

—Estaréis de broma, ¿no? ¿No es suficiente con que les hayan destrozado la vida?

Ulla se le acercó y le puso la mano en el brazo. Él movió la cabeza, pero no dijo nada.

—Déjalos —dijo Eva.

Luego se levantó y se dirigió a la escalera que conducía al piso de arriba. Desde la cocina llegaban voces alteradas, pero eso ya no era asunto suyo.

—¿Vamos a recibir muchas visitas de la policía?

Jörgen se apoyó en un banco de la caseta de maquillaje. Marie lo vio fruncir el ceño en el espejo. Ya la habían maquillado y le habían arreglado el pelo, y ella se estaba dando el último retoque.

—¿Y cómo quieres que lo sepa yo? —dijo, y se limpió un poco de lápiz de ojos que se le había acumulado en la comisura del ojo derecho.

Jörgen resopló y se dio media vuelta.

—No debería haber hecho ningún trato contigo.

—Pero ¿de qué vas? ¿No te ha gustado que la policía te preguntara por mi coartada? ¿O estás pensando en tu mujer y tus hijos?

A Jörgen se le ensombreció la cara.

—Mi familia no tiene nada que ver con esto.

—No, claro.

Ella le sonrió en el espejo.

Jörgen la miró en silencio, luego salió como una exhalación y la dejó allí sola.

Madre mía. Los hombres eran de lo más predecible. Querían acostarse con ella, pero no cargar con las consecuencias de sus actos. Ya vio de pequeña cómo trataba su padre a su madre. Los cardenales de los golpes que le llovían cuando él no se salía con la suya. En la primera familia de acogida que le tocó, el padre dejó muy claro en todo momento para qué pensaba él que valía Marie.

En cambio, Helen volvió con sus padres. Dijeron que ella, a diferencia de Marie, tenía una familia estable. Pero Marie sabía a qué se veía obligada Helen en casa, nadie más que ella lo sabía.

Sabía que muchos las veían como un dúo desigual, pero en realidad eran como dos piezas de un rompecabezas que encajaban a la perfección. Encontraron la una en la otra lo que les faltaba, lo que les daba una razón para vivir. Compartieron la carga de sus preocupaciones, que resultaron así mucho más fáciles de sobrellevar.

Ni siquiera las intimidó la prohibición de verse. Hacerlo a escondidas se convirtió en un juego emocionante. Eran ellas dos contra el resto del mundo. Nada habría podido separarlas. Qué ingenuas fueron. Ninguna de las dos comprendió la gravedad. Ni siquiera aquel día, en la sala de interrogatorios. Ella iba equipada con una armadura que, según creía, las protegería a las dos, que haría que nada pudiera ocurrirles.

Pero todo se vino abajo. Y Marie entró en el circo de las casas de acogida.

Unos meses después de cumplir los dieciocho, hizo la maleta y se marchó sin volver la vista atrás. Era libre. De sus padres. De sus hermanos. De la retahíla de familias de acogida.

Sus hermanos trataron de ponerse en contacto con ella varias veces. Cuando sus padres murieron y a ella le dieron el primer papel en Hollywood. Un papel secundario, pero eso era ya lo bastante importante para la prensa sueca, que lo anunció en sus titulares. Entonces sí eran una familia, mira tú por dónde, y ella ya no era una mocosa llena de mugre. A través de su abogado, les hizo saber que desistieran. Para ella, habían muerto.

Jörgen despotricaba fuera del camerino. Podía enfurruñarse todo lo que quisiera. Gracias a ella y a los artículos de los últimos días, los patrocinadores habían dejado de dudar y los interrogantes que rodeaban a la película se habían resuelto. No tenía por qué preocuparse por las cavilaciones de Jörgen. Sabía que engañaba a su mujer en todas las películas, así que no era por ella, sino por lo difícil que le resultaba mantener cerrada la bragueta.

Otra vez recordó la cara de Helen.

Marie la había visto la tarde anterior en el supermercado Hedemyrs. Había ido hasta allí después del rodaje. Dobló una esquina y allí estaba Helen, con la lista de la compra en la mano. Retrocedió enseguida, no creía que Helen la hubiera visto.

La sonrisa fue palideciendo en sus labios pintados de rojo intenso. Helen parecía muy avejentada. Aquello era quizá lo más difícil de encajar. Ni se atrevía a pensar en la fortuna que, a lo largo de los años, había invertido ella en tratamientos de belleza, intervenciones y operaciones. Helen, en cambio, había dejado que los años hicieran su trabajo.

Marie se miró al espejo. Por primera vez en mucho tiempo, se vio a sí misma. Sin embargo, una vez desprotegida de la seguridad que le otorgaba el hecho de preocuparse solo de su persona, no fue capaz de enfrentarse a aquella mirada. Muy despacio, se dio la vuelta. No sabía quién era la mujer del espejo.

–¿Tú lo has pensado bien? –preguntó Anna, y se puso la mano en la barriga–. ¿Cómo vamos a hacer la vista gorda si es espantoso?

—Yo tengo en mente algo de color salmón —respondió Erica, y giró en dirección a Grebbestad.

—¿Para nosotras también? —dijo Anna horrorizada—. ¿Tú crees?

—No, por lo que a ti se refiere puedes estar tranquila. Seguro que encuentran alguna tienda de campaña que puedan arreglarte. Cuenta con que en algún lugar de tu vestido se leerá la marca Fjäll-räven.

—Ja, ja, ja, qué graciosa eres, y pensar que mi hermana mayor es una gran cómica.

—Sí, figúrate qué suerte —dijo Erica sonriendo.

Salió del coche y cerró la puerta.

—Ah, por cierto —añadió—. ¡Se me olvidaba preguntarte! ¿No nos cruzamos ayer en el coche cuando yo volvía a casa desde Marstrand?

—¿Qué? No...

Anna se lamentó para sus adentros. ¿Cómo podía ser tan idiota? Se había inventado una explicación estupenda, pero el impulso de negar fue más rápido que la mentira que tenía preparada.

—Que sí, estoy totalmente segura de que era vuestro coche. Y me dio tiempo de ver que al volante iba una mujer. ¿Le habíais prestado el coche a alguien?

Anna sentía la mirada inquisitiva de su hermana cuando entraron en la primera gran calle comercial. La tienda de novias, donde habían quedado con Kristina, estaba a unos cientos de metros.

—Ah, sí, qué tonta. Perdona, entre la barriga y el calor y todo eso... —Anna logró sonreír—. Sí, es que fui a visitar a un nuevo cliente. No soportaba un minuto más en casa sin hacer nada...

Era la mejor explicación que se le había ocurrido, pero Erica la miraba con escepticismo.

—¿Un nuevo cliente? ¿Ahora que el niño está a punto de nacer? ¿Cómo vas a poder?

—Bueno, no es un encargo grande, solo algo con lo que entretenerme mientras espero a que llegue el momento.

Erica seguía mirándola con incredulidad, pero al final pareció decidirse por dejar el tema. Anna respiró aliviada.

—Es aquí —dijo Erica, y señaló un escaparate con vestidos de novia.

A través del cristal vieron que Kristina ya había llegado y estaba enfrascada en una intensa conversación con la dependienta.

—¿De verdad tiene que ser tan escotado? —la oyeron decir con voz un poco chillona cuando entraron—. No recuerdo que fuera así la última vez que lo vi. ¡Así no puedo ir de ninguna manera! ¡Por Dios, parecería una madame! Algo habéis tenido que hacer con ese escote.

—No lo hemos cambiado en nada —dijo la señora de la tienda.

Parecía estar un poco sudorosa y Anna le lanzó una mirada de complicidad absoluta. Le gustaba la suegra de Erica, no le ponía ninguna pega, pero a veces podía ser... abrumadora. Sobre todo para quienes no la conocían.

—A lo mejor deberías probártelo otra vez, Kristina —dijo Erica—. A veces la ropa se ve distinta en la percha.

—¿Cómo va a ser eso? —dijo Kristina irritada, al tiempo que saludaba con un par de besos primero a Erica y luego a Anna—. Madre mía, estás enorme...

Anna reflexionó unos instantes sobre cuál sería la mejor forma de responder. Al final se decidió por abstenerse. Así eran las cosas con Kristina, más valía elegir bien qué batallas pelear.

—Desde luego, no entiendo por qué una prenda iba a parecer distinta puesta que en la percha —continuó Kristina—, pero probaré, así veréis que tengo razón y que a ese escote le ha pasado algo.

Se volvió resuelta y se dirigió al probador.

—No habrás pensado quedarte aquí, espero —le dijo a la dependienta, que había colgado el vestido dentro del probador—. Hay un límite para lo que yo considero un nivel aceptable de personal con espíritu de servicio, y el único que puede verme en ropa interior es mi marido, así que muchas gracias.

Despachó a la mujer y corrió la cortina con gesto mayestático.

Anna se esforzaba al máximo por no romper a reír a carcajadas, y notó que se le saltaban las lágrimas. Una ojeada a Erica la cercioró de que ella se enfrentaba al mismo problema.

—Perdón —susurró Erica a la dependienta, que le susurró a su vez, encogiéndose de hombros:

—Trabajo en una tienda de vestidos de novia: créeme, he visto cosas peores.

—¿Y cómo crees que puede una subirse esta cremallera? —protestó la novia, al tiempo que descorría la cortina.

Se había metido en el vestido y lo sujetaba apretándoselo contra el pecho. Con la paciencia de un ángel, la dependienta se adelantó y le ayudó a subirse la cremallera, que iba en la espalda. Luego se retiró un poco y dejó que la futura novia se viera en el espejo.

Kristina estuvo en silencio unos segundos. Luego dijo llena de asombro:

—Es..., es maravilloso.

Erica y Anna se colocaron a su lado ante el espejo.

Anna le sonrió.

—Es una preciosidad —dijo—. Te queda de maravilla.

Erica también estaba de acuerdo, y Anna vio que a su hermana le asomaba una lagrimita. Revisaron todos los detalles del vestido de Kristina. Había elegido un modelo estrecho y recto en color plateado. El escote no era ni mucho menos demasiado grande, sino perfecto, y tenía forma de corazón. Las mangas cortas llevaban un remate sencillo. Era un pelín más corto por delante que por detrás, y realzaba maravillosamente la figura aún bonita de su suegra.

—Estás estupenda —dijo Erica, y se secó discretamente el rabillo del ojo.

Kristina se le acercó espontáneamente y le dio un abrazo. Aquello no era normal, precisamente su suegra no era muy de contacto físico, salvo con los nietos, a los que enterraba en besos y abrazos. Fue un instante emotivo, que pasó igual que vino.

—Bueno, pues vamos a ver qué encontramos para vosotras, chicas. Anna, lo tuyo es un reto, madre mía, ¿estás segura de que lo que tienes ahí dentro no son gemelos?

De espaldas a Kristina, Anna lanzó una mirada de desesperación a Erica.

Pero su hermana mayor se limitó a sonreír y a susurrar, más alto de la cuenta: «¡Fjällräven!».

James oteaba los árboles. No corría la menor brisa, y solo se oían los cuervos y algún crujido aislado entre los arbustos. De haber sido temporada habría estado mucho más alerta, pero ahora había

291

ido allí más que nada para quitarse de en medio. La caza del ciervo no empezaría hasta dentro de unas semanas, pero siempre podía encontrar algo contra lo que disparar a modo de entrenamiento. Un zorro o una paloma. Una vez incluso se cargó a una víbora desde la torre que tenía montada en un árbol.

A él siempre le había gustado el bosque. A la gente no la entendía del todo, para ser sinceros. Seguramente a eso se debía que se encontrara tan a gusto en el mundo militar: no se trataba tanto de personas como de estrategias, de guiarse por la lógica, de dejar al margen los sentimientos. Las amenazas venían de fuera, y las respuestas no se encontraban en el diálogo sino en la acción. James y sus hombres no entraban en juego hasta que no se habían agotado todas las posibilidades de diálogo.

La única persona con la que había tenido una relación estrecha fue KG. Él fue el único que lo entendió, sí, ellos se comprendían mutuamente, y era una sensación que no había vuelto a experimentar.

Cuando Sam era pequeño trató de llevarlo a cazar, pero fue un fracaso total, igual que todo con Sam. Tenía tres años, y no era capaz de estarse quieto y callado más de un minuto seguido. Al final, James se hartó, lo agarró por la cazadora y lo tiró por el borde de la torre. El desgraciado del niño se rompió un brazo, naturalmente. No debería haberse lastimado nada, con lo blandos y flexibles que son los niños. Pero claro, Sam tenía que complicar las cosas, y cayó sobre una piedra que sobresalía. Al médico y a Helen les dijo que se había caído del caballo de los vecinos. Y Sam sabía bien que no debía desmentirlo. Se limitó a corroborarlo diciendo «caballo malo».

De todos modos, él disfrutaba más estando allí solo. Si pudiera elegir, estaría siempre en el campo. Cuanto mayor se hacía, menos sentido le veía al hecho de volver a casa. El Ejército era su hogar. Naturalmente, no los soldados. Se reía de quienes creían que en el Ejército todos se veían como hermanos. No podían estar más equivocados. Para él sus hombres eran fichas que utilizar, el camino hasta el objetivo. Y eso era lo que echaba de menos. La lógica. Las líneas limpias y rectas. Las respuestas fáciles. Él nunca participaba en los procesos complejos. Eso era cuestión de política. De poder. De dinero. En ningún caso se trataba de humanidad, de ayuda ni de paz siquiera. Todo giraba en torno a quién deseaba tener el poder sobre quién, y hacia quién dirigir los ríos de dinero mediante ciertos sucesos políticos. Nada más. Pero la gente era tan ingenua que quería atribuir a sus líderes unos motivos más nobles.

James se ajustó bien la mochila y siguió avanzando por el sendero. La ingenuidad de la gente había jugado en su contra. Nadie sospechaba la verdad sobre Helen, nadie sabía lo que en realidad era capaz de hacer.

Torbjörn le dio la espalda al gran cobertizo de la familia Berg.

—¿A qué se refiere la orden de registro? —preguntó.

—A todos los edificios de la granja, incluido el cobertizo y la caseta de aperos —dijo Patrik.

Torbjörn asintió y dio unas cuantas órdenes a su equipo, que se componía de tres personas, dos mujeres y un hombre. Eran los mismos técnicos que habían examinado el claro del bosque donde encontraron a Nea, pero a Patrik se le daban mejor las caras que los nombres, y por más que se esforzaba no conseguía recordar cómo se llamaba ninguno de los tres. Todos los allí presentes, tanto los técnicos como los policías, llevaban protectores de plástico en los zapatos y tenían una expresión dura. Pero el papel de Patrik y sus colegas consistía sobre todo en vigilar; por lo demás, debían mantenerse al margen. Cuantas menos personas deambularan por la zona, tanto mejor. Así que Patrik daba gracias a los dioses por que Mellberg hubiera preferido quedarse esta vez en la comisaría. Por lo general no solía perder ninguna oportunidad de estar en el foco de los acontecimientos, pero esta vez el calor combinado con la mole de su cuerpo lo habían inclinado por el zumbido incesante de los tres ventiladores del despacho.

Patrik llevó a Gösta a un lado, junto a la casa de los Berg. Había dejado que se encargara de dar la noticia a la familia y, como estaba fuera, oyó las voces airadas del interior.

—¿Qué tal la familia? ¿Se han calmado un poco?

—Sí, les he explicado que se trata de un procedimiento rutinario en estos casos. Que es solo para que podamos descartar todas las posibilidades.

—¿Y lo han aceptado?

—Creo que han decidido aceptarlo, sí, puesto que han comprendido que no les quedaba otra opción. Pero no me parece del todo bien.

Gösta hizo una mueca.

—Ya lo sé —dijo Patrik, y le puso la mano en el hombro—. Pero haremos lo necesario con toda la rapidez y eficacia posible, y los dejaremos en paz cuanto antes.

Gösta soltó un hondo suspiro mientras observaba cómo Torbjörn y su equipo empezaban a entrar en la casa con el material.

—Puede que encontrara algo ayer tarde —dijo—. Mientras revisaba los informes de agresiones sexuales.

Patrik enarcó las cejas.

—Tore Carlson, un hombre de Uddevalla, andaba por Tanumshede a primeros de mayo —continuó Gösta—. Según una denuncia, había intentado abusar de una niña de cinco años en el centro comercial. En los servicios.

A Patrik se le erizó la piel.

—¿Dónde está ahora?

—He hablado con los colegas de Uddevalla y lo van a comprobar —dijo Gösta.

Patrik asintió y miró otra vez hacia la casa.

Los técnicos habían decidido no dividir al equipo, sino trabajar todos juntos mientras revisaban habitación por habitación. Patrik aguardaba inquieto en el jardín, bajo el sol ardiente de la mañana. Oyó cómo Torbjörn iba instruyendo amablemente a la familia para que despejaran la casa. El primero en salir fue Peter, seguido de sus padres y de Eva, que salió la última. Parpadeó somnolienta ante la intensidad de la luz del sol y Patrik supuso que no había pisado la calle desde que encontraron a Nea.

Peter se encaminó despacio hacia donde estaba Patrik, a la sombra de uno de los manzanos.

—¿No se va a terminar nunca? —dijo en voz baja, y se sentó en el césped.

Patrik se sentó a su lado. Vio a los padres de Peter hablando muy indignados con Gösta unos metros más allá. Eva estaba sentada en el sofá del jardín con las manos cruzadas encima de la mesa.

—Habremos terminado dentro de un par de horas —dijo Patrik, pero sabía que no era eso a lo que Peter se refería.

Se refería al dolor. Y en eso Patrik no podía ayudarle. No tenía palabras de consuelo que ofrecer. Erica y él habían rozado ese dolor en aquel terrible accidente de tráfico. Pero no pasó de ahí. No se podía comparar con el foso abismal en el que ahora se encontraban los padres de Nea. No podía imaginarlo siquiera.

—¿Quién ha podido hacer algo así? —dijo Peter mientras arrancaba briznas de césped mecánicamente.

Llevaban un par de días sin regarlo y empezaba a amarillear y a secarse aquí y allá.

—No lo sabemos, pero hacemos cuanto está en nuestra mano para averiguarlo. —Patrik era consciente de lo vacías y estereotipadas que sonaban sus palabras.

Nunca sabía qué decir en ocasiones como aquella. A Gösta se le daba mucho mejor tratar con los familiares. Él se sentía torpe y burdo, y lo único que hacía era soltar una simpleza tras otra con tono forzado.

—No tuvimos más hijos —dijo Peter—. Pensábamos que con Nea era suficiente. Quizá deberíamos haber tenido más. Tener uno de reserva.

Dejó escapar una risa metálica.

Patrik guardaba silencio. Se sentía como un intruso. El jardincillo era tan apacible, tan bonito... Y ellos entraban como la plaga de langosta del Antiguo Testamento y destruían la poca paz que les quedaba. Pero no tenía más remedio que ser quien removiese bajo la superficie. Las cosas rara vez eran como parecían a primera vista, y que alguien estuviera de luto no significaba que fuera inocente. Eso era lo que creía al principio de su carrera, y a veces echaba de menos aquellos inicios de ingenua confianza en la bondad humana. A lo largo de los años había obtenido demasiadas pruebas de que en el interior de todas las personas anidaba algo oscuro, y uno nunca sabía cuándo esa oscuridad iba a apoderarse de alguien. Seguro que él también abrigaba ese algo oscuro. Se contaba entre los que creían ciegamente que todo el mundo era capaz de matar, tan solo se trataba de lo amplio que fuera el umbral. El barniz social era fino. Debajo latían instintos ancestrales que podían imponerse en cualquier momento, si se daban las condiciones adecuadas. O las inadecuadas, más bien.

–Todavía puedo verla –dijo Peter, y se tumbó en el césped, como si aquel cuerpo tan alto se hubiera rendido.

Miró al cielo sin pestañear, a pesar de que los rayos del sol se abrían paso entre las hojas de los árboles y deberían haberlo cegado.

–La veo, la oigo. Se me olvida que no va a venir a casa. Y cuando pienso en dónde se encuentra, me da miedo que esté pasando frío. Que se encuentre sola. Que nos eche de menos y se pregunte dónde estamos y por qué nadie va a buscarla.

Le sonaba la voz vaga, como si hablara en sueños. Flotaba por encima del césped, y Patrik notó un picor en los ojos. El dolor de aquel hombre le pesaba en el pecho: allí sentados, no eran un policía y el familiar de una víctima de asesinato. Eran dos padres, eran iguales. Patrik se preguntaba si uno dejaba de sentirse padre alguna vez. ¿Cambiaba esa sensación tras la pérdida del único hijo? ¿Se olvidaba uno con los años?

Se tumbó al lado de Peter. Y le dijo en voz baja:

–Yo no creo que esté sola. Creo que está con vosotros.

Y lo creía de verdad. Al cerrar los ojos, creyó oír una voz clara e infantil y una risa que subía al cielo. Enseguida no quedó más que el rumor de las hojas y el grito chillón de algún pájaro. A su lado oyó la respiración cada vez más pesada de Peter. Pronto se habría dormido, quizá por primera vez desde que Nea desapareció.

Bohuslän, 1672

*L*a primavera era una estación bendita, pero había muchos quehaceres y todos trabajaban de la mañana a la noche. Había que cuidar del ganado y los demás animales. Había que preparar los sembrados. Y también había que repasar las casas; todas las familias eclesiásticas vivían aterradas por la plaga que pudría la madera y permitía que la lluvia se colase por los tejados. Cuando un pastor moría, se efectuaba una inspección para comprobar si había cuidado bien la granja, y si la putrefacción era mayor de lo que se consideraba razonable, la viuda tenía que pagar un tributo. Pero si la granja estaba en mejor estado del que se esperaba, podía ocurrir que recibiera una recompensa. De modo que había una buena razón para cuidar las cabañas, los cobertizos y la casa del señor. El coste de todo aquello lo sufragaban entre el pastor y la comunidad. Y Preben procuraba que la granja estuviera bien cuidada, así que los martillazos se oían en toda la explanada.

Nadie hablaba de lo que había ocurrido en la laguna, y la misma Märta parecía volver a ser la de siempre. Al cachorro lo llamó Sigrid y, como Viola, siempre iba detrás de ella, pisándole los talones.

Preben se ausentaba mucho de la granja. Solía partir muy temprano por la mañana y llegaba al anochecer. A veces incluso pasaba fuera varios días. Había muchos miembros de la comunidad que necesitaban un buen consejo u oír la palabra de Dios para que su existencia fuera más soportable, y él se tomaba muy en serio su papel de padre espiritual. Aquello no agradaba a Britta, y a veces le tocaba marcharse con una retahíla de duras palabras a su espalda. Pero también el humor de Britta fue mejorando a medida que los rayos del sol primaveral animaban a la gente de la granja a salir al campo.

La sangre seguía llegándole todos los meses, igual que la luna se mostraba en su plenitud una vez al mes. Había dejado de tomar los brebajes de Elin, y esta dejó de preguntarle. La sola idea de que la criatura de Preben creciera en el vientre de Britta la llenaba de repugnancia. Había logrado mantener el tono que su posición exigía para con la señora de la casa parroquial, pero el odio hacia su hermana ardía en su interior con una llama cada vez más clara. No tenía ni idea de lo que se habían dicho Preben y Britta después de que Märta estuviera a punto de ahogarse. Ella no preguntó, y él no había dicho una palabra al respecto. Pero desde ese día, Britta era muy amable con Märta y siempre procuraba que le dieran una ración extra en la cocina o incluso algunos dulces que compraba en las excursiones a Uddevalla. Allí pasaba Britta unos días cada mes, en casa de su tía, y esos días era como si la granja respirase aliviada. Los sirvientes se erguían y caminaban con pasos más ágiles. Preben canturreaba y pasaba mucho tiempo con Märta. Elin solía mirarlos a hurtadillas cuando estaban en la biblioteca, con las cabezas muy juntas, inmersos en una conversación sobre algún libro que él hubiera elegido. Ver aquello le alegraba el corazón de un modo muy particular. Nunca creyó que podría volver a abrigar ese tipo de sentimientos. No desde el día en que Per desapareció en las profundidades. El día que Per se fue directo a la muerte con sus crueles palabras resonándole en los oídos.

–¡Por Dios! ¿Has venido corriendo hasta aquí?

Erica miraba a Helen horrorizada. Ella se quedaba sin aliento persiguiendo a los niños por el salón, y la sola idea de hacer corriendo el trayecto desde la casa de Helen la dejaba empapada de sudor.

–Bah, no es nada –dijo Helen con una sonrisa–. Calentamiento.

Se puso una sudadera fina que llevaba atada a la cintura, se sentó a la mesa de la cocina y aceptó agradecida un vaso de agua.

–¿Quieres un café? –preguntó Erica.

–Sí, gracias.

–¿No te duele la barriga si bebes? –preguntó Erica llena de curiosidad, mientras le servía una taza y se sentaba frente a ella.

Los niños se habían quedado en casa de un amiguito del barrio mientras Anna y ella iban a Grebbestad, y cuando llegó el mensaje de Helen decidió dejarlos allí un rato más. Tendría que llevar una botella de vino o algo así en plan soborno cuando fuera a buscarlos.

–No, el cuerpo ya está acostumbrado. No pasa nada.

–Yo me cuento entre los que consideran que el ser humano debería haber nacido con ruedas, así que hasta ahora he logrado evitar el ejercicio como si fuera la peste.

–Bueno, correr detrás de unos cuantos niños pequeños no es tarea fácil –dijo Helen, y tomó un sorbito de café–. Recuerdo cuando Sam era pequeño, siempre iba corriendo detrás de él. Ahora me parece que hiciera un siglo, como si fuera otra época.

–Sí, y vosotros tenéis solo a Sam, ¿no? –dijo Erica, fingiendo que no sabía todo lo que se podía saber de la familia.

–Sí, bueno, nos quedamos con uno –respondió Helen con expresión hermética.

Erica abandonó el tema. Se alegraba de que Helen hubiera accedido a hablar con ella, pero tenía la sensación de que debía andarse con cuidado. Helen podía decidir salir huyendo a la primera pregunta mal planteada. Para Erica no era nada nuevo. Durante el trabajo de investigación de sus libros conocía a gente que se debatía entre el deseo de hablar y el de guardar silencio. En esos casos se trataba de avanzar con cautela, de conseguir que se abrieran poco a poco, y que dijeran más de lo que habían pensado decir desde el principio. Cierto que Helen había acudido voluntariamente, pero todo su cuerpo indicaba que no quería estar allí y que ya se arrepentía de su decisión.

—¿Por qué has accedido a hablar conmigo al final? —le preguntó Erica, con la esperanza de no desencadenar el impulso de huida de Helen—. He enviado montones de mensajes, pero hasta ahora no te había interesado.

Helen tomó un par de sorbos de café. Erica dejó el móvil en la mesa y le indicó que estaba grabando la conversación. Ella se encogió de hombros.

—Consideraba, y aún lo considero, que el pasado debe ser eso…, pasado. Pero tampoco soy una ingenua. Comprendo que no podré impedirte que escribas ese libro, ni he tenido nunca intención de hacerlo, claro. Además, sé que Marie está sopesando también la posibilidad de escribir acerca de todo aquello, y tampoco puede decirse que haya guardado silencio a lo largo de los años. Tú y yo sabemos que ha construido toda su carrera sobre nuestra… tragedia.

—Sí, porque es lo que es, ¿no?, vuestra tragedia —dijo Erica, aprovechando ese hilo—. No fue solo la familia de Stella la que vio su vida destrozada por lo que pasó, sino también vosotras y vuestras familias.

—La mayoría no lo ve de esa manera, creo yo —dijo Helen, y un brillo duro le afloró a los ojos grisáceos—. Casi todo el mundo prefirió creer la primera versión del relato. Aquella en la que Marie y yo confesamos. Todo lo que vino después ha perdido importancia.

—¿Por qué crees que es así?

Erica se inclinó hacia ella llena de curiosidad y comprobó con el rabillo del ojo que la grabadora del móvil seguía funcionando.

—Bueno, supongo que porque no hay otra respuesta. Ni ninguna otra persona a la que culpar. A la gente le gustan las soluciones sencillas y los sacos bien atados. Al retirar nuestra confesión, destruimos su ilusión de vivir en un mundo seguro, donde nadie podía hacerles daño a ellos o a sus hijos. Al mantenerse en la creencia de que lo hicimos nosotras, podían mantener también la fe en que todo era como debía ser.

—Y ahora que han encontrado a una niña en el mismo lugar de la misma granja, ¿crees que se trata de algún imitador? ¿Que está reviviendo algo?

—No lo sé —respondió Helen—. La verdad es que no tengo ni idea.

—Acabo de leer un artículo que dice que Marie vio a alguien en el bosque aquel día. ¿Y tú? ¿Recuerdas algo de eso?

—No —dijo Helen rauda, y apartó la vista—. No, yo no vi a nadie.

—¿Crees que es verdad que vio a alguien, o piensas que se lo inventó por alguna razón? ¿Quizá para dirigir el interés de la policía hacia otra persona, o para que, al retirar la confesión, su historia cobrara fuerza?

—Eso tendrás que preguntárselo a Marie —dijo Helen, tironeando de un hilillo invisible del pantalón negro de licra.

—Ya, pero ¿tú qué crees? —insistió Erica, y se levantó para servir más café.

—Yo lo único que sé es que no vi a nadie. Ni tampoco oí nada. Y fuimos juntas todo el tiempo.

Helen seguía tirando del hilo suelto. Estaba en tensión, y Erica se apresuró a cambiar de tema. Tenía más preguntas y no quería poner en fuga a Helen antes de hacérselas todas.

—¿Podrías describir la relación que teníais Marie y tú?

Por primera vez desde que llegó vio que se le iluminaba la cara con una sonrisa, y Erica pensó que, de un plumazo, había rejuvenecido diez años.

—Éramos muy diferentes, pero encajamos enseguida. Procedíamos de ambientes muy distintos, ella era extrovertida, yo era tímida.

En realidad, no deberíamos haber tenido nada en común. Nada de nada. Y aún hoy soy incapaz de comprender qué le atrajo a Marie de mi persona. Todo el mundo quería estar con ella, y aunque la acosaban por su familia y tenía que aguantar un montón de pullas y comentarios maliciosos sobre ellos, no eran más que bromas. Todo el mundo quería estar con ella. Era tan guapa, tan valiente, tan... salvaje.

—Salvaje. Vaya, es la primera vez que oigo decir tal cosa de Marie —dijo Erica—. ¿A qué te refieres exactamente?

—Pues... ¿Cómo explicarlo? Era como una fuerza de la naturaleza. Ya entonces hablaba de ser actriz, de hacer películas en Estados Unidos, de convertirse en una estrella de Hollywood. Quiero decir que muchas personas dicen esas cosas de niñas, pero ¿cuántas lo consiguen de verdad? ¿Te das cuenta de la fortaleza que hay detrás de semejante proeza?

—Sí, lo que ha conseguido es extraordinario —dijo Erica, aunque no pudo dejar de preguntarse cuál habría sido el precio.

En todos los artículos que había leído sobre Marie, la actriz aparecía como un personaje bastante trágico, siempre rodeada de un eco de soledad y vacío. Se preguntaba si de niña habría podido imaginar que ese sería el precio que debería pagar por alcanzar su sueño.

—A mí me encantaba estar con Marie, era todo lo que no era yo. Se convirtió en mi seguridad, me infundía valor. Con Marie me atrevía a ser alguien que sin ella jamás me habría atrevido a ser. Sacaba lo mejor de mí.

A Helen le resplandecía la cara, y parecía que se estuviera esforzando por controlar sus sentimientos.

—¿Cómo reaccionasteis cuando os prohibieron veros? —preguntó Erica, sin dejar de observar a Helen.

Una idea había empezado a forjarse en su cabeza, pero aún era tan difusa que no podía definirla bien.

—Pues nos angustiaba la idea, naturalmente —dijo Helen—. Sobre todo a mí, Marie empezó a buscar formas de saltarse la prohibición.

—Así que seguisteis viéndoos, ¿no? —dijo Erica.

—Sí, nos veíamos en el colegio todos los días, pero también fuera, a escondidas, siempre que podíamos. En cierto modo, era como vivir una historia de Romeo y Julieta, el mundo nos trataba injustamente. Pero no permitimos que nadie nos detuviera, nuestra relación era nuestro mundo.

—¿Dónde os veíais?

—Sobre todo, en el cobertizo de la granja de los Strand. Estaba vacío, allí no había animales, así que nos colábamos y subíamos al granero. Marie les robaba tabaco a sus hermanos, y allí nos tumbábamos a fumar a escondidas.

—¿Cuánto tiempo anduvisteis ocultando vuestra amistad? Antes de... bueno, antes de que ocurriera.

—Algo así como seis meses, si no me engaño. No lo recuerdo bien. Ha pasado tanto tiempo... Intento no pensar nunca en aquella época.

—Entonces, ¿cómo reaccionasteis cuando la familia Strand preguntó si podíais cuidar de Stella las dos juntas?

—Bueno, el padre de Stella le había preguntado a mi padre primero, y yo creo que se quedó un poco sorprendido y que dijo que sí sin pensarlo mucho. Ya sabes, las apariencias eran importantes, y mi padre no quería parecer una persona estrecha de miras que condenaba a una niña como compañera de juegos inadecuada solo por su familia. Eso no habría estado bien visto.

Helen hizo una mueca de desprecio.

—Pero nos pusimos muy contentas, naturalmente, aunque sabíamos que eso no implicaba que fueran a cambiar las cosas. Ya te puedes imaginar, teníamos trece años. Vivíamos el momento. Y creíamos que llegaría el día en que podríamos estar juntas. Sin tener que escondernos en el cobertizo.

—Así que estabais deseando ir a cuidar de Stella.

—Sí, desde luego —aseguró Helen—. Le teníamos cariño a Stella. Y ella también nos quería.

Guardó silencio y puso cara de preocupación.

—Voy a tener que irme a casa pronto —dijo, y apuró el último trago de café.

Erica se agobió un poco, tenía muchas más preguntas que hacer, muchas más cosas que averiguar. Quería preguntarle por todo tipo de cosas, detalles, sucesos, sentimientos... Necesitaba mucho más que aquellos minutos para poder dar vida al relato. Pero sabía también que si presionaba a Helen, podía producirse el efecto contrario. Si se contentaba con lo que había conseguido esta vez, aumentarían sus posibilidades de que se prestara a más encuentros. Así que se esforzó por sonreír alegremente.

—Claro, por supuesto —dijo—. Te agradezco que hayas podido dedicarme un rato. Pero ¿puedo hacerte solo una pregunta más?

Le echó otro vistazo al móvil, para asegurarse de que seguía grabando.

—De acuerdo —dijo Helen a regañadientes, y Erica se dio cuenta de que, mentalmente, ya había salido de allí.

Pero de todas las preguntas que habría querido hacerle, esa era, quizá, la más importante.

—¿Por qué confesasteis?

Se hizo un silencio angustiosamente largo. Helen no pestañeaba, pero Erica casi pudo ver la actividad febril que tenía lugar en su cabeza. Al final soltó un hondísimo suspiro, como si de pronto se relajara una tensión mantenida durante treinta años.

Helen miró a Erica a los ojos y declaró:

—Para poder estar juntas. Y porque era una forma de decirles a nuestros padres que se fueran a la mierda.

—¡Y entonces cazáis la vela! —gritó Bill en medio del viento.

Karim se esforzaba por comprender. Bill tenía la tendencia de empezar en inglés, pero luego se pasaba al sueco sin darse cuenta. De todos modos, algunas palabras ya habían empezado a entrarle, y ahora sabía que «cazar» quería decir que debía tirar del cabo de la vela.

Empezó a tirar hasta que Bill le hizo un gesto de aprobación.

Adnan se puso a gritar cuando el barco comenzó a inclinarse, y se agarró a la borda. Después de que todos probaran uno a uno lo que era navegar a vela bajo la supervisión y dirección de Bill, en un barco más pequeño, habían empezado todos juntos en uno más grande que Bill llamaba *Samba*. En un primer momento se mostraron suspicaces al ver que tenía la parte trasera totalmente abierta, pero Bill les aseguró que no entraría el agua. Al parecer, lo habían construido así para que pudieran subir discapacitados, y la idea era que pudieran subir fácilmente al barco desde el agua. Pero aquella explicación llenó de inquietud a Karim. Si era tan seguro, ¿cómo es que había que subir desde el agua?

–¡No os preocupéis! ¡No *worry!* –le gritaba Bill a Adnan sin parar de sonreír y de animarlo asintiendo con la cabeza.

Adnan miraba con escepticismo la amplia sonrisa de Bill y se agarró con más fuerza aún.

–*It should lean, then it goes better in the water* –dijo Bill, y continuó asintiendo–. Debe inclinarse, tiene que ser así.

El viento ahogó parte de sus palabras, pero ellos entendieron lo que quería decir. «Qué raro. Imagínate que el razonamiento fuera el mismo para conducir un coche», murmuró Karim entre dientes. Seguía sin estar convencido de la sensatez de aquella empresa. Pero el entusiasmo de Bill era lo bastante contagioso como para que él y los otros accedieran a darle una oportunidad. Y además, era una interrupción en el aburrimiento del campo de refugiados. Siempre y cuando lograran que la sensación de pánico se atenuara un poco cuando subieran al barco.

Se esforzó por respirar tranquilo y comprobó por enésima vez que todas las cintas de amarre del chaleco estuvieran en orden.

–¡Virad! –gritó Bill, y ellos se miraron extrañados.

Bill empezó a gesticular con los brazos y gritó:

–*Turn! Turn!*

Ibrahim, que llevaba el timón, lo giró con todas sus fuerzas a la derecha, lo que los catapultó a todos hacia un lado. La botavara giró rápidamente y a duras penas pudieron agacharse a tiempo. Bill estuvo a punto de caer al agua, pero logró agarrarse a la borda en el último momento y mantenerse sujeto.

–¡Mierda, coño, joder! –gritó, palabras que todos ellos comprendían.

Las palabras malsonantes fueron lo primero que aprendieron en sueco. La combinación «negro de mierda» les empezó a resultar familiar desde que llegaron a la estación de ferrocarril.

–*Sorry, sorry* –gritó Ibrahim, y soltó el timón como si fuera una cobra venenosa.

Bill se abalanzó hacia la popa del barco sin dejar de soltar improperios. Sustituyó a Ibrahim al timón y, con el barco ya estabilizado, respiró hondo. Luego les dedicó una de sus espléndidas sonrisas.

–¡No pasa nada, chicos! ¡No *worries!* No es nada comparado con cruzar el golfo de Vizcaya.

Se puso a silbar alegremente mientras Karim, por si acaso, volvía a comprobar que llevaba bien puesto el chaleco.

Annika asomó la cabeza por la puerta entreabierta.

–Bertil, hay una persona que insiste en hablar contigo. Número oculto. Y la voz le suena muy rara. ¿Qué me dices? ¿Te la paso?

–Sí, anda –dijo Mellberg con un hondo suspiro–. Seguro que es uno de esos vendedores que cree que me va a endosar algún artículo indispensable para la vida, pero no cuela, no...

Rascó un poco a *Ernst* detrás de la oreja mientras esperaba a que se encendiera la luz del teléfono. Al verla encendida, respondió con voz autoritaria: «¿Dígame?». Si algo se le daba bien en esta vida, era manejar a esos vendedores.

Pero la persona que hablaba al otro lado no quería venderle nada. La voz distorsionada le hizo desconfiar al principio, pero desde luego se trataba de una información sensacional. Se enderezó en la silla y escuchó atento. *Ernst* percibió el cambio, irguió la cabeza y levantó las orejas.

Antes de que Mellberg alcanzara a formular ninguna pregunta, oyó el clic que indicaba que al otro lado de la línea habían colgado.

Mellberg se rascó la cabeza. La información que acababa de recibir empeoraba las cosas, eso sin duda, e imprimía al caso un giro totalmente nuevo. Alargó el brazo para llamar a Patrik, pero luego lo retiró despacio. El resto del equipo estaba ocupado con el registro domiciliario en la finca de los Berg. Y aquello era de tal envergadura que sin duda debía quedar en manos de la jefatura. Lo más seguro y lo más sencillo era que se encargara él personalmente. Si luego la gente lo abrumaba con su agradecimiento por haber resuelto el caso, serían gajes del oficio, las consecuencias de ser jefe y de acabar siempre bajo la luz de los focos. Además, era justo, ni más ni menos, honrar a quien lo merecía, él era el corazón y el cerebro de la comisaría de Tanumshede; y él sería quien resolviera el caso.

Se levantó de la silla, y *Ernst* irguió la cabeza esperanzado.

–Lo siento, amiguito –le dijo Mellberg–, pero hoy te toca quedarte aquí. Tengo cosas importantes que hacer.

Haciendo caso omiso de los gemidos lastimeros de *Ernst* cuando el animal comprendió que no lo llevaría consigo, salió del despacho a toda prisa.

–Salgo un momento –dijo al pasar por la recepción, delante de Annika.

–¿Cuál era el motivo de la llamada? –preguntó.

Mellberg se lamentó para sus adentros. Qué cruz, tener unos empleados que no paraban de meter las narices en todo. Desde luego, se había perdido por completo el respeto por los superiores.

–Bah, uno de esos vendedores tan pesados, lo que yo decía.

Annika lo miró un tanto incrédula, pero él sabía lo que se hacía y no pensaba desvelarle su plan. Antes de que él quisiera darse cuenta, Annika ya estaría llamando a Hedström, que seguramente se empeñaría en hacerse un hueco. El poder era embriagador, lo había aprendido a lo largo de los años, y siempre se había visto en la necesidad de detener los esfuerzos de los colegas más jóvenes, que intentaban ponerse los primeros cuando se acercaban la resolución del caso y la atención de todos. En verdad que era penoso.

Resopló al salir a la calle. Era inhumano tener que vivir en aquel calor tropical. Debía de ser eso que llamaban el efecto invernadero lo que lo alteraba todo. Si la cosa continuaba, para vivir así bien podía uno mudarse a España directamente, se decía. Y no era que le gustara el invierno, no. La primavera y el otoño iban más con él. Aunque... el otoño sueco cargado de lluvias tampoco era ninguna alegría, bien mirado. En fin, la primavera podía estar bien. Si se presentaba soleada. Y no una de esas frías y con vientos constantes, como las de los últimos años.

Casi se quedó petrificado por el calor cuando entró en el coche policial. Pensaba tener una charla con el idiota que lo hubiera dejado al sol. Aquello era una sauna y se apresuró a poner el aire acondicionado, aunque la temperatura no bajó hasta que no llegó al campo de refugiados, y a aquellas alturas ya tenía la camisa empapada de sudor. No había avisado a nadie de su llegada; no conocía al director del campo y no podía confiar en que no alertara de que iba en camino. Lo ideal era hacer ese tipo de cosas sin avisar. Por eso antaño se hacían redadas al amanecer, para tener a favor el efecto sorpresa.

Se acercó a la recepción y abrió la puerta. Nada más entrar, notó un frescor maravilloso. Se secó la mano derecha en la pernera del pantalón antes de saludar.

—Hola, Bertil Mellberg, de la comisaría de Tanumshede.

—Ajá, hola, soy Rolf, el director del campo. ¿A qué debemos este honor?

Miraba al policía con cierto nerviosismo. Mellberg dejó que sudara un poco, no porque tuviera nada contra él, sino porque podía.

—Necesito tener acceso a una de las viviendas —dijo.

—Ajá —asintió Rolf, y se quedó de piedra—. ¿A cuál? ¿Y por qué?

—¿Quién vive en la cabaña que está al final de la hilera, la más próxima al mar?

—Pues Karim y su familia.

—¿Karim? ¿Y qué sabes de él?

Mellberg se cruzó de brazos.

—Pues... Es de Siria, llegó aquí hace un par de meses con su mujer y dos hijos menores. Es periodista, tranquilo, pacífico. ¿Por qué?

—¿Participó en la batida con perros cuando desapareció la niña el lunes?

—Sí, creo que sí. —Rolf frunció el entrecejo—. Sí, sí, claro que estuvo, pero ¿a qué viene esto?

Él también se cruzó de brazos.

—Necesito echarle un vistazo a su vivienda —respondió Bertil.

—Ya, claro, pero yo no sé si puedo permitir eso —dijo Rolf, aunque con cierto tono de duda en la voz.

Mellberg estaba probando suerte, sabía que la mayoría de los suecos controlan poquísimo las leyes que rigen.

—Esta es una actividad gestionada por una institución pública, por lo que tenemos derecho a acceder a esos locales.

—Ah, bueno, en ese caso... En ese caso, vamos.

—Se trata de un asunto policial, así que iré yo solo —dijo Mellberg. No le apetecía nada tener a un director angustiado colgado del hombro—. Tú señálame qué casa es, que ya voy yo.

—De acuerdo —dijo Rolf, y lo acompañó fuera—. Es por ahí, la última casa.

Mellberg pensó una vez más en lo infernal que estaba siendo el verano. Los refugiados debían de encontrarse a gusto con ese calor. Debía de ser como estar en casa.

La casita blanca parecía bien cuidada por fuera. En un montoncito bien ordenado había unos cuantos juguetes, y delante de los peldaños de la entrada se veían unas filas muy derechas de zapatos. La puerta estaba abierta de par en par y desde fuera se oían las risas alegres de unos niños.

—¿Hola? —gritó hacia el interior de la casa, y una mujer muy guapa de larga melena oscura apareció con una olla y un paño de cocina en las manos.

Se quedó de piedra al verlo y dejó de secar la olla recién fregada.

—*What you want?* —dijo.

Tenía un acento muy marcado y su voz sonó fría y hostil.

Mellberg no había pensado en el asunto del idioma. El inglés no era su fuerte, a decir verdad. Y podía ser que aquella mujer ni siquiera supiera inglés. De hecho, siguió hablando en una lengua de la que él no entendió ni una palabra. Por Dios bendito, ¿tan difícil era aprender el idioma del país al que uno había ido a parar?, se preguntó.

—*I have to... see in your house...*

Se le puso la lengua de trapo al tratar de pronunciar aquellas palabras en inglés.

La mujer lo miró sin entender nada y se encogió de hombros.

—*I have some... information...* de que vosotros... *that your man* esconde algo *in the house* —dijo, y trató de pasar.

La mujer se plantó en la entrada con los brazos en cruz. Los ojos le echaban chispas y le soltó una retahíla furibunda.

Mellberg notó que el pecho le palpitaba durante un instante de duda, pero en casa tenía demasiadas mujeres furibundas como para dejarse amedrentar por aquella señora tan delicada. Comprendió que lo suyo habría sido ir acompañado de un intérprete, pero pensó que ahora no había tiempo de ir a buscarlo. No, tendría que ser astuto. Astuto como un zorro. Aunque en Suecia no hacía falta ningún documento, él sabía que en otros países sí era así. Se le ocurrió una idea genial y se llevó la mano a la pechera. Sacó un papel y lo desdobló cuidadosamente.

—*I have a permission to look in your house* —dijo, y le mostró el papel con expresión autoritaria—. *You do know this?* ¿Un permiso?

Agitaba el papel delante de la mujer con el ceño fruncido. Ella siguió el papel con la mirada y empezó a mostrarse algo insegura.

Al final se hizo a un lado y lo dejó pasar. Satisfecho, Mellberg se guardó el certificado del veterinario de *Ernst* en el bolsillo de la pechera. Cuando se trataba de un asunto de aquella trascendencia, todos los medios eran lícitos.

Bohuslän, 1672

Una de las cosas que la abuela le había enseñado a Elin era a seguir las estaciones. Al final de la primavera era el momento de recoger muchas de las hierbas y flores que iba a necesitar el resto del año, de modo que en cuanto disponía de un rato libre salía al bosque. Una vez recogidas las plantas, las secaba cuidadosamente en el humilde rincón que le correspondía en la cabaña del servicio. Había abundancia de todo aquello que necesitaba, pues la primavera llegó con copiosas lluvias y terminó soleada, y el verdor había estallado en los campos. Recorrer las tierras de la casa pastoral era una maravilla. Había prados, cerros cubiertos de hierba frondosa, humedales, pastos y bosque. Era un deleite ver todo aquello y Elin iba canturreando absorta mientras, con la cesta en el brazo, elegía los mejores ejemplares de las especies que tenían las cualidades que ella necesitaba para curar y sanar, para remediar y aliviar. Era la mejor época del año y, por primera vez, sintió en el corazón algo similar a la dicha.

Se detuvo junto al viejo cobertizo y se sentó un momento a descansar. El terreno resultaba difícil de transitar y, a pesar de que era fuerte y estaba sana, se había quedado sin aliento. Disponía para ella sola de dos horas, que había conseguido sobornando a Stina, la más joven de las criadas, para que se hiciera cargo de sus tareas con la promesa de que le ayudaría a decir el sortilegio adecuado para atraerse la atención de un pretendiente. Sabía que debería invertir esas escasas horas en hacer algo útil, pero olía tan bien y el sol calentaba con tanta dulzura y el cielo era tan azul... No podía ser pernicioso dejar que el alma se regocijara unos minutos, se persuadía al tiempo que se tumbaba en la hierba con los brazos extendidos y la mirada en el cielo azul. Sabía que Dios era omnipresente, pero ella no podía dejar de pensar que, en aquellos momentos, se encontraba más cerca que de costumbre, que Él mismo debía de estar hoy pintando la tierra con todos aquellos colores.

Empezó a pesarle el cuerpo. El olor a hierba y a flores en la nariz, las nubes que se deslizaban despaciosas por el azul del cielo, la blandura de la tierra que la abrazaba, todo la adormeció apaciblemente. Ya le pesaban los párpados, cada vez más, hasta que no pudo resistirse y dejó que se le cerraran.

Alguien la despertó haciéndole cosquillas en la nariz. La arrugó un poco, pero al ver que no conseguía nada, se rascó con la mano, y entonces oyó una risita sorda a su lado. Se incorporó de un salto. Preben estaba a su lado, con una brizna de hierba en la mano.

—Pero ¡qué hace, señor Preben! —dijo ella, y trató de parecer irritada, aunque sabía perfectamente que se estaba aguantando la risa.

Él le sonrió y aquellos ojos azules la atrajeron hacia sí, hacia su interior.

—Se te veía durmiendo tan plácidamente —dijo, y le pasó otra vez la brizna por la cara con un gesto juguetón.

Ella quería levantarse, sacudirse las faldas, recoger el cesto a rebosar de hierbas y poner rumbo a la granja. Eso era lo correcto. Eso debería hacer. Pero allí sentados los dos en el viejo cobertizo abandonado no eran señor y criada, ni cuñado y cuñada. Eran Elin y Preben, y sobre ellos había pintado Dios con el más azul de todos los azules y, debajo, con el más verde de todos los verdes. Elin quería una cosa, luego quería la contraria... Sabía lo que debía hacer y sabía lo que era capaz de hacer. Y lo que no podía era levantarse y alejarse de allí. Preben la miraba como nadie la había mirado desde que murió Per. Ella se lo imaginó con Märta, con el cachorro en el regazo, con el flequillo cayéndole sobre los ojos, acariciando con ternura el hocico de Estrella al verla dolorida. Y sin que ella misma supiera qué la movía, se inclinó y lo besó. Él se quedó de piedra al principio. Ella notó que se le endurecían los labios y que todo su cuerpo se retiraba expectante. Luego se ablandó y se inclinó sobre ella. A pesar de que deberían sentirlo como algo malo, era como si Dios los estuviera viendo. Y como si el Todopoderoso les sonriera.

– Ya hemos terminado con la vivienda.

Torbjörn se acercó a Gösta y señaló el cobertizo.

–Seguiremos por ahí.

–Muy bien –dijo Gösta.

Aún sentía un gran disgusto por todo aquello y no había tenido fuerzas para unirse a Patrik y Peter, que charlaban tumbados en el césped algo más allá. Había intentado acercarse a Eva, que seguía sentada en el sofá del jardín, delante de la casa, pero tenía la mirada tan ausente que todo contacto resultaba imposible. Los padres de Peter estaban enfadados y nada proclives a oír argumentos razonables en esos momentos, así que los dejó tranquilos.

Los técnicos trabajaban incansables, pero Gösta se sentía superfluo y fuera de lugar. Sabía que su presencia como policía era necesaria, pero él habría preferido hacer algo práctico en lugar de limitarse a estar allí vigilante. Patrik había enviado a Paula y a Martin a investigar un poco más a fondo el pasado de la familia Berg, y él se habría cambiado por ellos. Al mismo tiempo, comprendía que allí lo necesitaban, puesto que era quien más contacto había mantenido con la familia.

Siguió a los técnicos con la mirada mientras se dirigían al cobertizo. Un gato gris salió corriendo de allí en cuanto abrieron el portón de par en par.

Una avispa empezó a revolotearle por la oreja derecha y se obligó a quedarse inmóvil por completo. Siempre le habían dado miedo las avispas, y no importaba cuántas veces le dijeran que no había que salir corriendo ni ponerse a manotear histérico; era incapaz de controlarse. Había una especie de instinto primigenio que le incrementaba el nivel de adrenalina y hacía que el cerebro le gritara «¡Corre!» en cuanto veía acercarse una. Pero esta vez tuvo suerte, el bicho encontró algo más dulce y más interesante que atacar y se fue volando sin que Gösta tuviera que perder la dignidad en presencia de todo el mundo.

—Ven a sentarte con nosotros —le dijo Patrik haciéndole señas con la mano.

Gösta se sentó en el césped, al lado de Peter. Resultaba extraño estar allí con él mientras ellos lo ponían todo patas arriba en su casa, pero el hombre parecía haber aceptado la situación y estaba tranquilo y sereno.

—¿Qué estáis buscando? —preguntó Peter.

Gösta se figuraba que, tomando cierta distancia, lo sobrellevaba todo mejor. Fingiendo que nada de aquello le afectaba. Lo había visto muchas veces en la vida.

—No podemos hablar de lo que hacemos ni decir qué buscamos.

—Ya, porque somos sospechosos potenciales —dijo Peter.

Había un punto de resignación en la voz, y Gösta supo que la mejor forma de tratarlo era con sinceridad.

—Sí, así es. Y comprendo que os parezca terrible. Pero supongo que queréis que hagamos cuanto está en nuestra mano para averiguar qué le ha ocurrido a Nea. Y, por desgracia, eso incluye que examinemos también las opciones menos verosímiles.

—Lo entiendo, no pasa nada —dijo Peter.

—¿Crees que tus padres lo comprenderán? —preguntó Gösta mirando a Bengt y Ulla, que estaban a unos metros de allí, hablando muy alterados.

El padre de Peter gesticulaba con vehemencia y, debajo del moreno estival, se le veía la cara roja de rabia.

—Solo están preocupados. Y tristes —dijo Peter, que había empezado a arrancar el césped a puñados—. Mi padre siempre ha sido así; si tiene alguna preocupación, reacciona enfadándose. Pero no es tan fiero como parece.

Torbjörn salió del cobertizo.

—¿Patrik? —gritó—. ¿Puedes venir?

—Claro, voy para allá —respondió Patrik, y se levantó con cierto esfuerzo.

Cuando lo hizo, le crujieron las rodillas, y Gösta pensó que las suyas iban a sonar mucho peor.

Gösta siguió a Patrik con la mirada cuando cruzaba la explanada, y frunció el ceño. Torbjörn tenía el móvil en la mano y hablaba agitado con Patrik, que lo escuchaba con preocupación.

Gösta se levantó.

—Voy a ver qué quiere Torbjörn —dijo, y sacudió un poco la pierna derecha, que se le había dormido.

Cojeando ligeramente, llegó hasta sus colegas.

—¿Qué ha pasado? ¿Habéis encontrado algo?

—No, todavía no hemos empezado con el cobertizo —dijo Torbjörn con el móvil en alto—. Pero acabo de recibir una llamada de Mellberg, que nos ordena que dejemos todo esto y vayamos de inmediato al campo de refugiados. Dice que ha encontrado algo.

—¿Que ha encontrado algo? —repitió Gösta desconcertado—. ¿Cuándo? Si estaba durmiendo en el despacho cuando nos fuimos...

—Apuesto el cuello a que se le ha ocurrido alguna barbaridad —masculló Patrik irritado, y se volvió a Torbjörn—. Yo preferiría que termináramos aquí, pero Mellberg es un superior y no puedo contravenir sus órdenes. Tendremos que acordonar la zona, ir al campo y volver más tarde.

—No está del todo claro que se pueda interrumpir un examen como este —dijo Torbjörn, y Gösta se mostró de acuerdo con él.

Pero también coincidía con Patrik: Mellberg era formalmente su superior y el máximo responsable de la comisaría, y aunque todos sabían que eso era verdad más en la teoría que en la práctica, estaban obligados a cumplir sus órdenes cuando las daba.

—Vamos con vosotros —dijo, y Patrik lo aprobó con un gesto, mientras trataba en vano de localizar a Mellberg por teléfono.

Gösta se acercó a los familiares y les explicó que volverían más tarde, pero no respondió cuando le preguntaron por qué. Por lo que a él se refería, el nudo en el estómago no había hecho más que aumentar. Que Mellberg se hubiera arrancado a hacer algo por sí solo no podía acarrear más que problemas. Y ¿qué sería lo que había encontrado en el campo de refugiados? La sensación de catástrofe inminente empezó a invadirlo de pronto.

Los niños no tenían ninguna gana de ir a casa, pero Erica sabía que si quería volver a dejarlos allí algún día para que jugaran un rato, no podían abusar mucho más. Tenía a los gemelos bien sujetos de la mano mientras Maja saltaba alegremente delante de ella. Bendita niña. Siempre contenta, siempre considerada y positiva. Se dijo que debía dedicarle algo más de tiempo. Era fácil que los traviesos de los gemelos acaparasen demasiado su atención.

Noel y Anton parloteaban despreocupados acerca de todo lo que habían hecho durante el día, pero ella no podía dejar de pensar en Helen. Quedaban aún demasiadas preguntas por responder. Sin embargo, sabía que su instinto no estaba errado. Si la presionaba en exceso, Helen se cerraría por completo. Y Erica necesitaba mucho más material para poder culminar el proyecto del libro. La fecha de entrega era el uno de diciembre, y aún no había escrito una línea. Cierto que iba siguiendo el plan, puesto que ella siempre dedicaba la mayor parte del tiempo a la investigación, y luego escribía el libro en unos tres meses. Sin embargo, eso implicaba que, para poder acabar a tiempo, debía empezar a escribir a primeros de septiembre, como muy tarde. Y ahora resultaba que todos sus planes se habían venido abajo. No tenía ni idea de cómo afectaría el asesinato de Nea a su libro ni a la fecha de su publicación. Con independencia de que Helen y Marie estuvieran o no implicadas, se vería obligada a abordar las similitudes entre los dos casos. Y puesto que el asesinato de Nea aún no estaba resuelto, era imposible planificar cómo insertarlo en su novela. Le parecía un tanto frío pensar en un libro cuando se trataba del dolor y la desgracia de otras personas. Pero desde que escribió el libro sobre el asesinato de Alexandra, su amiga de la infancia, había tomado una decisión fundamental, la de separar los sentimientos del trabajo. Y muchas veces sus libros habían ayudado a los familiares a experimentar una suerte de final. En ciertas ocasiones, había contribuido incluso a encontrar una solución para un caso no resuelto, y también esta vez pensaba hacer cuanto estuviera a su alcance para ayudar a la policía con aquello que mejor se le daba: indagar en casos antiguos.

Se dijo que debía dejar de pensar en el libro, su promesa de fin de año había sido tratar de centrarse más cuando estuviera con los niños. No pensar en el trabajo, no estar enganchada al teléfono o enchufada al ordenador, sino ofrecerles toda su atención. Con lo breve que era la infancia...

Aunque la niñez no era su época favorita, se alegraba de corazón con el niño de Anna. Tener un recién nacido que no fuera propio era lo más, quedarse solo con lo bueno, jugar y disfrutar y luego dejarles la criatura a los padres cuando empezara a oler o a sonar mal... Además, tenía curiosidad por saber qué habría allí dentro. Ni Dan ni Anna quisieron averiguarlo, decían que a ellos les daba igual. Sin embargo, aunque no sabía por qué, Erica tenía la sensación de que lo que Dan y Anna esperaban era una niña. Y quizá eso sería lo mejor, puesto que el hijo nonato que Anna y Dan perdieron tan trágicamente era un niño. En el cuerpo y en la cara de Anna aún se apreciaban rastros del accidente que a punto estuvo de costarle la vida a ella también, pero Erica tenía la sensación de que su hermana había empezado a reconciliarse con los cambios de su aspecto físico. O al menos, hacía mucho tiempo que no hablaba de ello.

Erica se paró en seco. Al pensar en Anna se acordó de pronto de la despedida de soltera. Se le había olvidado por completo que propuso que le organizaran algo así a Kristina. Su suegra podía sacarla de quicio a veces, pero siempre se ofrecía cuando necesitaban ayuda con los niños. Así que lo menos que podía hacer por la madre de Patrik era organizarle un día inolvidable. Algo divertido de verdad. Ninguna tontería de esas de ir vendiendo besos por ahí con un velo de novia, no le parecía digno de su edad. Sino un día divertido y estupendo en el que ella fuera el centro de atención. Pero ¿qué podía hacer...? ¿Y cuándo? No había mucho margen donde encajarlo. ¿Y si lo hacía ese mismo fin de semana? Aunque, en ese caso, ya podía correr si quería que le diera tiempo de organizar algo.

Al ver el folleto que había en el tablón de anuncios delante del cámping se paró en seco. Era una idea. Y una muy buena. Incluso brillante, se atrevería a decir. Sacó el móvil y le hizo una foto al anuncio, luego llamó a Anna.

—Oye, te comenté lo de organizarle a Kristina una despedida, ¿verdad? ¿Qué te parece este sábado? Yo me encargo de todo, tú procura reservar el sábado. Dan podrá quedarse con los niños, ¿no?

Anna respondió con monosílabos, y no con tanto entusiasmo como esperaba Erica. Pero pensó que tal vez le hubiera tocado un día duro con el embarazo, así que continuó hablando.

—No estoy totalmente segura de lo que voy a organizar, pero he visto un anuncio en el tablón del cámping que me ha inspirado una idea...

Anna seguía sin responder. Qué extraño.

—¿Va todo bien, Anna? Te encuentro un poco... rara.

—No, no pasa nada, es que estoy algo cansada.

—Vale, vale, no me quiero poner pesada. Tú descansa, cuando sepa más te llamaré para contarte los detalles.

Colgaron, y Erica se guardó el móvil en el bolsillo del pantalón un tanto preocupada. Algo le pasaba a su hermana. La conocía a la perfección, y cada vez tenía más claro que le estaba ocultando algo. Y teniendo en cuenta la capacidad infalible de Anna para atraer la mala suerte, aquello la inquietaba. Después de tantos reveses y problemas, parecía que por fin había caído de pie en la vida y empezaba a tomar decisiones sensatas, pero podía ser que Erica solo viera lo que quería ver. La cuestión era qué sería lo que estaba ocultándole. Y por qué. Erica se estremeció en medio de aquel calor estival. Se preguntaba si alguna vez dejaría de preocuparse por su hermana pequeña.

Patrik fue en silencio y concentrado todo el trayecto hasta Tanumshede. Su manera de conducir, no muy buena por lo general, resultaba peor aún cuando se ponía nervioso, y era consciente de que Gösta iba todo el camino asido al agarrador que había encima de la puerta.

—¿Sigue sin responder? —preguntó.

Con la mano libre, Gösta sujetaba el teléfono pegado a la oreja, pero negó con un gesto.

—No, no hay respuesta.

—Joder, no se lo puede dejar solo ni un minuto. Es peor que mis hijos.

Patrik pisó el acelerador un poco más.

Ya habían llegado a la recta que discurría por delante de los establos y pronto verían Tanumshede. Sentía algo de vértigo al bajar las pendientes, y vio que la cara de Gösta empezaba a adquirir un tono verdoso.

—No me gusta nada haber dejado a medias el trabajo en la granja. Aunque hayamos acordonado la zona, existe el riesgo de que nos saboteen la investigación técnica —masculló Patrik—. Y Paula y Martin, ¿están en camino?

—Sí, sí, he hablado con Martin, nos esperan en el campo de refugiados. Seguro que han llegado ya.

Patrik estaba sorprendido de su propia furia. Mellberg tenía una capacidad infalible para meter la pata, casi siempre con la esperanza de sacar tajada, pero él no podía permitir que hiciera tal cosa ahora que investigaban el asesinato de una niña.

Cuando entraron en el campo de refugiados vio a Paula y a Martin, que estaban esperando en el aparcamiento. Estacionó el coche al lado del suyo y dio un portazo más fuerte de la cuenta al salir.

—¿Lo habéis visto? —preguntó.

—No, pensábamos que sería mejor esperaros. Pero hemos hablado con el director del campo, y dice que Mellberg ha entrado en la última vivienda.

Paula señaló una de las hileras de casas.

—De acuerdo, pues tendremos que ir allí, sencillamente, a ver cuál ha sido la ocurrencia esta vez.

Patrik se volvió al oír unos coches que llegaban al aparcamiento. Eran Torbjörn y su equipo, que habían salido detrás de él.

—¿Para qué quería Mellberg que viniera Torbjörn? —preguntó Martin—. ¿Alguien sabe algo? ¿Alguno de vosotros ha hablado con él?

Patrik soltó un resoplido.

—Si ni siquiera responde al teléfono. Lo único que sabemos es que le dijo a Torbjörn que viniera aquí con el equipo enseguida, que ha encontrado algo y que «ha sido más fácil resolver el caso que abrir una lata de sardinas».

—¿Y queremos saber cómo lo ha hecho? —dijo Paula con tono sombrío. Luego miró a los demás—. En fin, más vale aclararlo cuanto antes.

—Pero bueno, ¿nos llevamos el equipo o no? —preguntó Torbjörn.

Patrik dudaba.

—Sí, qué demonios, traed los bártulos. Después de todo, Mellberg dice que ha encontrado algo.

Patrik les hizo una señal a Gösta, Paula y Martin para que lo siguieran, y empezó a dirigirse a la casa en cuestión. Torbjörn y sus técnicos estaban sacando el instrumental del coche e irían tras ellos.

La gente de por allí los observaba. Algunos miraban por la ventana, otros salían a la puerta de la casa, pero nadie preguntó nada. Se limitaban a mirarlos con preocupación.

En la distancia, Patrik oyó a una mujer que lloraba, y apremió el paso.

—¿Qué está pasando aquí? —preguntó cuando llegó a la casa.

Mellberg estaba hablando con la mujer, gesticulaba aparatosamente y había recurrido al tono de voz más autoritario del repertorio.

En un inglés con mucho acento, repitió:

—No, no, *cannot go in house. Stay outside.*

Se volvió hacia Patrik.

—Qué bien que habéis llegado —dijo alegremente.

—¿Qué es lo que está pasando? —repitió Patrik—. Llevamos intentando hablar contigo desde que llamaste a Torbjörn, pero no contestas al teléfono.

—No, he estado hasta arriba, esta mujer está histérica, y los niños no paran de llorar, pero me he visto obligado a impedir que entren en la casa para evitar que destruyan pruebas.

—¿Pruebas? ¿Qué pruebas? —Patrik se dio cuenta de que estaba chillando.

El desasosiego aumentaba a cada minuto, y habría querido agarrar bien a Mellberg por los hombros y zarandearlo hasta que se le borrara aquella expresión de autocomplacencia.

—Me dieron un soplo —dijo Mellberg orgulloso, e hizo una pausa de efecto.

—¿Qué clase de soplo? —preguntó Paula—. ¿De quién?

Dio un paso hacia Mellberg. Miró preocupada a los niños, que no paraban de llorar, pero Patrik comprendió que, al igual que él, también ella quería hacerse una idea clara de la situación antes de intervenir.

—Pues... un soplo anónimo —dijo Mellberg—. Según el cual, aquí había pruebas que conducirían al asesino de la niña.

—¿En la casa misma? ¿O se refería a la persona que vive aquí? ¿Qué dijo exactamente la persona que llamó?

Mellberg soltó un suspiro y empezó a hablar despacio y claro, como si se estuviera dirigiendo a un niño pequeño: la persona en cuestión ofreció unas instrucciones muy claras sobre esta vivienda. Describió exactamente a cuál se refería. Pero no, no dio ningún nombre.

—¿Y por eso viniste aquí? —preguntó Patrik, cada vez más irritado—. ¿Sin decirnos nada?

Mellberg resopló desdeñoso y lo miró con inquina.

—Ya, es que estabais ocupados en otras cuestiones, y tuve la intuición de que era importante actuar con prontitud para que las pruebas no pudieran ni desaparecer ni destruirse. Fue una decisión policial meditada.

—Ya, ¿y no se te ocurrió que debías esperar a tener la orden de registro del fiscal? —preguntó Patrik.

Luchaba de verdad por mantener la calma.

—Pues... —respondió Mellberg, por primera vez algo inseguro—. No lo consideré necesario, sino que tomé la decisión como jefe de la investigación. Se trata de garantizar las pruebas de una investigación de asesinato. En esos casos, tú lo sabes tan bien como yo, no hay que esperar una resolución formal.

Muy despacio, Patrik dijo:

—Es decir, confiaste en un soplo anónimo y entraste sin una orden en esta casa sin discutirlo con nadie. ¿Es eso lo que estás diciendo? ¿Y esa mujer que vive aquí te dejó entrar sin más? ¿Sin preguntar?

Patrik le echó una mirada a la mujer, que ahora se había retirado un poco.

—Bueno, no, en fin, yo sé bien que en muchos países hay que enseñar un documento y pensé que la cosa sería más fácil si yo también lo hacía y...

—¿Un documento? —preguntó Patrik, aunque no estaba seguro de querer conocer la respuesta.

—Sí, esa mujer no sabe ni sueco ni inglés, según parece. Y yo llevaba en el bolsillo un certificado del veterinario de *Ernst*. Estuve con él en el veterinario el otro día, ha empezado a dolerle mucho la barriga, ¿sabes?, y...

Patrik lo interrumpió.

—¿Te he entendido bien? En lugar de esperarnos o de esperar a un intérprete, has entrado a la fuerza en la casa de una familia de refugiados traumatizada, y lo has hecho por el procedimiento de mostrarles un certificado del veterinario y fingir que era una orden de registro.

—Sí, pero qué demonios, ¿es que no me has oído? —Mellberg se había puesto totalmente rojo—. ¡Es cuestión de resultados! ¡Y he encontrado algo! He encontrado las braguitas de la niña, esas braguitas de la película *Frozen* que su madre mencionó, estaban escondidas detrás del váter. ¡Y están manchadas de sangre!

Todos guardaron silencio. Solo se oía el llanto de los niños. A unos metros de allí, vieron a un hombre que se dirigía hacia ellos a la carrera. Al acercarse, aumentó la velocidad.

—*What is happening? Why are you talking to my family?* —gritó en cuanto pudieron oírlo.

Mellberg dio un paso hacia él, lo agarró del brazo y se lo torció a la espalda.

—*You are under arrest.*

Con el rabillo del ojo, Patrik vio que la mujer los miraba atónita mientras los niños seguían llorando. El hombre no opuso resistencia.

Ya estaba hecho. Allí se encontraba ahora, delante de la casa de Marie. Seguía algo insegura, no sabía si estaba haciendo lo correcto, pero la presión en el pecho iba a peor.

Sanna respiró hondo y llamó a la puerta. Resonó como una salva de disparos estridentes y comprendió lo tensa que debía de estar.

Relájate.

Entonces se abrió la puerta. Y allí estaba ella. Marie, la inalcanzable. Le preguntaba con la mirada. Entornó aquellos ojos tan bonitos.

—¿Sí?

Se le secó la boca y notó como si le hubiera crecido la lengua. Sanna se aclaró la garganta, se obligó a articular.

—Soy la hermana de Stella.

Al principio, Marie se quedó en la puerta y enarcó una ceja. Luego se hizo a un lado.

—Pasa —dijo, y se adelantó hacia el interior de la casa.

Sanna entró en un gran salón. Unas preciosas puertas francesas abiertas a un embarcadero ofrecían una panorámica de la bocana del puerto de Fjällbacka. El sol de la tarde se reflejaba en el agua.

—¿Quieres tomar algo? ¿Café? ¿Agua? ¿Algo con alcohol?

Marie recuperó la copa de champán que había dejado en un banco y tomó un sorbito.

—Nada, gracias —dijo Sanna.

Y no se le ocurría nada más.

Se había pasado los últimos días armándose de valor, pensando qué decir. Pero ahora se había quedado en blanco.

—Siéntate —dijo Marie, señalando con un gesto una gran mesa de madera.

Desde el piso de arriba llegaban alegres acordes de música pop, y Marie señaló al techo.

—Una adolescente.

—Yo también tengo una —dijo Sanna, y se sentó enfrente de Marie.

—Seres curiosos, los adolescentes. Ni tú ni yo pudimos experimentar lo que suponía ser adolescente.

Sanna se la quedó mirando. ¿Estaba Marie comparando su infancia y su adolescencia con las de ella? Sanna, a quien arrebataron la adolescencia, y Marie, que fue la causante de que se la arrebataran...

Pero no sentía la rabia que creyó que iba a experimentar o que debería experimentar. La persona que tenía delante se le antojaba más bien un cascarón. Una superficie brillante y perfecta, pero cuyo interior resonaba vacío.

—Me enteré de lo de tus padres —dijo Marie, y tomó otro trago de la copa de champán—. Lo siento.

Las palabras resonaron sin sentimiento, y Sanna asintió sin más. Ya hacía mucho de aquello. Solo tenía vagos recuerdos de sus padres, los años los habían barrido.

Marie dejó la copa y dijo:

—¿A qué has venido?

Sanna sintió cómo se encogía ante la mirada de Marie. Todo el odio que había sentido, toda la ira y toda la rabia, se le antojaban ahora un sueño lejano. La mujer que tenía delante no era el monstruo que la perseguía en sus pesadillas.

—¿Lo hicisteis vosotras? —se oyó preguntar al fin—. ¿Matasteis a Stella?

Marie se miró las manos, como si estuviera examinándose las uñas. Sanna se preguntó si la habría oído. Luego, su interlocutora levantó la vista.

—No —dijo—. No la matamos nosotras.

—Y entonces, ¿por qué confesasteis? ¿Por qué dijisteis que la habíais matado?

La música cesó en el piso de arriba y Sanna tuvo la sensación de que allí había alguien escuchando.

—Hace muchísimo tiempo de eso, ¿qué importa ahora?

Por primera vez, sus ojos expresaban algún tipo de sentimiento. Cansancio. Marie parecía tan cansada como se sentía Sanna.

—Sí importa —dijo Sanna, y se inclinó hacia delante—. Quien lo hiciera nos lo robó todo. No solo perdimos a Stella, perdimos a nuestra familia, perdimos la granja... Yo me quedé sola.

Se irguió de nuevo.

Lo único que se oía era el chapoteo del agua en los postes del embarcadero.

—Yo vi a alguien en el bosque —dijo Marie al fin—. Aquel día. Vi a alguien en el bosque.

—¿A quién?

Sanna no sabía qué pensar. ¿Por qué iba a responder Marie sinceramente a sus preguntas si Helen y ella eran culpables de verdad? No era tan ingenua como para pensar que Marie respondería con la verdad cuando se había pasado treinta años negando que fuera culpable, pero pensó que podría interpretar la verdad al ver la reacción de Marie cuando le preguntara cara a cara. Sin embargo, el semblante de Marie era como una máscara. Nada en él era auténtico.

—Si lo hubiera sabido, no habría tenido que dedicar treinta años a invocar mi inocencia —dijo Marie, y se levantó para llenar la copa.

Sacó del frigorífico una botella medio llena y se la mostró a Sanna.

—¿No has cambiado de opinión?

—No, gracias —dijo Sanna.

Un recuerdo empezaba a bullir lentamente en lo más hondo del subconsciente. Alguien en el bosque. Alguien de quien ella solía tener miedo. Una sombra. Una presencia. Algo en lo que hacía cerca de treinta años que no pensaba, pero que las palabras de Marie habían reavivado ahora.

Marie volvió a sentarse.

—Pero, en ese caso, ¿por qué confesasteis? —continuó Sanna—. Si no fuisteis vosotras...

—Tú no lo puedes comprender.

Marie apartó la cara, pero Sanna alcanzó a atisbar cómo se le retorcía de dolor. Por un segundo, pareció una persona de verdad, no una muñeca bonita. Cuando volvió a mirar a Sanna, cualquier rastro de dolor había desaparecido.

—Éramos niñas, no comprendíamos la gravedad del asunto. Y cuando por fin lo hicimos, era demasiado tarde. Ya tenían una respuesta, y no querían escuchar ninguna otra.

Sanna no sabía qué decir. Con tantos años como llevaba soñando con aquel instante, tratando de recrearlo con la imaginación, repitiendo una y otra vez las frases que diría, las preguntas que iba a formular... Y ahora resultaba que se le habían terminado las palabras, y lo único que le poblaba el pensamiento era el lejano recuerdo de algo en el bosque. O de alguien.

325

Cuando Sanna abrió la puerta para marcharse, Marie estaba delante de la encimera sirviéndose otra copa. En el piso superior, volvió a retumbar la música. Cuando salió, miró hacia arriba y descubrió que había una niña en la ventana del primer piso. La saludó con la mano, pero la chica se la quedó mirando sin moverse. Luego se dio media vuelta y desapareció.

–¡Bill! ¡Despierta!

Oyó algo lejana la voz de Gun y se desperezó. Vaya, se le había olvidado poner el despertador antes de echarse una siesta.

–¿Qué ha pasado? –logró articular.

Gun nunca lo despertaba.

–Han venido Adnan y Khalil.

–¿Adnan y Khalil?

Se frotó los ojos tratando de ahuyentar el sueño por completo.

–Están esperando en el piso de abajo. Ha ocurrido algo...

Gun apartó la mirada y a Bill le entró enseguida la preocupación. Gun nunca perdía el control.

Cuando llegó a la planta baja vio a Adnan y Khalil andando nerviosos de un lado a otro del salón.

–¡Hola, chicos! *Hello boys! What has happened?*

Empezaron a hablar los dos a la vez en inglés y Bill se esforzaba por comprender lo que decían.

–*What?* ¿Cómo? ¿Karim? Hablad más despacio, chicos. *Slowly!*

Adnan señaló a Khalil, que refirió lo ocurrido, y Bill se despertó por completo. Miró a Gun, que parecía tan enojada como él.

–¡Qué disparate! ¿Se lo ha llevado la policía? ¡No pueden hacer algo así!

Adnan y Khalil siguieron hablando a la vez, y Bill levantó la mano.

–Tranquilos, chicos. *Easy, boys.* Yo me encargo. Esto es Suecia. Aquí la policía no puede llevarse a una persona de cualquier manera, esto no es ninguna república bananera.

Gun se mostró de acuerdo, y Bill se sintió reconfortado.

Se oyó un crujido en el piso de arriba.

–Ya os lo dije.

Nils venía escaleras abajo. Tenía en los ojos un destello que Bill no reconocía, que no quería reconocer.

—¿No os lo dije? ¿No os dije que tenía que haber sido alguno de los cabezas negras? Era lo que decían todos, que alguien del campo de refugiados debió de leer algo sobre el antiguo caso y lo aprovechó. ¡Todo el mundo sabe qué clase de gentuza son! La gente es de un ingenuo... Los que vienen aquí no necesitan ayuda, ¡todos son refugiados de lujo y delincuentes!

Nils tenía el pelo revuelto y estaba tan alterado que hablaba atropelladamente. Bill se quedó sin respiración al ver la mirada que lanzaba a Adnan y a Khalil.

—Sois unos ingenuos, creéis que esto es cuestión de ayuda humanitaria, pero lo que estáis haciendo es permitir que violadores y ladrones inunden nuestras fronteras. Os habéis dejado engañar como dos imbéciles, espero que ahora sepáis lo equivocados que estabais, y que el cerdo que ha matado a esa pobre niña se pudra en la cárcel, y...

La mano de Gun aterrizó en la mejilla de Nils con un restallido que resonó en todo el salón. Nils contuvo la respiración y miró atónito a su madre. De repente, volvía a ser un niño.

—¡Vete a la mierda! —gritó, y echó a correr escaleras arriba, con la mano en la mejilla.

Bill miró a Gun, que se había quedado allí sin apartar los ojos de la mano. La rodeó con el brazo y luego se volvió a Adnan y Khalil, que no sabían qué hacer.

—*Sorry about my son. Don't worry. I will fix this.*

Todo aquello lo llenaba de malestar. Conocía su pueblo. Y a sus vecinos. Nunca habían recibido lo foráneo y lo diferente con los brazos abiertos. Si uno de los chicos del campo de refugiados era sospechoso del asesinato de una niña del pueblo, aquello pronto sería un infierno.

—Me voy a la comisaría —dijo, y se calzó un par de sandalias veraniegas—. Y dile a Nils que él y yo vamos a tener una conversación muy seria cuando vuelva.

—Para eso, ponte a la cola —dijo Gun.

Cuando se alejaban, Bill vio en el retrovisor que Gun los observaba desde la puerta muy seria y con los brazos cruzados. Por un instante, casi le dio pena de Nils. Luego vio el miedo que brillaba en los ojos de Adnan y Khalil y la compasión desapareció tan pronto como había llegado.

James subió como un rayo escaleras arriba. El rumor que corría por el pueblo le había provocado un subidón, lo había llenado de energía..

—¡Lo sabía! —dijo mirando a Helen, que se encontraba en la cocina y se sobresaltó al oírlo.

—¿Qué ha pasado?

Estaba muy pálida, y James se sorprendió como siempre al ver lo débil que era. Sin él, estaría perdida. Él tuvo que enseñárselo todo, que protegerla de todo.

Se sentó a la mesa de la cocina.

—Un café —dijo—. Y luego te lo cuento.

Era como si Helen acabara de poner una cafetera, porque el café empezó a gotear por el filtro. Sacó la taza de James, la llenó con café de la jarra, a pesar de que aún seguía filtrándose, y se la sirvió con un chorrito de leche. Ni demasiado ni demasiado poco.

—Han atrapado al responsable del asesinato de la niña —dijo mientras Helen sostenía la jarra en la mano para secar la placa de la cafetera.

El ruido súbito de la jarra al estrellarse contra el suelo le hizo dar un respingo tal que se salpicó la pechera de café.

—Pero ¿qué haces? —gritó, y se levantó de la silla de un salto.

—Perdón, perdón —dijo Helen, y fue corriendo a buscar el cepillo y el recogedor, que estaban al lado de la puerta de la cocina.

Mientras empezaba a barrer, James alargó la mano en busca del papel de cocina y se limpió el pecho rápidamente.

—Ahora tendremos que comprar otra jarra —dijo al tiempo que se sentaba—. No tenemos una fábrica de dinero.

Helen siguió recogiendo fragmentos de vidrio en silencio. Era algo que había aprendido con los años: cuándo era mejor callar.

—Estaba en la plaza, y allí me he enterado —explicó James—. Ha sido uno de los del campo de refugiados. Nadie se ha sorprendido mucho que digamos.

Helen dejó de barrer, parecía que se le hubieran hundido los hombros. Pero no tardó en reanudar la tarea.

—¿Están seguros? —preguntó, y echó los cristales en un cartón de leche vacío, que colocó cuidadosamente en el cubo de la basura.

—No conozco los detalles —dijo James—. Lo único que oí fue que han detenido a un chico. La policía sueca no será un milagro de eficacia, pero tampoco pueden detener a la gente sin fundamento.

—Pues ya está —dijo Helen, y limpió la encimera con una bayeta que luego estrujó cuidadosamente antes de colgarla del grifo.

Se volvió hacia James.

—Entonces ya ha pasado todo.

—Sí, ya ha pasado todo. Hace mucho que pasó. Yo me encargo de ti. Es lo que he hecho siempre.

—Lo sé —dijo Helen, y bajó la vista—. Gracias, James.

El ruido de la puerta al quebrarse fue lo que los despertó. Un segundo después, estaban dentro del dormitorio, lo agarraron por los brazos y se lo llevaron a rastras. El primer impulso de Karim fue resistirse, pero cuando oyó los gritos de los niños cedió, no debían ver cómo lo golpeaban. Eso mismo les había ocurrido a muchos, y él sabía que no valía la pena ofrecer resistencia.

Los días que siguieron los pasó tumbado en el suelo frío y húmedo de una habitación sin ventanas, sin saber si era de día o de noche. En los oídos le resonaba incesante el llanto de sus hijos.

Le llovían los golpes, y le hacían las mismas preguntas una y otra vez. Sabían que había encontrado documentos sobre quiénes eran los que trabajaban contra el régimen desde Damasco, y ellos querían esos documentos. En un primer momento se negó, les dijo que, como periodista, no podían obligarlo a revelar sus fuentes. Pero las torturas se sucedieron día tras día y, al final, les dio lo que querían. Les dio nombres, les dio lugares. Cuando dormía, en sus sueños breves, inquietos, se le aparecían las personas a las que había delatado, veía ante sí cómo las sacaban a rastras de sus casas mientras sus hijos y sus cónyuges lloraban.

Cada minuto que pasaba despierto se arañaba los brazos para mantener alejados los recuerdos de todos aquellos cuyas vidas había arruinado. Se arañaba tanto que le chorreaba la sangre y le quedaban heridas que se ensuciaban y se le infectaban.

Al cabo de tres semanas lo soltaron, y unos días después Amina y él recogieron lo poco que podían llevarse. Amina le acarició suavemente las heridas de los brazos, pero él no le contó lo que había hecho. Era su secreto, su vergüenza, algo que jamás podría compartir con ella.

Karim apoyó la cabeza en la pared. Aunque el cuarto en el que ahora se encontraba estaba desnudo y frío, también estaba limpio y cuidado y la luz del sol entraba por una ventanilla. Pero la sensación de impotencia era la misma. No creía que en Suecia la policía pudiera golpear a los prisioneros, pero no estaba seguro. Él era un extraño en un país extranjero, y no sabía nada de sus normas.

Había llegado a creer que todo había quedado atrás cuando llegó a aquel nuevo país, pero ahora, una vez más, le resonaba en los oídos el llanto de sus hijos. Los dedos se le hundían en las cicatrices de los brazos. Muy despacio, se golpeó la frente contra la pared de la celda, mientras los sonidos de la calle entraban por las rejas de la ventana.

Tal vez fuera su destino, el castigo por lo que les había hecho a quienes se le aparecían en sueños. Creyó que sería posible huir, pero nadie podía librarse del ojo de Dios, que todo lo ve.

El caso Stella

–¿Qué les pasará a las niñas?

Las manos de Kate, fuertes y ágiles, trabajaban la masa con movimientos seguros. A él le encantaba verla trabajar la masa. Llevaba cuarenta años viéndola trabajar allí, en la encimera de la cocina, con harina en la cara y el cigarro en los labios. Siempre con aquella media sonrisa. Viola había heredado su sonrisa y su humor radiante. Y su creatividad. Los chicos se parecían más bien a él. Se tomaban la vida algo más en serio de la cuenta. Roger, el mayor, era experto en contabilidad y el pequeño, Christer, trabajaba en la oficina de empleo. Ninguno de los dos parecía estar particularmente a gusto.

–Son demasiado jóvenes para que las juzguen, así que los servicios sociales se encargarán del caso.

–El caso. Madre mía, qué aséptico. Estamos hablando de dos niñas.

La harina revoloteó alrededor de Kate. A su espalda el sol brillaba a través de la ventana de la cocina y bañaba el corto vello de la cabeza, que parecía relucir. Se le veía la coronilla delicada y transparente a la luz, las venas palpitaban allí mismo, bajo la piel. Leif tuvo que contenerse para no acercarse y abrazarla: ella no soportaba que la trataran como si fuera un ser débil.

Kate nunca había sido débil. Y después de un año de quimioterapia, seguía siendo la persona más fuerte que conocía.

–Deberías dejar de fumar –le dijo con tono cariñoso mientras ella sacudía la ceniza del cigarro con mano experta, justo antes de que cayera en el pan.

–No, tú deberías dejar de fumar –dijo ella riendo y moviendo la cabeza.

Era un caso. Habían mantenido aquella discusión montones de veces, y ella siempre se preocupaba más por la salud de él que por la propia. Incluso ahora. Lo absurdo de esa actitud hacía que la quisiera más aún, cosa que él siempre creyó que sería imposible.

—Pero entonces, ¿qué va a pasar? —insistió ella.

—Asuntos Sociales hará una valoración de qué es lo que más conviene a las chicas. No tengo ni idea de lo que van a recomendar.

—Pero ¿qué se te ocurre?

—Se me ocurre que Helen podrá quedarse con sus padres, mientras que a Marie la mandarán con una familia de acogida.

—¿Y a ti te parecería una decisión correcta? —dijo, y dio una calada.

Después de tantos años de entrenamiento, era de lo más habilidosa a la hora de hablar con el cigarrillo entre los labios.

Leif reflexionó un poco. Quería responder que sí, pero no paraba de darle vueltas a algo que se lo impedía. Así había sido desde los interrogatorios con las niñas, aunque no podía señalar exactamente el porqué.

—Bueno, sí, yo creo que esa es la decisión correcta —dijo como arrastrando las palabras.

Kate dejó de amasar.

—No pareces muy convencido. ¿Es que dudas de que sean culpables?

—No, no veo razón para que dos niñas de trece años confesaran un asesinato que no han cometido —dijo, y negó con la cabeza—. Es la decisión correcta. Helen tiene un entorno familiar estable, en tanto que el de Marie es... Bueno, seguramente es el origen de su comportamiento y de que fuera ella la incitadora.

—¿La incitadora? —repitió Kate, con los ojos llenos de lágrimas—. Es una niña, ¿cómo puede «incitar» una niña?

¿Cómo explicárselo a Kate? ¿Cómo expresar la tranquilidad de Marie mientras confesaba el asesinato de Stella y relataba paso a paso lo ocurrido? A Kate, que siempre veía el lado bueno de todo el mundo.

—Yo creo que será lo mejor. Para las dos.

—Seguro que tienes razón —asintió Kate—. Siempre se te ha dado bien conocer a las personas. Por eso eres tan buen policía.

—Tú eres la que hace de mí un buen policía. Porque haces de mí una buena persona —añadió sin más.

332

Kate se detuvo en mitad de un movimiento. De repente, aquellas manos tan fuertes empezaron a temblar. Se pasó una mano llena de harina por la cabeza despoblada. Luego, se echó a llorar.

Leif la abrazó. Era menuda como un pajarillo. Se acercó la cabeza al pecho. Les quedaba tan poco tiempo... Quizá no más de un año. Ninguna otra cosa tenía importancia. Ni siquiera aquellas dos niñas que estaban a punto de entrar en el sistema de Asuntos Sociales. Él había hecho su trabajo. Ahora debía centrarse en lo más importante.

—He convocado esta reunión porque tenemos que llegar hasta el fondo de lo ocurrido.

Patrik miraba a los demás y Mellberg se dio una palmadita en la barriga.

—En fin, comprendo que no sepáis qué decir y que no os hayáis enterado de cómo ha sido, pero así es el trabajo policial cuando es sólido. Si la base está bien cimentada, tarde o temprano llega ese momento en el que se trata de estar donde hay que estar. Y debo decir que servidor tiene cierta facilidad para eso, precisamente...

Guardó silencio y miró a sus colegas. Nadie dijo nada. A Mellberg se le dibujó una arruga en la frente.

—En fin, no creo que os costara demasiado decir un par de palabras de elogio. No es que espere una ovación, pero esta envidia manifiesta no es elegante, precisamente.

Patrik estaba que trinaba por dentro, pero no sabía muy bien por dónde empezar. Estaba acostumbrado a la necedad inconmensurable de Mellberg, pero aquello se llevaba la palma.

—Bertil, en primer lugar, fue un error monumental no informar a tus colegas cuando recibiste esa llamada anónima. Estábamos accesibles por teléfono, habría sido facilísimo llamar y, sencillamente, informar a alguno de nosotros. En segundo lugar, no comprendo cómo pudiste ir al campo de refugiados sin ningún tipo de apoyo, sin un intérprete siquiera. Si no hubiera estado tan furioso, me habría quedado sin palabras. En tercer lugar: enseñar un puto certificado del veterinario y, con él, entrar por la fuerza en casa de una mujer que no entiende lo que estás diciendo es tan..., tan...

Patrik perdió el hilo. Apretó los puños y recobró el aliento. Miró a su alrededor en la sala.

Era tal el silencio que se habría oído caer un alfiler. Todos tenían la vista clavada en el tablero de la mesa, nadie se atrevía a mirar ni a Patrik ni a Mellberg.

—¡Me cago en la leche! —estalló Mellberg, pálido de ira—. ¡Aquí uno pone un asesino de niños en bandeja de plata y a cambio sus colegas lo apuñalan por la espalda! ¿Creéis que no sé que es pura envidia, porque sabéis que me llevaré todo el mérito de la resolución del caso? Pero qué puñetas, así tiene que ser, ni más ni menos, porque vosotros seguíais una pista absurda con la familia de la niña mientras que toda la comarca había puesto el dedo en la llaga de lo evidente: que a la vuelta de la esquina tenemos un campo de refugiados lleno de delincuentes. Menos mal que tuve el instinto suficiente para encaminarnos directamente al culpable, y está claro que es eso lo que no podéis soportar. Que yo hiciera lo que vosotros no supisteis hacer. Vosotros queréis ser políticamente correctos, supongo, pero a veces las cosas son lo que parecen, ni más ni menos. ¡Así que ya podéis iros al infierno, todos!

Mellberg se levantó de la mesa con el pelo colgándole por encima de la oreja izquierda, y dio tal portazo al salir que temblaron las ventanas.

Pasó un rato sin que nadie dijera nada. Luego, Patrik respiró hondo.

—Bueno, pues ahí queda eso —dijo—. ¿Cómo seguimos adelante? Nos ha caído encima un buen lío y tenemos que desliarlo.

Martin levantó la mano y Patrik le dio la palabra.

—¿Tenemos algún motivo para retener a Karim?

—Sí, lo tenemos, dado que hemos encontrado un par de braguitas de niña en su vivienda. Cierto que llevan dibujos de *Frozen,* pero por el momento no tenemos ninguna prueba de que sean de Nea ni de que fuera él quien las escondió. Tendremos que ir con cuidado. Tanto él como su mujer reaccionaron muy alterados a la detención. Quién sabe lo que habrán vivido en su país.

—Pero ¿y si a pesar de todo es él? —dijo Paula.

Patrik reflexionó unos segundos antes de responder.

—Podría ser, naturalmente, pero se me antoja de lo más inverosímil, teniendo en cuenta esa llamada anónima tan rara. También podría ser el asesino quien hubiera colocado allí las braguitas para

335

culpar a otro. Sencillamente, tendremos que mantener la cabeza fría y realizar un trabajo concienzudo. Hemos de hacerlo todo como es debido.

—Antes de empezar —dijo Gösta—, os diré que he recibido una llamada de Uddevalla a propósito de Tore Carlson. Dicen los vecinos que no lo han visto por casa las últimas semanas, y nadie sabe dónde se encuentra.

Todos los presentes se miraron.

—Bueno, no hay por qué precipitarse —dijo Patrik—. Seguramente será una coincidencia. La policía de Uddevalla tendrá que seguir vigilando a Tore Carlson mientras nosotros continuamos trabajando con lo que tenemos.

Se dirigió a Annika.

—¿Podrías tratar de averiguar algo acerca de la llamada anónima que recibimos en la comisaría? Como las grabamos todas, podemos escucharla y ver si sacamos algo. Gösta, llévate una foto de las braguitas que hemos encontrado en el domicilio de Karim y enséñasela a Eva y Peter, a ver si pueden identificarlas y confirmar si son de Nea. Martin y Paula, ved qué podéis averiguar sobre Karim y su pasado, si tiene antecedentes penales, qué dicen los demás refugiados del campo y esas cosas.

Todos se mostraron conformes con su cometido mientras Patrik se esforzaba por calmarse y relajar los hombros. La rabia lo había tensado como una cuerda de violín, y el corazón dio algún latido de más. El estrés y la tensión podían acarrear consecuencias devastadoras, y lo último que quería era volver al hospital. Sencillamente, no se lo podían permitir.

El corazón empezó a latirle otra vez con regularidad y Patrik respiró aliviado.

—Yo trataré de hablar con Karim. Está conmocionado, pero con un poco de suerte él mismo querrá llegar al fondo de este asunto.

Recorrió con la mirada los rostros abatidos de sus compañeros.

—Esforzaos todo lo que podáis, seguro que conseguimos que la investigación vuelva a su curso —concluyó—. No es la primera vez que Mellberg enreda, tampoco será la última, y no podemos hacer gran cosa para evitarlo.

Sin esperar respuesta, se guardó el cuaderno y se dirigió hacia la parte de la comisaría donde estaban los calabozos. Cuando pasó por delante de la recepción, llamaron al timbre y fue a abrir la puerta. Allí aguardaba Bill Andersson hecho una furia, y Patrik suspiró para sus adentros. Tal y como se temía, aquello iba a ser el infierno en la tierra.

Erica había acostado pronto a los niños y se acomodó en el sofá con una copa de vino tinto y un cuenco de cacahuetes. Tenía hambre y debería preparar algo más saludable para comer, pero le parecía muy triste cocinar para ella sola, y Patrik le había enviado un mensaje para avisar de que seguramente no llegaría a casa antes de que ella se hubiera ido a dormir.

Se había bajado algunas de las carpetas que tenía en el escritorio del despacho para hojearlas otra vez. Asimilar el material llevaba su tiempo. Su método consistía en leer todos los artículos y las fotocopias una y otra vez y volver a examinar las fotos para tratar de verlas con otros ojos.

Después de reflexionar un rato, alargó la mano en busca de una carpeta en cuya portada se leía «Leif». Él sería, inevitablemente, uno de los protagonistas de su novela, pero aún había algunas preguntas que esperaban respuesta. ¿Por qué cambió de idea? ¿Por qué pasó a dudar de que Helen y Marie hubieran matado a Stella, cuando antes había estado convencido? ¿Y cuál fue la verdadera razón de que se quitara la vida? ¿Fue por la depresión tras la muerte de su mujer, o era otra la causa?

Sacó las copias del informe de la autopsia y las fotos de la muerte de Leif. Tenía la cabeza sobre la mesa del despacho, un vaso de whisky y la pistola en la mano derecha. Se veía la cara vuelta hacia la pistola, y un gran charco de sangre que fue saliendo hasta que se coaguló debajo de la cabeza. En la sien se apreciaba una herida, y tenía los ojos vidriosos y abiertos de par en par. Según el informe de la autopsia, llevaba muerto cerca de veinticuatro horas cuando lo encontró uno de sus hijos.

La pistola era, según los hijos, la suya, lo que confirmó también el registro. Leif había solicitado permiso de armas cuando, ya jubilado, empezó a practicar el tiro como actividad recreativa.

337

Erica hojeó los documentos para ver si había algún informe de balística, pero no encontró ninguno. Frunció el ceño. La inquietaba un poco, puesto que sabía que le habían entregado todo el material relacionado con el fallecimiento. O bien no hicieron ningún análisis del arma ni del proyectil, o bien se había extraviado el informe. Erica echó mano del cuaderno que siempre tenía cerca y escribió «Informe de balística», seguido de un signo de interrogación. No tenía motivo para creer que algo hubiera fallado en la investigación del suicidio de Leif, pero no le gustaba que faltaran piezas en el rompecabezas. Podía valer la pena comprobarlo de todos modos. Sin embargo, la muerte de Leif se había producido quince años atrás, por lo que iba a necesitar un golpe de suerte para localizar a las personas que trabajaron entonces en la investigación técnica y forense.

En todo caso, aquello tendría que esperar al día siguiente. Era demasiado tarde para abordarlo ahora. Se retrepó en el sofá y apoyó los pies en la mesa, encima de las carpetas y los documentos. El vino estaba exquisito y pensó con cierto remordimiento que debería tomarse un mes en blanco, sin vino, después del verano. Sabía que no era la única en encontrar excusas para tomarse una copa de vino prácticamente a diario en verano, pero eso no mejoraba la cosa. Nada, tocaba mes en blanco. En septiembre. Satisfecha de haber tomado una decisión, dio otro trago y notó el calor que se le extendía por dentro. Se preguntaba qué habría ocurrido para que Patrik tuviera que quedarse en la comisaría hasta tan tarde, pero sabía que de nada serviría preguntar antes de que llegara a casa.

Erica se inclinó otra vez sobre los documentos y observó las fotos de Leif boca abajo sobre la mesa, con la sangre como un halo rojo alrededor de la cabeza. No pudo por menos de preguntarse una vez más por qué se habría quitado la vida. Claro que ella comprendía perfectamente que uno pudiera perder las ganas de vivir cuando fallecía el ser amado, pero le quedaban sus hijos, y cuando se suicidó habían pasado varios años desde la muerte de su mujer. ¿Y por qué involucrarse en una antigua investigación si ya no le quedaban ganas de vivir?

Bill dio un golpe en el volante cuando se alejaban de la comisaría en su coche. Karim iba en silencio sentado a su lado mirando por la ventanilla. El crepúsculo arrancaba al cielo tonos de rojo y lila, pero Karim no podía ver más que la oscuridad que él mismo había creado. Lo que había ocurrido hoy demostraba que no era posible huir del hecho de que era culpable, que Dios había visto lo que hizo y lo castigaba por ello.

¿Cuántas vidas llevaba sobre su conciencia? Lo ignoraba. Las personas a las que había delatado desaparecieron sin dejar rastro y nadie sabía qué les había ocurrido. Tal vez siguieran con vida. Tal vez no. Lo único seguro era que sus cónyuges e hijos se dormirían llorando cada noche.

Karim se había salvado, había salvado el pellejo, a costa de otros. ¿Cómo llegó a creer que podría vivir con ello? Se había perdido en la huida, se había perdido en la idea de construirse una nueva vida lejos, muy lejos. Pero aquella vida, el país de antaño, los antiguos pecados seguían viviendo en su interior.

—*It's a scandal, but don't you worry, I will sort this out for you, okay?*

La voz de Bill era como un martillo, un hervidero de sentimientos, y Karim agradecía que alguien creyera en él, que estuviera de su parte, pero no lo merecía, no podía aceptar las palabras de Bill. Lo único que oía era una frase en árabe que se repetía una y otra vez: «Dinos la verdad».

Las cucarachas pululaban por el suelo, correteaban sobre las manchas de sangre de aquellos que habían ocupado la celda antes que él. Les dio a los que lo interrogaban todo lo que querían. Sacrificó a personas valientes por salvar el pellejo.

Cuando los policías suecos le dijeron que tenía que acompañarlos a la comisaría, ni se le ocurrió protestar. Y es que era culpable. Culpable ante Dios. Tenía las manos manchadas de sangre. No era digno de un país nuevo. No era digno de Amina, de Hassan ni de Samia. Nada podía cambiar aquello. Y no comprendía cómo había podido engañarse y creer otra cosa.

Cuando Bill lo dejó delante de la casa, Amina lo estaba esperando. Tenía en los ojos negros el mismo miedo que aquella mañana en Damasco, cuando se lo llevó la policía. No fue capaz de mirarla, pasó de largo y se fue a la cama.

Clavó la vista en la pared, de espaldas a la puerta. Un par de horas después oyó que Amina se desnudaba y se acostaba a su lado. Con mucho cuidado, le puso la mano en la espalda. Él la dejó, pero siguió fingiendo que dormía.

Karim sabía que no podía engañarla. Notó cómo temblaba sacudida por el llanto y la oyó murmurar una oración en árabe.

Cuando Mellberg cerró de un portazo, Rita salió a recibirlo en la entrada.

—¡Chist, Leo se ha dormido en el sofá y Johanna está abajo durmiendo a Lisa! ¿Qué ha pasado?

Mellberg notaba el olor a chile desde la cocina y, por un instante, se le disipó la ira y se impuso el estómago. Luego recordó la humillación de hacía unos instantes y se reavivó la llama de la rabia.

—Los muy cerdos de mis colegas me han clavado hoy una puñalada por la espalda —dijo, y se quitó los zapatos lanzándolos en la alfombra del recibidor.

Al ver la mirada de Rita, se agachó, los recogió y los colocó en el estante de los zapatos, a la izquierda de la puerta.

—Anda, entra y cuéntame lo que ha pasado —dijo Rita, y se dirigió a la cocina—. Tengo una olla al fuego, no quiero que se me pegue.

Él la siguió refunfuñando y se dejó caer en una de las sillas de la cocina. Olisqueó el aire, era un aroma delicioso, desde luego.

—Cuenta —dijo Rita—. Pero baja la voz, no sea que despiertes a Leo.

Lo amenazó con la cuchara de palo que había utilizado para remover el chile.

—Yo creo que antes debería echarme algo al estómago, estoy absolutamente indignado. Nunca en toda mi carrera me habían traicionado así. Bueno, en todo caso, aquella vez en 1986, en Gotemburgo, cuando el mando de entonces...

Rita levantó la mano.

—El chile estará listo dentro de diez minutos, ve a hacerle unos arrumacos a Leo, que está ahí en el sofá, y me lo cuentas todo después mientras comemos.

Mellberg obedeció y fue al salón. Nunca había que pedirle dos veces que fuera a besuquear a aquel niño, para el que había llegado a ser como un abuelo. Había asistido al nacimiento de Leo y, desde entonces, el pequeño y él tenían una relación muy estrecha. La sola visión del niño durmiendo en el sofá le bajó un poco las pulsaciones. Leo era lo mejor que le había ocurrido. Bueno, quizá compartía el puesto con Rita, a partes iguales. Sin embargo, ella también había sido afortunada. No todo el mundo tenía a su lado a un hombre tan meritorio. A veces sentía que Rita no apreciaba del todo ese hecho. Pero seguro que llegaba con los años. Él era un manjar que había que consumir bocado a bocado.

Leo se movió un poco en sueños y Mellberg lo recolocó para hacerse sitio a su lado. El pequeño estaba bronceado por el sol después de las vacaciones y tenía el pelo un tono más claro. Con sumo cuidado, apartó un mechón del flequillo que le caía en la cara. Era un niño precioso, desde luego. Mellberg casi no se explicaba que no fueran de la misma sangre, pero claro, algo de verdad había en aquello de dime con quién andas.

Rita le avisó en voz baja desde la cocina de que la comida estaba lista, y Mellberg se levantó despacio. Leo se movió un poco, pero no llegó a despertarse. Muy callandito, Mellberg fue de puntillas hasta la cocina y se sentó en la silla que acababa de dejar minutos antes. Rita probó el guiso una última vez antes de sacar dos cuencos del armario.

—Johanna subirá a comer en cuanto Lisa se haya dormido, así que podemos empezar. ¿Dónde está Paula?

—¿Paula? —Mellberg resopló desdeñoso—. Sí, eso es, precisamente, ahora te enterarás de todo.

Le refirió la llamada; cómo, después, tomó la decisión profesional y bien fundamentada de investigar el asunto personalmente, cómo se le ocurrió la idea de utilizar el certificado del veterinario de *Ernst* para entrar en la casa, cómo encontró las braguitas escondidas detrás del retrete, cómo confiaba en recibir una ovación por su excelente intervención. Y la forma tan extraña y humillante en que lo habían recibido sus colegas. Hizo una pausa para tomar aliento y miró a Rita a fin de recibir tanto sus simpatías como el gran cuenco de chile que ya había empezado a servirle.

Pero Rita guardaba un silencio absoluto, y a Mellberg no terminaba de gustarle aquella mirada. Entonces volcó el cuenco que tenía en la mano y devolvió el chile a la olla.

Cinco minutos después, Mellberg estaba en la calle, delante de la puerta. Algo cayó surcando los aires desde su balcón del primer piso y aterrizó en la acera con un golpe seco. Una bolsa. A juzgar por la suavidad de la caída, no debía de contener más que un cepillo de dientes y unos calzoncillos. En el balcón se oía una larga retahíla de improperios en español. Ya no parecía tan importante bajar la voz para no despertar a Leo.

Con un hondo suspiro, Mellberg echó mano de la bolsa y empezó a alejarse de allí. Parecía que todo el mundo estuviera en su contra.

Patrik sentía el cansancio hasta en el alma cuando bajó el picaporte de la puerta de casa. Pero entrar en el recibidor fue como sentir un abrazo enorme y cálido. Al otro lado de la terraza con vistas al mar el cielo vespertino ardía con tonos rojizos, y oyó el sonido del fuego en el salón. Habría quienes los considerarían unos locos por encender la chimenea en esas noches cálidas de verano, pero ellos consideraban que el factor de ambiente acogedor era más importante y, cuando empezaba a hacer demasiado calor, abrían un par de ventanas.

La luz del televisor parpadeaba en el salón, y se fue derecho allí. Nunca le venía mal acurrucarse en el sofá con Erica, pero sobre todo una noche como esa.

A ella se le iluminó la cara al verlo, y él se dejó caer a su lado en el sofá.

—¿Es una de esas noches...? —dijo Erica, y él asintió sin fuerzas.

El teléfono no había parado de sonar. Annika tuvo que atender llamada tras llamada de los medios, de «ciudadanos que se implicaban» y de chiflados de todo tipo. Todos querían lo mismo, preguntar si era verdad que habían detenido a una persona del campo de refugiados por el asesinato de la niña. Los diarios de la tarde fueron particularmente insistentes, por eso él había anunciado una conferencia de prensa para mañana a las ocho. No podría dormir mucho esa noche, había mucho que preparar y tenía que pensar detenidamente qué iba a decir. Otra opción habría sido dejar que

Mellberg se enfrentara solo a los leones, pero en aquella comisaría todos se mantenían unidos. Para bien y para mal.

—Cuéntame —dijo Erica, y apoyó en su hombro la cabeza rubia.

Le ofreció una copa de vino, pero él la rechazó. Necesitaba tener la cabeza lo más despejada posible mañana.

Y se lo contó todo. Sin tapujos.

—¡No puede ser! —exclamó Erica, incorporándose de golpe—. ¿Y qué vais a hacer ahora? ¿Cómo lo vais a solucionar?

—Nunca he sentido tanta vergüenza como cuando llegué a los calabozos. Karim se había arañado los brazos. Y tenía la mirada totalmente perdida.

—Tú no tienes de qué avergonzarte —dijo Erica, y le dio una palmadita en la mejilla—. ¿Se ha puesto ya a funcionar el teléfono loco?

—Sí, por desgracia. En estos momentos estamos viendo la otra cara de la humanidad. De repente todo el mundo dice que «ellos sabían desde el principio que lo habían hecho esos extranjeros».

Patrik empezó a masajearse las cejas.

De repente, todo se había complicado de manera extraordinaria. Amaba aquella comarca y a sus gentes, pero sabía con qué facilidad arraigaba allí el miedo. En Bohuslän la gente prefería aferrarse a la tradición y la región había sido un semillero de desconfianza y de prejuicios hacia otras personas. A veces pensaba que las cosas no habían cambiado tanto desde los días del predicador Henric Schartau. Al mismo tiempo, las personas como Bill eran la prueba de que también había fuerzas en sentido contrario.

—¿Qué dice la familia de la niña? —preguntó Erica, y apagó el televisor de modo que solo las velas y el fuego de la chimenea iluminaban el salón.

—Todavía no lo saben, o al menos no lo saben por nosotros. Seguro que a estas alturas lo habrán oído por ahí. Pero Gösta irá a hablar con ellos mañana temprano, y se llevará una foto de las braguitas para ver si las reconocen.

—¿Qué tal fue en su casa la investigación técnica del escenario?

—Solo nos había dado tiempo de examinar la vivienda cuando Mellberg nos llamó a nosotros y a Torbjörn para que fuéramos al campo. Los técnicos iban a empezar en ese momento con el cobertizo, pero ahora tendremos que hacerlo más adelante. Aunque quizá ya no haga falta.

—¿Qué quieres decir? ¿Es que crees que puede que Karim sea culpable después de todo?

—No lo sé —dijo Patrik—. Hay demasiados detalles que parecen más bien amañados. ¿Quién llamó? ¿Cómo sabía esa persona que las braguitas estaban en casa de Karim? Hemos escuchado la llamada y, aunque quien la hizo utilizaba algún tipo de distorsionador de la voz, se oía claramente que no tenía acento extranjero. Lo que me hace sospechar enseguida de los motivos que la persona en cuestión pueda tener para delatar a Karim. Pero será que soy un mal pensado.

—No, yo pienso como tú —aseguró Erica.

Patrik casi veía cómo le trabajaba el engranaje del cerebro.

—¿Estaba Karim entre los chicos del campo que ayudaron en la batida?

—Sí, fue uno de los tres que la encontraron. La verdad es que sería una forma excelente de borrar las huellas. Si hallamos pisadas suyas, fibras y demás, siempre puede afirmar que las dejó cuando encontraron el cuerpo.

—No parece que sea cosa de un delincuente primerizo, si ha sido tan premeditado —dijo Erica.

—Sí, estoy de acuerdo. El problema es que no sabemos nada de su pasado, puesto que ha llegado aquí como refugiado. Solo sabemos lo que él mismo nos cuenta, además de lo que hay en nuestros archivos del tiempo que lleva en Suecia. Que es nada. No hay nada en su expediente. Y a mí me causó buena impresión cuando estuvimos hablando. En cuanto comprendió de qué se trataba, me dijo que su mujer podía facilitarle una coartada y que no tenía la menor idea de cómo habían ido a parar las braguitas a su casa. Puesto que su mujer y sus hijos estaban tan afectados, lo dejé salir del calabozo con la promesa de que acudiría al interrogatorio por la mañana temprano.

Erica tomó otro trago de vino. Con expresión reflexiva, empezó a dar vueltas a la copa entre las manos.

—¿Qué es esto? —dijo Patrik, y alargó el brazo en busca de un folleto publicitario muy colorido que se veía encima de los papeles y las carpetas que cubrían la mesa.

Estaba demasiado cansado para poder seguir hablando del caso, y quería pensar en otra cosa antes de tener que empezar con los preparativos de mañana.

—Es publicidad de una exposición que se inaugura mañana. Es Viola, la hija de Leif Hermansson, que expone sus cuadros al lado del bar Slajdarns. Me llamó hace un rato, dijo que quizá tuviera algo para mí, y quería que nos viéramos allí.

—Parece interesante —dijo, y dejó el folleto.

Eran unos cuadros bonitos, pero la pintura no era lo suyo. Prefería la fotografía, sobre todo en blanco y negro. Su favorita era la de un cartel que tenía enmarcado de The Boss en acción, en el Wembley Stadium, durante la gira *Born in the USA*. Eso sí que era algo en lo que descansar la vista. Eso sí que era arte.

Erica le puso una mano en la rodilla y se levantó.

—Me voy a dormir, ¿vienes o te vas a quedar despierto?

Recogió todo lo que había en la mesa.

—Vete y acuéstate tú, cariño, yo tengo que trabajar un par de horas más. He convocado una rueda de prensa mañana a las ocho.

—Yuju —dijo Erica sin entusiasmo, y le lanzó un beso.

Con el rabillo del ojo, Patrik vio que el móvil se iluminaba. Lo había puesto en silencio, pero cuando leyó en la pantalla «Gösta Flygare» atendió la llamada.

Gösta hablaba a toda prisa y muy alterado, y Patrik sintió que el corazón se le hundía más aún.

—Voy para allá —dijo antes de colgar.

Tan solo unos minutos después, se había sentado al volante. Cuando el Volvo arrancó a toda pastilla en dirección a Tanumshede, vio las luces de su casa en el retrovisor. Y la silueta de Erica, que miraba mientras él se iba alejando.

Un hombre apareció de pronto delante de él y le disparó en el pecho.

Khalil parpadeó. Tenía los ojos resecos e irritados, no solo de tanto jugar delante de la pantalla, sino también por el viento que no paraba de soplar durante las largas prácticas de vela. Aunque aún le daba miedo, había empezado a ir con ganas a los entrenamientos. Aquello era distinto de todo lo que había hecho antes.

—He visto que Karim ha vuelto a casa —dijo Adnan, y le metió un disparo en la cabeza a un soldado enemigo—. Lo llevaba Bill en el coche.

Habían apagado todas las luces y el resplandor de la pantalla era lo único iluminado en la habitación.

—¿Sabes por qué se lo llevaron? —dijo Adnan.

Khalil pensaba en el llanto de los niños y de Amina, que los miró a todos muy orgullosa antes de cerrar la puerta.

—Ni idea —dijo—. Tendremos que preguntarle a Rolf mañana cuando llegue.

Otro soldado enemigo sucumbió en el campo, y Adnan hizo el gesto de la victoria. Había conseguido muchos puntos.

—Aquí la policía no es como en casa —dijo Khalil, pero él mismo oyó lo inseguro que sonaba.

En realidad, no sabían mucho de los policías suecos. A lo mejor eran tan arbitrarios aquí como en Siria.

—Pero ¿qué pueden tener contra Karim? No creo que...

Khalil interrumpió a Adnan.

—¡Chist, escucha!

Khalil dejó la consola. Se oyeron varios gritos. Miró a Adnan, que también soltó el juego. Juntos salieron corriendo del cuarto. Los gritos se oían cada vez más alto.

—¡Fuego! —gritaba alguien, y los dos vieron las llamas que ascendían hacia el cielo, a unos cincuenta metros de allí. En la casa de Karim.

Las llamas se precipitaban hacia ellos.

Farid apareció corriendo con un extintor, pero no tardó en arrojarlo lejos de pura frustración.

—¡No funciona!

Khalil le tiró a Adnan del brazo.

—¡Tenemos que traer agua!

Se volvieron y gritaron a todo el que veían que fuera a buscar agua. Sabían dónde estaba la manguera que usaba Rolf para regar el césped, pero no encontraban cacharros en los que transportar el agua.

—¡Id a buscar ollas, cuencos, tinas, lo que encontréis! —gritó Khalil, que entró corriendo en su cuarto y salió con un par de cacerolas.

—¡Tenemos que llamar a los bomberos! —gritaba Adnan, y Khalil asintió mientras abría el grifo.

Justo en ese momento empezaron a oírse las sirenas que se acercaban.

Khalil se volvió y bajó la mano con la cacerola. Dejó que el agua se derramara. El fuego se había extendido con la velocidad del viento por las casas de madera reseca, y había empezado a arder una hilera de viviendas. Un niño lloraba chillando muy alto.

Y entonces oyeron el aullido de Karim, lo vieron salir de la casa en llamas. Lo vieron arrastrando un cuerpo. Amina.

Las mujeres lloraban alzando las manos al cielo nocturno, donde las pavesas y las chispas del fuego formaban su propio firmamento. Cuando los bomberos llegaron, Khalil cayó de rodillas en la tierra y escondió la cara entre las manos. Seguía lamentándose, aún con Amina en brazos.

Una vez más, se había esfumado todo.

Bohuslän, 1672

Llevaban una semana entera evitándose. Fue tan intenso lo que sintieron, tan conmovedor para los dos, que después simplemente se vistieron, se sacudieron las briznas de hierba y se apresuraron a volver a casa cada uno por un lado de las tierras. No se atrevieron a mirarse a la cara por miedo de que el verdor y el cielo de Dios se les reflejaran en los ojos.

Elin lo vivió como si hubiera estado al borde de un abismo que la atraía con una fuerza irresistible. Le entraba vértigo solo de mirar en sus tinieblas, pero la sola visión de Preben a lo lejos, mientras trabajaba en el huerto con la camisa blanca, animaba a su alma a arrojarse a las profundidades.

Un día Britta se fue a Uddevalla. Pensaba ausentarse tres días. Poco después de que se hubiera ido, Preben fue a buscar a Elin a la cocina y le acarició la mano. La miró a los ojos, y ella asintió muy despacio. Sabía lo que él quería, y todo su cuerpo y su alma ansiaban lo mismo.

Poco a poco, Preben salió de la cocina retrocediendo, cruzó la granja en dirección al prado. Ella aguardó lo suficiente como para no llamar la atención de nadie si iba en la misma dirección. Luego cruzó corriendo el patio rumbo al viejo cobertizo donde se encontraron la última vez. Era un día igual de hermoso y soleado que el de hacía una semana, y Elin notó unas perlas de sudor que le corrían por el pecho, fruto del calor del sol, el esfuerzo de ir corriendo por la hierba tirando del peso de los faldones y la sola idea de lo que le esperaba.

Él la aguardaba en la hierba. Con los ojos relucientes de un amor tan grande que Elin casi retrocede. Sentía miedo al tiempo que sabía que ese era el propósito. Él se hallaba en su sangre, en sus miembros, en su corazón y en su fe en que Dios tenía un propósito con todo. ¿Cómo iba Él a darles el regalo de ese amor si el propósito no fuera que lo disfrutaran? Tan cruel no podía ser su Dios. Y Preben era un hombre de la Iglesia, quién mejor que él iba a interpretar la voluntad de Dios, y lo habría parado todo si no supiera que aquello estaba reservado para ellos dos.

Logró quitarse la falda con manos temblorosas. Preben la miraba con la cabeza apoyada en la mano, sin apartar la vista de ella ni un segundo. Al final, Elin se quedó ante él desnuda y temblorosa, pero sin sentir ni un atisbo de vergüenza ni ningún deseo de cubrirse.

—Elin, eres muy hermosa —dijo Preben sin aliento.

Y alargó la mano hacia ella.

—Ayúdame a quitarme la ropa —dijo cuando ella se tumbó a su lado y empezó a desabotonarle la camisa despacio mientras él se quitaba el pantalón.

Por fin se quedaron desnudos los dos. Muy despacio, Preben fue siguiendo con el dedo índice las curvas de su cuerpo. Se detuvo en la marca de nacimiento que ella tenía debajo del pecho derecho y se rio.

—Parece Dinamarca.

—Entonces, a lo mejor Suecia me la quiere arrebatar —dijo ella sonriendo.

—¿Qué va a ser de nosotros?

Elin negó con la cabeza.

—No pensemos en ello ahora. Dios tiene un propósito con esto. Estoy convencida.

—¿Seguro, Elin?

Tenía la mirada triste. Ella se inclinó y lo besó mientras lo acariciaba. Él dejó escapar un gemido y abrió los labios, y ella sintió cómo respondía a sus caricias.

—Lo sé —susurró antes de tumbarse y recibirlo.

Preben tenía la mirada firmemente clavada en ella cuando la agarró por la cintura y la apretó contra su cuerpo. Cuando se fundieron en aquel abrazo, el cielo y el sol estallaron sobre ellos en una explosión de luz y calor. Aquello debía de ser obra de Dios, pensó Elin antes de adormilarse con la mejilla sobre su pecho.

–¿Cómo se encuentra Amina? –preguntó Martin cuando entró con Paula en la sala de espera.

Patrik se estiró un poco en aquella silla tan incómoda.

–En estado crítico –dijo, y se levantó para ir en busca de un café.

El décimo desde que llegó. Llevaba toda la noche atiborrándose del asqueroso café del hospital para poder mantenerse despierto.

–¿Y Karim? –preguntó Paula cuando Patrik se sentó de nuevo.

–Lesiones leves por inhalación en los pulmones y quemaduras en las manos, que se hizo al sacar a Amina y a los niños de la casa. Ellos parece que sí están bien, menos mal. Inhalaron humo y les han puesto oxígeno. Los dejarán un día más en observación.

Paula soltó un suspiro.

–¿Quién va a cuidar de ellos mientras sus padres permanecen en el hospital?

–Estoy esperando a los servicios sociales, ya veremos qué proponen, pero no tienen parientes, ningún familiar en absoluto, por lo que sé.

–Nosotros podemos ocuparnos –propuso Paula–. Mi madre se ha tomado libre todo el verano para ayudarnos con la niña, y sé que, si hubiera estado aquí, se habría ofrecido.

–Ya, pero Mellberg... –dijo Patrik.

A Paula se le ensombreció el semblante.

–Cuando le contó a mi madre lo que había hecho, con orgullo seguido del rollo victimista, naturalmente, lo echó de casa.

–¿Qué has dicho? –dijo Martin.

Patrik se quedó mirando a Paula.

–¿Que Rita ha echado a Bertil de casa? Pero, entonces, ¿ahora dónde vive?

—No tengo ni idea —dijo Paula—. Pero esos niños pueden vivir con nosotras. Si los servicios lo aceptan.

—Me cuesta pensar que puedan poner alguna objeción —dijo Patrik.

Un médico se les acercó por el pasillo y Patrik se levantó de la silla. Era el mismo que lo había estado informando toda la noche.

—Hola. —Les dio la mano a Paula y a Martin—. Me llamo Anton Larsson, soy el médico responsable.

—¿Alguna novedad? —preguntó Patrik, y apuró con una mueca el último trago de café.

—No, el estado de Amina sigue siendo crítico, un equipo entero está luchando por salvarle la vida. Inhaló grandes cantidades de humo y presenta quemaduras de tercer grado en buena parte del cuerpo. Está conectada a un respirador y le estamos poniendo suero para suplir la gran pérdida de líquido causada por las quemaduras. Llevamos toda la noche trabajando con esas lesiones.

—¿Y Karim? —preguntó Martin.

—Pues, como ya le he dicho a vuestro colega, tiene quemaduras dérmicas superficiales en las manos y una lesión leve en los pulmones por inhalación de humo, pero por lo demás, casi ileso.

—¿Por qué le ha afectado a Amina mucho más que a Karim? —preguntó Paula.

Aún no tenían un informe completo del incendio y de su desarrollo; los expertos estaban enfrascados en aclarar lo ocurrido, pero la teoría más verosímil era la del incendio provocado.

—Se lo podéis preguntar a Karim, está despierto y consciente, así que puedo consultarle si se encuentra en condiciones de hablar con vosotros.

—Te lo agradeceríamos mucho —dijo Patrik, y volvió a sentarse.

Aguardó en silencio junto con Paula y Martin hasta que, al cabo de unos minutos, el médico apareció de nuevo por el pasillo y les hizo señas para que se acercaran.

—Pensaba que diría que no —dijo Martin.

—Ya, si yo me hubiera visto en su situación no querría volver a hablar con un policía sueco en la vida —dijo Paula, y se levantó.

Se dirigieron a la habitación donde los aguardaba el doctor Larsson y entraron con mucha cautela. Al fondo, en una cama junto a la ventana, estaba Karim, vuelto hacia ellos, con la cara estragada por el cansancio y el miedo. Tenía las manos vendadas y por fuera de la sábana.

El tubo que había al lado de la cama hacía un ruidito cada vez que bombeaba oxígeno.

—Gracias por acceder a hablar con nosotros —comenzó Patrik en voz baja, y acercó una silla.

—Quiero saber quién le ha hecho esto a mi familia —dijo Karim con la voz empañada, en un inglés mejor que el de Patrik.

Tosió un poco y los ojos se le llenaron de lágrimas, pero mantuvo la mirada firme y no la apartó de Patrik.

Martin y Paula se quedaron algo apartados; como por un acuerdo tácito, habían decidido dejar que Patrik dirigiera la conversación.

—Dicen que no saben si Amina sobrevivirá —siguió Karim, y sufrió otro ataque de tos.

Las lágrimas le rodaban por las mejillas y se llevó la mano a la mascarilla que le suministraba el oxígeno.

—Ya, todavía no lo saben —dijo Patrik.

Tenía un nudo en la garganta que lo obligaba a tragar saliva una y otra vez. Sabía exactamente cómo se sentía Karim. Recordaba cómo se sintió él después del accidente de tráfico que estuvo a punto de acabar con la vida de Erica. Jamás olvidaría los sentimientos y el miedo de entonces.

—¿Qué voy a hacer sin ella? ¿Qué van a hacer los niños? —Esta vez Karim no tosió.

Guardó silencio, y Patrik no sabía qué responder. Así que preguntó:

—¿Podrías contarme lo que recuerdes de la noche de ayer? ¿Qué fue lo que pasó?

—No lo sé..., no estoy seguro. —Karim sacudía la cabeza—. Todo pasó muy rápido. Yo estaba soñando... Al principio creí que estaba otra vez en Damasco. Que había estallado una bomba. Me llevó unos segundos tomar conciencia de dónde me encontraba... Luego eché a correr al cuarto de los niños, creí que Amina venía detrás de mí, la oí gritar cuando me desperté. Pero cuando saqué a los niños vi que ella no estaba, así que me protegí con una toalla que había allí fuera y entré otra vez.

Se le hizo un nudo en la garganta y le dio un ataque de tos. Patrik le acercó un vaso de agua que había en la mesilla, al lado de la cama, para que pudiera beber con la pajita.

–Gracias –dijo, y se recostó de nuevo en el almohadón–. Volví corriendo al dormitorio, y la vi... –Se le escapó un sollozo, pero tomó nuevo impulso–. Estaba en llamas. Amina estaba en llamas. El pelo, el camisón... La saqué de allí en brazos y la eché a rodar por la tierra. Mientras..., mientras oía llorar a los niños...

Cuando levantó la cabeza hacia Patrik le corrían las lágrimas por las mejillas.

–Dicen que mis hijos están bien, ¿es cierto? No me estarán engañando, ¿verdad?

–No –dijo Patrik, y negó con la cabeza–. No te están engañando. Los niños han salido bien parados. Siguen ahí solo en... –Buscó febrilmente la palabra inglesa y tardó un segundo en caer en la cuenta de que era la misma–. En observación.

Karim pareció aliviado un instante, pero enseguida se le ensombreció de nuevo el semblante.

–¿Dónde van a vivir? Yo tendré que seguir aquí unos días, y Amina...

Paula dio un paso al frente.

Acercó una silla a la cama.

–No sé lo que te parecerá –dijo con calma–, pero yo me he ofrecido a que se queden conmigo hasta que te recuperes y te den el alta. Es que... Mi madre es refugiada, como tú. De Chile. Llegó a Suecia en 1973. Ella te entiende. Y yo también. Vivo con mi madre, con mis dos hijos y con... –Paula dudó un segundo–. Y con mi mujer. Pero nos encantaría cuidar de tus niños. Si te parece bien.

Karim la observó un buen rato. Paula pasó su examen en silencio.

–Sí. Tampoco tengo tantas opciones –dijo finalmente Karim.

–Gracias –dijo Paula bajito.

–Dime, ¿no viste a nadie anoche? –preguntó Patrik–. ¿No oíste nada? Quiero decir antes de que empezara a arder todo.

–No –respondió Karim–. Estábamos cansados. Después de...
En fin. Nos fuimos a la cama y yo me dormí enseguida. Ni vi ni
oí nada. ¿No se sabe quién lo hizo? ¿Por qué iba a querer nadie
hacer algo parecido? ¿Guardará relación con la acusación que pesa
sobre mí?

Patrik no era capaz de mirarlo a los ojos.

–No lo sabemos –dijo–. Pero pensamos averiguarlo.

Sam echó mano del teléfono que estaba en la mesilla de noche.
Su madre no había ido a despertarlo, tal y como James la obligaba
a hacer siempre, pero lo habían despertado las pesadillas. Antes le
pasaba solo una o dos veces al mes, quizá, pero últimamente se
despertaba todas las noches empapado de sudor.

No era capaz de recordar ninguna época en la que no hubiera
tenido miedo, en la que no fuera presa del desasosiego. A lo mejor
por eso su madre se pasaba la vida corriendo, se machacaba el
cuerpo para no ser capaz de pensar. Le gustaría poder hacer lo
mismo.

Las caras del sueño lo atormentaban y se centró en la pantalla
del móvil. Jessie le había mandado un mensaje. Sintió el calor que
le corría por la ingle solo de pensar en ella. Por primera vez en la
vida conocía a alguien capaz de verlo como era, y que no retro-
cedía al descubrir la oscuridad que albergaba.

Estaba colmado de algo negro que crecía y se fortalecía a diario. Ya se habían encargado ellos de que así fuera. Más que notarlo,
intuía el cuaderno debajo del colchón. Allí no lo encontrarían ni
su madre ni James. No estaba pensado para otros ojos que no fueran los suyos, pero, sorprendentemente, había empezado a barajar
la idea de enseñárselo a Jessie. Ella estaba tan rota como él. Ella lo
entendería.

Nunca se enteraría de por qué se la llevó de paseo en el barco
el lunes. Había decidido no volver a pensar en ello nunca más.
Pero en sus sueños volvía, se hacía uno con los demás demonios
que lo atormentaban. Claro que eso ya no tenía la menor importancia. En el cuaderno había bosquejado el futuro. El camino era
ancho y recto, como la Ruta 66.

Ya no pensaba temer lo que le esperaba a la vuelta de la esquina. Sabía que podía mostrarle el cuaderno a Jessie. Ella lo entendería.

Hoy se lo llevaría todo. Todo aquello que había ido reuniendo a lo largo de los años. Había guardado las carpetas y los archivadores en una bolsa de deporte que tenía colgada detrás de la puerta.

Le envió un mensaje en el que le proponía que quedaran dentro de media hora, y ella respondió con un «vale». Se vistió rápidamente y se echó la mochila al hombro. Antes de dirigirse a la puerta detrás de la cual se encontraba la pesada bolsa, se volvió y miró hacia la cama; casi podía intuir el cuaderno, que seguía allí escondido.

Tragó saliva varias veces, luego fue hacia la cama y levantó el colchón.

Jessie abrió la puerta y se encontró con la sonrisa de Sam. Aquella sonrisa que él parecía reservar solo para ella.

—Hola —dijo.

—Hola.

Traía una mochila y una bolsa de deporte en la mano.

—¿No era mucho peso para llevar en la bicicleta?

Sam se encogió de hombros.

—Sin problemas, soy más fuerte de lo que parece.

Dejó la mochila y la bolsa en el suelo y abrazó a Jessie. Aspiró el olor de su pelo, que tenía recién lavado. A ella le encantó saber que le gustaba cómo olía.

—Te he traído algunas cosas —dijo Sam, y fue hacia la gran mesa de la cocina. Empezó a sacar el material—. Te prometí que te enseñaría más cosas sobre nuestras madres y sobre aquel caso.

Jessie miraba los archivadores y las carpetas. En la portada ponía «Mates», «Lengua» y otros títulos relacionados con asignaturas del colegio.

—James y mi madre creen que son cosas de clase —explicó Sam, y se sentó en una silla—. Así que he podido reunirlo tranquilamente sin que se den cuenta de nada.

Jessie se sentó a su lado y juntos abrieron el archivador de «Mates».

—¿Cómo has encontrado todo esto? —preguntó ella—. Aparte de en la red, claro.

—Casi todo es de los archivos de prensa de la biblioteca.

Jessie observó las fotos de Marie, su madre, y de Helen, la madre de Sam. Eran fotos del colegio.

—Figúrate, eran más jóvenes de lo que nosotros somos ahora —dijo Jessie.

Sam pasó el dedo índice por el artículo.

—Debían de llevar dentro algo muy negro —dijo Sam—. Igual que tú y yo.

Jessie se estremeció. Siguió hojeando y encontró una foto de Stella sonriendo.

—Pero ¿qué las impulsó a hacerlo? ¿Cómo puede alguien enfadarse hasta ese punto con..., con una niña pequeña?

Jessie le dio una palmada a la foto y Sam se levantó enseguida. Tenía la cara rojo fuego.

—Por..., por la negrura, Jessie. No jodas, ¿no lo entiendes? ¡¿Cómo es posible que no lo entiendas?!

Jessie retrocedió. No podía hacer otra cosa que mirarlo, sin comprender de dónde había surgido aquella ira repentina. No pudo contener las lágrimas.

La ira se esfumó de la cara de Sam. Se arrodilló delante de ella.

—Perdón, perdón, perdón... —dijo, abrazado a sus piernas, con la cabeza hundida entre las rodillas—. No quería enfadarme, es esta jodida frustración. Me hierve la sangre por cualquier cosa, y lo único que quiero..., lo único que quiero es volar el mundo por los aires.

Jessie asintió. Lo entendía perfectamente. Solo había una persona en el mundo que le importara, y esa persona era Sam. Los demás le habían enseñado que lo único que querían era humillarla, hacer que se sintiera pequeña e impotente.

—Perdón —repitió Sam, y le secó las lágrimas—. Yo nunca podría herirte a ti. Eres la única persona a la que no quiero hacer daño.

La madera del embarcadero se notaba caliente en las piernas, casi quemaba. El helado se derretía tan rápido que a Vendela no le daba tiempo de comérselo. Claro que Basse parecía tener más problemas todavía, no paraba de darse lametones en el brazo a un ritmo frenético para eliminar los chorreos de helado de chocolate. A veces era casi como un niño.

Vendela no pudo evitar reírse. Se pegó bien a Nils, que la rodeó con el brazo. Cuando lo tenía tan cerca, todo se le antojaba en orden. Estar así le hacía olvidar las imágenes de aquella mañana en la red. Los edificios en llamas. Que la cosa hubiera llegado tan lejos. Aquello no podía tener nada que ver con ellos, ¿no? ¿O sí?

Basse terminó hartándose del helado derretido y tiró lo que le quedaba al agua, donde una gaviota se zambulló enseguida para engullirlo.

Apartó la vista del ave.

—Mis padres no vienen a casa este fin de semana como habían pensado —dijo—. Estarán fuera hasta el fin de semana que viene.

—Ideal para una fiesta —dijo Nils, y le sonrió a Basse, que lo miró con ese destello de inseguridad que tan irritante podía resultar.

Vendela soltó un suspiro y Nils volvió a sonreír.

—Anda, venga. ¡Míralo como una prefiesta de la fiesta del colegio en el casino del sábado de la semana que viene!

—No sé...

Pero Nils ya había vencido, Vendela lo sabía.

Una vez más, recordó la imagen de la casa echando humo. Deseaba que desapareciera de su mente. Y también el titular: «Una mujer gravemente herida». Y de repente, supo lo que quería hacer.

Nils prefería esperar a difundir la foto de Jessie desnuda hasta que empezara el colegio, para conseguir la máxima repercusión. Pero ¿y si pudieran adelantarse un poco?

—Tengo una idea —dijo.

Bengt lo esperaba en la explanada cuando él llegó con el coche de policía. Gösta respiró hondo antes de salir. Sabía de antemano qué derroteros tomaría aquella conversación.

—¿Es verdad que han atrapado a uno de los refugiados?

Iba y venía nervioso por la explanada.

—¡Tengo entendido que incluso participó en el grupo que dio la batida por el bosque! Es que esa gente no tiene conciencia, qué demonios. ¡Deberían haberme hecho caso desde el principio!

—Aún no sabemos nada con certeza —dijo Gösta, y se encaminó a la casa.

Como de costumbre, se le encogió el estómago al ver la ropa de Nea, que seguía colgada en la cuerda que había junto a un lateral de la casa. La alegría mezquina que reflejaba la expresión de Bengt resultaba de lo más desagradable, en particular ahora, después del incendio; pero al mismo tiempo, sentía el dolor que lo aquejaba. Y comprendía la necesidad que el ser humano tiene a veces de encontrar soluciones y respuestas sencillas. El problema era que las respuestas sencillas rara vez eran las correctas. La realidad tenía cierta tendencia a resultar más compleja de lo que casi todo el mundo deseaba.

—¿Puedo pasar? —le preguntó a Bengt, que le abrió la puerta.

—¿Puedes decirles a Peter y a Eva que bajen? —le pidió Bengt a su mujer.

Peter bajó el primero, detrás venía Eva. Parecía que acabaran de despertarse.

Peter se sentó e invitó a Gösta a hacer lo propio.

Empezaba a ser algo habitual estar sentado en aquella cocina alrededor de aquella mesa. Gösta solo deseaba poder ir algún día con la respuesta definitiva. Era consciente de que también en esta ocasión iba a decepcionarlos. Además, la reserva de confianza en él había sufrido cierta merma con el registro domiciliario de ayer, y ya no sabía cómo abordar a la familia. Estaba tan indignado como Patrik por el incendio y por cómo Mellberg había tratado a Karim y a su familia. Pero, al mismo tiempo, tampoco podía descartar la posibilidad de que hubieran encontrado una prueba definitiva en casa de Karim, y de que él pudiera ser el agresor. Todo se le antojaba turbio y desconcertante.

—¿Es verdad? —dijo Peter—. ¿Lo de ese hombre del campo de refugiados?

—En la situación actual, no lo sabemos —respondió con cautela, y vio con el rabillo del ojo que a Bengt empezaba a ponérsele otra vez la cara de un rojo alarmante.

Se apresuró a continuar.

–Hemos encontrado algo, pero a causa de ciertos... aspectos técnicos, aún no sabemos lo que implica ese hallazgo.

–Tengo entendido que la policía ha encontrado en su casa la ropa de Nea, ¿es eso verdad? –dijo Peter.

–La gente nos llama –dijo Bengt–. Nos enteramos de las cosas por otros, no por ustedes. Me parece...

Volvió a levantar la voz, pero Peter alzó la mano para que su padre se tranquilizara y dijo con calma:

–¿Es verdad que han encontrado la ropa de Nea en casa de uno de los refugiados?

–Hemos encontrado una prenda de ropa –aclaró Gösta, y sacó la funda de plástico que llevaba en el maletín–. Pero necesitamos que nos ayuden a identificarla.

Eva dejó escapar un lamento y Ulla le dio una palmadita en el brazo. Eva no pareció notarlo; se había quedado mirando fijamente la funda que acababa de sacar Gösta.

–¿La reconocen? –preguntó, y puso unas cuantas fotos sobre la mesa.

Eva contuvo la respiración.

–Son de Nea. Son sus braguitas de *Frozen*.

Gösta observó las fotos de las braguitas azules con una princesa rubia en la parte delantera y volvió a formular la pregunta:

–¿Están seguros? ¿Son las braguitas de Linnea?

–¡Sí! –afirmó Eva con vehemencia.

–¡Y lo han dejado ir! –exclamó Bengt.

–Existen ciertos problemas con la forma en la que se encontró la prenda...

Bengt resopló desdeñoso.

–¡Ciertos problemas! Tienen a un extranjero que llega aquí y secuestra y mata a una niña y ¡hablan de problemas!

–Comprendo su indignación, pero debemos...

–¡No debemos nada! Dije desde el principio que seguro que era uno de ellos, pero no me han hecho caso, se han dedicado a perder el tiempo y nos han tenido aquí ignorantes de lo que le había ocurrido a Nea, ¡y ahora han dejado libre al culpable! ¡Y por si fuera poco, han puesto la casa patas arriba y han tratado a mi

hijo y a su mujer como sospechosos! ¿Es que no tienen vergüenza?

—Papá, cálmate —dijo Peter.

—¿Cómo es posible que no sea él si habéis encontrado allí las
braguitas? Y hemos oído algo de un incendio, ¿es que ha intentado
destruir pruebas? Si lo han soltado, es lógico que haya tratado de
borrar cualquier rastro. Seguro que por eso se ofreció a participar
en la batida...

—Todavía no sabemos cómo se produjo el incendio...

Gösta sopesó la posibilidad de decirles que Karim estaba herido
y que su mujer se encontraba en cuidados intensivos y no sabían
si saldría viva de allí. Pero decidió no mencionarles nada. No creía
que se mostraran receptivos al dolor ajeno en aquellos momentos,
y además, el supereficaz teléfono inalámbrico de Fjällbacka no
tardaría en ponerlos al corriente.

—¿Estáis totalmente seguros de que son las braguitas que llevaba
Nea cuando desapareció? —preguntó Gösta, y miró a Eva.

Ella dudó un instante, pero luego se reafirmó en lo dicho.

—Tenía cinco pares iguales en distintos colores. Las otras están
en casa.

—Muy bien —asintió Gösta.

Guardó las fotografías en la funda y se levantó.

Bengt apretó los puños.

—Ya podéis ir encerrando pronto a ese cerdo cabeza negra; de
lo contrario, me encargaré yo personalmente.

Gösta se lo quedó mirando.

—Siento el mayor de los respetos por lo que están pasando. Pero
nadie, repito, *nadie* hará nada que empeore esta situación.

Bengt resopló y se quedó callado, pero Peter se dirigió a Gösta:

—Es perro ladrador.

—Eso espero, por su bien —dijo Gösta.

Cuando se fue de la granja, se dio cuenta de que Peter lo observaba alejarse en el coche desde la puerta. Algo le rondaba la
cabeza, pero por más que lo intentaba no caía en qué podría ser.
Era algo que había pasado por alto, pero cuanto más pensaba en
ello, tanto más escurridizo se volvía. Echó un vistazo al retrovisor.
Allí seguía Peter en la puerta, viendo cómo se alejaba.

–¡Hola! ¿Hay alguien ahí?

No fue la voz de Rita la que lo despertó. Mellberg abrió los ojos, no supo a la primera dónde se encontraba. Luego vio a Annika en la puerta.

–Sí, soy yo –dijo, y se levantó.

Se frotó los ojos.

–¿Qué haces aquí tan temprano? –preguntó Annika–. Casi me muero del susto cuando he oído ruido. ¿Qué haces aquí tan temprano?

La secretaria cruzó los brazos sobre el generoso busto.

–Ya, bueno, o tan tarde... –dijo Mellberg, e intentó dibujar una sonrisa.

Prefería no tener que contarle lo ocurrido, pero de todos modos sabía que iba a cundir como un reguero de pólvora por toda la comisaría, de modo que más valía agarrar el toro por los cuernos.

–Rita me ha echado de casa –dijo, y señaló la bolsa que tenía al lado de la cama.

Rita no había metido en la bolsa el pijama de franela que tanto le gustaba, así que había tenido que dormir con la ropa del día anterior. Y aquella habitación minúscula estaba pensada para un rato de descanso, no para pasar toda una noche, así que el aire estaba viciado y hacía más calor que en una sauna.

Advirtió el aspecto sudado y arrugado que ofrecía su persona.

–Pues sí, yo habría hecho lo mismo –dijo Annika, se dio media vuelta y se fue en dirección a la cocina. A medio camino, se giró otra vez y gritó–: ¡Supongo que habrás dormido a pierna suelta y no te habrás enterado de lo que ha ocurrido!

–Bueno, la verdad es que no sé si puede decirse que haya dormido lo que se dice bien –dijo Mellberg, y fue tras ella cojeando con la mano en la espalda–. Esa cama de acampada es un horror y no hay aire acondicionado, y yo tengo la piel algo sensible: si las sábanas no son de buena calidad me entran unos picores terribles, y las de esa cama parecían más bien hechas de cartón, así que...

Se interrumpió y ladeó la cabeza.

–¿Harás café para mí también, encanto, ya que vas a poner una cafetera?

Comprendió el error de vocabulario al elegir la palabra «encanto» en el mismo momento en que la pronunció, y se preparó para la reacción. Pero no se produjo ninguna.

Annika se desplomó abatida en una silla, delante de la mesa de la cocina.

—Alguien ha prendido fuego al campo de refugiados esta noche —dijo en voz baja—. Karim y su familia están en el hospital.

Mellberg se llevó la mano al pecho. No podía ni mirar a Annika.

Se sentó abatido enfrente de ella.

—¿Tendrá..., tendrá algo que ver con lo que hice?

Se notaba la lengua enorme en el paladar.

—No lo sabemos, pero en fin, es bastante probable, Bertil. Hemos recibido cientos de llamadas, así que desvié el teléfono a mi casa durante la noche y no he pegado ojo. Patrik está con Martin y con Paula en el hospital. La mujer de Karim está sedada. Tiene unas quemaduras tan graves que no saben si sobrevivirá, y Karim se quemó las manos tratando de sacar a los niños de la casa.

—¿Los niños? —dijo Mellberg con la voz empañada, y notó que el nudo del estómago no paraba de crecer.

—Se quedarán en observación hasta mañana, pero parece que están bien. No hay más heridos, aunque a las personas cuyas casas se quemaron han tenido que evacuarlas al casino.

—Por Dios bendito —dijo Mellberg casi en un susurro—. ¿Sabéis quién ha sido?

—No, por ahora no tenemos ninguna pista. Pero hemos recibido muchas llamadas, trataremos de revisar la información entrante lo antes posible. Tenemos todo el espectro, desde los chiflados que creen que los refugiados han prendido fuego para despertar las simpatías del entorno hasta la gente que dice que los responsables son los Amigos de Suecia. El incendio parece haber dividido a la comarca en dos bandos. Todavía hay muchos que piensan que les está bien empleado, pero también tenemos a Bill, por ejemplo, que ha conseguido poner en marcha un apoyo masivo para ellos y ha reunido en el casino a los que necesitan un nuevo hogar. Y la gente se acerca con todo tipo de artículos de primera necesidad.

Se puede decir que esto ha hecho que la gente muestre su peor cara, pero también la mejor.

—En fin, yo... —Mellberg meneó la cabeza, apenas podía continuar—. Yo no quería... No pensé...

—Ya, eso es exactamente, Bertil —dijo Annika con un suspiro—. Que no piensas.

Se levantó y fue a preparar la cafetera.

—¿Has dicho que querías un café?

—Sí, gracias —dijo, y tragó saliva—. ¿Qué posibilidades hay?

—¿De qué? —preguntó Annika, y se sentó enfrente de él mientras la cafetera empezaba a borbotear.

—De que su mujer sobreviva.

—No muchas, por lo visto —respondió Annika en voz baja.

Mellberg guardó silencio. Por una vez, había cometido un tremendo error. Y solo esperaba que fuera posible remediarlo.

Bohuslän, 1672

Hacia el final del verano, Elin empezó a entrar en un estado de preocupación. Al principio creyó que sería el olor a podrido de finales de verano lo que la hacía salir corriendo a vomitar detrás del cobertizo. Aunque en realidad lo sabía perfectamente. Era igual que cuando estaba embarazada de Märta. Rogaba a Dios todas las noches. ¿Cuál era su propósito con aquello? ¿A qué prueba deseaba someterla? ¿Y debía advertir a Preben o no? ¿Cómo reaccionaría? La quería, eso lo sabía ella, pero en algún lugar, en lo más hondo de su ser, albergaba ciertas dudas sobre su fortaleza. Preben era un buen hombre, pero también era ambicioso y complaciente, de eso ya se había percatado. Todas las preguntas sobre adónde los conduciría aquello o cómo iba a continuar las acallaba él con besos y con amor, pero no sin que Elin hubiera advertido antes un destello de preocupación en sus ojos.

Y además estaba Britta. Cada vez se la veía más disgustada y suspicaz. Ellos hacían lo que podían para ocultar sus sentimientos, pero Elin sabía que había momentos en que, en presencia de Britta, al mirarse, no podían ocultar lo que sentían. Conocía a su hermana demasiado bien. Sabía de lo que era capaz. Aunque no era un asunto que tratara con los demás, no había olvidado que Märta había estado a punto de morir ahogada en la laguna. Ni quién había tratado de que así fuera.

Mientras los días se acortaban y todos redoblaban sus esfuerzos en la granja para acabar todas las tareas antes de que llegara el invierno, Britta se iba encerrando más y más. Se quedaba en la cama por las mañanas, cada vez hasta más tarde, y se negaba a levantarse. Como si se le estuvieran consumiendo las fuerzas.

Preben le pedía a la cocinera que preparase sus platos favoritos, pero ella se negaba a comer, y Elin retiraba a diario el plato de la mesilla de noche con la comida casi intacta. Por las noches, Elin se acariciaba el vientre, se preguntaba cómo reaccionaría Preben si le contara que esperaba un hijo suyo. Solo podía pensar que se alegraría. No parecía que Britta y él pudieran tener niños, y no la quería como la quería a ella. A lo mejor Britta había contraído alguna enfermedad mortal, y entonces Preben y ella podrían vivir juntos como una familia. Cuando tenía esos pensamientos, Elin solía rezar con más ahínco que de costumbre.

A medida que pasaban los días, Britta se iba encontrando más débil sin ninguna explicación. Al final Preben mandó llamar a un médico de Uddevalla. A Elin se le tensó todo el cuerpo ante la idea de aquella visita. Trataba febrilmente de convencerse de que se debía a la preocupación que sentía por su hermana, pero lo único en lo que era capaz de pensar era que si lo de Britta era grave, ella tendría un futuro. Aunque la gente reaccionara con desconfianza y murmuraciones al ver lo poco que tardaban en casarse nada más enviudar Preben, las habladurías terminarían por extinguirse con el tiempo, estaba segura.

Cuando llegó el carruaje con el médico, Elin se retiró a rezar. Con más ardor que nunca. Y esperaba que Dios no la castigara por pedir lo que pedía. En el fondo de su alma, creía que Dios quería que Preben y ella estuvieran juntos. Su amor era demasiado grande para ser fruto del azar, así que el hecho de que Britta estuviera ahora enferma debía de constituir parte de Su plan. Cuanto más rogaba, más se convencía. Britta no viviría mucho más tiempo. El hijo aún no nacido de Elin tendría un padre. Serían una familia. Con la bendición de Dios.

Con el corazón palpitándole en el pecho, volvió a la sala grande. Ninguno de los demás miembros del servicio dijo nada, así que supuso que aún no tenían noticias. Las habladurías solían viajar por la granja a toda velocidad, y sabía que también sobre ella y Preben corrían rumores. Nada pasaba inadvertido para los criados de una granja no muy grande. Y llevaban días hablando de que iba a ir el médico de Uddevalla para averiguar qué mal aquejaba a su señora.

—Nada, ni una palabra —dijo Elsa, y continuó removiendo una cazuela enorme que tenía al fuego.

—Voy a ver si averiguo algo —dijo Elin, sin poder mirar a la cara a la cocinera—. Después de todo, es mi hermana.

Temía que se le viera por fuera lo que le había rogado a Dios, o que se le notara que el corazón casi se le salía del pecho. Pero la cocinera siguió de espaldas a ella y dijo:

—Sí, ve. Cuando la señora ni siquiera prueba mis tortitas, ya me figuro que la cosa no anda muy bien. Pero con la ayuda de Dios no será nada grave.

—Claro, con la ayuda de Dios —repitió Elin en voz baja, y se dirigió al dormitorio donde estaba Britta.

Se quedó un buen rato esperando fuera, dudosa. No sabía si atreverse a llamar. Y en ese momento se abrió la puerta y por ella salió un hombre rechoncho de bigote espeso con un maletín en la mano.

Preben le sacudía la mano con vehemencia.

—Nunca se lo agradeceré lo bastante, doctor Brorsson —dijo, y Elin advirtió con asombro que estaba sonriendo.

¿Qué noticia le habría dado el médico a Preben, que así sonreía en la oscuridad del vestíbulo con aquel brillo en la mirada? A Elin se le hizo un nudo duro en el estómago.

—Esta es Elin, la hermana de Britta —dijo Preben, y los presentó a los dos.

Ella le dio la mano un tanto a la expectativa. Aún le costaba comprender la expresión de aquel hombre. Detrás de ellos estaba Britta, sentada sobre un lecho de mullidos cojines, con la negra melena suelta.

Parecía un gato que se hubiera tragado un pajarillo, y Elin se sintió aún más desconcertada.

El doctor Brorsson dijo con expresión festiva:

—Es hora de parabienes, diría yo. Aún no lleva más que unas semanas, pero no cabe duda de que Britta está esperando. Y el embarazo le mina las fuerzas. Elin, debe procurar que beba lo suficiente y que tome tanto alimento como sea capaz de retener. He recomendado que las próximas semanas se alimente de caldo, hasta que pasen las molestias y recupere el apetito.

—Con eso seguro que Elin puede echarnos una mano —dijo Preben radiante de alegría.

¿Por qué parecía tan feliz? Él no quería estar con Britta, quería estar con ella, él mismo se lo había dicho. Decía que había elegido a la hermana que no era. El que la semilla de Preben no creciera en el seno de Britta era voluntad de Dios.

Pero allí estaba ahora con su amplia sonrisa, alabando ante el doctor Brorsson sus cualidades como cuidadora. Britta la miraba disfrutando de su triunfo. Muy despacio, se mesó el pelo y dijo con voz quejumbrosa:

—Preben, vuelvo a encontrarme fatal...

Alargó una mano, y Elin se quedó allí viendo cómo él acudía veloz al lado de Britta.

—¿Hay algo que yo pueda hacer? Ya has oído lo que ha dicho el doctor. Descanso y caldo. ¿Le pido a Elsa que te prepare un poco?

Britta asintió.

—No es que tenga mucha hambre que digamos, pero por el bien de nuestro hijo, más vale que lo intente. No quiero que me dejes, dile a Elin que hable con Elsa y que luego me traiga el caldo. Lo hará de mil amores. Seguro que quiere que su sobrino o sobrina nazca con la mejor salud posible.

—Elin lo hará encantada, no cabe duda —aseguró Preben—. Pero he de despedir al doctor Brorsson antes de sentarme contigo.

—No, no, yo puedo muy bien atender mi partida —dijo el doctor entre risas mientras se dirigía a la puerta—. Ocúpense de cuidar a la futura madre, con eso me doy por satisfecho, que yo ya he hecho mi parte.

—Aquí me quedo, pues —dijo Preben, y asintió mientras apretaba la mano de Britta entre las suyas.

Miró a Elin, que aún seguía en el umbral cual estatua de hielo.

—Me gustaría que Elin se encargara en el acto, Britta debe seguir cuanto antes la prescripción del doctor.

Elin asintió y bajó la mirada.

Mantener la vista clavada en los zapatos era lo único que podía hacer para no llorar. Si la obligaran a contemplar un minuto más la expresión alegre de Preben y el triunfo en el semblante de Britta, se vendría abajo allí mismo. Se dio media vuelta y apremió el paso en dirección a la cocina.

La señora estaba esperando y necesitaba un caldo. Y Dios Todopoderoso se reía de la simpleza de la pobre Elin.

Erica no estaba muy segura de cómo había que ir vestido a una inauguración de aquella clase, y se había decidido por algo infalible: unos pantalones cortos blancos muy sencillos y una blusa del mismo color. Había dejado a los niños con Kristina; de lo contrario, no se habría atrevido con el blanco. Si algo había aprendido en su condición de madre de tres niños pequeños era que el color blanco funcionaba como un imán para las manitas pringosas de los pequeños.

Comprobó una vez más la hora de la invitación que le había entregado Viola, pero en realidad era innecesario, pues un torrente de personas ya iba camino de la discreta galería situada enfrente del Stora Hotellet. Erica miró a su alrededor al entrar. Era un espacio amplio y luminoso, los cuadros de Viola estaban bellamente dispuestos en las paredes y en un rincón había una mesa con copas de champán y jarrones con flores que habían llevado amigos y conocidos. De pronto, Erica se sintió un poco ridícula, ¿no debería haber llevado algo ella también?

—Hombre, Erica, ¡qué bien que hayas podido venir!

Viola se le acercaba con una sonrisa.

Iba elegantísima, con el pelo gris recogido en un moño y un precioso caftán de color azul oscuro. Erica siempre había admirado a las personas que eran capaces de vestir un caftán sin que pareciera que iban disfrazadas. Las pocas veces que había intentado ponerse ese tipo de prenda se sintió como si fuera a una fiesta disfrazada del cantante Thomas Di Leva. Pero Viola estaba radiante.

—Ten, toma una copa de champán, hoy no vas a conducir, ¿verdad? —dijo, y le sirvió una copa.

Erica repasó mentalmente el día que tenía por delante, llegó a la conclusión de que el coche no entraba en los planes y aceptó la copa.

—Date una vuelta por aquí —la animó Viola—, y si te interesa algún cuadro se lo dices a esa chica tan encantadora de allí, ella lo reservará. Por cierto, es mi nieta.

Viola señaló a una joven adolescente que estaba en la puerta con una tira de pegatinas circulares de color rojo. Parecía tomarse la tarea de lo más en serio.

Erica observó los cuadros tranquilamente. Ya había varios reservados, marcados con un punto rojo, y se alegró. Le gustaba Viola. Y le gustaban sus obras. No sabía nada de arte, y le era difícil comprender y sentir atracción por cuadros que no representaran algo. Pero aquellos eran unas acuarelas preciosas con motivos perfectamente reconocibles, sobre todo personas en situaciones cotidianas. Se quedó prendada de una que representaba a una mujer rubia que amasaba pan. Tenía la cara llena de harina y un cigarrillo en la comisura de los labios.

—Mi madre. Todos los cuadros de la exposición representan a personas que han significado algo para mí, y he optado por mostrarlas en situaciones de su vida cotidiana. Nada de imágenes rebuscadas y arregladas, los he pintado a todos como los recuerdo. Mi madre siempre estaba amasando, sobre todo pan. Le encantaba. Comíamos pan recién hecho a diario, aunque ahora que lo pienso, me pregunto cuánta nicotina ingeríamos de paso mis hermanos y yo, teniendo en cuenta que fumaba como un carretero mientras amasaba. Pero claro, en esas cosas no se paraba uno a pensar en aquel entonces.

—Era muy guapa —comentó Erica con total sinceridad.

La mujer del retrato tenía exactamente el mismo brillo en los ojos que su hija, y supuso que, a la misma edad, seguramente se parecían mucho.

—Sí, era la mujer más guapa que he conocido. Y la más graciosa. Me doy por satisfecha si he sido para mis hijos la mitad de buena madre de lo que lo fue ella para mí.

—Seguro que sí —dijo Erica, y en efecto le costaba mucho imaginar otra cosa.

Alguien le dio a Viola un golpecito en el hombro y la mujer se disculpó.

369

Erica se quedó allí, delante del retrato de la madre. Le inspiraba alegría y tristeza a la vez. Alegría, porque le gustaría que todo el mundo tuviera una madre que irradiara tanto cariño. Tristeza, porque no se parecía en nada a lo que ella y Anna vivieron en la infancia. Su madre nunca hacía pan, ni reía, ni las abrazaba o les decía que las quería.

De pronto Erica sintió remordimientos. Se había jurado que sería lo contrario a su madre. Siempre presente, cálida, divertida y amorosa. Pero ahora estaba trabajando de nuevo, y había buscado niñera por enésima vez aquel verano. Claro que ella les daba a los niños muchísimo amor, y a ellos les encantaba estar con la abuela, y también con la tía Anna y los primos. Sus hijos estaban bien. Y si ella no trabajaba, dejaría de ser Erica. Los adoraba, pero también adoraba su trabajo.

Lentamente, fue recorriendo las hileras de cuadros mientras iba dando sorbitos del espumoso. En la sala hacía una temperatura fresca y agradable y había mucha gente, aunque sin llegar a ser agobiante. De vez en cuando oía que alguien susurraba su nombre, y había visto a algunas mujeres darle un codazo a su acompañante para llamarle la atención sobre la presencia de Erica Falck. Era algo a lo que aún le costaba acostumbrarse, eso de que la gente la reconociera y la viera como a una famosa. Hasta el momento, había logrado rehuir todas las trampas para famosos: no había asistido a ningún estreno cinematográfico, no había combatido contra serpientes y ratas en *Los prisioneros del fuerte,* no lo había contado todo en *El rincón de Hellenius* ni estuvo nunca en *El bus de los famosos.*

—Ahí está mi padre —dijo una voz a su lado, y Erica se llevó un sobresalto.

Viola estaba a su izquierda y señalaba un cuadro grande que había en el centro de una pared. También era muy bonito, pero irradiaba un sentimiento muy distinto. Erica trató de buscar la palabra adecuada para describirlo, y concluyó que era «melancolía».

—Mi padre sentado delante del escritorio. Así es como lo recuerdo, siempre estaba trabajando. Yo de pequeña no lo comprendía, pero de mayor lo entiendo y lo respeto. Adoraba su trabajo, y eso es una bendición y una maldición a la vez. Con los años, lo devoró...

Viola dejó la frase en el aire. Luego se volvió rauda hacia Erica.

—Por cierto, perdona, te pedí que vinieras por una razón muy concreta. Encontré la vieja agenda de mi padre. No sé si puede ser de utilidad, él utilizaba abreviaturas para todo, pero a lo mejor te sirve de algo. La he traído por si la querías.

—Sí, claro, gracias —dijo Erica.

No había podido dejar de pensar en por qué Leif cambió de opinión de forma tan repentina sobre la culpabilidad de las niñas, y de alguna manera tenía que llegar hasta el fondo de aquel asunto. Tal vez la agenda le proporcionara otro hilo del que tirar.

—Aquí la tienes —dijo Viola, y volvió con una agenda negra manoseada y vieja—. Puedes quedártela.

Se la dio a Erica.

—Yo tengo a mi padre aquí. —Se señaló el corazón—. Puedo rememorarlo al detalle en cualquier momento. Sentado ante el escritorio.

Le puso una mano a Erica en el hombro y luego la dejó allí, delante del cuadro. Erica se quedó observándolo unos instantes. Luego se encaminó a la chica que tenía las pegatinas rojas.

Khalil estaba sentado en una silla en un rincón del casino, mirando a la señora mayor y algo encorvada que le daba las mantas a Adnan. No podía olvidar la imagen de Karim sacando a rastras a Amina. Cómo le humeaban las manos. Cómo gritaba él y lo ominosamente callada que estaba ella.

Bill, el profesor de sueco Sture y varias personas a las que no conocía aparecieron por la mañana. Al parecer, los habían convocado Rolf y Bill. Él movía los brazos muy agitado y hablaba a toda prisa en aquella mezcla suya de sueco e inglés. Señalaba los coches, pero nadie se atrevió a subirse a ninguno hasta que no empezaron a hacerlo Khalil, Adnan y los demás miembros del equipo de vela.

¿Dónde se habían metido aquellos suecos? Sonreían, hablaban, preguntaban el nombre de los niños, les llevaban comida y ropa... Khalil no entendía nada.

Adnan se le acercó, enarcó una ceja como si tampoco entendiera nada. Khalil se encogió de hombros.

—Eh, chicos —los llamó Bill desde el fondo del local—. He estado hablando con el encargado del supermercado Hedemyrs, dice que tienen comida para donar. ¿Podríais ir a recogerla? Aquí tenéis las llaves del coche.

Bill le lanzó las llaves a Adnan, que las atrapó al vuelo.

Khalil asintió.

—Claro, vamos —dijo.

Cuando llegaron al aparcamiento extendió la mano.

—Dame las llaves.

—Yo quiero conducir —dijo Adnan, y cerró la mano más fuerte todavía en torno al llavero.

—De eso nada, lo llevo yo.

En contra de su voluntad, Adnan se acomodó en el asiento del copiloto, y Khalil se sentó al volante y miró pensativo las llaves y el salpicadero.

—No hay donde meter la llave.

—Pulsa el botón de arranque —suspiró Adnan.

Lo que más le interesaba después de los juegos de ordenador eran los coches, pero sus conocimientos procedían sobre todo de los vídeos de YouTube.

Khalil presionó con desconfianza el botón en el que decía «Stop/Start» y el motor empezó a vibrar.

Adnan soltó una risita.

—¿Tú crees que Bill sabe que no tenemos carné de conducir?

Khalil se sorprendió al comprobar que él también sonreía, a pesar de lo ocurrido.

—¿Tú crees que nos habría dado las llaves del coche si lo supiera?

—Estamos hablando de Bill —dijo Adnan—. Por supuesto que sí. Porque tú sabes conducir, ¿no? Si no, me bajo ahora mismo.

Khalil metió marcha atrás.

—Tranquilo, me enseñó mi padre.

Salió retrocediendo del aparcamiento y giró para acceder a la carretera. Solo los separaban unos cientos de metros del supermercado Hedemyrs.

—Los suecos son raros. —Adnan meneó la cabeza.

—¿Qué quieres decir? —dijo Khalil, y entró en la parte trasera del supermercado.

–Nos tratan como a leprosos, dicen todo tipo de basura de nosotros, meten a Karim en la cárcel y tratan de quemarnos vivos. Pero luego quieren ayudarnos. No lo entiendo...

Khalil se encogió de hombros.

–No creo que todos estén dispuestos a traernos mantas –dijo, y pulsó el botón de parada–. Yo creo que muchos de ellos habrían preferido vernos arder a todos allí dentro.

–¿Crees que van a volver? –preguntó Adnan–. ¿Que volverán a intentarlo?

Khalil cerró la puerta del coche al salir. Negó con la cabeza.

–La gente que se acerca a escondidas y que arroja bengalas encendidas al abrigo de la oscuridad es gente cobarde. Ahora nos miran muchas personas.

–¿Y crees que nos habrían querido quemar vivos si la policía no se hubiera llevado a Karim? –dijo Adnan mientras le sujetaba la puerta de entrada a Khalil.

–Quién sabe, yo creo que la cosa llevaba tiempo cociéndose. Tal vez fuera lo que hacía falta para pasar de las palabras a los hechos.

Khalil miró alrededor. Bill no le había dicho con quién tenían que hablar, así que optó por dirigirse a un chico que estaba desembalando latas de conserva en uno de los pasillos.

–Tendréis que hablar con el jefe, está en la oficina.

El chico señaló hacia el interior del local.

Khalil dudó un instante. ¿Y si no sabían nada de lo de la comida? A lo mejor Bill no había hablado con la persona adecuada... ¿Y si creían que habían ido allí a mendigar?

Adnan lo agarró del brazo.

–Venga, hombre, ya que estamos aquí...

Diez minutos después, empezaron a llenar el maletero del coche de bocadillos, bebidas, fruta y hasta caramelos para los niños. Khalil volvió a menear la cabeza. Sí que eran raros los suecos.

Se sentía como si los pies sobrevolaran la grava. Lo que la había mantenido con vida todos aquellos años era la rutina. Levantarse cada mañana, atarse las zapatillas, ponerse la ropa deportiva y luego salir a correr.

Siempre fue mejorando sus marcas a lo largo de los años. La maratón no era, curiosamente, una carrera que discriminase por edad. La energía y la fuerza física en la que los corredores jóvenes tenían ventaja las compensaban los mayores con la experiencia. Siempre resultaba divertido ver a los corredores jóvenes, muy chulos ellos en su primera maratón, cuando los dejaba atrás una mujer que podría ser su madre.

El aviso de una punzada en el costado la obligó a respirar más pausadamente. Hoy no pensaba rendirse.

Habían soltado al hombre del campo de refugiados, y luego alguien había prendido fuego a las instalaciones. Se quedó horrorizada al ver las fotos, pero casi de inmediato se le vino a la cabeza aquel pensamiento: ahora volverían a fijarse en ella y en Marie. Sospecharían de alguna de las dos. O de las dos a la vez, por qué no.

Marie y ella tenían tantos sueños, tantos planes... Cuando cumplieran los dieciocho lo dejarían todo atrás y comprarían un billete solo de ida a América, donde las estarían aguardando cosas maravillosas. Marie sí que viajó hasta allí. Cumplió sus sueños. Ella, en cambio, se quedó. Cumplidora. Obediente. Justo lo que en principio la había convertido en una víctima. Marie nunca habría aceptado su destino. Se habría rebelado luchando.

Pero ella no era Marie. Se había pasado la vida yendo por donde la llevaba la corriente, haciendo lo que le decían que hiciera.

Siguió la carrera de Marie, leyendo acerca de su vida, la fama de problemática, de fría e incluso de malvada. Una mala madre que enviaba a su hija de internado en internado por todo el mundo. A la que sacaban cada vez con un hombre distinto, que siempre andaba de fiesta y que acababa en disputas con unos y otros. Pero Helen veía otra cosa. Ella veía a la niña que nunca tenía miedo de nada, que siempre quería protegerla, que le habría dado el sol y la luna.

Por eso Helen nunca pudo decirle nada. ¿Cómo habría podido? Marie era impotente, era solo una niña. ¿Qué habría podido hacer ella?

Ayer le pareció verla mientras hacía la compra. Fue solo un atisbo con el rabillo del ojo, pero su presencia era muy intensa. Cuando levantó la vista solo vio a un hombre mayor con su bastón, pero habría podido jurar que Marie acababa de estar allí observándola.

El camino de grava discurría bajo sus pies mientras las zapatillas pisaban el suelo con fuerza. Primero los dedos, luego ir rodando el pie hasta el talón. Pie derecho delante implicaba brazo derecho atrás. Miró de reojo el pulsómetro. Estaba consiguiendo el mejor tiempo de su vida, seguramente porque el golpeteo rítmico de las zapatillas dejaba fuera todo lo demás.

Cuántos recuerdos en los que no pensar. Y Sam. Su adorable, maravilloso Sam. Que nunca tuvo la menor oportunidad. Estaba condenado de antemano, contagiado de sus pecados. ¿Cómo pudo creer que los años lo borrarían todo, que harían que se deslizara en las oscuras aguas del olvido? Nada desaparecía nunca. Y ella más que nadie debería saberlo.

Con la mirada fija en el horizonte, Helen corría. Tenía trece años cuando decidió que empezaría a hacerlo. Y ahora no se atrevía a parar.

Jessie apartó la última carpeta de artículos sobre Helen, Marie y Stella. Observó a Sam, tenía la mirada o bien abierta o bien totalmente opaca. Al final de la carpeta había anotado sus ideas sobre el asesinato. Leerlas fue como ver el propio pensamiento en letras de molde. Aunque no del todo. Él lo había llevado un paso más allá.

¿Qué podía decirle ella? ¿Qué querría oír?

Sam alargó el brazo en busca de la mochila.

—Hay otra cosa que quiero enseñarte —dijo.

Sacó un cuaderno muy manoseado, lo hojeó un poco. De repente, le pareció de lo más vulnerable.

—Yo... —comenzó Jessie.

Y más no pudo decir. El estruendo de unos golpes en la puerta los sobresaltó a los dos.

Cuando Jessie abrió, se sorprendió y dio unos pasos atrás. Era Vendela. No miraba a Jessie, parecía estar mirándose los zapatos y movía los pies algo nerviosa.

—Hola —dijo en voz baja, casi con timidez.

—Hola —logró articular Jessie.

—Yo... No sé lo que Sam te habrá dicho de nosotros, pero estaba pensando que... a lo mejor...

Un resoplido a espaldas de Jessie la hizo volverse. Sam estaba apoyado en la pared del pasillo. Tenía la mirada tan sombría que casi daba miedo.

—Ah, hola, Sam —dijo Vendela.

Sam no respondió, y Vendela se dirigió otra vez a Jessie.

—¿No te apetecerá venir a mi casa un rato? No se tardan más de diez minutos en bici. Si tienes bici, claro.

—Sí, sí, sí que tengo.

Jessie notó cómo se le encendían las mejillas. Vendela era una de las chicas guais, ya lo había notado incluso antes de que empezara el colegio. No había más que verla para darse cuenta. Y ninguna chica guay le había preguntado nunca si quería ir a su casa.

—No me dirás que te lo vas a tragar —dijo Sam.

Seguía mirándolas enfadado, y eso a Jessie la irritó. Era una pasada que Vendela hubiera ido allí a preguntarle, y una oportunidad para que ella y Sam lo tuvieran algo más fácil en el colegio. ¿Qué pensaba que debía hacer? ¿Cerrarle la puerta en las narices?

Vendela alzó las manos.

—Te lo prometo, me da una vergüenza enorme lo que le hemos hecho a Sam. A Nils y a Basse también, claro, solo que no se han atrevido a venir a decirlo claramente. Ya sabes cómo son los chicos...

Jessie asintió. Se volvió hacia Sam.

—¿No podemos vernos luego tú y yo? —dijo en voz baja.

¿Por qué no podía él dejar a un lado ese orgullo absurdo y decirle que sí, que claro que podía pasar un rato con Vendela? Pero, en cambio, entornó los ojos, se acercó a la mesa de la cocina, recogió todas las carpetas y los archivadores y los guardó en la mochila.

Pasó por delante de Jessie al cruzar el pasillo sin decir una palabra, pero ya en la puerta se paró al lado de Vendela.

—Si me entero de que os portáis como unos cerdos con ella...

Guardó silencio, pero se la quedó mirando fijamente unos segundos antes de ir en busca de la bicicleta. Un instante después había desaparecido.

–Perdona a Sam, es que...

Jessie buscaba la manera de expresarlo, pero Vendela negó con la cabeza.

–Lo entiendo, nos hemos portado mal con Sam desde que éramos pequeños, así que comprendo que esté mosqueado. Yo también lo estaría. Pero hemos crecido y ahora somos capaces de entender cosas que antes no entendíamos.

Jessie asintió.

–Así que lo entiendo perfectamente. De verdad.

¿Seguro? Jessie no lo tenía tan claro, pero Vendela dio una palmada.

–¡Bueno! –exclamó–. ¡Súbete a la bici y vámonos!

Jessie fue a buscar su bicicleta. Iba incluida en el alquiler de la casa, y se veía reluciente, preciosa y muy cara. Le alegró ver la cara de admiración de Vendela.

–Qué casa más bonita –dijo mientras se dirigían hacia la calle de Hamngatan.

–¡Gracias! –gritó Jessie, y notó un aleteo en el estómago.

Vendela era sencillamente... perfecta. Jessie mataría por poder ponerse un par de minivaqueros cortados como los que llevaba ella.

Dejaron atrás la plaza, donde la movilización era total. Atisbó a Marie detrás de las cámaras mientras hablaba con el director. Jörgen. Marie hablaba de él de vez en cuando.

De pronto, Jessie tuvo una idea.

–Mi madre está ahí –dijo a gritos–. ¿Quieres que pasemos a decirle hola?

Vendela ni la miró.

–Si no te importa, prefiero ir a casa a charlar un rato. No quiero ser antipática, pero...

Jessie sintió cómo le brincaba el corazón en el pecho. Era la primera vez, bueno, salvo con Sam, que alguien pasaba de quién era su madre. Fíjate, si Sam hubiera estado ahora con ellas, se habría dado cuenta de que Vendela era honrada y sincera.

Mientras luchaba con los pedales para subir la larga y empinada pendiente de Galärbacken la invadió una sensación que no logró identificar del todo. Luego cayó en la cuenta. Aquello debía de ser la felicidad.

A Sanna le dolía la cabeza cuando abrió la puerta. Era un dolor casi peor que de costumbre. Se fue a la encimera de la cocina y se sirvió un buen vaso de agua. En realidad le encantaba comer entre las plantas del vivero, pero se le había olvidado llevarse la comida, así que no le quedaba más remedio que volver a casa. Cornelia podía proteger el fuerte durante una hora.

Cuando abrió el frigorífico casi se echó a llorar. Aparte de un tubo de salsa de tomate y un tarro de mostaza, solo había un triste puñado de verduras que ya habían rebasado con creces la fecha de caducidad.

Sabía qué era lo que la tenía obsesionada, tanto pensar en Marie y en Helen. En Stella y en la pequeña Nea. En la sombra del bosque. Aquella que tanto miedo le daba. Anoche la persiguieron los recuerdos. Los recuerdos de aquel hombre que llegó y le preguntó por la sombra del bosque y con quién había estado jugando Stella. ¿Acaso le mintió a aquel hombre? No se acordaba. No quería acordarse. Luego el hombre desapareció y los sueños empezaron a tener como protagonista a la niña de ojos verdes.

Por lo menos el hombre no había vuelto para preguntarle más.

Sanna se sobresaltó al oír las voces claras de unas niñas que se acercaban. Vendela rara vez estaba en casa, casi siempre andaba por ahí con esos dos chicos de su clase, y desde luego ella amigas no tenía. En todo caso, por ahí iba ahora, atajando por el césped con la bicicleta, como siempre, en compañía de una chica rubia algo corpulenta que caminaba a su lado.

Sanna arrugó la frente. Había algo en aquella chica que le resultaba familiar, pero no caía en la cuenta de qué. Seguro que sería alguna de las amigas con las que salía Vendela cuando era pequeña; Sanna nunca consiguió –o no le apeteció– aprenderse los nombres de todos los amigos de su hija.

—¡Hola! —dijo Vendela—. ¿Estás en casa?

—No, sigo en el vivero —dijo Sanna, y se arrepintió enseguida.

Ella debería ser la más adulta de las dos, pero Vendela parecía tan decepcionada al verla...

—Hola —dijo la chica rellenita, y dio un paso al frente con la mano tendida—. Soy Jessie.

—Sanna, la madre de Vendela —dijo, observándola.

Sí, claro que la reconocía. ¿Sería la niña cuya madre era maestra en el colegio, o la que vivía en la curva de la carretera, y con la que Vendela jugaba cuando eran pequeñas?

—¿Cuál de las amigas de Vendela eres tú? —preguntó Sanna por fin abiertamente—. Habéis crecido tanto que no es posible reconoceros.

—Pero mamá...

—Acabo de mudarme —dijo Jessie—. Mi madre ha venido por trabajo, así que viviremos aquí una temporada.

—Ah, ya veo, qué bien.

Sanna habría podido jurar que le resultaba familiar.

—Vamos a subir a mi habitación —dijo Vendela ya a medio camino escaleras arriba.

—Me alegro de conocerte —dijo Jessie, y siguió a Vendela.

Una puerta se cerró y enseguida empezó a sonar la música a todo volumen. Sanna soltó un suspiro. Vaya descanso a la hora de comer.

Abrió el congelador y echó un vistazo a los cajones. El panorama era algo más esperanzador que el del frigorífico: encontró una bolsa a medias de *pyttipanna* de ternera en el fondo de un cajón. Sacó una sartén, puso un buen trozo de mantequilla y echó el contenido de la bolsa.

Al poco rato estaba sentada a la mesa con una taza de café en la mano. Miraba pensativa al piso de arriba, donde retumbaba algún tipo de música de baile. ¿Dónde había visto antes a aquella chica?

Echó mano de una revista de cotilleos que tenía en la mesa y empezó a hojearla. *Veckans Nu*. Una basura que Vendela se empeñaba en comprar. Una página tras otra llena de noticias absurdas sobre famosos no menos absurdos. Fue pasando las hojas y allí estaba ella, sonriente. Marie. Y de repente, Sanna supo quién era la chica.

Grandes manchas negras empezaron a bailarle ante los ojos. Jessie, naturalmente. La hija de Marie. Tenía los ojos de su madre. Los mismos ojos verdes que tantas veces había visto Sanna en sueños durante años.

Desde el piso de arriba se oían las risas alegres de las chicas por encima de la música. La hija de Marie estaba en su casa. ¿Debería hacer algo? ¿Sería oportuno que dijera algo? Ella no tenía la culpa de lo que hubiera hecho su madre. Pero aun así. Era demasiado tangible. Demasiado próximo. Las paredes empezaban a acercarse y se le encogía la garganta.

Con las llaves del coche en la mano, Sanna salió corriendo de la casa.

–Bueno, pues tenemos unas cuantas cosas que aclarar –dijo Patrik, y cruzó las manos sobre la barriga mientras se miraba los zapatos.

Nadie dijo nada.

–¿Qué decís? ¿Dejamos que Mellberg participe en la reunión?

–Ya se ha dado cuenta de que la ha armado buena –dijo Annika en voz baja–. No suelo yo romper ninguna lanza por Bertil, pero en este caso creo que es consciente de su error y que quiere ayudar de verdad.

–Ya, ya, pero querer ayudar y poder ayudar son dos cosas bien distintas –dijo Paula secamente.

–Es el jefe de la comisaría –dijo Patrik, y se puso de pie–. Sea cual sea vuestra opinión, así son las cosas.

Se ausentó unos minutos, pero volvió luego con un Mellberg de lo más suave. *Ernst* venía arrastrándose un paso por detrás de su amo, con la cabeza gacha, como si también él hubiera caído en desgracia.

–Bueno –comenzó Patrik, y volvió a sentarse–. Pues ya estamos todos.

Mellberg tomó asiento en un extremo de la mesa, con *Ernst* tumbado a sus pies.

—A partir de este momento, quiero que todos trabajemos en la misma dirección. Vamos a tomarnos esta tarea con objetividad y sin dejarnos llevar por sentimientos inflamados. Tenemos que centrarnos en dos cosas: una, la investigación en curso sobre el asesinato de Linnea Berg; la otra, la cuestión de quién provocó el incendio en el campo de refugiados.

—¿Cómo seguimos? —preguntó Martin.

Gösta asintió.

—Eso es, ¿cómo dividimos el trabajo?

—Hay una serie de tareas que debemos abordar. Annika, ¿vas tomando nota?

Annika levantó el bolígrafo en alto.

—Lo primero de todo, debemos interrogar a los demás ocupantes del campo y empezar por los que vivían más cerca de Karim y su familia. Por lo que he sabido, aquellos que se han quedado sin vivienda se alojan ahora en el casino, mientras trabajan por conseguir una solución más duradera. Paula y Martin, ¿os ocupáis vosotros?

Los dos asintieron, y Patrik dirigió la mirada a Gösta.

—Gösta, ¿qué dijeron Eva y Peter de las braguitas? ¿Han podido identificarlas?

—Sí —respondió Gösta—. Dijeron que tenía unas braguitas así, y que perfectamente podían ser las que llevaba el día que desapareció. Pero...

Gösta era el más experto de sus colegas, y si tenía algo que objetar siempre valía la pena escucharlo.

—Pues no lo sé. No tengo nada concreto, pero hay algo que no acaba de cuadrarme. No te sé decir qué es exactamente...

—Sigue pensando, ya veremos a qué conclusión llegas —dijo Patrik.

Dudó un instante.

—El primer punto que yo tengo en la lista es ponerme en contacto con Torbjörn otra vez. Me cuesta muchísimo reconciliarme con la idea de que no termináramos el registro en casa de la familia Berg. Lo he discutido con la fiscal esta mañana y está de acuerdo, considera que debemos finalizarlo a pesar del «hallazgo» en casa de Karim.

—Yo también lo creo —dijo Gösta.

Patrik lo miró sorprendido. Verdaderamente, había algo a lo que Gösta seguía dando vueltas. ¿Qué sería?

—De acuerdo —se limitó a decir—. Voy a llamar a Torbjörn y luego salimos para allá lo antes posible. Con un poco de suerte, podrá ser hoy o mañana, según el trabajo que tengan.

—¿Están trabajando en el incendio? —preguntó Paula.

Patrik sacudió la cabeza.

—No, lo hacen unos técnicos especializados en incendios. Pero hasta que sepamos más, partimos del dato preliminar de que arrojaron una especie de cóctel molotov por la ventana de Karim al interior de la casa.

—¿Y qué hacemos con la cinta de la llamada anónima? —preguntó Paula.

—La tiene Annika —dijo Patrik—. Escuchadla a ver si hay algo que os llame la atención. La voz está distorsionada, pero la voy a enviar para que la analicen hoy mismo. Esperemos que puedan hacer algo con la distorsión, o al menos aislar algún sonido de fondo que nos ayude a identificar a la persona que llamó.

—Muy bien —dijo Paula.

—¿Y Helen y Marie? —preguntó Martin—. Seguimos sin saber si existe alguna conexión con el asesinato de Stella.

—No, pero ya hemos hablado con ellas y en estos momentos no tenemos nada concreto por lo que interrogarlas. Habrá que esperar hasta que sepamos más. Yo sigo creyendo que tiene que haber algún tipo de relación.

—¿A pesar del hallazgo en casa de Karim? —dijo Paula.

—Sí, a pesar del «hallazgo» —respondió Patrik sin poder reprimir echarle una mirada a Mellberg.

El jefe estaba sentado con la vista fija en la mesa y no había abierto la boca.

—Yo creo que es una pista falsa —continuó—. Pero en estos momentos no podemos descartar nada. Lo que pasa es que lo de la llamada anónima y luego el hallazgo de Mellberg resulta de lo más oportuno. ¿Quién iba a saber que las braguitas estaban allí? ¿Y además tener motivos para llamar y avisar? No, no me lo creo.

Gösta llevaba un rato rodando los pulgares con las manos cruzadas sobre las rodillas, muy concentrado en sus reflexiones. Cuando Patrik estaba a punto de dar la reunión por terminada, los miró a todos.

–Creo que ya sé qué es lo que no me cuadra. Y cómo voy a demostrarlo.

Bohuslän, 1672

La desesperación de Elin no paraba de crecer. Preben invertía todo su tiempo libre en Britta y a ella la trataba como si no existiera. Era como si lo ocurrido entre los dos jamás hubiera tenido lugar. No se mostraba desagradable, únicamente se comportaba como si hubiera olvidado todo lo que había entre ellos. Britta y la criatura atraían toda su atención, y ya ni siquiera Märta le interesaba. La niña deambulaba desconcertada por la granja, con Sigrid pisándole los talones. A Elin le partía el corazón ver la angustia y la incomprensión de su hija ante el repentino desinterés de Preben, y no sabía cómo explicarle la locura de los adultos.

¿Cómo iba a explicarle a su hija algo que ni ella misma entendía?

Una cosa sí que estaba clara. Ya no podía plantearse contarle a Preben lo del niño. Menos aún podía tenerlo. Tenía que librarse de él. A cualquier precio. Si no lo conseguía, Märta y ella se quedarían sin hogar, tendrían que morirse de hambre o mendigar o entregarse a cualquiera de esos destinos espantosos que sufrían las mujeres que no tenían adónde ir. No podía permitir que eso les ocurriera a Märta y a ella. No poseía los conocimientos necesarios para hacer que el niño saliera de su cuerpo, pero sabía quién los poseía. Sabía a quién se podía acudir si una se quedaba sin tener marido que pudiera cuidar de la criatura y de su madre, y sabía quién le ayudaría. Helga Klippare.

Una semana después se le presentó la oportunidad. Britta le pidió que hiciera unos recados en Fjällbacka. A lo largo de todo el camino en el coche sintió que el corazón se le iba hundiendo en el pecho. Se empeñó en que el niño se le movía dentro, a pesar de que sabía que era demasiado pronto. Lill-Jan, que conducía el carro, no tardó en abandonar todo intento de conversación. Elin no estaba de humor para hablar con nadie, y se mantenía en silencio mientras las ruedas retumbaban rítmicamente en el suelo. Cuando llegaron a Fjällbacka, se bajó del coche y se fue sin mediar palabra. Lill-Jan también tenía recados que hacer para el señor, así que no volverían antes de que cayera la noche. Tiempo de sobra para lo que tenía que hacer.

La gente la seguía con la mirada mientras iba andando entre las cabañas. Helga vivía en la última, y Elin dudó unos instantes antes de llamar. Pero al final dejó que los nudillos aporrearan la madera vieja.

Helga le dio a Elin aguardiente para el dolor, pero en realidad a ella no le importaba el dolor físico. Cuanto más le dolía el cuerpo, tanto más se mitigaba el dolor que tenía en el corazón. Notaba cómo se le contraía todo. Rítmico. Metódico. Como cuando nació Märta. Solo que en esta ocasión sucedía sin la alegría y la expectación que sí existieron cuando sabía cuál sería el resultado de tan ardua tarea. En esta ocasión, al final del dolor sordo y de la sangre solo había dolor.

Helga no fue compasiva con ella. Tampoco la censuró. En silencio y con pericia, hizo lo que había que hacer, y el único indicio de consideración fue que, de vez en cuando, le secaba a Elin el sudor de la frente.

—Pronto habremos terminado —dijo algo seca después de haber mirado entre las piernas de Elin, que estaba tumbada sobre una alfombra sucia.

Elin veía a través de la rendija de la puerta. Ya estaba bien entrada la tarde. Dentro de un par de horas, tendría que subirse otra vez al coche con Lill-Jan y volver a la granja. El camino era irregular e irían dando tumbos, y ella sabía que iba a dolerle cada traqueteo, pero tendría que poner buena cara. Nadie debía enterarse de lo ocurrido.

—Empuja ahora —ordenó Helga—. En la próxima contracción, empuja para que salga.

Elin cerró los ojos y se agarró a los bordes de la alfombra. Aguardó mientras los espasmos iban aumentando allá abajo, y cuando más le dolía, se armó de valor y empujó todo lo que pudo.

Algo se le salió del cuerpo. Algo pequeño. Un grumo. No se oiría ningún llanto. Nada que indicara que estaba vivo.

Helga trabajaba con diligencia. Elin oyó el ruido de algo que caía en el cubo de madera que había al lado.

—Más ha valido así —dijo Helga con voz seca, y se levantó como pudo mientras se limpiaba las manos llenas de sangre en una toalla—. No estaba bien. Nunca habría podido andar.

Se llevó el cubo y lo dejó en la puerta. Elin notó un sollozo en el pecho, pero lo ahogó, lo apretó fuertemente allí dentro hasta que se convirtió en una bolita alojada en pleno corazón. Ni siquiera eso le quedó, la imagen de aquel

385

hijo o de aquella hija, tan hermosa como ella la recreaba, con los ojos azules de Preben. El niño no estaba bien. Nunca existió para ellos la posibilidad de una familia, salvo en sus sueños absurdos.

La puerta se abrió de pronto y Ebba, la de Mörhult, entró en casa de su hermana. Se paró en seco al ver a Elin en el suelo. Asimiló boquiabierta la escena: Elin, ensangrentada y abierta de piernas; el cubo en la puerta, con su contenido; y Helga, que se limpiaba de las manos la sangre de Elin.

–Vaya –dijo Ebba con un destello en los ojos–. Tenías un recado que hacer en casa de Helga. Que yo sepa, no te has vuelto a casar, ¿no? ¿Te has despachado con uno de los mozos? ¿O has empezado a vender tu cuerpo en la posada?

–Cállate –le dijo Helga con acritud a su hermana, que arrugó la boca ofendida.

Elin no era capaz de responder. Se le había ido toda la fuerza, y ya no tenía por qué preocuparse de los sentimientos de Ebba. Se subiría al coche con Lill-Jan, volvería a la granja y olvidaría que todo aquello había ocurrido.

–¿Es esa la criatura? –dijo Ebba, y dio una patada al cubo.

Miró dentro llena de curiosidad y luego arrugó la nariz.

–Parece un engendro de la naturaleza.

–Calla o no respondo si te doy una bofetada –le soltó Helga.

Agarró a su hermana y la empujó hasta la calle. Luego se volvió hacia Elin.

–No hagas caso de Ebba, siempre ha sido una buena pieza, mala desde que éramos niñas. Si te vas levantando con cuidado, te daré un paño para que te laves.

Elin hizo lo que le decía. Se incorporó apoyándose en los brazos. Le dolía el vientre, y en la alfombra, entre las piernas, había un mejunje sangriento.

–Ha sido una suerte, no ha habido que coser. Y no has perdido mucha sangre, pero tendrás que descansar unos días.

–Ya veremos lo que se puede hacer –dijo Elin, y agradeció el paño mojado que le ofrecía Helga.

Le escocía mientras se lavaba, y Helga le puso al lado una palangana con agua para que pudiera enjuagar el paño.

–He oído contar… –Helga dudaba–. He oído contar que tu hermana está en estado.

Elin no respondió enseguida. Luego asintió.

–Sí, así es. Este invierno se oirán llantos de recién nacido en la granja.

–Será algún cirujano bueno de Uddevalla el que atienda a la mujer del pastor cuando llegue el día, pero si hiciera falta, pueden mandar a buscarme.

–Lo diré –dijo Elin con la garganta seca.

No podía pensar en el hijo de Britta. No podía ni pensar en el suyo. El que estaba en el cubo.

Se levantó como pudo y se bajó la falda. Pronto sería hora de volver a casa.

-¡No des portazos!

James miraba a Sam, que acababa de aparecer en la entrada.

–Tampoco ha sido para tanto –dijo Sam, y se quitó los zapatos.

La consabida ira de siempre empezó a hervirle a James por dentro. Siempre la misma decepción. Las uñas y los ojos pintados de negro eran la forma que tenía su hijo de escupirle directamente a la cara, lo sabía. Cerró el puño y lo estampó en el papel pintado de flores. Sam dio un respingo, y James notó cómo se relajaba la tensión que le atenazaba el cuerpo.

Había tenido que desahogarse de toda la ira que sentía contra Sam cuando era más joven. Cuando estaban en el bosque. Las pocas veces que Helen se iba de viaje. Los accidentes se producían con mucha frecuencia. Pero una vez Helen los descubrió. Sam estaba acuclillado en el suelo al tiempo que James levantaba el puño. El niño tenía el labio partido y cubierto de sangre, y James se figuró cómo debía de verse la escena. Pero Helen reaccionó con más furia de la cuenta. Le temblaba la voz de pura rabia cuando le explicó lo que ocurriría si volvía a tocar a Sam.

Y desde entonces lo había dejado en paz. De eso hacía tres años.

Sam subió las escaleras dando pisotones y James se preguntó por qué vendría tan enfadado. Luego se encogió de hombros. Cosas de adolescentes.

Estaba deseando irse otra vez. Faltaban dos semanas. Contaba los minutos. No comprendía a los colegas que echaban de menos el hogar, que estaban deseando volver al tedio, con la familia, pero el Ejército se empeñaba en que había que tener «permiso y tiempo libre» de forma intermitente. Seguro que se trataba de algún enredo de psicólogos, él no era muy dado a esas cosas.

388

Entró en el despacho y se dirigió al armero que tenía detrás del escritorio. Marcó los números de la combinación y enseguida se oyó el ruidito al abrirse la cerradura. Allí estaban las armas que poseía legalmente, pero en el ropero del piso de arriba tenía un escondite en el que guardaba varias hileras de las que había ido reuniendo durante cerca de treinta años, desde pistolas sencillas hasta armas automáticas. Si uno sabía dónde acudir, no era difícil agenciarse un arma.

En aquel armario tenía la Colt M1911. Era un arma de verdad, no tenía nada de elegante ni de ligera. Calibre 45.

La devolvió a su lugar. A lo mejor salía a disparar con Sam por la tarde. Lo cierto es que resultaba de lo más irónico que lo único que se le diera bien a Sam, aparte de los ordenadores, fuera algo de lo que no sacaría ningún provecho. Ser tirador de precisión no daba puntos a las ratas de oficina. Y ese era el futuro que él le auguraba a Sam. Rata de oficina en algo relacionado con las nuevas tecnologías. Aburrido, anodino, superfluo.

Con suma precaución, cerró otra vez la puerta del armario. Se oyó un clic y se bloqueó automáticamente. Miró hacia el piso de arriba. El cuarto de Sam estaba justo encima. Reinaba el silencio, pero seguro que era porque se había sentado delante del ordenador con los auriculares puestos, a descargarse esa música repugnante directamente en los oídos. James suspiró. Cuanto antes se fuera de servicio, tanto mejor. Pronto no aguantaría aquello ni un minuto más.

Erica pidió que le enviaran el cuadro a su casa después de la inauguración, y se despidió de Viola. No acababa de salir de la galería cuando le sonó el móvil, y enseguida leyó el mensaje. Maravilloso. Las actividades del día siguiente estaban reservadas y confirmadas, ya solo quedaba decidir cómo secuestrarían a Kristina. Erica marcó el número de Anna, a lo mejor tenía alguna idea. Lo único que a ella se le ocurría tenía un toque humorístico sádico, y no creía que su suegra lo apreciara en absoluto.

Los tonos de llamada empezaron a sonar. Erica contempló la plaza y se dio cuenta de que debían de estar rodando una película.

Estiró el cuello y creyó entrever a Marie Wall al fondo, entre las cámaras, si bien no resultaba fácil distinguirla porque había varios grupos muy numerosos de gente curiosa alrededor.

—¡Hola! —dijo Anna.

—Sí, hola, soy yo. Oye, todo está listo para mañana, debemos encontrarnos en el hotel a las doce. Pero la cuestión es cómo conseguimos que Kristina acuda sin despertar sus sospechas. ¿No se te ocurre nada? Estoy segura de que descartarás mi plan de contratar a un par de chicos vestidos de terroristas que irrumpan y se la lleven...

Anna se reía al otro lado, y se oían unas sirenas de fondo.

—Huy, ¿es la policía? —dijo Erica.

Silencio al otro lado.

—¿Hola? ¿Estás ahí?

Erica miró la pantalla, pero no decía nada de que la conversación se hubiera interrumpido.

—Sí, hola, no... Era una ambulancia que acaba de pasar.

—¿Una ambulancia? Espero que no le haya pasado nada a ninguno de tus vecinos.

—No, es que no estoy en casa.

—Ah, vale, ¿y dónde estás?

—En Uddevalla.

—¿Qué haces allí?

¿Por qué no habría mencionado aquello cuando estuvieron con Kristina, en la prueba del vestido de novia?

—Nada, una revisión médica.

—¿Por qué? —dijo Erica con una arruga de preocupación—. Tú no perteneces a Uddevalla.

—Es un control de un especialista que solo podían hacer aquí.

—Anna, se te nota que hay algo que no me estás contando. ¿Le pasa algo al niño? ¿O a ti? ¿Ocurre algo?

Tenía el estómago encogido de preocupación. Después del accidente, Erica ya no daba nada por supuesto.

—No, no, Erica, te lo prometo. Todo está en orden. Será que quieren estar bien seguros, teniendo en cuenta...

Anna no concluyó la frase.

—Vale, prométeme que me lo contarás si hay algo.

—Lo prometo —dijo Anna, y se apresuró a cambiar de tema—. Ya se me ocurrirá algo mañana. ¿Has dicho a las doce en el Stora Hotellet?

—Sí, y ya tengo planeado el resto de la tarde y de la noche. Tú te quedas mientras aguantes. Un beso.

Erica colgó, pero seguía pensativa. Su hermana le estaba ocultando algo. Podría jurarlo.

Cruzó la plaza en dirección al plató. Sí, sí que era Marie Wall. Precisamente estaban terminando una escena, y Erica se quedó impresionada con el esplendor que irradiaba. No necesitaba verla a través de la lente de una cámara para saber que ella sola iluminaría la pantalla. Pertenecía a ese tipo de personas que parecían ir por la vida con un foco personal y permanente.

Una vez terminada la escena, Erica se dio media vuelta para ir a casa. Alguien gritó su nombre y ella se volvió para localizar la voz. Marie estaba a unos pasos y la saludó al ver que miraba hacia allí. Le señaló con la cabeza el café Bryggan, y Erica fue a encontrarse con ella.

—Tú eres Erica Falck, ¿verdad? —dijo Marie con una voz tan velada y ronca como en las películas.

—Sí, soy yo —dijo Erica, que sintió de pronto una timidez nada común en ella.

Nunca había conocido a una estrella de cine, y hasta a ella le impresionaba verse ante una mujer que había besado a George Clooney.

—Bueno, tú ya sabes quién soy —dijo Marie con una risita desganada, y sacó un paquete de tabaco del bolso—. ¿Quieres uno?

—No, gracias, no fumo.

Marie encendió el cigarro.

—Me he enterado de que quieres hablar conmigo. Ya he visto tus cartas... Ahora tengo un descanso mientras van guardando los brutos, si quieres podemos sentarnos ahí a hablar y a tomar algo.

Marie señaló con el cigarro las mesas del café Bryggan.

—Claro —dijo Erica un tanto ansiosa.

Ignoraba qué sería eso de «guardar los brutos», pero no se atrevió a preguntar.

Se sentaron a una mesa justo al borde del embarcadero y la camarera acudió corriendo. Estaba tan nerviosa de poder servir a Marie Wall que parecía que fuera a darle un infarto en cualquier momento.

–Dos copas de champán –dijo Marie, y despachó con la mano a la muchacha, que se apresuró a entrar en el café muy sonriente–. Bueno, no te he preguntado si querías, pero la gente que no bebe champán es gente aburrida, y no me ha dado la impresión de que tú lo seas.

Marie echó el humo en dirección a Erica al tiempo que la examinaba de pies a cabeza.

–Pues...

A Erica no se le ocurrió ninguna respuesta adecuada. Por Dios, se estaba comportando como si tuviera doce años. Las actrices de Hollywood eran personas como todo el mundo. Trató de utilizar un truco que le había enseñado su padre cuando ella se ponía nerviosa a la hora de dar un discurso en el colegio: se imaginó a Marie sentada en el váter con los pantalones bajados. Por desgracia, no funcionó tan bien como esperaba; no sabía cómo, Marie conseguía parecer extraordinariamente elegante incluso en esa situación.

La camarera llegó diligente y les puso delante dos copas de espumoso.

–Te vamos a pedir otras dos directamente, estas nos las liquidamos en un periquete, cariño –dijo Marie, y la mandó otra vez adentro.

Levantó la copa con la mano derecha para brindar con Erica.

–Salud –dijo, y se bebió la mitad.

–Salud –repitió Erica, que se limitó a dar un sorbito.

Si seguía bebiendo champán en pleno día, no tardaría en estar mareada.

–¿Qué quieres saber? –preguntó Marie, y apuró el resto de la copa.

Miró a su alrededor para reclamar otra y la camarera apareció enseguida con dos copas más.

Erica tomó otro par de tragos de la primera mientras se preguntaba por dónde iba a empezar.

–Bueno, pues lo primero que me gustaría saber es por qué has cambiado de opinión y has accedido a hablar conmigo. Llevo mucho tiempo intentándolo...

–Ya, lo comprendo, yo he hablado abiertamente sobre mi pasado siempre, a lo largo de toda mi carrera. Pero seguramente habrás oído que también estoy pensando escribir un libro.

–Sí, me han llegado los rumores.

Erica apuró la copa y alargó la mano en busca de la segunda. Era demasiado estupendo estar allí sentada en el embarcadero bebiendo champán con una estrella de cine internacional como para hacer caso al sentido común.

–Todavía no he decidido cómo hacerlo, pero estaba pensando que, como Helen ha hablado contigo...

Marie se encogió de hombros.

–Sí, pasó por casa ayer –dijo Erica–. O pasó a la carrera, más bien.

–Sí, tengo entendido que está obsesionada con correr. Ella y yo no hemos hablado, pero la he visto corriendo por el pueblo. Apenas la reconocí. Está más flaca que un galgo. Nunca he entendido para qué sirve tanto correr y tanto ejercicio. Con limitarse a huir de los hidratos de carbono como si fueran la peste basta para conservar el tipo.

Cruzó una pierna larga y bien torneada sobre la otra. Erica miró con envidia aquel cuerpo tan esbelto, pero la idea de una vida sin hidratos de carbono la llenó de angustia.

–¿Habéis tenido algún contacto todos estos años? –preguntó.

–No –dijo Marie secamente. Luego se le relajó la cara–. Hicimos algún que otro intento nada entusiasta por ponernos en contacto justo después. Pero los padres de Helen lo pararon con una eficacia absoluta. Así que nos rendimos. Y lo cierto es que era más fácil olvidarlo todo y dejarlo atrás.

–¿Cómo vivisteis lo que sucedió? La policía, los periódicos, la gente... Erais unas niñas, debió de ser perturbador, ¿no?

–Yo creo que no nos dimos cuenta de la gravedad. Tanto Helen como yo creíamos que todo desaparecería de un plumazo y que las cosas volverían a ser como siempre.

—¿Cómo podíais creer tal cosa cuando habían matado a una niña pequeña?

Marie no respondió enseguida. Tomó un poco de champán.

—Debes recordar que nosotras también éramos niñas —dijo—. Sentíamos que éramos nosotras contra el mundo, que vivíamos en una burbuja a la que nadie podía acceder. ¿Cuál era tu visión del mundo cuando tenías trece años? ¿Distinguías los matices? ¿Las zonas grises? ¿O lo veías todo sencillo, en blanco y negro?

Erica negaba con la cabeza.

—No, tienes razón.

Se recordaba de adolescente. Ingenua, inexperta, repleta de clichés y de verdades simples. Solo al madurar y convertirse en una persona adulta comprendió lo compleja que era la vida.

—Le pregunté por qué confesasteis y retirasteis luego la declaración, pero no puedo decir que me diera una respuesta digna de tal nombre.

—Pues no sé si yo te la podré dar —dijo Marie—. Hay cosas de las que no queremos hablar. Cosas de las que no pensamos hablar.

—¿Por qué?

—Porque hay asuntos que deben quedar en el pasado.

Marie apagó el cigarro y encendió otro.

—Pero tú has sido muy abierta a la hora de hablar de casi todo lo relacionado con el caso, ¿no? —siguió Erica—. De tu familia y las familias de acogida... Me ha dado la impresión de que no querías ocultar ningún detalle.

—Bueno, no siempre hay que contarlo todo —dijo Marie—. Tal vez lo cuente en mi libro, tal vez no. Lo más probable es que no.

—En todo caso, sí eres sincera al decir que no cuentas toda la verdad. Helen no quiso llegar tan lejos.

—Helen y yo somos muy diferentes. Siempre lo hemos sido. Ella tiene sus demonios, yo tengo los míos.

—¿Mantienes algún contacto con tu familia? Ya, ya sé que tus padres murieron, pero ¿y tus hermanos?

—¿Mis hermanos? —Marie resopló y tiró la ceniza directamente en el embarcadero—. Sí, más quisieran. Pretendían retomar el contacto conmigo cuando vieron que mi carrera despegaba y empecé a aparecer en los periódicos. Pero les abrevié el procedimiento. Lo único que han hecho ha sido desperdiciar sus vidas, cada uno a su manera, así que no, nunca he sentido la menor necesidad de tenerlos en mi vida. Ya de niña me resultaban un suplicio, y no me puedo imaginar que se hayan vuelto más agradables de adultos.

—Pero tienes una hija.

Marie asintió.

—Sí, mi hija Jessie, tiene quince años. Adolescente hasta los huesos. Más parecida a su padre que a mí, por desgracia.

—Y él nunca se ha implicado, por lo que he deducido de las revistas, ¿no?

—No, por Dios, fue uno rápido en la mesa de su despacho para que me dieran un papel. —Marie soltó su risa ronca. Miró a Erica y le hizo un guiño—. Y sí, me lo dieron.

—¿Ella conoce tu pasado?

—Sí, claro, los chicos de hoy en día tienen acceso a internet, seguro que ha buscado en Google todo lo que han escrito sobre mí. Parece que sus compañeros se han metido con ella por mi culpa.

—¿Y cómo se lo ha tomado?

Marie se encogió de hombros.

—Ni idea. Supongo que son cosas que los jóvenes de ahora tienen que aguantar. Y en cierto modo es culpa suya, si se preocupara un poco más de su aspecto seguro que lo habría tenido más fácil en el colegio.

Erica se preguntaba si Marie era de verdad tan fría como parecía al hablar de su hija. Ella no sabía qué haría si alguien les hacía daño a Maja o a los gemelos.

—¿Y cuál es tu teoría sobre lo que ha ocurrido ahora? ¿Sobre el asesinato de Nea? Parece una casualidad desmesurada que tú vuelvas y que maten a una niña cuyo cadáver aparece en el mismo lugar que la niña a la que se supone que matasteis vosotras.

—No soy idiota, me doy perfecta cuenta de que no tiene buena pinta.

Marie se volvió y llamó a la camarera, otra vez tenía la copa vacía. Le preguntó a Erica levantando una ceja, pero a ella aún le quedaba champán de la segunda copa.

—Lo único que puedo decir es que somos inocentes —dijo Marie con la mirada puesta en el mar.

Erica se inclinó un poco hacia delante.

—Hace poco encontré un artículo en el que decía que aquel día viste a alguien en el bosque.

Marie sonrió.

—Sí, y eso también se lo conté a la policía.

—Pero no desde el principio, sino después de retractarte de la confesión, ¿no? —dijo Erica, atenta a la reacción de Marie.

—*Touchée*. —Marie la señaló al añadir—: Vienes bien informada.

—¿Y no tienes ninguna teoría de quién puede haber sido?

—No —respondió Marie—. De ser así, se lo habría contado a la policía.

—¿Y qué dice la policía ahora? ¿Tienes la sensación de que creen que Helen y tú estáis implicadas?

—No puedo responder de lo que creerán sobre Helen, pero yo les he contado que tengo una coartada para el tramo horario en el que desapareció la niña, así que es imposible que sea sospechosa. Y Helen no está implicada. No lo estuvo entonces, como yo, y tampoco lo está ahora. La amarga verdad es que la policía desatendió su obligación de seguir la pista de la persona a la que vi en el bosque, y lo más probable es que se trate de la misma persona.

Erica pensó en la visita a la inauguración.

—¿Te llamó alguna vez Leif Hermansson, el policía responsable de la investigación de la muerte de Stella?

—Sí... —dijo Marie con una arruga mínima en la frente, que hizo que Erica sospechara que había bótox de por medio—. Ahora que lo dices... Pero de eso hace muchos años. Me contactó a través de mi agente. Dejó varios mensajes diciendo que quería ponerse al habla conmigo. Y al final decidí responderle. Pero cuando lo llamé, me dijeron que se había quitado la vida.

—De acuerdo —dijo Erica sin dejar de pensar febrilmente.

Si Marie decía la verdad y Leif Hermansson no había tenido ningún contacto con ella antes de aquello, el policía debió de averiguar algo que arrojaba nueva luz sobre aquella investigación, pero ¿qué podía ser?

—¡Marie!

396

Un hombre alto que Erica supuso sería el director la llamaba y gesticulaba para atraer su atención.

—Hora de volver al trabajo, tendrás que disculparme.

Marie se levantó. Apuró el último trago de champán y sonrió a Erica.

—Tendremos que seguir hablando en otro momento. ¿Verdad que me harás el favor de pagar la cuenta?

Se deslizó hacia el equipo de rodaje, con todas las miradas puestas en ella.

Erica llamó a la camarera y pagó lo que debían. Al parecer no era un champán barato el que habían pedido, así que Erica también apuró su copa. Eran unas gotas demasiado caras para permitir que se desperdiciaran.

El que Marie hubiera accedido a hablar con ella era muy importante, y pensó que debía concertar una entrevista de verdad para la próxima semana. También necesitaba hablar más con Helen. Ellas dos estaban en posesión de la clave del caso Stella. Sin su testimonio, el libro nunca sería un éxito.

Pero había otra persona que era capital para el relato. Sanna Lundgren. Llevaba toda la vida sufriendo los efectos secundarios del asesinato que destrozó a su familia. Cuando Erica escribía sus libros no solo quería hablar del crimen en sí, de las víctimas y los asesinos. La misma importancia, como mínimo, tenía la historia de los familiares. Aquellas familias cuya vida quedaba hecha trizas, aquellas personas que sufrían las consecuencias, hasta el punto de que muchas de ellas nunca se recuperaban. Sanna también podía hablar de Stella. Ella solo era una niña cuando asesinaron a su hermana pequeña, y tal vez sus recuerdos se hubieran desdibujado un poco y se hubieran vuelto algo difusos con los años. Pero ella era la poseedora del mayor tesoro de relatos sobre Stella. Y eso era siempre fundamental en los libros de Erica: dar vida a la víctima y conseguir que el lector comprendiera que era una persona real, con sueños, sentimientos y pensamientos propios.

Tenía que ponerse en contacto con Sanna cuanto antes.

Al pasar junto al grupo de personas que había allí mirando cómo rodaban sintió una mano en el brazo. Una mujer con un cinturón lleno de artilugios de maquillaje vigilaba el aspecto de Marie con un ojo al tiempo que se inclinaba para hablar con Erica.

—He oído que Marie ha dicho que tiene coartada para el momento en que desapareció la niña —susurró—. Que estaba durmiendo en el hotel, en la habitación de Jörgen...

—Sí, ¿por qué lo dices? —dijo Erica expectante.

—Porque no es verdad —susurró la mujer, que Erica supuso que sería la maquilladora.

—¿Y tú cómo lo sabes? —preguntó Erica, susurrando también.

—Porque esa noche fui yo quien estuvo con Jörgen.

Erica se la quedó mirando. Luego, observó pensativa a Marie, que ya había empezado con otra escena. Desde luego, era una actriz extraordinaria.

Estaba aturdido por las medicinas que le inyectaban. Analgésicos. Tranquilizantes. El zumbido del tubo del oxígeno era adormecedor. Resultaba difícil mantenerse despierto. Los ratos que Karim sabía dónde se encontraba, se le llenaban los ojos de lágrimas. Les preguntaba a las enfermeras cómo estaba Amina, les rogaba que le permitieran verla, pero, en voz muy baja, ellas le decían que debía quedarse donde estaba. Los niños habían estado en la habitación, recordaba la calidez de sus mejillas mientras lloraban apoyados en su almohadón. Les darían el alta mañana, dijo uno de los médicos, pero ¿podía fiarse de alguien? ¿De la policía? ¿De los que vivían en el campo de refugiados? Ya no sabía quién era amigo y quién enemigo.

Había albergado tantas esperanzas cuando llegó a la nueva patria. Quería trabajar, colaborar, procurar que sus hijos crecieran como suecos fuertes, seguros y útiles. De los que marcaban la diferencia.

Ahora todo se había esfumado. Amina estaba en la cama de un hospital de un país extranjero, rodeada de un equipo de extraños que luchaban por salvarle la vida. Quizá terminara muriendo ahí, en un país a miles de kilómetros de su hogar. El país al que él la había llevado.

Mostró una gran fortaleza durante el largo viaje, fue ella quien los llevó a él y a los niños por un mar embravecido, a través de aduanas y fronteras, por encima del chirrido sordo de los raíles y del ruido adormecedor de las ruedas sobre el asfalto cuando viajaban de noche en el autobús. Cuando los niños no podían dormir, Amina y él les hablaban entre susurros, les aseguraban que todo iría bien. Él los había defraudado. Había defraudado a Amina.

Lo perseguían sueños inquietantes. Los sueños en que aparecían todos aquellos a los que había traicionado se mezclaban con el pelo en llamas de Amina, su mirada rota que le preguntaba por qué les había acarreado aquella desgracia, por qué los había llevado a ella y a los niños a aquel país olvidado de Dios en el que nadie quería mirarlos a los ojos, ni darles la bienvenida o estrecharles la mano, pero sí quemarlos.

Karim dejó que los fármacos lo condujeran de nuevo al sueño. Después de todo, había alcanzado el final del camino.

–Aquí –dijo Gösta, y señaló la salida.

Estaban a medio camino de Hamburgsund, y la carretera empezó a estrecharse y a serpentear cuando abandonaron la vía asfaltada.

–¿Es que vive en pleno bosque? ¿A su edad? –dijo Patrik, que hizo un giro abrupto para evitar a un gato que cruzó delante de ellos.

–Cuando llamé me dijo que vivía provisionalmente en casa de su abuelo materno. Pero yo conozco algo a Sixten. Al parecer, empieza a estar algo decrépito, así que ya llevo tiempo oyendo por el pueblo que el nieto se ha mudado a su casa para echarle una mano. Lo que pasa es que no había caído en la cuenta de que el nieto es Johannes Klingsby.

–Pues eso no es nada frecuente –dijo Patrik, y aceleró otra vez por el camino de grava–. Un nieto que ayuda a un familiar mayor.

–Es ahí –dijo Gösta, y se agarró desesperado al asa de la puerta–. Por Dios, tanto ir en coche contigo me ha debido de restar varios años de vida.

Patrik sonrió mientras entraban en un jardincillo primorosamente cuidado donde había varios vehículos delante de la casa.

—Aquí vive un amante de los motores —dijo, y se quedó un buen rato contemplando el barco, el coche, el escúter de agua y la excavadora.

—Deja de babear y vamos dentro —dijo Gösta, y le dio una palmada en el hombro.

Patrik se alejó a su pesar de aquellos vehículos de motor, subió los peldaños de piedra y llamó a la puerta. Johannes abrió de inmediato.

—Pasad, pasad, acabo de poner café —dijo, y se apartó para que pudieran entrar.

Patrik recordaba su encuentro anterior y se alegraba de que en esta ocasión pudieran verse en una circunstancia más agradable, aunque el motivo de la visita fuera igual de grave.

—¡Abuelo, ya están aquí! —gritó Johannes, y Patrik oyó que alguien murmuraba algo en el piso de arriba—. Espera, ya te ayudo a bajar, ya lo hemos hablado muchas veces, no puedes bajar la escalera tú solo.

—Tonterías —se oyó una voz en el primer piso, pero Johannes ya estaba subiendo.

Enseguida apareció agarrando con firmeza el brazo de un hombre encorvado que llevaba una chaqueta bastante vieja.

—Hacerse viejo es un infierno —dijo el hombre, y les dio la mano.

Entornó los ojos mirando a Gösta.

—Yo a ti te conozco.

—Sí, a mí me conoces —dijo Gösta sonriendo—. Ya veo que tienes quien te eche una buena mano.

—Sin Johannes no sé lo que habría hecho. Primero me opuse, no creo que alguien de su edad deba encerrarse con un viejo como yo, pero él no se dio por vencido. Este Johannes, qué bueno es, aunque no siempre ha visto lo mejor de la humanidad.

Le dio al nieto una palmadita en la cara y Johannes se encogió de hombros algo avergonzado.

—Pero abuelo, es lo lógico —dijo, y los guio hacia la cocina.

Se sentaron en una cocina típica de una casa de campo, no muy amplia pero luminosa y agradable, parecida a tantas otras que había visitado Patrik en su trabajo durante esos años. Estaba cuidada y limpia, pero sin renovar. El suelo seguía siendo de linóleo, las puertas de los armarios eran las originales de los años cincuenta y los azulejos eran de un color amarillo intenso. En la pared resonaba el grato tictac de un señor reloj con adornos dorados, y un hule limpio con estampado de grosellas rojas cubría la mesa.

–No os preocupéis, no voy a poner café de puchero –dijo Johannes sonriendo mientras se acercaba a la encimera–. Lo primero que hice fue tirar la cafetera eléctrica y comprar una de verdad. Y ahora el café está más rico, en eso me darás la razón, ¿no, abuelo?

Sixten gruñó un poco, pero sí, estaba de acuerdo.

–Sí, hay artilugios modernos a los que uno debe ceder.

–Aquí tenéis, poneos azúcar si os gusta dulce –dijo Johannes mientras servía las tazas.

Luego se sentó y los miró muy serio.

–Queríais ver lo que grabé con el móvil, ¿no? –preguntó.

–Sí –respondió Patrik–. Gösta me ha contado que vio cómo filmabas la granja antes de salir a dar la batida con los perros, y tenemos mucho interés en ver esa grabación.

–Yo no sabía que no estaba permitido grabar, pero me pareció tan emocionante ver a todas aquellas personas que fueron a ayudar, que quise mostrar lo buena que puede ser la gente.

Johannes parecía abatido.

–Pero dejé de hacerlo en cuanto me lo dijo Gösta, y no lo he subido a Facebook ni nada de eso, lo prometo.

Gösta lo tranquilizó.

–No pasa nada, Johannes, más bien puede sernos de ayuda en la investigación. Nos gustaría mucho poder ver la grabación. ¿La tienes en el teléfono?

–Sí, la he pasado a un pincho USB para que os la llevéis. Si queréis quedaros también con el teléfono, por supuesto, pero preferiría que no, lo necesito para el trabajo y para... –se ruborizó un poco pero continuó enseguida–... que mi novia pueda localizarme.

–Ha conocido a una muchacha encantadora –dijo Sixten, y le hizo un guiño a Johannes–. Se conocieron en Tailandia, y es preciosa como el día claro, y tiene el pelo y los ojos negros. Ya te dije que tarde o temprano conocerías a alguien, ¿no te lo dije?

—Sí, claro, abuelo —dijo Johannes, más turbado si cabe—. En fin, ya digo que podéis llevaros el teléfono si queréis, pero la grabación está guardada en el pincho, quizá eso os valga, ¿no?

—Nos vale —confirmó Patrik para tranquilizarlo.

—Pero nos gustaría verlo ahora mismo si fuera posible —dijo Gösta, y señaló el teléfono que Johannes tenía en la mesa.

El joven asintió y empezó a pasar los vídeos.

—Aquí, aquí está.

Les acercó el teléfono, que dejó entre los dos, con la pantalla orientada hacia ellos. Los dos se pusieron a ver el vídeo muy concentrados. Era espeluznante verlo ahora que sabían cuál había sido el desenlace. Cuando Johannes estaba grabando todos conservaban aún la esperanza. Se notaba en el afán que reflejaban sus caras, en cómo hablaban, gesticulaban y se organizaban en grupos antes de adentrarse en el bosque. Patrik se vio pasar por allí y se percató de lo sereno que parecía. También vio a Gösta, que estaba hablando con Eva y le rodeaba los hombros con el brazo.

—Buena cámara —dijo Patrik, y Johannes asintió.

—Sí, es el último modelo de Samsung, la función de vídeo tiene una calidad excelente.

—Mmm...

Gösta entornaba los ojos mientras seguía mirando el vídeo con suma atención. La cámara iba grabando una panorámica de toda la granja, el cobertizo, otra vez la finca y luego la casa.

—¡Ahí! —dijo Gösta señalando la pantalla.

Patrik le dio a la pausa, pero tuvo que retroceder un poco, porque ya había pasado la secuencia que quería ver Gösta. Al final logró pararlo en el momento justo, y los dos se inclinaron hacia la pantalla para verlo mejor.

—Ahí —repitió Gösta, y señaló de nuevo con el dedo.

Y entonces también Patrik vio a qué se refería. Ahora todo cobraba otra dimensión.

El caso Stella

La vida resultaba vacía sin Kate. Leif deambulaba de aquí para allá por la casa sin saber adónde dirigirse. Era tal el dolor... Todos los años que habían transcurrido desde que la enterraron no habían conseguido aliviar lo mucho que la echaba de menos. Al contrario, la soledad lo había acentuado. Y claro que sus hijos se pasaban a verlo, habían criado hijos buenos que tenían buenas intenciones. Viola se pasaba por allí casi a diario. Pero ellos tenían su vida. Eran adultos, se habían independizado, tenían familia, trabajo y una vida que ni debía ni podía incluir a un anciano que lloraba su pérdida. Así que procuraba disimular delante de ellos. Decía que todo iba de perlas, que se dedicaba a dar paseos, a escuchar la radio, a resolver crucigramas. Y, sí, claro, claro que se dedicaba a todo aquello, pero la echaba tantísimo de menos que creía que sin ella terminaría por romperse en mil pedazos.

Y echaba de menos el trabajo. Era como si nunca hubiera estado allí, como si nunca hubiera cumplido ninguna función.

Ahora que disponía de mucho tiempo, había empezado a pensar. En lo uno y en lo otro. En la gente. En los crímenes. En las cosas que habían dicho a lo largo de los años. Y en las que no se dijeron.

Pero sobre todo pensaba en el caso Stella. Lo cual no dejaba de ser llamativo, la verdad. En su momento se sintió muy seguro. Solo que Kate sembró la duda, ella siempre anduvo dándole vueltas. Y hacia el final era evidente que la duda la corroía, igual que ahora lo corroía a él.

Por las noches, cuando el sueño se resistía, pensaba en cada una de las palabras. En cada una de las declaraciones. En cada detalle. Y cuanto más pensaba, tanto más claro tenía que algo desentonaba.

Algo no encajaba, y su afán de resolver el caso, de brindarle a la familia un final, hizo que la cosa quedara así.

Pero ya no podía seguir cerrando los ojos a su negligencia. Aún ignoraba cómo, dónde o cuándo. Pero había cometido un error tremendo. Y el asesino de Stella andaba suelto por ahí, en alguna parte.

–¿Rita, cariño?

Mellberg llamó a la puerta por quinta vez, pero no obtenía otra respuesta que una larga retahíla de improperios en español. O al menos eso creía él, porque lo cierto era que no dominaba muy bien la lengua española. Pero a juzgar por el tono, no era nada amoroso lo que le decían.

–¿Corazón? ¿Querida mía? ¿Rita bonita?

Suavizó la voz tanto como pudo y llamó una vez más. Luego soltó un suspiro. Que tuviera que ser tan difícil pedir perdón...

–Por favor, ¿me dejas entrar? Tarde o temprano tendremos que hablar, ¿no? Piensa en Leo, echará de menos al abuelo.

Mellberg oyó algún que otro gruñido, pero ninguna crítica. Lo que indicaba que había elegido la estrategia adecuada.

–¿No podemos hablar un poco? Te echo de menos. Os echo de menos.

Contuvo la respiración. Allí dentro reinaba ahora un silencio absoluto. Luego oyó el ruido de una cerradura al abrirse. Aliviado, echó mano de la bolsa que tenía a los pies y entró despacio cuando Rita le abrió la puerta. No se le ocultaba que podía ocurrir que un objeto contundente le diera en la cabeza. El temperamento de Rita era capaz de conseguir que las cosas volaran por los aires. Pero en esta ocasión se contentó con mirarlo furibunda y con los brazos cruzados.

–Perdón, me comporté de forma precipitada y torpe –dijo, y tuvo la satisfacción de ver a Rita quedarse boquiabierta.

Era la primera vez que lo oía pedir perdón.

–Me he enterado de lo ocurrido –dijo Rita, aún con dureza y con voz enojada–. Sabes que lo que hiciste ha podido ser la causa del incendio, ¿verdad?

–Sí, ya, lo sé, y no imaginas cuánto lo siento.

–¿Has aprendido algo de todo este asunto? –dijo Rita examinándolo con suma concentración.

Y él asintió.

–Muchísimo. Y haré lo que esté en mi mano para reconducirlo todo otra vez.

–¡Bien! Puedes ir empezando a empaquetar lo que he sacado del dormitorio.

–¿Que empiece a empaquetar? Creía que habías dicho que...

Lo inundó el pánico, y debió de notársele en los ojos, porque Rita se apresuró a decir:

–He hecho limpieza en tu ropa. Y en la mía. Para los refugiados del casino. Así que ya puedes ir embalándolo y luego me acompañas a entregarlo. Por lo que me han dicho, Bill está haciendo un esfuerzo enorme por los refugiados cuyos hogares se han quemado en el incendio.

–¿Qué ropa has seleccionado? –preguntó Mellberg con cierta preocupación, aunque guardó silencio enseguida.

Hasta él comprendía que no era momento de cuestionar nada. Y si alguna de sus prendas favoritas se encontraba en el montón, siempre podía volverlas a meter en el armario discretamente.

Y como si Rita le hubiera leído el pensamiento, dijo:

–Y si una sola de esas prendas vuelve al armario, ¡tendrás que dormir en otra parte esta noche también! Y todas las noches venideras...

Joder. Rita siempre iba un paso por delante, se dijo mientras entraba en el dormitorio. Las dimensiones del montón que había en la cama eran inquietantes. Y en la cima estaba su camiseta favorita. Podía estar de acuerdo en que había visto días mejores, pero era comodísima, y nadie se moría por un agujerito aquí o allá. Con sumo cuidado, la recogió y miró a su alrededor. A lo mejor no se daba cuenta...

–Aquí tienes.

Rita estaba detrás de él con un saco de plástico en la mano. Con un hondo suspiro, metió la camiseta en la bolsa y luego el resto del montón. El de Rita era la mitad de grande, pero Mellberg comprendió que tampoco sería adecuado mencionarlo en ese momento. Llenaron dos sacos, los ató y los colocó en el pasillo.

–Pues nada, nos vamos –dijo Rita, y salió de la cocina con dos bolsas repletas de comida.

Se adelantó a salir y, cuando él dejó los sacos de ropa en el suelo para echar la llave, Rita se volvió y le dijo sin más:

–Por cierto, a partir de mañana tenemos invitados.

–¿Invitados? –repitió Mellberg, preguntándose quiénes serían.

La hospitalidad de Rita sobrepasaba todos los límites, desde luego.

–Pues sí, los niños de Karim van a vivir con nosotros hasta que a él le den el alta en el hospital. Es lo menos que podemos hacer, teniendo en cuenta la que has armado.

Mellberg abrió la boca para decir algo, pero la cerró en el acto y echó mano de los sacos. A veces era mejor elegir bien cada batalla.

–Hola, Bill, ¡menuda organización! –exclamó Paula mientras observaba el local.

Se habían ido sumando más y más personas, y la vieja casa social era un hervidero de actividad. Suecos y refugiados hablaban totalmente mezclados y las risas ascendían alegres hacia el techo elevado.

–Sí, ¿te das cuenta? –dijo Bill–. ¡Cuánta generosidad! ¡Cuánta participación! ¿Quién iba a decirlo?

–Bueno, parece que algo bueno puede salir de todo esto –dijo Paula muy seria.

Bill asintió.

–Cuánta razón tienes. Y tenemos muy presentes a los que están en el hospital, como comprenderás.

Se mordió el labio.

Gun, su mujer, se acercó y se le enganchó del brazo.

–¿Habéis sabido algo más? –dijo.

Paula negó con la cabeza.

–Lo último es que los niños de Karim y Amina se quedarán en observación hasta mañana. Karim deberá permanecer unos días más, porque tiene las manos muy malheridas, y Amina..., bueno, no saben lo que pasará.

Gun le apretó un poco más el brazo a su marido.

—Si hay algo que podamos hacer...

—Madre mía, ya estáis haciendo más de lo que se puede pedir —dijo Martin mirando a su alrededor.

—Me he ofrecido para que los niños de Karim se queden en mi casa —dijo Paula.

Gun asintió con aprobación.

—Qué gesto más bonito por vuestra parte, pero nosotros podríamos hacernos cargo si queréis.

—No, no —dijo Paula—. A Leo le encantará tener compañeros de juego, y mi madre se queda cuidándolos mientras yo estoy en el trabajo.

Martin carraspeó un poco.

—Tendríamos que hablar con algunos de los que vivían cerca de Karim y Amina. Para comprobar si alguien oyó o vio algo. ¿Sabes quiénes...?

Echó un vistazo a la multitud de personas.

—Por supuesto —respondió Bill—. Ya empiezo a saber quién es quién, y esa pareja que veis allí vivía en la casa de al lado, empezad por ellos, podrán deciros con qué otras personas deberíais hablar.

—Gracias —dijo Paula.

Ella y Martin se encaminaron por entre la gente hacia la pareja que Bill les había indicado. Pero la conversación fue decepcionante. Al igual que con los demás vecinos del campo de refugiados. Nadie había visto ni oído nada. Todos dormían cuando, de repente, los despertaron los gritos y el humo, y ya fuera de la vivienda, aquello era un puro caos.

Paula se desplomó en una silla que había en un rincón y sintió crecer su desesperanza. ¿Lograrían atrapar algún día al autor de aquella fechoría? Martin se sentó a su lado y empezó a hablar de cómo seguir. De repente, se detuvo en mitad de una frase. Paula siguió su mirada y una amplia sonrisa le iluminó el semblante.

—¿No es...?

Le dio un codazo a Martin, y él asintió. No hacía falta que respondiera. El rubor que se le había extendido por toda la cara era lo bastante elocuente. Paula sonrió más aún.

—Muy guapa, sí.

—Déjalo, anda —dijo, y se puso más colorado todavía.

—¿Cuándo vais a ir a cenar?

—El sábado —respondió Martin sin apartar la vista de la mujer con el niño.

—¿Cómo se llama? —preguntó Paula, y se puso a examinar a la mujer.

Parecía agradable. Tenía los ojos bondadosos, aunque con ese punto de estrés que tienen los padres de niños pequeños y que ella misma se veía cada vez que se miraba al espejo.

—Mette —dijo Martin, que estaba tan colorado que resultaba difícil determinar dónde terminaba la cara y empezaba el pelo.

—Martin y Mette —dijo Paula—. Oye, pues sí, suena estupendamente.

—Venga ya. —Martin se levantó al ver que Mette miraba hacia donde ellos se encontraban.

—Hazle señas para que venga —dijo Paula.

—No, no —dijo Martin nervioso, pero Mette ya se les acercaba con el niño en brazos.

—¡Hola! —dijo con tono jovial.

—¡Eh, hola! —Paula le estrechó la mano.

—Qué cosa más espantosa. —Mette meneó la cabeza—. Que haya alguien tan perverso como para hacer algo así... Y eso que ahí viven niños y todo...

—Sí, uno nunca deja de sorprenderse de lo que es capaz de hacer la gente —dijo Paula.

—¿Sabéis quién lo ha hecho? O quiénes.

Mette miró a Martin, que se puso colorado otra vez.

—No, todavía no, hemos estado hablando con algunas personas, pero por desgracia nadie ha visto nada.

—Ya, pues otro campo de refugiados al que han prendido fuego para la estadística —dijo Mette.

Ni Paula ni Martin respondieron. Mucho se temían que Mette tuviera razón. Tal y como estaban las cosas, carecían de pistas concretas de cualquier tipo. Habían incendiado campos de refugiados a lo largo de toda Suecia y nunca habían atrapado a nadie. Existía un gran riesgo de que en este caso ocurriera otro tanto.

—Nosotros hemos venido a dejar unos juguetes que Jon ya no usa —dijo Mette, y le dio un beso al niño en la mejilla—. Ahora tenemos que irnos. Pero nos vemos mañana por la noche, ¿no?

—Desde luego que sí —dijo Martin, que estaba colorado hasta el cuello.

Les dijo adiós con la mano a Mette y a Jon cuando se alejaron abriéndose paso hacia la puerta, y también Paula se despidió con un gesto.

—¡Aprobada de sobra! —dijo con una sonrisa burlona, y Martin soltó un suspiro.

Luego le tocó a él reírse.

—Anda, mira. Parece que Bertil ha recibido el perdón de los pecados...

Paula miró a la puerta y levantó la vista al cielo al ver a su madre y a Mellberg acercarse con dos bolsas de papel y dos sacos de plástico.

—Yo creía que esta vez tendría que arrastrar la culpa una semana por lo menos —suspiró—. Mi madre es demasiado buena... Pero en fin, él no tenía mala intención. En el fondo.

Martin sonrió.

—Pues yo me pregunto quién es demasiado bueno aquí...

Paula no respondió.

Sam ignoró los primeros cinco mensajes de Jessie, luego ya no pudo más. En realidad, no estaba enfadado. La comprendía. Si no hubiera conocido a Vendela y a los demás mucho mejor que ella, habría hecho lo mismo. Estaba más preocupado que enfadado. Preocupado por lo que hubieran planeado hacerle. Preocupado por que ella acabara sufriendo.

Sam se quedó unos minutos sentado con el móvil en la mano. Luego escribió:

—«Ven a verme al bosque que hay detrás de mi casa. Al lado de un roble muy grande. Lo verás enseguida.»

Cuando envió el mensaje, bajó a la planta baja. James estaba sentado ante el escritorio mirando el ordenador. Cuando entró Sam, levantó la vista con la misma expresión ceñuda que adoptaba siempre al ver a su hijo.

—¿Qué quieres? —preguntó.

Sam se encogió de hombros.

—Estaba pensando en salir a practicar un poco de tiro. ¿Me dejas la Colt?

—Claro —dijo James, que se levantó y se dirigió al armario—. Yo había pensado que saliéramos a disparar un poco esta tarde.

—He quedado con Jessie.

—Así que disparas con tu novia, ¿no?

James estaba tapando la puerta del armario y Sam solo podía oír el ruido que hacía al marcar las cifras hasta que sonó un pitido y la puerta se abrió.

—Ella no es como otras —dijo Sam.

—Vale. —James se volvió y le dio el arma—. Ya conoces las reglas. Devuélvelo en las mismas condiciones en que te lo doy.

Sam asintió.

Se metió la pistola en el cinturón y salió del despacho. La mirada de James le ardía en la nuca.

Cuando pasó por delante de la cocina, vio que su madre estaba delante de la encimera, como de costumbre.

—¿Adónde vas? —preguntó.

Le sonó la voz con un temblor en falsete.

—A practicar tiro —dijo sin mirarla.

Se movían en círculos uno alrededor del otro. Los dos temían hablar. Los dos temían decir una palabra de más. Su madre le había mencionado que Erica Falck quería hablar con él, pero él aún no había decidido qué haría. Qué quería contar. Qué podía contar.

Olía a hierba recién cortada cuando salió al jardín trasero. Había cortado el césped la tarde anterior. James lo obligaba a hacerlo tres veces por semana. Miró a la derecha y vio el granero de la casa de Nea. En realidad, no le gustaban especialmente los niños pequeños, casi todos eran unos salvajes y andaban siempre llenos de mocos. Pero Nea era distinta, era como un rayo de sol siempre sonriente. Notó una punzada en el estómago cuando apartó la vista. No quería pensar en ello.

Cuando llegó al bosque se le relajaron los hombros. Allí lo invadía la calma. Allí no había nadie que se preocupara por cómo iba vestido, cómo era, cómo hablaba. En el bosque podía ser Sam y punto.

Cerró los ojos y echó atrás la cabeza. Respiraba por la nariz. Sentía el olor a hojas y a pinochas, oía el rumor de pájaros y otros animalillos que se arrastraban por el suelo. A veces creía que podía oír a una mariposa batir las alas y a un escarabajo trepar por el tronco de un árbol. Empezó a dar vueltas despacio, muy despacio, con los ojos cerrados.

—¿Qué haces?

Sam dio un respingo y estuvo a punto de perder el equilibrio.

—Nada —dijo.

Jessie le sonrió y él sintió cómo se le caldeaba el pecho por dentro.

—Qué chulo parece —comentó ella, y cerró los ojos también.

Echó la cabeza atrás y empezó a girar despacio, muy despacio. Soltó una risita y dio un traspié, pero él se adelantó enseguida y evitó que se cayera.

Hundió la nariz en su melena, la rodeó con sus brazos y sintió su carne blanda entre las manos. Le habría gustado que Jessie se viera como la veía él. No le habría cambiado nada ni aunque hubiera podido. Pero ella era como él. Estaba rota por dentro. No había palabras que pudieran repararlos.

Lo miró con aquellos ojos serios tan bonitos.

—¿Estás enfadado? —preguntó.

Él le apartó de la cara un mechón de pelo.

—No —dijo, y lo decía de verdad—. Lo único que quiero es evitar que te decepcionen. O que te hagan daño.

—Lo sé. —Jessie escondió la cara en su pecho—. Ya sé que tu experiencia con Vendela es distinta de la mía, pero fue supermaja cuando estuvimos en su casa. No creo que nadie pueda fingir tan bien.

Sam asintió al tiempo que cerraba los puños. Sabía quién era Vendela. Y Nils, y Basse. Los había visto disfrutar torturándolo.

—Me han invitado a una fiesta mañana en casa de Basse —dijo Jessie—. Tú también puedes venir.

Le brillaban los ojos, y lo único que quería Sam era gritarle que no fuera. Pero todo el mundo llevaba toda la vida avasallándola. Y él se negaba a hacer lo mismo.

—Ten cuidado —le dijo, y le acarició la mejilla.

—No pasa nada, pero si estás preocupado, ¿por qué no vienes?

Él respondió que no con la cabeza. Jamás en la vida pondría un pie en casa de Basse.

—No quiero verlos, pero tú puedes ir, naturalmente. Yo jamás te prohibiría que hicieras algo, lo sabes, ¿verdad?

Con su cara entre las manos, la besó dulcemente en la boca.

Como siempre, besarla lo dejaba sin respiración.

—¡Ven! —le dijo, le dio la mano y la llevó consigo.

—¿Adónde vamos? —preguntó ella sin aliento mientras lo seguía medio corriendo.

—Te voy a enseñar una cosa.

Se detuvo y señaló la diana que había en un árbol, a unos metros de donde se encontraban.

—¿Vas a disparar? —preguntó ella.

Y le afloró a los ojos un brillo que Sam no le había visto antes.

—Tú también —dijo.

Jessie no apartaba la vista de la pistola, que soltó del cinturón.

—Y pensar que tus padres te dejan usar armas...

Sam resopló airado.

—Mi padre lo promueve. Es lo único que hago bien, según él.

—¿Eres bueno?

—Muy bueno.

Y era verdad. Era como si el cuerpo supiera exactamente lo que debía hacer para que el proyectil fuera a dar donde él quería exactamente.

—Te voy a enseñar, luego te ayudo, ¿vale?

Jessie asintió y le sonrió.

A él le encantaba verse a través de sus ojos. Así se volvía mejor persona. Se convertía en todo aquello que su padre nunca pensó que pudiera ser.

—Te colocas así. Firme. ¿Eres diestra?

413

Ella asintió.

–Como yo. Bueno, pues sostienes la pistola en la mano derecha, así. Luego tiras hacia atrás de la corredera. Ya hay una bala en la recámara.

Ella seguía sus explicaciones. Le brillaban los ojos.

–Ya está lista para salir disparada. Mantén la mano firme. Aquello a lo que quieres disparar tiene que estar aquí, en la mira. Si logras mantener firme la pistola, darás donde quieres dar.

Sam se colocó en la posición correcta, cerró los ojos, apuntó y disparó. Jessie dio un salto y dejó escapar un grito. Él se echó a reír.

–¿Te has asustado?

Jessie asintió, pero sonrió abiertamente. Sam le indicó que se acercara y se colocara donde estaba él.

–Ahora te toca a ti.

Le dio la pistola, se colocó detrás de ella y la rodeó con sus brazos.

–Sujétala así.

Le puso los dedos alrededor de la culata y le colocó las piernas en la posición correcta.

–Así estás bien colocada y estás sujetando la pistola correctamente. ¿Has puesto el ojo en el objetivo? ¿Estás apuntando al centro de la diana?

–Claro que sí.

–Bien, pues entonces me aparto y tú aprietas el gatillo con cuidado. No aprietes fuerte y de repente, tienes que bajarlo con suavidad.

Jessie se mantuvo estable y sujetaba el arma como era debido. Respiraba despacio y rítmicamente.

Subió los hombros hacia las orejas mientras Sam esperaba el disparo.

Dio en la diana y empezó a saltar como una loca.

–¡Cuidado, no puedes saltar de ese modo con una pistola cargada en la mano! –le gritó al tiempo que se sentía ligero al verla tan feliz.

Jessie dejó la pistola, se volvió hacia él con una sonrisa. Nunca la había visto tan guapa.

—Eres lo más —dijo.

La rodeó con sus brazos y la abrazó. Se aferró a ella como si fuera su último vínculo con el mundo. Seguramente, así era.

—Te quiero —le susurró.

Jessie guardó silencio unos instantes. Lo miró un tanto insegura. Como si se preguntara si era verdad que aquellas palabras iban dirigidas a ella. Luego sonrió con esa sonrisa suya tan maravillosa y tan bonita.

—Yo también te quiero, Sam.

—¡Hola, Kristina! —dijo Erica con excesivo entusiasmo.

Era evidente que notaba el efecto de las copas de champán y se dijo que debía concentrarse. Por si acaso, fue mascando chicle de menta todo el camino a casa, y cuando hizo el test del aliento en la palma de la mano no le pareció que oliera a alcohol en absoluto.

—Vaya, vaya, así que nos hemos tomado un par de copas, ¿eh?

Erica suspiró para sus adentros. Su suegra tenía un olfato de perro de presa. La sorprendía que Patrik no la llevara consigo como un recurso policial más cuando necesitaban refuerzos para seguir una pista.

—Bah, en la inauguración ofrecían una copa —dijo.

—Una copa, ya... —resopló Kristina, y volvió a la cocina.

Allí dentro olía de maravilla.

—Como siempre, aquí solo había un montón de comida espantosa con un montón de aditivos y Dios sabe qué sustancias tóxicas, a los niños pronto les va a salir rabo si permites que se críen con esa dieta. Un poco de comida casera de vez en cuando no estaría...

Erica dejó de escuchar, se acercó al horno y abrió la puerta. La lasaña de Kristina. Cuatro bandejas, preparadas para que pudieran meterlas en el congelador.

—Gracias —le dijo, y le dio a su suegra un abrazo espontáneo y sentido.

Kristina se la quedó mirando atónita.

—Desde luego, ha sido más de una copa... —Se quitó el delantal, lo colgó y se encaminó a la entrada sin dejar de hablar—. Los niños pueden sentarse a comer cuando esté lista, han estado jugando y se han portado muy bien, salvo por un incidente con un camión, pero Maja y yo lo hemos resuelto divinamente. Esa niña es tan buena y tan linda... Se parece muchísimo a Patrik cuando tenía su edad, no daba ninguna guerra, podía pasarse horas sentado jugando solito en el suelo... En fin, tengo que volver a casa a toda prisa, es mucho lo que hay que organizar para la boda, y Gunnar no es de gran ayuda, él quiere echar una mano, pero es que entonces la cosa no sale como tiene que salir, y para eso más vale que lo haga yo. Y acaban de llamar del Stora Hotellet, han insistido en que vaya mañana mismo a elegir la vajilla para la cena. Yo creía, pobre de mí, que solo tenían una, pero se conoce que en esta boda nada va a ser sencillo, y además tengo que hacerlo todo yo. No sé con quién tendré que verme allí a las doce, aunque espero que sea rápido. Les he pedido que me envíen al móvil las fotos de las distintas vajillas, pero al parecer es imprescindible que las vea con mis propios ojos. Me va a dar un infarto antes de que esto haya terminado...

Kristina suspiró. Estaba de espaldas poniéndose los zapatos y no podía ver la sonrisa complacida de Erica. Anna ya había hecho su parte.

Se despidió de Kristina y se fue al salón con los niños. Estaba muy limpio y ordenado, y Erica sintió una mezcla de gratitud y vergüenza. Naturalmente, le daba un poco de corte que la madre de Patrik pensara que debía ponerse a ordenar y a limpiar cuando estaba en su casa, pero, por otro lado, había cosas a las que Erica daba más prioridad que al hecho de tener la casa perfecta. Por supuesto que disfrutaba si todo estaba limpio y ordenado, pero ese asunto ocupaba un claro tercer puesto en comparación con la necesidad de tener tiempo para el trabajo y para ejercer de madre. Además, también debía poder ser esposa, y quizá incluso ser ella misma, Erica. Para conseguirlo, a veces debía darle prioridad a un capítulo de *Dr. Phil* antes que a recoger y ordenar. Pero eso era lo que le impedía acabar hecha polvo, precisamente, el que de vez en cuando dejara que todo estuviera manga por hombro.

El reloj de cocina sonó y Erica se acercó al horno para sacar las lasañas. El estómago le rugía de hambre. Llamó a los niños, los sentó a la mesa y les sirvió una buena ración, que olía deliciosa. Era maravilloso charlar con sus hijos, tenían montones de ideas que contar y, como siempre, mil y una preguntas. A aquellas alturas, Erica había aprendido que «porque sí» no era respuesta suficiente.

Después de la cena los niños estaban deseando salir corriendo a jugar otra vez, así que recogió la cocina y puso la cafetera. Cinco minutos más y pudo sentarse por fin con la agenda que le había dado Viola. Empezó a hojearla. Estaba llena de garabatos diminutos y de anotaciones. Le costaba mucho descifrar aquella letra rebuscada de antaño y, además, Viola tenía razón, su padre utilizaba sobre todo abreviaturas. Sin embargo, Erica constató enseguida que Leif parecía anotar prácticamente todo lo que ocurría cada día, desde las reuniones hasta el tiempo que hacía. Era una sensación extraordinaria, estar allí sentada con la vida de otra persona entre las manos. Días laborables, festivos, uno tras otro llenos de notas escritas con tinta azul sobre todo lo habido y por haber. Hasta que dejó de haber nada escrito. Miró la fecha de la última anotación. Era el día que murió.

Un tanto pensativa, pasó la mano por aquella página. Se preguntaba qué lo habría llevado a decidir que su vida acabaría ese día precisamente. No había ninguna pista en las notas. Solo palabras sencillas y cotidianas. «Sol, brisa leve, paseo a Sälvik, compra.» Lo único que llamaba la atención era el número «11». ¿A qué aludiría?

Erica frunció el ceño. Volvió hacia atrás un par de páginas para ver si encontraba el mismo número en alguna otra parte, pero no. Solo aparecía allí. En cambio, sí encontró una nota de la semana anterior que llamó su atención. «55», se leía. Y acto seguido, «a las dos». ¿Sería 55 una forma de llamar a la persona a la que veía a esa hora? En ese caso, ¿quién sería? ¿Llegaron a verse?

Erica dejó la agenda. En la calle, el sol iba abandonando el amarillo por el naranja a medida que descendía hacia el horizonte. Pronto sería de noche, y solo los dioses sabían cuándo volvería a casa Patrik. Tenía la vaga sensación de que había algo que debería haberle dicho, pero se le había ido por completo de la cabeza qué era. Se encogió de hombros. No sería tan importante.

Patrik estaba delante de la pizarra blanca con un rotulador en la mano y mirando a todos los presentes en la sala de reuniones.

–Han sido unos días largos e intensos –comenzó–. Pero teniendo en cuenta el desarrollo reciente de los acontecimientos quisiera que hiciéramos un repaso colectivo, antes de repartirnos las tareas de mañana.

Paula levantó la mano.

–¿No es hora de que nos envíen refuerzos? ¿De Uddevalla? ¿De Gotemburgo?

Patrik negó con la cabeza.

–Ya lo he tanteado. Falta de recursos. Recortes. Por desgracia, tendremos que arreglárnoslas solos.

–Vale –dijo Paula con resignación.

Patrik la comprendía. Sus hijos aún eran muy pequeños y ella pasaba mucho tiempo sin disfrutar de la familia.

–¿Habéis averiguado algo en el casino? –dijo, y se preguntó por qué Paula le sonreía a Martin tan contenta.

–No, nada –respondió Martin sin mirar a Paula–. Nadie había visto nada, todo el mundo estaba durmiendo cuando de pronto los despertaron los gritos y el tumulto.

Patrik asintió.

–De acuerdo, gracias de todos modos. Gösta, ¿nos cuentas lo que has conseguido averiguar hoy?

–Claro –dijo Gösta, no sin cierto orgullo.

Con toda la razón, en opinión de Patrik. Había realizado un trabajo policial muy fino a lo largo del día.

–No me parecía fiable esa llamada anónima sobre las braguitas que tan oportunamente aparecieron en casa de Karim.

Gösta evitaba mirar a Mellberg, que a su vez se concentraba en observar atentamente un nudo que había en la madera de la mesa.

–Y sabía que había visto algo que era relevante... Pero ya no tiene uno veinte años, claro...

Guardó silencio y sonrió satisfecho.

Patrik se percató de que todos estaban tensos. Seguramente, ya se habrían figurado que algo se estaba cociendo cuando él y Gösta volvieron a la comisaría, pero Patrik quiso esperar a poder contárselo a todos al mismo tiempo.

—La cuestión es que, según su madre, Nea llevaba seguramente un par de braguitas con estampado de *Frozen,* la película de Disney. Las habían comprado en un paquete de cinco, cada una de un color. Las braguitas halladas en casa de Karim eran azules, y había algo que no podía quitarme de la cabeza. Pero al final se me ocurrió una idea, solo que no sabía cómo podría demostrarla, y tampoco estaba del todo seguro...

—Por Dios, ve al grano de una vez —refunfuñó Mellberg, y se encontró con las miradas furibundas de todos los demás.

—Recordé que uno de los muchachos del grupo que encontró a Nea había estado grabando con la cámara del móvil antes de salir a dar la batida con los perros. Así que Patrik y yo fuimos a su casa, y él nos dio una copia de la grabación. Patrik, ¿puedes ponerla?

Patrik asintió y pulsó el botón del ordenador que había colocado en la mesa en un ángulo tal que todos pudieran verlo.

—¿En qué debemos fijarnos? —preguntó Martin, y se inclinó hacia delante.

—Mira primero, a ver si lo descubres; si no, lo ponemos otra vez y os lo enseñamos —dijo Patrik.

Todos examinaron la pantalla con suma atención. La cámara fue recorriendo la finca de un lado a otro, la casa, la explanada de grava, el cobertizo, toda la gente allí reunida...

—Ahí —dijo Gösta—. En el tendedero. ¿Lo veis?

Todos se inclinaron un poco más.

—¡Las braguitas azules! —exclamó Paula—. ¡Si están ahí tendidas!

—¡Exacto!

Gösta se cruzó las manos en la nuca.

—Es imposible que Nea llevara esas braguitas cuando desapareció, porque estaban colgadas en el tendedero mientras nosotros la buscábamos.

—En otras palabras, alguien las cogió de allí y las plantó luego como prueba en casa de Karim. Antes de hacer la llamada anónima que atendió Mellberg.

—Eso es —dijo Patrik secamente—. Alguien trataba de culpar a Karim, y tengo motivos para suponer que el culpable no pretendía necesariamente dirigir las sospechas hacia él en concreto, sino hacia cualquier persona del campo de refugiados.

Paula soltó un suspiro.

—Ha habido muchos chismorreos en la comarca de que el culpable tenía que ser alguno de los refugiados.

—Y seguro que a alguien se le ocurrió que sería una buena idea encargarse personalmente del asunto —dijo Patrik—. Una suposición verosímil de la que partir es que estamos ante un móvil racista. Y entonces la cuestión es si se trata de la misma persona, una o varias, que provocó el incendio después.

—Ha habido incendios provocados en los campos de refugiados de toda Suecia —dijo Gösta con tono sombrío—. Es gente que cree que está por encima de la ley.

—Teniendo en cuenta la cantidad de personas que votaron por Amigos de Suecia en las últimas elecciones, no me sorprende —añadió Patrik con preocupación.

El clima se había recrudecido en Suecia y en toda Europa. Incluso para inmigrantes de segunda generación como Paula. Pero Patrik no creía que existiera hacia estos últimos tanto odio.

—Propongo que separemos esta investigación del asesinato de Nea desde ahora mismo. Ya no creo que estén relacionadas entre sí, y no quiero enredar las cosas mezclando peras con manzanas; ya hemos perdido un tiempo precioso.

—No era tan fácil saberlo... —murmuró Mellberg, pero volvió a callar enseguida.

Comprendía perfectamente que la situación seguía imponiendo un perfil bajo.

—Paula, quiero que tú te encargues de la investigación del incendio, junto con Martin. Seguid indagando por ahí, no solo cuándo y cómo pudo producirse el fuego, sino también cuándo colocaron las braguitas en casa de Karim. Si alguien ha visto en el campo de refugiados a alguna persona cuya presencia no encajara allí y ese tipo de cosas.

—Es difícil saber por qué franja horaria preguntar —dijo Paula.

Patrik reflexionó un instante.

—Debió de ocurrir en relación con la llamada anónima, es decir, alrededor de las doce del jueves —dijo—. Es solo una suposición, pero empezad por ahí e id hacia atrás en el tiempo. Gösta ha hablado con la familia, y no tienen ni idea de cuándo pudieron desaparecer del tendedero las braguitas, así que lo único que sabemos con seguridad es que estaban ahí cuando empezamos a dar la batida por el bosque. Después, pudieron robarlas en cualquier momento.

Paula se dirigió a Gösta.

—¿Le preguntaste a la familia si habían visto a algún extraño por allí?

—Sí, pero no vieron a nadie. Aunque claro, no es difícil acercarse al jardín desde el bosque y llevarse discretamente de un tirón una prenda del tendedero. Está algo esquinado detrás de la casa, junto a una pared sin ventanas.

—De acuerdo —dijo Paula mientras tomaba nota—. Me gustaría que hablásemos con las fuentes que tenemos en las organizaciones xenófobas de la zona. Puede que no sea yo, precisamente, la persona más adecuada para ponerse en contacto con ellos. Martin, ¿lo harías tú?

—Por supuesto —dijo Martin.

Patrik esperaba que Martin no se sintiera ninguneado al ver que le concedía el liderazgo a Paula, pero sabía que era lo bastante inteligente como para saber que ya le llegaría el momento.

—Bien, entonces, vosotros dos controláis la situación en lo relativo a la investigación del incendio y el intento de culpar a Karim. Mantened si podéis el contacto con el hospital, y no dejéis de contarme las novedades. ¿Cómo va el asunto de los niños, Paula? ¿Te han dado ya el visto bueno para llevarlos a casa?

—Sí, y en casa también me lo han dado.

A Mellberg, que estaba más callado de lo normal, se le iluminó la cara.

—Sí, para Leo será estupendo tener nuevos amigos de juegos.

—Bien —dijo Patrik algo seco.

Se esforzó por no pensar demasiado en Karim y en su familia. No había nada que él pudiera hacer por ellos ahora, salvo tratar de atrapar a quien les había hecho aquello.

—Bueno, entonces tenemos el asesinato de Nea. Como sabéis, me disgustó mucho haber interrumpido el registro domiciliario antes de que lo hubiéramos terminado. Acabo de hablar con Torbjörn y pueden enviar personal mañana por la tarde para que terminen el examen. Acordonamos la zona, esperemos que el registro no se haya puesto en peligro. Tendremos que trabajar partiendo de las condiciones imperantes.

–Pues sí, no queda otra... –dijo Gösta.

Patrik sabía que le resultaba desagradable el hecho de tener que invadir una vez más el hogar de la familia Berg.

–¿Cómo va la comparación con la investigación antigua? –preguntó Patrik, y Annika levantó la vista de sus notas.

–Todavía no he conseguido encontrar los interrogatorios en el archivo, aunque sí he revisado una vez más los informes del patólogo y de los técnicos y todo el material que nos ha facilitado Erica. Pero ahí no hay nada nuevo a lo que agarrarnos. Todos habéis leído el informe forense, habéis visto el material del lugar del crimen y habéis oído lo que nos contó Erica de Marie y Helen.

–Sí, y las conversaciones que ha mantenido ahora con Helen y Marie no han dado ningún resultado. Aseguran que son inocentes del asesinato de Stella y, por tanto, debió de haber otro perpetrador, que, en teoría, podría ser el que ahora buscamos. Marie tiene coartada. Cierto que Helen no, pero tampoco hay nada que la señale.

Martin alargó el brazo en busca de una galleta Ballerina. El chocolate se había derretido con el calor y tuvo que chuparse los dedos.

–Empezaremos con el registro mañana, y a partir de ahí ya veremos –dijo Patrik.

No le gustaba la sensación de toparse con tantos callejones sin salida y de tener tan pocas pistas. Si no conseguían algo más con lo que trabajar, la investigación podía estancarse.

–¿Y qué hay de la chocolatina que encontraron en el estómago de Nea? ¿No hay forma de sacar nada de ahí? –preguntó Paula.

–Lo más probable es que se tratara de una Kex de toda la vida. Las venden en todas las tiendas. Nunca podremos averiguar cuál era exactamente. Pero puesto que en casa de la familia Berg no había ningún tipo de chocolatina, a Nea se la darían en otro sitio esa mañana. O se la daría otra persona.

–¿Y qué te parece el hecho de que Leif empezara a dudar de la culpabilidad de las niñas hacia el final de su vida? –dijo Gösta.

–Sé que Erica está tirando de ese hilo, espero que averigüe algo.

—Civiles haciendo el trabajo policial —murmuró Mellberg, y rascó a *Ernst* detrás de la oreja.

—Y lo hacen mejor que algunos —dijo Martin.

Patrik soltó una tosecilla.

—Ahora tenemos que estar unidos y remar como un solo hombre —dijo—. Todos.

Martin parecía sentirse culpable.

—¿Cuándo recibiremos el análisis de la llamada anónima? —preguntó—. ¿Crees que tardará mucho? Y en realidad, ¿qué vamos a sacar de ahí?

—No sé con exactitud qué nos dará —respondió Patrik—, pero, naturalmente, tengo la esperanza de que se pueda limpiar el filtro y sea posible oír la voz de la persona en cuestión. También puede que haya algún sonido de fondo que nos ayude a identificar quién efectuó la llamada.

—Como en las películas, donde siempre suena el silbido de un tren que pasa a toda velocidad o la campana de alguna iglesia, ¿no? —dijo Martin bromeando.

—Sí, con un poco de suerte, obtendremos bastante información de esa cinta —dijo Patrik.

Miró alrededor y se percató de que Gösta ahogaba un bostezo.

—Bueno, yo creo que toca retirada. Si no descansamos un poco, no haremos nada de provecho. Así que venga, a casa todo el mundo, a ver a la familia, comer, dormir y ¡mañana volvemos a la carga!

Todos se levantaron agradecidos, y Patrik les vio grabada en la cara la enorme presión de los últimos días. Necesitaban estar con sus seres queridos. Todos. Dudó un instante y se volvió hacia Gösta, pero Martin se le adelantó.

—¿Por qué no te vienes a cenar con nosotros esta noche? Tuva te echa de menos.

—Claro —dijo Gösta encogiéndose de hombros, aunque no pudo ocultar su alegría.

Patrik se quedó allí un instante mientras sus colegas abandonaban la cocina. Eran como una familia. Una familia disfuncional en muchos sentidos, exigente y bulliciosa. Pero también cariñosa y considerada.

Bohuslän, 1672

El cuerpo había tardado en recuperarse menos de lo que ella esperaba. Le estuvo doliendo y escociendo unos días, luego fue como si nada hubiera ocurrido. Sin embargo, el vacío estaba ahí. Hacía lo que tenía que hacer, realizaba sus tareas, pero sin alegría.

Märta estaba inquieta y se abrazaba a Elin por las noches, como si tratara de caldearla con su cuerpecillo. Le llevaba a su madre pequeños regalos para que volviera a sonreír. Ramilletes de flores que recogía en el prado, una piedra blanca muy bonita que había encontrado en el sendero de grava, unas cuantas micas doradas en un tarro de cristal. Y Elin lo intentaba. Le sonreía a Märta y le daba las gracias, la abrazaba y le acariciaba las suaves mejillas. Pero sentía que la sonrisa no le afloraba a los ojos. Y los brazos con los que rodeaba a Märta estaban rígidos y torpes.

Preben ya no hablaba ni con ella ni con Märta. La niña había terminado por aceptarlo, y ya no trataba de llamar su atención. Continuó yendo a tomar clases del maestro campanero para aprender a leer, pero era como si el tiempo que había pasado en la biblioteca con Preben nunca hubiera existido. La noticia de que Britta esperaba un hijo lo había cambiado todo, y Preben trataba a su mujer como a una frágil muñeca de porcelana.

Ahora que tenía toda la atención de su marido, el poder de Britta crecía cada vez más. Elin notaba sus ojos siempre vigilantes, aunque ya no hubiera nada que vigilar. Ella hacía lo que debía, y ayudaba a Britta en todo lo necesario y después la evitaba en la medida de lo posible. Ver cómo crecía bajo la falda el vientre de Britta era un recordatorio permanente y una tortura, mientras que el suyo estaba liso y vacío.

Una mañana, Britta tenía unos recados que hacer en Fjällbacka. En realidad era más bien que se había aburrido de guardar cama tanto tiempo, y ahora que el médico le había asegurado que podía dejar la cama anhelaba un cambio de aires.

Elin se la quedó mirando un buen rato mientras se alejaba. Britta había dedicado una hora entera a vestirse y a arreglarse, algo que a Elin le pareció un desperdicio solo para ir a Fjällbacka. Pero Uddevalla era un viaje demasiado largo en su estado, así que Britta se conformó con lo que sí podía hacer y, seguramente, disfrutaría dejando el camisón y luciéndose en público.

El día pasó rápido. Tocaba colada y había que sacar, cepillar y lavar toda la ropa de la casa parroquial, tenderla al sol y luego colocarla otra vez en su sitio. Era un alivio estar tan ocupada, así no tenía tiempo de pensar. Y le gustaba que ni Britta ni Preben estuvieran en casa. Preben había ido a un servicio a Lur, y tardaría dos días en regresar, en tanto que a Britta la esperaban al caer la tarde para la cena.

Por primera vez desde que se deshizo del niño se sorprendió tarareando una cancioncilla.

Märta la miró sorprendida, y se le iluminó la carita con tal alegría que Elin sintió una punzada en el corazón. Se avergonzaba de haber hecho sufrir a la niña por sus pecados. Soltó la alfombra que estaba frotando en el barreño, atrajo a la pequeña y la abrazó fuerte mientras le besaba la cabecita rubia. Las cosas irían bien. Se tenían la una a la otra.

Lo otro había sido un sueño. Un sueño infantil, imposible. Había tratado de persuadirse de que Dios estaba de su lado, del de ella y Preben, pero le arrancaron la soberbia con toda la contundencia posible. Había recibido el castigo que Dios consideró apropiado. Y ¿quién era ella para cuestionar Su voluntad? Al contrario, debía estar agradecida por lo que tenía. Märta. Comida y un techo. Muchos no poseían ni una mínima parte de eso, y habría sido arrogante por su parte desear más.

–¿Quieres que demos un paseo esta tarde tú y yo solas? –dijo, y se acuclilló delante de la niña acariciándole los brazos cariñosamente.

Märta asintió entusiasmada. Sigrid le correteaba por los pies, saltaba y brincaba como si sintiera que su dueña había recobrado la alegría.

–He pensado que podríamos llevarnos la cesta, y así empezará mi niña a aprender lo que mi abuela me enseñó a mí. Y que antes le había enseñado su madre. Son cosas que podrás utilizar para ayudar a otros, como yo hago a veces.

–¡Qué alegría, madre! –gritó Märta, y la abrazó entusiasmada–. ¿Quiere eso decir que ya soy mayor?

Elin se echó a reír.

–Sí, eso quiere decir, que ya eres mayor.

Märta echó a correr radiante de alegría, con Sigrid pisándole los talones, y Elin se la quedó mirando con una sonrisa. Era un par de años antes de lo que ella tenía pensado, pero Märta había tenido que madurar rápido, así que se lo merecía.

Se agachó y volvió a concentrarse en lavar la alfombra. Le dolían los músculos de los brazos de realizar tan duro trabajo, pero hacía mucho que no sentía el corazón tan ligero. Se enjugó el sudor de la frente con el dorso de la mano y levantó la vista al oír el ruido del carro y el caballo que llegaban a la finca.

Entornó los ojos a la luz del sol. Era Britta la que llegaba, y se bajó del carro con la mirada sombría. Se acercó rauda a Elin con las faldas aleteándole detrás y no se detuvo hasta encontrarse justo delante de ella. Todos los presentes interrumpieron sus tareas. Elin retrocedió solo de ver la expresión en el rostro de su hermana. No se explicaba qué estaría pasando, hasta que Britta le estampó la mano en la cara. Luego, se dio media vuelta y entró en la casa hecha una furia.

Elin agachó la cabeza. No tenía que levantar la vista para saber que todos la miraban. Sabía perfectamente lo que había ocurrido. Britta había averiguado qué fue a hacer Elin a Fjällbacka. Y no era tonta, así que había sumado dos y dos.

Con las mejillas ardientes por la vergüenza, y por la bofetada, Elin volvió a acuclillarse y reanudó la tarea. No sabía lo que iba a pasar, pero conocía a su hermana. Algo malo sería.

—¿Por qué crees que tu madre me ha permitido que hable contigo? —dijo Erica mientras observaba al adolescente que tenía delante.

La sorprendió que Sam llamara a la puerta, pero también se alegró mucho. Tal vez pudiera darle alguna nueva perspectiva sobre la persona de Helen, y sobre cómo fue crecer bajo la sombra de un crimen.

El muchacho se encogió de hombros.

—No lo sé, pero ella también ha hablado contigo, ¿no?

—Sí, sí, es solo que me dio la sensación de que quería mantenerte fuera de todo lo ocurrido.

Erica le acercó una bandeja con dulces. Sam se sirvió un bollo y ella tomó nota de las uñas pintadas de esmalte negro ya desconchado. Había algo conmovedor en su deseo de ocultar lo que aún le quedaba de la niñez, la piel, que todavía se veía llena de acné, y grasienta en la zona de la frente, el cuerpo desgarbado que movía sin el control de un adulto. Era un niño que quería desesperadamente ser adulto, quería distinguirse y, al mismo tiempo, estar integrado en el grupo. Erica sintió de pronto una gran ternura por el chico que tenía enfrente, vio la soledad, la inseguridad, y también intuía el rescoldo de la frustración que escondía aquella mirada rebelde. No debió de ser fácil. Crecer a la sombra de la historia de su madre. Nacer en medio de un pueblo lleno de susurros y habladurías, que habían ido atenuándose con los años, sí, pero que nunca cesaron del todo.

—Mi madre nunca pudo mantenerme al margen —dijo Sam, como si quisiera confirmar los pensamientos de Erica.

Como solía pasarles a los adolescentes, también a él parecía costarle mirarla a los ojos, pero ella se dio cuenta de que escuchaba con suma atención todo lo que decía.

—¿Qué quieres decir? —preguntó Erica.

La grabadora del teléfono registraba cada palabra y cada tono.

—Llevo oyendo hablar del tema desde que era pequeño. Ni siquiera recuerdo desde cuándo, pero la gente me preguntaba cosas. Sus hijos se metían conmigo. No sé qué edad tenía cuando empecé a averiguar cosas por mi cuenta. Nueve, quizá. Busqué en la red artículos sobre el caso, no fue difícil encontrarlos. Y luego he ido reuniendo todo lo que he conseguido. Tengo carpetas en casa. Llenas de recortes.

—¿Tu madre lo sabe?

Sam se encogió de hombros.

—No, no creo.

—¿Ha hablado contigo alguna vez de lo que ocurrió?

—No, ni una palabra. En casa nunca hemos hablado de ese tema.

—¿Y tú habrías querido hablar? —dijo Erica dulcemente, y se levantó para servir más café.

Sam había aceptado el café, pero ella se dio cuenta de que no había tocado la taza. Se imaginaba que habría preferido un refresco, pero que no quiso quedar como un crío.

Sam volvió a encogerse de hombros. Miraba insistentemente la bandeja de bollos.

—Adelante —dijo Erica—. Come los que quieras. Aquí tratamos de no tomar demasiado dulce. Nos harás un favor si te los comes tú, así no caigo en la tentación.

—Bah, tú estás muy bien, no tienes que preocuparte —dijo el chico con generosidad e inocencia.

Ella le sonrió al tiempo que se sentaba. Sam era un chico estupendo, y a Erica le habría gustado que hubiera podido ahorrarse la carga que se había visto obligado a llevar toda la vida. Él no había hecho nada malo. Ni había elegido nacer en aquella maraña de culpa, acusaciones y dolor. Él no debería cargar con el peso de los pecados de sus padres. Aun así, era evidente que lo llevaba sobre los hombros.

—¿Habría sido más fácil si hubierais hablado del asunto abiertamente? —repitió Erica.

—Nosotros no hablamos. De nada. Nosotros... no somos ese tipo de familia.

428

—Pero ¿te habría gustado? —insistió.

Levantó la vista y la miró. Resultaba difícil mirarlo a los ojos a causa del lápiz negro con el que se los había perfilado, pero en algún punto, allá dentro, se atisbaba una luz que jadeaba en busca de oxígeno.

—Sí —respondió al fin—. Me habría gustado.

Luego volvió a encogerse de hombros. Aquel gesto era su armadura. Su defensa. Su indiferencia era un manto de invisibilidad tras el cual podía esconderse.

—¿Tú conocías a Linnea? —preguntó Erica, cambiando de tema.

Sam se sobresaltó. Dio un buen mordisco al bollo y bajó la vista mientras masticaba.

—¿Por qué lo preguntas? —dijo—. ¿Eso qué tiene que ver con Stella?

—No, es solo curiosidad. Mi libro trata de los dos casos, y puesto que eres vecino de la familia Berg, he pensado que a lo mejor podrías contarme algo de ella. Cómo era...

—La veía mucho. —Los ojos de Sam se llenaron de lágrimas—. No es nada raro, con lo cerca que vivíamos. Pero era una cría, así que no puedo decir que la conociera. Aunque me gustaba, y creo que yo le gustaba a ella. Solía saludarme con la mano cuando pasaba en bicicleta por delante del jardín.

—¿No tienes nada más que contarme de ella?

—No, ¿qué te iba a contar?

Erica se encogió de hombros. Luego decidió formular aquella pregunta cuya respuesta tanto ansiaba conocer.

—¿Tú quién crees que mató a Stella? —dijo conteniendo la respiración.

¿Qué creía Sam de la posible culpa de su madre? Ella aún no era capaz de decidir cuál era su postura con respecto a esa cuestión. Cuanto más leía, cuanto más hablaba con la gente, cuantos más datos poseía tanto más desconcertada estaba. De verdad que no sabía qué pensar. Así que lo que pensara Sam tenía su importancia.

El chico tardó en responder. Tamborileaba en el tablero de la mesa con aquellas uñas pintadas de negro. Luego levantó la cabeza, y el aleteo de la luz que le brillaba en la pupila se detuvo cuando fijó la vista en ella.

—No tengo ni idea —dijo muy despacio, con un hilo de voz—. Pero mi madre no ha matado a nadie.

Poco después, cuando Sam se fue en la bicicleta, Erica se quedó un rato viendo cómo se alejaba. Aquel chico tenía algo que la había conmovido en lo más hondo. La compasión por aquel muchacho vestido de negro que no había tenido la infancia que merecía le dolía en el corazón. Se preguntaba cómo lo marcaría aquello, qué clase de hombre sería de adulto. Y esperaba con toda el alma que el dolor que irradiaba no lo condujera por la senda equivocada. Que alguien lo rescatara por el camino y colmara los vacíos que creó el pasado.

Esperaba que alguien llegara a querer a Sam.

—¿Cómo crees que va a reaccionar? —preguntó Anna—. ¿Te imaginas que se enfadara?

Estaban en el comedor del Stora Hotellet esperando a que llegara Kristina.

Erica la mandó callar.

—Está al llegar.

—Sí, pero no puede decirse que a Kristina le gusten las sorpresas, imagínate que se pone furiosa.

—Bueno, ya es un poco tarde para decirlo —dijo Erica bajito—. Y deja de darme empujones.

—Oye, perdona, pero es que no puedo meter la barriga —dijo Anna en el mismo tono.

—Eh, chicas, si no os calláis nos va a oír.

Barbro, la mejor amiga de Kristina, las reprendió con la mirada y Erica y Anna dejaron de discutir. Era un grupo reducido pero intrépido el que estaría con Kristina en su despedida de soltera. Aparte de ella y Anna, estaban las cuatro mujeres con las que más relación tenía Kristina. Erica solo las había visto brevemente alguna vez, así que, en el peor de los casos, se les presentaban una tarde y una noche muy largas.

—¡Ahí viene!

Anna les hizo señas muy nerviosa y todas guardaron silencio. Oían la voz de Kristina en la recepción. El recepcionista tenía instrucciones claras de pedirle que entrara en el comedor.

430

—*Surprise!* —gritaron todas cuando la vieron entrar.

Kristina se sobresaltó y se llevó la mano al pecho.

—Pero por Dios, ¿qué es esto?

—¡Tu despedida de soltera! —exclamó Erica con una amplia sonrisa, aunque temblando un poco por dentro.

¿Y si Anna tenía razón?

Kristina se quedó en silencio un instante. Luego se echó a reír a carcajadas.

—¡Una despedida de soltera! ¡Para una vieja como yo! ¡Vosotras no estáis bien de la cabeza! Pero venga, ¿por qué no? ¿Por dónde empezamos? ¿Vendiendo besos por el pueblo?

Le guiñó un ojo a Erica, que sintió un gran alivio. Aquello a lo mejor no resultaba ninguna catástrofe después de todo.

—No, de esa te libras —dijo Erica, y le dio un abrazo a su suegra—. Tenemos otros planes. Primero tendrás que cambiarte de ropa, te vas a vestir con lo que hay en la bolsa.

Kristina puso cara de espanto unos segundos al ver la bolsa que Erica tenía en la mano.

—No tienes que pasearte con esto, es solo para nuestros ojos.

—De acuerdo... —dijo Kristina dudosa, pero al final se llevó la bolsa—. Pues voy a los servicios a cambiarme.

Mientras Kristina se cambiaba de ropa, apareció el recepcionista con seis copas, una botella de champán y una cubitera. Anna miraba la botella con envidia, pero al final se tomó un vaso de zumo a regañadientes.

—¡Yuju! —dijo, y tomó un par de tragos.

Erica la abrazó.

—Pronto podrás...

Sirvió champán al resto de las señoras y una copa para sí misma, y aguardó a que Kristina hiciera su entrada. Un rumor recorrió la sala cuando apareció en la puerta del comedor.

—Decidme, ¿qué habéis inventado?

Kristina se dio por vencida y Erica ahogó una risita. Pero tenía que reconocer que su suegra estaba fantástica en aquel vestido corto de color rojo, con flecos y lentejuelas. ¡Y vaya piernas!, pensó Erica con envidia. Si ella tuviera las piernas la mitad de bonitas sería inmensamente feliz.

431

—¿Qué habéis pensado que voy a hacer vestida de esta guisa? —preguntó Kristina, que se dejó conducir hasta el comedor.

Erica volvió a llenar la copa y se la plantó en la mano. Su suegra apuró nerviosa la mitad de un solo trago.

—Ya lo verás —dijo Erica, que sacó el teléfono y mandó un mensaje.

«Ya puedes venir.»

Mientras esperaba la respuesta se puso a caminar de un lado a otro. Aquello podía salir así o asao...

Se oyó música en el piso de arriba, un ardiente ritmo latino que se iba acercando poco a poco. Kristina apuró el resto del champán. Erica se apresuró a llenarle la copa.

Una figura oronda enfundada en un traje negro apareció de pronto. Con una rosa en la boca, el hombre extendió los brazos con gesto dramático. Anna soltó una risita y Erica le dio un codazo.

—Pero Gunnar... —dijo Kristina sorprendida.

Luego, también ella empezó a bailar.

—Hermosa mía —dijo Gunnar, y se quitó la rosa de la boca—. ¿Me concedes el honor?

Se le acercó y le ofreció la rosa con un movimiento ampuloso. Kristina pasó de la risita a la carcajada.

—Pero bueno, no sé qué os traéis entre manos —dijo aceptando la rosa.

—Vais a aprender a bailar chachachá —anunció Erica con una sonrisa.

Señaló la puerta.

—Y hemos recurrido a la ayuda de un experto.

—¿Qué? ¿Quién? —dijo Kristina, que volvía a parecer algo nerviosa.

Gunnar, en cambio, estaba eufórico, y no podía contener las ganas.

—Pues eso, hemos contratado a un experto. Alguien a quien tú admiras mucho y al que ves los viernes en el programa *Let's Dance*...

—No será Tony Irving, ¿verdad? —preguntó Kristina aterrada—. ¡Tony me da pánico!

—No, no, Tony no es, pero sí alguien que suele ser bastante estricto.

Kristina arrugó la frente. Las lentejuelas resonaban cuando se movía, y Erica se dijo que no podía olvidarse de hacer fotos. Montones de fotos. Serían un material de chantaje de primera durante varios años.

Entonces, Kristina vio quién se acercaba y soltó un grito de entusiasmo:

—¡Cissi!

Erica sonreía abiertamente. La felicidad que irradiaba el semblante de Kristina le decía que aquello había sido una idea genial. Kristina era una gran fan de *Let's Dance*, eso no lo había pasado por alto nadie de su entorno, así que cuando Erica vio el folleto que anunciaba que Cecilia «Cissi» Ehrling Danermark, del programa *Let's Dance*, iba a dar un curso en TanumStrand, se abalanzó sobre el teléfono sin pensárselo dos veces.

—¡Muy bien, pues vamos allá! —dijo Cissi con tono entusiasta después de haber saludado a todo el mundo.

De pronto, Kristina parecía nerviosa.

—¿Queréis que baile aquí, delante de todo el mundo? Voy a hacer el ridículo más absoluto...

—No, no, aquí va a bailar todo el mundo —dijo Cissi muy resuelta.

Erica y Anna se miraron horrorizadas. Aquello no entraba para nada en los planes de Erica. Ella pensaba que Kristina y Gunnar recibieran una clase de baile mientras los demás se divertían mirando y bebiendo champán. Pero se cuidó mucho de protestar y, tras clavar en Anna una mirada elocuente, se adelantó para colocarse delante de Cissi. Si Anna era capaz, que se atreviera a escaquearse so pretexto de estar embarazada.

Dos horas después estaba sudorosa, cansada y feliz. Cissi había repasado con ellos los pasos básicos con una energía que se contagiaba, pero que los dejó literalmente agotados, y Erica se imaginaba muy bien cómo le iba a doler todo el cuerpo al día siguiente. Pero lo mejor fue ver la alegría de Kristina al atinar con el giro de pies y caderas mientras se oía el roce de los flecos del vestido. Gunnar también parecía haberlo pasado en grande, aunque sudaba a mares con aquel traje oscuro.

—Gracias —dijo Erica, y le dio a Cissi un abrazo espontáneo.

Aquella era una de las cosas más divertidas que había hecho en su vida. Pero ya era hora de ir al siguiente punto del programa. Había planificado el día minuciosamente. Además, solo tenían acceso al comedor del Stora Hotellet durante esas dos horas.

Llenó otra vez las copas.

—Es el momento de que el novio se aleje —dijo—. El resto de la tarde y de la noche, los caballeros tendrán vetado el acceso. Nos han cedido la suite del piso de arriba para arreglarnos, y disponemos de una hora, luego toca cocinar...

Kristina le dio un beso a Gunnar, y se vio claramente que le había tomado el gustillo a lo del baile, porque, para regocijo general, él la echó hacia atrás formando un bonito arco. El ambiente no podía ser mejor.

—Buen trabajo —dijo Anna, y le dio una palmadita en el brazo a Erica—. Aunque debo decir que estás un poco oxidada, hasta las abuelas movían las caderas mejor que tú...

—Anda, calla. —Erica le dio una palmada en el hombro a su hermana, que le sonrió burlona.

Mientras subían las escaleras que conducían a la suite Marco Polo, Erica cayó en la cuenta de que no había pensado en el trabajo una sola vez desde que empezó la despedida. Era un alivio. Y muy necesario. Pero vaya si le dolían los pies.

—¿Todo en orden?

Lo miraban desconcertados, y Bill se dijo que debía recordar o hablarles con expresiones más simples o dirigirse a ellos en inglés.

—*Are you okay?*

Todos asintieron, pero sus caras revelaban la tensión. Bill los comprendía. Debían de tener la sensación de que eso no terminaba nunca. Muchos de aquellos con los que había hablado en el casino decían lo mismo. Que creían que, en cuanto llegaran a Suecia, todo iría bien. Pero la gente los miraba con desconfianza, se encontraban con una burocracia compleja y había demasiadas personas que odiaban todo lo que eran y representaban.

—Adnan, ¿te encargas tú? —dijo Bill, y le señaló el timón con la mano.

Adnan se sentó en su puesto con un destello de orgullo en la mirada.

Bill confiaba de verdad en poder ofrecerles otra imagen de aquel país que él amaba. Los suecos no eran malas personas. Estaban asustados. Y eso era lo que endurecía a la sociedad. El miedo. No la maldad.

—¿Cazas tú la vela, Khalil?

Bill hizo como que tiraba de un cabo y señaló la vela.

Khalil asintió y cazó la vela a la perfección, cumpliendo las instrucciones, lo justo para que la vela se tensara y dejara de aletear.

El barco cobró velocidad y empezó a escorarse un poco, pero eso ya no desencadenaba el pánico de sus compañeros. A Bill le habría gustado sentir la misma tranquilidad. Pronto llegaría el día de la competición, y aún tenía que enseñarles muchas cosas. Pero, tal y como estaba la situación, se alegraba de que quisieran continuar. Habría entendido que hubieran querido tirar la toalla y abandonar el proyecto. Sin embargo, querían continuar por Karim, decían, y cuando llegaron al club de vela esa mañana advirtió en ellos un nuevo empeño. Se lo tomaban en serio de un modo muy distinto, y se notaba en cómo navegaban, en cómo se deslizaba el barco por el agua.

La gente que montaba a caballo hablaba de lo importante que era comunicarse con el animal, y para Bill pasaba lo mismo con los barcos. No eran objetos muertos y sin alma. Alguna vez llegó a pensar que entendía mejor a los barcos que a las personas.

—Dentro de nada haremos un bordo —dijo, y todos lo entendieron.

Por primera vez, los sintió como un equipo. No hay mal que por bien no venga, como decía su padre, y en cierto modo cabía aplicar el dicho a aquella situación. Aunque el precio había sido demasiado alto. Llamó al hospital por la mañana para ver cómo seguía Amina, pero solo informaban a los familiares. Por el momento, tendrían que pensar que la mejor noticia era la ausencia de noticias.

—De acuerdo, bordamos.

Cuando la vela se llenó y se tensó por el viento, tuvo que contenerse para no gritar de alegría. Era el bordo más bonito que habían hecho hasta el momento. Como una maquinaria bien engrasada, el equipo llevaba el barco.

—Buenos chicos —dijo con énfasis, y mostró su aprobación con el pulgar hacia arriba.

A Khalil se le iluminó la cara, y los demás se irguieron orgullosos.

Le recordaban muco a sus hijos mayores, a los que solía llevar en el barco. ¿Había salido alguna vez a navegar con Nils? No lo recordaba. Nunca le había dedicado la misma atención que a Alexander y a Philip. Y ahora lo estaba pagando.

Nils era un extraño para él. Bill no comprendía cómo sus opiniones y su ira pudieron cultivarse en su propio hogar, el suyo y el de Gun, un hogar que siempre había tenido la amplitud de miras y la tolerancia como lema. ¿De dónde había sacado Nils todas aquellas ideas?

Anoche, cuando llegó a casa, tenía decidido hablar con él. Hablar con él en serio. Remover viejas heridas, limpiar quistes, rendirse sin condiciones, pedir perdón, dejar que Nils le tirase a la cara su decepción y su ira. Pero la puerta estaba cerrada, y Nils se negó a abrir cuando llamó. Se limitó a subir el volumen de la música, que empezó a retumbar en toda la casa. Al final, Gun le puso una mano en el hombro y le pidió que esperase, que le diera a Nils un poco de tiempo. Seguro que tenía razón. Todo se solucionaría. Nils era joven y aún se estaba formando.

—Rumbo a casa —dijo, y señaló a Fjällbacka.

Sam estaba sentado con la cabeza hundida en el cuenco de yogur y toda la atención puesta en el móvil. A Helen le dolía el corazón solo de verlo. Se preguntaba dónde habría estado por la mañana.

—Últimamente pasas mucho tiempo con Jessie —dijo.

—Sí, ¿y?

Sam retiró la silla y se acercó al frigorífico. Se sirvió un gran vaso de leche y se lo bebió de un trago. De pronto, le pareció un niño pequeño. Era como si solo hubieran pasado unas semanas desde que iba dando trompicones por ahí en pantalones cortos, con su osito deshilachado bajo el brazo. Se preguntaba adónde había ido a parar el peluche. Seguro que James lo habría tirado a la basura. No le gustaba acumular cosas que ya no se usaban. Guardar un objeto solo por su valor sentimental era algo que ni se planteaba.

—No, nada, solo que puede que no sea muy sensato —dijo.

Sam negó con la cabeza.

—No íbamos a hablar del tema. De nada relacionado con él.

El mundo empezó a dar vueltas como siempre que pensaba en aquello. Cerró los ojos y logró detenerlo. Tenía a sus espaldas décadas de práctica. Llevaba treinta años viviendo en el ojo del huracán. Al final, se había convertido en una costumbre.

—Es solo que no sé si me parece bien que paséis tanto tiempo juntos —dijo, y se dio cuenta del tono suplicante con el que le hablaba—. Tampoco creo que le guste a tu padre.

Antes, ese argumento bastaba.

—James. —Sam soltó un resoplido—. Pero si se va a ir ya mismo otra vez, ¿no?

—Sí, dentro de una semana —dijo ella sin poder ocultar el alivio que sentía.

Se sucederían meses de libertad. Un respiro. Lo más absurdo era que sabía que James sentía lo mismo. Estaban prisioneros dentro de una cárcel que ellos mismos habían construido. Y Sam era su rehén común.

Sam dejó el vaso.

—Jessie es la única persona que me ha comprendido en toda mi vida. Eso es algo que tú no puedes entender, pero así es.

Dejó el cartón de leche otra vez en el frigorífico, en el estante destinado al queso y la mantequilla.

Helen quería decirle a su hijo que sí lo entendía. Que lo entendía a la perfección. Pero el muro que los separaba se iba alzando cada vez más alto a medida que crecían los secretos. Lo asfixiaban sin que él supiera por qué. Ella podría dejarlo libre, pero no se atrevía. Y ahora era demasiado tarde. Ahora su herencia, su culpa, lo tenía atrapado en una jaula tan imposible de abrir como la suya propia. Sus destinos estaban enlazados, y no podían separarse por mucho que ella quisiera.

Pero el silencio era insoportable. Su fachada resultaba tan impenetrable, tan dura... Sam debía de llevar dentro tantas cosas susceptibles de estallar en cualquier momento...

Helen tomó impulso.

—¿Piensas alguna vez en...?

Él la interrumpió. Tenía la mirada muy fría, y muy parecida a la de James.

—He dicho que no hablamos del tema.

Helen guardó silencio.

La puerta se abrió y se oyeron los pasos resueltos de James. Antes de que pudiera pestañear, Sam se había esfumado a su habitación. Ella colocó la silla en su lugar, metió el cuenco y el vaso en el lavaplatos y se apresuró al frigorífico a colocar la leche en su sitio.

—Bueno, pues aquí estamos otra vez —dijo Torbjörn, y a Patrik se le encogió el estómago.

Todo lo relacionado con aquel registro domiciliario había sido un verdadero lío, y no estaba seguro de cómo afectaría al resultado. Pero lo único que podían hacer ahora era arremangarse y seguir.

Torbjörn fue bajando con el envoltorio de Kex en una bolsa y con Patrik pisándole los talones.

—La siguiente parte de la investigación debe hacerse totalmente a oscuras —le explicó—. Así que tenemos que cubrir todas las paredes con paños negros. Puede llevarnos un buen rato, creo que será mejor que esperes fuera.

Patrik se sentó en el banco del jardín y se dedicó a mirar mientras los técnicos salían y entraban en el cobertizo. Luego se cerró la puerta y todo quedó en silencio.

Al cabo de un buen rato lo llamó Torbjörn. Patrik abrió la puerta del cobertizo con cuidado y entró en una oscuridad absoluta. Unos segundos después se le habían habituado los ojos y vio unas sombras negras al fondo.

—Ven —dijo Torbjörn, y Patrik se acercó despacio hacia el lugar del que procedía la voz.

Al llegar, comprobó qué era lo que Torbjörn y los demás técnicos examinaban con tanto interés. Una mancha brillante de color azul en el suelo. Después de tantas investigaciones de asesinato, sabía muy bien lo que aquello significaba. Habían rociado la zona con luminol, que demostró que allí había rastros de sangre inapreciables a simple vista. Y era una mancha muy grande.

—Creo que hemos encontrado el lugar primario del crimen —dijo.

—Bueno, no te precipites con las conclusiones —dijo Torbjörn—. No olvides que esto es un viejo cobertizo, seguro que aquí guardaban animales, y la mancha puede ser antigua.

—O no. La mancha, en combinación con el envoltorio de la chocolatina que encontraste, me hace pensar que este es el lugar donde murió Nea.

—Sí, yo creo que tienes razón, pero no sería la primera vez que me equivoco, así que lo mejor es no aferrarse a una tesis antes de haberla demostrado con datos.

—¿Podemos tomar muestras para comparar esta sangre con la de Nea? Por si hallamos una coincidencia.

Torbjörn asintió.

—¿Ves las rendijas del suelo? Supongo que la sangre se coló por ahí, así que aunque se hayan preocupado por hacer un trabajo de limpieza a fondo con los listones, encontraremos sangre debajo si los levantamos.

—Pues vamos —dijo Patrik.

Torbjörn levantó una mano enguantada.

—Primero tenemos que documentarlo todo. Danos un momento, te llamo cuando estemos listos para levantar el suelo.

—De acuerdo —dijo Patrik, y se retiró a un rincón del cobertizo.

El gato gris se le acercó y se le pegó a las piernas, y él cedió y se agachó para acariciarlo.

Como mucho un cuarto de hora después se encendieron las luces y Torbjörn dijo que ya podían soltar los listones, pero a él le había parecido una eternidad. Patrik se levantó tan rápido que el gato se asustó y salió corriendo. Se acercó lleno de curiosidad a la parte del suelo que tan a conciencia habían documentado desde todos los ángulos. Habían recogido muestras, que colocaron en bolsas. Lo único que faltaba era comprobar lo que había debajo.

En ese momento se abrió la puerta del cobertizo y entró Gösta con el móvil en la mano.

—Acabo de hablar con nuestros colegas de Uddevalla.

—¿Los que iban a vigilar a Tore Carlson?

—No —dijo Gösta sacudiendo la cabeza—. No llamaban por eso. Es que la última vez que llamé les hice unas preguntas sobre la familia Berg, y luego siguieron hablando de ellos en la comisaría.

Patrik enarcó las cejas.

—Ya, ¿y?

—Pues parece que Peter Berg tiene fama de ser un tipo violento cuando se emborracha.

—¿Cómo de violento?

—Mucho. Un montón de peleas en el bar.

—¿Y nada de violencia doméstica?

—No, se ve que no —dijo Gösta, y negó con la cabeza—. Tampoco hay ninguna denuncia contra él por malos tratos, por eso no hemos encontrado nada.

—De acuerdo, es bueno saberlo, Gösta. Gracias. Tendremos que hablar otra vez con Peter.

Gösta se dirigió a los técnicos.

—¿Y aquí qué? ¿Habéis encontrado algo?

—El envoltorio de una chocolatina Kex en el granero, pero sobre todo hemos encontrado rastros de sangre. La han limpiado, pero los técnicos la han detectado con el luminol, y ahora vamos a levantar los tablones porque Torbjörn cree que puede haber sangre debajo.

—Joder —dijo Gösta mirando al suelo—. Así que crees que...

—Sí —asintió Patrik—. Yo creo que Nea murió aquí.

Todos guardaron silencio un instante. Luego soltaron el primer tablón.

Bohuslän, 1672

*E*lin *se despertó por el tumulto que se había formado delante de la puerta. Por primera vez en mucho tiempo, había dormido bien y profundamente. El largo paseo que había dado con Märta justo cuando el sol empezaba a ponerse sobre los prados le hizo mucho bien. Y casi logró ahuyentar la preocupación por lo que pudiera ocurrírsele a Britta. A su hermana le importaban mucho las apariencias, no querría vivir con la vergüenza de que la gente llegara a saber lo que había pasado entre su marido y su hermana. Poco antes de dormirse, Elin logró convencerse: todo pasaría, Britta estaría ocupadísima con un pequeño en la casa y el tiempo tenía la capacidad de hacer que lo grande fuera empequeñeciendo hasta desaparecer.*

Estaba teniendo un sueño precioso con Märta cuando el ruido la despertó; se incorporó y se frotó los ojos. Ella era siempre la primera en levantarse de todas las criadas, y se bajó de la cama que compartía con Märta.

—Ya voy —dijo, y se apresuró hacia la puerta—. Menudo escándalo a estas horas de la madrugada.

Abrió la pesada puerta de madera. Fuera estaba el alguacil Jakobsson, y la miraba con expresión severa.

—Vengo a buscar a Elin Jonsdotter.

—Soy yo.

A su espalda oyó que ya todos se habían despertado y seguramente escuchaban con expectación.

—Pues Elin tiene que venir al calabozo, acusada de brujería —dijo el alguacil.

Elin se lo quedó mirando atónita. ¿Qué acababa de decir? ¿Brujería? ¿Había perdido el juicio?

—Tiene que ser algún malentendido —dijo.

Märta se le había acercado y estaba agarrada a su falda. Elin la empujó para que se pusiera detrás.

—No es ningún malentendido. Tenemos orden de encerrar a Elin Jonsdotter en prisión, antes de llevarla a juicio.

—Pero eso no puede ser verdad. Yo no soy ninguna bruja. El alguacil puede hablar con mi hermana, es la mujer del pastor de esta finca, ella puede certificar...

—Es Britta Willumsen quien ha denunciado la brujería —la interrumpió el alguacil, y la agarró fuerte del brazo.

Elin se resistió mientras él la arrastraba fuera de la casa. Märta gritaba y se aferraba a la falda de su madre. Elin empezó a jadear cuando la niña cayó al suelo detrás de ella. Al mismo tiempo que veía cómo todos corrían hacia su hija, sintió que se cerraba más duro el puño del alguacil. Todo empezó a darle vueltas. Britta la había denunciado por bruja.

A Jessie le temblaba un poco la mano mientras se maquillaba delante del espejo de Vendela. Tenía que evitar que el rímel se hiciera pegotes.

Detrás de ella, Vendela se probaba el cuarto vestido, pero también ese se lo arrancó nada más ponérselo, de pura frustración.

—¡No tengo nada que ponerme! ¡Me he puesto gordísima!

Vendela se pellizcó la molla inexistente de la cintura y Jessie se volvió hacia ella.

—Pero ¿cómo puedes decir eso? Estás estupenda, yo sí que estoy lejos de tener un cuerpo así.

Lo dijo con un tono más de constatación que de lamento. Ahora que Sam la quería, sus kilos de más no le parecían tan repugnantes.

Le vibraba el estómago. No había podido comer nada en todo el día. Era como si todo hubiera cambiado cuando llegó a Fjällbacka. Con el miedo que tenía a que las cosas empeorasen, y resulta que conoce a Sam y ahora se hace amiga de Vendela, que era..., en fin, Vendela era perfecta y guay y desenvuelta. Era como la llave humana de un mundo del que Jessie llevaba tiempo queriendo formar parte. Todos los insultos, los golpes bajos, los comentarios sarcásticos, las bromas pesadas y las humillaciones habían desaparecido. Pensaba tachar lo que había sido, olvidar quién había sido. Ahora era una nueva Jessie.

Vendela parecía haberse decidido por el vestido que ahora llevaba puesto, uno rojo de punto de algodón que a duras penas le cubría las braguitas.

—¿Qué te parece? —Hizo una pirueta delante de Jessie.

—Estás guapísima —dijo Jessie, y lo decía de corazón.

Vendela era como una muñeca. Jessie se vio en el espejo detrás de su nueva amiga y la confianza que acababa de ganar pareció esfumarse de pronto. La blusa parecía un saco y el pelo le colgaba pringoso y lacio. Y eso que se lo había lavado esa mañana.

Vendela debió de ver su cara de abatimiento. Le puso las manos en los hombros y la obligó a sentarse en la silla, delante del espejo.

—¿Sabes qué? Yo creo que puedo arreglarte el pelo y dejártelo precioso, ¿me dejas que pruebe?

Jessie asintió y Vendela sacó unos botes y unos tarros, además de tres rizadores y una plancha para el pelo. Veinte minutos después, Jessie tenía un peinado totalmente distinto. Se veía en el espejo y apenas se reconocía.

Era una Jessie nueva, y además iba a salir de fiesta. La vida no podía ser mucho mejor.

Martin se sentó al lado de Paula en la cocina.

—¿Cuándo sabremos algo de la grabación? –dijo.

—¿La grabación? –preguntó Paula, pero un segundo después se le encendió la bombilla.

Madre mía, se dijo, verdaderamente, el cerebro dejaba de funcionar con ese calor. Apenas había pegado ojo por la noche. Lisa se la había pasado quejándose y se había despertado cien veces, o eso le pareció. Ni siquiera valía la pena tratar de dormirse. Al final, se levantó y se puso a trabajar. Y claro, ahora se le cerraban los ojos de cansancio.

—Nos iban a decir algo esta semana –dijo–. Pero no creo que debamos abrigar demasiadas esperanzas.

—¿Cómo habéis instalado a los niños con vosotros? –preguntó Martin, y le sirvió una gran taza de café.

Sería la octava del día, si no había contado mal.

—Ah, pues muy bien, han llegado esta mañana. Patrik los recogió del hospital y los llevó a casa.

—¿Le dijeron algo de Amina o de Karim?

—Todo sigue igual –dijo Paula–. Me refiero a Amina. Pero a Karim le darán el alta muy pronto.

—¿Y él también se irá a vivir con vosotros, o qué habéis pensado hacer?

—No, no, en nuestra casa no hay sitio para más —dijo Paula—. No, la idea es que el municipio debe habilitar algún tipo de viviendas de emergencia para los afectados, y pensaban que deberían tener lista una para Karim, cuando le den el alta. Algunos de los afectados ya han empezado a mudarse, no puede estar todo el mundo alojado en el casino. Pero debo decir que estoy gratamente sorprendida. La gente ha abierto las puertas de su casa, ceden la habitación de invitados, las casas de verano, en fin, una pareja incluso se ha mudado a la casa de una hermana de ella para que una familia de refugiados pueda acomodarse en su piso.

Martin meneó la cabeza.

—Lo mejor y lo peor. El ser humano es extraño. Unos quieren destruir, otros están dispuestos a llegar todo lo lejos que haga falta para ayudar a unos extraños. Fíjate en Bill y Gun, se han pasado el día en el casino, desde esta mañana muy temprano hasta última hora de la tarde.

—Sí, la verdad es que infunde cierta esperanza en la humanidad.

Paula se levantó y fue al frigorífico en busca de la leche. Se sirvió un chorrito; no podía con el café solo.

—Me voy a casa —dijo Mellberg asomando la cabeza por la puerta—. Es demasiado dejar que Rita se encargue sola de todos los niños. Y creo que antes me pasaré por la panadería y compraré unos bollos.

De pronto se quedó pensativo.

—Aunque..., ¿comerán bollos?

Paula miró a Martin con un gesto de desesperación al tiempo que volvía a sentarse a la mesa.

—Sí, Bertil, claro que comen bollos. Son de Siria, no del espacio exterior.

—Bueno, no hay necesidad de ser antipático solo porque uno hace una simple pregunta —dijo Mellberg dolido.

Ernst tiró de la correa, ansioso por salir.

Paula asintió y le sonrió a Mellberg.

—Yo creo que los bollos serán un éxito —dijo—. Pero no olvides comprar un vienés para Leo.

Mellberg resopló.

—¿Tú crees que se me iba a olvidar que el ojito derecho del abuelo prefiere el vienés?

Dicho esto, se dio media vuelta y se llevó a *Ernst*.

—Algo habré hecho mal para merecerlo... —dijo Paula, y se lo quedó mirando mientras se alejaba por el pasillo.

Martin sonrió.

—Desde luego, yo no creo que llegue a entenderlo nunca.

Paula volvió a ponerse seria.

—¿Has tenido tiempo de comprobar las facciones racistas?

—He llamado a varias con las que tuve contacto hace ya tiempo, pero en ninguna saben nada del incendio.

—No me extraña —dijo Paula—. No podemos esperar que nos tiendan una mano y nos digan: «Lo hicimos nosotros».

—No, pero no son eminencias, precisamente, así que tarde o temprano alguno se irá de la lengua. Y puede que alguien tenga motivos para hablar..., en fin, no es imposible. Yo seguiré zarandeando ese manzano a ver qué cae...

Paula tomó un sorbo de café. El cansancio la hacía sentirse pesada y torpe.

—¿Tú crees que el registro dará algún resultado?

Martin dudó un instante, luego respondió:

—No, en la casa no encontramos nada, y no creo que la familia tenga nada que ver, así que seguramente, no.

—Pronto se nos acabarán las pistas —dijo Paula mientras observaba a Martin—. No tenemos testigos, ninguna prueba física, no hemos hallado ninguna conexión con el asesinato de Stella, a pesar de las similitudes... La verdad, he empezado a pensar que igual no existe ninguna conexión después de todo. El caso es bien conocido en toda la zona, la gente conoce los detalles, todo el mundo sabe dónde la encontraron, no es ningún secreto. Cualquiera podría imitar el asesinato, aunque por ahora solo podemos especular sobre el porqué.

—¿Y las dudas de Leif? Dudaba de la culpabilidad de las chicas. ¿Qué lo hizo cambiar de opinión tan repentinamente? ¿Y luego, quitarse la vida?

—Ya, no lo sé —dijo Paula cansada, y se frotó los ojos—. Lo único que sé es que no avanzamos nada. Y encima tenemos los incendios provocados en el campo de refugiados. ¿De verdad que vamos a poder desentrañar esto?

—Por supuesto que sí —respondió Martin a la vez que se ponía de pie—. Claro que lo conseguiremos.

Paula quería creer lo que decía, pero la desesperanza empezaba a arraigar por culpa del cansancio, y se preguntaba si los demás no tendrían la misma sensación que ella.

—Oye, yo me voy a ir ya, tengo que organizar un poco la...

Paula no lo entendió al principio, pero luego lo miró con una amplia sonrisa.

—Ah, claro, hoy es la gran noche. Cena con la chica del casino...

Martin parecía un manojo de nervios.

—Bah, es una cena y punto. Ya veremos qué pasa.

—Ya —dijo Paula con retintín, y Martin le sacó el dedo.

Ella se echó a reír y, mientras su colega se alejaba hacia la salida, le gritó:

—¡Suerte! ¡Es como montar en bicicleta!

Y recibió un portazo por respuesta. Miró el reloj. Una hora más de trabajo, decidió, y luego daría por concluida la jornada.

Basse vivía en una casa antigua con mirador y muchos rincones y recovecos, y Jessie iba dispuesta a disfrutar de encontrarse en una casa tan diferente a todas las que había conocido. Pero cuando vio que le abría la puerta una persona desconocida e intuyó la muchedumbre que había detrás sintió miedo de pronto.

Casi todos estaban borrachos y muy seguros de sí mismos, mientras que Jessie no lo estaba. Ella nunca era bien recibida en fiestas como aquella. Lo único que quería era alejarse de allí corriendo, pero Vendela la agarró del brazo y la llevó a una mesa al fondo del salón. Había montones de botellas de cerveza y de alcohol y vino.

—¿Esto es de los padres de Basse? —dijo Jessie.

—No, eso sería imposible. —Vendela se apartó la larga melena rubia con un giro de la cabeza—. Cuando organizamos una fiesta, todos colaboran. Cada uno junta lo que puede y lo trae.

—Yo habría podido traer champán —dijo Jessie tímidamente, y se sintió como una idiota.

Vendela se echó a reír.

—Qué va, tú eres nueva y nuestra invitada de honor o algo así. ¿Qué quieres?

Jessie deslizó la mano por las botellas que tenía delante.

—Hasta ahora solo he bebido champán —dijo.

—Entonces, es hora de que pruebes una copa como es debido. Te prepararé una.

Vendela sirvió un chorrito de varias botellas en un vaso de plástico bien grande y lo remató con un poco de Sprite.

—¡Aquí tienes! —dijo, y le pasó el vaso rebosante—. Estará buenísimo, ya verás.

Vendela llenó otro vaso grande de vino blanco de un barril de cartón.

—¡Salud! —dijo, y rozó su vaso con el de Jessie.

Ella tomó un trago y se obligó a no hacerle ascos. Estaba muy fuerte, pero era la primera vez que tomaba un combinado, tal vez debiera tener ese sabor. Y Vendela parecía saber lo que hacía.

Su amiga le señaló el otro extremo del salón.

—Nils y Basse están allí.

Jessie tomó un buen trago de la bebida. Le supo mejor que el primero. Cuánta gente. Y nadie se reía de ella ni la miraba con desprecio. Más bien con curiosidad. Pero con una curiosidad guay. O al menos eso le parecía.

Vendela se la llevó de la mano por entre toda la gente que hablaba, bailaba y reía.

Los dos chicos estaban tirados en un sofá enorme, con una cerveza en la mano. Saludaron a Jessie con un gesto y Vendela se sentó en las rodillas de Nils.

—Joder, sí que llegáis tarde —dijo Nils, y abrazó a Vendela—. Seguro que estabais enredadas con el maquillaje y todo ese rollo.

Vendela soltó una risita cuando Nils le apartó el pelo y la besó en la nuca.

Jessie se sentó en el gran sofá blanco que había al lado, tratando de no mirar con demasiado descaro a Nils y a Vendela mientras se besaban.

Se acercó a Basse.

—¿Dónde están tus padres? —preguntó.

A su espalda, la música retumbaba a todo trapo.

—Han salido a navegar. —Basse se encogió de hombros—. Todos los veranos hacen una travesía en velero, pero los dos últimos no he tenido que ir con ellos.

Vendela dejó de besar a Nils y le sonrió a Jessie.

—Creen que Basse tiene un trabajo temporal de verano —dijo.

—No me digas.

Claro que si ella estuviera ausente tres semanas su madre ni siquiera lo notaría, pero aquello era otra historia, figúrate, atreverse a inventar una mentira semejante.

—Insisten en que si quiero quedarme, tengo que trabajar —dijo Basse, y tomó un trago de cerveza. Se le derramó un poco en la camiseta, pero no pareció notarlo—. Les he dicho que me han dado trabajo en TanumStrand, allí no conocen a nadie a quien puedan consultar.

—Pero ¿no te preguntan qué ha sido del sueldo?

—Tienen una bodega de escándalo repleta de vinos carísimos que ni controlan, así que mientras ellos están fuera, yo vendo unas cuantas botellas.

Jessie lo miraba sorprendida. Basse no daba la impresión de ser tan espabilado.

—Nils me echa una mano —añadió Basse.

Claro. Aquello lo explicaba todo. Jessie tomó otro sorbo, le ardía en el estómago, pero no lograba calmarle el cosquilleo de felicidad. ¿Así era estar con ellos? ¿Ser parte de la pandilla?

—Lástima que Sam no quisiera venir —dijo Nils, y se retrepó en el sofá.

Jessie lo echó de menos de pronto. Que tuviera que ser tan cabezota... Era obvio que Nils y los demás habían comprendido lo mal que se habían portado.

—Esta noche no podía. Pero el sábado que viene iremos los dos al casino.

—¡Ah, guay! —dijo Nils, e hizo un brindis con la botella en el aire.

Jessie sacó el móvil del bolso y le mandó un mensaje a Sam. «La cosa va bien, todo el mundo es estupendo y me lo estoy pasando fenomenal.» Él le respondió enseguida con un pulgar hacia arriba y una carita sonriente. Jessie sonrió y volvió a guardar el móvil en el bolso. No podía creer que todo fuera tan bien. Era la primera vez que se sentía... normal.

—¿Te gusta la copa? —dijo Nils, y señaló el vaso con la botella.

—Sí..., está muy rico. —Jessie dio otro par de tragos generosos.

Nils apartó a Vendela de sus rodillas y le dio una palmada en el trasero.

—¿Por qué no le traes a Jessie otro combinado de esos? Ya casi se lo ha terminado.

—Claro —respondió Vendela, y se bajó un poco el cortísimo vestido que llevaba—. Y a mí casi no me queda vino, voy a rellenar para las dos.

—Pues trae una cerveza para mí también —dijo Basse, y dejó la botella vacía en la mesa.

—Bueno, voy a ver si puedo con todo.

Vendela se abrió paso entre la multitud hasta la mesa de las bebidas, que estaba en el otro extremo. Jessie no sabía qué decir. Había empezado a correrle el sudor por la espalda y estaba segura de que ya tendría un gran cerco debajo del brazo. Lo único que quería era salir de allí corriendo, y no apartaba la vista de la alfombra.

—¿Qué tal es que tu madre sea una estrella de cine? —dijo Basse.

Jessie se horrorizó, pero al mismo tiempo agradecía que alguien sacara algún tema de conversación. Aunque, desde luego, no fuera su favorito.

—Bah, mi madre es mi madre. No puedo decir que piense en ella como en una estrella de cine...

—Pero habrás conocido a un montón de gente guay, ¿no?

—Sí, claro, pero para ella son compañeros de trabajo normales y corrientes.

¿Y si les decía la verdad? Que ella apenas había formado parte de la vida de Marie. Que siempre estuvo en casa con una serie interminable de niñeras cuando era pequeña mientras su madre estaba rodando o en una fiesta o en cualquier tipo de acontecimiento. En cuanto fue lo bastante mayor, empezó a matricularla en internados de todo el mundo, donde quiera que ella rodara.

450

Marie se pasó seis meses rodando en Sudáfrica mientras ella iba al colegio en Inglaterra.

—Aquí viene la bebida —dijo Vendela, y colocó los vasos y la botella en la mesa.

Miró a Jessie.

—A ver si este también te gusta. He preparado otra mezcla.

Jessie tomó un trago. Le quemaba igual en la garganta, pero sabía más a limón y le gustó más que el anterior. Le respondió con el pulgar hacia arriba.

—Apenas lleva alcohol, así que no te preocupes, no te vas a emborrachar.

Jessie le sonrió agradecida y tomó otro trago. Se preguntaba cómo sabría una copa con mucho alcohol, teniendo en cuenta los ardores que le provocaba aquella. Pero Vendela se estaba portando muy bien. La felicidad le inundaba el pecho. ¿Llegarían aquellos chicos a ser sus amigos? Sería fantástico. Y Sam. Sam, tan maravilloso, divino, estupendo y fantástico.

Alzó el vaso hacia el trío que ocupaba el sofá y tomó un buen trago. Sintió un agradable ardor en el pecho.

Marie se limpiaba el maquillaje a conciencia. El de rodaje era de lo peor que había para el cutis, porque se necesitaban unas capas muy gruesas, y ni se plantearía irse a dormir sin antes retirarlo por completo para que la piel pudiera respirar. Se acercó al espejo y se examinó bien la cara. Unas patas de gallo diminutas alrededor de los ojos y unas finas líneas de expresión en la boca. A veces se sentía como el pasajero de un tren que rodaba veloz hacia el precipicio. Su carrera era cuanto tenía.

Ahora parecía que, después de todo, aquella película iba a salir adelante, y si resultaba un éxito de taquilla seguiría en la profesión unos años más. Al menos en Suecia. Sus días en Hollywood tocaban a su fin. Los papeles que le ofrecían eran cada vez peores y de menor importancia. Los últimos eran siempre para hacer de madre de alguien, no de mujer atractiva reclamo del público. Se veía reemplazada por jóvenes estrellas en ciernes de mirada hambrienta, que de buena gana ponían sus cuerpos a disposición de los directores y productores.

Marie empezó a aplicarse una capa de una crema facial de las caras. Luego, la del botecito minúsculo de crema para los ojos. Se la extendió también por el cuello. Muchas se preocupaban solo de la cara, mientras el cuello se les arrugaba y delataba la edad que tenían.

Miró el reloj. Las doce menos cinco. ¿Debería quedarse a esperar a Jessie? No, ya llegaría a casa, o igual se quedaba a dormir por ahí. Y ella necesitaba aquel sueño reparador para poder rodar al día siguiente.

Se miró a los ojos en el espejo. Sin maquillaje. La fachada había sido su armadura desde la infancia. Con ella impedía a todos el acceso al interior. Nadie la había visto, nadie la había visto de verdad, excepto Helen. Había conseguido no pensar en ella la mayor parte del tiempo transcurrido. Nunca volvió la cabeza. Nunca miró atrás. ¿De qué habría servido? Se vieron obligadas a separarse. Y luego..., luego Helen no quiso volver a verla.

Esperaba con tanta ilusión el día en que las dos tuvieran dieciocho años... Ella cumplía años antes que Helen, tuvieron que aguardar cuatro meses, hasta octubre, para poder hablar por fin. Hacer nuevos planes. Ya no tendrían que sufrir la nostalgia mutua cada segundo.

Marie la llamó por la mañana. Tenía pensado qué decir si eran sus padres los que atendían el teléfono, pero no hizo falta. La voz de Helen la inundó de felicidad. Habría querido destruir los años transcurridos, borrarlos y volver a empezar desde el principio. Juntas Helen y ella.

Pero Helen respondió como una extraña. Fría. Comedida. Le aseguró que no quería tener ningún contacto con ella. Que pronto se casaría con James y que ella pertenecía a un pasado del que no deseaba saber nada. Marie se quedó muda con el auricular en la mano. A la añoranza se sumó la decepción. No le preguntó nada. No cuestionó nada. Colgó en silencio y decidió en ese momento que nadie volvería a tener nunca acceso a su yo más íntimo. Y cumplió la promesa. Siempre procuró pensar en una sola persona, exclusivamente. En sí misma. Y tuvo todo lo que quiso.

Ahora, sin embargo, en la oscuridad de aquella casa junto al mar, se miraba a los ojos y se preguntaba si habría valido la pena. Se sentía vacía. Todo lo que había conseguido acumular era oropel.

Lo único valioso en su vida había sido Helen.

Por primera vez, Marie se permitió pensar en cómo habrían podido ser las cosas. Sorprendida, se dio cuenta de que la mujer del espejo estaba llorando. Lágrimas de treinta años.

El caso Stella

La conversación que había mantenido con ella orientó sus pensamientos por derroteros muy distintos. Su sexto sentido le decía que iba por el buen camino. Al mismo tiempo, eso implicaba que se vería obligado a reconocer ante sí mismo y, a la larga, también ante los demás, que había cometido un error. Un error que había destrozado la vida de muchas personas. Y no bastaba con decir que creía en lo que hacía. La respuesta que había obtenido ahora también podría haberla obtenido entonces. Pero cayó en lo fácil, en las apariencias. Sin embargo, más adelante la vida le enseñó que las cosas casi nunca eran tan sencillas como parecían. Y que la vida podía cambiar en un instante. La muerte de Kate le infundió una humildad de la que carecía entonces, cuando de verdad la habría necesitado.

Le costaba mirarla a los ojos. Porque cuando lo hacía, no veía más que dolor y soledad. Y no sabía si no le estaría haciendo un flaco favor hurgando en el pasado. Pero al mismo tiempo, tenía el deber de repararlo todo en la medida de lo posible. Era tanto lo que no podía hacer de nuevo, tanto lo que no podía restituir...

Leif aparcó delante de la casa, pero se quedó sentado en el coche. Estaba demasiado vacía. Llena de recuerdos. Sabía que debería venderla, comprarse un piso, pero le faltaban las fuerzas. Echaba de menos a Kate, llevaba ya muchos años echándola de menos, y vivir sin ella era un suplicio. Se le hizo mucho más patente cuando dejó de tener un trabajo al que acudir. Trató de convencerse de que tenía a los niños y a los nietos; para muchos, eso parecía suficiente razón por la que vivir. Pero Kate le había impregnado cada célula, ella era la razón de su existencia. Sin ella, era incapaz de ver vida alguna.

Salió del coche con desgana. El silencio retumbaba entre las paredes de la casa. Lo único que se oía era el tictac del reloj de la cocina, ese reloj que era herencia de la casa de los padres de Kate. Un recuerdo más de su persona.

Leif entró en el despacho, solo ahí sentía algo de paz. Allí acomodaba el sofá y dormía todas las noches. Y así había sido desde que se jubiló.

El escritorio estaba en perfecto orden, como de costumbre. Para él era una cuestión de honor, y así fue siempre durante su vida laboral, la mesa del trabajo nunca estuvo menos ordenada que la de casa. Eso le ayudaba a clasificar los pensamientos, a crear una estructura y un orden en una serie de hechos inconexos en apariencia.

Sacó el archivador que contenía la documentación del caso. No sabía cuántas veces lo habría revisado todo. Pero esta vez iba a repasarlo con otra perspectiva. Y sí, encajaban muchas cosas. Demasiadas. Leif dejó el papel sobre la mesa muy despacio. Se había equivocado. Se había equivocado por completo.

Vendela se tambaleó un poco con los tacones a la entrada de la puerta del dormitorio de los padres de Basse. El vino le había provocado un delicioso mareo y todo era agradable y lo veía como algo lejano. Señaló a Jessie, que estaba encima de la cama.

—¿Cómo demonios la habéis subido?

Nils se rio.

—Basse y yo hemos tenido que currárnoslo.

—Esta tía no aguanta el alcohol —dijo Basse señalando a Jessie.

Ya hablaba algo gangoso, pero tomó otro trago de cerveza.

Vendela miraba a Jessie. Estaba totalmente fuera de combate, dentro de un sueño tan profundo que casi parecía que estuviera muerta. Pero el pecho se le elevaba ligeramente a veces. Como siempre que veía a Jessie, la invadió la ira. La madre de Jessie había cometido un asesinato sin que le hubiera pasado nada malo por ello. Y se había convertido en una estrella de Hollywood, mientras que su madre se pasaba las noches bebiendo para mitigar el dolor. Y Jessie había vivido en un montón de sitios por todo el mundo, mientras que Vendela se pudría en Fjällbacka.

Llamaron a la puerta, Vendela abrió. Del piso de abajo se oía el retumbar de la música de Flo Ridas, «My House», y los berridos y los gritos que trataban de imponerse a la banda.

—¿Qué hacéis?

Tres de los chicos que estaban en noveno en el instituto de Strömstad aparecieron delante de ella con la mirada turbia.

—Aquí tenemos una fiesta aparte —dijo Nils, y señaló la cama con la mano—. Entrad, chicos.

—¿Quién es esa? —preguntó el más alto de los tres.

Vendela creía que se llamaba Mathias.

—Una tía que está como una puta cabra y que quería ligar conmigo y con Basse —dijo Nils, y negó con la cabeza—. Lleva toda la noche buscando un polvo, así que al final la hemos traído aquí.

—Menuda puta —farfulló Mathias, y se quedó allí de pie, mirando a Jessie.

—Fíjate, mira qué fotos sube —dijo Nils, y sacó el móvil.

Fue pasándolas hasta llegar a la foto en la que salía Jessie enseñando el pecho y los chicos trataron de enfocar la imagen.

—Menudo par de tetas —rio uno de ellos.

—Se ha acostado con todos, hermano —dijo Nils, y apuró el resto de la cerveza.

Moviendo la botella en el aire, dijo:

—¿Quién quiere más bebida? Sin bebida no hay fiesta.

Se oyó un murmullo general y Nils miró a Vendela.

—¿Nos traes más?

Vendela dijo que sí y salió tambaleándose del dormitorio.

Consiguió bajar a la cocina, donde Basse había escondido algo de alcohol. En la amplia encimera había varias botellas. Cogió un barril de cartón de vino blanco con una mano y una botella de vodka con la otra. También unos cuantos vasos de plástico, que se encajó entre los dientes.

Mientras subía las escaleras, estuvo a punto de caerse varias veces. Al final consiguió llegar y llamar a la puerta con el codo, y Basse le abrió y le dio paso.

Basse se tiró en la cama con Nils al lado de Jessie, que seguía inconsciente. Mathias y los otros dos se habían sentado en el suelo. Vendela repartió los vasos y empezó a servir una mezcla de vino y vodka. De todos modos, ya nadie notaba a qué sabía.

—A una tía así habría que darle una lección —dijo Mathias mientras tomaba un par de buenos tragos de aquella mezcla.

Sentado y todo, se tambaleaba un poco.

Por encima de la cabeza de Mathias, Vendela miró a Nils a los ojos. ¿Iban a llegar hasta el final con aquello? Pensó en su madre, en todos los sueños que tenía y con los que no llegó a hacer nada. En su vida, que quedó destrozada aquel día, treinta años atrás.

Se dijeron que sí con un gesto discreto.

—Habría que marcarla de alguna manera —dijo Nils.

—Yo tengo un rotulador —dijo Vendela, y lo sacó del bolso—. Uno de esos permanentes.

Los chicos de Strömstad se echaron a reír. El más imbécil de los dos dijo entusiasmado:

—Sí, joder, qué bueno. Vamos a marcar a la puta.

Vendela se acercó a la cama. Señaló a Jessie.

—Antes hay que desnudarla.

Empezó a desabotonarle la blusa, pero los botones eran pequeños y ella tenía los dedos torpes de tanto vino y no era capaz de desabrochar ninguno. Al final los arrancó de un tirón.

Nils soltó una risotada.

—*That's my girl!*

—Quítale la falda —le dijo Vendela a Mathias, que se acercó a la cama entre risitas y empezó a bajarle la falda a Jessie.

Llevaba unas bragas blancas de algodón bastante feas, y Vendela mostró su desagrado. ¿Por qué no le sorprendía?

—Ayudadme a ponerla de costado para desabrocharle el sujetador —dijo.

Un puñado de manos de chicos la mar de solícitos acudieron en su ayuda.

—¡Toma ya!

Basse miraba asombrado los pechos de Jessie. La joven apenas se movió un poco cuando la pusieron otra vez boca arriba. Murmuró algo, pero no supieron descifrar lo que era.

—¡Eh! ¡Pasadla!

Nils le dio a Mathias la botella de vodka y todos se la fueron pasando. Vendela se sentó al lado de Jessie.

—Dámela.

Nils le alargó la botella. Ella sujetó a Jessie por la cabeza y la levantó un poco. Con la otra mano, le echó un chorro de vodka en la boca abierta.

—Ella también tiene que participar de la fiesta —dijo.

Jessie empezó a toser y a resoplar sin despertarse.

—¡Espera! Tengo que sacar fotos —dijo Nils—. Posa con ella.

Sacó el móvil con mano torpe y empezó a hacer fotos. Vendela se inclinaba sobre Jessie. Por fin era su familia la que tenía el poder.

Los otros cuatro chicos también sacaron el móvil para documentar la escena.

—¿Qué escribimos? —preguntó Basse, que seguía sin poder apartar la vista de los pechos de Jessie.

—Nos turnamos —dijo Vendela, y le quitó el tapón al rotulador—. Empiezo yo.

Escribió «ZORRA» en la barriga. Los chicos silbaron de alegría. Jessie se giró un poco, pero por lo demás no reaccionó. Vendela le pasó el rotulador a Nils, que estuvo pensando un rato. Luego le bajó las bragas a Jessie. Pintó una flecha que señalaba el vello púbico y escribió «GLORY HOLE». Mathias reía a carcajadas y Nils hizo el signo de la victoria y pasó el rotulador. Basse parecía inseguro, pero bebió un buen trago de vodka, se acercó a la almohada, le sujetó bien la cabeza y le escribió en la frente: «PUTA».

El cuerpo de Jessie no tardó en estar completamente cubierto de insultos. Todos hacían fotos con el móvil sin parar. Basse no podía dejar de mirarla.

Nils lo miró con una sonrisita.

—Oye, yo creo que Basse quiere quedarse un rato a solas con Jessie.

Los echó a todos del dormitorio y animó a su amigo con un gesto. Vendela cerró la puerta al salir. Lo último que vio fue que Basse empezaba a bajarse los pantalones.

Patrik miró el reloj. Le sorprendía que Erica no hubiera llegado a casa todavía, pero al mismo tiempo se alegraba, porque eso implicaba que lo estaban pasando bien. La conocía lo bastante como para saber que, de lo contrario, ya habría encontrado una excusa para irse pronto.

Fue a la cocina y recogió los platos de la cena. Los niños estaban cansados después de otro día de juegos en casa de los amigos y se durmieron prontísimo, así que en la casa reinaban la calma y el silencio. Ni siquiera había encendido el televisor. Necesitaba procesar con tranquilidad todos los pensamientos del día, ahora sentía como si le dieran vueltas en la cabeza sin ningún tipo de orden ni concierto. Habían hecho un hallazgo importante. Un gran avance. Pero no sabía qué significaba. El que Nea hubiera muerto en la finca familiar implicaba que debían sopesar en serio la posibilidad de que algún miembro de la familia fuera culpable. Por esa razón se vieron obligados a decirles a Eva y a Peter que no podían volver a la finca, porque iban a peinar toda la parcela y el cobertizo de la parte de atrás.

Patrik puso el lavaplatos y sacó una botella de vino tinto de la despensa. Se sirvió una copa y salió a la terraza. Se sentó en uno de los sillones de mimbre a contemplar el mar. La oscuridad aún no era total, a pesar de que ya eran las doce de la noche. Al contrario, el cielo se veía tornasolado en tonos oscuros de lila y rosa, y Patrik oía vagamente el batir de las olas en la playa que se extendía a sus pies. Aquel era su rincón favorito de la casa, aunque era consciente de lo poco que Erica y él lo habían disfrutado en los últimos años. Antes de que nacieran los niños, pasaban muchas noches en la terraza charlando, riendo, compartiendo sueños y esperanzas, haciendo planes y poniendo los raíles del tren que conduciría a su futuro juntos. Ahora hacía ya mucho de aquello. Una vez acostados los niños, se sentían los dos demasiado cansados para hacer planes y hasta para soñar. Por lo general, acababan casi siempre delante de algún programa de televisión de lo más absurdo, y más de una vez sucedía que Erica le daba un codazo en mitad de un ronquido y le preguntaba si no sería mejor que subieran a meterse en la cama. Patrik no cambiaría la vida que tenían con los niños por nada del mundo, pero sí le gustaría tener algo más de tiempo para..., en fin, sí, para su amor. Ese amor estaba siempre presente ahí, en lo cotidiano. Pero con mucha frecuencia se limitaba a una mirada cariñosa mientras cada uno le ataba los zapatos a un gemelo, o a un beso fugaz delante de la encimera, cuando Erica le preparaba las tostadas a Maja y la papilla a los chicos. Conformaban una maquinaria bien engrasada, un tren que avanzaba seguro por los raíles que habían ido disponiendo por las noches en la terraza. Pero le gustaría que alguna vez hubiera tiempo de parar el tren para disfrutar de las vistas.

Sabía que debería descansar, pero no le gustaba irse a dormir sin Erica. Le parecía triste acurrucarse en su lado de la cama cuando el de ella estaba vacío. Y, desde hacía muchos años, tenían una costumbre cuando se metían en la cama. A menos que fuera una noche de contacto máximo, se daban un beso de buenas noches y luego se dormían con las manos entrelazadas. Así que prefería quedarse despierto y esperarla, aunque sabía que le tocaría madrugar. De todos modos, si se acostaba, no pararía de dar vueltas sin poder conciliar el sueño.

Era cerca de la una cuando se abrió la puerta. Oyó un taco y a alguien que trasteaba con la llave en la cerradura. Prestó atención. ¿No vendría su querida esposa un tanto achispada? No había visto a Erica bebida desde el día de su boda, pero a juzgar por la dificultad manifiesta que tenía para abrir la puerta, se diría que había vuelto a ocurrir. Dejó la copa en la mesa, cruzó el salón, donde estuvo a punto de caerse encima del cuadro que Erica se trajo de la galería, y continuó hacia el pasillo. Erica seguía sin poder abrir la puerta, y los tacos que Patrik oía desde la calle eran dignos de un marinero. Giró el pestillo y bajó la manivela. Allí estaba Erica, llave en mano, mirando intrigada ya a su marido ya a la puerta abierta. Y entonces se le iluminó la cara.

—¡Hoooola, cariño!

Se lanzó al cuello de Patrik, que tuvo que agarrarse bien para no ir al suelo. La mandó callar entre risas.

—Baja la voz, los niños están durmiendo.

Erica asintió muy seria y se llevó un dedo a los labios mientras se esforzaba por mantener el equilibrio.

—Me callo, me caaallo... Los niños están durmieeendo...

—Exacto, los peques están durmiendo —dijo Patrik, y le ofreció el brazo para que se apoyara.

La llevó a la cocina y la sentó en una de las sillas. Luego llenó una jarra de agua y se la puso delante junto con un vaso y dos pastillas de ibuprofeno.

—Bébetelo todo, anda. Y tómate las pastillas. Si no, mañana estarás hecha polvo...

—Qué bueno eres —dijo Erica, y trató de enfocarlo bien.

Era evidente que en aquella despedida de soltera había corrido el alcohol. No estaba seguro de querer saber en qué estado se encontraría su madre. O sí estaba seguro.

—O sea, Kristina... —Erica se bebió el primer vaso de agua.

Patrik se lo llenó de nuevo.

—O sea, Kristina... O sea, tu madre...

—Sí, ya sé quién es Kristina.

Aquello resultaba de lo más entretenido. Si fuera capaz, la grabaría, pero sabía que entonces Erica lo mataría.

—Es taaan guay, tu madre —dijo.

Apuró el segundo vaso y soltó un hipido. Patrik volvió a servirle agua de la jarra.

—Y tiene unas piernas preciosas —siguió Erica, y movió la cabeza.

—¿Quién tiene unas piernas preciosas? —preguntó Patrik tratando de sacar algo en claro del lío manifiesto que Erica tenía en la mente.

—Tu madre... O sea, Kristina. Mi suegra.

—Ah, que es mi madre la que tiene unas piernas bonitas. Vale. *Good to know.*

Consiguió que se tomara un vaso más. El día siguiente iba a ser todo un reto para Erica. Él tenía que ir a trabajar, y sospechaba que Kristina, la canguro habitual, no se encontraría en un estado apto para cuidar niños...

—¡Y lo bien que bailaaa! Deberían invitarla a participar en *Let's Dance*. A mí no. Yo no sé bailar...

Erica meneó la cabeza otra vez y se tomó el último vaso de agua junto con las dos pastillas que Patrik le puso delante.

—Pero ha sido divertidísimo. Bailamos chachachá. ¿Te imaginas...? ¡Chachachá!

Soltó otro hipido, se puso de pie y le rodeó el cuello con los brazos.

—Ay cómo te quierooo. Quiero bailar chachachá contigo...

—Querida, no creo que estés para mucho chachachá en estos momentos.

—Que sí, que yo quiero bailar. Ven... No quiero irme a la cama antes de haber bailado chachachá contigo...

Patrik sopesó sus posibilidades. Llevar a Erica escaleras arriba no era posible. Lo mejor sería hacer lo que ella quería y luego convencerla de que subiera por su propio pie.

–De acuerdo, cariño, venga, a bailar chachachá. Pero será mejor que vayamos al salón, porque si no me temo que en la cocina vamos a tirarlo todo.

La fue llevando al salón. Erica se colocó enfrente de él y le puso la mano en el hombro y luego le cogió la mano izquierda. Se tambaleó un par de veces, pero al final logró estabilizarse. Echó una ojeada al retrato de Leif que estaba apoyado en la pared, justo al lado de donde se encontraban.

–Leif, mira tú también. Tú serás nuestro público para el chachachá...

Se rio de la broma y Patrik la zarandeó suavemente.

–Venga, céntrate. Íbamos a bailar chachachá. Luego nos vamos a dormir, ¿vale? Lo has prometido.

–Sí, nos vamos a dormir... Y a lo mejor hacemos algo más...

Lo miró intensamente a los ojos. El aliento le olía tanto a alcohol que a Patrik se le saltaron las lágrimas y tuvo que aguantarse la tos. Desde luego, era la primera vez, la única desde que se conocieron, que no se sentía tentado por una propuesta de esa naturaleza.

–Chachachá –le dijo en tono imperioso.

–Sí, eso –dijo Erica, y se irguió un poco–. Mira, tú haces así con los pies. Un, dos, chachachá... ¿Entiendes?

Trató de ver lo que Erica hacía con los pies, pero parecía que los iba poniendo al tuntún. Y el hecho de que, además, tropezara un par de veces no le permitía ver los pasos con más claridad.

–Y derecha... y luego izquierda...

Patrik reía, trataba de seguir los pasos, pero, en honor a la verdad, pensaba más bien en durante cuánto tiempo podría estar fastidiando a Erica por aquello.

–Un, dos, chachachá, y derecha y luego izquierda...

Erica tropezó y Patrik la atrapó al vuelo. Fue a fijar la vista en el retrato de Leif. Trataba de enfocar bien mientras se tambaleaba. Frunció el entrecejo.

–Derecha... e izquierda... –murmuraba.

Se dirigió a Patrik con la mirada empañada.

–Ya sé lo que no encaja...

Apoyó la cabeza en su hombro.

—¿Qué? ¿Qué es lo que no encaja? ¿Erica?

La zarandeó con suavidad, pero ella no respondió. Luego oyó que empezaba a roncar. Qué barbaridad. ¿Cómo iba a subirla al primer piso? ¿Y qué habría querido decir? Él ni siquiera sabía que hubiera algo que no encajaba.

Bohuslän, 1672

El calabozo estaba en la colina, junto a la fonda, y Elin apenas le había dedicado un pensamiento hasta ahora. Claro que tenía una idea de cómo sería un calabozo, pero nunca pudo imaginarse la oscuridad y la humedad. Bichos minúsculos se arrastraban y trepaban en las sombras. Le rozaban las manos y los pies.

El calabozo era pequeño y se usaba sobre todo para aquellos que se pasaban con la bebida alguna noche en la fonda; o para que algún marido que se hubiera empleado con la mujer y los hijos durmiera allí la borrachera.

Ahora estaba sola.

Se pegó bien los brazos alrededor del cuerpo mientras tiritaba de frío. Los gritos de Märta todavía le resonaban en los oídos, y casi la sentía aún agarrada a su falda.

Se habían llevado sus cosas de la cabaña de la servidumbre. Sus hierbas y sus tisanas. El libro con ilustraciones que le había dejado la abuela. Con instrucciones de cómo y qué mezclar, a duras penas explicado por alguien que no sabía escribir. Ignoraba qué habrían hecho con aquellos objetos.

Lo que sí sabía era que se encontraba en un gran apuro.

Preben llegaría a casa dentro de dos días, y él no permitiría que aquella locura continuase. En cuanto regresara de Lur, lo aclararía todo. Él conocía al alguacil y hablaría con él. Y haría que Britta entrara en razón. Seguro que su hermana solo quería darle a Elin una lección y asustarla un poco. No llevarla a la muerte.

Al mismo tiempo, recordaba la laguna. El terror en la mirada de Märta cuando se hundía bajo la oscura superficie de las aguas. Y a Viola, que desapareció para nunca más volver. Sí, tal vez Britta quisiera verla morir, sí, pero Preben no permitiría que eso sucediera. No sería bueno con Britta cuando se diera cuenta de lo que había hecho. Así que, si aguantaba allí esos dos días, podría volver a casa. Con Märta. Adónde irían después era un enigma, pero no podrían permanecer en casa de Britta.

Se oyó la cerradura y el alguacil apareció en la puerta. Elin se levantó en el acto y se sacudió la falda.

—¿De verdad es necesario que permanezca aquí? ¿Presa como un malhechor? Tengo una hija y ninguna posibilidad de ir a ninguna parte. ¿No puedo quedarme en mi casa mientras esto se aclara? Prometo responder a todas las preguntas que se me hagan, y sé que hay muchos que atestiguarán que no soy ninguna bruja.

—No vas a ir a ninguna parte —masculló el alguacil, y se estiró pomposamente—. Yo sé bien lo que las que son como tú sois capaces de hacer y con qué reclamos sabéis persuadir vosotras, esposas de Satán. Yo soy un hombre temeroso de Dios, y a mí no me afectan las maldiciones ni las promesas diabólicas. Quiero dejártelo claro desde ahora.

—No comprendo a qué se refiere el alguacil —dijo Elin, presa de una creciente desesperación.

¿Cómo había podido ocurrir aquello? ¿Cómo había acabado allí? ¿Qué le había hecho al alguacil para que la mirase con tanto desprecio? Era verdad que había pecado, había sido débil en lo carnal y en lo espiritual, pero ya había pagado el precio por ello. No podía comprender por qué Dios le reclamaba una penitencia mayor. Desesperada, cayó de rodillas en el suelo sucio y rogó con todo su corazón.

El alguacil la miró con desprecio.

—A mí no me engañas con ese teatro —dijo—. Yo sé muy bien a qué te dedicas, y pronto lo sabrán en toda la comarca.

Cuando se cerró la puerta y la oscuridad volvió a reinar en el calabozo, Elin siguió rezando. Y rezó hasta que se le durmieron las piernas y perdió la sensibilidad en los brazos. Pero nadie escuchaba.

Erica abrió los ojos despacio y los entornó para encarar la luz. Allí estaba Maja, delante de ella.

—¿Por qué estás durmiendo en el sofá, mamá? —preguntó la niña.

Erica miró a su alrededor. Sí, ¿por qué había dormido en el sofá? No tenía el menor recuerdo de cómo había llegado a casa.

El sofá se había deformado y Erica se apoyó con la mano para incorporarse, pero sentía como si fuera a estallarle la cabeza. Maja seguía allí, esperando su respuesta.

—Mamá está mala del estómago, así que era mejor que me quedara aquí para no contagiar a papá —dijo.

—Pobrecita —dijo Maja.

—Sí, pobrecita —repitió Erica con una mueca de dolor.

Qué barbaridad, no tenía resaca desde el día siguiente al de su boda y había olvidado por completo hasta qué punto era una experiencia mortal.

—Vaya, el cadáver ha resucitado —dijo Patrik con un tono demasiado festivo cuando entró en el salón con un gemelo en cada brazo.

—Mátame —dijo Erica, y consiguió levantarse.

La habitación daba vueltas y sentía la boca más seca que el estropajo.

—Debió de ser una despedida de lo más lograda. —Patrik se echó a reír.

Erica se dio cuenta de que se reía de ella, no con ella.

—Pues la verdad es que lo pasamos muy bien —dijo, y se llevó la mano a la cabeza—. Pero tomamos muchas copas. Yo creo que tu madre también se encuentra hoy como se merece...

—Pues me alegro mucho de ahorrarme ese espectáculo, ya tuve bastante con verte a ti cuando llegaste a casa anoche.

Sentó a los niños delante del televisor y les puso el canal infantil.

Maja se sentó al lado de Noel y Anton y dijo muy seria:

—Mamá está malita, así que tenemos que portarnos muy bien.

Los gemelos parecían estar de acuerdo, y siguieron viendo la tele.

—¿A qué hora llegué? —preguntó Erica tratando desesperadamente de rellenar los huecos.

—Sobre la una. Y querías bailar. Insistías en enseñarme a bailar el chachachá.

—No puede ser.

Erica se llevó la mano a la frente. Sabía que le restregaría aquello durante mucho tiempo.

Patrik se puso serio y se sentó a su lado en el sofá.

—Antes de quedarte fuera de combate. Estabas mirando el retrato de Leif y dijiste algo de derecha e izquierda y que ya comprendías qué era lo que no encajaba. ¿Recuerdas algo?

Erica trataba de hacer memoria, pero tenía la mente en blanco. El último recuerdo era un Long Island Ice Tea que le pusieron delante. Debería haber tenido el sentido común de no tomar bebidas así. Pero una vez hecho el desaguisado de nada valía arrepentirse. Ni siquiera recordaba cómo había llegado a casa. Después de ver lo negras que tenía las plantas de los pies, dedujo que, seguramente, habría llegado andando descalza.

—Pues no, no me acuerdo —dijo cariacontecida—. Lo siento.

—A ver, haz memoria. Derecha. Izquierda. Eso fue lo que dijiste justo antes. Me dio la impresión de que eso te sugirió algo...

Erica se esforzaba, pero le retumbaba tanto la cabeza que no podía pensar.

—No. Por desgracia. Pero es posible que me acabe acordando... —Se estremeció y puso otra vez cara de circunstancias—. En cambio, sí recuerdo una cosa de anteayer. Perdona, ¡he tenido tanto jaleo con la despedida de soltera que se me había olvidado por completo!

—¿Qué es? —dijo Patrik.

—Seguro que es importantísimo y debería habértelo dicho en ese momento, pero llegaste a casa muy tarde y luego me sumergí en los preparativos... El viernes me encontré con Marie por casualidad. Pasé por delante de la zona del puerto donde estaban rodando justo cuando tenían un descanso. Marie me llamó porque le habían dicho que yo quería hablar con ella. Estuvimos un rato en el café Bryggan hablando de lo que le pasó a Stella. Pero eso no es lo importante. Cuando ya me iba, llegó la maquilladora y me dijo que Marie no tenía ninguna coartada, que fue ella quien pasó la noche con el director, no Marie.

—Vaya —dijo Patrik, y Erica vio que enseguida empezaba a darle vueltas.

Se masajeó la frente.

—Una cosa más... Marie dice que entrevió o que oyó algo en el bosque justo antes de que Stella desapareciera. La policía no la creyó, pero eso quizá no fuera de extrañar, teniendo en cuenta que lo contó después de haber retirado su confesión. En fin, el caso es que ella cree que esa persona ha actuado de nuevo.

Patrik meneó la cabeza. Aquello le parecía demasiado rebuscado.

—Lo sé, seguro que lo ha dicho por decir. Pero de todos modos quería que lo supieras —dijo—. ¿Cómo vais vosotros?

Se esforzaba por hablar, a pesar de que se le quedaba la lengua pegada al paladar.

—Ayer teníais el registro, ¿no?

—Fue bien.

Le refirió el hallazgo del cobertizo y Erica notó que se le abrían los ojos de par en par. Era difícil saber qué implicaba aquello, pero comprendía que se trataba de un giro importante para la investigación; ahora sabían que a Nea la habían asesinado.

—¿Cuándo tendréis el resultado de la investigación técnica?

—A mediados de semana —dijo Patrik con un suspiro—. Yo lo habría querido para ayer, es frustrante no saber con qué contamos para seguir trabajando. Pero hoy llamaré a los padres a interrogatorio, ya veremos a qué nos conduce.

—¿Tú crees que alguno de los dos es el autor? —preguntó Erica, aunque no estaba segura de querer conocer la respuesta.

469

Los delitos de los padres contra los hijos eran lo peor. Sabía que ocurría con demasiada frecuencia, pero no era capaz de entenderlo. Miró a los niños, que se habían sentado en el suelo delante del televisor, y sintió con todo su ser que haría cualquier cosa para protegerlos.

—No lo sé —dijo Patrik—. Ese ha sido el problema todo el tiempo, que existen muchas posibilidades y ninguna pista evidente. Y ahora, para colmo, vienes tú y me dices que Marie no tiene coartada. Lo que significa más posibilidades todavía.

—Ya verás como se va desenmarañando —dijo Erica, y le acarició el brazo—. Y quién sabe, dentro de unos días quizá os llegue alguna información valiosa.

—Sí, eso es verdad —dijo Patrik, y se levantó.

Señaló a los niños.

—¿Tendrás fuerzas, en tu estado?

Erica habría querido responder que de ninguna manera, pero se contuvo. La resaca era fruto de sus actos, así que tendría que asumir las consecuencias. Pero iba a ser un día muy largo. Con muchos programas infantiles y muchos sobornos.

Patrik la besó en la mejilla y se marchó al trabajo. Con la cabeza a punto de estallar, ella se quedó mirando el retrato que había apoyado en la pared. ¿Qué habría querido decir anoche? Por más que se esforzaba, no conseguía recordar nada. La neblina era aún demasiado densa.

Patrik pulsó el botón de la grabadora y leyó las formalidades del día, la fecha y los presentes en la sala de interrogatorios. Luego guardó silencio unos instantes y miró a Peter. El hombre que tenía delante parecía haber envejecido diez años en la última semana. Lo inundó una oleada de compasión, pero se dijo que debía ser objetivo y profesional. Era facilísimo dejarse engañar por lo que uno quería o no quería creer acerca de los demás. Había cometido ese error con anterioridad, y había aprendido que el ser humano era increíblemente complejo, que nada era obvio.

—¿Con qué frecuencia utilizáis el cobertizo que tenéis en la parcela? —preguntó.

Peter lo miró extrañado.

—Pues... ¿el cobertizo? Bueno, en realidad no lo utilizamos para nada. No tenemos animales, salvo el gato, y ni siquiera lo usamos como almacén, no nos gusta acumular trastos.

Peter observó a Patrik concienzudamente.

—¿Cuándo fue la última vez que entrasteis?

Peter se rascó la cabeza.

—Mmm..., pues cuando estuvimos buscando a Nea —dijo.

—¿Y antes de eso?

—No lo sé, la verdad. Quizá hará una semana o así, también entré allí a buscarla. Ella era la única que iba al cobertizo de vez en cuando; le encantaba. Jugaba ahí con el gato, al que, por alguna razón, llamaba «el gato negro».

Peter se echó a reír, pero luego se le murió la carcajada en la garganta.

—¿Por qué preguntas por el cobertizo? —dijo, pero Patrik no le respondió.

—¿Estás seguro de que la última vez que estuviste en el cobertizo fue la semana anterior a la desaparición de Nea? ¿No puedes decirme a qué hora exactamente?

Peter sacudió la cabeza.

—No, de verdad que no tengo ni idea. Y lo de una semana es una aproximación.

—¿Y Eva? ¿Sabes cuándo fue la última vez que tu mujer fue al cobertizo? Aparte de cuando buscabais a Nea.

Otra vez un no por respuesta.

—No, no tengo ni idea, tendrás que preguntárselo a ella. Pero tampoco iba nunca allí. No lo usábamos.

—¿Has visto a otra persona entrar o merodear por ahí?

—No, nunca. O bueno, sí, una vez me pareció ver algo que se movía allí dentro, pero fui a echar una ojeada y apareció el gato, así que debió de ser él.

Miró a Patrik.

—¿Qué pasa? ¿Creéis que allí se escondía alguien? No entiendo muy bien adónde conducen estas preguntas.

—¿Nea iba mucho al cobertizo? ¿Sabes qué hacía cuando estaba allí?

—No, solo que le encantaba jugar allí dentro. Siempre se le dio muy bien entretenerse sola. —Se le quebró la voz y tosió un poco—. Siempre decía: «Voy al cobertizo a jugar con el gato negro», así que supongo que eso era lo que hacía, jugar con el gato. Es muy mimoso.

—Sí, ya me di cuenta —dijo Patrik con una sonrisa—. ¿Y qué me dices de la mañana en que desapareció? ¿Tampoco ese día viste nada en el cobertizo o en los alrededores? El menor detalle puede ser importante.

Peter arrugó la frente y negó con la cabeza.

—No, era una mañana perfectamente normal. Todo estaba en calma y en silencio.

—¿Subís alguna vez al altillo del cobertizo?

—No, yo creo que ninguno de nosotros ha subido desde que compramos la casa. Y a Nea se lo teníamos prohibido. No hay barandilla; y tampoco hay heno que amortiguara la caída si resbalaba, así que ella sabía muy bien que no podía subir.

—¿Era obediente?

—Sí, Nea era..., no era..., no era en absoluto de esos niños que hacen lo contrario de lo que se les dice. Si le decíamos que no podía subir sola al altillo, no subía.

—¿Cómo se comportaba con otras personas, con extraños, por ejemplo? ¿Habría confiado en alguien a quien no conocía?

—Por desgracia, no le habíamos inculcado lo bastante bien que hay personas que no son buenas. Ella era cariñosa con todo el mundo, y de nadie pensaba nada malo. Todas las personas a las que conocía eran amigas. Desde luego, siempre decía que el gato negro era su mejor amigo, así que debería ampliar: todas las personas y todos los animales eran amigos.

Una vez más se le quebró la voz. Patrik vio que se mordía el labio para no perder la compostura. Cerró los puños, no sabía cómo iba a hacerle la siguiente pregunta.

—Hemos oído algunas cosas de la Policía de Uddevalla.

Peter se sobresaltó.

—¿Qué cosas?

—Sobre tus estallidos violentos cuando..., cuando bebías.

Peter meneó la cabeza.

—De eso hace varios años. Cuando tenía... problemas en el trabajo.

Miró a Patrik. Volvió a sacudir la cabeza, más fuerte ahora.

—¿Acaso crees que yo...? No, yo jamás le haría daño a Nea. ¿Ni a Eva tampoco? Ellas son mi familia, ¿no lo entiendes? Nea era mi familia.

Escondió la cara entre las manos y empezó a temblar.

—¿Qué es esto? ¿Por qué sacáis mis pecados de antaño? ¿Por qué preguntáis tanto por el cobertizo? ¿Qué habéis encontrado allí?

—No puedo decirte más por ahora —respondió Patrik—. Y cabe la posibilidad de que tengamos que haceros más preguntas. Como ya sabes, Gösta está ahora hablando con Eva, y le está haciendo más o menos las mismas preguntas que te he hecho yo. Os agradecemos mucho vuestra colaboración, y en estos momentos debéis confiar en que hacemos cuanto está en nuestra mano.

—¿Es seguro? ¿Es totalmente seguro que él... no es...? —Peter se secó las mejillas—. Sé que mi padre tiene unas opiniones muy firmes, y nos dejamos llevar... Además, todo el mundo habla... del campo de refugiados. Al final, uno termina por creérselo...

—Es totalmente seguro que no fue el hombre al que acusaron. Alguien robó las braguitas de Nea de su tendedero después de que la pequeña desapareciera y trató de inculparlo, sencillamente.

—¿Y cómo están?

Peter no miraba a Patrik a los ojos.

—No muy bien, la verdad. No saben si su mujer sobrevivirá, y Karim, que así se llama el hombre, sufre graves quemaduras en las manos.

—¿Y los niños? —preguntó Peter, levantando por fin la mirada.

—Ellos están bien —dijo Patrik con tono tranquilizador—. Por el momento viven en casa de una compañera de la comisaría, hasta que a su padre le den el alta hospitalaria.

—Siento mucho que hayamos...

No consiguió terminar la frase.

Patrik lo entendió.

—No te preocupes. A veces creemos lo que queremos creer. Y los refugiados son, por desgracia, muy socorridos como chivos expiatorios de todo lo habido y por haber.

—Yo no debería haber...

—No pasa nada. Lo pasado, pasado está. Ahora tratamos de averiguar quién o quiénes prendieron fuego al campo de refugiados y quién mató a tu hija.

—Necesitamos saberlo. —Peter tenía en los ojos el brillo de la desesperación—. De lo contrario, no vamos a sobrevivir. Eva no podrá sobrevivir. La ignorancia nos destruirá.

—Hacemos cuanto podemos —dijo Patrik.

Pero evitó conscientemente cualquier palabra que implicara una promesa. En esos momentos, ni siquiera estaba seguro de que lograran encontrar al culpable. Concluyó oficialmente el interrogatorio y apagó la grabadora.

Lo primero de lo que tomó conciencia fue de las náuseas. Luego, de lo irregular de la base sobre la que se encontraba. Los párpados parecían pegados con pegamento, y le costó una lucha abrir los ojos. No reconocía el techo que daba vueltas sobre ella, y las náuseas empeoraron. La habitación tenía en la pared un papel de rayas azules y blancas, pero no recordaba haberlo visto antes. Se estremeció por las ganas de vomitar y, agobiada, giró la cabeza a un lado. La vomitona se estrelló contra el suelo, al lado de la cama. Tenía un sabor intenso y repulsivo y apestaba a alcohol.

Jessie dejó escapar un gemido. Cuando giró la cabeza notó que estaba pegajosa. Se pasó la mano por los pechos y comprendió que ya estaba cubierta de vómito.

El pánico iba en aumento. ¿Dónde se encontraba? ¿Qué había pasado?

Muy despacio, se incorporó en la cama. Se estremeció y las náuseas se adueñaron de ella, pero logró contener el vómito. Miró hacia abajo y vio su cuerpo, sin poder asimilar el espectáculo. Estaba totalmente desnuda. Y tenía rayajos negros por todas partes. Le llevó unos segundos comprender que eran palabras que le habían escrito encima. Una a una la fueron martilleando:

«Puta. Zorra. Foca. Guarra.»

Se le encogió la garganta.

¿Dónde estaba? ¿Quién le había hecho aquello?

Entonces recordó una imagen. El sillón en el que estaba sentada. Los vasos de combinados que le habían ofrecido.

La fiesta de Basse.

Se cubrió con un edredón y miró a su alrededor. Parecía el dormitorio de los padres. En la mesilla de noche había unas fotos que representaban a una familia sonriente. Sí, ahí estaba. Basse. Sonriendo en un barco de vela entre un hombre y una mujer con unos dientes blanquísimos.

Las náuseas volvieron junto con la certeza. Aquel había sido su plan desde el principio. Todo era un teatro. Vendela, cuando llamó para salir con ella. Fingir que eran amigos suyos. Nada fue de verdad.

Exactamente igual que en Inglaterra.

Se abrazó las rodillas. Ya no sentía el hedor. Lo único que sentía era el agujero que le crecía en el pecho.

Le dolía entre las piernas y se llevó allí la mano. Estaba pegajoso y, aunque no tenía ninguna experiencia de aquello, sabía por qué. Hijos de puta.

Hizo un gran esfuerzo y bajó las piernas de la cama. Se tambaleó un poco cuando se puso de pie y, esta vez, no pudo contener las arcadas.

Cuando terminó de vomitar, se limpió con el dorso de la mano y cruzó el suelo pegajoso de la habitación. Logró llegar al cuarto de baño que estaba comunicado con el dormitorio.

Se secó las lágrimas cuando se vio en el espejo. Se le había corrido todo el maquillaje, tenía restos de vómito en el cuello y en el pecho. Y en la frente habían escrito «puta». Tenía las mejillas enteras garabateadas de palabras horribles.

Empezó a llorar a mares y se agachó sollozando sobre el lavabo. Se quedó así unos minutos. Al final, se metió en la ducha y abrió el grifo del agua caliente, todo lo caliente que fuera posible. Cuando vio que salía vapor, se metió debajo y dejó que el agua la limpiara. Estaba tan caliente que se le puso la piel roja. Los restos de vómito fueron desapareciendo, con lo que las palabras escritas en negro se veían más claramente aún.

Aquellas palabras le gritaban, y sintió cómo le dolía y le latía ahí abajo.

Jessie se enjabonó aplicándose generosamente el gel que había en un estante. Se lavó entre las piernas hasta erradicar cualquier rastro de aquella cosa asquerosa. Nunca dejaría que nadie la tocara ahí otra vez. Estaba mancillado, destrozado.

Se frotó una y otra vez todo el cuerpo, pero las palabras se negaban a desaparecer. La habían marcado, y ella quería marcar a todos los que habían hecho aquello.

Bajo el agua ardiente, tomó una decisión. Lo iban a pagar. Cada uno de ellos. Lo iban a pagar.

Encargarse de los niños teniendo resaca debería figurar en la escala de penas por delitos graves. Erica no tenía ni idea de cómo iba a superar aquel día. Y como de costumbre, los niños eran capaces de olfatear la debilidad y sacarle partido. Bueno, Maja era la niña tranquila y buena de siempre, pero los gemelos decidieron comportarse como si nunca hubieran aprendido a estar en una habitación amueblada. Gritaban, se pegaban, trepaban, y a cada reprimenda de Erica seguía siempre un largo lamento que hacía que le estallara la cabeza.

Cuando sonó el móvil pensó no responder, puesto que el nivel de ruido dificultaría cualquier forma de conversación sensata. Pero vio que era Anna.

—Hombre, hola, ¿cómo te encuentras?

Su hermana parecía fresca como una lechuga y descaradamente alegre, y Erica se arrepintió de haber respondido. El contraste con su estado era demasiado grande. Se consoló pensando que, de no haber estado embarazada, Anna se encontraría mucho peor que ella.

—¿Llegaste bien a casa anoche? Seguías allí cuando yo me fui, pero me preocupaba que no hubieras encontrado el camino de vuelta...

Anna se echó a reír y Erica dejó escapar un suspiro. Otro miembro de la familia que estaría metiéndose con ella por aquello hasta el fin de sus días.

—Es obvio que sí llegué a casa, pero no puedo decir que recuerde cómo lo hice. De todos modos, a juzgar por cómo tengo los pies, volví andando descalza.

—Pero ¡madre mía, qué noche! ¿Y quién se iba a imaginar que las señoras aguantarían la fiesta de ese modo? ¡Vaya historias...! Creí que se me iban a fundir los plomos.

—Sí, ya nunca podré ver a Kristina como antes, eso te lo aseguro.

—Y muy divertido lo del baile también.

—Desde luego, y por lo visto anoche se me metió en la cabeza que tenía que enseñarle a Patrik a bailar chachachá...

—¿Qué dices? —preguntó Anna—. Habría dado cualquier cosa por verte.

—Luego se ve que me dormí sobre su hombro en plena clase de baile, así que tuvo que acostarme en el sofá. Y ahora me encuentro como me merezco. Y, lógicamente, los chicos se han olido mi debilidad transitoria y me atacan en manada.

—Pobrecilla —dijo Anna—. Yo puedo quedarme con ellos un rato si quieres descansar un poco. De todos modos, no hago nada aquí en casa.

—No, no te preocupes —dijo Erica.

Era una oferta tentadora, desde luego, pero el mortificador que llevaba dentro le decía que era culpa suya encontrarse en esa situación.

Erica hablaba andando de un lado para otro, hasta que se detuvo delante del retrato de Leif. Viola lo había captado bien, verdaderamente, a juzgar por las fotos que había visto. Pero aquel retrato añadía algo más que las fotografías no reflejaban. Había captado su personalidad, y tenía la sensación de que la estuviera observando desde el lienzo. Erguido, orgulloso, se le veía sentado ante su escritorio, donde todo estaba organizado en hileras perfectamente ordenadas. Tenía delante un puñado de papeles, un bolígrafo en la mano, un vaso de whisky al lado. Erica se quedó mirando el retrato fijamente. De pronto se disipó la niebla. Sabía exactamente qué fue lo que descubrió anoche, antes de dormirse en el hombro de Patrik.

—Anna, ¿y si te digo que he cambiado de opinión? ¿Podrías venir y quedarte con ellos un rato? Tengo que ir a Tanumshede.

Karim giró la cabeza hacia la ventana. La soledad del hospital era abrumadora, a pesar de que había recibido varias visitas. Bill se había pasado por allí con Khalil y Adnan. Pero Karim no supo qué decirles. Incluso con ellos en la habitación, se sintió solo y abandonado. Con Amina a su lado siempre estaba en casa, sin importar dónde se encontrara. Ella era todo su mundo.

Al principio dudó un poco si debía dejar que los niños vivieran en casa de una de las agentes de la policía. Fueron ellos los que lo empezaron todo. Pero la mujer tenía una mirada tan amable... Y tampoco era sueca.

Había hablado por teléfono con los niños por la mañana. Se notaba que estaban bien. Pasaban de preguntar llenos de preocupación cómo estaba su madre y cuánto tiempo se quedaría él en el hospital, a contarle que tenían un amiguito nuevo que se llamaba Leo y cómo eran sus juguetes, y que había una niña pequeña que era muy mona y que Rita hacía una comida muy buena aunque no se parecía en nada a la de su madre.

Sus voces alegres lo hacían tan feliz como desgraciado se sentía por la preocupación. Los médicos parecían cada vez más preocupados cuando les preguntaba por Amina. Le habían permitido visitarla una vez en su habitación. Hacía muchísimo calor. Treinta y dos grados, según le dijeron. La enfermera le explicó que los quemados graves se enfrían por la pérdida de líquido y que por eso había que aumentar la temperatura ambiente.

Se le saltaron las lágrimas con el hedor. Aquel olor a carne asada. Y era su adorada Amina la que olía así. Estaba inmóvil en la cama y él tendió una mano hacia ella, quería tocarla, pero no se atrevió. Le habían rapado la cabeza y Karim no pudo contener los sollozos al ver la piel quemada que había quedado al descubierto. La cara le brillaba por la vaselina y tenía vendadas grandes porciones del cuerpo.

Amina permanecía sedada y estaba conectada a un respirador. La gente no paraba de moverse en la habitación durante el tiempo que estuvo allí. Estaban centrados en Amina, y a él ni lo miraron. Y estaba agradecido por ello, agradecía que trataran de hacer cuanto podían para ayudar a su mujer.

Él solo podía esperar. Y rezar. Los suecos no parecían creer en la oración, pero él rezaba día y noche por Amina, para que se quedara con él y con los niños, y rogaba que Dios quisiera dejársela a los tres un poco más de tiempo.

Al otro lado de la ventana brillaba el sol, pero aquel sol no era el suyo. No era su país. Y se le pasó por la cabeza una idea. ¿Querría decir aquello que, al huir, dejó atrás también a su dios?

Cuando el médico que caminaba a paso lento entró en su habitación, Karim supo que así era. Una sola mirada de ese médico le bastó para tomar conciencia de que ahora estaba totalmente solo.

—Tenemos muchas decisiones que tomar —dijo Patrik, que se había puesto de pie para captar la atención de todo el mundo.

Annika había preparado un tentempié matutino, y en la mesa había una barra de pan Skogaholm, mantequilla, queso, unas rodajas de tomate y café.

Era justo lo que Paula necesitaba, porque esa mañana solo había desayunado una galletita de pan crujiente, devorada deprisa y corriendo a instancias de Johanna. Miró a Martin mientras se preparaba una rebanada de pan. Parecía cansado, como si apenas hubiera dormido, aunque no en plan «me he pasado la noche dando tumbos» sino más bien «me he pasado la noche revolcándome en el pajar...». Le sonrió maliciosamente, y él enseguida se puso como un tomate. Se alegraba por él al mismo tiempo que esperaba que aquel nuevo amor no le procurase llanto y rechinar de dientes. Ya había tenido bastante en la vida.

Dirigió la atención a Patrik.

—Como sabéis, ayer hicimos varios hallazgos importantes durante el registro en la granja de la familia Berg. En el cobertizo, los técnicos encontraron el envoltorio de una chocolatina Kex incrustado entre dos tablones. No sabemos cómo o cuándo fue a parar allí, pero Nea tenía en el estómago restos de galletas y de chocolate, de modo que es posible que estén relacionados. Sobre todo teniendo en cuenta lo que encontraron después.

Guardó silencio, pero nadie dijo nada. La noticia del hallazgo cayó ayer como una bomba entre sus colegas, renovó la esperanza e infundió nueva vida en una investigación que ya había empezado a rezumar desesperanza.

—¿Cuándo sabremos si es la sangre de Nea? —preguntó Martin.

—A mediados de semana, según Torbjörn. —Patrik tomó un trago de zumo y continuó—: Pero ahora llegamos a un dato que ninguno de vosotros conoce. Torbjörn ha llamado hace un rato y me ha dicho que encontraron algo más. Yo me fui de la granja después de que los técnicos terminaran en el cobertizo. Luego iban a peinar las inmediaciones de los distintos edificios de la finca, y Torbjörn creía que les llevaría hasta última hora de la tarde. Ni él ni yo pensábamos que encontrarían nada más, pero nos equivocamos.

Patrik hizo una pausa dramática para crear expectación.

—Entre la hierba alta que hay justo delante del cobertizo, uno de los técnicos encontró un reloj. Un reloj infantil con un dibujo de *Frozen*... Es algo que no sabía esta mañana, cuando he interrogado a Peter, pero, como es lógico, los he llamado inmediatamente a él y a Eva, y ella confirmó que Nea tenía un reloj así y que casi siempre lo llevaba puesto. Aunque no lo han identificado en persona, creo que podemos dar por hecho que es de la niña.

Paula se quedó pasmada. Al igual que el resto de sus compañeros de la comisaría, era muy consciente de lo que aquello significaba.

—La correa estaba rota, la esfera, aplastada y el reloj se había parado en las ocho. Como siempre, hemos de ser cautos y no sacar conclusiones precipitadas, pero parece verosímil considerar que con ese reloj hemos encontrado el lugar primario del crimen y la hora aproximada a la que Nea murió.

Mellberg se rascaba el nido de pelo.

—¿Quieres decir que murió allí hacia las ocho de la mañana y luego la trasladaron al lugar donde hallaron el cadáver?

—Es la hipótesis más plausible, sí —dijo Patrik.

Martin levantó la mano.

—¿Esta circunstancia cambia algo en lo que se refiere a las coartadas de Marie y Helen?

—No, en realidad no —respondió Patrik—. Helen nunca ha tenido una coartada aceptable, ni para la noche ni para la mañana. Y dice que se tomó un somnífero y estuvo durmiendo toda la noche hasta las nueve, hora a la que salió a correr. Sin embargo, nadie puede confirmarlo, puesto que el marido estaba fuera y su hijo no la vio hasta la hora del almuerzo. Marie ha dicho en todo momento que tenía coartada para esa noche y también para la mañana, pero Erica me ha contado hace un rato una cosa como mínimo llamativa. El viernes se cruzó con Marie por casualidad y estuvo hablando con ella en el café Bryggan. Cuando Marie tuvo que volver al plató, apareció la maquilladora de la película, se acercó a Erica y le dijo que la coartada de Marie no se sostiene, que fue ella quien pasó aquella noche y aquella mañana con el director, no Marie.

—Joder —dijo Martin.

—¿Será verdad? —intervino Paula—. ¿No habrá una historia de celos y se lo habrá inventado todo?

—Pues tendremos que preguntarle a Marie. Y, lógicamente, hay que hablar otra vez con el director y con esa mujer. Si resulta que es cierto, Marie tiene mucho que explicar. Como, por ejemplo, por qué creyó que debía inventarse una coartada.

—Ya, pero el tal Jörgen también dijo que fue Marie quien estuvo con él —recordó Martin—. ¿Por qué iba a hacerlo si no era verdad?

Paula lo miró y soltó un suspiro. Era un buen policía, pero a veces resultaba más inocente e ingenuo de lo medianamente aceptable.

—Marie es la protagonista de una producción de presupuesto multimillonario. Una película que esperan que sea un éxito de taquilla. Yo creo que Jörgen estaría dispuesto a decir prácticamente cualquier cosa para no poner eso en peligro.

Martin se la quedó mirando.

—Ah, joder, en eso no había pensado yo.

—Es que eres demasiado bueno —dijo Paula, con lo que Martin reaccionó como si estuviera muy ofendido.

Pero nadie la contradijo, y tampoco Martin protestó. En el fondo sabía que Paula tenía razón.

—Bueno, pues empezaremos por ver qué tiene que decir Marie —dijo Patrik—. Había pensado llevarme a Gösta e ir allí ahora, después de la reunión. Pero puesto que Marie estaba en maquillaje en Tanumshede a las nueve de la mañana, me cuesta imaginar cómo pudo matar a Nea a las ocho.

—De acuerdo —dijo Paula—. Volvamos al papel de la chocolatina. ¿Cuándo tendremos el resultado del análisis? Puede contener huellas dactilares y restos de saliva.

Patrik asintió.

—Sí, eso esperamos, pero no hay nada seguro, como de costumbre, hasta que no tengamos los resultados en la mano. En estos momentos es un caso prioritario, pero puede pasar cualquier cosa.

—Vale, y en la situación actual, tendremos los resultados a mediados de semana, ¿no? —preguntó Martin.

—Sí, eso me ha dicho Torbjörn.

—¿Habéis encontrado algo más? ¿Pisadas? ¿Huellas dactilares? ¿Alguna otra cosa?

Paula engulló el último bocado de pan y empezó a prepararse otra rebanada. Tampoco esa noche había dormido mucho, y la falta de sueño le daba hambre.

—No, parece que han limpiado a fondo el cobertizo. Torbjörn encontró el envoltorio porque se había colado en una rendija entre dos tablones. Quienes limpiaron lo pasaron por alto.

Martin levantó la mano otra vez. Tenía los ojos tan enrojecidos que hacían juego con el pelo.

—¿Cuándo tendrá Pedersen el informe forense definitivo?

—Cada vez que le pregunto, me responde «dentro de un par de días» —contestó Patrik con frustración en la voz—. Están hasta el cuello y sé que trabaja todo lo rápido que puede, pero no por ello es menos desesperante.

Se apoyó en la encimera y cruzó los brazos.

—¿Qué dicen los padres? Ya sabéis lo que digo siempre, que donde primero hay que buscar es en el seno familiar —intervino Mellberg mientras se preparaba un sándwich de seis pisos de pan Dagobert.

Paula se sonrió para sus adentros. Sabía que, como siempre, llegaría a casa por la noche y le juraría a Rita que apenas había probado bocado durante el día y que estaba desfallecido. Y acto seguido añadiría que no se explicaba cómo podía engordar tanto cuando comía como un gorrión.

—No saben lo que hemos encontrado —dijo Gösta—, pero sí que algo hay, naturalmente. Los dos aseguran que no utilizan el cobertizo y que Nea era la única que iba allí. Tampoco han visto a ningún extraño dentro ni en los alrededores, ni el día que la niña desapareció ni durante el tiempo que llevan viviendo en la casa.

Gösta preguntó con la mirada a Patrik, que añadió:

—Bueno, en una ocasión Peter creyó ver a alguien en el cobertizo, y cuando fue a mirar resultó que era el gato. Seguro que no es nada, pero no quería dejar de mencionarlo.

—Vale, entonces, ¿qué debemos creer? —dijo Paula—. ¿Es posible que hubiera alguien escondido en el cobertizo que atacara a Nea? ¿Había algún indicio de agresión sexual? ¿Algún rastro de esperma?

Detestaba tener que sacar el tema, las agresiones sexuales a niños pequeños eran su peor pesadilla, pero no podían cerrar los ojos a esa posibilidad.

—De ser así, lo revelará la autopsia —respondió Patrik—. Pero sí, es posible que alguien estuviera esperando a Nea en el cobertizo. Que la engatusara con la chocolatina y..., bueno, lo que ocurrió después..., eso solo los dioses lo saben.

—Yo he echado un vistazo por el bosque que hay detrás de la casa —dijo Gösta—. Quería ver si, viniendo por ahí, era posible llegar a la casa y robar las braguitas del tendedero sin ser visto desde el interior. Que creo que es lo que hizo el sujeto, cruzar la explanada es demasiado arriesgado. Y comprobé que puede uno ir escondiéndose de arbusto en arbusto hasta llegar al lateral de la casa donde está el tendedero. Además, hay un montón de rincones desde los que vigilar la granja sin ser visto. Tal vez alguien hubiera estado observando a Nea y hubiera tomado nota de sus hábitos, y sabía que solía jugar allí dentro. Esa persona puede haber visto que el padre se marchaba y que la madre se quedaba en la granja. Si se trata de un agresor masculino, la madre sería para él una amenaza mucho menor que el padre.

—No es infrecuente que los agresores sexuales vigilen a su víctima un tiempo antes de cometer el delito —dijo Paula.

De repente el pan se le hizo bola en la boca y dejó lo que le quedaba en la mesa mientras trataba de tragarse el último bocado.

—También examinamos a conciencia la parte de bosque que hay detrás de la casa —continuó Patrik—. Pero no encontramos nada

483

que nos pareciera relevante. Algo de basura sí que recogimos, claro, pero nada que llamara la atención o que destacara por su interés.

Miró a Paula.

—¿Qué tal va el incendio? ¿Y el intento de inculpar a Karim? ¿Habéis avanzado?

A Paula le habría gustado tener algo que contar, pero a dondequiera que se dirigían se topaban continuamente con callejones sin salida. Nadie sabía nada. Nadie quería asumir la culpa. A lo sumo, alguno murmuraba que «habían recibido su merecido», pero más allá nadie se comprometía.

Respiró hondo.

—No, por ahora no tenemos nada, pero no nos vamos a rendir. Tarde o temprano, alguien se irá de la lengua.

—¿Tenéis la sensación de que se trate de una acción organizada? —dijo Mellberg—. ¿O podría ser un impulso adolescente?

El jefe llevaba un tiempo demasiado callado, quizá porque tenía el sentido común suficiente para estar avergonzado por su papel en lo ocurrido.

—La verdad es que no lo sé —respondió Paula pasados unos instantes—. Lo único seguro es que fue por odio. Pero no sé deciros si se trató de una decisión repentina o si fue algo planeado. Ya lo averiguaré.

Mellberg asintió. Le dio una palmadita a *Ernst,* que estaba tumbado a sus pies, y dejó de hacer preguntas. Paula agradecía la seriedad repentina de su jefe. Y creía saber cuál era su origen. Se había pasado toda la mañana jugando con Samia, Hassan y Leo. Los había estado persiguiendo por la casa, jugando a que era un monstruo, haciéndoles cosquillas para que se rieran... Seguramente, como hacía mucho tiempo que no reían. Y por eso, en el fondo más recóndito de su ser, Paula quería al hombre con el que había decidido vivir su madre. Nunca lo reconocería en voz alta, pero Mellberg se había convertido en un abuelo para sus hijos, y la cara que mostraba cuando no entraba en juego el prestigio le permitía perdonarle toda esa pomposidad absurda. Seguramente la seguiría sacando de quicio hasta el último día de su vida, pero sabía que aquel hombre sería capaz de morir por sus hijos.

Alguien tiró del picaporte y Annika fue a abrir. Volvió con Erica, que venía sin resuello y los saludó a todos con un breve gesto antes de dirigirse a Patrik:

—Ya sé qué fue lo que se me ocurrió anoche. Leif Hermansson no se suicidó. Lo asesinaron.

En la sala se hizo un silencio absoluto.

Bohuslän, 1672

Dos días habían transcurrido. Elin se ponía en tensión cada vez que oía que alguien se acercaba a la puerta. No le habían dado nada de comer desde que llegó, solo un poco de agua, y no habían vaciado el orinal. No tenía más que girarse un poco y el hedor le daba en la cara. Solo resistía porque sabía que, a medida que pasaban las horas, se iba acercando el momento en que Preben llegaría a casa y averiguaría lo sucedido.

Por fin oyó el crujido de la puerta y la cerradura al abrirse. Y allí estaba él. Tuvo el deseo de arrojársele al cuello, pero sintió vergüenza de lo sucia que estaba.

Se dio cuenta de que aquel hedor lo mareaba.

—¡Preben! —trató de decir, pero solo le salió un graznido.

Llevaba dos días sin pronunciar una sola palabra y tenía la voz ronca y quebrada. El hambre la arañaba por dentro, pero sabía que pronto podría salir de allí. Necesitaba sentir los suaves bracitos de Märta alrededor del cuello, y su cuerpecillo pegado al pecho. Con tal de estar juntas las dos, no le importaba tener que ir mendigando por los caminos. Si Märta estaba con ella, era capaz de pasar hambre y frío.

—Preben —repitió, y ahora le salió mejor la voz.

Él miró al suelo mientras giraba el sombrero entre las manos. La preocupación se le agarró al estómago. ¿Por qué no decía nada? ¿Por qué no le reñía al alguacil, la sacaba de allí y la llevaba a casa con Märta?

—¿Ha venido a buscarme? —preguntó—. Britta se enojó conmigo por lo que hicimos, lo averiguó cuando fue a la ciudad. Y me llamó bruja para vengarse. Pero seguro que ya se ha tranquilizado, y yo ya he recibido el castigo. Ha sido espantoso estar aquí encerrada. He pasado todas las horas del día y de la noche pidiendo a Dios el perdón por nuestros pecados, y también puedo pedirle perdón a Britta, prometo que lo haré. Si Britta quiere, puedo besarle los pies y pedirle perdón, y luego Märta y yo desapareceremos de su vista. Por favor, Preben, ¿no puede arreglar las cosas con el alguacil para que nos vayamos a casa?

Preben seguía girando el sombrero. A su espalda estaban el campanero y el alguacil, y Elin se dio cuenta de que llevaban allí todo el rato.

—No tengo ni idea de lo que estás diciendo —dijo Preben con frialdad—. Mi mujer y yo hemos sido generosos y os hemos permitido a ti y a tu hija que os alojarais en nuestro hogar porque sois parte de la familia, y así nos lo pagas. Ha sido traumático volver a casa y saber que Britta ha descubierto que su hermana es una bruja, y que seguramente es la causante de tantas dificultades como tuvo para concebir...Desde luego, es una vergüenza lo que nos has hecho, Elin. Y que ahora vengas con esas mentiras sobre el marido de tu hermana, en fin, lo único que hace es confirmar lo malvada y depravada que eres, y demuestra con toda la claridad deseable que estás en las garras del diablo.

Elin no podía hacer otra cosa que mirarlo atónita. Se arrodilló y escondió la cara entre las manos. Era tal la magnitud de la traición, tan abrumadora, que ni siquiera fue capaz de enfadarse. ¿Qué tenía ella que aducir? Preben era un hombre de la Iglesia, su posición y sus palabras tenían mucho peso. Si se unía a quienes atestiguaban que era una bruja, ella nunca saldría de allí. Por lo menos, no con vida.

Preben se dio media vuelta con el campanero pisándole los talones. El alguacil entró en la celda y miró con desprecio a Elin, que se lamentaba en el suelo.

—Tendrás ocasión de defenderte. Mañana haremos la ordalía del agua. Pero si yo fuera tú, no albergaría demasiadas esperanzas. Lo más probable es que flotes.

Luego cerró la puerta, y de nuevo reinó la oscuridad.

Sam caminaba despacio por el sendero. Cuando se despertó por la mañana y alargó la mano en busca del móvil, lo invadió enseguida una sensación de catástrofe al ver el mensaje de Jessie. Se le rompía el corazón. Jessie no quería ir a su casa y quedaron en el claro del bosque que había en la parte trasera. Se había llevado una bolsa con cosas que ella pudiera necesitar. El quitaesmalte de su madre, pañuelos de papel y toallas. También llevaba analgésicos, una botella grande de agua, una bolsa con bocadillos y ropa limpia que había sacado del armario de su madre.

En la mochila seguía el cuaderno de notas. Aún no había podido enseñárselo.

Jessie lo esperaba en el claro del bosque. Dudó un instante cuando la divisó, estaba mirando hacia otro lado pero como si no viera nada. Llevaba unos pantalones de chándal demasiado grandes y se había puesto la capucha de la sudadera.

—Jessie —dijo en voz baja al tiempo que se le acercaba.

Ella seguía inmóvil y sin alzar la vista. Él le puso la mano en la barbilla y le levantó la cara despacio. Era tan grande la vergüenza que reflejaban sus ojos que la sintió como un puñetazo en el estómago.

Sam la rodeó con sus brazos y la estrechó fuerte. Jessie no le devolvió el abrazo. No lloraba. No se movía.

—Son una basura —dijo Sam muy bajito.

Quería besarle la mejilla, pero ella apartó la cara, y Sam sintió que los odiaba por todo lo que habían destruido.

Sacó el frasco de quitaesmalte y unas servilletas de papel.

—¿Quieres comer algo primero?

—No, quítame eso. Quiero que desaparezca todo.

Sam le retiró con cuidado la capucha y le apartó el pelo de la cara. Se lo pasó por detrás de la oreja y le acarició la cabeza.

—No te muevas, no sea que te entre en los ojos.

Muy despacio, empezó a frotar la zona del texto. Conservaba la calma por Jessie, pero en su interior se desataba una tormenta. Creía que los odiaba por lo que le habían hecho a él todos aquellos años. Pero eso no era nada en comparación con lo que sentía después de ver lo que le habían hecho a Jessie. La preciosa, tierna y frágil Jessie.

La tinta desaparecía, pero la piel se resecó y se le puso roja. Cuando ya no quedaba nada en la cara, continuó con el cuello.

Jessie se tiró del escote de la sudadera para facilitarle la tarea.

—¿No puedes quitártela? No tienes por qué si no quieres.

No sabía qué convenía hacer o decir.

Se quitó la sudadera y la camiseta. No llevaba sujetador, y Sam pudo ver lo que habían escrito en los pechos, la barriga y la espalda. Las pintadas le cubrían todo el cuerpo.

Miró a Jessie a la cara. Le ardían los ojos.

Sam continuó frotando con frenesí. Poco a poco, la tinta fue desapareciendo. Ella no se movía, a veces daba un respingo si él apretaba demasiado fuerte. Al cabo de un rato había terminado con el tronco, y la miró como preguntándole. Ella no dijo nada, se limitó a quitarse los pantalones. No llevaba bragas, de modo que se había quedado totalmente desnuda delante de Sam. Él se arrodilló, incapaz de sostenerle aquella mirada vacía y a la vez llena de odio. Las palabras bailaban delante de sus ojos mientras las iba borrando. Cuatro o cinco caligrafías distintas. Tenía en la cabeza muchas preguntas que no se atrevía a hacerle. Y tampoco estaba seguro de que ella fuera capaz de responderlas.

—Me hicieron cosas —dijo con un hilo de voz—. No lo recuerdo, pero lo siento.

Sam dejó de limpiar un instante. Una parte de él quería apoyar la cabeza en sus muslos y echarse a llorar. Pero sabía que tenía que ser fuerte por los dos.

—Cuando me fui estaban durmiendo como cerdos —dijo Jessie—. ¿Cómo pueden dormir? ¿Cómo pueden hacer algo así y dormirse tan tranquilos?

—Ellos no son como nosotros, Jessie. Siempre lo he sabido. Nosotros somos mejores.

Sam ya sabía lo que tenían que hacer. Contra quienes les habían hecho aquello y contra quienes habían permitido que sucediera.

—No habrás venido en coche, ¿verdad? —dijo Patrik mirando a Erica muy serio.

Erica puso cara de desesperación.

—No, hombre, que no soy tonta. ¡En autobús, claro!

—¿Por qué no puedes conducir? —preguntó Martin mirando a Erica.

—Porque mi querida esposa llegó anoche a casa... En fin, con una moña...

—¡Una moña! —refunfuñó Erica—. ¿Quieres que hablemos como en el siglo pasado?

Se volvió hacia Martin.

—Era la despedida de soltera de la madre de Patrik y... bueno, a lo mejor me pasé un poco.

Mellberg se echó a reír, pero tras una mirada de airada advertencia por parte de Erica optó por callarse.

—Y ahora que hemos despachado esa información de sumo interés, quizá podamos concentrarnos en algo un pelín más importante.

Patrik asintió. Había pasado la noche pensando hasta muy tarde en lo que habría querido decir Erica. Ella rara vez se equivocaba, y cuando reparaba en algo siempre era importante.

—Según tú, a Leif Hermansson lo mataron, ¿no es eso? —dijo Patrik—. ¿En qué te basas?

Erica estaba un poco pálida, y señaló una silla junto a la ventana que estaba libre.

—Sí, siéntate antes de que te desmayes. Y un café y un bocadillo tampoco te vendrían mal.

Erica se desplomó aliviada en la silla. Paula le acercó un sándwich de queso y Annika se levantó y le sirvió una taza de café.

—La hija de Leif, Viola, es artista —comenzó Erica—. Como sabéis, fui a verla para averiguar si Leif dejó algún material sobre el caso Stella. Esperaba que tuviera unas notas o algo parecido.

490

Durante mi visita, me dijo que no recordaba que su padre hubiera dejado nada, pero ahora resulta que ha encontrado su agenda. Ya sabéis, una de esas agendas pequeñas. Aún no he tenido tiempo de examinarla a fondo, pero escribía el tiempo que hacía y alguna que otra cosilla sobre lo que había ocurrido durante el día. En fin, Viola me dio la agenda el viernes, cuando estuve en la inauguración de su exposición, y uno de los cuadros me gustó tanto que lo compré. Era un retrato de Leif, su padre.

Hizo una pausa y tomó un sorbo de café y un bocado del sándwich. Le costó un poco tragar, pero continuó.

—Había algo en aquel retrato que no me encajaba, pero no se me ocurría qué podría ser. Últimamente me he dedicado a leer todo el material antiguo sobre el caso Stella, y además he examinado la documentación y las fotografías relacionadas con el suicidio de Leif. Y tenía la sensación de que algo no cuadraba.

Tomó un poco más de café. Unas gotitas de sudor le cubrían las sienes y tenía la piel de una palidez lechosa. A Patrik le daba pena, pero admiraba que hubiera tenido fuerzas para llegar hasta allí. El viaje en autobús no debió de ser ninguna maravilla en ese estado.

—Pero creo que ayer lo descubrí.

—Aunque, por desgracia, esta mañana no se acordaba de nada en absoluto —apuntó Patrik sin poder contenerse.

—Gracias por dar esa información —dijo Erica con frialdad—. El caso es que al final me acordé. Derecha e izquierda.

—¿Derecha e izquierda? —repitió Paula desconcertada—. ¿Cómo que derecha e izquierda?

—¡Sí, mira!

Erica rebuscó en el bolso y sacó las fotos del suicidio de Leif. Señaló un punto en la sien.

—Ahí está el agujero de entrada de la bala. En la sien derecha. Y la pistola también está en la mano derecha.

—¿Ajá...? —Patrik se inclinó para ver las fotos.

Después de tantos años como llevaba en la Policía, aún le resultaba chocante ver a una persona muerta.

—Pues sí, ¡ya veréis! —Erica sacó el teléfono y empezó a pasar fotos—. He hecho unas fotos del cuadro, porque era demasiado grande para traerlo. ¿Lo veis?

Señaló el retrato de Leif, y todos se inclinaron para examinarlo en la pantalla minúscula del móvil. Paula fue la primera en descubrirlo.

—¡Tiene el bolígrafo en la mano izquierda! ¡Era zurdo!

—¡Exacto! —exclamó Erica, a tal volumen que *Ernst* levantó la cabeza asustado.

Pero, tras comprobar que todo estaba en orden, volvió a tumbarse a los pies de Mellberg.

—No me explico cómo se les pudo pasar tanto a sus colegas como a los familiares, pero para cerciorarme he llamado a Viola, que me lo ha confirmado. Leif era zurdo. Jamás habría utilizado la mano derecha. Ni para escribir ni para disparar.

Erica miró a Patrik con una sonrisa triunfal.

Él sintió un cosquilleo de emoción en el estómago al principio, pero luego dio un paso más en el razonamiento.

—No, no, no lo digas...

—Pues sí —dijo Erica—. Tendrás que llamar a quienquiera que llames siempre para pedir una orden. Tenéis que exhumar el cadáver de Leif...

Bill y Gun estaban sentados a la mesa de la cocina cuando se abrió la puerta. No se habían cruzado muchas palabras durante aquel desayuno tardío. Bill había sacado el móvil varias veces para leer el mensaje que le llegó a media noche. «Duermo en casa de Basse.»

Fue al vestíbulo, observó a su hijo, que estaba quitándose los zapatos, y el olor le hizo arrugar la nariz.

—Apestas como una fábrica de ginebra —dijo, a pesar de que había decidido mantener la calma—. Y eso de mandar un mensaje sin más, a media noche... Sabes de sobra que queremos que nos avises con tiempo.

Nils se encogió de hombros y Bill se volvió hacia Gun, que estaba apoyada en el marco de la puerta.

—He dormido allí montones de veces —dijo Nils—. Y sí, ayer nos tomamos unas cervezas, pero tengo quince años, ¡ya no soy un crío!

Bill balbuceaba en busca de las palabras adecuadas, pero lo único que pudo hacer fue mirar a Gun. Ella señaló con la mano el piso de arriba.

—Vete arriba a ducharte. Y antes de bajar, mira a ver si encuentras otra actitud. Luego vienes, que tenemos que hablar.

Nils abrió la boca, pero Gun se limitó a señalar de nuevo hacia el piso de arriba. Él se encaminó a la escalera meneando la cabeza. Unos minutos después, oyeron el agua de la ducha.

Bill se quedó un rato mirando los peldaños. Luego volvió al salón. Se puso delante de la ventana que tenía vistas a aquel mar cautivador.

—¿Qué vamos a hacer con él? —dijo—. Alexander y Philip nunca fueron así.

—Bueno, ellos también pasaron sus malas épocas —dijo Gun—. Solo que tú siempre tenías algo urgente que hacer en los barcos cuando se producía algún incidente.

Luego negó con la cabeza.

—Pero tienes razón, ellos no eran así. Y sí. Supongo que éramos demasiado mayores cuando tuvimos a Nils.

La expresión de sus ojos le llenó a Bill el pecho de remordimientos. Sabía que Gun había hecho cuanto estaba en su mano, que él era el culpable de que todo se hubiera torcido. Su ausencia, su indiferencia. Era normal que Nils lo odiara.

Se hundió en el sofá grande con tapicería de flores.

—¿Y qué vamos a hacer? —dijo.

Dirigió la vista a la ventana. Hacía un día estupendo para navegar, pero se le habían quitado las ganas; además, Khalil y Adnan iban a buscar casa.

—Está muy enfadado —dijo Bill con la mirada aún fija en el mar—. No comprendo de dónde le nace tanta ira.

Gun se sentó a su lado y le apretó la mano.

Una idea a la que había estado dando vueltas durante la noche iba arraigando en su cabeza. En realidad no quería pronunciarla en voz alta, pero llevaba cuarenta años contándoselo todo a Gun, y la fuerza de la costumbre era poderosa.

—¿Tú crees que habrá estado involucrado? —susurró—. Quiero decir, en el incendio...

El silencio de Gun le reveló que no era el único que se había pasado la noche dando vueltas a tan negros pensamientos.

Sanna fue levantando maceta tras maceta con movimientos bruscos. Se obligaba a respirar, a serenarse. Las rosas eran unas flores delicadas, por muchas espinas que tuvieran las ramas, y corría el riesgo de estropear las plantas. Pero estaba tan furiosa que no sabía qué hacer.

¿Cómo había podido creer a Vendela cuando le dijo que, después de la fiesta, se iría a dormir a casa de su padre? La casa de Niklas estaba más cerca de la de Basse que la suya, y para Vendela sería más fácil ir a dormir allí. Era tan lógico que ni se molestó en comprobarlo con Niklas.

Pero Vendela no respondía al móvil, y cuando llamó a Niklas se enteró de que no había pasado allí la noche. Niklas le dijo que no le había mencionado siquiera la intención de ir a dormir. «¿Debería preocuparme?», le preguntó Niklas. «No, deberías estar enfadado», le dijo ella antes de colgar.

Había dejado más de treinta mensajes en el buzón de Vendela, y si no aparecía pronto le daría tiempo de dejarle otros diez.

La tierra se arremolinaba mientras Sanna plantaba un rosal. Una espina se le enganchó en el guante, que se le salió de un tirón, y se hizo un buen arañazo en la mano.

Sanna soltó tal maldición que algunos clientes se volvieron a mirar. Ella les sonrió y se obligó a respirar. Estaba muy alterada. Habían pasado muchísimas cosas. La muerte de la pobre Nea. El regreso de Marie. Su hija, Jessie, había estado en su casa. Sabía que ella no era culpable de nada de lo que ocurrió treinta años atrás. Su ser adulto, lógico y racional lo sabía. Al mismo tiempo, le resultaba desagradable ver allí a la niña sabiendo quién era su madre.

Anoche el sueño no quiso presentarse, así que pasó las horas mirando al techo, agobiada por imágenes que hacía decenios que no veía. De Stella, hablando del Señor Verde, el amigo que tenía en el bosque. Durante la investigación, Sanna habló con sus padres del Señor Verde, y se lo mencionó a la policía. Nadie le hizo el menor caso. Ahora comprendía que debió de parecerles un personaje de cuento. Y que, seguramente, pensaron que se trataba de una invención de Stella. Claro, ¿para qué remover en esas historias antiguas? Ya tenían las respuestas que querían, todo el mundo sabía quién había matado a su hermana pequeña, hurgar de nuevo en todo aquello no traería nada bueno.

—¿Por qué tenía que venir aquí? ¿No podíamos vernos en casa?

Sanna dio un respingo. Vendela estaba allí mismo, a su lado, con los brazos cruzados. Llevaba puestas unas gafas de sol enormes. Tenía la ropa algo mugrienta y, aunque parecía que acababa de ducharse, Sanna se dio cuenta de que apestaba.

—No me digas que tienes resaca.

—¿Qué? Si no he bebido nada. Nos acostamos tarde y estoy cansada, eso es todo.

Vendela se negaba a mirarla a la cara y Sanna cerró los puños. Su hija le mentía sin pudor alguno.

—Me estás mintiendo ahora y me mentiste cuando dijiste que ibas a dormir en casa de papá.

—¡De eso nada!

Sanna notaba cómo las miraban los clientes. Y los movimientos vacilantes de Cornelia delante de la caja. Pero no había otro remedio.

—Dijiste que ibas a dormir en casa de papá, pero él no tenía ni idea.

—Tengo llave de su casa, así que ¿para qué iba a avisarle? Se hizo muy tarde y los demás estaban preocupados, no querían que estuviera en la calle a aquellas horas, así que dormí en el sofá.

Empezó a temblarle la voz.

—Intento hacerlo todo bien y resulta que os enfadáis de todos modos. ¡Qué injusticia más grande!

Vendela se giró y se alejó de allí. Alrededor de Sanna los clientes empezaron a murmurar. Ella respiró hondo y reanudó la tarea de colocar los maceteros de rosas. Sabía que había perdido.

—¿Qué te ha dicho? —preguntó Gösta, tratando de seguir el paso de Patrik camino del estudio cinematográfico.

—Creo que lo tengo agotado con todas las peticiones de exhumación de los últimos años —respondió Patrik con media sonrisa—. Se limitó a soltar un suspiro y aprobar la solicitud cuando le presenté toda la documentación relacionada con la petición. Estaba de acuerdo con que debía investigarse más a fondo.

—Y entonces, ¿cuándo podrán exhumar el cadáver?

—El permiso ya está expedido, podemos abrir la tumba en cuanto se resuelvan los asuntos prácticos, y lo he podido arreglar para que sea este martes.

—Vaya —dijo Gösta impresionado.

Las cosas solían suceder con mucha más lentitud, pero sentía el desasosiego de Patrik, su deseo de seguir adelante, de acercarse a la meta, y suponía que su colega había metido la siguiente marcha. Llegados a ese punto, Patrik era imparable, Gösta lo sabía por experiencia. Así que en realidad no le sorprendía que hubiera conseguido que la rueda de la Administración y la Justicia empezara a girar más rápido.

—¿Y qué hacemos ahora con Marie? ¿Cómo la abordamos? ¿Le preguntamos amablemente? ¿Atacamos sin más?

—No lo sé —dijo Patrik—. Me ha dado la impresión de que no es fácil de manipular. Tendremos que tantearla.

Gösta llamó a un timbre que había al lado de la verja del estudio y, tras aclarar que eran de la policía, los dejaron entrar en el recinto. Siguieron hacia el estudio y entraron por una puerta que estaba abierta. A Gösta le pareció más bien un hangar, aunque lleno de gente, focos y decorados. Una mujer con un cuaderno en la mano los mandó callar, así que Gösta supuso que habían llegado en medio de una toma. Lleno de curiosidad, miró a la derecha, donde se suponía que estaban rodando, pero todo ocurría detrás de un decorado, así que no podía ver nada, tan solo oír palabras sueltas.

Se acercaron con cuidado y pudieron escuchar el diálogo algo mejor, aunque seguían sin ver nada. Parecía una escena entre dos mujeres, una especie de trato que hacían en voz alta y con tono muy emotivo. Al final se oyó la voz de un hombre que gritó: «¡Corten!». Entonces se atrevieron a asomarse. Gösta se quedó perplejo. Detrás de las bastas paredes de contrachapado habían recreado con todo lujo de detalles una habitación de verdad. Un cuarto que implicaba un viaje en el tiempo de vuelta a los años setenta. Todos los detalles de la sala le traían el recuerdo de una época pasada.

Había allí dos mujeres hablando con el director. Gösta reconoció a Marie, que era la mayor de las dos, ahora maquillada de modo que parecía exhausta y enferma. Aquella escena debía de recrear el final de la vida de Ingrid Bergman, cuando el cáncer estaba ya muy avanzado. Se preguntaba a quién representaría la joven y supuso que sería a una de las hijas de la actriz.

Marie los divisó y se quedó con la palabra en la boca. Patrik le hizo un gesto para que se acercara y ella les dijo algo a la mujer y al director antes de acercarse a los policías con paso resuelto.

—Disculpad mi aspecto —les dijo, y se quitó el pañuelo que le cubría la cabeza.

Llevaba la cara maquillada con un tono grisáceo y tenía arrugas y pliegues. Estaba casi más guapa aún.

—¿Qué puedo hacer por vosotros hoy? —preguntó con tono indolente, y señaló el grupo de sofás que había algo más allá.

Cuando se hubieron sentado, Patrik se la quedó mirando.

—Hemos recibido información nueva relativa a tu coartada.

—¿A mi coartada? —dijo. La única reacción que Gösta pudo advertir fue que entornó un poco los ojos.

—Sí —dijo Patrik—. Nos han informado de que es falsa. Y nos interesa sobre todo saber dónde te encontrabas hacia las ocho de la mañana del lunes.

—Ya veo. —Marie pospuso la respuesta mientras se encendía un cigarro. Después de dar un par de caladas, añadió—: ¿Y quién dice que mi coartada no vale?

—De eso no tenemos por qué informar, y la pregunta sigue en pie. ¿Insistes en afirmar que pasaste la noche del domingo con Jörgen Holmlund, y que dejasteis la habitación del hotel juntos hacia las ocho de la mañana?

Marie guardaba silencio. Dio otro par de caladas. Luego soltó un suspiro.

—No, lo reconozco. —Levantó las manos y se echó a reír—. Me llevé a casa un bombón jovencito de la fiesta y... Pensé que no lo veríais muy bien, así que preferí contaros una mentira piadosa.

—¿Una mentira piadosa? —repitió Gösta—. ¿Eres consciente de que esto es una investigación de asesinato?

—Sí, claro. Pero también sé que soy inocente, y que Jörgen, mi director, se pondría furioso si me viera envuelta en algún asunto que perjudicara al rodaje. Por eso le pedí que me facilitara la coartada cuando me enteré del asesinato de la pequeña. Sospechaba que vendríais corriendo y empezaríais a husmear en mi vida privada.

Les sonrió.

Gösta notó cómo le crecía la indignación. Tomarse aquella situación tan a la ligera era no solo arrogante, sino además inhumano. Ahora tendrían que investigar su coartada una vez más y perder así un tiempo precioso que podrían haber empleado de otra forma.

—Y ese acompañante jovencísimo con el que pasaste la noche, ¿tiene nombre? —preguntó Patrik.

Marie negó con la cabeza.

—Es algo vergonzoso y molesto, la verdad, pero no tengo ni idea de cómo se llamaba. Yo lo llamaba chiquitín, no necesitaba más. Y si he de ser sincera, me interesaba más su cuerpo que su nombre.

Tiró la ceniza del cigarro en un cenicero muy lleno que había en la mesa.

—De acuerdo —dijo Patrik, esforzándose por ser paciente—. No sabes cómo se llama, pero quizá puedas contarnos cómo era, ¿no? O si tienes algún otro dato que pueda servirnos para identificarlo. A lo mejor te enteraste de cómo se llamaba alguno de sus amigos...

—Por desgracia, no dispongo de esa información. Estaba en el hotel con un grupo de chicos de su edad, pero él era el único guapo, así que no me interesaba lo más mínimo hablar con los demás. Bueno, y en honor a la verdad, tampoco tenía ningún interés en hablar con él. Le propuse que se viniera conmigo a casa, cosa que hizo encantado, y eso fue todo. Al día siguiente lo llevé en el coche cuando salí para el estudio, y no tengo mucho más que contar.

—Descríbenos cómo era —dijo Patrik.

—Madre mía, pues supongo que más o menos como todos los veinteañeros que vienen por aquí en verano. Rubio y de ojos azules, con el pelo peinado hacia atrás, ropa cara de marca y una actitud un tanto esnob. Seguro que todo lo paga papá.

Sacudió la ceniza del cigarro.

—O sea que no crees que fuera un chico del pueblo, ¿no? —dijo Gösta, que tosió un poco por el humo.

—No, hablaba con cierto acento de Gotemburgo, así que seguramente sería un turista que había venido a hacer vela. Pero es una suposición y nada más...

Se retrepó en el sillón y le dio la última calada al cigarro.

Gösta soltó un suspiro. Un veinteañero sin nombre procedente de Gotemburgo que había ido a navegar en vacaciones. No podía decirse que esa descripción limitara las posibilidades. Coincidía con miles de jóvenes que pasaban por Fjällbacka en verano.

—¿Lo vio tu hija? —preguntó.

—No, estaba durmiendo —respondió Marie—. Ya sabes cómo son los adolescentes, se pasan el día durmiendo.

Patrik enarcó las cejas.

—Mi mujer me ha dicho que hablasteis de la persona a la que, según tú, oíste en el bosque antes de que Stella desapareciera.

Marie le dedicó una sonrisa.

—Tu mujer es muy inteligente. Y os digo lo mismo que le dije a ella: la policía pasó olímpicamente de seguir esa línea de investigación, y esa negligencia es la que ha permitido que el asesino haya vuelto a atacar.

Patrik se puso de pie.

—Si recuerdas algo que pueda ayudarnos a encontrar a tu testigo ocular, llámanos enseguida —dijo—. De lo contrario, solo tenemos tu palabra de que pasaste la noche del domingo con ese joven, y eso no basta como coartada.

Gösta se levantó también, y observó admirado a Marie. Les sonreía y no parecía en absoluto preocupada por la grave situación en la que se encontraba.

—Naturalmente —dijo con sarcasmo—. Cualquier cosa con tal de ayudaros.

Desde detrás del decorado empezaron a llamarla, y también ella se puso de pie.

—Es hora de hacer la siguiente toma. ¿Hemos terminado?

—Por ahora —respondió Patrik.

Cuando dejaron el ambiente fresco del estudio y salieron al calor agobiante del exterior, se detuvieron un instante delante de la verja.

—¿Tú te has creído su versión? —preguntó Gösta.

Patrik estuvo un rato pensando.

—Sinceramente, no lo sé. De forma espontánea, te diría que no. Desde luego, la creo más que capaz de llevarse a casa a un joven y luego no recordar su nombre siquiera. Pero que nos mintiera al respecto para evitar que husmeáramos en su vida privada... Eso me parece inverosímil.

—Ya, yo tampoco me lo creo —dijo Gösta—. Así que la cuestión es qué nos oculta. Y por qué.

El caso Stella

De repente Marie había desaparecido. Ellas creyeron que podrían controlar aquello, que aún tenían influencia, algún poder de decisión. Pero poco a poco fueron comprendiendo que no podían controlar nada. Y luego, a Marie la mandaron fuera.

A veces Helen la envidiaba. Quizá estuviera mejor en el nuevo sitio donde se encontraba. Quizá la hubieran enviado a un buen hogar, con gente buena. Gente que la quisiera. En cualquier caso, eso era lo que ella esperaba. Al mismo tiempo, la sola idea la llenaba de envidia.

Por lo que a ella se refería, había ido a parar a una cárcel mucho peor que una prisión con rejas. Su vida ya no era suya. De día, sus padres vigilaban cada paso que daba. De noche, la atenazaban los sueños y veía ante sí las mismas imágenes una y otra vez. No se sentía libre ni un solo segundo.

Tenía trece años y su vida ya había acabado antes de haber empezado siquiera. Todo era una mentira. A veces echaba de menos la verdad. Pero sabía que nunca tendría el valor de que saliera de sus labios. La verdad era demasiado grande, demasiado apabullante. Lo destrozaría todo.

Pero echaba de menos a Marie. Cada minuto. Cada segundo. La echaba de menos igual que a una pierna o a un brazo; como a una parte de sí misma. Antes eran ellas dos contra el mundo. Ahora estaba totalmente sola.

Fue una liberación absoluta caer por fin en la cuenta de qué era lo que le llamaba la atención de aquel cuadro. A partir de ese momento, Patrik y sus colegas deberían tomar el mando. Y, aunque Erica comprendía que era necesario volver a examinar el cadáver, dudaba de lo que pudieran encontrar después de tantos años. Los cadáveres se descomponen rápidamente.

Viola se quedó atónita cuando Erica la llamó para contarle lo que creían que se debía hacer; pero le pidió que le permitiera hablar con sus hermanos y, al cabo de diez minutos, le devolvió la llamada y le dijo que todos apoyaban la decisión policial de desenterrar el cadáver de su padre. Ellos también querían respuestas.

—Cualquiera diría que no te encuentras bien —dijo Paula, y le sirvió a Erica un poco más de café.

Se habían quedado las dos en la cocina de la comisaría con el diario de Leif, tratando de descifrar entre las dos sus garabatos. Lo más interesante era la misteriosa anotación «11», que había hecho el día en que murió. Leif tenía la caligrafía desesperante y rebuscada típica de la generación anterior, amén de cierta predilección por una serie de extrañas abreviaturas, con lo que las notas de su diario parecían más bien una especie de código encriptado.

—¿Será la temperatura? —dijo Paula mirando el diario abierto con los ojos entornados, como si eso pudiera facilitarle la tarea de descifrar lo escrito.

—No sé —respondió Erica—. Más o menos una semana antes escribe «55», así que no creo que se trate del tiempo.

Soltó un lamento.

—Las matemáticas y las cifras han sido siempre mi talón de Aquiles, y me parece que hoy no estoy muy espabilada. Se me había olvidado lo mal que se pone uno.

—Espero que al menos lo pasarais bien.

—¡Fue divertidísimo! He llamado a Kristina varias veces, pero seguramente sigue todavía con la cabeza debajo de la almohada...

—Tú deberías hacer lo mismo.

—Sí, desde luego —masculló, y siguió mirando las misteriosas anotaciones del cuaderno.

Gösta entró en la cocina.

—Hola, chicas, ¿seguís aquí? ¿No deberías irte a casa y meterte en la cama, Erica? Tienes un aspecto horrible.

—Seguro que me encontraría mejor si no me lo recordarais todos continuamente.

—¿Qué tal ha ido la cosa? —dijo Paula—. ¿Qué ha contado Marie?

—Asegura que se fue a casa con un jovencito cuyo nombre no recuerda, y que se inventó la historia del director porque quería darnos una coartada que pudiéramos aceptar.

—¿La creéis? —preguntó Paula.

—Bueno, tanto Patrik como yo somos escépticos —respondió al tiempo que se servía una taza de café.

Se colocó detrás de Erica y examinó la agenda abierta.

—¿Habéis sacado algo en claro? —dijo.

—No, en estos momentos es como un jeroglífico indescifrable. ¿A ti se te ocurre a qué podrían referirse «55» y «11»?

Erica le mostró a Gösta las misteriosas anotaciones.

—¿Cómo que «55» y «11»? —dijo—. Lo que pone es «SS» y «JJ», ¿no?

Paula y Erica se lo quedaron mirando atónitas. Gösta se rio de sus caras de sorpresa.

—Ya, comprendo que puede ser difícil de distinguir, pero es la misma caligrafía que tenía mi madre. Son letras, no números. Diría que son iniciales.

—Tienes razón... —dijo Erica—. ¡Son letras!

—SS y JJ... —dijo Paula muy despacio.

—¿James Jensen, quizá? —dijo Gösta.

—Sí, es posible —respondió Paula—. No son unas iniciales muy normales. La cuestión es por qué escribiría Leif las iniciales del marido de Helen en su agenda. ¿Irían a verse? ¿Llegaron a hacerlo?

—Tendréis que preguntarle a James, sencillamente —dijo Erica—. Pero ¿qué creéis que puede significar «SS»? ¿Quién será? Podría tratarse de cualquiera de los conocidos de Leif, pero Viola dijo que el caso Stella era el único que le importaba a su padre al final, así que yo diría que esas iniciales tienen que ver con él.

—Sí, es lo más probable —dijo Gösta.

—Voy a llamar a Viola para comprobarlo, por si acaso. Así no habrá que cruzar el arroyo para sacar agua, como suele decirse: puede que ella sepa a qué corresponden esas iniciales.

—Mientras esperamos la solución a ese misterio, confiemos en que el nuevo examen del cadáver nos dé alguna información —continuó Gösta.

—Sí, nunca resulta fácil cuando el caso es tan antiguo —dijo Paula—. La gente ya no se acuerda, las pruebas se han corrompido y la apertura de la tumba es algo rebuscado y no tenemos ni idea de si puede facilitarnos alguna prueba de que Leif muriera asesinado.

Erica asintió.

—Las mismas dificultades debió de encontrar Leif cuando retomó la investigación del caso Stella. Había pasado tiempo, muchos años. Y la cuestión sigue siendo si encontró información nueva o si descubrió algo en el material de la vieja investigación. Ojalá hubiéramos tenido acceso a los antiguos interrogatorios que les hicieron a Marie y a Helen.

Se pasó la mano por el pelo.

—Si es verdad que «JJ» significa James Jensen, quizá el marido de Helen pueda aclararnos si iban a verse el día que Leif murió —dijo Gösta—. Y si se vieron de hecho...

Miró a Paula.

—¿Qué me dices? ¿Nos acercamos a Fjällbacka a ver a James Jensen? Así podemos llevarte si quieres, Erica. A menos que prefieras ir en autobús, claro...

—No, gracias. —Erica sintió que le volvían las náuseas ante la sola idea.

—Lo llamaremos primero para comprobar que está en casa, pero sin decirle de qué se trata. Y luego vamos, ¿de acuerdo?

Gösta les dedicó una mirada interrogante, y tanto Paula como Erica se mostraron de acuerdo.

Paula se acercó a Erica.

—En el asiento trasero del coche tenemos bolsas para el mareo, por si te hicieran falta.

—Anda ya, cierra la boca —dijo Erica.

Paula le respondió con una sonrisa burlona y fue a llamar a James Jensen.

Basse se despertó porque el sol le daba en los ojos. Muy despacio, abrió uno. Y no hizo falta más para que pareciera que le iba a estallar la cabeza. Se notaba la boca pegajosa y seca al mismo tiempo. Consiguió abrir el otro ojo y se obligó a incorporarse. Estaba en el sofá del salón y seguramente habría dormido en una postura extraña porque le dolía el cuello.

Se lo frotó y echó una ojeada a su alrededor. El sol brillaba alto en el cielo allá fuera, y miró el reloj. Las doce y media. ¿Hasta qué hora estuvieron ayer?

Se levantó, pero enseguida sintió el impulso de volver a sentarse. Había gente durmiendo por todas partes. En el suelo se veían dos lámparas rotas. El parqué estaba cubierto de rayajos. El sofá en el que él había dormido estaba lleno de comida y botellas de cerveza a medio beber. Habían destrozado la tapicería. El sillón blanco tenía un montón de manchas de vino tinto, y la colección de whisky de su padre había desaparecido del estante.

Qué desastre. Sus padres volverían en una semana y era imposible arreglar la casa a tiempo. Lo matarían. No era su intención que fuera tanta gente a la fiesta. La mitad de los que había allí durmiendo ni le sonaban. Era un milagro que no se hubiera presentado la policía.

Y todo era culpa de Vendela y de Nils. Había sido idea suya. De alguno de los dos. Ya no se acordaba bien de cuál. Tenía que encontrarlos, ellos tendrían que ayudarle a arreglar aquel desaguisado.

Se le mojaron los calcetines en cuanto dio unos pasos por la alfombra. Estaba empapada y pegajosa y despedía un olor agrio a cerveza. Era nauseabundo, y sintió que le venía una arcada, pero consiguió reprimirla. Entre los que dormían en el salón no se encontraban Nils y Vendela. Había un chico tumbado con la bragueta abierta y Basse pensó si no debería cubrirlo con algo, pero el que un tío enseñara el pito en su salón no era el mayor de sus problemas.

Subió como pudo las escaleras hasta la primera planta. Ese esfuerzo insignificante le dio escalofríos. No quería girarse a mirar, no quería tener otra imagen del desastre desde allí arriba.

En su dormitorio había tres personas acostadas, pero ni rastro de Vendela o de Nils. Todo apestaba allí dentro. Alguien había vomitado encima del teclado del ordenador, y todo lo que tenía en los cajones del escritorio estaba esparcido por el suelo.

En el dormitorio de sus padres el destrozo era menor, pero también olía a vomitona. Un charco de vómito se extendía a un lado de la cama, que estaba asquerosa. No solo de vomitonas. Las sábanas y la colcha estaban cubiertas de manchas negras.

Basse se paró en seco. De pronto empezaron a aflorar recuerdos a la retina como instantáneas desdibujadas. Estuvieron allí, ¿verdad? Recordaba a Nils sonriéndole a Vendela, que tenía en la mano un vaso a rebosar. Y oía voces de chico. ¿Quiénes más estuvieron allí? Cuanto más se esforzaba por recordarlo, tanto más se alejaban las imágenes.

Pisó algo duro y soltó un taco. En el suelo había un rotulador, sin el tapón, y había dejado marcas en los tablones blancos de madera barnizada de los que tan orgullosa estaba su madre. El rotulador. Jessie. El plan de Vendela. ¿Qué era lo que iban a hacer? ¿Qué era lo que habían hecho? Recordaba unos pechos. Blancos, grandes, redondos. Él estaba tumbado encima de alguien, con los ojos justo delante de aquellos pechos. Los estaba tocando. Meneó la cabeza para ver si se le aclaraban las imágenes y sintió como si fuera a partírsele en dos.

Notó una vibración en el bolsillo derecho del pantalón y, con la mano aún algo torpe, sacó el móvil. Un mensaje de Nils. Montones de fotos. Y con cada una que veía se le iba refrescando la memoria. Se tapó la boca con la mano y salió corriendo hacia el baño de sus padres.

Patrik estaba en su despacho de la comisaría escribiendo un informe sobre el extraño encuentro con Marie, pero el pensamiento se le iba constantemente hacia la información sobre las notas de la agenda de Leif. Gösta lo había puesto al corriente de las teorías que compartía con Erica y, ahora, también él había empezado a reflexionar sobre las misteriosas iniciales. Le dio enseguida el visto bueno a Gösta para que fuera con Paula a hablar con James. Iban a probar suerte, pero a veces esas cosas funcionaban y daban un impulso a la investigación.

Lo sacó de sus cavilaciones el timbre del móvil. Alargó la mano para atender la llamada.

—Aquí Pedersen —dijo una voz con tono expeditivo—. ¿Estás ocupado?

—No, nada que no pueda dejar unos minutos. ¿Cómo es que estás trabajando en domingo?

—Este verano no toca tener tiempo libre. Hemos alcanzado el récord en número de cadáveres en julio, y agosto no se presenta mucho mejor. El viejo récord llevaba treinta años sin alteraciones.

—Pues vaya —dijo Patrik.

La curiosidad le cosquilleaba por dentro. Cuando Pedersen llamaba, solía ser porque tenía algo contundente que contar. Y en aquellos momentos tenían una necesidad urgente de pruebas físicas. Todo eran indicios y especulaciones, susurros, suposiciones.

—Además, me han dicho que te las has arreglado para que nos manden otro. Un antiguo caso de suicidio, ¿no?

—Sí, Leif Hermansson. Era el responsable de la investigación del caso Stella. Exhumamos el cadáver pasado mañana, ya se verá lo que encontramos.

—Tardará —dijo Pedersen—. Y en cuanto a la niña, terminaré el informe definitivo esta semana, seguramente el miércoles. O eso espero. Pero la verdad es que quería llamarte por una cosa muy concreta, creo que podría ser útil.

—¿Sí?

—He encontrado dos huellas en el cadáver. En los párpados. La habían lavado, así que en el cuerpo no he encontrado nada por el estilo, pero quien la lavó se olvidó de los párpados. Y creo que el agresor dejó ahí las huellas cuando le cerró los ojos.

—Ajá... —dijo Patrik al tiempo que reflexionaba—. ¿Podrías enviármelas? Por ahora no tenemos nada, pero Torbjörn Ruud podría cotejarlas con las que encontramos en el escenario primario.

—Te las envío ahora mismo —dijo Pedersen.

—Gracias. Y gracias por llamar, a pesar de lo ocupados que estáis. Espero que mejore la cosa.

—Sí, yo también. —Pedersen soltó un suspiro—. Ya no podemos más. Ninguno de nosotros.

Patrik se puso a mirar impaciente la pantalla en cuanto colgaron.

Aquel era uno de los misterios de la vida, cuanto más ansiosamente se esperaba algo, tanto más parecía tardar en suceder. Sin embargo, al final se oyó el tilín del programa seguro de correo electrónico y el mensaje nuevo de Pedersen apareció en la bandeja de entrada.

Patrik abrió los documentos adjuntos. Dos huellas dactilares perfectas.

Echó mano del teléfono y llamó a Torbjörn.

—Aquí Hedström. Oye, te lo pido de rodillas... Me haría falta que me ayudaras con una cosa importantísima. Pedersen acaba de enviarme dos huellas dactilares que ha encontrado en el cadáver de Nea, y me gustaría compararlas con las del envoltorio de la chocolatina que encontraste en el cobertizo.

Torbjörn soltó un gruñido.

—¿No puede esperar hasta que hayamos terminado del todo? Preferiría acabar con lo que tenemos aquí primero, la verdad. Comprobaremos las huellas en la base de datos. ¿No es suficiente?

—Comprendo, pero mi sexto sentido me dice que estas huellas van a coincidir.

Era consciente de lo suplicante que sonaba, así que guardó silencio y dejó que Torbjörn se lo pensara.

Al cabo de unos instantes, Torbjörn dijo con tono disgustado:

—De acuerdo. Envíamelas y las compararemos lo antes posible. ¿Vale?

—¡Gracias! —dijo Patrik—. Eres una joya.

Torbjörn masculló algo y colgó. Patrik respiró aliviado. Quizá tuvieran muy pronto algo concreto con lo que trabajar.

–¿Hola? –gritó Erica al entrar en la casa.

Anna estaba en la cocina hablando por teléfono. Al ver a su hermana, se apresuró a colgar.

–¡Hola!

Erica la miró extrañada.

–¿Con quién hablabas?

–Con nadie. Bueno..., con Dan –dijo Anna poniéndose colorada.

A Erica se le hizo un nudo en el estómago. Si de algo estaba segura, era de que no era con Dan con quien acababa de hablar Anna. Por la sencilla razón de que ella sí acababa de mantener una conversación con él. Podría enfrentarse a su hermana y preguntarle qué era lo que le estaba ocultando. Sin embargo, al mismo tiempo quería demostrarle que confiaba en ella. Anna había luchado mucho para reparar su error y ya todos lo habían echado en el olvido. Interrogarla o decir que estaba mintiendo destruiría la confianza que habían recuperado. Su hermana había sido una persona demasiado frágil durante demasiado tiempo. Y ahora que por fin parecía entera, Erica no pensaba alterar el equilibrio a la primera de cambio. Así que respiró hondo y lo dejó pasar. Por el momento.

–¿Cómo estás, pobre criatura? –preguntó Anna.

Erica se desplomó en una de las sillas de la cocina.

–Como me merezco. Y el que todo el mundo se empeñe en insistir en el mal aspecto que tengo no ayuda, precisamente.

–Me lo imagino, pero te aseguro que has estado mejor –dijo Anna, y se sentó sonriendo enfrente de Erica.

Le acercó una bandeja de dulces. Erica los estuvo mirando unos instantes, debatiéndose en una batalla interior. Al final resolvió que cuándo se iba a merecer una ingesta excesiva de hidratos de carbono si no en un día de resaca... Además, el cuerpo le pedía a gritos una pizza, así que tocaba pasarse por Bååthaket por la noche. Los niños darían saltos de alegría. Y Patrik haría como que protestaba, pero por dentro estaría feliz.

Se llevó el bollo a la boca y se comió la mitad de un solo bocado.

—¿Qué han dicho de tu teoría de que no fue suicidio?

Anna también se estaba comiendo un bollo, y Erica tomó nota de que la barriga de su hermana funcionaba como un recogedor de migas perfecto.

—Están de acuerdo. Patrik ya ha conseguido que le aprueben la exhumación. Esperan poder sacarlo pasado mañana.

Anna sufrió un golpe de tos.

—¿Pasado mañana? ¿Así de rápido? O sea, ¿así de rápido funciona? Yo creía que la rueda de la Administración muele despacio...

—Consiguió que el fiscal presentara una petición urgente al juzgado, y con un poco de suerte podrán exhumar el cadáver el martes. Patrik ya está preparando los detalles de tipo práctico contando con que obtendrá el permiso. En otras palabras, aún no es seguro, pero el fiscal no creía que hubiera ningún problema.

—Ya, claro, estarán acostumbrados a que Patrik quiera exhumar cadáveres —dijo Anna—. Seguro que tienen una solicitud permanente firmada por él, por si acaso.

Erica no pudo evitar una risita.

—Bueno, de todos modos va a ser muy interesante ver los resultados que arroja el nuevo examen. Y la familia lo apoya, lo cual es un alivio.

—Claro, ellos también querrán saber lo que pasó de verdad.

Anna alargó la mano en busca de otro bollo. Los restos del anterior se veían esparcidos encima de la barriga.

Erica miró alrededor. Hasta ese momento no se había dado cuenta de lo silenciosa que estaba la casa.

—¿Dónde están los niños? ¿Los tienes anestesiados en algún rincón?

—No, están jugando en casa de la vecina. Y Dan y los nuestros han salido a navegar, así que puedo quedarme vigilando el fuerte un rato más. Vete a la cama, tienes una pinta horrible.

—Gracias —dijo Erica, y le sacó la lengua.

Pero le agradeció el ofrecimiento. El cuerpo le decía a gritos que ya no tenía veinte años. A pesar de todo, le llevó un rato conciliar el sueño. No podía dejar de preguntarse con quién estaría hablando su hermana cuando ella entró por la puerta. Y por qué se apresuró a colgar en cuanto la oyó.

Bohuslän, 1672

Hacía una mañana fría y neblinosa. Le habían permitido lavarse con un trapo húmedo y un cubo de agua que le habían dejado en la celda, y le habían dado un sayo limpio de color blanco. Elin había oído hablar de que a las brujas las ponían a prueba, pero no sabía muy bien en qué consistía. ¿La arrojarían al agua junto al embarcadero y dejarían que manoteara como pudiera? ¿Querían que muriese ahogada? ¿Y que su cuerpo saliera a la superficie en primavera?

Los guardias la condujeron sin miramientos hasta el borde del embarcadero. Aquello estaba lleno de gente, y habían decidido hacerlo en Fjällbacka para infligirle toda la humillación posible.

Cuando miró alrededor vio muchas caras conocidas entre los allí reunidos. Había mucha animación. Ebba, la de Mörhult, se encontraba a unos metros de allí. Le brillaban los ojos de expectación.

Elin apartó la cara, no quería que Ebba viera lo asustada que estaba. Miró las aguas por encima del borde. Eran muy oscuras: Y profundas. Si la arrojaban allí, se ahogaría, estaba convencida. Iba a morir allí, en el muelle de Fjällbacka. A la vista de sus amigos, sus vecinos y sus enemigos de antaño.

—Atadla —ordenó el alguacil a los guardias, mientras Elin lo miraba aterrada.

Si la ataban, no tendría la menor posibilidad de sobrevivir en el agua, se hundiría hasta el fondo y moriría entre algas y cangrejos. Empezó a gritar tratando de liberarse, pero ellos eran más fuertes y la derribaron al suelo. Le ataron los pies con una soga gruesa, y también las manos, pero a la espalda.

A unos metros de allí atisbó un encaje de enagua que le resultaba familiar, y consiguió levantar la cabeza. En medio de la muchedumbre se encontraba Britta. Y Preben también estaba. Sujetaba entre las manos el sombrero con el mismo nerviosismo que cuando la visitó en el calabozo; Britta, en cambio, la observaba sonriente mientras ella yacía atada y vestida con aquel sayo blanco. Preben le dio la espalda.

–¡Veamos si flota! –exclamó el alguacil dirigiéndose a los allí reunidos.

Se veía que disfrutaba siendo el centro de atención en un ambiente tan animado, y quería sacarle todo el partido posible.

–Si flota, será una bruja sin la menor duda; si se hunde, no lo será. En ese caso tendremos que apresurarnos a sacarla.

Soltó una carcajada y le arrancó unas risas al público. Allí tirada en el suelo, amarrada con unas cuerdas que le rozaban manos y pies, Elin rogaba a Dios. Era la única forma que tenía de mantener a raya el pánico, pero respiraba a suspiros breves y superficiales, como si le faltara el aire después de una carrera. Le zumbaban los oídos.

Cuando la levantaron se le clavaron las cuerdas en la piel y le arrancaron un grito. Un alarido que cesó en el acto en cuanto cayó al agua y se le llenó la boca de líquido salado. La frialdad del agua le cortó la respiración, y esperaba desaparecer bajo la superficie, hundirse hasta el fondo de las oscuras aguas. Sin embargo, nada sucedió. Se quedó tendida boca abajo, pero pudo levantar la cara en busca de aire.

En lugar de hundirse, se quedó balanceándose sobre la superficie. Los congregados en el muelle contuvieron la respiración. Luego empezaron a gritar.

–¡Bruja! –gritó uno, al que secundaron los demás–. ¡Bruja!

Sacaron a Elin del agua con la misma falta de miramiento con que la habían arrojado dentro, solo que ahora no gritaba. El dolor no formaba ya parte de ella.

–¡Ya lo veis! –gritaba el alguacil–. ¡Esa bruja flotaba como un cisne!

El público aullaba y Elin levantó la cabeza con esfuerzo. Lo último que vio antes de desmayarse fue la espalda de Britta y de Preben cuando se volvieron para marcharse. Y, antes de perder del todo la conciencia, atinó a notar que Ebba, la de Mörhult, le escupía a la cara.

James no respondió cuando llamaron, pero Gösta y Paula decidieron probar suerte y ver si lo localizaban en casa.

—Huy, ¿es que vende la casa esa señora tan amable? —dijo Paula cuando pasaron por delante de la casita roja que había a la orilla del camino de grava.

—¿Qué señora amable? —preguntó Gösta mirando la casa que tenía el letrero de «Se vende».

—Sí, Martin y yo estuvimos en su casa cuando fuimos a hablar con los vecinos. Tenía más de noventa años y estaba viendo un combate de artes marciales mixtas cuando llegamos.

Gösta se echó a reír.

—¿Por qué no? A lo mejor yo también me aficiono en mi vejez.

—En fin, la verdad es que no debe de ser muy fácil matar el tiempo cuando vives así de apartado y ya no puedes ir a ninguna parte. Se pasa la mayor parte del tiempo sentada delante de la ventana de la cocina, según nos dijo, observando lo que ocurre fuera.

—Eso hacía mi padre también —dijo Gösta—. Me pregunto por qué. ¿Será una forma de tener cierto control cuando la vida empieza a parecernos frágil?

—Puede —dijo Paula—. Pero yo creo que es un fenómeno sueco. Sois los únicos que dejáis solos a vuestros mayores. En Chile sería impensable, allí la gente se hace cargo de sus mayores hasta que les llega la muerte.

—O sea, si lo he entendido bien, Johanna y tú tendréis a tu madre y a Mellberg con vosotras lo que os queda de vida —dijo Gösta muerto de risa.

Paula lo miró horrorizada.

—Bueno, visto así..., creo que el modelo sueco resulta de lo más atractivo.

—Ya me lo figuraba —dijo Gösta.

Habían llegado a la casa de Helen y James, y Paula aparcó al lado del vehículo de la familia. Helen abrió en cuanto llamaron a la puerta. De la expresión de su cara no era posible deducir lo que pensó al ver quiénes eran.

—Hola, Helen —dijo Gösta—. Nos gustaría hablar unos minutos con James, ¿está en casa?

Gösta creyó verle un temblor en la mirada, pero desapareció enseguida, así que podían haber sido figuraciones suyas.

—Está practicando tiro en el bosque, detrás de la casa.

—¿Podemos ir sin jugarnos la vida? —preguntó Paula.

—Sí, claro, avisadle en voz alta de que vais a acercaros, no hay peligro.

Gösta oyó, en efecto, algún que otro disparo, y se dirigió con Paula al lugar del que procedía el ruido.

—No sé si me atrevo a enumerar siquiera cuántas leyes está incumpliendo al hacer prácticas de tiro aquí —dijo Paula.

Gösta meneó la cabeza.

—No, en estos momentos es mejor cerrar los ojos al problema. Pero en otra ocasión podemos venir a hablar con él sobre lo inadecuado de esta práctica.

Los disparos sonaban más fuerte a medida que se acercaban.

Gösta alzó la voz y gritó:

—¡James! ¡Somos Gösta y Paula, de la comisaría de Tanumshede! ¡No dispares!

Los disparos cesaron.

—¡James, confírmanos que me has oído! —volvió a gritar Gösta, por si acaso.

—¡Os he oído! —gritó James.

Apremiaron el paso y enseguida lo vieron a unos metros de allí. Estaba con los brazos cruzados y había dejado el arma encima de un tocón. Gösta hubo de reconocer que era un hombre con una autoridad que infundía pavor. El hecho de que, además, tuviera predilección por vestirse como si estuviera en una película americana de guerra no lo hacía menos aterrador.

—Ya sé, ya sé que está prohibido practicar aquí —dijo James con las manos arriba.

—Sí, sobre eso ya hablaremos en otro momento —dijo Gösta, y señaló el arma—. Pero hoy no venimos a hablar de eso.

—Deja que guarde la pistola. —James recogió el arma del tronco.

—¿Es una Colt? —preguntó Paula.

James asintió orgulloso.

—Sí, una Colt M1911. El arma auxiliar estándar de las Fuerzas Armadas estadounidenses desde 1911 hasta 1985. Se usó en las dos guerras mundiales, y también en las de Corea y Vietnam. Es la primera arma que tuve, me la regaló mi padre cuando cumplí siete años y con ella aprendí a disparar.

Gösta se abstuvo de comentar lo inconveniente que le parecía regalarle una pistola a un niño de siete años. No creía que James lo comprendiera.

—¿Le has enseñado a tu hijo a disparar? —preguntó, mientras James guardaba el arma dentro de una bolsa con cuidado, casi con cariño.

—Sí, es muy buen tirador —respondió James—. No es que valga para mucho más, pero disparar sí que sabe. De hecho, hoy lleva todo el día practicando, yo he venido justo cuando él se iba. Podría convertirse en un tirador de primera en el Ejército, aunque dudo que pudiera superar las pruebas físicas —dijo con un resoplido.

Gösta echó una mirada discreta a Paula. La expresión de su colega desvelaba la opinión que le merecía el modo en qué James hablaba de su hijo.

—Bueno, ¿a qué debo la visita? —preguntó James, y dejó en el suelo la bolsa con el arma.

—Se trata de Leif Hermansson.

—¿El policía que le cargó a mi mujer aquel asesinato? —Los miró extrañado—. ¿Por qué queréis hablar de él?

—¿Qué quieres decir con que «le cargó»? —preguntó Paula.

James se irguió y volvió a cruzarse de brazos, lo que hacía que sus bíceps parecieran de gigante.

—Bueno, no estoy insinuando que hiciera nada ilegal ni nada parecido, pero trabajó incansablemente para demostrar que mi mujer era culpable de un asesinato que no había cometido. Y no creo que sopesara en serio ninguna otra alternativa.

–Parece que al final de su vida empezó a dudar –dijo Paula–. Y tenemos motivos para creer que mantuvo algún tipo de contacto contigo el día que murió. ¿Lo recuerdas?

Desconcertado, James negó con la cabeza.

–Eso fue hace mucho tiempo, pero no recuerdo que estuviéramos en contacto ese día. En realidad, rara vez hablábamos. ¿Por qué íbamos a tener él y yo ningún contacto?

–Pensamos que ponerse en contacto contigo tal vez fuera un primer paso –explicó Gösta–. Para así poder hablar con Helen. Me figuro que ella no veía a Leif con muy buenos ojos.

–No, en eso tenéis razón –dijo James–. Si hubiera querido hablar con ella, lo más fácil habría sido hacerlo a través de mí. Pero nunca lo hizo. Y tampoco sé cómo habría reaccionado yo si lo hubiera hecho. Habían pasado muchos años y, por nuestra parte, tratábamos de olvidarlo para siempre.

–Ahora debe de resultar difícil –dijo Paula sin dejar de observarlo.

Él le sostuvo la mirada tranquilamente.

–Sí, es una tragedia. Claro que, naturalmente, es mucho peor para la familia de la niña que para nosotros. Sería arrogante por nuestra parte si nos quejáramos, aunque lógicamente, tanto interés por parte de la prensa es muy duro. Incluso hemos tenido periodistas en casa. Aunque no creo que vuelvan... –James sonrió malicioso.

Gösta tuvo el presentimiento de que no debía indagar sobre ese particular. Además, pensaba que, en cierto modo, los periodistas se lo habían buscado. Con los años iban siendo cada vez más entrometidos y sobrepasaban los límites de la decencia más a menudo de lo que se creía.

–De acuerdo, pues por ahora no tenemos más que preguntarte –dijo Gösta, y miró inquisitivo a Paula, que se mostró de acuerdo.

–Si recordara algo os llamo –aseguró James complaciente.

Señaló la casa que se atisbaba entre los árboles.

–Voy con vosotros.

Se adelantó a los dos y Gösta y Paula intercambiaron una mirada. Era evidente que ninguno se creía una sola palabra de lo que había dicho James.

517

Cuando dejaron atrás la casa, Gösta miró hacia una de las ventanas del piso de arriba. Un chico adolescente lo observaba con la cara inexpresiva. El pelo teñido de negro y los ojos pintados del mismo color hacían que pareciera un fantasma. Gösta se estremeció. Y el chico desapareció de su vista.

Cuando Marie llegó a casa, Jessie estaba en el muelle. Se había embadurnado el cuerpo y la cara con una crema que había encontrado en el baño. Cara, seguramente. No había eliminado el enrojecimiento, pero al menos le había aliviado los picores. Jessie querría que hubiera una crema para el alma también. O como se quisiera llamar a lo que se le había roto por dentro.

Se había lavado sus partes otra vez, varias veces. Aun así, se sentía sucia. Asquerosa. La ropa de la madre de Basse ya la había tirado. Ahora llevaba una camiseta vieja y unos pantalones de chándal, y se había sentado a contemplar el sol de la tarde. Marie se plantó a su lado.

—¿Qué te has hecho en la cara?

—Me he quemado —dijo ella sin más explicación.

Marie asintió.

—Sí, un poco de sol puede ser bueno para los granos.

Luego volvió dentro. Ni una palabra sobre el hecho de que no hubiera vuelto a casa ayer. ¿Se habría dado cuenta siquiera? Seguramente no.

Sam estuvo maravilloso. Se ofreció a acompañarla a casa, a quedarse con ella. Pero necesitaba estar sola. Necesitaba recuperar la tranquilidad y sentir el odio que le iba creciendo por dentro. Un odio que ella alentaba. En cierto modo, era una liberación dejar de resistirse y odiar sin contención alguna. Todos aquellos años había tratado de resistir, de no creer lo peor de las personas. ¡Qué ingenua había sido!

Llevaba todo el día recibiendo mensajes en el móvil. Ni siquiera se explicaba cómo habían localizado su número. Claro que lo habrían difundido con las fotos. Solo abrió el primero. Luego iba dándole a «Borrar» a medida que siguieron entrando. Todos contenían lo mismo. Puta. Zorra. Guarra. Asquerosa. Gorda.

A Sam también le llegaban. A él también le enviaron las fotos. Empezó a recibirlas mientras le limpiaba los últimos trazos de rotulador. Dejó a un lado el teléfono, le tomó la cara entre las manos y la besó. Al principio, ella apartó la cara. Se sentía repugnante, sucia, sabía que debía de apestarle el aliento a vómito, aunque se había lavado los dientes en el baño de los padres de Basse. Pero a Sam no le importó. Le dio un beso muy largo, y Jessie notó que la ardiente bola de odio quedaba atrapada entre los dos, que la compartían.

La cuestión era qué harían ahora.

Cuando el sol empezó a teñirse de rojo, levantó la cara. En el interior de la casa oyó que su madre abría una botella de champán. Todo seguía exactamente igual que antes. Y aun así, todo había cambiado.

Patrik iba por el tercer café desde que había hablado con Torbjörn Ruud. El forense aún no había llamado.

Soltó un suspiro y miró al pasillo, por el que Martin se acercaba despacio con una taza en la mano.

—Pareces un poco cansado —dijo, y Martin se paró a su lado.

Patrik había reparado en ello durante la reunión matinal, pero no quiso preguntarle delante de los demás. Sabía que a Martin le costaba conciliar el sueño desde que Pia murió.

—Qué va, estoy bien —dijo Martin, y entró en el despacho de Patrik.

Este se sorprendió. Martin se había puesto colorado. De pies a cabeza.

—¿Qué es lo que no me has contado? —preguntó, y se retrepó en la silla.

—Pues... No, nada, es que... —balbuceó Martin sin dejar de mirarse los zapatos.

Parecía que no tuviera muy claro en qué pie iba a apoyarse.

Patrik lo observaba divertido.

—Siéntate y suéltalo. ¿Cómo se llama?

Martin se sentó y sonrió apurado.

—Se llama Mette.

—¿Y...? —dijo Patrik animándolo.

—Está separada. Tiene un hijo de un año. Es noruega y trabaja en Grebbestad, es contable. Pero ayer fue la primera cita, así que no sé qué va a dar de sí...

—A juzgar por lo hecho polvo que estás, parece que la cosa fue bien, ¿no? —dijo Patrik con una sonrisita.

—Bueno, sí...

—¿Cómo os habéis conocido?

—En el parque —respondió Martin, que no podía parar de retorcerse.

Patrik decidió no agobiarlo con más preguntas.

—Pues me alegro de que empieces a salir otra vez —dijo—. Que al menos te hayas abierto a la posibilidad de conocer a alguien. Luego ya se verá en qué acaba todo. Y está bien. Nadie puede sustituir a Pia. Será una relación diferente.

—Ya lo sé —dijo Martin, y se miró otra vez los zapatos—. La verdad es que creo que ya estoy preparado.

—Pues muy bien.

El teléfono empezó a sonar y Patrik levantó un dedo para indicarle que quería que se quedara.

—Sí, tenías razón, Hedström —refunfuñó Torbjörn.

—¿Qué dices? —dijo Patrik—. ¿Son de la misma persona?

—Sin lugar a dudas. Las he comparado también con las huellas de los padres y tampoco coincidían.

Patrik dejó escapar un suspiro. Fácil no iba a ser. Pero al menos ahora podían descartar a los padres.

—Bueno, por lo menos tenemos algo con lo que seguir trabajando. Gracias, hablamos.

Cuando colgó, se quedó mirando a Martin.

—Las huellas que encontraron en Linnea coinciden con las del papel de la chocolatina.

Martin enarcó las cejas.

—Pues entonces habrá que comprobar si encontramos algo en la base de datos.

Patrik negó con la cabeza.

—Torbjörn ya lo ha mirado y no hay ninguna coincidencia.

Él nunca creyó que el asesino hubiera elegido a la víctima al azar, parecía algo más estudiado, más personal. Y era imposible que los paralelismos con el caso Stella fueran casuales. No, no le sorprendía que no encontraran al propietario de las huellas dactilares en los registros policiales.

—Hay una serie de personas con las que deberíamos compararlas... —Martin dudaba—. No me gusta tener que decirlo, pero, por ejemplo, los padres de la niña. Y...

—Y Helen y Marie —dijo Patrik completando la frase—. Sí, yo también lo he pensado, créeme, pero necesitamos mayor grado de sospecha para pedirles las huellas. Las de los padres las pedimos cuando les preguntamos por el cobertizo, y Torbjörn ya las ha comparado. No coinciden.

—Pero ¿las huellas de Helen y de Marie no están en los archivos? —dijo Martin—. De la investigación anterior.

Patrik meneó la cabeza.

—No, cuando se cometió ese asesinato eran unas niñas, no recibieron ningún castigo y sus huellas no quedaron grabadas en el registro. Pero me habría gustado hacer la comparación, sí. Sobre todo ahora que la coartada de Marie se ha desvanecido. Y el solo hecho de que nos mintiera me hace dudar...

—Sí, estoy de acuerdo, ahí falla algo —confirmó Martin—. Por cierto, ¿sabes algo de Gösta y Paula?

—Sí, Paula ha llamado. James asegura que no tuvo ningún contacto con Leif. Al parecer, tanto Gösta como Paula dudan de que haya dicho la verdad.

—Pero sin nada más concreto sobre lo que actuar que puras conjeturas... no podemos presionarlo.

—Exacto —dijo Patrik.

—Esperemos que Leif tenga más secretos que revelarnos. ¿Cuándo sabrás algo de la licencia?

—Mañana por la mañana —respondió Patrik—. Pero el fiscal no creía que hubiera ningún problema. Todo está listo para exhumar el cadáver el martes.

Dejó escapar un suspiro y se levantó.

—No creo que hoy podamos hacer mucho más, seguiremos después de haber descansado. Si estrujamos nuestros cerebrines, seguro que se nos ocurre la mejor forma de usar esa información.

Reunió los documentos y los guardó en una carpeta que metió en el maletín. Luego se dirigió a Martin.

—¿Cuándo vais a veros otra vez?

—Esta noche. El niño se queda dos días con su ex, así que hemos pensado aprovechar...

—Desde luego, pero esta noche por lo menos procura dormir un poco —dijo Patrik, rodeando los hombros de Martin con el brazo.

Martin murmuró algo ininteligible por respuesta.

Casi habían salido por la puerta cuando oyeron que Annika los llamaba. Se volvieron y vieron que sostenía el auricular y lo señalaba en el aire.

—Es el hospital provincial de Trollhättan. Te han llamado a ti pero no respondías.

Patrik echó una ojeada a su móvil y, efectivamente, tenía tres llamadas perdidas del mismo número.

—¿Qué quieren? —Annika le pidió con un gesto que se acercara y atendiera la llamada.

Patrik se dirigió a la recepción y se puso al teléfono. Escuchó, respondió con unas frases breves y colgó. Luego se volvió hacia Annika y Martin, que esperaban llenos de expectación.

—Amina ha muerto hace un par de horas —dijo, notando que le costaba mantener la voz serena—. Eso implica que se trata no solo de un incendio provocado, sino también de un asesinato.

Se dio media vuelta y se dirigió al despacho de Mellberg. Necesitaban hablar con Karim para decidir qué harían con los niños: su madre había muerto y alguien debía contárselo.

Por encima de sus cabezas se oía el ruido sordo de un programa de televisión. Khalil miraba a Adnan, que se estaba secando las lágrimas. Habían pedido que los dejaran seguir viviendo juntos, y no había supuesto ningún problema; de todos modos, el ayuntamiento quería que vivieran el mayor número posible en una misma vivienda, a fin de que el alojamiento provisional que les habían conseguido fuera suficiente para todos.

Así que allí estaban ahora, en un cuarto diminuto del sótano de una casa de los años cincuenta. Olía a humedad, a moho y a cerrado. Pero la dueña de la casa era amable. Los había invitado a comer y fue muy agradable, a pesar de que ninguno conocía muchas palabras de la lengua del otro, y la comida, algo que la señora llamó «carne al eneldo», les supo un poco rara.

Después de la cena empezó a sonar el teléfono. Y ellos llamaron a otros a su vez. Querían encontrar consuelo mutuo. La hermosa, la alegre, la impetuosa Amina había fallecido.

Adnan se secó las lágrimas una vez más.

—¿Podemos ir a ver a Karim? A lo mejor Bill puede llevarnos otra vez.

Khalil siguió la mirada vacía de Adnan, fija en la moqueta llena de manchas. Pasó descuidadamente el dedo del pie por alguna de ellas. Se notaba que eran viejas y que estaban resecas, y que hacía mucho que nadie usaba aquella habitación.

—No puedes ir de visita a estas horas —dijo—. Mañana, quizá.

Adnan entrelazó los dedos y suspiró.

—Bueno, pues iremos mañana.

—¿Se lo habrán contado a los niños?

La voz de Khalil retumbaba entre las frías paredes de piedra.

—Supongo que dejarán que lo haga Karim.

—Si es que es capaz.

Adnan se frotó la cara.

—¿Cómo ha podido pasar algo así?

Khalil no sabía si se lo preguntaba a él o a Dios.

Suecia. Aquel país rico y libre.

—Muchos han sido amables —dijo—. También hay gente como Bill. Bill y Gun. Y Rolf. Y Sture. Eso no debemos olvidarlo.

No pudo mirar a Adnan mientras decía aquello. Y apretó un poco más con el dedo del pie sobre una de las manchas.

—Hasta ese punto nos odian —dijo Adnan—. No lo entiendo. Tanto que hasta vienen por la noche a quemarnos, aunque no les hayamos hecho nada. Y ya, ya sé lo que dices siempre, «tienen miedo». Pero cuando arrojas una antorcha ardiendo al interior de una casa con la esperanza de que la familia que la habita arda entre las llamas solo porque viene de otro país... Yo creo que eso no es miedo. Es otra cosa...

—¿Te arrepientes? —preguntó Khalil.

Adnan se quedó callado un buen rato, y Khalil sabía que estaba pensando en su primo, al que había visto morir tiroteado, en su tío, que perdió una pierna en una explosión. Gritaba sus nombres por las noches.

La respuesta debería haber sido sencilla, pero ya no lo era. No después de Amina.

Adnan tragó saliva.

—No, no me arrepiento. No hay elección. Pero he comprendido una cosa.

—¿El qué? —preguntó Khalil en la oscuridad.

—Que ya nunca volveré a tener un hogar.

En el piso de arriba subieron un poco más el volumen de la música festiva de la tele.

Bohuslän, 1672

*E*lin iba como sonámbula mientras la conducían a la sesión del consejo. Seguía sin comprender cómo había flotado en la ordalía del agua. Los bancos estaban repletos y supuso que muchos se habrían quedado fuera.

El alguacil dijo algo de que la iban a llevar a juicio, pero ¿qué implicaba aquello exactamente? ¿Existía algo que pudiera salvarla? ¿Existía alguien que pudiera salvarla?

La sentaron en primera fila. Las miradas del público la tenían aterrorizada. Algunas demostraban curiosidad, otras miedo, otras odio... Britta estaba entre ellos, pero Elin no se atrevía a mirarla.

El juez dio un golpe con el mazo y cesó el murmullo. Elin miró con nerviosismo a los hombres tan serios que tenía enfrente. El único al que reconocía era Lars Hierne. Los demás le eran desconocidos, con lo que la asustaban más aún.

—Estamos hoy aquí para dilucidar si Elin Jonsdotter es una bruja. La hemos visto flotar en el agua y tenemos varios testimonios de sus actos, pero Elin Jonsdotter tiene derecho a que haya testigos que acrediten su carácter y que hablen por ella. ¿Tiene algún testigo?

Elin miró a su alrededor. Vio a las mozas de la granja, a los vecinos de Fjällbacka, a Britta y a Preben, mujeres y hombres a los que había ayudado cuando tenían dolor de muelas, de cabeza, de amor..., o cuando los había alcanzado un disparo. Paseó su mirada suplicante por todos ellos, uno tras otro, pero todos volvían la cara. Nadie se puso de pie. Nadie dijo una palabra.

Nadie acudiría en su defensa.

Al final, se volvió hacia Britta. La vio allí sentada con una sonrisa en los labios y las manos descansando sobre la barriga, aún no demasiado grande. Preben estaba a su lado. Miraba al suelo, y el flequillo rubio le caía sobre los ojos. Con lo que ella había querido aquel flequillo... Y cómo lo acariciaba cuando se amaban. Había querido a Preben. Ahora ya no sabía *lo que sentía. Una parte de ella recordaba cómo lo había amado. Otra parte lo odiaba. Una parte de ella sentía desprecio por su debilidad. Se dejaba arrastrar por el viento y se doblegaba ante la menor oposición. Debería haberlo visto, pero la mirada amable de Preben y el trato que le dispensaba a Märta la habían cegado. Se había permitido soñar y rellenar los huecos allí donde debería haber notado que algo faltaba. Y ahora era ella la que debía pagar el precio.*

—Puesto que no tenemos ningún testimonio del carácter de Elin Jonsdotter, llamamos a quienes pueden declarar sobre sus acciones. La primera testigo es Ebba, la de Mörhult.

Elin resopló. No era ninguna sorpresa. Sabía que hacía tiempo que Ebba esperaba la ocasión de vengarse. Como una gran araña a la espera de una mosca. Ni se dignó mirar a Ebba cuando ocupó la silla de los testigos.

Después de prestar juramento, empezaron las preguntas. Ebba se pavoneaba y gesticulaba mientras prestaba declaración.

—Lo primero que notamos fue que hacía cosas que un ser humano no debería hacer. Conseguía que las mujeres del pueblo fueran a plantearle todo tipo de problemas, dolor de pies y dolor de estómago, y las muchachas querían que Elin les ayudara a atraer a algún mozo en concreto. Pero yo me di cuenta enseguida de que aquello no estaba bien, no está en la naturaleza del ser humano controlar ese tipo de cosas, es obra del diablo, lo supe enseguida. Pero ¿quién quería escuchar a Ebba, la de Mörhult? Nadie, todo el mundo seguía yendo a verla para conseguir remedios a sus males. Y esos remedios eran cremas y brebajes y ensalmos..., cosas a las que no debe dedicarse una mujer piadosa.

Miró alrededor. Muchos de los que ocupaban los bancos asintieron conformes. Incluso aquellos que habían recibido la ayuda de Elin más que gustosos.

—¿Qué pasó con el arenque? —dijo Hierne, y se inclinó hacia Ebba.
Ella asintió afanosa.

—Sí, sí, cuando escaseó el arenque, supe que era culpa de Elin.

—¿Culpa suya? —preguntó Hierne—. ¿Qué fue lo que hizo?

—Una noche vi cómo dejaba algo en la orilla, a flor de agua. Y todo el mundo sabe que poner en el agua caballos de cobre ahuyenta el arenque.

—Pero ¿por qué haría una cosa así? Ella y su difunto marido también vivían de la pesca, ¿no?

—Pues sí, pero eso demuestra lo pérfida que es, capaz de permitir que su familia sufra la amenaza del hambre solo porque tenía alguna cuenta pendiente con nosotros. Había discutido con varias de las mujeres de los hombres de la tripulación de Per el día anterior. A partir de ese momento, no hubo forma de pescar arenque.

—¿Y qué pasó con el oficial costero? ¿Qué ocurrió el día que bajó a caballo desde la cabaña de Elin después de comunicarles que el Estado iba a requisarle a Per el barco por haber traído clandestinamente un tonel de sal de Noruega?

—Sí, la oí lanzarle maldiciones mientras él se alejaba a caballo de la cabaña. Soltaba por su boca juramentos que solo el mismísimo diablo podía haber puesto en sus labios. Nadie que tenga a Dios en el alma podría pronunciar las palabras que le decía, y luego, camino a casa, el oficial...

Ebba hizo una pausa. Los congregados contuvieron la respiración.

—El propio oficial nos contará lo que le pasó —dijo Hierne—. Pero que nos lo refiera Ebba primero.

—De camino a casa, el viento le sacó el caballo del camino y lo arrojó a la cuneta. Enseguida comprendí que había sido cosa de Elin.

—Gracias, Ebba; como decía, oiremos la confesión del oficial costero Henrik Meyer sobre este asunto.

Hierne se aclaró un poco la garganta.

—Y eso nos conduce a la peor de las acusaciones que tenemos contra Elin Jonsdotter. El hecho de, con sus artes de brujería, haber causado el hundimiento del barco de su marido.

Elin contuvo la respiración y se quedó mirando a Ebba, la de Mörhult. Sabía que no podía hablar sin permiso, pero no pudo contenerse.

—¿Es que has perdido el juicio, Ebba? ¿Iba yo a provocar que se hundiera el barco de Per? ¡Con tripulación y todo! ¡Es una locura!

—¡Elin Jonsdotter, debe guardar silencio! —rugió Hierne.

Ebba, la de Mörhult, se llevó la mano al pecho y se cubrió la cara con un pañuelo.

Elin resopló ante semejante teatro.

—Haga caso omiso de la acusada —dijo Hierne, y le puso a Ebba una mano en el brazo para tranquilizarla—. Continúe.

—Pues sí, Elin estaba indignada con su marido, con Per. Estaba indignada con él por el tonel de sal y porque había decidido salir a pescar esa mañana. La oí decir que, si se iba, por ella podía morirse.

—Cuéntenos lo que sucedió después —dijo Hierne.

El público se inclinó hacia delante, presa de la máxima tensión. Nadie sabía cuándo sería la próxima vez que tendría la oportunidad de asistir a tan entretenido espectáculo.

—Los hombres se lanzaron al corazón de la tormenta, y entonces vi una paloma que salió volando tras ellos. Era Elin, de algún modo inexplicable la reconocí, aunque no tenía forma humana. Cuando salió volando tras la embarcación, supe que no volvería a ver a mi marido. Como así fue.

Dejó escapar un sollozo bien alto y claro y se sonó en el pañuelo.

—Era un buen marido, un padre maravilloso para nuestros cinco hijos, y ahora está en el fondo del mar, devorado por los peces solo porque esta..., ¡esta bruja se había enfadado con su marido!

Señaló a Elin, que no fue capaz de hacer nada más que negar con la cabeza. Aquello era totalmente irreal, como un mal sueño. Seguro que se despertaría en cualquier momento. Pero entonces miró otra vez a Britta, y advirtió la satisfacción que irradiaba su sonrisa y la cabeza gacha de Preben.

Y entonces supo que era una terrible realidad.

—Háblenos del feto —dijo Hierne.

Las náuseas se abrían camino en sus entrañas. ¿Acaso no había nada sagrado?

—Debió de quedarse embarazada después de yacer con el diablo —dijo Ebba, la de Mörhult, y un rumor recorrió la sala—. Luego vino a ver a mi hermana para que le sacara aquel engendro. Yo misma lo vi. Cuando entré en la cabaña, lo descubrí en un cubo que había junto a la puerta. En nada se parecía a un niño, era como una imagen del diablo, retorcida y tan horrenda que se me revolvió el estómago.

Unas mujeres dejaron escapar un grito. Aquello de yacer con el diablo y parir su fruto era un extra.

—La hermana de Ebba fue quien ayudó a parir aquel monstruo, y también ella dará aquí su testimonio —asintió Hierne.

Lo que allí se dirimía eran asuntos muy graves, y bien procuraba él que toda su persona así lo revelara.

Elin meneaba la cabeza. Le temblaban las manos en el regazo, y el peso de lo que le atribuían le hundía la cabeza hacia los anchos maderos. Y aún ni se imaginaba qué más le tenían reservado.

Habían transcurrido dos días de una espera frustrante. Aunque la investigación se había estancado, a Gösta no le faltaban las tareas. Habían seguido recibiendo soplos, sobre todo ahora que los periódicos no solo exhibían llamativos titulares sobre el caso, sino también sobre la muerte de Amina. Aquello había dado lugar a un enconado debate sobre la política de refugiados, con dos bandos opuestos que esgrimían el argumento de la muerte de Amina para explicar posturas contrarias. Un bando aseguraba que el incendio era el resultado del odio y la xenofobia que habían propagado los de Amigos de Suecia. Y el otro sostenía que el incendio era consecuencia de la frustración del pueblo sueco ante una política de refugiados insostenible. Había incluso quien aseguraba que fueron los propios refugiados los que provocaron el fuego.

Gösta sentía repugnancia ante aquel debate. Su visión del asunto era que había que revisar la política de refugiados y de inmigración, naturalmente, y que había que mejorarla en varios puntos, desde luego. No era posible abrir las fronteras por completo y recibir a la gente sin más, debían contar con una infraestructura que permitiera a los inmigrantes incorporarse a la sociedad sueca. Hasta ahí, estaba de acuerdo. Aquello que rechazaba de la retórica de Amigos de Suecia y de sus electores era que culpaban del problema a los inmigrantes. Los malos eran ellos. Por haber venido a Suecia.

Y claro que había alguna manzana podrida; como policía no podía sino reconocerlo. Pero la inmensa mayoría de las personas que llegaban de fuera solo querían salvar su vida y la de sus familias, y labrarse un porvenir mejor en otro país. Nadie dejaba su patria y a todos sus amigos y parientes, quizá para nunca más volver, a menos que estuviera desesperado, ¿no? Gösta no podía por menos de preguntarse cómo reaccionarían todos esos suecos que ahora se lamentaban diciendo que los refugiados no deberían ir a Suecia a agotar sus recursos si en Suecia hubiera una guerra abierta y fueran sus hijos los que se encontraran en peligro permanente. ¿No harían ellos también todo lo posible por salvarlos?

Suspiró y dejó el periódico. Annika siempre colocaba la prensa diaria en la mesa de la cocina, pero la mayoría de las veces él no conseguía más que hojear aquel horror, aunque era su obligación como policía saber qué se escribía sobre el caso. Las especulaciones y las afirmaciones infundadas habían arruinado más de una investigación de asesinato.

Paula entró en la cocina con un aspecto más cansado que de costumbre.

Gösta la miró compasivo.

−¿Una mala noche con los niños?

Ella asintió, se sirvió un café y se sentó frente a su colega.

−Sí, no paran de llorar. Y las pesadillas los despiertan por las noches. Mi madre estaba con ellos en el hospital cuando Karim les contó lo ocurrido y no me explico cómo pudo soportarlo. Pero está haciendo un trabajo estupendo, y estamos buscando la manera de que Karim y los niños puedan alquilar un piso que lleva un tiempo vacío y está justo al lado del nuestro, así que yo creo que sería una opción perfecta para ellos. El problema es que las autoridades municipales piensan que el alquiler es demasiado alto; ya veremos lo que pasa.

Paula meneó la cabeza.

−Tengo entendido que la cosa fue bien ayer −continuó−. Me refiero a la exhumación.

−Sí, me pareció un acto digno, dadas las circunstancias. Ahora estamos esperando los resultados. La bala de la primera autopsia sigue sin aparecer. Ni siquiera se registró. Han repasado todo el material que tenían guardado, que no era mucho, pero ni rastro de la bala. En realidad, las pruebas materiales deben conservarse durante setenta años, habría estado bien que se hubieran atenido a la norma.

—Bueno, no sabemos por qué no la encuentran —dijo Paula con cierta diplomacia—. Pero en aquel entonces nadie sospechó que se tratara de un asesinato, lo abordaron como un caso claro de suicidio.

—Da lo mismo. Las pruebas no pueden desaparecer —dijo Gösta irritado.

Al mismo tiempo, sabía que estaba siendo injusto. En el Centro Forense Nacional hacían un trabajo espléndido. Y también en el Centro de Medicina Legal, naturalmente. Además, lo hacían con un presupuesto escaso y una carga de trabajo excesiva. Pero la bala desaparecida era otro motivo de frustración en la investigación de aquel caso, que solo parecía conducir a callejones sin salida. Estaba del todo convencido de que el presunto asesinato de Leif Hermansson guardaba relación con el caso Stella. Y solo deseaba encontrar pronto alguna prueba concreta que demostrara esa tesis.

—Me figuro que tampoco la búsqueda del joven semental de Marie ha dado resultado, ¿no?

Gösta alargó el brazo en busca de otra galleta Ballerina, y separó cuidadosamente las dos obleas para poder lamer el chocolate.

—No, hemos hablado con varias personas que estuvieron a esa hora en el Stora Hotellet, pero nadie vio nada. Y el director asegura que él pasó la noche con la maquilladora y no con Marie. Dice que Marie le pidió que mintiera porque sabía que la consideraríamos sospechosa y no tenía coartada. También a él le había hablado del misterioso joven, pero no llegó a verlos juntos durante la noche...

—Ya, y yo dudo mucho de que exista siquiera —dijo Gösta.

—Si damos por hecho que Marie miente, ¿por qué lo haría? Y si tiene que ver con el asesinato de la niña, ¿por qué? ¿Cuál sería el móvil?

El teléfono de Paula sonó y los interrumpió.

—Hombre, hola, Dagmar —dijo, alzó la mano y miró a Gösta extrañada.

Escuchó muy atenta, y Gösta vio cómo se le iluminaba la cara de pronto.

531

–No, por favor, no importa que se te haya olvidado. Lo importante es que al final lo has recordado. Vamos para allá ahora mismo.

Colgó y miró a Gösta.

–Ya sé cómo podemos comprobar qué coches pasaron por delante de la granja de los Berg la mañana que Nea desapareció. Ven.

Paula se levantó. Luego se paró y se le dibujó una sonrisa en la cara.

–Bueno, mejor voy con Martin. Ya te lo contaré...

Patrik estaba sentado delante del escritorio tratando de organizar el plan del trabajo del día. ¿Qué camino debían seguir ahora, si dondequiera que miraran se encontraban con un callejón sin salida? Tenía todas sus esperanzas puestas en la exhumación del cadáver. Pedersen había prometido llamarlo a primera hora de la mañana y, efectivamente, a las ocho en punto sonó el teléfono.

–Hola –dijo Patrik–. ¡Eso es correr!

–Sí, y tengo dos cosas que contarte –comenzó Pedersen.

Patrik se estiró un poco en la silla. Aquello resultaba prometedor.

–Lo primero de todo, tengo el informe definitivo de Linnea Berg. Lo recibirás dentro de una hora. Sin embargo, no hay más de lo que ya supiste por mis nada reglamentarios informes preliminares. Que deben quedar entre nosotros, *by the way*...

–Como siempre. Ya lo sabes –aseguró Patrik.

Pedersen carraspeó un poco.

–Y con respecto al cadáver que nos enviasteis ayer, el de Leif Hermansson, hay una cosa.

–¿Sí? –dijo Patrik–. Me figuro que no habréis podido empezar con él todavía, ¿de qué se trata?

Pedersen soltó un suspiro.

–Pues, ya sabes, la bala desaparecida... La que no se ha registrado en ninguna parte, la que parece haberse esfumado...

–Sí... –dijo Patrik cada vez más expectante.

Si Pedersen no empezaba a cantar, pronto estallaría de curiosidad.

–La hemos encontrado.

–¡Estupendo! –dijo Patrik. Por fin tenían algo de suerte–. ¿Dónde? ¿En el fondo de algún almacén de pruebas?

–Qué va, en el ataúd...

Patrik se quedó de una pieza. ¿Había oído bien? Trataba de encontrar algún tipo de lógica en lo que acababa de decir Pedersen, pero aquello no encajaba.

–¿En el ataúd? ¿Y cómo ha ido a parar la bala al ataúd?

Se echó a reír, pero Pedersen no lo secundó.

–Comprendo que puede parecer una broma –respondió con voz de cansancio–, pero, como siempre, es el factor humano. Un forense que en aquellos momentos estaba en proceso de divorcio y se encontraba en medio de un juicio por la custodia de sus hijos se pasó un poco con el whisky. Luego se arregló todo, pero el trabajo de mi predecesor durante el año en que su vida privada era un verdadero enredo tiene algunas... En fin, algunas carencias...

–Quieres decir que...

–Quiero decir que el forense que hizo la autopsia no sacó la bala. Seguía en la cabeza y, con los años, al desaparecer las partes blandas, ha quedado suelta.

–Estás de broma –dijo Patrik.

–Créeme, me gustaría que así fuera. –Pedersen suspiró–. Por desgracia, ni siquiera tenemos a quien culpar: mi colega murió de un infarto el año pasado. En medio del tercer divorcio.

–Bueno, pero ahora tenéis la bala, ¿no?

–No, aquí no. Se la envié enseguida a Torbjörn, a Uddevalla. Pensé que debías tener un primer análisis cuanto antes. Llámalo y pregúntale si no puede darte un informe preliminar a media mañana. Por cierto, quisiera disculparme en nombre de mi antecesor, de feliz memoria... Esas cosas no pueden pasar, desde luego...

–No, pero lo importante es que ahora tenemos la bala –dijo Patrik–. Y podemos compararla con la pistola de Leif y certificar si fue o no un suicidio.

Basse se hundió en el sofá, que aún no había conseguido limpiar del todo. Se había pasado dos días limpiando, pero la casa seguía hecha un asco. Estaba tan arrepentido que se le cerraba la garganta. Cuando sus padres llamaron, les aseguró que todo estaba en orden, pero al colgar le temblaban las rodillas. Lo castigarían sin salir un año entero. Por lo menos. Seguramente no volverían a dejarlo salir jamás.

Y todo era culpa de Nils y Vendela. No debería haberles hecho caso, pero él siempre hacía lo que ellos decían, desde que iban al parvulario. Por eso podía salir con ellos. De lo contrario, igual lo habrían torturado a él en lugar de a Sam.

Tampoco le ayudaron a limpiar. Nils se echó a reír cuando se lo pidió, y Vendela no le respondió siquiera. Y el destrozo no era lo único. El joyero de su madre había desaparecido. Y la caja de puros de su padre. Se habían llevado incluso el gran ángel de piedra que su madre había puesto en el césped como estanque para pájaros.

Basse se echó hacia delante, descansó los brazos en los muslos. El nudo que tenía en el estómago crecía por días, y sus padres no tardarían en volver de su travesía. Se había planteado fugarse de casa. Pero ¿adónde iba a ir? No podría arreglárselas él solo.

Se le vino a la memoria el cuerpo de Jessie y soltó un lamento. La veía siempre que cerraba los ojos. Se despertaba en medio de pesadillas en las que aparecía ella. Recordaba cada vez más detalles. Veía el color negro en su piel, sentía su cuerpo debajo. Y se oía respirar jadeando mientras empujaba para penetrarla una y otra vez, y el aullido final cuando el cuerpo estalló.

Recordaba la sensación de placer, de lo prohibido, del desvalimiento absoluto de Jessie. El poder que suponía la posibilidad de hacer con ella lo que quisiera. Incluso ahora lo invadían unos sentimientos tan contradictorios que sentía náuseas.

Sabía que todo el mundo tenía las fotos, ni sabía cuántos mensajes había recibido. Nils y Vendela estarían contentos, su plan de humillar a Jessie para siempre había funcionado.

Nadie parecía haberla visto ni saber nada de ella. Silencio absoluto. También por parte de Sam. A nadie más le resultaba extraño.

Solo él se encontraba allí, en una casa devastada, con una sensación cada vez más inquietante en el estómago. Algo le decía que aquello no terminaría allí. Había demasiado silencio. Como la calma que precede a la tormenta.

Erica salió marcha atrás del aparcamiento y pensó en la suerte que la acompañaba últimamente. Había trabajado a fondo en el libro los ratos que los niños se entretenían solos, y ahora tenía la impresión de que muchas de las piezas del rompecabezas empezaban a encajar.

No se había atrevido a creer que Sanna accedería a hablar con ella. La llamó a la aventura cuando Kristina se fue con los niños al parque de atracciones de Strömstad. Tras dudar unos instantes, Sanna accedió y le dijo que fuera al vivero, así que allí iba Erica ahora, camino de visitar a una de las personas que mejor conocieron a Stella.

Y algo le decía que pronto iba a conocer a la persona que se escondía tras las iniciales «SS».

Miró a su alrededor después de aparcar el coche en una amplia explanada de grava y se dirigió a un arco revestido con un rosal trepador que parecía hacer las veces de entrada al vivero. Se encontraba a tan solo diez minutos de Fjällbacka, pero Erica no había tenido ningún motivo para visitarlo hasta ese momento. Su interés por la jardinería era inexistente, y tras varios y valerosos intentos de mantener con vida una orquídea que le había regalado Kristina abandonó todos los planes de dedicarse al cuidado de las plantas. Su jardín era, por esa razón, más un lugar de juegos que un vergel florido y, de todos modos, no creía que hubiera planta o arbusto capaz de sobrevivir a las carreras salvajes de los gemelos.

Sanna se le acercó al tiempo que se quitaba los guantes de jardín. Se habían visto por el centro a lo largo de los años y se habían saludado como suele hacerse en los pueblos pequeños, donde todo el mundo se conoce, pero era la primera vez que se veían a solas.

—Hola. —Sanna le tendió la mano—. Vamos a sentarnos en el cenador, Cornelia se encargará de la tienda.

Echó a andar hacia un banco de jardín muy recargado y pintado de blanco, rodeado de arbustos y rosales, que se encontraba a unos metros de allí. El banco tenía el precio puesto, y Erica se quedó perpleja al ver la cifra. Precio para veraneantes.

–Bueno, ya era hora de que nos viéramos –dijo Sanna, observando a Erica como si tratara de leerle el pensamiento.

Erica se puso algo nerviosa ante aquella mirada tan penetrante, pero estaba acostumbrada a que la recibieran con escepticismo. Los familiares solían tener experiencia de personas que, ávidas de sensacionalismo, se agolpaban como hienas en torno a su tragedia, y Sanna tenía motivos sobrados para sospechar que Erica era una de ellas.

–Ya sabes que estoy escribiendo un libro sobre el caso Stella –dijo Erica, y Sanna asintió.

A Erica le gustó aquella mujer. Había en ella algo auténtico, algo natural y firme. Llevaba el pelo claro peinado hacia atrás y recogido en una cómoda coleta, no iba maquillada y Erica adivinaba que pertenecía a ese tipo de personas que se maquillaban poquísimo incluso para una fiesta. Vestía una ropa apropiada para trabajar, botas de caña alta, vaqueros y una camisa amplia, también vaquera. No había en ella nada frívolo ni superficial.

–¿Qué te parece la idea de escribir el libro? –preguntó Erica, agarrando el toro por los cuernos.

Esa era, por lo general, la pregunta que usaba para romper el hielo en las entrevistas, qué pensaba el entrevistado del hecho de que se escribiera un libro sobre el tema.

–No tengo nada en contra –respondió Sanna–. Tampoco es nada que desee. Mi postura es... neutral. Para mí no tiene ninguna importancia. Stella no es el libro. Y llevo tanto tiempo viviendo con lo que ocurrió que el hecho de que escribas sobre ello ni quita ni pone.

–Trataré de hacerle justicia –dijo Erica–. Y apreciaría mucho tu ayuda. Quiero que al lector Stella le resulte tan viva como sea posible. Y tú eres la persona que mejor puede describirla.

Erica sacó el móvil del bolso y lo sostuvo ante Sanna.

–¿Te importa que grabe la conversación?

—Qué va, adelante —dijo Sanna.

Frunció el entrecejo.

—¿Qué es lo que quieres saber?

—Cuéntame con tus palabras —comenzó Erica— lo que tú quieras sobre Stella y tu familia. Y si puedes, cómo viviste tú lo que pasó.

—Han pasado treinta años —dijo Sanna algo arisca—. La vida continúa. He tratado de no pensar demasiado en aquello. Es fácil que el pasado devore el presente. Pero lo intentaré.

Sanna estuvo hablando dos horas. Y cuanto más hablaba, tanto más de carne y hueso se presentaba Stella para Erica. No era solo la víctima sobre la que había leído en el material de la investigación y en los artículos, sino una niña de cuatro años de verdad, que estaba viva y a la que le encantaba ver el programa infantil *Cinco hormigas son más que cuatro elefantes,* que por las mañanas era una remolona para levantarse y a la que no había forma de acostar por las noches. A la que le gustaba el arroz con leche con azúcar, canela y una pizca de mantequilla, que quería llevar el pelo recogido en dos coletas, no en una, a la que le encantaba meterse por las noches en la cama de su hermana mayor y que había bautizado a cada una de las pecas que tenía en la cara. *Hubert,* la de la punta de la nariz, era su favorita.

—A veces era una tortura, pero al mismo tiempo la persona más divertida del mundo. Muchas veces me sacaba de quicio, porque era una auténtica chivata; lo que más le gustaba era husmear en lo que hacía la gente, escuchar a escondidas y luego ir corriendo a contárselo a todos. A mí a veces me daban ganas de estrangularla.

Sanna calló de pronto, como si lamentara las palabras elegidas. Respiró hondo.

—Siempre me mandaban a buscarla al bosque —continuó—. Pero no me atrevía a ir muy lejos, me parecía espantoso. En cambio, Stella nunca tenía miedo. Le encantaba el bosque. Iba siempre que tenía ocasión, al menor descuido. Seguro que por eso fue tan difícil aceptar que de verdad hubiera ocurrido algo terrible. Se había ausentado montones de veces, pero siempre volvía. Y no era gracias a mí, yo no la buscaba en serio, solo iba lo bastante lejos como para que mis padres creyeran que sí la estaba buscando. Lo que hacía era sentarme junto al roble grande que había detrás de la casa, a unos cincuenta metros bosque adentro, y esperaba. Y tarde o temprano, Stella volvía. Siempre encontraba el camino de vuelta a casa. Salvo aquella última vez.

Sanna se rio de pronto.

—Stella no tenía muchos amigos, pero tenía un amigo imaginario. Curiosamente, eso es lo que se me ha presentado en sueños últimamente. He soñado con él varias veces.

—¿Con él? —dijo Erica.

—Sí, Stella lo llamaba el Señor Verde, así que me figuro que sería un árbol cubierto de musgo o algún arbusto, que cobró vida en su imaginación. En ese sentido, era increíble. Podía crear en su cabeza mundos enteros. A veces me pregunto si no habría en su mundo tantas personas ficticias como reales...

—Mi hija mayor es igual —dijo Erica con una sonrisa—. La más habitual es Molly, la compañera de juegos imaginaria, que al parecer opina que debería darle galletas y caramelos a ella cada vez que se los doy a Maja.

—Ajá, un plan genial para que te den ración doble. —Sanna sonrió, y se le suavizaron los rasgos—. Yo tengo un monstruito adolescente. A veces me pregunto si llegarán a ser personas normales.

—¿Cuántos hijos tienes? —preguntó Erica.

—Una hija —respondió Sanna con un suspiro—. Pero a veces me parece que fueran veinte...

—Ya, a mí me espanta la idea de que lleguen a esas edades. Ahora resulta difícil imaginar que un día se te plantarán delante y te llamarán «vejestorio tostón», pero habrá que tomarlo como venga cuando llegue el día.

—Huy, créeme, a mí hoy por hoy me llama cosas peores. —Sanna se rio—. Sobre todo dado que, según parece, le destrozo la vida al obligarla a trabajar aquí. El fin de semana tuvimos un incidente que necesitaba algún tipo de consecuencia, y al parecer obligarla a hacer una tarea honrada es maltrato infantil.

—Vaya, de pronto siento una gratitud enorme al pensar que mi mayor problema es que Maja tenga una amiga imaginaria tan glotona.

—Desde luego... —dijo Sanna, y se puso seria de pronto. Dudó un instante—. ¿Tú qué opinas? ¿Será casualidad que la pequeña que vivía en nuestra antigua finca también haya muerto asesinada?

Erica no sabía qué responder. La razón le decía una cosa. La intuición, otra. Si orientaba bien la respuesta, quizá averiguaría si tenía razón al sospechar quién era SS.

—Yo sospecho que está relacionado —dijo al fin—. Lo que no sé es cómo. No creo que baste con señalar a Helen y a Marie. No quiero reabrir viejas heridas, sé que quizá para vosotros fue un modo de cerrar el asunto el que las encontraran culpables. Pero hay varios interrogantes. Y Leif Hermansson, el policía responsable de la investigación, le dijo a su hija poco antes de morir que había empezado a dudar, aunque ignoramos por qué.

Sanna se miraba los pies. Como si algo estuviera rondándole por la cabeza. Luego levantó la vista y miró a Erica.

—¿Sabes? Hace mucho que dejé de pensar en ello, pero lo que acabas de decir me ha recordado una cosa. Leif se puso en contacto conmigo. Nos tomamos un café poco antes de su muerte.

Erica asintió. Las piezas empezaban a encajar. En la comisaría solo pensaron en Sanna como Sanna Lundgren, pero para Leif debía de ser Sanna Strand.

—¿De qué quería hablar contigo? —preguntó Erica.

Sanna puso cara de extrañeza.

—Pues eso fue lo raro. Empezó a hacerme preguntas sobre el Señor Verde. Yo mencioné al compañero de juegos imaginario de mi hermana. Y de repente, varios años después, un policía quería hablar de él.

Erica se quedó perpleja. ¿Por qué querría Leif hablar del amigo imaginario de Stella?

—¿Hay alguien en casa? —gritó Paula cuando abrió la puerta cuidadosamente.

Habían llamado muchas veces, pero nadie parecía haber oído nada. A Martin aún no se le había quitado la mirada de satisfacción que había echado al letrero de «Se vende» cuando llegaron.

—Eh, hola, pasad —se oyó una voz quebrada desde el interior de la casa, y los dos policías se limpiaron los zapatos en la alfombra antes de entrar.

Dagmar estaba sentada en su sitio habitual, junto a la ventana de la cocina. Tenía delante un crucigrama y los miraba risueña.

—Vaya, otra vez una visita ilustre —dijo—. ¡Qué bien!

—Así que vas a vender de todos modos, ¿no? —preguntó Paula—. He visto el letrero fuera.

—Sí, es lo mejor. A veces a esta vieja tozuda le lleva tiempo comprender. Pero mi hija tiene razón. La casa está muy apartada y ya no tengo veinte años. Eso sí, puedo estar contenta de tener una hija que quiere que vaya a vivir con ella, la mayoría de los hijos mete a sus ancianos progenitores en algún hogar para mayores.

—Ya, se lo decía a mi colega el otro día, que los suecos no son un modelo a la hora de hacerse cargo de sus mayores. Pero ¿hay interés por la casa?

—Todavía no ha llamado nadie —respondió Dagmar, y les indicó que se sentaran—. Casi ninguna familia quiere vivir así. Ambiente rural, casa vieja... No, todo tiene que estar en el mejor barrio y ser nuevo, sin esquinas irregulares ni suelos desnivelados. Pero es una pena. A mí me encanta esta casa. Las paredes encierran mucho amor, que lo sepáis.

—A mí me parece maravillosa —dijo Martin.

Paula tuvo que morderse la lengua para no hacer un comentario. Algunas cosas necesitaban su tiempo.

—En fin, se acabaron las locas filosofías de una anciana, ya está bien. Supongo que no habéis venido a hablar de la casa, sino de mi cuaderno. Lo que no me explico es que se me olvidara la última vez.

—Son cosas que pasan —dijo Martin—. Seguro que, como los demás, estabas conmocionada por la noticia de la muerte de Nea, y en esas circunstancias es difícil pensar con lógica.

Paula asintió.

—Lo importante es que nos has llamado en cuanto te has acordado. Cuéntanos, ¿qué cuaderno es ese?

—Pues sí, recuerdo que queríais saber si había visto algo fuera de lo normal la mañana que Nea desapareció. Sigo sin caer en la cuenta de nada extraño, pero esta mañana comprendí que quizá a vosotros se os dé mejor que a mí reconocer patrones. Y entonces pensé que quizá querríais echarles un vistazo a las notas que tomo por pura distracción. Me ayudan a centrarme en el crucigrama. Si hago una sola cosa, me cuesta una barbaridad concentrarme, necesito algo que me distraiga. Así que voy anotando en este cuaderno lo que ocurre al otro lado de la ventana.

Les tendió el bloc, en el que Paula se apresuró a buscar la mañana en que Nea desapareció. No había muchas anotaciones. Nada que le llamara la atención: habían pasado tres coches y dos bicicletas. De los ciclistas decía que eran «dos turistas alemanes entrados en carnes que iban de excursión», así que los descartó. Quedaban los coches, pues. Dagmar solo había anotado el color y la marca, pero eso era mejor que nada.

—¿Puedo llevármelo? —preguntó Paula, y Dagmar asintió.

—Claro. Gástalo con salud.

—Perdona, ¿de qué año es la casa? —preguntó Martin.

—De 1902. La construyó mi padre. Yo nací en un banco de cocina que había ahí, en esa pared.

Dagmar señaló una de las paredes.

—¿Le han hecho alguna inspección? —preguntó Martin, y Dagmar lo miró con una sonrisita.

—Sí que tienes curiosidad, sí.

—Bah, es solo por preguntar —dijo Martin.

Y evitó mirar a Paula.

—Tiene la inspección, sí, y lo más urgente es arreglar el tejado. También hay algo de humedad en el sótano, pero eso, según el inspector, podía esperar. El agente inmobiliario tiene toda la documentación. Y si surgiera algún interesado, le puede echar un vistazo también.

—Ya... —dijo Martin, y bajó la mirada.

Dagmar lo observó con atención. El sol le brilló en la cara, poniendo de relieve cada una de sus arrugas entrañables. Le puso la mano en el brazo y aguardó hasta que él la miró a los ojos.

—Es un buen sitio en el que empezar de nuevo —dijo—. Y necesita que lo vuelvan a llenar de vida. Y de amor.

Martin se volvió a toda prisa, pero Paula ya había visto cómo se le llenaban los ojos de lágrimas.

—Es por la llamada telefónica. Esa llamada anónima que atendiste tú. Por la distorsión de la voz. ¿Quieres que avise a Paula? Son ella y Martin quienes llevan esa investigación.

Annika había asomado la cabeza al despacho de Mellberg, y lo había despertado de un profundo sueño.

—¿Qué? ¿Cómo? Ah, sí, la llamada telefónica —dijo irguiéndose a toda velocidad—. No, pásamelo a mí.

Mellberg se despabiló en una fracción de segundo. Nada deseaba más que echarle el guante al indeseable que había provocado todo aquello. Si no hubieran intentado buscarle problemas a Karim, nunca se habría producido el incendio, de eso estaba seguro.

—Mellberg —dijo muy serio cuando contestó al teléfono.

Para su sorpresa, oyó la voz de una mujer. Dado que se trataba de una cuestión técnica, había dado por hecho que respondería un hombre.

—Sí, hola, llamaba por el archivo sonoro con el que necesitabais ayuda.

Era una voz clara y juvenil, y Mellberg dudaba de que la joven hubiera dejado atrás la adolescencia.

—Ya, me figuro que no se ha podido hacer nada con él.

Soltó un suspiro. Desde luego, debían de tener una falta terrible de personal cuando permitían que jovencitas aprendices se hicieran cargo de un asunto tan complejo e importante. No le quedaría más remedio que darle un toque a su jefe y pedirle que le encargara aquella tarea a alguien más competente, preferiblemente un hombre.

—Bueno, la verdad es que he conseguido descifrarlo. No ha sido fácil, pero al final he podido ajustar... En fin, no te voy a aburrir con tecnicismos. El caso es que creo que me he acercado a la voz original todo lo que se puede uno acercar con la tecnología de la que disponemos.

—Ah, vaya...

Mellberg no sabía muy bien qué decir. Mentalmente, él ya había mantenido una conversación con su jefe.

—Bien, cuéntame —dijo al fin—. ¿Quién se esconde tras el velo del anonimato?

—Si quieres, puedo ponerte la conversación para que la oigas por teléfono y luego te mando el archivo sonoro por correo electrónico.

—Sí, me parece bien.

—De acuerdo, pues pongo la grabación.

Por el auricular del teléfono se oyó una voz que decía las mismas palabras que Mellberg había oído con anterioridad, solo que aquella voz anónima no era ya oscura y confusa, sino clara y perfectamente identificable. Mellberg frunció el entrecejo mientras trataba de detectar algún rasgo característico. No podía decir directamente que la reconociera, habría sido esperar demasiado.

—Envíalo a mi dirección de correo —dijo cuando terminó de oír la grabación.

Le dio su correo electrónico, y un minuto después de colgar se oyó el aviso del ordenador y recibió el archivo. Lo reprodujo varias veces. Entonces, una idea empezó a cobrar forma. Por un instante sopesó la posibilidad de verlo primero con Patrik, pero había salido con Gösta a comer algo y sería una pena molestarlos. Y era una idea genial, seguro que Patrik no tendría nada que objetar. Además, el propio Patrik los había convocado a todos en la sala de reuniones a las dos en punto, así que lo informaría entonces. Estaba deseando ver lo mucho que apreciarían su iniciativa. Era el tipo de cosas que distinguía a un buen policía de un policía brillante: la capacidad de pensar con originalidad; de identificar otros puntos de vista; de probar nuevos caminos y recurrir a la técnica moderna. Con una sonrisa de satisfacción, Mellberg marcó un número que tenía grabado en el móvil. A partir de ahora empezarían a pasar cosas.

—Lo haces cada vez mejor —dijo Sam, y corrigió un poco la postura de Jessie—. Pero sigues presionando demasiado fuerte y demasiado rápido cuando disparas, tienes que acariciar el gatillo.

Jessie asintió. Estaba concentrada en la diana que colgaba del árbol. Esta vez sí que acarició el gatillo, y la bala casi dio en el centro de la diana.

—Eres brutal —dijo Sam.

Y lo decía de verdad. Jessie lo llevaba dentro. Tenía un instinto natural para dar en el blanco. Pero disparar a una diana no sería suficiente.

—Tienes que practicar también con objetivos móviles —dijo, y ella asintió.

—Ya, ya lo sé, pero ¿cómo lo hacemos? ¿Cómo lo has hecho tú?

—Con animales —dijo, y se encogió de hombros—. Mi padre me obligaba a disparar a ardillas, ratones, pájaros... En fin, lo que se presentara.

—Bueno, pues eso haremos.

La dureza que advirtió en la mirada de Jessie hizo que deseara estrecharla entre sus brazos. Toda la blandura anterior había desaparecido. Sabía que no se alimentaba como debía. En los pocos días que habían transcurrido desde el fin de semana, ya había perdido algo de la redondez de la cara. No importaba. La quería en todas sus variantes. Le encantaba su ingenuidad, pero la nueva mirada con que Jessie contemplaba ahora el mundo encajaba mejor con la suya.

Él llevaba dentro el mismo núcleo de dureza, y en eso radicaría la fuerza de ambos. Él había pasado el límite, y el retorno le sería imposible. Todo tenía un punto de inflexión. También las personas. Él había sobrepasado el suyo primero, y ahora lo había seguido Jessie, que se encontraba en la misma zona fronteriza que él.

Era un alivio haber dejado de estar solo.

Sabía que tenía que contárselo todo. Que debía poner a sus pies sus facetas más oscuras. Eso era lo único que aún le daba miedo. Creía que ella podría juzgarlo, pero no estaba seguro. Una parte de él aún quería olvidar sin más, mientras que la otra sabía que debía seguir recordando, porque eso le ayudaría a seguir adelante. No era posible quedarse quieto. No era posible pararse. Ya no era posible seguir siendo una víctima sin más.

Se descolgó la mochila y sacó el cuaderno. Por fin había llegado el momento de contarle a Jessie sus más íntimos secretos. Estaba lista.

—Quiero enseñarte una cosa —dijo—. Es una cosa que tengo que hacer.

Bohuslän, 1672

*L*os testigos fueron apareciendo uno tras otro en una larga hilera. El oficial Meyer refirió cómo Elin le lanzó maldiciones que hicieron que el caballo saliera volando del camino. Los vecinos de Fjällbacka y gentes de Tanumshede fueron testigos de cómo utilizó la fuerza de la magia diabólica para curar y sanar todo tipo de dolencias. Luego le tocó el turno a Britta. Estaba hermosa y pálida cuando recorrió la sala y tomó asiento. Parecía apenada, pero Elin sabía que estaba disfrutando de su obra. Después de tantos años, por fin había conducido a su hermana a donde siempre quiso.

Britta bajó la vista y las pestañas negras se le destacaron como abanicos sobre las mejillas. La redondez del vientre se atisbaba bajo la falda, pero aún no se advertía nada en el rostro, que seguía fino y bien perfilado.

–¿Puede la señora Britta hablarnos un poco de sí misma? –dijo Hierne sonriendo.

Aún se lo veía tan impresionado por ella como aquella noche en la casa parroquial, advirtió Elin.

Nada ayudaría a su causa, estaba claro, pero de todos modos no había salvación para ella. Lo que Britta dijera sería, en realidad, irrelevante, pero nunca renunciaría a ese instante, bien lo sabía Elin.

–Soy hermana de Elin. Medio hermana –añadió–. Tenemos el mismo padre, pero no la misma madre.

–Y Elin vivía en casa desde la muerte de su marido, ¿no es así? ¿No es cierto que la señora Britta y su marido, el pastor Preben Willumsen, acogieron con generosidad en su casa a Elin y a su hija Märta?

Britta sonrió tímidamente.

–Sí, los dos estábamos de acuerdo en que debíamos ayudar a Elin y a la pobre Märta cuando Per se ahogó. Después de todo, somos familia, y eso es lo que hay que hacer.

Los ojos de Hierne brillaban cuando la miraba.

—En verdad que es una oferta generosa y una muestra de cariño. Y no sabían...

—No, no lo sabíamos...

Britta meneó impetuosamente la cabeza y dejó escapar un sollozo.

Hierne sacó un pañuelo del bolsillo del chaleco y se lo ofreció.

—¿Cuándo empezó la señora Britta a darse cuenta? —continuó.

—Me llevó un tiempo, es mi hermana, y no quiere una creer...

Britta volvió a sollozar.

Luego se irguió y levantó la barbilla.

—Empezó a darme infusiones por la mañana. Para ayudarme a quedarme en estado. Y yo le agradecía su ayuda, sabía que había ayudado a otras mujeres de la comarca. Todas las mañanas me tomaba aquella ponzoña horrible. Elin murmuraba unas palabras antes de darme el brebaje. Pero pasaban los meses y nada sucedía. Le pregunté en numerosas ocasiones si aquello surtiría en verdad algún efecto y ella insistió en que todo se arreglaría y en que lo mejor que podía hacer era seguir tomándolo.

—Pero al final empezó a sospechar que algo pasaba, ¿no es así?

Hierne se inclinó acercándose a Britta, que asintió.

—Sí, al final empecé a intuir que no era Dios el que se encontraba detrás de Elin, sino unas fuerzas más oscuras. En la granja... teníamos un animal que desapareció. Una gata. Viola. La encontré colgada de la cola detrás de nuestra casa, delante de mi dormitorio. Y entonces lo supe. Así que empecé a verter la bebida a escondidas, sin que Elin me viera. Y en cuanto dejé de tomarla me quedé embarazada.

Se pasó la mano por el vientre.

—Entonces comprendí que mi hermana de ninguna manera quería ayudarme a que concibiera un hijo. Al contrario, deseaba que no me quedara encinta.

—¿Por qué?

—Elin siempre me ha tenido envidia. Su madre murió cuando ella era pequeña y mi madre fue la favorita de mi padre. Y yo..., pues yo era la niña de sus ojos. No podía hacer nada para evitarlo, pero Elin la tomó conmigo. Siempre quería lo que yo quería y, naturalmente, todo empeoró cuando me casé con un pastor y ella tuvo que conformarse con un pobre pescador. Así que supongo que por eso no deseaba que tuviera hijos. Además, creo que su intención era robarme el marido.

Miró alrededor en la sala.

—Ya pueden imaginar todos el triunfo que habría supuesto para el diablo el que su esposa hubiera logrado yacer con un hombre de la Iglesia. Por suerte, Preben tiene un carácter firme, y las astucias y las artes de seducción de Elin no surtieron efecto en él.

Miró sonriente a Preben, que bajó la vista enseguida. Elin lo observaba sin quitarle ojo. ¿Cómo podía quedarse allí sentado? ¿Cómo era capaz de escuchar todas aquellas mentiras? Por lo que tenía entendido, él no iba a testificar. Le ahorrarían al pastor aquella experiencia. Y más le valía, porque Elin no sabía cómo habría resistido de verlo mintiendo en la tribuna de los testigos, en lugar de dejar que Britta mintiera por él.

—¿Y qué hay de la marca del diablo? —dijo Hierne.

El público escuchaba sobrecogido. Habían oído hablar de aquello: el diablo dejaba una marca en el cuerpo de sus esposas. Una señal. Y Elin Jonsdotter, ¿tenía alguna? De ser así, ¿dónde? Todos aguardaban ansiosos la respuesta de Britta.

Ella asintió.

—Sí, la tiene, justo debajo del pecho. De color fuego. Y parece Dinamarca.

Elin contuvo la respiración. Aquella marca apenas se veía cuando eran pequeñas. Y Britta no podía saber que parecía el mapa de Dinamarca. Solo había una persona que podría haber hecho esa comparación.

Preben.

Él le facilitó a Britta esa prueba contra ella. Trataba de hacer que Preben la mirase a los ojos, pero el muy cobarde se limitaba a mirar al suelo. Sintió deseos de levantarse y contarlo todo, pero sabía que sería inútil. Nadie creería una palabra de lo que dijera. A sus ojos, ella era una bruja.

Lo único que podía hacer era no empeorar las cosas para Märta. Su hija no tenía a nadie más que a Britta y a Preben. No había más familia, ningún pariente. Y la única posibilidad era confiar en que Britta y Preben le permitieran vivir con ellos en la granja. Así que calló. Por el bien de Märta.

Mientras Britta seguía hablando de la marca del diablo que Elin tenía en el cuerpo, y de otras mil mentiras que, una tras otra, fueron sellando su destino, Elin deseaba que acabara el juicio. Se enfrentaba a la muerte, ahora lo sabía. Pero aún tenía esperanzas en que su hija tendría una buena vida. Märta lo era todo. Nadie salvo ella importaba.

—Las cosas empiezan a moverse —dijo Patrik, y notó en el estómago ese cosquilleo tan familiar que sentía siempre que empezaban a solventarse los escollos de una investigación.

Era parte de la tensión de aquel trabajo. Todo parecía un callejón sin salida hasta que, de repente, el desatasco se producía de golpe y las piezas del rompecabezas empezaban a encajar.

—Pedersen ha llamado. No lo vais a creer, pero han encontrado la bala desaparecida en el ataúd. Hubo un descuido de la primera autopsia, y se quedó dentro.

—¿Por eso nadie la encontraba? —dijo Gösta.

—No tiene sentido lamentarse ahora —siguió Patrik—. Lo importante es que ha aparecido. Y tengo un informe preliminar de Torbjörn. Es un proyectil del calibre 45 con blindaje completo. Puedo repasar lo que eso implica, aunque vosotros lo sabréis mejor que yo; lo más importante de la información recibida es, en cualquier caso, que ese tipo de munición se asocia a una Colt.

—¿Quiere eso decir que ahora podemos confirmar que el suicidio de Leif fue, en realidad, un homicidio? —preguntó Martin.

Patrik reflexionó un instante. En una investigación siempre era crucial no precipitarse a la hora de sacar conclusiones, por verosímiles que parecieran, pero al final dijo:

—Leif era zurdo, pero el orificio de entrada de la bala estaba en la sien derecha, y sostenía una pistola en la mano derecha, no en la izquierda. El arma en cuestión era su pistola reglamentaria, una Walther PPK de calibre 32. La bala del 45 que han encontrado en el ataúd no pudo dispararse con esa arma. Por lo tanto, me atrevo a asegurar que se trata de asesinato y no de suicidio, sí. Y además, tenemos un sospechoso. Leif había anotado en su agenda las iniciales «JJ», y conocemos a un James Jensen, que tiene una Colt M1911 que encaja bien con el calibre 45 que ha aparecido en el cadáver o, en fin, en los restos del cadáver.

—Sí, nos enseñó muy orgulloso su arma favorita cuando fuimos a verlo —dijo Paula muy seria.

—Pero ¿qué posibilidades tenemos de relacionarlo con la bala? ¿Y con el asesinato de Leif? —preguntó Gösta—. Todo eso son suposiciones. Seguro que hay miles de personas en Suecia que tienen una Colt, de forma legal o ilegal. Y que «JJ» sea James Jensen es una suposición, no está probado.

—Tenemos que vincular la bala con el arma —dijo Patrik pensativo—. Dudo de que el fiscal nos dé una orden de registro solo basándonos en lo que tenemos, así que la cuestión fundamental ahora es: ¿cómo conseguimos vincular la bala y el arma?

Paula levantó la mano. Patrik le dio paso con un gesto.

—James Jensen hace prácticas de tiro en terreno público. Cuando Gösta y yo fuimos a buscarlo lo encontramos disparando con la Colt en el bosque. Allí tiene que haber montones de proyectiles, que podremos recoger sin ningún tipo de permiso.

—Genial —dijo Patrik—. Pues eso vamos a hacer. Gösta y tú recogéis las balas para que podamos hacer una comprobación.

Patrik miró el teléfono. Tenía nueve llamadas perdidas. ¿Qué había pasado ahora? Reconocía algunos de los números, y trató de pensar en lo que podría haber provocado aquella lluvia de llamadas de la prensa vespertina. Al final, les pidió un minuto de descanso para escuchar el contestador. Cuando colgó, miró a Mellberg con inquina.

—Al parecer, hemos pedido a los ciudadanos que nos ayuden a identificar una voz. El archivo sonoro está accesible en la web del *Expressen*. ¿Alguien sabe algo de esto?

Mellberg se irguió.

—Sí, me enviaron el archivo mientras estabais fuera. Y era una mujer la que había salvado el escollo técnico, ¿os lo podéis figurar?

Miró entusiasmado a su alrededor, pero no recibió la aprobación que esperaba.

—En fin, ni siquiera yo he reconocido la voz —continuó—. Así que pensé que necesitábamos ayuda, y la opinión pública siempre es un recurso. Tomé la iniciativa y llamé a un contacto que tengo en el *Expressen,* ¡y se mostraron dispuestos a ayudarnos! Así que ¡no hay más que esperar a que nos lluevan las llamadas!

Se retrepó satisfecho.

Patrik contó hasta diez despacio y en silencio, y después optó por la ley del mínimo esfuerzo. Respiró hondo.

—Bertil... —dijo, pero de pronto no supo cómo continuar.

Había tantas cosas que quería decir, aunque no debía... Sencillamente, no sería productivo.

Tomó un nuevo impulso.

—Bertil, tú puedes encargarte de clasificar las llamadas.

Mellberg asintió y le hizo un gesto de aprobación con el pulgar hacia arriba.

—Os avisaré en cuanto lo tenga localizado —dijo alegremente, mientras Patrik se esforzaba por sonreír.

Se quedó mirando a Mellberg, que le devolvió la mirada sin comprender.

—¿Qué pasa?

—¿No crees que estaría bien que los demás pudiéramos escuchar la grabación?

—Ah, sí, joder. —Alargó el brazo en busca del móvil—. Me he reenviado el archivo al móvil. ¿Os he dicho ya que ha sido una muchacha la que lo ha procesado?

—Sí, lo has mencionado, sí —dijo Patrik—. ¿Podemos oírla ya?

—Sí, sí, qué impaciencia la vuestra. —Mellberg pulsó el móvil.

Se rascó la cabeza.

—¿Cómo demonios abro el archivo? Estos dichosos teléfonos tan modernos...

—Si necesitas una muchacha que te ayude, avisa —dijo Paula encantada.

Mellberg fingió no haberla oído y siguió toqueteando el móvil.

—¡Ahí está! —exclamó triunfal.

Todos escucharon atentos la grabación.

—Bueno —dijo Mellberg—. ¿Alguno de vosotros reconoce la voz o ha oído algo interesante?

–No... –dijo Martin pensativo–. Pero suena a persona joven. Y a juzgar por el dialecto, diría que es alguien de la zona.

–¡Ya lo ves! Vosotros tampoco tenéis ni idea. ¡Menuda suerte que lo haya puesto en manos de la opinión pública! –dijo Mellberg satisfecho, y apartó a un lado el teléfono.

Patrik hizo oídos sordos a sus palabras.

–De acuerdo, sigamos, pues. Erica ha llamado hace un momento y parece ser que ha conseguido averiguar lo que significan las iniciales «SS» que figuran en la agenda de Leif. Esta mañana ha entrevistado a Sanna Lundgren, para su libro. Sanna Lundgren, que de soltera se llamaba Sanna Strand... Seguramente a ella aluden las iniciales «SS», porque dijo que Leif había quedado con ella más o menos una semana antes de morir.

–¿Qué quería Leif? –preguntó Gösta con curiosidad.

–Pues...

Patrik se lo pensó un poco, ni él mismo sabía cómo hallar alguna lógica en lo que le había contado Erica, y no estaba seguro de cómo contárselo a sus colegas.

–Pues sí... Leif quería que le hablara del amigo imaginario que tenía Stella...

Martin tosió y se atragantó con el café. Se quedó mirando a Patrik sin dar crédito a lo que había oído.

–¿Un amigo imaginario? ¿Por qué?

–A saber –dijo Patrik, y se encogió de hombros–. Quería información sobre el amigo imaginario al que Stella llamaba Señor Verde.

–¡Estás de broma! –dijo Mellberg, y se echó a reír–. ¿Un Señor Verde? ¿Un amigo imaginario? No tiene ningún sentido.

Patrik fingió una vez más no haberlo oído.

–Según Sanna, Stella jugaba a menudo en el bosque, y hablaba de un amigo que decía que tenía allí –continuó–. Lo llamaba Señor Verde y Sanna se lo mencionó a la policía en cuanto encontraron el cadáver de Stella, pero nadie se lo tomó en serio. Muchos años después, Leif la llamó para preguntarle por él. Sanna no recordaba la fecha exacta en la que se vieron, pero creía que podía ser el día en que Leif anotó «SS» en la agenda. Más o menos una semana después, se enteró de que Leif se había suicidado. Y no se había parado a pensar en ello hasta que Erica empezó a hacerle preguntas sobre Stella.

—¿Es que vamos a perseguir al personaje de un cuento infantil? —Mellberg resopló y mostró una sonrisa despectiva.

Pero nadie más sonrió. Patrik miraba de reojo el teléfono. Otras doce llamadas perdidas, como si no tuvieran bastantes problemas.

—Yo creo que ahí tenemos algo —dijo Patrik—. Mantengamos la mente abierta, puede ser que Leif descubriera información importante.

—¿Qué hacemos con James? —preguntó Gösta, y les recordó que no habían terminado con ese punto.

—Nada, por el momento —respondió Patrik con tranquilidad—. En primer lugar, Paula y tú debéis reunir algunas balas.

Comprendía la impaciencia. Él mismo habría querido ir de inmediato en busca de James, pero sin pruebas no lo atraparían nunca.

—Tenemos otro asunto importante que abordar —dijo Paula—. Recibí una llamada de la anciana que es vecina de la familia Berg. En nuestra primera visita dijo que no recordaba haber visto nada fuera de lo normal la mañana que Nea desapareció. Pero ahora se le ha ocurrido que quizá nos fuera útil un cuaderno en el que va anotando todo lo que ocurre al otro lado de la ventana de su cocina. Martin y yo hemos ido a recoger el cuaderno y, a primera vista, parece que la mujer tiene razón. Yo no veo nada llamativo.

Paula dudó un poco.

—Pero hay algo que tampoco encaja del todo, solo que todavía no sé qué es.

—Seguid trabajando en ello —dijo Patrik—. Ya sabes cómo son estas cosas, tarde o temprano caerás en la cuenta.

—Ya. —Paula asintió dudosa—. Eso espero.

—¿Y el móvil? —preguntó Martin con timidez. Una vez que hubo conseguido la atención de todos, desarrolló el razonamiento—. Sí, si partimos de la base de que James mató a Leif, ¿cuál sería el móvil?

Se hizo el silencio unos instantes. Patrik reflexionaba. Había dedicado mucho tiempo a darle vueltas a ese mismo asunto sin llegar a ninguna conclusión. Al final, dijo:

—Vamos a vincular a James con la bala. Luego empezaremos a pensar en ese punto.

—Pues podemos irnos enseguida. —Gösta miró a Paula.

Ella bostezó, pero dijo que sí con la cabeza.

—Procurad recoger el material como es debido —dijo Patrik—. Bolsas de papel, bien marcadas, documentadas..., no queremos que nadie pueda cuestionar el procedimiento durante el juicio.

—Prometido —dijo Gösta.

—Yo también puedo ir con ellos —se ofreció Martin—. De todos modos, no avanzo nada con mis contactos entre las falanges xenófobas. Nadie sabe nada del incendio, o eso dicen.

—Sí, ve con ellos —dijo Patrik—. Es la mejor pista que tenemos por ahora. Por otro lado, creo que algo tiene que haber en la pregunta que Leif le hizo a Sanna sobre el amigo imaginario de Stella. Gösta, ¿no recuerdas nada? ¿Nada relacionado con la antigua investigación?

Una profunda arruga se dibujó en la frente de Gösta. Primero parecía que iba a negar con la cabeza, pero luego se le iluminó la mirada y alzó la vista.

—Marie. Ya hemos hablado de que Marie aseguraba que alguien las seguía por el bosque. Ese día, el día que murió Stella. Yo sé que son conclusiones algo rebuscadas, pero ¿podría estar relacionado? ¿No sería el amigo imaginario de Stella una persona de verdad?

—¿Sería James? —dijo Paula.

Todas las miradas se volvieron hacia ella. Paula se encogió de hombros.

—Pensadlo un momento. James es militar. Cuando Sanna habla del Señor Verde se me viene rápidamente a la cabeza ropa verde. Ropa militar. ¿Sería James el hombre al que veía Stella? ¿Y sería James la persona a la que Marie dice que oyó en el bosque?

—Son solo suposiciones... —Patrik se quedó pensativo.

Resultaba un tanto disparatado, pero no era del todo impensable.

Echó un vistazo al teléfono, en el que aparecían otras veinte llamadas perdidas.

—Mientras los demás reúnen pruebas, tú y yo vamos a mantener una conversación, Bertil —dijo con un suspiro.

Anna estaba cada vez más nerviosa. Ahora había demasiados cabos sueltos, demasiadas cosas que podían salir mal. Y se había dado cuenta de que Erica sospechaba algo. Veía que su hermana la observaba con extrañeza, aunque aún no le había comentado nada.

En la cocina, Dan preparaba un almuerzo algo tardío. Tenía que ir asumiendo más tareas domésticas ahora que ella estaba cada vez más pesada, pero sabía que lo hacía con gusto. Habían estado tan cerca de perderlo todo... Sin embargo, habían reconquistado su vida cotidiana y la familia, y también el uno al otro. Las cicatrices del corazón aún seguían allí, tanto en el de él como en el de ella, pero habían aprendido a vivir con ellas. Y las externas habían terminado aceptándolas. El pelo volvía a crecerle y las marcas se iban aclarando. Siempre serían visibles, aunque ahora podía maquillarlas si quería. Pero no siempre lo hacía. Las cicatrices formaban parte de ella.

Dan le preguntó una vez cómo había conseguido no amargarse. La vida se había desarrollado de forma muy distinta para ella y para Erica. A veces parecía que ella atraía las desgracias, mientras que Erica vivía armoniosamente. Pero Anna sabía que no era tan sencillo. Habría sido fácil caer en esa trampa, compadecerse y envidiar a Erica. Sin embargo, también habría implicado no asumir su parte de responsabilidad por los caminos que había tomado en la vida. Fue ella quien eligió a Lucas, el padre de sus hijos. Ella y solo ella. Fue ella quien desoyó las advertencias de su hermana. Ella y solo ella. Las dos sufrieron el accidente que le había dejado el cuerpo marcado, y el que perdiera el niño que llevaba en sus entrañas fue fruto de la mala suerte, ni más ni menos. Y lo que estuvo a punto de arruinar el amor entre Dan y ella..., en fin, eso fue enteramente responsabilidad suya, y se había pasado muchas horas procesando su culpa. No, nunca sintió envidia ni amargura. Erica se había ocupado de ella y la había cuidado desde que era pequeña, y seguramente habría sido una carga para su hermana en más de una ocasión. Anna pudo ser niña a costa de Erica, y siempre le estaría agradecida por ello.

Pero ahora había roto la promesa que le hizo a su hermana. La promesa de no volver a tener ningún secreto. Oía el ruido de la vajilla mientras Dan ponía la mesa, y oyó que había empezado a tararear al ritmo de la canción de la radio. Anna envidiaba el desenfado y la actitud despreocupada con que lo encaraba todo. Ella, en cambio, estaba preocupada. Se preguntaba si de verdad habría sido la decisión correcta. Temía causar dolor, y sentía que andaba por un terreno resbaladizo por el simple hecho de haberse visto obligada a mentir. Sin embargo, ya era demasiado tarde. Se levantó como pudo del sofá, cuando llegó a la cocina y vio la sonrisa de Dan se le caldeó el cuerpo por dentro y se le aplacó un instante la preocupación. A pesar de todo aquello por lo que había pasado, se consideraba afortunada. Y cuando los niños fueron entrando en la cocina desde distintos puntos de la casa, después de dejar los juegos en el jardín, se sintió millonaria.

—¿Tú crees que fue James quien mató a Stella? —dijo Paula mirando el perfil de Gösta—. ¿Y que luego mató a Leif porque iba a delatarlo?

Gösta le había pedido que lo dejara conducir, y ella terminó accediendo aunque sabía que iría como un caracol todo el camino hasta Fjällbacka.

—Yo ya no sé qué creer —dijo Gösta—. Que yo recuerde, él no estaba presente en las diversas teorías que se barajaron durante la primera investigación. Claro que puede deberse a que Leif se centró enseguida en las dos niñas, y a que luego ellas confesaron. No había razón alguna para sopesar otras posibilidades. Y lo que contó Marie de que había visto a alguien en el bosque..., en fin, eso no lo dijo hasta que no cambió de idea y quiso retractarse de su confesión, así que pensamos que no era más que una niña que trataba, torpemente, de inventar una pista falsa.

—¿Tú sabías entonces quién era? —preguntó Paula, que se dio cuenta de que iba pisando un acelerador imaginario.

Por Dios bendito, con qué lentitud y precaución conducía Gösta... Prefería incluso la forma de conducir absolutamente alocada de Patrik.

—Sí, claro, en Fjällbacka se conoce casi todo el mundo. Y James siempre fue un personaje. Su gran meta en la vida era ser soldado;

si no recuerdo mal, hizo el servicio militar en una modalidad de esas de mucho riesgo, buzo de desactivación de explosivos o cazador paracaidista, ya sabes, y luego siguió con la carrera militar.

—A mí me parece de lo más extraño eso de que se casara con la hija de su mejor amigo —dijo Martin desde el asiento trasero—. Y con esa diferencia de edad...

—Sí, a todo el mundo le extrañó —dijo Gösta.

Aminoró la marcha, puso el intermitente y giró finalmente a la izquierda hasta la explanada de grava.

—Nadie había visto a James con ninguna novia hasta ese momento, así que fue una sorpresa para todos. Y Helen solo tenía dieciocho años, pero ya sabéis cómo son esas cosas. Al principio la gente se horroriza, luego se convierte en otro motivo de cotilleo, y al final las cosas más extrañas terminan por verse aceptables y normales. El hecho de que tuvieran a Sam también acalló los chismorreos. Y ahora llevan casados muchos años, así que es obvio que ha funcionado.

Detuvo el coche.

Habían decidido no avisar a James de su visita, y Gösta aparcó a un buen trecho de la casa, para poder ir por el bosque hasta el lugar de las prácticas de tiro sin que los vieran desde la casa de James y Helen.

—¿Y qué hacemos si está aquí? —preguntó Martin.

—Bueno, le tendremos que explicar a qué hemos venido, sencillamente. Y habrá que esperar que no haya complicaciones. Tenemos pleno derecho a llevarnos lo que queramos.

—Puede, pero a mí no me apetece mucho vérmelas cara a cara con un matón, y probable asesino, mientras recabamos pruebas para encerrarlo —protestó Martin.

—Bah, venga ya, también habrías podido quedarte en la comisaría —dijo Paula, y se adelantó para entrar en el bosque.

Se detuvieron cuando llegaron al claro. Por suerte, Paula vio que no había ni rastro de James, pero empezó a comprender el inmenso trabajo que tenían por delante. Tantos años de prácticas de tiro habían dejado montones de balas y de casquillos, y los había de todo tipo. Paula no era experta en armas, pero sabía lo suficiente como para advertir que allí habían usado todo un arsenal.

Gösta miró a su alrededor y se volvió luego hacia Martin y Paula.

—Este panorama debería darnos motivos para suponer que en casa de James se guarda una gran cantidad de armas prohibidas, ¿no? Podemos vincularlo a este lugar y sabemos que practica tiro aquí con mucha frecuencia. Y al ver todos estos casquillos y cartuchos pienso que, seguramente, obran en su poder armas que no están registradas debidamente.

—Tiene permiso para una Colt, una Smith & Wesson y una escopeta de caza —dijo Martin—. Lo he comprobado.

—Voy a llamar a Patrik para preguntarle si cree que eso bastaría para una orden de registro. ¿Queréis ir fotografiando el terreno mientras tanto, antes de que empecemos a tocar nada?

—Claro —dijo Paula, y sacó dos cámaras, para ella y para Martin.

No eran precisamente lo último del mercado, pero habría que arreglarse.

Gösta se apartó para hacer la llamada y volvió enseguida.

—Lo va a consultar con el fiscal, pero cree que lo que tenemos aquí más la bala del ataúd debería ser suficiente para que podamos echar un vistazo a la casa de James.

—¿Qué creéis que vamos a encontrar? —dijo Martin—. ¿Ametralladoras? ¿Armas automáticas?

Se agachó y observó el montón de casquillos que había en el suelo.

—Yo diría que sí —asintió Paula, y siguió sacando fotografías.

—Pues no me hace ninguna gracia imaginarme a James con un MP5 —dijo Gösta.

—Habría sido difícil justificar el suicidio si hubiera utilizado una metralleta —dijo Paula—. Pero seguro que eso también puede darse.

—Kurt Cobain se pegó un tiro con una escopeta de perdigones Remington —dijo Martin.

Paula levantó la vista con asombro: no tenía la menor idea de que Martin conociera ese tipo de información.

El teléfono de Gösta empezó a sonar y el agente respondió.

—Hola, Patrik.

Levantó una mano hacia Paula y Martin para indicarles que dejaran de recoger material. Cuando colgó, dijo:

–El fiscal quiere que llamemos a los técnicos para que examinen el terreno. No les ha gustado lo de la iniciativa propia.

–De acuerdo –dijo Paula decepcionada–. ¿Quiere eso decir que firmará la orden?

–Sí –respondió Gösta–. Patrik ya está en camino. Quiere estar presente cuando entremos.

–¿Y Mellberg? –Paula parecía preocupada.

Gösta meneó la cabeza.

–No, al parecer, después de enviar el archivo sonoro al *Expressen* se ha desatado el caos. Está ocupadísimo concediendo entrevistas. Y a Annika le llueven las llamadas de ciudadanos. Todo el mundo cree reconocer la voz. La lista de nombres no para de crecer.

–No me sorprendería que el muy desastre hubiera hecho algo bueno por una vez –murmuró Paula entre dientes–. Puede que saquemos algo en limpio de ahí. Nunca habríamos podido identificar esa voz por nuestra cuenta.

–¿Qué ha dicho Patrik de James? –preguntó Martin mientras volvían al coche.

–Lo llamaremos a interrogatorio después de haber efectuado el registro del domicilio. Pero alguno de nosotros tendrá que quedarse fuera con él mientras tanto.

–Yo me quedo –dijo Martin–. Tengo curiosidad.

Nils le besuqueó la oreja. Por lo general, Vendela se estremecía de placer siempre que lo hacía, pero ahora experimentó una sensación muy desagradable. No quería tenerlo allí, en su cama.

–O sea, cuando Jessie... –empezó.

–¿Qué crees que dirán los padres de Basse cuando vuelvan? –lo interrumpió ella, y se apartó un poco del lado de Nils.

No quería hablar de Jessie. Aquello había sido idea suya, todo se desarrolló tal y como ella lo había planeado. Aun así, ahora le parecía de lo más extraño. Lo que ella quería era castigar a Marie, castigar a su hija. ¿Por qué no se sentía contenta?

–Supongo que a Basse le rebajarán la paga semanal a partir de ahora –dijo Nils con una sonrisa.

Le acarició la barriga a Vendela, que sintió unas náuseas repentinas.

—¿Tú crees que nos echará la culpa? —preguntó.

—En la vida. No creo que quiera remover mucho nada de lo relacionado con esa noche.

Habían cerrado la puerta del dormitorio. Dejaron a Basse allí con Jessie, totalmente ida. En aquel momento, cuando Vendela se encontraba en el culmen de la borrachera, se le antojó perfecto, pero ahora... Ahora tenía la sensación de que fueran camino de la perdición.

—¿Tú crees que le contará algo a alguien? ¿A su madre, quizá?

Eso era lo que ella pretendía, castigarlas a las dos.

—¿Tú crees que quiere que se difunda más aún? —dijo Nils—. ¿Estás loca?

—No creo que Sam y ella aparezcan el sábado.

Al menos eso lo había conseguido, que Jessie dejara de aparecer por allí.

Nils le olisqueó la oreja otra vez y le agarró los pechos, pero ella lo apartó. Por alguna razón, no quería estar con él esa noche.

—A Sam seguro que se lo ha contado. ¿No es extraño que él no se haya puesto hecho una furia?

Nils soltó un suspiro y empezó a quitarse los pantalones.

—Pasa del memo de Sam. Pasa de la asquerosa esa. Deja de hablar y chúpamela, anda...

Con un gemido, le empujó la cabeza hacia abajo.

Helen levantó la vista cuando los coches llegaron a la casa. La policía. ¿Qué querrían? ¿Y por qué ahora? Se dirigió a la entrada y abrió la puerta antes de que hubieran tenido tiempo de llamar.

Allí estaba Patrik Hedström, con Paula, Martin y un policía mayor al que no conocía.

—Hola, Helen —dijo Patrik—. Traemos una orden de registro. ¿Están James y vuestro hijo en casa?

Se le doblaron las rodillas y tuvo que apoyarse en la pared. Asintió al mismo tiempo que la inundaban recuerdos de hacía treinta años. La voz del policía, con el mismo tono que la de Patrik. La seriedad. Aquella mirada penetrante que parecía querer sacarle las verdades a la fuerza. El aire de la sala de interrogatorios, sofocante y difícil de respirar. La pesada mano de su padre sobre su hombro. Stella. La pobre, pobre Stella. El pelo cobrizo saltando esponjosamente delante de ellas mientras iba brincando más que andando, feliz de ir a la aventura con dos niñas mayores. Siempre llena de curiosidad. Siempre atenta.

Helen se tambaleó y tomó conciencia de que Patrik se estaba dirigiendo a ella. Se obligó a serenarse.

—James está en su despacho y Sam en su habitación.

Se oyó la voz extraordinariamente normal, a pesar de que el corazón le aporreaba en el pecho.

Se apartó a un lado y los dejó pasar al vestíbulo. Empezaron a hablar con James en el despacho, mientras ella llamaba a Sam.

—¡Sam! ¿Puedes venir?

Se oyó un murmullo gruñón por respuesta, pero al cabo de unos minutos el chico apareció bajando desganado las escaleras.

—Ha venido la policía —dijo Helen mirándolo a los ojos.

Aquellos ojos azules en medio de tanto color negro no expresaban nada. Parecían un espejo. Helen se estremeció, quería alargar la mano hacia su hijo, acariciarle la mejilla y decirle que no iba a pasar nada. Que ella estaba allí. Como siempre. Pero se quedó de pie inmóvil, con los brazos caídos.

—Nos gustaría que esperaseis fuera —dijo Paula al tiempo que les abría la puerta—. No podréis volver a entrar hasta que no hayamos acabado.

—Pero..., pero ¿qué buscáis? —dijo Helen.

—Por ahora no podemos revelarlo.

Helen sintió que el corazón empezaba a latirle más despacio otra vez.

—Podéis decidir vosotros mismos qué hacer —continuó Paula—. Si queréis ir a casa de algún familiar o algún amigo mientras tanto, por ejemplo. Puede ir para largo.

—Pues yo pienso esperar aquí —dijo James.

Ella no se atrevía a mirarlo. El corazón le latía tan fuerte que creyó que se le saldría del pecho. Empujó a Sam, que se había quedado inmóvil en medio del vestíbulo.

—Venga, vamos a salir.

A pesar del calor, sintió el aire como una liberación cuando abrió la puerta, y respiró hondo varias veces. Se agarró al brazo de Sam, pero él se apartó.

A la luz del sol, en el jardín, contempló a su hijo, lo observó a conciencia por primera vez en mucho tiempo. Se le veía la cara tan blanca en contraste con el negro del pelo y el maquillaje alrededor de los ojos... Los años habían pasado volando. ¿Qué había sido de aquel rubito regordete de risa contagiosa? Ella lo sabía de sobra. Le había permitido a James eliminar todo rastro de ese niño, y del hombre en el que habría podido convertirse. Le hizo sentir que no valía. La verdad era que iban a quedarse en la puerta de la casa porque no tenían adónde ir. Ni amigos. Ni familiares. Solo su madre, y ella nunca estaba para las duras.

Helen y Sam. Los dos habían vivido cada uno en su burbuja.

Del interior de la casa salió la indignación en la voz de James. Sabía que debería estar preocupada. Que uno de los secretos en los que se había basado su vida iba a desvelarse. Alzó una mano para acariciarle a Sam la mejilla. Él se apartó, y ella volvió a bajarla despacio. Por un instante, vio a Stella volviéndose hacia ella en el bosque. El pelo rubio de tonos anaranjados era fuego en contraste con la blancura de su piel. Luego desapareció.

Helen echó mano del teléfono. Solo había un lugar al que pudiera plantearse ir.

—¡Jessie, me voy!

Marie aguardó unos segundos al pie de la escalera, pero no obtuvo respuesta. Jessie había entrado en una fase en la que los pocos momentos que estaba en casa los pasaba encerrada en su cuarto. Cuando Marie se despertaba, la mayoría de las veces Jessie ya se había ido. No sabía adónde exactamente, pero por fin había empezado a adelgazar un poco. El tal Sam parecía sentarle bien.

Marie se dirigió a la puerta. El rodaje iba cada vez mejor. Casi había olvidado la sensación de estar haciendo algo que iba a ser bueno, no un producto que fuera a consumirse sin más delante del televisor como un aperitivo barato que caía en el olvido en cuanto aparecían los créditos.

Sabía que estaba haciendo un buen trabajo, incluso un trabajo brillante. Lo veía en las miradas del equipo después de cada toma. Parte de ello se debía sin duda a que sentía cierto grado de hermandad con el personaje. Ingrid era una mujer compleja, fuerte y amable y, al mismo tiempo, con una ambición despiadada. Marie se reconocía a sí misma en ese rasgo. Lo que las diferenciaba era que Ingrid sí vivió el amor. Ella tuvo a quien querer. Y tuvo quien la quisiera. Cuando murió la lloraron no solo un montón de extraños que la habían visto en la pantalla, sino también un montón de amigos que demostraron lo mucho que había significado para ellos.

Marie no tenía a nadie así, no como Ingrid. Solo con Helen había intimado. Si Helen no le hubiera colgado el teléfono aquel día, quizá todo hubiera sido diferente. Tal vez habría habido en su vida personas que la llorarían si desapareciera, igual que lloraron a Ingrid.

Pero no tenía sentido lamentar lo irremediable. Ciertas cosas eran imposibles de cambiar. Muy despacio, Marie cerró la puerta para acudir a la segunda sesión de rodaje del día. Jessie se las arreglaba sola. Igual que tuvo que hacer ella a su edad.

El caso Stella

Helen temblaba un poco mientras aguardaba bajo el viento en la escalera de la casa adosada. Ya era imposible negarlo. Tenía miedo. Ese miedo que sentimos cuando sabemos que estamos haciendo algo mal. La etiqueta del sencillo vestido de H&M le rozaba el cuello, pero no la apartó. Le proporcionaba algo en lo que concentrarse.

En realidad, no estaba segura de cuándo se tomó aquella decisión. Ni de en qué momento aceptó ella. De repente, era un hecho, sin más. Por las noches oía a sus padres discutir por ello, aunque no distinguía las palabras, solo oía sus voces alteradas, pero sabía cuál era el tema de la discusión. Ella iba a casarse con James.

KG, su padre, le aseguró que era por su bien. Que él siempre sabía qué era lo mejor para ella. Y ella se limitó a asentir. Así eran las cosas. Ellos se ocupaban de Helen, la cuidaban. A pesar de que no lo merecía. Sabía que debería estar agradecida, que había tenido suerte, que en realidad no merecía sus desvelos.

Y además, quizá el mundo se ensanchara para ella si hacía como le decían. Los años transcurridos después de todo aquel horror los había pasado encerrada en una jaula. Tampoco eso lo cuestionó nunca. Así eran las cosas, simplemente. Iba derecha a casa después del colegio; la casa era su mundo, y las únicas personas que lo habitaban eran su padre, su madre... y James.

James pasaba muchas temporadas en el extranjero. Luchaba en guerras de otros países. O mataba negros, como decía su padre.

Cuando James estaba en Suecia, pasaba casi tanto tiempo en casa de ellos como en la suya propia. Reinaba un ambiente tan extraño cuando iba de visita... James y su padre compartían algo así como un mundo privado al que nadie más tenía acceso. «Somos como hermanos», solía decir KG, antes de que todo ocurriera. Antes de que se vieran obligados a mudarse.

Marie había llamado hacía una semana o dos. Helen reconoció su voz en el acto, aunque había envejecido un poco, se había vuelto más madura. Fue como retroceder de golpe en el tiempo y volver a la que era antaño. Esa niña de trece años cuya vida giraba en torno a Marie.

Pero ¿qué podía decir? No había nada que hacer. Iba a casarse con James, no existía otra alternativa después de todo lo ocurrido. Después de lo que James hizo por ella.

Cierto que James tenía la misma edad que su padre, pero con el uniforme tenía una planta muy elegante a su lado, y a su madre le puso contentísima el poder arreglarse por una vez, aunque incluso la víspera de la boda la oyó discutir con su padre.

Pero, como siempre, prevaleció la voluntad de KG.

Habían decidido que no sería una boda religiosa. Celebrarían una ceremonia civil más o menos rápida, seguida de una cena en el hotel. Luego, James y ella pasarían la noche en casa de sus padres antes de irse a la casa de él en Fjällbacka, aunque ahora ya era de los dos. La casa de la que la familia de Helen huyó en su día. A ella nadie le preguntó su parecer, pero ¿cómo iba a oponerse? Vivía con la soga al cuello, día y noche, recordándole que tenía mil razones para cerrar los ojos e ir con él. Pero una parte de ella quería salir. Quería libertad.

Miró de reojo a James mientras se acercaban al juez que iba a casarlos. ¿Estaría James dispuesto a darle esa libertad? Aunque solo fuera un trocito. Helen tenía dieciocho años, era adulta. Ya no era una niña.

Buscó la mano de James. ¿No era eso lo que se hacía durante la ceremonia? ¿Ir de la mano? Pero él fingió no darse cuenta y mantuvo las suyas bien cruzadas. La etiqueta le seguía rozando la nuca mientras oía las palabras del juez. Les preguntaba cosas cuya respuesta ella aún desconocía. Pero dijo que sí cuando tocaba. En el momento en que el matrimonio fue un hecho consumado, buscó la mirada de su madre. Harriet apartó la cara y se cubrió la boca con el puño cerrado. Pero no hizo nada para detener lo que estaba ocurriendo.

La cena fue tan breve como la ceremonia. KG y James bebieron whisky y Harriet tomaba el vino a sorbitos. A Helen también le sirvieron una copa de vino, su primera copa. En un instante, había pasado de ser una niña a ser una adulta. Sabía que su madre les había preparado la cama en el cuarto de invitados, en la cama extensible que se convertía en una de matrimonio al sacar el cajón. Había puesto unas sábanas y un edredón azules. Durante toda la cena, Helen tuvo en mente aquellas sábanas, y la cama extraíble que iba a compartir con James. Seguro que la comida estaba muy rica, pero ella no probó bocado, se limitó a removerlo todo en el plato.

Cuando llegaron a casa, sus padres les dieron las buenas noches. KG parecía incómodo de pronto. Apestaba al whisky que había bebido durante la cena. También James despedía un olor agrio a alcohol y a humo, y tropezó cuando entraron en el cuarto de invitados. Helen se desnudó mientras James entraba en el baño y orinaba haciendo mucho ruido. Luego se puso una camiseta enorme y se acurrucó bajo el edredón, pegada a la pared. Rígida como un palo lo aguardó mientras él apagaba la luz, expectante ante lo que se avecinaba. Ese roce de él que lo cambiaría todo para siempre. Pero no pasó nada. Y al cabo de unos segundos, oyó los ronquidos etílicos de James. Cuando también ella se durmió por fin, soñó con la niña del pelo cobrizo.

–Ya os dije que no encontraríais nada que no estuviera registrado –dijo James, y se retrepó en la silla de la pequeña sala de interrogatorios.

Patrik tuvo que contener las ganas de borrarle la cara de autosuficiencia, sabía que debía mantenerse neutral.

–Tengo permiso para una Colt, una Smith & Wesson y una escopeta de caza modelo Sauer 100 Classic –recitó James mirando a Patrik tranquilamente.

–¿Y cómo es que hay casquillos y balas de otras armas en el lugar donde haces las prácticas de tiro? –preguntó Patrik.

James se encogió de hombros.

–¿Y cómo lo voy a saber? No es ningún secreto dónde practico, seguro que hay mucha gente que va allí y utiliza las dianas que he puesto.

–¿Sin que tú lo hayas notado? –preguntó Patrik sin ocultar su escepticismo.

James se limitó a sonreír.

–Yo paso fuera del país largos períodos durante los que no puedo tener la zona controlada. Desde luego que nadie se atreve a disparar allí cuando estoy en casa, pero la mayoría de la gente del pueblo sabe cuándo estoy fuera y por cuánto tiempo. Serán jóvenes, seguro, que van allí a disparar para pasar el rato.

–¿Jóvenes? ¿Con ametralladoras? –dijo Patrik.

James soltó un suspiro.

–Ya, la juventud de hoy. ¿Adónde iremos a parar?

–Oye, ¿te estás riendo de mí en la cara? –añadió Patrik, y se enfadó consigo mismo por permitir que James tomara el mando.

En general, trataba de no tener prejuicios, pero con ese tipo de hombres le costaba mucho trabajo: machistas, con complejo de superioridad, convencidos de que la ley darwiniana regía y era una guía en la vida.

—Por supuesto que no —respondió James sonriendo más aún.

Patrik no lo entendía. Habían revisado la casa entera. Y solo habían encontrado las tres armas que había registradas a nombre de James. Al mismo tiempo, sabía que aquel hombre estaba mintiendo, y que tenía más armas en algún lugar. Y Patrik no creía que estuvieran muy lejos. Seguro que James quería tenerlas a mano, pero no habían logrado dar con el sitio. Aparte de la vivienda, habían revisado la caseta que usaban para las herramientas de jardinería. Por lo demás, no había muchos más sitios de la parcela en los que buscar. Pero teóricamente, James podría tener las armas escondidas por allí cerca. El problema era que no podían ponerse a buscar por todo el bosque.

—Leif Hermansson se puso en contacto contigo aquel 13 de julio, ¿verdad? El mismo día que murió.

—Como ya he dicho, nunca tuve ningún contacto con Leif Hermansson. Lo único que sé de él es que era el responsable de la investigación en la que mi mujer figuraba como acusada.

—Acusada y hallada culpable —añadió Patrik, sobre todo para ver cómo reaccionaba si pulsaba ese botón.

—Sí, pero solo basándose en una confesión que luego retiró —respondió James.

No pareció que le afectara en absoluto, seguía teniendo la misma mirada firme de antes.

—Pero ¿por qué confesar, si era inocente? —continuó Patrik.

James volvió a suspirar.

—Era una niña, y se sintió confundida y presionada para hacer algo que no quería hacer. Pero ¿qué tiene que ver aquello ahora? ¿De qué va esto? ¿Por qué ese interés por mis armas? Sabéis a qué me dedico, las armas son parte de mi vida, no veo nada raro en que sea propietario de varias armas.

—Tienes una Colt M1911 —dijo Patrik sin responder a su pregunta.

—Sí, es verdad —asintió James—. La joya de mi colección. Un arma legendaria. Y tengo el modelo original, no una de las copias que han salido.

—¿Y la munición son cartuchos blindados del calibre 45 ACP?

—¿Qué sabrás tú lo que significa eso siquiera? –preguntó James, y Patrik se obligó a contar hasta diez.

—En la formación de policía también se incluye el estudio de las armas y su munición –respondió Patrik con serenidad, sin reconocer que había tenido que hacerle algunas preguntas a Torbjörn precisamente sobre aquello.

—Bueno, en la capital puede que controlen más, pero en los pueblos los conocimientos teóricos seguro que se oxidan rápido –dijo James.

Patrik hizo caso omiso.

—No has respondido a mi pregunta. ¿Es así?

—Sí, así es. Es lo que se aprende el primer día de primero.

—¿Cuánto hace que tienes esa arma?

—Uf, mucho. Es la primera que tuve. Me la dio mi padre cuando cumplí siete años.

—Vamos, que eres un buen tirador, ¿no? –preguntó Patrik.

James se irguió en la silla.

—Uno de los mejores.

—¿Tienes las armas bien controladas? ¿Es posible que alguien se haya llevado alguna prestada sin que lo supieras? Cuando estás de viaje, por ejemplo.

—Siempre tengo las armas bajo control. ¿A qué viene ese interés por la Colt? ¿Y por Leif? Si no recuerdo mal, él mismo se quitó la vida hace un montón de años. Por algo de la mujer, que murió de cáncer...

—Ah, veo que no te has enterado.

Patrik sintió un atisbo de satisfacción al ver por un instante un destello de inseguridad en los ojos de James.

—¿De qué? –dijo James con un tono tan neutro que Patrik dudó si habría visto bien.

—Hemos desenterrado el cadáver.

Conscientemente, dejó que la frase siguiera resonando en el aire. James guardaba silencio. Luego se enderezó en la silla.

—¿Que lo habéis desenterrado? –preguntó, como si no hubiera comprendido lo que acababa de oír.

Patrik se dio cuenta de que trataba de ganar tiempo.

—Sí, hemos obtenido información nueva —dijo—. Así que procedimos a una exhumación del cadáver. Y resulta que no fue un suicidio. Es imposible que se disparase con el arma que tenía en la mano cuando lo encontraron.

James guardaba silencio. Conservaba la misma arrogancia, pero Patrik advirtió que se había llevado un revés en lo que a la seguridad en sí mismo se refería. Patrik creyó intuir una abertura, cierta vulnerabilidad, y decidió utilizarla.

—Además, hemos sabido que tú te hallabas en el bosque el día que asesinaron a la pequeña Stella. —Dudó un instante y le soltó luego una exageración de tal calibre que seguramente podría clasificarse como una mentira—. Tenemos un testigo.

James no mostró ninguna reacción, pero una venilla le palpitaba en la sien, y parecía estar sopesando qué camino tomar.

Finalmente, se levantó.

—Doy por hecho que no tenéis lo suficiente como para detenerme —dijo—. De modo que, por mi parte, esta conversación ha terminado.

Patrik se alegró. Por fin le había borrado aquella sonrisita. Y James había mostrado su debilidad. Lo único que tenían que hacer era encontrar las pruebas.

—Pasa —dijo Erica expectante.

La había sorprendido, por no decir otra cosa, que Helen la llamara para preguntarle si podía ir a verla.

—¿Ha venido Sam contigo?

Helen negó con la cabeza.

—No, lo he dejado en casa de una amiga —respondió, bajando la mirada.

Erica se apartó para que pasara al vestíbulo.

—Bueno, me alegro de que hayas venido —dijo, y se mordió la lengua para no hacer más preguntas.

Patrik acababa de llamarla y le había contado que sospechaban que James era el Señor Verde. Que era él quien se paseaba por el bosque con ropa de camuflaje, y que Stella se había cruzado con él en sus excursiones. Según Patrik, creían además que pudo ser él la persona a la que Marie oyó en el bosque.

—¿Tienes café? —preguntó Helen, y Erica asintió.

En el salón, Noel y Anton se habían enzarzado de nuevo, y no parecían dispuestos a escuchar las advertencias de Maja. Erica soltó un suspiro, se acercó y les rugió que parasen con la voz más imperiosa que pudo. Al ver que no surtía efecto, se rindió al último recurso de todo padre desesperado para conseguir algo de paz. Fue al congelador en busca de unos helados que sacó de la caja que había comprado en el camión del heladero ambulante y le dio uno a cada uno. Enseguida los tres se sentaron muy satisfechos a comerse el helado, mientras ella se iba a la cocina con la desagradable sensación de no ser una madre modelo.

—Lo mismo hacía yo... —dijo Helen sonriendo.

Aceptó una taza de café y se sentó a la mesa de la cocina. Se quedaron un rato en silencio. Erica se levantó, sacó una tableta de chocolate y la puso sobre la mesa.

Helen negó con la cabeza.

—No, gracias, por mí no, no puedo comer chocolate, me produce erupciones —dijo, y tomó un sorbo de café.

Erica se partió un buen trozo y se prometió que a partir del lunes dejaría de tomar dulce. Aquella semana estaba ya arruinada de todos modos, así que no tenía ningún sentido empezar hoy.

—Pienso mucho en Stella, ¿sabes? —dijo Helen.

Erica enarcó una ceja, sorprendida. Ni una palabra de por qué se había presentado allí de pronto... Ni una palabra de lo que había ocurrido... Porque algo había ocurrido, de eso no le cabía la menor duda, podía sentirlo. Helen irradiaba una especie de energía nerviosa a la que resultaba imposible sustraerse. Pero Erica no se atrevía a preguntar qué había pasado. No quería que Helen se asustara y dejara de hablar. Necesitaba ese relato. Así que se quedó en silencio y siguió comiendo chocolate, mientras esperaba a que Helen continuara.

—Yo no tuve hermanos —dijo Helen al fin—. No sé por qué. Ni se me habría pasado por la cabeza atreverme a preguntarles a mis padres. Nosotros no hablábamos de esas cosas. Así que me gustaba estar con Stella. Éramos vecinas, y ella siempre se alegraba muchísimo cuando me pasaba por su casa. Era divertido jugar con ella. Era una niña muy divertida. Lo recuerdo perfectamente. Tenía muchísima energía. Siempre caminaba como a saltitos. Y luego ese pelo rojizo... Y las pecas... A ella no le gustaba nada el color de piel que tenía, hasta que yo le dije que era el más bonito de todos. Entonces cambió de opinión. Siempre andaba haciendo preguntas. De todo. Por qué hacía calor, por qué existía el viento, por qué unas flores eran blancas mientras que otras eran azules, por qué la hierba era verde y el cielo azul y no al revés, miles y miles de preguntas. Y no se rendía hasta que no le dabas una respuesta que le pareciera aceptable. No valía decir solo «porque sí» ni inventarse una respuesta cualquiera, entonces seguía preguntando una y otra vez hasta que le dabas una respuesta que le pareciera buena y verdadera.

Helen hablaba tan rápido que se quedó sin aliento, y paró para recobrar el resuello.

—Me gustaba su familia. No era como la mía. Ellos se abrazaban, se reían. También me abrazaban a mí cuando iba a su casa, y la madre de Stella bromeaba conmigo y me acariciaba el pelo. El padre de Stella decía que si no dejaba de crecer, terminaría con la cabeza entre las nubes. Sanna también jugaba a veces con nosotras, pero ella era más seria, más como una madre en pequeño para Stella. Por lo general, andaba siempre pegada a su madre, quería ayudarle a hacer la colada, a preparar la cena, quería ser adulta, mientras que el mundo de Stella estaba lleno de juegos de la mañana a la noche. Y yo me sentía muy orgullosa cada vez que me dejaban cuidarla. Creo que se dieron cuenta, porque a veces me daba la sensación de que no les hacía falta, pero veían lo feliz que me sentía yo.

Helen se interrumpió.

—A riesgo de ser un poco descarada, ¿tienes más café?

Erica asintió y se levantó para servirle otra taza. Era como si se hubieran abierto las compuertas y todo saliera de Helen a borbotones.

—Cuando me hice amiga de Marie, mis padres tardaron un tiempo en reaccionar —continuó Helen cuando Erica le devolvió la taza—. Estaban tan ocupados con sus cosas... Con sus fiestas, sus asociaciones, sus ceremonias. No les quedaba mucho tiempo para pensar en con quién andaba yo. Cuando comprendieron que éramos amigas se mantuvieron un poco al margen, pero luego se fueron mostrando cada vez más críticos. Marie no era bien recibida en nuestra casa, y en la suya no podíamos estar. Su casa era... Bueno, no era un sitio muy agradable que digamos. Pero tratábamos de vernos todo lo que podíamos. Al final mis padres nos prohibieron que nos viéramos. Teníamos trece años y pocas posibilidades de negarnos. A Marie no le importaba lo que pensaran sus padres, y a ellos les daba igual lo que hiciera o con quién estuviera. Pero yo no me atrevía a desobedecer a los míos. Yo no soy fuerte. No soy como Marie. Yo estaba acostumbrada a hacer siempre lo que querían mis padres. No sabía hacer otra cosa. Así que traté de dejar de verla. Lo intenté de verdad.

—Pero aquel día os dijeron que podíais cuidar juntas a Stella, ¿no? —preguntó Erica.

—Sí, el padre de Stella se cruzó con el mío y le preguntó. No tenía ni idea de que no nos dejaban vernos. Y, por una vez en la vida, pilló a mi padre desprevenido, de modo que dijo que sí.

Tragó saliva.

—Lo pasamos muy bien ese día. A Stella le encantó la excursión a Fjällbacka. Fue todo el camino de vuelta a casa dando saltitos. Por eso tomamos el camino del bosque. A Stella le encantaba el bosque y, ya que iba andando y no teníamos que llevarla en el cochecito, bien podíamos ir por ese camino.

Le tembló un poco la voz. Miró a Erica.

—Stella estaba contenta cuando la dejamos en la granja. Lo recuerdo muy bien. Estaba contentísima. Nos habíamos tomado un helado y volvimos las tres de la mano y ella fue saltando todo el camino, no me explico cómo aguantó. Respondimos a todas sus preguntas y nos abrazó encaramándose a nosotras como un monito. Recuerdo que me hizo cosquillas en la nariz con el pelo, y a ella le pareció de lo más divertido cuando empecé a estornudar.

—¿Y el hombre del bosque? —preguntó Erica sin poder contenerse—. Ese amigo imaginario de Stella al que ella llamaba el Señor Verde... ¿Crees que podía tratarse de una persona de verdad y no de un ser imaginario? ¿Era James? ¿Era tu marido ese hombre del bosque? ¿Sería James la persona a la que se refería Marie?

Erica vio cómo crecía el pánico en los ojos de Helen. Sabía que acababa de cometer un gravísimo error. Helen empezó a respirar entrecortadamente y a sacudidas, y tenía la mirada de un animal perseguido poco antes de que estallara el disparo. Cuando se fue, Erica se quedó sentada a la mesa de la cocina maldiciéndose. Helen estaba a punto de desvelar algo que podía haber sido una llave para acceder al pasado, pero ella lo había estropeado todo con su impaciencia. Cansada, dejó las tazas en la encimera. Oyó que Helen arrancaba el coche y se alejaba de allí.

—Hoy en día utilizan técnicas 3D para analizar las balas —dijo Gösta cuando Paula entró en la cocina.

—¿Cómo lo sabes? —preguntó ella al tiempo que se sentaba.

Dejó en la mesa el cuaderno de notas de Dagmar.

A veces se preguntaba si no pasaban más tiempo en aquella cocinita amarilla que en los despachos, pero intercambiar ideas con sus colegas era la mejor manera de encontrar nuevos puntos de vista. La cocina era, además, mucho más acogedora para trabajar que esos despachos tan pequeños. Y estaban más cerca del café.

—Lo he leído en *Kriminalteknik* —dijo—. Me encanta esa revista, siempre que la leo aprendo algo sobre la práctica forense.

—De acuerdo —dijo Paula—. Pero no existen garantías de que se pueda asociar un arma con una bala, ¿verdad? O dos balas de la misma arma, por cierto.

—No, según el artículo, no hay dos marcas de estrías idénticas. Y también puede resultar difícil si han disparado el arma en dos franjas temporales distintas. Las armas de fuego envejecen, y su estado también depende del mantenimiento que tengan.

—Pero, por lo general, sí se podrán encontrar coincidencias, ¿no?

—Sí, yo creo que sí —dijo Gösta—. Y seguro que esa técnica 3D es mucho mejor.

—Creo que Torbjörn comentó que parecía como si alguien hubiera limado el cañón de la Colt. —Paula se giró un poco para apartarse del sol que entraba a raudales por la ventana.

–¡Ya, alguien! –resopló Gösta–. James lo hizo, seguramente justo después de que le preguntáramos si había estado en contacto con Leif. Listo es, desde luego.

–Pues le va a costar encontrar excusas si la bala hallada en la tumba de Leif coincide con las que hay detrás de su parcela. –Paula sorbió un poco de café.

Enseguida hizo una mueca. Lo habría hecho Gösta, sin duda, siempre le salía demasiado flojo.

–Ya, aunque a mí me preocupa que deje el país. Después de todo, pasa fuera la mayor parte del año. Nosotros tardaremos en recibir el análisis del Centro Forense Nacional, y sin eso será difícil retenerlo.

–Tiene aquí a la familia.

–¿A ti te parece que le interese mucho la familia...?

–No, eso es verdad –respondió Paula con un suspiro.

Ni siquiera se había planteado esa posibilidad, que James pudiera dejar el país.

–¿Y no podríamos vincularlo al caso Stella?

–No lo sé. –Gösta parecía abatido–. Han pasado treinta años.

–En todo caso, parece que Leif tenía razón. Que las niñas eran inocentes. Menudo infierno debieron de pasar.

Meneó la cabeza despacio. Fuera se oía el teléfono que sonaba una y otra vez. Annika estaba agobiada con todas las llamadas que recibían a propósito de la voz anónima.

–Bueno... –Gösta dudaba–. Aunque yo sigo preguntándome por qué habrá mentido Marie sobre su coartada. Y sabemos que James ni siquiera estaba en Fjällbacka cuando murió Nea, así que ese asesinato no pudo cometerlo él.

–No, su coartada para ese crimen es sólida –dijo Paula–. Se marchó la noche anterior, el hotel Scandic Rubinen confirmó que se había alojado allí, y recuerdan que lo vieron en el desayuno. Luego estuvo en diversas reuniones hasta entrada la tarde, antes de volver a casa. Puesto que el reloj de Nea se había parado a las ocho, parece plausible que esa fuera la hora de su muerte. Y a esa hora James estaba en Gotemburgo. Es muy posible que Nea muriera antes incluso, y que el reloj se parase cuando la trasladaron, pero eso no cambia nada, puesto que James estuvo en Gotemburgo desde la noche del domingo hasta la tarde del lunes.

–Ya, ya lo sé –dijo Gösta, a la vez que se rascaba la cabeza presa de la frustración.

Paula echó otra vez mano del cuaderno de notas.

–No consigo ver nada raro en las notas de Dagmar –dijo–. Pensaba pedirle a Patrik que les diese un vistazo, quizá una mirada nueva descubra algo.

–Sí, díselo –respondió Gösta, y al levantarse de la silla le crujieron las articulaciones–. Yo voy a poner rumbo a casa. No te quedes hasta muy tarde, mañana será otro día.

–Ya... –dijo Paula.

Siguió hojeando el cuaderno sin parar, y apenas oyó cuando Gösta se fue. ¿Qué era lo que no veía?

James entró en el dormitorio. Menuda chapuza la de los policías, no eran capaces de hacer un registro como es debido. Pero claro, eran las reglas suecas, tan blandengues, las que los obligaban a ir de puntillas como bailarinas, mirando aquí y allá con sumo cuidado. Cuando James y sus hombres recibían órdenes de buscar algo, arrancaban todos los listones y no dejaban nada sin revisar. Buscaban hasta que encontraban aquello o a aquel a quien sabían oculto.

Echaría de menos la Colt, pero las otras dos armas le traían sin cuidado. La mayor parte las tenía allí, en el armero que escondía detrás de una hilera de camisas y de aquella pared interna del ropero que era de quita y pon y que los policías ni siquiera golpearon.

Revisó todas las armas, reflexionando sobre cuáles debía llevarse. No podría quedarse allí mucho más tiempo. Había que poner pies en polvorosa. Dejaría todo aquello tras de sí. No había ni rastro de sentimentalismo en aquella idea. Todos habían cumplido su papel, habían jugado a aquel juego hasta el final.

Además, él empezaba a tener una edad, su carrera en el Ejército entraba inevitablemente en su última fase. Aquello sería una jubilación anticipada. Tenía los medios. A lo largo de los años se le habían presentado posibilidades de apartar dinero en metálico y otros bienes fáciles de convertir en dinero que, con toda la precaución del mundo, tenía a buen recaudo en una cuenta en el extranjero.

Se sobresaltó al oír la voz de Helen en la puerta.

—¿Por qué vienes así, por sorpresa? —dijo irritado. Debería saber que no le gustaba—. ¿Cuánto tiempo lleváis en casa?

Cerró la puerta del armero y volvió a colocar la pared del ropero. Tendría que dejar allí buena parte de las armas cuando se marchara. Le disgustaba muchísimo la idea, pero no había nada que hacer. Tampoco le harían ninguna falta.

—Media hora. Bueno, yo. Sam llegó hace quince minutos. Ha venido a casa a pie. Está en su cuarto.

Helen se rodeó el cuerpo escuálido con los brazos y se lo quedó mirando.

—Te largas, ¿verdad? Vas a dejarnos. No vas solo de servicio. Vas a dejarnos para siempre.

Lo dijo sin pena, sin rastro de sentimentalismo. Era una constatación sin más.

James no respondió al principio. No quería que ella conociera sus planes, no quería darle ese poder. Al mismo tiempo, sabía que el poder lo tenía solo él, no ella. Era una jerarquía establecida desde antiguo.

—He preparado la documentación para que la casa quede a tu nombre. Y os las arreglaréis un tiempo con lo que hay en el banco.

Ella asintió.

—¿Por qué lo hiciste? —dijo Helen.

James no necesitaba preguntar a qué se refería. Cerró la puerta del armario y se volvió hacia ella.

—Ya lo sabes —respondió él escuetamente—. Por tu padre. Se lo prometí.

—Por mí no hiciste nunca nada, ¿verdad?

James guardó silencio.

—¿Y Sam?

—Sam —resopló él—. Sam fue un mal necesario por mi parte. Nunca he pretendido dar a entender otra cosa. Sam es tuyo. Si me hubiera importado, no habrías podido educarlo de ese modo. Un consentido que llevabas colgado de tus faldas desde pequeño. Es un incapaz.

Se oyó un crujido al otro lado de la pared y los dos se volvieron a mirar. Luego, James le dio la espalda a Helen.

—Me quedo hasta el domingo —dijo—. A partir de ese día, os las arregláis por vuestra cuenta.

Oyó que se quedaba allí unos segundos más. Luego, sus pasos se alejaron despacio.

—Estoy hecho polvo —dijo Patrik, y se desplomó en el sofá al lado de Erica.

Ella le ofreció una copa de vino, que aceptó agradecido. Martin tenía guardia, así que él podía permitirse un trago sin tener cargo de conciencia.

—¿Qué tal ha ido con James? —preguntó Erica.

—Sin pruebas concretas, nunca conseguiremos atraparlo. Y obtenerlas nos llevará tiempo. Las balas ya están enviadas al Centro Forense Nacional para que las comparen, pero están sobrecargados de trabajo.

—Lástima que no coincidieran las huellas. Vaya intuición la tuya cuando pensaste que las huellas halladas en Nea coincidirían con las del papel de la chocolatina.

Erica se acurrucó al lado de Patrik y lo besó.

La suavidad familiar de sus labios le ayudó a relajar la tensión.

Apoyó la cabeza en el respaldo del sofá y dejó escapar un hondo suspiro.

—Madre mía, qué gusto disfrutar de un rato de tranquilidad en casa. Aunque debería trabajar un poco, tengo que dar cierta estructura a todo esto.

—Piensa en voz alta —dijo Erica, y se retiró el pelo hacia atrás—. Por lo general, todo se ve más claro cuando se piensa en voz alta. Además, yo también tengo algo que contarte del día de hoy...

—¿Ah, sí? ¿El qué? —preguntó Patrik lleno de curiosidad.

Pero Erica meneó la cabeza y tomó un trago de vino.

—No, tú primero. Venga, te escucho.

—Pues sí, el problema es que hay aspectos que están más claros que el agua; otros en cambio se ven confusos, y otros se me escapan por completo...

—Explícate —dijo Erica.

Patrik asintió.

—No dudo de que James disparó a Leif. Con la Colt. Y que luego le colocó el arma en la mano derecha, sencillamente porque dio por hecho que era diestro.

Hizo una pausa, antes de proseguir.

—Eso ocurrió probablemente después de que Leif se pusiera en contacto con él a propósito de algo relacionado con el caso Stella. Se vieron y Leif murió.

—Dos preguntas —dijo Erica levantando la mano con dos dedos extendidos—. La primera, ¿por qué iba a matar a Leif? En mi opinión, solo hay dos alternativas: para proteger a su mujer o para protegerse a sí mismo.

—Sí, estoy de acuerdo. Y no sé cuál de las dos es la correcta. Supongo que fue para protegerse a sí mismo. Tenemos bastante claro que el Señor Verde al que Stella solía ver en el bosque era James. Siempre ha sido algo así como un lobo solitario.

—¿Habéis preguntado a los padres de Nea si la niña mencionó algo parecido? ¿Si solía ver a alguien en el bosque?

—No —dijo Patrik—. Pero, según ellos, Nea no jugaba en el bosque, sino sobre todo en el cobertizo. Allí solía jugar con el gato negro, como lo llamaba. Un minino gris oscuro del que me hice muy amigo durante el registro domiciliario.

—Vale. —Erica, más que escuchar, pensaba—. Si suponemos que tienes razón y que fue James quien mató a Stella, y luego mató a Leif para ocultarlo..., eso suscita a su vez unas cuantas preguntas. ¿Por qué confesaron las niñas? ¿Y no es llamativo que James se casara luego con Helen?

—Sí, es verdad —dijo Patrik pensativo—. Da la sensación de que hay muchos aspectos de toda esta historia que aún desconocemos. Y me temo que nunca los podremos averiguar. Gösta cree firmemente que James se largará al extranjero antes de que tengamos la oportunidad de atraparlo.

—¿No hay ningún modo de evitarlo? ¿Prohibirle que abandone el país, como dicen en las películas americanas?: *You are not allowed to leave this town...*

Patrik se echó a reír.

—*I wish*. No, no tenemos la menor posibilidad de impedírselo, si carecemos de pruebas concretas. Lo que, como decía, llevará su tiempo. Yo esperaba encontrar armas ilegales durante el registro, eso habría bastado para retenerlo y ganar algo de tiempo.

Guardó silencio.

—¿Y qué era lo otro? Decías que tenías dos preguntas.

—Ah, sí. También me pregunto cómo él, precisamente, pudo creer que un asesinato ejecutado con tanta torpeza podría pasar inadvertido. Me refiero al asesinato de Leif. Si la autopsia se hubiera realizado como es debido, habrían visto enseguida que la bala no coincidía con el arma de Leif. Son de calibres muy distintos.

—Sí, yo también me lo pregunto —dijo Patrik, a la vez que giraba pensativo la copa entre los dedos—. Pero después de conocer a James, puedo responder con una sola palabra: arrogancia.

Erica asintió.

—¿Y el asesinato de Nea? ¿Cómo encaja con el de Stella? Si seguimos partiendo de la base de que James mató a Stella y luego a Leif para ocultarlo, claro. ¿Cómo encaja Nea en todo esto?

—Sí, esa es la gran cuestión —dijo Patrik—. James tiene una coartada perfecta para ese asesinato. Y créeme, lo hemos investigado a fondo. Se encontraba en Gotemburgo cuando Nea murió, de eso no cabe la menor duda.

—Entonces, ¿quién será? ¿A quién pertenecen las huellas que hay en el envoltorio de la chocolatina y en el cadáver?

Patrik se encogió de hombros con las palmas de las manos hacia arriba.

—Si lo supiera, no estaría aquí sentado. Iría camino de detener al asesino. Me gustaría comparar esas huellas con las de Marie y Helen, pero como no tengo pruebas suficientes para detenerlas, no puedo exigir sus huellas dactilares.

Erica se puso de pie. Le acarició a Patrik la mejilla y pasó por delante de él.

—Pues no puedo ayudarte con las dos cuestiones, pero sí con una.

—¿Cómo? —dijo Patrik.

Erica fue a la cocina, volvió con una taza de café que sujetaba cuidadosamente con una bolsa de plástico.

–¿Quieres las huellas de Helen?

–¿Qué quieres decir? –preguntó Patrik.

–Ha estado aquí esta mañana. Ya, ya lo sé, a mí me sorprendió tanto como a ti. Pero de pronto me llamó, supongo que debió de ser mientras estabais haciendo el registro en su casa.

–¿Qué quería? –Patrik no apartaba la vista de la taza que Erica había dejado encima de la mesa del salón.

–Quería hablar de Stella –dijo Erica, y volvió a sentarse a su lado–. Era un torrente de palabras. Y me parecía que iba a decir algo decisivo, pero, tonta de mí, la interrumpí y le pregunté si James estaba implicado... Y entonces prácticamente salió huyendo de aquí.

–Pero te quedaste con las huellas en la taza de café. –Patrik enarcó las cejas.

–Sí, sí, porque no tenía ganas de fregar –dijo Erica–. Pero tú querías las huellas de Helen, pues aquí las tienes. Las de Marie tendrás que buscártelas solito. De haberlo sabido antes, me habría llevado la copa de champán del café Bryggan...

–Ya, es fácil decirlo ahora –dijo Patrik riendo, y se le acercó para darle otro beso.

Luego, de repente, se puso muy serio.

–Oye, Paula me ha pedido que le ayude con una cosa. Para abreviar, en la casa que hay en la curva que lleva a la granja de los Berg y a la casa de James y Helen vive una anciana encantadora. Ya sabes, esa casita roja tan bonita.

–Sí, sé cuál es, una que está en venta, ¿no? –dijo Erica, demostrando una vez más que era una enciclopedia de todo lo que ocurría en Fjällbacka.

–Sí, esa. La mujer tiene por costumbre sentarse por las mañanas delante de la ventana a hacer crucigramas, y va anotando todo lo que pasa fuera. Aquí, en este cuaderno.

Sacó el cuaderno azul oscuro de Dagmar y lo dejó encima de la mesa.

–Paula insiste en que hay algo en las notas que no encaja, pero por más que lo lee, no da con ello. ¿Algo relacionado con los coches? Solo ha anotado el color y el modelo, ninguna matrícula, así que no tenemos posibilidad de comprobar qué vehículos pasaron por allí. Pero ni siquiera sé si es eso. Paula lo ha hojeado entero, yo lo he hojeado entero; y ninguno de los dos detecta nada llamativo.

—Dámelo —dijo Erica, y abrió el cuaderno lleno de anotaciones con aquella caligrafía tan rebuscada.

Se tomó su tiempo. Patrik trataba de no mirarla de reojo mientras leía, así que siguió bebiendo sorbitos de vino y pasando de un canal de televisión a otro. Al final, Erica dejó el cuaderno en la mesa, abierto por el día en que murió Nea.

—Os habéis centrado en la información equivocada. Buscabais lo que destaca, no lo que falta.

—¿Qué quieres decir? —preguntó Patrik con el ceño fruncido.

Erica señaló las notas de la mañana del lunes.

—Aquí, mira, ahí falta algo. Algo que sí está todas las demás mañanas laborables.

—¿El qué? —dijo Patrik con la vista clavada en las notas.

Pasó hacia atrás un par de semanas, leyó las notas y, por fin, comprendió a qué se refería Erica.

—Todos los días laborables escribe que Helen ha pasado corriendo muy temprano. Menos el lunes, que no la ve pasar hasta la hora del almuerzo.

—Curioso, ¿no? Debe de ser eso lo que detectó el inconsciente de Paula, que no supo formularlo de manera consciente. Es de lo más irritante, tienes algo en la punta de la lengua, pero no te sale.

—Helen... —dijo Patrik de pronto, mirando la taza que había encima de la mesa—. Tengo que mandar a analizar la taza a primera hora de la mañana. Pero tardarán un poco en decirme si las huellas coinciden con las del envoltorio de la chocolatina de Nea.

Erica lo miró y levantó la copa.

—Ya, pero eso Helen no lo sabe...

Patrik comprendió que su mujer tenía razón. Lo que sucedía con muchísima frecuencia.

Bohuslän, 1672

*L*os testigos iban y venían. Elin había conseguido caer en una especie de sopor y ya no se veía afectada por tantas historias fantásticas como contaban de sus artimañas diabólicas. Lo único que quería era que todo terminara. Pero después del desayuno del tercer día un murmullo recorrió la sala, y Elin despertó de su duermevela. ¿A qué se debía aquel revuelo?

Y entonces la vio. Con aquellas trenzas tan rubias y aquella mirada tan limpia.

Su vida. Su ser más querido. Su hija Märta. De la mano de Britta, entró en la sala del consejo y miró desconcertada a su alrededor. A Elin empezó a latirle el corazón a ritmo redoblado. ¿Qué hacía allí su hija? ¿Acaso querían humillarla aún más permitiendo que Märta oyera todo lo que decían de ella? Luego vio cómo Britta conducía a Märta a la silla de los testigos y la dejaba allí. En un primer momento, Elin no entendió lo que pasaba. ¿Por qué iba su hija a sentarse allí, en lugar de con los demás? Luego empezó a verlo claro. Y quiso gritar.

—No, no, no, no le hagáis eso a Märta —suplicó desesperada.

Märta la miró presa del desconcierto y Elin extendió los brazos hacia ella. La niña hizo un amago de levantarse y salir corriendo hacia ella, pero Hierne la agarró fuerte y la sujetó con cierta violencia contenida. Elin sintió deseos de despedazarlo por haberle puesto la mano encima a su hija, pero sabía que debía controlarse. No quería que Märta tuviera que ver cómo se la llevaban los guardias.

Así que se mordió la lengua y sonrió a la niña, aunque sintió que las lágrimas afloraban sin que ella pudiera contenerlas. Se la veía tan pequeña, tan indefensa...

—Esa es tu madre, Elin Jonsdotter, ¿verdad, Märta?

—Sí, mi madre se llama Elin, y está ahí sentada —respondió Märta con voz clara y audible.

–Y a tu tía y a tu tío les has contado algunas cosas que haces con tu madre –continuó Hierne, con la mirada puesta en las hileras de bancos–. ¿Podrías contárnoslas a nosotros también?

–¡Sí, mi madre y yo solíamos ir a Blåkulla, la colina azul, el monte de las brujas! –dijo Märta emocionada.

Los presentes gritaron alrededor de Elin, que cerró los ojos.

–Solíamos volar con Rosa, nuestra vaca –explicó Märta encantada–. Volábamos a Blåkulla. Y allí había fiesta y alegría, créame. Y todo se hacía al revés, nos sentábamos de espaldas a la mesa y comíamos por encima del hombro de platos puestos boca abajo y en el orden contrario, empezando por lo dulce. Eran unas cenas muy divertidas, nunca he visto nada igual.

–Así que fiesta y alegría, ¿no? –dijo Hierne con una risita nerviosa–. ¿Podrías contarnos algo más de esas fiestas, Märta? ¿Quiénes participaban? ¿Qué hacíais?

Elin oyó con creciente asombro y pavor cómo su hija describía con detalle viajes a Blåkulla, y Hierne consiguió incluso que dijera en voz muy baja que había visto a su madre fornicar con el diablo.

Elin no comprendía cómo habían conseguido persuadir a Märta de que contara todo aquello. Miró a Britta, que estaba allí sentada con una sonrisa de satisfacción, y un vestido nuevo y no menos precioso que el anterior. Saludaba a Märta con la mano y le guiñaba el ojo, y la niña le devolvía los guiños. Britta debía de haber hecho todo lo posible por ganársela desde que encarcelaron a Elin.

La niña no podía comprender lo que estaba haciendo. Le sonreía a Elin desde la silla y contaba sus historias alegremente. Para ella eran cuentos. Alentada por Hierne, continuó hablando de las brujas a las que conoció en Blåkulla y de los niños con los que jugaba.

El diablo había mostrado mucho interés por Märta. Se la había sentado en las rodillas mientras su madre bailaba tal como vino al mundo.

–Y en la sala contigua había una habitación que se llamaba Vitkulla, la colina blanca, y ahí había ángeles que jugaban con los niños que estábamos allí, y eran preciosos y daba gusto verlos. ¡No parecía ser verdad lo que veíamos!

Märta dio una palmada de entusiasmo.

A dondequiera que mirase, Elin veía a gente boquiabierta de asombro y con los ojos de par en par. Cada vez se sentía más hundida. ¿Qué podía ella decir ante todo aquello? Su propia hija testificaba contando viajes a Blåkulla y asegurando haberla visto fornicar con el diablo. Su querida Märta. Su querida, preciosa, ingenua e inocente Märta. Elin la observó de perfil mientras iba narrando esas historias para aquel público entusiasta y sintió que le estallaba el corazón de añoranza y de nostalgia.

Finalmente se acabaron las preguntas y Britta se llevó a la niña. Cuando Märta le dio la mano a Britta y echó a andar hacia la salida, se volvió hacia Elin y se despidió con la mano y con una amplia sonrisa.

–Espero que vuelvas pronto a casa, madre –dijo–. ¡Te echo de menos!

Elin no tuvo fuerzas para seguir resistiendo. Se inclinó y, cubriéndose la cara con las manos, lloró el llanto de los condenados.

–¿Qué tal el alojamiento? –preguntó Bill, y comprobó con alegría que ya podía hacerse entender bastante bien en sueco si hablaba despacio y con claridad.

–Bien –dijo Khalil.

Bill se preguntaba si le estaba diciendo la verdad. Tanto Adnan como Khalil parecían cansados, y el ímpetu adolescente parecía haberse esfumado del rostro del primero.

Mañana le darían el alta a Karim. Y volvería a casa con sus hijos, pero no con Amina.

–Hay que ceñir, *turn up in the wind* –dijo, y señaló a babor.

Adnan obedeció. Ya navegaban mucho mejor, pero habían perdido la alegría. Era como si se hubieran desinflado, expresión que él mismo consideraba de lo más certera en aquel contexto.

No había hablado con Nils, y sabía que era porque rehuía hacerlo. No sabía qué iba a decirle. Estaban lejísimos el uno del otro. Ni siquiera Gun tenía fuerzas para ocuparse de él. Llegaba tarde por las noches, se iba derecho a su cuarto y ponía la música a todo volumen. Ni un hola como es debido, solo un gruñido indescifrable.

Bill fue cazando la vela despacio. Debería seguir instruyéndolos, aprovechar aquellos momentos para tratar de enseñarles todo lo posible para la competición de Dannholmen Runt. Pero les veía las caras grises en contraste con la vela blanca, y se figuraba que él también tenía la misma expresión resignada que ellos. Su seña de identidad había sido siempre el entusiasmo. Ahora lo echaba en falta, sin él no sabía quién era.

Cuando les dijo que virasen por avante ellos siguieron sus instrucciones. En silencio y sin poner pegas. Sin alma. Como una tripulación de espectros.

Por primera vez desde que puso en marcha el proyecto lo embargó la duda. ¿Cómo iban a navegar sin alegría? Los barcos no solo avanzaban gracias al viento.

Llamaron a casa de Helen y James a primera hora de la mañana. Patrik telefoneó a Paula en cuanto se despertó y le pidió que lo acompañara. No tenía ni idea de si funcionaría el plan que había trazado con Erica, pero, por lo que sabía de Helen, había bastantes posibilidades. Se abrió la puerta y allí estaba Helen, mirándolos con extrañeza. Estaba vestida y parecía que llevase un buen rato despierta.

—Tenemos que hacerte unas preguntas, ¿podrías acompañarnos?

Patrik contuvo la respiración, con la esperanza de que James no estuviera en casa. De ser así, podrían surgir problemas. No disponían de ninguna orden de la fiscalía para llevarse a nadie a interrogatorio. No tenían cómo obligarla a ir con ellos. Dependían de la buena voluntad de Helen.

—Claro —dijo ella, y miró hacia el interior de la casa.

Parecía que quisiera hacer algo, pero luego cambió de idea, se puso una cazadora que había colgada del perchero del vestíbulo y los siguió. No les preguntó qué querían, no mostró indignación, no cuestionó nada. Simplemente, agachó la cabeza y se sentó en el coche policial. Patrik trató de entablar una conversación de camino a la comisaría, pero ella solo respondió con monosílabos.

Cuando llegaron a su destino, se llevó dos tazas de café a una de las salas de interrogatorio. Helen seguía guardando silencio, y Patrik se preguntaba qué le estaría bullendo en la cabeza. Él, por su parte, bostezaba y se esforzaba por mantener la mente despejada. Se había pasado la noche despierto, repasándolo todo, todas las pistas del caso, o de los casos, más bien, y las conclusiones a las que había llegado en sus reflexiones con Erica. Aún no veía con claridad la conexión, pero estaba convencido de que Helen era la clave. Ella conocía la verdad quizá no de todo, pero sí de la mayor parte.

—¿Puedo grabar la conversación? —preguntó, y señaló la grabadora que había encima de la mesa.

Helen asintió.

—Ayer estuvimos hablando con tu marido —comenzó Patrik. Al ver que Helen no reaccionaba, continuó—. Tenemos pruebas que lo vinculan con el asesinato de Leif Hermansson. Doy por hecho que reconoces ese nombre.

Helen volvió a asentir.

—Sí, era el agente responsable de la investigación del asesinato de Stella.

—Exacto —dijo Patrik—. Creemos que fue tu marido quien lo mató.

Una vez más, esperó que se produjera alguna reacción, pero nada. Sin embargo, advirtió que no parecía sorprendida ante semejante afirmación.

—¿Sabes algo al respecto?

Patrik la miraba fijamente, pero ella negó con la cabeza.

—No, nada.

—También tenemos razones para creer que tu marido guarda en casa algunas armas para las que no tiene licencia. ¿Tienes conocimiento de la existencia de esas armas?

Ella volvió a negar con la cabeza, pero no dijo nada.

—Perdona, necesito una respuesta oral para que quede registrada en la grabadora —dijo.

Helen dudaba, pero al final dijo:

—No, no sé nada de eso.

—¿Sabes por qué podría tener tu marido motivos para matar al policía que investigaba el asesinato del que os acusaron a Marie y a ti?

—No —respondió Helen, y se le quebró la voz. Carraspeó un poco y repitió—: No, no lo sé.

—¿Así que no sabes por qué lo hizo? —repitió Patrik.

—No, no sé si mató a Leif, de modo que tampoco me puedo imaginar por qué lo hizo —dijo Helen, y lo miró a los ojos por primera vez.

—Pero si te digo que tenemos pruebas que lo demuestran, ¿qué me dirías?

—Pues que tendréis que enseñármelas —dijo Helen, ahora totalmente en calma.

Patrik esperó un minuto más o menos y añadió:

—Pues entonces, hablemos del asesinato de Linnea Berg.

Helen lo miró directamente a los ojos.

—Mi marido estaba de viaje cuando eso ocurrió.

—Lo sabemos —respondió Patrik con calma—. Pero tú estabas en casa. ¿Qué hiciste aquella mañana?

—Ya lo he contado. Lo que hago siempre. Lo que hago todas las mañanas. Salí a correr.

Se le vio como un aleteo en la mirada.

—Esa mañana no saliste a correr, Helen. Saliste a matar a una niña. No sabemos por qué, pero queremos que nos lo cuentes.

Helen guardaba silencio, mientras permanecía con la vista clavada en el tablero de la mesa. Tenía las manos en las rodillas y se había quedado inmóvil.

Patrik sintió un instante de compasión por ella, pero luego recordó lo que había hecho y continuó con la voz fría como el acero.

—Helen, la investigación que hicimos ayer no es nada en comparación con lo que haremos para encontrar las pistas de cómo mataste a una niña inocente. Buscaremos por todas partes, investigaremos cada detalle de tu vida, de vuestra vida.

—No tenéis pruebas —dijo Helen con la voz ronca.

Pero Patrik vio un temblor en las manos. Supo que dudaba.

—Helen —le dijo con suavidad—, tenemos tus huellas en el envoltorio de chocolatina que encontramos en el cobertizo. Tenemos tus huellas en el cadáver de la niña. Se terminó. Si no confiesas, pondremos tu vida patas arriba hasta que encontremos todos los secretos que escondéis tu familia y tú. ¿Es eso lo que quieres?

Patrik ladeó la cabeza.

Helen se miraba las manos sin pestañear. Luego alzó la mirada muy despacio.

—Yo la maté —dijo—. Y yo maté a Stella.

Erica observaba todo lo que cubría la pared. Las fotografías, los artículos, los registros de los antiguos informes técnicos y forenses, todo lo que había pasado a limpio de sus conversaciones con

Harriet, Viola, Helen, Marie, Sam y Sanna. Miró la foto de Stella, al lado de la de Nea. A la postre, habían podido poner punto final. Las familias tenían una respuesta, aunque para Sanna fuera demasiado tarde. Pero ahora por fin sabría lo que le ocurrió a su hermana pequeña. Cuando Patrik la llamó y le contó que Helen había confesado los dos asesinatos, el primer pensamiento de Erica fue para ella, precisamente, para la hermana que se quedó sola.

Se preguntaba cómo habrían recibido la noticia los padres de Nea. Qué sería peor, que el asesino de su hija fuera una vecina, una cara conocida, alguien con quien se había relacionado, o que hubiera sido un extraño. Lo más probable es que no importara lo más mínimo. Fuera como fuera, su niña no estaba. Se preguntaba también si se quedarían a vivir allí. Erica creía que ella no lo habría soportado, no habría soportado seguir viviendo en ese mismo lugar con los recuerdos de una niña llena de vida y de risas, pero que nunca más volvería a corretear por allí. Ese recordatorio permanente.

Encendió el ordenador y abrió un documento de Word. Meses de investigación, mientras conocía a todos los involucrados, averiguaba los datos y rellenaba huecos, la habían conducido a ese punto en el que ya podía empezar a escribir el libro. Sabía exactamente dónde quería que comenzara. Con dos niñas pequeñas. Dos niñas que no pudieron disfrutar más que de unos pocos años en el mundo. Quería hacer un retrato vívido para el lector, que su recuerdo siguiera viviendo en su conciencia incluso después de leído el libro. Con un hondo suspiro, puso los dedos en el teclado.

Stella y Linnea se parecían en muchos aspectos. Vivían una vida llena de imaginación y aventuras, en un mundo constituido por una granja que lindaba con un bosque. A Stella le encantaba el bosque. Se refugiaba en él siempre que podía, y jugaba con el Señor Verde, un ser real o imaginario, quizá nunca lleguemos a saberlo. No todas las preguntas han obtenido respuesta, y algunas quizá solo podamos adivinarlas o suponerlas. El lugar favorito de Linnea era el cobertizo. En la calma de aquella penumbra jugaba la niña siempre que podía.

Su mejor amigo no era un ser imaginario, sino el gato de la familia. Para Stella y Linnea no había límites. La imaginación podía transportarlas a cualquier sitio. Se sentían seguras. Eran felices. Hasta el día en que se toparon con alguien que quería hacerles daño. Esta es la historia de Stella y de Linnea. Esta es la historia de dos niñas que tuvieron que aprender demasiado pronto que el mundo no siempre es bueno.

Erica retiró las manos del teclado. Seguramente, puliría aquellas palabras muchas veces en los meses venideros. Pero sabía que así era como quería empezar, y que así organizaría el relato. Sus libros nunca eran o blanco o negro. En ocasiones había recibido críticas por ser demasiado comprensiva para con quienes cometían delitos, a veces brutales y repugnantes. Pero ella creía que nadie nacía malvado, que de alguna forma todo el mundo era fruto de su destino. Algunos en calidad de víctimas. Otros, como verdugos. Aún desconocía los detalles o qué tenía que decir Helen sobre lo ocurrido, qué motivos tuvo para quitarles la vida a aquellas dos niñas. Por muchas razones, resultaba inexplicable que aquella mujer de voz apagada que estuvo ayer en su cocina hubiera matado a dos niñas. Al mismo tiempo, de repente encajaban muchas cosas. Ahora comprendía que la energía nerviosa que irradiaba Helen era sentimiento de culpa. Y también por qué le entró un ataque de pánico cuando Erica empezó a preguntarle por James y por el asesinato de Stella: naturalmente, temía que lo culparan a él por un crimen que había cometido ella.

Eran tantas las personas afectadas cuando moría alguien... Los efectos se propagaban como los círculos en la superficie del agua, pero quienes se encontraban en el epicentro eran, lógicamente, los más perjudicados. Y el dolor se iba transmitiendo generación tras generación. Se preguntaba qué ocurriría con el hijo de Helen. Sam le pareció muy vulnerable el día que lo conoció. La primera impresión era la de un chico duro y valiente, con aquel pelo negro como un cuervo, la ropa, las uñas, los ojos pintados de negro. Pero debajo de toda esa negrura, Erica vio sensibilidad y, la verdad, creía haber conectado con él. Como si estuviera sediento de conocer a alguien a quien confiarse. Ahora viviría solo con su padre. Otro niño cuya vida quedaba destrozada. Y en la cabeza de Erica resonaba la misma pregunta: «¿Por qué?».

Gösta fue a casa de la familia Berg para ponerlos al corriente. No quería hacerlo por teléfono, le parecía demasiado frío e impersonal. Los padres de Nea necesitaban que se lo dijeran cara a cara.

—¿Helen? —dijo Eva incrédula, buscando a tientas la mano de Peter—. ¿Por qué?

—Todavía no lo sabemos —dijo Gösta.

Los padres de Peter guardaban silencio. Habían perdido el bronceado y habían envejecido desde que Gösta los vio por primera vez.

—No lo entiendo... —Peter meneaba la cabeza—. ¿Helen? Si apenas tenemos contacto con ellos, hemos intercambiado alguna frase con ella de vez en cuando, eso es todo.

Se quedó mirando a Gösta como si pudiera sacarle directamente las respuestas, pero Gösta no tenía respuestas. Al contrario, se hacía exactamente las mismas preguntas.

—También se ha confesado culpable del asesinato de Stella. La estamos interrogando en estos momentos, y registraremos el domicilio en busca de más pruebas. Pero ya tenemos material suficiente, y su confesión es el elemento definitivo.

—¿Cómo murió? ¿Qué le hizo?

Las palabras de Eva apenas se oían, y casi podía decirse que lanzaba las preguntas al aire más que a una persona en concreto.

—Todavía no sabemos mucho, pero les mantendremos informados.

—Pero ¿y James? —preguntó Peter desconcertado—. Nos enteramos de que habían llamado a James a interrogatorio y creíamos que...

—Ha sido por otro asunto —dijo Gösta.

No podía contarle más a la familia de Nea. No podían vincular a James con el asesinato de Leif hasta que no llegaran los resultados de los análisis y tuvieran pruebas fiables. Pero sabía que Fjällbacka y, en fin, todo el municipio, era un hervidero de rumores.

Ni el registro domiciliario ni el hecho de que hubieran interrogado a James en la comisaría habían pasado inadvertidos.

–Pobre chico –murmuró Eva despacio–. El hijo de Helen y James. Siempre parece tan desorientado... Y ahora esto...

–No te preocupes por él –dijo Peter en voz baja–. Al menos está vivo. Nea, en cambio...

Se hizo el silencio en torno a la mesa de la cocina. Tan solo se oía el tictac del reloj. Gösta carraspeó un poco al fin.

–Quería que lo supieran por mí, la gente empezará a hablar por toda la comarca, pero no presten oídos a especulaciones, les prometo que les mantendré informados.

Nadie respondió. Gösta se armó de valor para el siguiente asunto.

–También quería decirles que ya hemos terminado... la autopsia. Les devolveremos a Nea, así podrán preparar...

No concluyó la frase.

Peter lo miró a los ojos.

–El entierro –dijo.

Gösta asintió.

–Sí, el entierro de Nea.

No había ya mucho más que añadir.

Mientras se alejaba de allí, le echó un vistazo a la granja por el retrovisor. Por un instante, creyó entrever a dos niñas pequeñas que le decían adiós con la mano. Tras un parpadeo, habían desaparecido.

–¡Hienas asquerosas! –gritó James furibundo.

Arrojó el teléfono y se puso a andar de un lado a otro por la cocina. Sam lo observaba impertérrito. Una parte de él disfrutaba al verlo descontrolado. Él, que siempre lo controlaba todo, que se creía el dueño del mundo.

–¿De verdad se han creído que pienso quedarme aquí sentado concediendo entrevistas? «Queremos que nos diga qué le parece...» Joder.

Sam se apoyó en el frigorífico.

—A ver si ella tiene el sentido común de mantener el pico cerrado —dijo James, y se paró en seco.

Luego fue como si acabara de darse cuenta de que Sam estaba escuchando. Meneó la cabeza.

—Con todo lo que he hecho por vosotros... Todo lo que he sacrificado. Y ni un puto amago de gratitud. —James seguía yendo y viniendo por la cocina—. Treinta años de orden y concierto, y ahora este puto caos.

Sam oía las palabras, lo registraba todo, pero era como si se hallara fuera de su propio cuerpo. No había ya nada que pudiera afectarle. Ahora se arreglaría todo. No habría ya más secretos, él los purificaría a todos. Hasta entonces, era como si se encontrara dentro de una burbuja. Junto con Jessie. Nadie ni nada del exterior podía hacerles nada. Ni el registro del día anterior, que, en un primer momento, creyó que iba por él, que se habían enterado de sus planes. Ni el que su madre estuviera en comisaría. Nada.

Ya habían empezado los preparativos. Jessie lo comprendió todo en cuanto leyó el cuaderno. Comprendió lo que Sam quería hacer y por qué había que hacerlo.

Miró a James, que temblaba de frustración delante de la ventana de la cocina.

—Ya sé que me desprecias —dijo con tono tranquilo.

James se giró, se lo quedó mirando con los ojos como platos.

—¿De qué hablas ahora?

—Eres un ser insignificante —dijo Sam despacio, y vio cómo James cerraba los puños.

Una vena gruesa le latía en el lado derecho del cuello, y Sam disfrutó al ver la reacción que había provocado. Miró a James directamente a los ojos. Por primera vez en su vida, no apartó la vista.

Desde que tenía uso de razón, Sam se sintió asustado, preocupado, luchaba por ser indiferente aunque dejaba que lo hirieran. La ira era su peor enemigo, pero ahora se había convertido en un amigo. Se permitió darle la mano, y la ira le concedió poder. Uno no tenía verdadero poder hasta que no dejaba de tener miedo a perder algo. Y eso James no lo había entendido nunca.

Sam vio que James dudaba. Un brevísimo parpadeo. Una mirada huidiza. Y luego, ese odio. James dio un paso raudo hacia él.

Levantó la mano. Y entonces llamaron a la puerta. James se sobresaltó. Tras una larga mirada a Sam, fue a abrir. Oyó una voz de hombre en la puerta.

–Hola, James. Tenemos licencia para un nuevo registro.

Sam se apoyó un instante en el frigorífico. Luego salió por detrás, por la puerta de la terraza. Jessie lo estaba esperando.

Todo el pueblo vibraba de emoción. La noticia se había propagado como un reguero de pólvora como solo ocurre en los pueblos pequeños, sin que nadie se explique cómo. De repente, toda Fjällbacka lo sabía.

Sanna estaba en el Centrum Kiosken cuando se enteró. No había tenido ganas de prepararse el almuerzo, la salchicha con puré del bar iba a ser la solución. Mientras estaba allí, empezaron las habladurías. Sobre Stella. Sobre Helen. Sobre Linnea. Al principio no entendió de qué hablaban, así que le preguntó al chico que tenía detrás en la cola –sabía que era de Fjällbacka– y él fue quien la informó de que habían detenido a Helen por el asesinato de Linnea. Que había confesado haberla matado, y también a Stella.

Sanna se quedó allí plantada sin saber qué decir. Se dio cuenta de que todos aquellos que sabían quién era la estaban mirando, a la espera de su reacción. Pero ella reaccionó con normalidad. Aquello simplemente confirmaba lo que ya sabía, que, después de todo, había sido una de las dos. Pero resultaba tan extraño... Ella siempre había visto a Marie y a Helen como un dúo. Ahora tenía una cara. Una responsable. La duda que llevaba treinta años corroyéndola había desaparecido. Ahora conocía la verdad. Era una sensación que no se parecía a ninguna otra.

Abandonó la cola. De repente ya no tenía hambre. Se encaminó al agua, al muelle más próximo, donde se encontraba el punto de información turística, y se sentó al final del pontón con las piernas cruzadas. Una brisa ligera le acarició la melena. Cerró los ojos y disfrutó del frescor del aire. Oyó el rumor de la gente, el grito de las gaviotas, el traqueteo de la vajilla del café Bryggan y algún que otro coche que se acercaba. Y vio a Stella. La vio correr hacia el lindero del bosque con aquella mirada provocadora mientras ella la perseguía. La vio alzar la mano, despidiéndose, y vio la sonrisa que dejaba al descubierto aquel dientecillo torcido. Vio a su madre y a su padre entonces, antes de que todo ocurriera, antes de que la pena y las preguntas los hicieran olvidarla a ella, a Sanna. Vio a Helen. Aquella niña de trece años a la que admiraba en secreto. Y a la Helen adulta, con la mirada escurridiza y el cuerpo encogido. Sabía que pronto empezaría a preguntar el porqué, pero todavía no, no hasta que hubiera desaparecido aquella brisa encantadora que le refrescaba el rostro y el alivio que implicaba saber la verdad la hubiera abandonado.

Treinta años. Treinta largos años. Sanna volvió la cara al viento. Y entonces, por fin, acudieron las lágrimas.

Bohuslän, 1672

Tres días después de finalizado el juicio, Lars Hierne se acercó al calabozo desde la comisión de brujería. Elin esperaba en la penumbra. Rendida. Sola. Le habían dado algo de comer por fin, pero no mucho. Unas gachas agrias que le plantaron en un cuenco con un poco de agua. Estaba débil y helada, y se había rendido ante las ratas que le roían los dedos de los pies por las noches. Se lo habían arrebatado todo, así que qué más daba si las ratas se llevaban la carne que le cubría los huesos.

Entornó los ojos a la luz cuando se abrió la puerta y el alguacil Hierne apareció en el umbral. Iba tan elegante como siempre. Se tapaba la nariz con un pañuelo blanco para protegerse del hedor. Ella había dejado de notarlo.

—Elin Jonsdotter, se te acusa de brujería y tienes la oportunidad de confesar tu delito.

—Yo no soy bruja —dijo con serenidad, poniéndose de pie.

Trató en vano de sacudirse la mugre de la ropa, pero todo estaba cubierto de suciedad. Hierne la miró con desprecio.

—Ya está demostrado por la prueba. Tengo entendido que flotabas como un cisne. Y a eso se añaden las declaraciones en el juicio. La confesión es solo buena para ti, para que puedas expiar la culpa y ser acogida en la comunidad cristiana.

Elin se apoyó en la fría pared de piedra.

Era una idea espantosa. El cielo era el objetivo de la vida terrenal, asegurarse un lugar al lado de Dios y vivir eternamente, sin las penalidades asociadas al trabajo diario del hombre pobre.

Pero ella negó con la cabeza. Mentir era pecado. Y ella no era bruja.

—No tengo nada que confesar —dijo, negando con la cabeza.

—Muy bien. En ese caso, tendremos que hablar ahí dentro —dijo Hierne, y llamó a los guardias con la mano.

Ellos la arrastraron al fondo del pasillo y la metieron a empujones en un cuarto. Elin contuvo la respiración cuando entró. Un hombre muy alto de larga barba rojiza la miraba fijamente. Había en la celda una serie de herramientas y artefactos muy raros, y Elin miró a Hierne inquisitiva.

Él sonrió.

—Este es maese Anders. Llevamos varios años trabajando juntos para sacar a la luz la obra del diablo. Ha conseguido que confiesen brujas de toda la región. Y a ti, Elin, te daremos la misma posibilidad. Por eso te pregunto una vez más, ¿quieres aprovechar la oportunidad que se te ofrece de confesar el delito?

—Yo no soy ninguna bruja —susurró Elin sin apartar la vista de los objetos que la rodeaban.

Hierne resopló.

—Muy bien, en ese caso dejaré que maese Anders haga su trabajo —dijo, y salió de allí.

Aquel hombretón de abundante barba pelirroja la observaba sin pronunciar una palabra. No tenía la mirada seca, más bien indiferente. En cierto modo, era más aterrador aún que el odio al que ya se había acostumbrado.

—Por favor... —dijo Elin, pero él no reaccionó.

El hombre alargó el brazo en busca de una cadena que había en el techo, y Elin abrió los ojos de par en par.

Lanzó un grito y retrocedió hasta que notó en la espalda la humedad fría del muro.

—¡No, no, no!

Sin mediar palabra, le agarró las muñecas. Ella se resistía frenando con los pies desnudos en el suelo de piedra, pero era inútil. Él le ató las muñecas y los tobillos con facilidad. Sujetó unas tijeras ante Elin, que gritaba como una loca y se retorcía en el suelo, pero el hombre le agarró tranquilamente la larga melena y empezó a cortarla. Aquella hermosa cabellera fue cayendo al suelo mechón tras mechón, mientras Elin sollozaba de impotencia.

Maese Anders se levantó y echó mano de un frasco que había en la mesa. Cuando le quitó el tapón de corcho, Elin notó el olor a alcohol. Sí, seguro que aquel gigantón necesitaba algo que le diera fuerza para llevar a cabo la tarea que tenía por delante. Deseaba que le diera a ella también un trago que la aliviara y la adormeciera un poco, aunque no lo creía. En lugar de llevarse la botella a la boca, le vertió el alcohol sobre la cabeza a Elin, que cerró fuertemente los ojos cuando notó que le escocía.

Ya no podía ver nada y tenía que guiarse exclusivamente por el oído. Oyó el sonido de algo rasposo y creyó reconocer un yesquero. Enseguida notó el olor a humo. Se sintió presa del pánico y empezó a retorcerse más aún.

Entonces sintió un dolor terrible. Maese Anders le había acercado la llama a la cabeza, el alcohol le ardía en la mollera y le quemó el pelo que le quedaba, así como las cejas.

Era tal el dolor que le pareció que abandonaba el cuerpo y se veía a sí misma desde fuera, desde arriba. Cuando el fuego se extinguió, notó en la nariz el olor a pelo chamuscado y le salió por la boca una bocanada de vómito.

Al vomitar se manchó. Maese Anders soltó un gruñido, pero seguía sin decir nada.

Luego la puso de pie. Le ató las muñecas y la elevó en el aire. El dolor del fuego aún le impedía respirar con normalidad, pero el desgarro de las cadenas al clavársele en la piel y cortarle la circulación le arrancó un aullido.

Elin había entrado ya en un estado casi inconsciente y en un primer momento no comprendió qué era lo que le estaba untando en las axilas, pero entonces notó el olor a azufre y el ruido del yesquero. Empezó a patalear como una loca allí, colgada de la cadena.

Después soltó un grito desgarrador cuando el hombretón le prendió fuego al azufre. Al extinguirse el fuego, Elin guardó silencio y se quedó exhausta con la cabeza colgando sobre el pecho. Solo era capaz de gemir débilmente, tal era el dolor.

No sabía cuánto tiempo estuvo allí colgada, si unos minutos o varias horas. Como fuera, maese Anders se había sentado a comer tan tranquilo. Cuando hubo terminado, se limpió la boca. A Elin habían dejado de escocerle los ojos lo suficiente para poder ver unas sombras borrosas. La puerta se abrió y volvió hacia ella la cabeza, pero no vio más que una figura sombría. La voz, en cambio, la reconoció enseguida.

—¿Estás preparada para confesar el crimen? —preguntó Hierne despacio, alto y claro.

Elin meneó la cabeza llena de heridas y trató de formular las palabras, aunque los labios se resistían a obedecer.

—Yo..., yo no soy... ninguna bruja.

Se hizo el silencio un instante. Luego, Hierne dijo con frialdad:

—Muy bien. En ese caso, puede continuar con su trabajo, maese Anders.

La puerta se cerró y Elin volvió a quedarse a solas con aquel gigante.

–¿Qué tal ha ido?

Mellberg asomó la cabeza al ver pasar a Patrik, que lo miró sorprendido. La puerta de su despacho rara vez estaba abierta. Pero había algo en aquel caso, en aquellos casos, más bien, que llevaba a implicarse a todo el mundo.

Patrik se paró y se apoyó en el marco de la puerta.

–Acierto total. Encontramos restos de la ropa de Nea en la chimenea del salón. Helen había conseguido quemar la mayoría del material textil, pero, por suerte, la ropa de Nea contenía tanto plástico que no llegó a quemarse. Además, encontramos enseres de limpieza con rastros de sangre y algunas chocolatinas Kex en la despensa. Aunque claro, las tienen en muchos hogares, así que eso quizá no cuente como prueba... Sin embargo, los restos de plástico en todo lo que utilizó para limpiar son prueba más que suficiente para apoyar su confesión.

–¿Ha dicho ya por qué? –preguntó Mellberg.

–No, pero ahora voy a hablar con ella otra vez. Quería esperar hasta tener los resultados del registro de su domicilio. Y también quería dejarla ahí un par de horas con la preocupación, creo que así será más proclive a hablar.

–Bueno, pero se las ha arreglado para tener el pico cerrado durante treinta años –dijo Mellberg con escepticismo.

–Cierto. Pero ahora ha decidido hablar, ¿no? Yo creo que quiere contarlo todo.

Patrik miró alrededor.

–¿Dónde está *Ernst*?

Mellberg soltó un gruñido.

–Bah, Rita es tan ñoña que resulta ridículo...

Guardó silencio.

Patrik esperó, pero al final le hizo un gesto para animarlo a hablar.

—¿Así que *Ernst*...?

Mellberg se rascaba el pelo, claramente incómodo.

—Bueno, es que a esos niños les gusta tanto el perro... Y como lo han pasado tan mal... Pues he pensado que *Ernst* podía quedarse en casa...

Patrik ahogó una carcajada. Bertil Mellberg. En lo más hondo de su ser, era un blandengue.

—Pues muy bien pensado, sí señor —dijo, aunque solo obtuvo un resoplido por respuesta—. En fin, voy a hablar con Helen. No les revelarás a los periódicos nada de lo que acabo de contarte, ¿verdad?

—¿Quién, yo? —Mellberg se llevó la mano al pecho con gesto ofendido—. ¡Con la información soy como Fort Knox!

—Ya... —Patrik se dio la vuelta sin poder evitar una sonrisa.

Le hizo una señal a Paula al pasar delante de su despacho para que lo acompañara, y entró en la sala de interrogatorios. Annika había ido a buscar a Helen y había preparado café y unos bocadillos. Nadie consideraba a Helen una persona agresiva o proclive a darse a la fuga, de modo que la trataban más como a una visita que como a una delincuente. Patrik siempre había creído en la filosofía de que se cazaban más moscas con miel que con un matamoscas.

—Hola, Helen. ¿Cómo te encuentras? ¿Quieres que esté presente tu abogado? —preguntó al tiempo que encendía la grabadora.

Paula se sentó a su lado.

—No, no, no es necesario —dijo Helen.

Se la veía pálida pero serena, y no daba la impresión de estar nerviosa ni enfadada. Llevaba el pelo oscuro con alguna veta de color gris recogido hacia atrás en una sencilla coleta, y apoyaba las manos cruzadas sobre la mesa.

Patrik la observó con tranquilidad unos instantes. Luego dijo:

—Hemos encontrado en tu casa objetos que apoyan lo que nos has dicho —comenzó—. Hemos encontrado restos de la ropa de Nea, que trataste de quemar, y también sangre, en una fregona, en una bayeta y en un cubo.

Helen se puso rígida. Examinó a Patrik un buen rato, pero luego pareció relajarse.

—Sí, es verdad —dijo—. Quemé la ropa de la niña en la chimenea y fregué el cobertizo. Supongo que debería haber quemado eso también.

—Lo que no entendemos es por qué. ¿Por qué mataste a Stella y a Nea?

Paula le dirigió la pregunta con un tono suave.

Helen asintió. No había en el ambiente ni rastro de ira, nada de agresividad. Era más bien casi un ambiente adormecedor. Tal vez fuera el calor, tal vez la sensación de que Helen se había rendido. Apartó la mirada. Y luego empezó a hablar.

—Marie y yo estábamos tan contentas de aquella oportunidad de estar juntas... Hacía buen tiempo, como hizo durante todo ese verano. Aunque para un niño todos los veranos son soleados, seguramente. Al menos ahora tengo esa sensación. Decidimos llevar a Stella a la plaza a comprar unos helados. Se puso contentísima, claro que Stella siempre estaba contenta. Aunque éramos bastante mayores, nos gustaba jugar con ella de vez en cuando. Y le encantaba acercarse sin que la viéramos y sorprendernos. Lo que más le gustaba en el mundo era salir de un salto de algún escondite y darnos un susto. Y nosotras dejábamos que nos asustara, claro. Le teníamos mucho cariño. Tanto Marie como yo. Le teníamos muchísimo cariño...

Helen guardó silencio y empezó a tironearse de una cutícula. Patrik esperaba paciente.

—Nos llevamos el carrito, casi tuvimos que obligarla a que se subiera para ir a Fjällbacka. Y a ella le compramos el helado más grande. Iba parloteando sin parar. Y recuerdo que el helado empezó a derretírsele, así que tuvimos que volver en busca de servilletas para limpiarla. Stella era... Era muy intensa. Era como si a su alrededor todo estuviera siempre en ebullición.

Volvió a toquetearse la uña, que había empezado a sangrar, pero siguió tirando del hilillo.

—También fue hablando todo el camino de vuelta. Iba andando a saltitos delante de nosotras, y tanto a Marie como a mí nos gustaba lo bonita que se veía su melena roja a la luz del sol. Brillaba tanto que resplandecía. He visto esa melena tantas veces en sueños...

Había empezado a sangrar más y le caía un hilillo de sangre por el dedo. Patrik le dio una servilleta de papel.

—Cuando llegamos a la granja vimos el coche del padre de Stella. —Helen se apretó el dedo con la servilleta—. Le dijimos que se fuera a casa, que su padre ya había llegado. Queríamos... Queríamos librarnos de ella para poder estar un rato solas. Vimos que se dirigía a casa y pensamos que luego entraría. Marie y yo nos fuimos a la laguna a bañarnos. Y a hablar. Lo habíamos echado de menos. Poder hablar.

—¿De qué hablasteis? —preguntó Paula—. ¿Lo recuerdas?

Helen frunció el entrecejo.

—No lo recuerdo exactamente, pero supongo que de nuestros padres, como hacen todos los adolescentes. Que no entienden nada. Que son injustos. En aquella época, Marie y yo nos compadecíamos mucho de nosotras mismas. Nos sentíamos como las víctimas y las heroínas de un gran drama.

—¿Y qué pasó después? —dijo Patrik—. ¿Qué falló?

Al principio Helen no respondió. Empezó a juguetear con la servilleta con la que se había limpiado la sangre del dedo, haciéndola trocitos muy pequeños. Suspiró —un hondo suspiro—, y siguió hablando en voz baja. Apenas podían oír lo que decía, de modo que Patrik le acercó la grabadora y tanto él como Paula se inclinaron para oírla mejor.

—Nos secamos y nos vestimos. Marie se fue a su casa y yo iba a ir a la mía. Recuerdo que estaba preocupada por cómo explicar por qué tenía el pelo mojado, pero pensé que podía decir que habíamos estado jugando con Stella cerca del aspersor. Y entonces apareció Stella. En lugar de ir a casa, nos había seguido. Y estaba enfadada porque habíamos ido a bañarnos sin ella. Muy enfadada. Daba patadas en el suelo y gritaba sin parar. Nos había preguntado si no podíamos ir a nadar cuando volvíamos a casa, y le habíamos dicho que no. Y dijo...

Helen tragó saliva. No parecía segura de si continuar o no. Patrik se le acercó más aún, como para animarla a proseguir.

—Dijo que iba a chivarse de que nos habíamos bañado. Stella no era tonta, y parecía tener una antena parabólica en los oídos. Se había enterado de que nuestros padres no querían que nos viéramos a solas, y quería vengarse contándolo todo. Y yo... No puedo explicar cómo ni por qué pasó. Pero echaba tanto de menos a Marie... Y sabía que si Stella lo contaba, si contaba que nos habíamos visto a escondidas, nunca más nos darían otra oportunidad.

Guardó silencio y se mordió el labio. Luego levantó la vista y los miró fijamente.

—¿No os acordáis de cuando teníais trece años y una amiga o un chico era todo vuestro mundo y creíais que eso nunca cambiaría? Uno creía que, sin esa persona, el mundo se acabaría. Pues eso era lo que sentía yo con Marie. Y allí estaba Stella, chillando sin parar, y yo sabía que podría estropearlo todo, y cuando se dio media vuelta para ir corriendo a casa... Me enfadé y me asusté y me embargó el pánico y lo único que quería era que se callara. Así que me agaché y recogí una piedra del suelo y se la tiré. Yo creo que lo que quería era que se callara un momento para poder convencerla de que no dijera nada, o sobornarla con cualquier cosa para que no se fuera de la lengua. Pero la piedra le dio en la nuca y resonó como a hueco, y ella se calló en pleno grito, se desplomó en el suelo sin más. Entonces me asusté y eché a correr, y corrí sin parar hasta que llegué a casa y me encerré en mi habitación. Y después llegó la policía...

La servilleta estaba totalmente destrozada en pedacitos esparcidos por la superficie de la mesa. Helen respiraba nerviosamente y Patrik la dejó que se calmara unos minutos antes de preguntar:

—¿A qué vino eso de confesar las dos? ¿Y lo de retractaros después? ¿Por qué confesó Marie, si ella no tuvo nada que ver?

Helen meneó la cabeza.

—Éramos unas niñas. Fuimos unas bobas. Lo único en lo que podíamos pensar era en estar juntas. Marie detestaba a su familia, lo que más quería en el mundo era poder apartarse de ellos. Así que no sé, nunca tuvimos ocasión de hablarlo. Pero yo pienso que ella creía que si confesábamos las dos, nos llevarían al mismo lugar. Creíamos que también los niños iban a la cárcel. Y Marie prefería estar en la cárcel conmigo a quedarse en casa.

Paseó la mirada de Paula a Patrik.

—Así que os podéis imaginar lo mal que estaría en su casa. Pero cuando nos dimos cuenta de que no nos iban a mandar al mismo sitio, retiramos la confesión, y entonces ya era demasiado tarde. Claro que comprendí que yo no debería haber actuado así, sino que debería haber contado lo que hice, pero tenía mucho miedo. Todos los adultos que me rodeaban estaban enfadados. Gritaban. Me amenazaban. Estaban desesperados e indignados, y era tal el mar de sentimientos que no tuve fuerzas... Así que mentí y dije que yo no había sido, que no había matado a Stella. Pero dio lo mismo... Para el caso, podía haber confesado. En el informe que redactaron se decía de todos modos que éramos culpables, y aquí todo el mundo me ha mirado siempre con suspicacia. La mayoría piensa que fui yo quien la mató. Sé que debería haber contado lo que ocurrió para liberar de sospechas a Marie, pero no nos impusieron ninguna pena, en realidad, y yo creía que a ella le iría mejor con una familia de acogida que con la suya. Y luego, con el paso de los años, parecía que más bien le había sacado partido al hecho de que sobre ella planeara la misma sombra que sobre mí. Así que no hice nada por remediarlo.

Patrik asintió despacio. Sentía la tensión en la nuca.

—De acuerdo, ahora lo entiendo un poco más —dijo—. Pero tenemos que hablar de Nea también. ¿Quieres tomarte un descanso?

Helen meneó la cabeza.

—No, pero sí me tomaría otra taza de café.

—Voy a buscarlo —dijo Paula al tiempo que se levantaba.

Patrik y Helen guardaron silencio hasta que Paula volvió. Se había llevado toda la jarra de café y el cartón de leche, y llenó las tres tazas.

—Nea —dijo Patrik—. ¿Qué pasó?

No había en su voz ni rastro de tono acusador. Ninguna agresividad. Como si hubieran estado hablando del tiempo. Quería que Helen se sintiera segura. Y, por extraño que pudiera parecer, él no sentía rabia hacia ella. Sabía que debería: había matado a dos niñas. Aun así, a su pesar, sentía cierta simpatía por la mujer que tenía sentada al otro lado de la mesa.

—Ella... —Helen levantó la vista, como si tratara de recrear una imagen—. Nea... vino a casa. Yo estaba en el jardín y, de buenas a primeras, apareció allí. Lo hacía de vez en cuando, salía de su casa a hurtadillas y se venía a la mía. Yo solía decirle que se fuera a casa para que sus padres no se preocuparan, pero ese día quería enseñarme algo... Y estaba tan entusiasmada, tan contenta... Así que fui con ella.

—¿Qué quería enseñarte? —dijo Paula.

Le ofreció el cartón de leche, pero Helen negó con la cabeza.

—Quería que fuera con ella al cobertizo. Me preguntó si quería jugar con ella, y le dije que no, que tenía cosas que hacer. Se puso tan triste que le dije que bueno, que me enseñara lo que quisiera, pero que luego tenía que irme a casa.

—¿No te preguntaste dónde estarían sus padres? Era muy temprano por la mañana, ¿no?

Helen se encogió de hombros.

—Nea solía jugar fuera desde muy temprano. Pensé que la habrían dejado salir después de desayunar.

—¿Y qué pasó?

Patrik la animaba sin agobiarla.

—Quería que fuéramos al cobertizo. Allí había un gatito, un gato negro que se nos pegaba a las piernas mientras andábamos. Dijo que quería enseñarme el altillo. Le pregunté si la dejaban subir allí, y me dijo que sí. Subió la primera por la escalerilla, y yo la seguí. Y luego...

Tomó un trago de café y dejó la taza muy despacio, como si fuera de porcelana.

—Luego me di media vuelta. Un segundo solamente... Debió de caerse. Oí un grito breve, luego un golpe. Cuando miré, la vi allí abajo. Tenía los ojos abiertos y le salía sangre de la cabeza. Y supe que estaba muerta. Exactamente igual que supe que Stella estaba muerta cuando oí cómo la piedra le golpeaba la cabeza. Me entró tal pánico...

—¿Por qué la cambiaste de sitio? —dijo Patrik.

—Pues... no lo sé... —Helen meneaba la cabeza, y las manos le temblaban ligeramente—. Vi a Stella. En la laguna. Y quería..., quería llevarle a la niña, llevarla con ella. Y quería borrar todas las huellas que llevaran hasta mí. Ahora tengo un hijo. Sam me necesita. No podía... No puedo...

Parpadeó para dejar salir unas lágrimas y las manos empezaron a temblarle más. Patrik luchaba por contrarrestar una oleada de simpatía que empezaba a sentir por ella. No podía comprenderlo. No quería sentir lástima de Helen, pero no podía evitarlo.

—Entonces, limpiaste tu rastro, ¿verdad?

Helen asintió.

—La llevé a la laguna. La desnudé, la lavé y la tumbé debajo del árbol. Hacía tanto calor que no me preocupó que tuviera frío...

Guardó silencio. Comprendió lo absurdo de aquel pensamiento. Apretó fuerte la taza de café.

—Me quedé un buen rato allí, en la laguna, pero luego me fui a casa a buscar lo que necesitaba para limpiar el cobertizo. Vi alejarse el coche de Eva, así que pude hacerlo sin problemas.

Patrik asintió.

—El cadáver de Nea tenía una chocolatina en el estómago. Y galletas. Y en su casa no había nada parecido...

Helen tragó saliva.

—Ya, se la di yo. Vio que me estaba comiendo una chocolatina Kex cuando vino, y me pidió. Así que le di un trozo.

—Pero encontramos el envoltorio en el cobertizo —dijo Patrik.

Helen asintió.

—Sí, allí le di la chocolatina.

—¿Dónde? ¿Abajo o en el altillo del cobertizo?

Helen reflexionó un instante. Luego meneó la cabeza.

—No lo sé. No lo recuerdo. Solo sé que le di una chocolatina.

—De acuerdo. —Patrik miró de reojo a Paula—. Yo creo que vamos a hacer una pausa aquí, y seguimos dentro de unos minutos.

—De acuerdo —dijo Helen.

—¿Necesitas algo? —preguntó Paula cuando se levantaron.

—No, no necesito nada.

Patrik tuvo la sensación de que aquella frase no se refería solo a sus necesidades de ese preciso momento. Intercambió una mirada con Paula y vio que ella opinaba igual. Habían conseguido respuestas. Pero también otras preguntas.

Karim miraba por la ventanilla del coche. El nudo del estómago empeoraba a cada metro que recorrían. Tenía tantas ganas de ver a los niños, al mismo tiempo que le horrorizaba la idea de volver a verlos... No podía soportar su dolor también, el propio era inconmensurable.

Bill había sido tan amable que lo había ido a buscar al hospital, y se lo agradecía, se lo agradecía de verdad. Aun así, no era capaz de hablar con él. Bill intentó entablar una conversación, pero se dio por vencido al cabo de unos minutos y dejó que Karim fuera en silencio mirando por la ventanilla. Cuando llegaron a su destino, Bill reparó en las manos vendadas y le preguntó si necesitaba ayuda. Karim dijo que bastaba con que le colgara la bolsa del hombro. No soportaba tantas miradas compasivas, no en aquellos momentos.

La mujer que abrió no parecía sueca. Debía de ser la madre de Paula, la policía que se había ofrecido a ayudarle. La que huyó de Chile en 1973. ¿Cómo vería ella Suecia? ¿La mirarían como a ellos? ¿Se enfrentaría a las mismas sospechas y al mismo odio? Cuando ella llegó, era otra época.

—¡Papá!

Hassan y Samia se le acercaron corriendo. Se le abalanzaron al cuello y estuvo a punto de caerse con el peso de los dos.

—*They missed you* —dijo la mujer con una sonrisa amplia y sincera.

Aún no habían tenido tiempo de presentarse, pero Karim necesitaba aspirar primero el aroma de sus hijos, el aroma de Amina, ver sus rasgos en la cara de la niña, en los ojos del niño. Era cuanto le quedaba de ella y, al mismo tiempo, era un recordatorio doloroso de lo que habían perdido.

Por fin los niños lo soltaron y se pusieron de pie. Volvieron corriendo al salón y se sentaron en el sofá al lado de un niño pequeño que, curioso y tímido a un tiempo, lo miraba con el chupete en la boca y su mantita en el regazo. Había empezado el programa infantil.

Karim dejó la bolsa en el suelo y miró a su alrededor. Era un piso luminoso y agradable, pero él se sentía perdido y extraño. ¿Adónde irían ahora? Él y los niños estaban solos, sin hogar. Ni siquiera tenían lo más indispensable. Dependían de donaciones de personas que no los querían allí. ¿Y si los dejaban en la calle? Había visto a los mendigos delante de los comercios, con un letrero mal escrito en un cartón y la mirada vacía y ausente detrás de la mano extendida.

Era su responsabilidad hacerse cargo de los niños, y había hecho todo lo que estaba a su alcance para darles seguridad y un futuro mejor. Y ahí estaba ahora. En el vestíbulo de una persona extraña, sin nada. No podía más.

Se vino abajo, notó cómo acudían las lágrimas. Sabía que los niños se horrorizarían, que no debía asustarlos, debería mostrarse fuerte, pero sencillamente no podía más.

El peso de unas manos cálidas en los hombros. Los brazos de la mujer, que lo rodearon, y su calor se extendió e hizo que algunas piezas que tenía incrustadas en el pecho desde que dejaron Damasco se soltaran. Ella lo abrazó y lo meció, y él se dejó mecer.

Sentía muy afilada la nostalgia en el pecho, y los remordimientos le despedazaban la esperanza que había abrigado de una vida mejor. Era un náufrago.

–¿Hola?

Martin se paró en seco al ver quién estaba en la recepción. Divertido, se dio cuenta de que, por una vez, también Annika parecía haberse quedado sin palabras y, en silencio, miraba atónita a Marie Wall.

–¿En qué podemos ayudarte? –dijo Martin.

Marie pareció dudar. No había rastro de la consabida actitud altanera y, a decir verdad, se la veía algo insegura. Le sentaba bien, no pudo por menos de pensar Martin. Parecía más joven.

–Alguien me ha dicho durante el rodaje que habéis detenido a Helen. Por el asesinato de aquella niña. Yo... tengo que hablar con algún responsable. Eso no puede ser verdad.

Meneó la cabeza, y el pelo rubio que llevaba ondulado según la moda de los años cincuenta le cayó reluciente a ambos lados de la cara. Martin vio con el rabillo del ojo que Annika seguía mirándola fijamente. No todos los días entraba en la comisaría de Fjällbacka una estrella de cine. Bien pensado, era la primera vez que eso sucedía.

–Pues debes hablar con Patrik –dijo, y le indicó con un gesto que lo siguiera.

Se detuvo ante la puerta del despacho de Patrik y dio unos golpecitos con los nudillos en la hoja abierta.

—Patrik, aquí hay alguien que quiere hablar contigo.

—¿No puede esperar? —dijo Patrik sin levantar la vista de los documentos que tenía en la mesa—. Tengo que redactar el informe del interrogatorio de Helen, y luego tengo que...

Martin lo interrumpió.

—Yo creo que querrás mantener esta conversación.

Patrik levantó la vista. Lo único que desveló su sorpresa al ver a Marie fue que abrió los ojos un poco más. Se levantó y asintió brevemente.

—Por supuesto. Martin, ¿nos acompañas?

Martin asintió.

Se sentaron en la misma sala en la que habían estado con Helen hacía un momento. Los trozos de servilleta rasgados aún seguían allí, y Patrik se apresuró a recogerlos con la mano antes de tirarlos a la papelera.

—Por favor —dijo, y señaló la silla que estaba más cerca de la ventana.

Marie miró vacilante a su alrededor.

—Ha pasado mucho tiempo desde la última vez que estuve en esta sala —dijo.

Martin comprendió que debió de ser allí donde la interrogaron treinta años atrás, en otras circunstancias que, no obstante, se parecían pavorosamente a las actuales.

—¿Quieres un café? —preguntó Patrik, pero ella negó con un gesto.

—No... Yo... ¿Es verdad que habéis detenido a Helen por el asesinato de Nea? ¿Y que ha confesado el asesinato de Stella?

Patrik dudó, miró a Martin de reojo, pero al final asintió sin más.

—Sí, es verdad. Pero aún no lo hemos hecho oficial. Aunque el telégrafo de la selva funciona aquí con la mayor eficacia, como sabes.

—Yo acabo de enterarme —dijo Marie.

Le enseñó inquisitiva un paquete de tabaco y Patrik asintió. En realidad estaba prohibido fumar allí dentro, pero no habría imaginado mejor momento para hacer una excepción.

Marie encendió el cigarro con meticulosidad y dio unas cuantas caladas antes de empezar a hablar.

—Yo nunca he creído que Helen matara a Stella, y sigo sin creerlo. Diga ella lo que diga. Pero sobre todo, sé que no pudo matar a la otra niña.

—¿Y cómo lo sabes? —dijo Patrik, y se inclinó hacia delante.

Señaló inquisitivo la grabadora, que estaba encima de la mesa, y Marie asintió.

Se oyó un zumbido cuando la puso en marcha y recitó rápidamente la fecha y la hora. Aunque no fuera un interrogatorio reglamentario, era mejor grabar de más que no tenerlo grabado. La memoria del ser humano no era de fiar, y a veces era simplemente engañosa.

—Cuando la niña murió, Helen estaba conmigo. Queríais saber dónde me encontraba a las ocho de la mañana del lunes, ¿no? —dijo, y los miró insegura.

Martin tosió por el humo, siempre había tenido las vías respiratorias muy sensibles.

—¿Y dónde estabas? —dijo Patrik.

Parecía que tuviera en tensión todo el cuerpo.

—Con Helen. Así que teníais razón, mentí sobre mi coartada, no me llevé a nadie a casa. Llegué a casa de Helen a las ocho. Ella no sabía que yo iba a ir, porque estaba segura de que si llamaba para avisar me diría que no.

—¿Cómo llegaste a su casa? —preguntó Patrik.

Martin echó una mirada a los altísimos tacones que llevaba. No, no le parecía verosímil que hubiera ido paseando.

—En el alquiler de la casa se incluye un coche. Un Renault blanco que está estacionado en el aparcamiento grande que hay al lado de la vivienda.

—No hay ningún coche a nombre de los propietarios de la casa que tienes alquilada, ya lo hemos comprobado.

—Está a nombre de la madre del dueño. Se lo presta al hijo cuando está en Suecia. Y cuando me alquilaron la casa, lo incluyeron en el contrato.

—En las notas de Dagmar correspondientes a esa mañana hay un Renault blanco —confirmó Martin a Patrik.

—Al principio no quería dejarme pasar, pero yo puedo ser... bastante persuasiva, y acabó cediendo. Habíamos hablado por teléfono la noche anterior, y me había mencionado que su marido estaba de viaje. De lo contrario no habría ido a su casa. En cierto modo, creo que dejó caer que él estaría fuera porque, inconscientemente, quería que fuera a verla.

—¿Y su hijo, Sam?

Marie se encogió de hombros y dio otra calada.

—No lo sé, o estaba durmiendo o no estaba en casa. En cualquier caso, yo no lo vi. Pero me lo he topado cuando estaba con mi hija. Por lo que podríamos llamar un capricho del destino, son amigos y puede que incluso algo más... Pero claro, los dos son un poco raros.

—¿Por qué querías ver a Helen? —preguntó Patrik.

Y tosió un poco él también.

Otra vez apareció esa expresión de vulnerabilidad en el semblante de Marie. Apagó el cigarro.

—Quería saber por qué me abandonó —dijo quedamente—. Quería saber por qué dejó de quererme.

Se hizo el silencio en la sala, lo único que se oía era el zumbido de una mosca que revoloteaba junto a la ventana. Patrik se quedó pálido. Martin trataba de asimilar lo que acababa de decir Marie. Miró de reojo a Patrik, que la observaba sin saber muy bien cómo continuar después de aquella afirmación.

—Erais pareja... —dijo despacio.

Frases sueltas, insinuaciones vagas, una mueca por un lado, una mirada por otro... De repente, todo aquello cobraba sentido.

—Cuéntanos —dijo.

Marie tomó aliento despacio y expulsó el aire con la misma lentitud.

—Al principio no sabíamos qué era lo que nos pasaba. Ya sabes, viviendo en este pueblo, y en aquella época... En fin, no era como hoy, no eran cosas que se conocieran. Un padre, una madre y unos hijos, esa era la imagen. Yo ni siquiera sabía que una mujer pudiera querer a una mujer y un hombre a otro hombre. Así que nos llevó mucho tiempo comprender que estábamos enamoradas la una de la otra. Nunca habíamos estado enamoradas antes, acabábamos de dejar atrás la infancia, éramos adolescentes y hablábamos de chicos igual que las demás niñas y como sabíamos que había que hablar. Pero sentíamos otra cosa. Poco a poco fuimos desplazando los límites. La sensación de tocarnos. De acariciarnos. Nos dedicábamos a jugar y a explorar, y aquello era más fuerte que nada de lo que había experimentado hasta ese momento. Teníamos un mundo que se componía solo de nosotras dos, y eso bastaba, no necesitábamos nada más. Pero luego... Luego creo que los padres de Helen... Quizá no lo sabían, pero intuían que estaba pasando algo para ellos inaceptable. No tenían pruebas, no había nada concreto, pero yo creo que de alguna forma sospechaban lo que estaba ocurriendo. Y decidieron separarnos. El mundo se derrumbó. Nos pasamos semanas llorando. Estábamos desesperadas. Solo pensábamos en estar juntas, y el hecho de no poder tocarnos... nos destrozaba. Sé que sonará ridículo, éramos muy jóvenes, unas niñas, no mujeres hechas y derechas. Pero dicen que el primer amor es el más fuerte. Y la llama del nuestro ardía constantemente. Helen dejó de comer, y yo me peleaba por todo y con todos. La situación en mi casa empeoró más si cabe, y mi familia hizo lo posible por hacerme entrar en razón a palo limpio, literalmente.

Marie encendió otro cigarro.

Patrik se levantó, abrió la ventana y la mosca se fue volando.

—Así que comprenderéis lo importante que fue el día en que nos permitieron cuidar juntas a Stella. Naturalmente, nos las habíamos arreglado para vernos a escondidas, pero solo un par de veces y apenas unos minutos. Los padres de Helen vigilaban como halcones todos sus pasos.

—Helen nos ha contado que llevasteis a Stella a la plaza a comprar un helado, volvisteis por el bosque y luego la dejasteis en la granja cuando visteis allí el coche de su padre. ¿Es así? ¿Y que luego fuisteis a bañaros?

Marie asintió.

—Sí, así fue. Nos apresuramos a dejar a Stella, queríamos estar un rato a solas. Nos bañamos y nos besamos y..., bueno, ya me entendéis. Entonces creí oír algo en el bosque y me dio la sensación de que nos estaban vigilando.

—¿Qué ocurrió después?

615

—Nos vestimos. Yo me fui a mi casa y Helen se fue a la suya. Así que cuando dice que ella mató a Stella después, cuando yo ya me había ido... —Meneó la cabeza—. Me cuesta creerlo, madre mía, ¡teníamos trece años! Tuvo que ser la persona a la que oí en el bosque, y yo creo que sé quién fue. James era un tipo desagradable ya en aquel entonces, y él andaba por el bosque a todas horas, a veces encontrábamos allí animales muertos, me figuro que era él, que jugaba al tiro al blanco. Siempre estuvo obsesionado por las armas, la guerra..., por matar. Todo el mundo sabía que no estaba del todo bien de la cabeza. Todo el mundo menos el padre de Helen, eran inseparables. Cuando James no estaba en el bosque, lo encontrabas en casa de Helen. Que se casara con ella fue..., en fin, casi incestuoso.

Marie frunció el ceño.

—Entonces, ¿por qué confesaste? —dijo Patrik—. ¿Por qué confesaste un asesinato que no habías cometido?

¿Daría Marie una respuesta distinta a la de Helen?

—Fui una ingenua. Y no comprendí la gravedad de la situación, que aquello iba en serio. Recuerdo que, en cierto modo, me parecía emocionante. Mi plan era que Helen y yo podríamos estar juntas. Me forjé la imagen romántica de que nos condenarían a las dos y nos mandarían a algún sitio juntas. Entonces yo me vería libre de mi familia y podría estar con Helen. Y cuando nos soltaran, recorreríamos el mundo juntas... En fin, ya lo ves, las fantasías infantiles de una niña de trece años. Nunca me figuré cuáles serían las consecuencias de mi necedad. Confesé con la esperanza de que Helen comprendiera cuál era mi plan y me siguiera, como así fue. Luego, cuando me di cuenta de que no iríamos al mismo correccional, como yo creía, era demasiado tarde. Ya nadie nos creía. Habían resuelto el caso, podían cerrarlo como una cajita con su lacito rojo y todo. Nadie tenía interés en cuestionar ningún punto o en continuar con la investigación.

Hizo una pausa, tragó saliva varias veces.

—Nos separaron. Yo acabé viviendo con varias familias de acogida y Helen se mudó a Marstrand con su familia después de una estancia breve en un correccional. Pero yo contaba los segundos que faltaban para que las dos cumpliéramos los dieciocho...

—¿Qué pasó cuando los cumplisteis? —preguntó Martin.

No podía apartar la vista de los labios de Marie. La historia que estaba desvelando ante ellos era increíble y, al mismo tiempo, del todo evidente y sencilla. Les permitía rellenar lagunas y explicar puntos débiles que intuían pero no podían señalar.

—Me puse en contacto con Helen. Y ella me rechazó. Dijo que iba a casarse con James y que no quería tener ningún contacto conmigo. Que todo había sido un error... Al principio no la creí, pero cuando comprendí que hablaba en serio me quedé destrozada. Yo la seguía queriendo, mis sentimientos no habían cambiado. Resultó que no se trataba de un mero enamoramiento de adolescente que se curaba con la edad. Al contrario, el tiempo y las circunstancias hicieron que la quisiera más aún. Pero ella no quería saber nada de mí. Para mí era incomprensible, pero ¿qué podía hacer? Y lo más difícil de aceptar era que, de todas las personas posibles, fuera a casarse con James. Aquello no encajaba. Pero no me quedaba otra opción que dejarlo pasar. Hasta ahora. No puede ser una casualidad que me dieran este papel, que me viera obligada a volver a casa... Ha sido para que pueda obtener respuestas. Yo nunca la he olvidado. Helen ha sido mi gran amor. Y creía que era recíproco.

—O sea que por eso fuiste a su casa aquella mañana —dijo Patrik.

Marie asintió.

—Sí, decidí que debía exigirle las respuestas que necesitaba. Y, como ya he dicho, al principio no quería dejarme pasar.

—¿Qué ocurrió después? —preguntó Patrik.

—Salimos a hablar a la terraza de la parte trasera. Al principio me trató como a una extraña. Con frialdad y presunción. Pero yo vi que la Helen que conocí en su día seguía allí por mucho que ella tratara de ocultarla. Así que la besé.

—¿Y cómo reaccionó?

Marie se llevó los dedos a los labios, los rozó levemente.

—Al principio, de ninguna manera. Luego me correspondió. Fue como si no hubieran pasado treinta años. Era mi Helen, se aferró a mí y supe que yo tenía razón, que ella tampoco había dejado de quererme nunca. Y así se lo dije. Ella no lo negó, pero nunca me dio una explicación razonable de por qué me abandonó.

617

O no quiso o no pudo dármela. Le pregunté por James, le dije que me negaba a creer que a los dieciocho años quisiera casarse con él, que era imposible que lo amara. Que allí había algo que no encajaba. Pero ella insistió en que se había enamorado de él. Que lo prefirió a mí y que yo tenía que aceptarlo. Yo sabía que estaba mintiendo, así que al final me enfadé y me fui. La dejé en la terraza. Y miré el reloj cuando salí, porque llegaba tarde al rodaje. Eran las ocho y veinte. Si la niña murió en torno a las ocho, Helen no pudo matarla. A esa hora estaba conmigo.

—En ese caso, ¿por qué crees que afirma que sí la mató? —preguntó Patrik.

Marie dio una calada y reflexionó un buen rato sobre la pregunta.

—Yo creo que Helen tiene muchos secretos —dijo al fin—. Pero la única que tiene la llave de todo es ella.

De pronto se levantó bruscamente.

—Tengo que volver al estudio. El trabajo es lo único que tengo que me importe.

—Tienes una hija —observó Martin sin poder contenerse.

Marie lo miró. No quedaba ni rastro de la desnudez y la vulnerabilidad de hacía unos instantes.

—Un accidente laboral —dijo secamente antes de dejarlos en una sala llena de humo y con un denso olor a perfume.

–¡Estate quieto de una vez, Bertil! –le soltó Paula.

Hacerle el nudo de la corbata a Mellberg estaba resultando un imposible. Rita había renunciado hacía unos minutos, refunfuñando improperios, y ya empezaba a ser urgente si no querían llegar tarde a la boda de Kristina y de Gunnar.

–¡Qué majadería esto de vestirse de etiqueta! ¿A quién se le ha ocurrido la tontería de que hay que pasearse con un lazo al cuello para ir elegante? –dijo Mellberg, y se tiró de la corbata de modo que el nudo que Paula había logrado hacer se deshizo de nuevo.

–Venga ya, pero qué mierda más grande, por favor –se quejó ella, pero se arrepintió en cuanto oyó que Leo, con una sonrisa de felicidad, gritaba: «¡Mienda, mienda, mienda!».

Bertil se echó a reír y se volvió hacia el pequeño, que estaba sentado en la cama observándolos.

–Muy bien, tienes que adquirir un buen repertorio de palabrotas, ¡te será útil toda la vida! ¿Sabes decir demonios? ¿Y jopetas?

–¡Monios! ¡Opeta! –gritó Leo, y Paula lanzó a Mellberg una mirada furibunda.

–Eres como un niño grande. ¡Mira que enseñar palabrotas a un niño de tres años! –Se volvió a Leo y le dijo muy seria–: ¡NO debes decir esas palabras que te ha enseñado el abuelo Bertil, Leo! ¿Me has oído?

Leo parecía decepcionado y asintió un poco triste.

Mellberg se dio media vuelta y le guiñó un ojo.

–¡Carajo! –dijo.

–¡Cadajo! –repitió Leo con una risita.

Paula soltó un lamento. Madre mía. Aquello era misión imposible. Y no se refería solo al nudo de la corbata...

—¿Qué hacemos si a Karim y los niños no les dan el piso? —preguntó mientras hacía un último intento con la corbata—. Me he dado cuenta de que a Karim le resulta incómodo vivir con nosotros, y a la larga es insostenible, necesitan una vivienda propia. Habría sido perfecto que hubieran podido quedarse con el piso de al lado, pero no consigo localizar al casero para que nos diga qué ha pasado con el municipio y el alquiler. Y parece que el municipio no les consigue otra vivienda.

—Bah, ya se arreglará —dijo Mellberg.

—¿Que se arreglará? Claro, para ti es fácil decirlo, parece que te dé igual, vamos. No te he visto mover un dedo para intentar ayudar a Karim, ¡y eso que lo que ha pasado es en parte culpa tuya!

Se mordió los labios, las últimas palabras habían sido más duras de lo necesario. Pero la frustración que sentía al ver que nadie parecía dispuesto a ayudar a aquella familia la ponía tan furiosa que le entraban ganas de darle a alguien una patada en la espinilla. Y de darle fuerte.

—Tienes el mismo temperamento que tu madre —dijo Mellberg encantado, en apariencia impertérrito ante aquel estallido—. A veces puede ser bueno, pero la verdad, las dos deberíais practicar algo más de paciencia y autocontrol. Mira y aprende de mí. Las cosas siempre se solucionan. Como dicen en *El rey león*: «Hakuna matata».

—¡*Hakuna matata!* —gritó Leo entusiasmado, dando saltitos en la cama.

El rey león era su película favorita. Últimamente la veía unas cinco veces al día, más o menos.

Paula soltó furiosa la corbata de Mellberg. Sabía que no debería permitir que la sacara de quicio, pero su desidia la llevaba al borde de la locura.

—Bertil, que seas normalmente un machista egoísta egocéntrico es algo con lo que he aprendido a vivir, pero que pases completamente de cómo les va a Karim y a esas dos pobres criaturas que acaban de perder a su madre, me parece... —Estaba tan furiosa que no le salían las palabras—. ¡No lo soporto, joder!

Cuando salió del dormitorio como una tromba oyó que Leo repetía alegremente «Odé», pero ya hablaría en serio con él más tarde. Ahora pensaba ir en busca del maldito casero, aunque tuviera que pasarse la noche aporreando la puerta. Recogió el amplio vuelo de la falda en una mano y fue soltando maldiciones mientras bajaba la escalera con los tacones. Lo de ir arreglada no era su fuerte, y con un vestido se sentía lisa y llanamente ridícula. Además, de práctico no tenía nada, se dijo cuando por poco se cae delante del piso del casero. Empezó a golpear la puerta con el puño, y estaba a punto de darle más fuerte todavía cuando se abrió.

—¿Qué pasa? —dijo el casero—. ¿Es que hay un incendio?

—No, no —respondió Paula haciendo caso omiso de la mirada de sorpresa que le lanzó al verla con vestido y tacones.

Ella se estiró muy digna, pero se dio cuenta de que resultaba difícil irradiar autoridad con un vestido de flores y aquellos zapatos.

—Es por el piso para la familia de refugiados que vive con nosotros. Ya sé que hay una diferencia de unas dos mil coronas entre lo que el municipio paga de subvención y lo que cuesta el alquiler, pero de alguna forma podrá solucionarse, ¿no? El piso está vacío y ellos necesitan un hogar con urgencia, y puesto que este está al lado del nuestro, no se sentirían solos cuando se mudaran. Nosotros respondemos de ellos, firmo lo que me digas, en fin, ¡lo que sea! ¡Alguien tendrá que tener un mínimo de empatía con una familia que necesita ayuda, joder!

Se puso en jarras y lo miró retadora. Él la miraba a su vez lleno de asombro.

—Pero si ya está resuelto... —dijo—. Bertil vino a verme ayer y me dijo que él pagaba la diferencia del alquiler mientras fuera necesario. Pueden mudarse este lunes.

Paula estaba perpleja.

El casero meneaba la cabeza desconcertado.

—¿No te ha dicho nada? Bertil no quería que se lo contara a Karim si me lo encontraba en el portal, porque decía que prefería que se lo dijeras tú.

—El muy cochino —masculló Paula.

—¿Cómo? —dijo el casero.

—No, no, nada. —Le restó importancia con un gesto de la mano.

Subió despacio al piso de Mellberg y Rita. Sabía perfectamente que estaría allí arriba muriéndose de risa a su costa. Pero se lo pensaba consentir. Nunca terminaría de comprender a ese hombre. Podía ser el más desquiciante, el más idiota, el más estrecho de miras, el tío más testarudo y más granuja que pisaba la tierra. Pero también era la persona a la que más quería Leo en este mundo. Y solo eso movía a Paula a perdonarle casi todas las tonterías que hacía. Y ahora tampoco olvidaría que, gracias a él, Karim y los niños tenían un hogar.

—¡Ven que te ponga la corbata de mierda, anda! —dijo a gritos cuando entró en el piso.

Desde el dormitorio oyó a Leo gritar: «¡Mienda!».

—¿Se me ve gorda con esto? —preguntó Erica preocupada.

Se volvió hacia Patrik.

—Estás muy guapa —dijo. Se le acercó por detrás y la abrazó—. Mmm... Y además, hueles muy bien.

Le olisqueó la nuca.

—Oye, cuidado con el peinado —dijo Erica riendo—. A Miriam le ha llevado hora y media armarlo, así que no te pienses que...

—No tengo ni idea de a qué te refieres —dijo, y le besó el cuello.

—¡Para!

Se apartó de él y se giró para mirarse al espejo.

—El vestido no está nada mal, ¿verdad? Me aterraba pensar que tuviera que ponerme uno rosa salmón con una gran lazada en el trasero, pero tu madre nos ha sorprendido. Su vestido también es una maravilla.

—Pues a mí todo esto de la boda me sigue resultando un poco raro —protestó Patrik.

—Qué bobo eres. —Erica suspiró—. Los padres también se merecen tener su vida. Y yo por lo menos pienso seguir acostándome contigo cuando tengas setenta.

Le sonrió a través del espejo.

—Por cierto, va a ser interesante ver a Anna, era todo un reto coserle un traje de dama de honor.

—Sí, se está poniendo enorme —dijo Patrik, y se sentó en la cama para atarse los zapatos.

Erica se puso una piedra brillante en cada oreja y se volvió hacia Patrik.

—¿Qué piensas tú de todo el asunto? ¿Te has aclarado con lo que cuentan Helen y Marie?

—No lo sé. —Patrik se frotó los ojos—. Me he pasado la noche dándole vueltas, no sé qué pensar. Helen niega haber tenido una relación amorosa con Marie. Dice que es pura invención por su parte y que no estuvo en su casa aquella mañana. Pero las notas de Dagmar confirman que un Renault blanco pasó por allí, lo que apunta a que Marie dice la verdad. Aunque sobre la hora solo tenemos su palabra. Y suponiendo que de verdad hubiera estado allí a las ocho de la mañana, no sabemos si el reloj de Nea indica la hora a la que murió. Puede que atrasara, y no tuvo por qué pararse justo cuando cayó del altillo del cobertizo. Así que hay mucha información poco segura y me sentiré mucho mejor cuando recibamos los resultados de los análisis, que nos darán pruebas concretas. De todos modos, tenemos suficiente para retener a Helen; su confesión encaja en lo referido a tantos aspectos que, en realidad, no tenemos motivos para dudar de ella. Las huellas en el cobertizo, la chocolatina que le dio a Nea, la ropa que trató de quemar, las huellas dactilares...

Erica vio que había algo que lo atormentaba.

—¿Pero...? —dijo.

—Es que no me gustan los cabos sueltos, y hay cosas que no encajan. Por ejemplo, Helen dice que le tiró a Stella una piedra a la cabeza, vio que estaba muerta y salió corriendo de allí. Pero según la antigua investigación, Stella debió de recibir varios golpes. Y la encontraron en el agua. Pero ¿cómo llegó allí?

—Han pasado treinta años, la memoria puede haber deformado los hechos con el tiempo —dijo Erica echando un último vistazo al espejo.

Dio una vuelta completa delante de Patrik.

—Dime. ¿Voy bien?

—Estás preciosa —dijo con total sinceridad.

Se levantó y se puso la chaqueta. Luego hizo una imitación de la pirueta de Erica.

—¿Y yo?

—Guapísimo, cariño —dijo, y se inclinó para darle un beso en la boca.

Pero de pronto se distrajo. Algo de lo que Patrik acababa de decir no encajaba. Pero ¿qué?

Él la abrazó y se le fue la idea. Patrik olía tan bien hoy... Lo besó despacio.

—¿Qué crees que habrá sido de los salvajes? —dijo él—. ¿Seguirán enteros y limpios y con la ropa puesta, o tendremos que empezar otra vez desde el principio?

—Cruza los dedos. —Erica se adelantó para bajar las escaleras.

A veces los milagros ocurren, pensó cuando entraron en el salón. Noel y Anton esperaban sentados en el sofá, tiesos como velas, y estaban para comérselos con el chaleco, la camisa blanca y la pajarita. Seguramente se lo tenían que agradecer a Maja, que estaba delante de los dos vigilándolos como un halcón. Una carcelera muy resuelta que parecía una princesita. Había elegido el vestido personalmente y, como era de esperar, había elegido uno rosa con la falda de tul. La guinda del pastel era una flor rosa que llevaba prendida entre los rizos, y que Erica había conseguido enganchar sin arrancarle el pelo. Solo aquello ya era una hazaña.

—¡Bueno! —dijo Erica sonriéndole a aquella familia tan elegante—. ¡A la boda de la abuela!

Cuando llegaron a la iglesia, muchos de los invitados ya estaban esperando. Kristina y Gunnar habían decidido casarse en Fjällbacka, a pesar de que vivían en Tanumshede, y Erica comprendía muy bien por qué. La iglesia de Fjällbacka era una maravilla y se alzaba como una torre de granito por encima del pueblo y del centelleo del mar.

Los chicos salieron corriendo en primer lugar, y Erica los dejó de mil amores a cargo de Patrik. Luego Maja y ella se dieron la mano y fueron a ver si localizaban a Kristina. Erica buscó a Anna con la mirada, pues ella también iría en el cortejo nupcial, pero ni a ella ni a Dan se los veía por ninguna parte. Muy propio de Anna llegar tarde.

—¿Dónde está Emma? —preguntó Maja.

Emma, la hija de Anna, era su prima favorita, y el hecho de que las dos llevaran el mismo vestido constituía en el mundo de Maja un suceso de una magnitud inimaginable.

—Estarán a punto de llegar —dijo Erica para tranquilizarla, y ahogó un suspiro.

Entró en la salita donde el pastor y el cortejo debían esperar hasta que los invitados se hubieran acomodado en los bancos.

—¡Madre mía! —dijo al ver a su suegra—. ¡Estás preciosa!

—Gracias, lo mismo digo —respondió Kristina, al tiempo que le daba un abrazo. Luego miró el reloj un poco preocupada—. ¿Y Anna?

—Llega tarde, como siempre —dijo Erica—, pero seguro que está al caer.

Sacó el móvil para ver si su hermana le había mandado algún mensaje y, en efecto, leyó «Anna» en la pantalla.

Abrió el mensaje y, acto seguido, dijo con una sonrisa forzada:

—No te lo vas a creer. Han ido a Munkedal a recoger a Bettina. Y el coche ha empezado a echar humo por el camino de vuelta. Están en la cuneta de la carretera esperando a que llegue la grúa, y Anna lleva media hora tratando de conseguir un taxi.

—¡Y ahora lo dice! —chilló Kristina.

Erica pensaba lo mismo, pero se obligó a mantener la calma. Aquel día la protagonista era su suegra, y nada podía estropearlo.

—Seguro que llegan. De lo contrario, tendréis que empezar sin ellos, sencillamente.

—Pues sí, eso tendremos que hacer —dijo Kristina—. La gente está esperando, y tampoco podemos llegar tarde a la cena en el Stora Hotellet. Pero te lo digo de verdad, no me explico cómo se las arregla siempre...

Erica suspiró, pero se dio cuenta de que la irritación ya empezaba a disiparse. A veces no había más remedio que conformarse. Y a nadie le había sorprendido especialmente. Anna siempre se las arreglaba para liarla de alguna forma.

Las campanas habían empezado a repicar y Erica le dio a Kristina el ramo de novia.

—Ya es la hora —dijo Gunnar, y le dio a su futura esposa un beso en la mejilla.

Iba elegantísimo con aquel traje oscuro, y su rostro amable resplandecía cuando miraba a la novia. Aquello estaba bien, pensó Erica. Era fantástico, era lo suyo y estaba bien. Sintió que una lágrima se abría paso por la comisura del ojo y se llamó al orden. Era una tonta y una sentimental para las bodas, pero aquel maquillaje tan sofisticado que llevaba tenía que durarle por lo menos hasta que llegara al altar.

–Muy bien, ya podéis entrar –dijo el mayordomo, y los animó a salir con un gesto de la mano.

Erica miró rápidamente a la puerta de la iglesia. Ni rastro de Anna. Pero ya no podían seguir esperando.

La marcha inicial empezó a resonar en el órgano y Kristina y Gunnar entraron de la mano por el pasillo central. Erica llevaba a Maja de la mano y sonrió al ver que la pequeña se tomaba su misión con toda la seriedad del mundo. Avanzaba hacia el altar mientras saludaba a los invitados como si fuera una reina.

Ya delante del altar, Erica y Maja se colocaron a la izquierda, mientras Kristina y Gunnar se acercaban al pastor. Patrik estaba en primera fila sentado con Noel y Anton, y le preguntó moviendo solo los labios: «¿Dónde está Anna?». Erica meneó la cabeza discretamente y puso cara de resignación. ¿Cómo podía ser tan desastrosa? Con lo contenta que estaba Emma de ser dama de honor...

La ceremonia se fue desarrollando con solemnidad y emoción, y la pareja respondió que sí como correspondía. Erica se enjugó una lagrimita, pero logró contenerse mejor de lo que esperaba. Le sonrió a Kristina mientras esperaban a que sonara la marcha final.

Pero lo que sonó en cambio fue otra vez la marcha inicial. Erica miró sorprendida al coro. ¿Estaría borracho el organista? Pero entonces los vio. Y de repente lo entendió todo. Se esfumó la preocupación, y las lágrimas empezaron a rodarle por las mejillas. Miró a Kristina, que sonreía emocionada. Ella y Gunnar se apartaron y se colocaron enfrente de Erica y Maja.

Un rumor recorrió las bancadas, y un quedo murmullo y la sorpresa en la sonrisa de los presentes acompañaron a la pareja hasta el altar. Anna se volvió hacia Erica, que lloraba tanto que le costaba respirar. Muy agradecida, notó que alguien le ponía un pañuelo en la mano, y cuando levantó la vista comprobó que era Patrik, que se le había acercado discretamente.

Anna estaba preciosa. Llevaba un vestido blanco de tela bordada ceñido en la barriga, que en lugar de disimularla la destacaba. La melena rubia le caía suelta sobre los hombros, y se había sujetado el velo con una sencilla diadema. Erica reconoció aquel velo. Era el mismo que llevó ella cuando se casó con Patrik, el que también llevó su madre. Dan iba elegante con un traje azul marino, una camisa blanca y una corbata también azul. Parecía un vikingo, con aquellos hombros tan fuertes y el pelo rubio, pero el traje le quedaba mucho mejor de lo que podía pensarse.

Una vez hechos los votos, y después de que el pastor los declarase marido y mujer, Anna se volvió hacia Erica. Y por primera vez, Erica vio en sus ojos algo que no había advertido hasta entonces en su hermana, siempre presa del desasosiego. Vio paz. Y comprendió lo que Anna trataba de decirle sin palabras. Que podía relajarse. Que no tenía por qué seguir preocupándose por ella. Que, por fin, había hallado paz en la vida.

El sol aún calentaba cuando Marie descansaba en el muelle, medio tumbada en la silla Adirondack. El sol de la tarde tenía una belleza tan sobrecogedora como siempre. Jessie se había ido hacía una hora y la casa estaba vacía. Iba otra vez a casa de Sam, y mañana había no sabía qué fiesta. Y pensar que Jessie iba a fiestas... Al parecer, se iba enmendando.

Marie había bebido más de lo habitual, pero no importaba. No tenía ninguna escena que rodar hasta mañana después del almuerzo. Apuró con avidez las últimas gotas de la copa, alargó un brazo en busca de la botella que había en la mesita. Estaba vacía. Trató de levantarse, pero se volvió a caer casi de inmediato.

Al final, logró ponerse de pie. Con la botella vacía en la mano, fue trastabillando a la cocina. Abrió el frigorífico y sacó una botella de champán fría. La tercera de la tarde. Pero la necesitaba, necesitaba calmar el dolor.

No sabía muy bien qué se había creído. Que Helen hablaría de ellas dos, que confirmaría su relación si Marie lo desvelaba todo, haciendo así que ya no hubiera nada que esconder. Pero Helen la rechazó una vez más. La apartó, la humilló.

Marie se sorprendió al comprobar que hoy, treinta años después, pudiera dolerle igual. Había dedicado toda una vida a olvidar, había alcanzado un éxito con el que Helen no podía más que soñar. Había vivido de verdad, sin frenos, sin limitaciones, sin engañarse. Mientras tanto, Helen se había agazapado en una triste vida cotidiana con un marido aburrido y un hijo de lo más raro. Se había quedado a vivir en Fjällbacka, donde la gente chismorreaba a tu espalda si tomabas una copa de vino un martes cualquiera o si te teñías el pelo de un color que no fuera el consabido tono ceniza.

¿Cómo había podido rechazarla Helen?

Marie se desplomó en la silla y se le derramó en la mano un poco de champán, que ella se apresuró a lamer. Luego se sirvió otra copa y la llenó de zumo de melocotón. A causa de la embriaguez, sentía en el cuerpo una flojera agradable. Pensó en lo que le había dicho a aquel adorable policía pelirrojo. Aquello de que Jessie había sido un accidente laboral. En cierto modo, así era. Ella nunca se planteó tener hijos. Siempre puso mucho cuidado en tomar precauciones para no tener que cargar luego con una criatura. Aun así, se quedó embarazada. De un productor enano y gordinflón, además. Casado, naturalmente. Como todos.

Odiaba estar embarazada y creyó de verdad que moriría en el parto. La niña salió pegajosa, roja, gritona y con un hambre exigente. Una infinidad de niñeras puericultoras y luego, los internados, en cuanto fue posible. Apenas tuvo que relacionarse con la criatura.

Se preguntaba qué sería de Jessie. Hasta que cumpliera los dieciocho, Marie recibía una pensión mensual del gordo del productor. Según el acuerdo que tenían. Cuando Jessie cumpliera la mayoría de edad, desaparecería su vínculo con ella. Trató de imaginarse la vida sin Jessie. Daría la bienvenida a la soledad y a la libertad. Después de todo, las personas no eran más que decepción. El amor no era más que decepción.

Era solo cuestión de tiempo que los periódicos se enteraran de lo suyo con Helen. No alcanzaba a comprender cómo se difundía todo con tal rapidez en aquel lugar, era como si sus habitantes compartieran algo así como una memoria colectiva. Noticias, información, chismorreos, hechos, mentiras: todo se propagaba a la velocidad del viento.

No estaba segura de que fuera a ser perjudicial. Hoy en día se llevaba todo eso. Y en la profesión de artista y de actor se había convertido casi en una moda acostarse con gente de tu mismo sexo. Le aportaría a su marca una dimensión nueva. Una sensación de que iba con los tiempos. Los patrocinadores de la película gritarían de alegría. Una estrella controvertida era el premio gordo. Primero, los ríos de tinta sobre los asesinatos. Lo prohibido, lo oscuro, lo arriesgado. Siempre atractivo. Luego, la historia de amor. Y el juicio. Dos niñas que se ven separadas por un mundo adulto que no las comprende. Así de banal. Así de dramático. Así de eficaz.

Marie sostuvo a la altura de los ojos la copa casi vacía. Las burbujas bailaban seductoras. Las únicas que habían estado a su lado a lo largo de los años. Sus fieles seguidoras.

Alargó de nuevo el brazo en busca de la botella. No pensaba dejar de beber hasta que la oscuridad y el alcohol ahogaran todos los pensamientos. Helen. Jessie. Lo que tuvo. Y lo que no tuvo jamás.

–¿Hola?

Mellberg se apartó a un lado y se tapó los oídos con los dedos. Allí había un ruido espantoso.

–¿Sí? –dijo, tratando de oír lo que le decían al otro lado del teléfono.

Se alejó un poco más por el pasillo hasta que la cobertura fue tan buena que pudo oír lo que su contacto en el *Expressen* le decía.

–¿Tenéis una pista? Sí, nosotros también nos ahogamos en llamadas. Todo el mundo reconoce la voz, desde el cartero hasta mi vecino... ¿Qué? ¿Que lo llevaron en coche? ¿Cuándo? ¿Cómo? ¡Habla más alto!

Escuchó atentamente. Luego colgó y entró otra vez en el restaurante. Encontró a Patrik en un sofá hablando con una señora que parecía haber pasado la fecha de caducidad y, además, daba la impresión de haberse refrescado a base de bien con el vino.

–Hedström, ¿puedes venir un momento?

Patrik lo miró agradecido y se disculpó antes de levantarse.

—¿Quién es el bicho? —susurró Mellberg.

—No estoy del todo seguro. Alguna cuñada de la abuela o algo así. No sabía que era familia de muchas de las personas que hay aquí.

—Es lo peor de las bodas. Por eso yo nunca me casaría ni en sueños —dijo Mellberg—. Ya puede Rita rogar y suplicar, pero no cederé. Hay espíritus que son demasiados libres para someterse a cadenas.

—Tenías algo importante que decirme, ¿no? —lo interrumpió Patrik.

Se habían dirigido al bar y se apoyaron en la barra.

—Han llamado del *Expressen*. Un hombre los ha telefoneado... con cierta información muy interesante. La víspera del día que recibimos la llamada anónima sobre Karim, un hombre llevó a tres jóvenes desde Fjällbacka. Dos chicos y una chica. Los dejó delante del campo de refugiados. Y le pareció oír que se reían de lo que pensaban hacer. No se lo tomó muy en serio. En aquel momento. Pero ahora, después de lo que han escrito los periódicos, ha empezado a pensar.

—Vale, parece interesante —dijo Patrik asintiendo.

—Espera —dijo Mellberg—. Porque hay más y mejor. Reconoció la voz de uno de los chicos. Era el hijo de Bill.

—¿Bill? ¿El de los barcos?

—Sí, al parecer el hombre que llamó ha tenido a su hijo en la escuela de navegación de Bill. Y reconoció la voz del chico.

—¿Qué sabemos de él? —dijo Patrik, y le pidió al camarero dos cervezas con un gesto de la mano—. ¿Te parece verosímil?

—Deduzco que no vamos a hacer nada al respecto esta noche —dijo Mellberg señalando la cerveza.

—No, esta noche no —aseguró Patrik—. Pero el lunes me encantará mantener una charla con esos jovencitos. ¿Quieres venir conmigo?

Mellberg miró alrededor. Luego se señaló a sí mismo con asombro.

—¿Yo?

—Sí, tú —dijo Patrik, y tomó un par de tragos de cerveza.

—Tú nunca me preguntas a mí, siempre se lo pides a Martin. O a Gösta. O a Paula...

—Ya, bueno, pero ahora te lo pregunto a ti. Eres tú quien ha conseguido esta información. Seguramente yo no lo habría hecho de esa manera, pero ha funcionado, así que me gustaría que vinieras conmigo.

—Sí, coño, claro que voy —dijo Mellberg—. Puede que necesites a una persona con algo de experiencia.

—Desde luego —dijo Patrik riendo.

Luego se puso serio.

—Oye, Paula me ha contado lo de Karim y el piso. Y quería decirte que me parece que lo has hecho fenomenal.

Alzó el vaso.

—Bah —dijo Mellberg, que levantó también el suyo—. Rita insistió. Ya sabes lo que dicen: «*Happy wife, happy life*».

—*Hear, hear!*

Patrik volvió a brindar. Esta noche pensaba relajarse y permitirse un poco de diversión. Hacía demasiado tiempo desde la última vez.

Bohuslän, 1672

Maese Anders sacó la botella de alcohol. Quitó el corcho y Elin empezó a rezar. Sospechaba que Dios la había abandonado, pero no podía dejar de rogarle.

Notó correr el líquido por la espalda y se estremeció al frío contacto con la piel. Pero ahora sabía lo que iba a ocurrir. Ya había dejado de luchar y de retorcerse, lo único que conseguía era que se le despellejaran las muñecas. Respiró hondo cuando oyó el ruido del yesquero y notó el olor del fuego, luego soltó un aullido cuando se le prendió la espalda.

Una vez que el fuego se hubo extinguido, se quedó allí gimiendo y sintiendo cómo la inconsciencia empezaba a perturbarle los sentidos. Igual que un trozo de carne, así colgaba Elin del techo. La condición de ser humano la iba abandonando, lo único en lo que podía pensar era en el dolor, y en respirar, respirar...

Cuando se abrió la puerta supuso que era Lars Hierne, que volvía para saber si estaba dispuesta a confesar. Pronto no podría resistir más.

Pero la voz pertenecía a otra persona. Era una voz que ella conocía muy bien.

—¡Oh, Dios bendito! —dijo Preben, y una llama de esperanza prendió enseguida en el pecho de Elin.

¿No se ablandaría al verla así, desnuda y ultrajada y sometida a las peores abominaciones?

—Preben —logró articular, y trató de volver la cara hacia él, pero la cadena la giraba en la dirección contraria—. Ayuda..., ayúdame.

Se le quebró la voz, pero sabía que la había oído. Preben respiraba entrecortadamente, pero no dijo nada. Al cabo de un rato de silencio demasiado largo, al fin dijo:

—Estoy aquí como pastor, Elin, para recomendarte que confieses el delito del que se te acusa. Si confiesas las prácticas de brujería, expiarás tu culpa. Te prometo que yo mismo me encargaré del entierro. Pero debes confesar.

Cuando consiguió asimilar aquellas palabras y oyó el tono lastimero de su voz, fue como si en ese momento perdiera la razón. Con un graznido bronco liberó toda la rabia mientras colgaba de la cadena, abrasada y mancillada. Empezó a reír, y siguió riendo sin parar hasta que la puerta se cerró. Y tomó una decisión. No pensaba reconocer algo de lo que no era culpable.

Veinticuatro horas después, Elin Jonsdotter se confesó culpable de brujería y de haber ejecutado la obra del diablo. La habilidad de maese Anders pudo con ella. Después de que le pusiera pesas en los pies y la arrastrara de espaldas sobre una alfombra de clavos, después de que le pasara entre los dedos una lima de acero, de que le aplastara los pulgares en un torno y le introdujera astillas por las uñas de las manos y los pies, Elin se dio por vencida.

La sentencia se ratificó tanto en el tribunal de Uddevalla como en el de Göta. Elin era una bruja y había que condenarla a muerte. Primero la ejecutarían en la horca, después quemarían su cuerpo en la hoguera.

—Tienes que comer bien —dijo Sam.

Abrió el frigorífico y echó un vistazo. Jessie estaba sentada a la mesa de la cocina. Se encogió de hombros.

—Anda, voy a hacer unos sándwiches para los dos.

Sacó mantequilla, queso, jamón y unas rebanadas de pan de la panera y empezó a prepararlas. Puso dos en un plato, que le plantó a Jessie delante. Luego le sirvió un vaso de cacao O'boy.

—El O'boy es para críos —dijo.

—El O'boy está rico.

La miró mientras comía uno de los sándwiches inclinada sobre la mesa. Era tan guapa... Tan guapa que no podía soportarlo. Estaba dispuesto a seguirla al fin del mundo, ida y vuelta. Y esperaba que ella sintiera lo mismo.

—¿No has cambiado de idea?

Jessie negó con la cabeza.

—Ahora no podemos echarnos atrás.

—Tenemos que comprobarlo todo otra vez para asegurarnos de que no nos falta nada. Todo tiene que ser perfecto. Tiene que ser... elegante. Hermoso.

Jessie asintió y tomó el último bocado del segundo sándwich.

Sam se sentó en la silla a su lado y la atrajo hacia sí. Le deslizó el dedo por la barbilla hasta llegar a la boca. Era imposible adivinar que había tenido el cuerpo cubierto de tinta negra, pero lo que se escondía bajo la superficie seguía allí. Solo había una forma de limpiarlo. Sam quería ayudarle. Pensaba ayudarle. Y, al mismo tiempo, lavaría la negrura que se le había adherido a él.

—¿Cómo vamos de tiempo?

Sam miró el reloj.

—Deberíamos salir dentro de media hora. Pero lo tenemos casi todo listo. Y las armas ya están montadas.

—¿Cómo te sentiste? —dijo, y se puso la capucha—. ¿Te sentiste a gusto?

Sam se detuvo un momento a pensarlo. En serio. Vio ante sí la cara de sorpresa de James.

Luego sonrió.

—Me sentí de lujo.

La música retumbaba en el piso de arriba y Sanna empezó a subir irritada. Abrió la puerta de golpe. Vendela y Nils, que estaban en la cama, se separaron volando.

—Pero ¿qué haces? —gritó Vendela—. ¿Es que aquí no se puede tener vida privada?

—Baja la música. ¡Y a partir de ahora quiero la puerta abierta!

—¿Estás loca?

—Baja la música y deja la puerta abierta; de lo contrario, te puedes ir olvidando de que os lleve a Tanumshede.

Vendela abrió la boca para decir algo, pero volvió a cerrarla. Por un instante, pareció aliviada.

—¿Basse también va?

Vendela meneó la cabeza.

—Ya no vamos con él —dijo Nils.

—Ya, ¿y eso por qué?

De repente, Nils se puso muy serio.

—Uno evoluciona. Crece como persona. Avanza. Es parte del viaje hacia la edad adulta. ¿O no, Sanna?

Ladeó la cabeza. Luego miró a Vendela y le sonrió. Pareció que Vendela dudaba antes de devolverle la sonrisa.

Sanna se fue hacia el pasillo. Nils tenía algo que nunca había terminado de gustarle. Basse era un poco pasmado, pero en cierto modo, también algo tierno. Nils, en cambio, hacía gala de una dureza cuyo origen Sanna no lograba explicarse. Bill y Gun eran buenas personas. Consideradas. Nils era de otra pasta.

No le gustaba que Vendela anduviera con él. Y hoy, precisamente, parecía que Vendela tampoco estaba a gusto en su compañía.

—Baja la música. Abre la puerta. Os llevo al casino dentro de diez minutos.

—¿Sabes conducir? —dijo Jessie cuando Sam dirigió el mando hacia el coche, pulsó y se oyó un *pip*.

Abrió el maletero y dejó el paquete.

—Mi madre me ha enseñado. Hemos practicado aquí, por la granja.

—¿Y no es distinto de ir por carretera? —preguntó.

—Ya, ¿y qué propones, que vayamos en autobús?

Jessie meneó la cabeza. Sam tenía razón, claro. Y además, ¿qué importaba?

—¿Lo llevamos todo?

—Sí, yo creo que sí —dijo Sam.

—¿Has dejado la memoria USB en el ordenador?

—Sí, eso es imposible olvidarlo.

—¿Los bidones?

—Los llevamos. —Cerró el maletero y le sonrió—. No te preocupes. Hemos pensado en todo.

—Vale —dijo Jessie, y abrió la puerta del copiloto.

Sam se sentó al volante y arrancó el coche. Parecía tranquilo y seguro de sí mismo, y Jessie se relajó. Buscó en la radio hasta que encontró una emisora con música alegre. Una canción pop antigua de Britney Spears, pero se dejaba tararear y era animada. Hoy nada tenía importancia. Bajó al máximo la ventanilla y sacó la cabeza. Cerró los ojos y sintió cómo el viento le alborotaba el pelo y le acariciaba las mejillas. Era libre. Después de todos aquellos años, por fin era libre. Libre de ser quien quisiera.

Todo estaba en su sitio, planificado, organizado. Sam lo había diseñado al detalle en el cuaderno, había contado con todas las eventualidades. Había tenido muchas horas en su cuarto para pensar en esa noche, y lo que no sabía lo había encontrado en Google. En realidad, no era tan difícil. No se precisaba una inteligencia superior para calcular cómo causar el mayor daño posible.

La destrucción sería el elemento purificador, lo que permitiera el equilibrio. Porque todos habían participado, cada uno a su manera. Aquellos que callaron durante años, los que miraban sin decir nada. Los que se reían. Los que señalaban. Los que contribuyeron con palmaditas en la espalda y gritos de aliento. Incluso los que protestaban en silencio, los que murmuraban tan bajo que, en realidad, nadie podía oírlos, más bien para sentirse buenas personas y nada más.

También ellos merecían sufrir alguna consecuencia.

Llegaron pronto. En el interior del edificio la gente estaba preparando la fiesta de la noche. Nadie los vio. No fue difícil empezar a descargar el coche y, a hurtadillas, ir colocando las cosas como necesitaban. Los bidones de gasolina pesaban mucho, pero cada uno se encargó del suyo y los empujaron hasta los arbustos antes de cubrirlos con ramas. La luz del ocaso les ayudaría a ocultarlo todo.

Sam controlaba las salidas. Lo estuvo pensando mucho hasta que dio con tan sencilla solución. Candados grandes. Naturalmente, podrían romper una ventana, pero no creía que hubiera nadie ni lo bastante avispado ni lo bastante valiente. Eran todos unos cobardes.

Esperaron en el coche, agazapados en el asiento. No hablaban, solo se quedaron así, de la mano. A Sam le encantaba el calor de la mano de Jessie en la suya. Lo echaría de menos. Pero sería lo único que echaría de menos, eso era seguro. Era demasiado doloroso todo. Vivir era demasiado doloroso.

La gente empezó a llegar por fin. Sam y Jessie miraban fijamente por la ventanilla, observaban con atención quiénes iban llegando. No podían empezar hasta que no estuvieran allí los más importantes.

Al final aparecieron. Vendela y Nils primero. Basse un poco después. El trío parecía disuelto. Sam se inclinó hacia Jessie y la besó. Le notó los labios un poco secos y tensos, pero se dulcificaron al roce de su boca.

El beso no duró mucho. Estaban listos para empezar. Todo estaba dicho, todo estaba hecho.

Nadie miró hacia donde estaban mientras salían del coche. Describieron un amplio semicírculo para llegar a la parte trasera sin ser vistos. Iban arrastrando los bidones y la bolsa. Nadie notó nada mientras ellos avanzaban por el césped, en el interior estaba oscuro, las ventanas cubiertas con una tela o un plástico, para oscurecerlas. La música retumbaba a todo volumen cuando abrieron las puertas traseras y en la pista de baile que había delante del escenario lanzaban destellos las luces de discoteca.

Una vez que los bidones y la bolsa estuvieron colocados en el interior, volvieron a salir, sujetaron los tiradores con la cadena y la aseguraron con el candado. No llevaban encima nada más que el dinero de la entrada, otra cadena y otro candado. Resueltos, rodearon el edificio y se pusieron en la cola para entrar. Nadie se fijó en ellos. Todos hablaban a voces, y estaban algo ebrios después de haberse tomado algunas copas en algún otro sitio para calentar motores.

Pasaron delante de la caja sin que nadie les dirigiera la palabra. El edificio ya estaba lleno de gente. Una masa de mil cabezas que bailaba y que gritaba. Sam le recordó a Jessie el plan entre susurros. Ella asintió. Avanzaron pegados a las paredes. Un chico y una chica se besaban al fondo, junto a la salida. Sam los reconoció del otro grupo de su curso. Estaban totalmente absortos en lo suyo, con las manos abriéndose camino debajo de la ropa, y tampoco advirtieron la presencia de Sam y Jessie. Abrieron la bolsa y se metieron raudos las armas por dentro del jersey. Se habían vestido cuidadosamente para la misión. Ropa ancha y amplia. Los bidones los dejaron donde estaban. Todavía no los iban a necesitar. En aquellos momentos lo que tenían que hacer era bloquear las puertas de acceso, antes de que empezara la diversión.

Cuando volvieron a la entrada, Sam vio con el rabillo del ojo que Vendela y Nils estaban en la pista bailando con un grupo. Ni rastro de Basse. Lo buscó con la mirada y lo encontró por fin en un rincón, en la otra punta del local. Apoyado en la pared, de brazos cruzados, sin quitarles la vista de encima a Nils y a Vendela.

Junto a la puerta de entrada aún había una cola de diez metros, con gente muy animada que quería entrar. El que vendía las entradas estaba justo delante de la puerta, y Sam se dirigió hacia él.

—Tenemos que comprobar que las hojas cierran bien. Normas de seguridad. Son solo dos minutos.

—Vale —dijo el chico que les había cobrado—. Sin problemas.

Sam cerró la puerta y se apresuró a poner la cadena y el candado. Hundió los hombros y se obligó a respirar hondo. Centrarse. Ahora nadie podía salir. Nadie podía entrar. Tenían el control absoluto sobre el local. Se volvió hacia Jessie y asintió. La gente había empezado a aporrear la puerta, pero él no hizo caso. La música sonaba a todo volumen, solo él oía los golpes, porque estaba allí mismo.

El armario de la electricidad estaba en un pequeño rellano a la izquierda de la entrada, y allí se dirigió rápidamente. Una última ojeada a Jessie, que estaba lista, con las manos por dentro de la camisa. Entonces encendió la luz y desenchufó el cable que iba al equipo de música. Ya no había vuelta atrás.

Cuando la luz inundó el local y la música cesó, se hizo primero un silencio fruto de la estupefacción. Luego alguien empezó a gritar algo, después se oyó el grito de una chica. Enseguida empezaron a resonar voces airadas. Se los veía pálidos y patéticos a plena luz. Sam sintió el pecho henchido de confianza y dejó que los sentimientos que había acumulado a lo largo de los años aflorasen con la suavidad de una ola. Se adelantó y se colocó de espaldas a la puerta, se volvió hacia la pista de baile, de modo que todos pudieran verlo.

Jessie se puso a su lado.

Muy despacio, fue sacando las armas. Habían decidido que llevarían dos pistolas cada uno. Un rifle habría sido demasiado aparatoso y difícil de ocultar.

Efectuó un disparo al aire con una de las pistolas y enseguida cesó el parloteo. Todos los miraban. Por fin habían cambiado las tornas. Él siempre supo que era mejor que ellos. Esas vidas mezquinas llenas de pensamientos banales y mezquinos. Pronto quedarían olvidadas. A Jessie y a él no los olvidaría nadie.

Sam se dirigió a la pista. Nils y Vendela lo miraban con expresión bobalicona. Sam disfrutaba del terror que se apreciaba en la mirada de Nils. Se le veía en la cara que lo sabía. Con mano firme, Sam levantó el arma. Despacio, para disfrutar de cada segundo, fue apretando el gatillo. Un disparo perfecto que dio justo en medio de la frente, y Nils cayó al suelo. Se quedó boca arriba con los ojos abiertos. Un hilillo de sangre le brotó de aquel círculo perfecto.

Caminaban y caminaban sin parar. Cada noche salían a caminar. Era como si el aire del sótano fuera a asfixiarlos, como si las paredes se estrecharan a su alrededor cuando se disponían a dormir. El ruido del televisor en el piso de arriba duraba hasta las dos o las tres de la madrugada, aquella buena mujer no parecía dormir nunca. El único remedio era salir a andar. Horas y horas. Andar hasta agotarse y almacenar el oxígeno suficiente como para pasar la noche entera en el sótano.

Durante los paseos no conversaban. Existía el riesgo de que empezaran a hablar de lo que había sido, y de que alimentaran sueños de casas en ruinas y niños que estallaban en pedazos. También existía el riesgo de que empezaran a hablar del futuro y se dieran cuenta de que a ellos no les reservaba ninguna esperanza.

Era como si las personas que había en las viviendas por delante de las cuales pasaban se encontraran en otro mundo.

Al otro lado de las ventanas existía esa parte de Suecia que ellos querían conocer, y cada noche trataban de aprender. Iban al pueblo, dirigían la vista a los pisos, cuyos balcones se veían extrañamente ordenados. Ni ropa tendida, ni farolillos, algún cordón de lucecitas, a lo sumo. En una ocasión vieron a una persona que ponía en el balcón una yuca. Resultaba tan extraordinario que Adnan se lo señaló a Khalil.

Después de pasar por el centro se dirigían al colegio. Resultaba fascinante ver una escuela sueca. Se veían tan nuevas. Tan bonitas.

—Parece que hay fiesta en la casa roja —dijo Adnan, y señaló el casino.

Bill había tratado de explicarles qué era un casino, pero en su país no tenían ningún equivalente, así que los refugiados lo bautizaron simplemente como «la casa roja» los días que estuvieron viviendo allí.

—¿Vamos a ver? —preguntó.

Khalil meneó la cabeza.

—Parece gente joven. Habrán bebido alcohol. Y seguro que hay alguno que quiere pelea con unos cabezas negras.

—Qué va, no tiene por qué ser así —dijo Adnan, y agarró a Khalil del brazo—. A lo mejor conocemos a alguna chica.

Khalil suspiró.

—Lo que yo te diga: si vamos allí, habrá jaleo.

—Anda, venga ya.

Khalil dudaba. Sabía que exageraba con tanta precaución, pero ¿tan raro era?

Adnan echó a andar hacia el local, pero Khalil lo agarró del brazo.

—¡Escucha!

Adnan se detuvo y prestó atención. Se volvió hacia Khalil con los ojos desorbitados.

—Disparos —dijo.

Khalil asintió. Era un sonido que los dos reconocían a la perfección. Y procedía de la casa roja. Se miraron un instante. Luego se apresuraron al lugar de donde venía el ruido.

—¡Qué boda tan maravillosa! —dijo Erica acurrucándose más cerca de Patrik en el sofá—. Me quedé alucinada cuando Anna y Dan entraron ayer en la iglesia. Ya me había figurado yo que me estaba ocultando algo, pero jamás que sería una boda doble.

Aún estaba atónita con la sorpresa, pero la fiesta resultó ser la más divertida de todas las celebraciones de boda a las que había asistido, incluida la suya. Todos se emocionaron tanto con la sorpresa de Anna y Dan que el ambiente festivo surgió ya en la iglesia. Después de una cena maravillosa, con montones de discursos, la pista de baile se convirtió en un hervidero el resto de la noche.

Ahora estaban en la terraza, observando el sol poniente y disfrutando de los recuerdos.

—Madre mía —dijo Patrik—. Tendrías que haberte visto cuando Dan y Anna entraron en la iglesia. Pensé que quedarías reducida a un charquito. No sabía que nadie pudiera llorar tanto. Estabas monísima... El maquillaje te chorreaba por toda la cara y parecías un mapache. O un gato. Un gatito negro con la naricilla húmeda...

—Muy gracioso —dijo Erica, aunque tenía que darle la razón.

En cuanto llegaron al hotel no le quedó más remedio que ir a retocarse el maquillaje a los servicios. El rímel y el lápiz de ojos se le habían corrido por toda la cara y parecía un...

Erica se quedó de piedra. Patrik la miró atónito.

—¿Qué pasa? Cualquiera diría que has visto un fantasma.

Erica se levantó de golpe. Se acordó de otra cosa que le había llamado la atención. Algo que Patrik había dicho de Helen.

—Ayer, cuando hablábamos de Helen, dijiste una cosa, algo «del chocolate que le dio a Nea». ¿Qué fue exactamente?

—Sí, Nea tenía chocolate en el estómago, fue lo último que comió. Bueno, galleta y chocolate, para ser exactos, así que Pedersen supuso que se había comido una chocolatina Kex. Y cuando le pregunté a Helen dijo que Nea la había visto comer una chocolatina Kex y le había pedido un poco, así que le dio. Y en el altillo del cobertizo encontramos el papel de una de esas chocolatinas, así que encaja...

—No puede haber sido Helen, es alérgica al chocolate. ¿Lo mencionó ella o lo dijiste tú?

Patrik reflexionó un instante y luego meneó la cabeza.

—No lo sé, la verdad... Puede que yo lo mencionara primero.

—¿Y cómo llamaba Nea al gato? ¿Al amiguito que tenía en el cobertizo?

—Gato negro. —Patrik se rio—. Los niños son la monda.

—Patrik. —Erica lo miró muy seria—. Sé lo que pasó. Sé quién lo hizo.

—¿Quién hizo qué?

Erica iba a explicárselo cuando sonó el teléfono de Patrik.

Se le encogió el estómago de preocupación al ver cómo se le ensombrecía la mirada.

Patrik escuchaba sereno, colgó y se volvió hacia ella.

—Tengo que irme —dijo—. Era Martin, hay un tiroteo en el casino de Tanumshede.

—¿Qué sabemos? —Martin se dirigía a Paula y a Mellberg, que iban en el asiento trasero. Él había tenido guardia y los recogió después de llamar a Patrik—. ¿Sabemos quién está disparando?

Paula lo miró por el retrovisor.

—No —dijo—. Pero estoy en contacto con Annika, la gente ha empezado a llamar a la comisaría, y espero que pronto sepamos más.

—¿Puede tener que ver con los refugiados? —dijo Mellberg—. ¿Otra vez...?

—No lo creo —dijo Martin meneando la cabeza—. Parece que hay una fiesta escolar, antes de que empiecen las clases la semana que viene. Así que son alumnos de secundaria.

—Joder, son críos —dijo Mellberg—. ¿Cuánto falta para llegar?

—Por favor, Bertil, tú has recorrido este trayecto tantas veces como yo —dijo Martin impaciente.

—¿Necesitamos refuerzos? —preguntó Paula—. ¿Llamo a Uddevalla?

Martin reflexionó un instante, pero sabía instintivamente lo que debía responder. Sabía que aquello pintaba mal. Muy mal.

—Sí, llama a Uddevalla —dijo sin contar con Mellberg siquiera. Pisó el acelerador.

—No tardaremos en llegar, ¿veis a Patrik y a Gösta?

—No, pero están en camino —dijo Paula.

Cuando Martin giró hacia el casino vio a dos jóvenes que corrían alejándose del edificio. Aparcó a unos metros y logró detenerlos.

—¿Qué es lo que pasa?

—*Someone is shooting in there!* —dijo uno de los chicos, al que Martin reconoció del campo de refugiados—. Es *crazy! People are panicking...*

Las palabras salían como un torrente, y mezclaba los dos idiomas. Martin levantó una mano para indicarle que hablara más despacio.

—¿Sabéis quién es?

—No, no hemos visto nada, *we just heard shots and people screaming.*

—Vale, gracias, largo de aquí —dijo Martin, y los empujó para que se alejaran.

Miró al edificio del casino y se volvió hacia Paula y Mellberg.

—Tenemos que averiguar lo que está pasando, voy a acercarme —dijo, sosteniendo el arma pegada a la pierna.

—Vamos contigo —dijeron Paula y Mellberg.

Martin asintió.

Más jóvenes se acercaban hacia ellos corriendo, pero Martin supuso que ya se encontraban fuera. No había visto a nadie salir del edificio.

–Vamos a dividirnos –dijo–. Acercaos con cuidado a las ventanas, todo lo que podáis. Tenemos que hacernos una idea de lo que está pasando ahí dentro.

Los dos asintieron y se deslizaron en silencio hasta el edificio. Con los nervios en tensión, Martin escudriñó por una de las ventanas de uno de los dos laterales más largos del edificio. Se quedó helado. Ahora ya sabía a qué se enfrentaban. Pero eso no implicaba que supiera cómo abordar la situación. Patrik y Gösta estaban en camino, pero los refuerzos de Uddevalla aún tardarían un buen rato en llegar. Y la intuición le decía que no tenían tanto tiempo.

Cada vez se oían más gritos, y más alto. Sam efectuó un disparo al aire.

–¡Cerrad la boca!

Todos guardaron silencio, pero aún se oía algún que otro sollozo. Sam le hizo una seña a Jessie, que pasó por delante de él en dirección a la salida de la parte trasera. Con cierto esfuerzo, acarreó los bidones de gasolina hasta los pies de Sam.

–Tú –dijo Sam, y señaló a un chico fortachón que llevaba una camisa blanca y unos chinos marrones–. Rocía por allí el contenido de ese bidón.

Señaló el lateral izquierdo.

–Y tú –le dijo a un chico moreno que tenía una camisa rosa–, tú vete al otro lateral. Procura empapar bien las cortinas.

Señaló los cortinajes que colgaban delante de las ventanas.

Los dos chicos se quedaron como paralizados al principio, pero cuando Sam levantó la pistola se pusieron en marcha enseguida. Recogieron un bidón cada uno. Se quedaron vacilantes ante la pared.

–¡Moveos! –gritó Sam.

Se volvió hacia Jessie.

–Comprueba que lo hacen como es debido. Si no, dispara.

Luego miró a aquel grupo tembloroso, gimiente y patético. Varios de ellos habían empezado a buscar una escapatoria, sopesaban sus posibilidades de salir corriendo.

—Las puertas están cerradas, no podéis salir —dijo Sam con una sonrisa burlona—. No tiene sentido, no hagáis ninguna tontería.

—¿Por qué? —dijo Felicia—. ¿Por qué hacéis esto?

Una de las chicas más famosillas. Unas buenas tetas y un melenón de pelo rubio. Más tonta que un cerrojo.

—Sí, ¿por qué será? ¿Qué creéis vosotros? —dijo.

Miró a Vendela, que seguía allí donde había caído Nils. No paraba de temblar, con aquella minifalda y aquella camiseta minúscula.

—¿Tienes alguna teoría, Vendela? ¿Por qué estamos haciendo esto?

Recorrió la sala con la mirada y se detuvo en Basse.

—¿A ti qué te parece?

Basse lloraba en silencio a lágrima viva.

—Pero no estés ahí solo —dijo Sam—. Acércate a Vendela y a Nils. Vosotros, que sois tan colegas. El núcleo duro.

Basse empezó a caminar despacio hacia Vendela, que mantenía la vista al frente. Basse se colocó a su lado sin mirar el cadáver de Nils.

Sam ladeó la cabeza.

—¿A quién de los dos mato primero? Podéis elegir, no digáis que no soy enrollado. ¿O preferís que lo decida yo? No es una decisión sencilla. ¿La guarra que todo lo dirige y lo controla, o el blandengue que hace lo que le mandan?

Ninguno respondió. A Vendela se le cubrieron las mejillas de hilillos negros del rímel que se le estaba corriendo.

Control. Ahora él tenía el control.

Sam levantó la pistola. Disparó. Vendela cayó al suelo sin emitir un sonido. Unos gritos histéricos retumbaron entre las paredes, y Sam rugió una vez más:

—¡A CALLAR!

Era imposible contener el llanto y un chico más pequeño, de séptimo curso, vomitó en el suelo. Vendela había caído justo al lado de Nils. Sam no había tenido la misma puntería, el disparo le entró por el ojo derecho. Pero el resultado fue el mismo.

Estaba muerta.

Erica iba sentada en el asiento al lado de Patrik, que conducía más rápido que nunca. Sabía que contravenían todas las normas y el sentido común, pero Erica lo obligó a llevarla consigo. «Está en peligro la vida de unos niños», le dijo Erica. «Necesitaréis muchos adultos que den apoyo y consuelo.» Y tenía razón, claro. Le agarró la mano con fuerza y contempló el hermoso paisaje estival. Había algo adormecedor en el hecho de recorrer a oscuras la carretera desierta, pero nunca se había sentido tan despierto como ahora.

Por fin vio la salida de la autovía que conducía al casino. Las ruedas chirriaron cuando tomó la curva hasta que aparcó junto a los coches de Martin y Gösta. Le dijo a Erica que se quedara allí sentada y salió para hacerse una idea preliminar de la situación.

—¡Es el hijo de Helen! ¡Y la hija de Marie! —dijo Martin mirándolo desesperado.

Mellberg y Paula asintieron.

—Es una situación de emergencia, ¿qué hacemos? Sam y...

Martin buscaba el nombre en la memoria y Patrik se lo dijo.

—Jessie, se llama Jessie.

—Eso, Sam y Jessie están armados y tienen ahí dentro a los chicos como rehenes. En el suelo hay uno que no se mueve, pero ellos dos están delante, así que no sabemos en qué estado se encuentra. He llamado a la ambulancia y están en camino, aunque tardarán un rato.

—¿Y los refuerzos de Uddevalla? —preguntó Patrik.

—Tardarán media hora por lo menos —dijo Paula—. No creo que podamos esperar tanto.

Del interior del local se oyó un estallido y todos se sobresaltaron.

—¿Qué hacemos? —dijo Gösta—. No podemos quedarnos aquí esperando refuerzos mientras siguen disparando a los chicos ahí dentro.

Patrik reflexionó unos instantes. Luego tomó una decisión. Abrió la puerta del coche y le pidió a Erica que saliera. Le explicó lo que había ocurrido y lo que había en juego.

—Tú tienes el número de Sam, ¿verdad? —dijo.

Ella asintió.

—Sí, me lo dio cuando lo entrevisté.

—¿Me lo puedes dar? Nuestra única oportunidad es contactar con él, hablar con él, hacer que Jessie y él comprendan que están cometiendo una locura.

Erica le dio el número y Patrik lo marcó temblando. La señal de llamada sonaba una y otra vez, pero nadie respondía.

—¡Mierda! —dijo, notando cómo aumentaba el pánico—. Helen debería estar aquí, quizá Sam sí habría respondido a una llamada suya. Pero tardaríamos demasiado en ir a buscarla. Tenemos que hablar con Sam ahora mismo; de lo contrario, puede que sigan disparando a más gente.

Erica se le acercó.

—¿Quieres que lo intente yo? —dijo en voz baja—. Si ve que soy yo, quizá responda. Conectamos muy bien cuando estuvimos hablando. Tuve la sensación de que me permitía acceder a su mundo, de que se abría a mí sin problemas.

Patrik la miró muy serio.

—Vale la pena intentarlo.

Erica sacó su móvil y Patrik se la quedó mirando expectante mientras llamaba.

—Pon el altavoz —dijo en voz baja.

—¿Para qué llamas?

La voz de Sam retumbó fantasmagórica por el aparcamiento. Erica respiró hondo.

—Esperaba que quisieras hablar conmigo —dijo—. Cuando quedamos para la entrevista tuve la sensación de que piensas que nadie te escucha, pero yo sí te escucho...

Reinaba el silencio. De fondo de oían sollozos y murmullos y a alguien que gritaba.

—¿Sam?

—¿Qué quieres? —dijo con una voz que sonó ancestral. Parecía la voz de un viejo.

Patrik le indicó por señas que le diera el teléfono, y al cabo de unos segundos de duda, Erica se lo pasó.

—¿Sam? Soy Patrik Hedström, de la policía.

Silencio.

—Solo queremos hablar contigo. ¿Hay alguien ahí dentro que necesite ayuda? La ambulancia está en camino...

—Ya es tarde para ambulancias.

—¿A qué te refieres? —dijo Patrik.

—Es demasiado tarde...

La voz de Sam se fue apagando. De fondo se oyó a Jessie soltarle a alguien un bufido para que se callara.

Patrik dudaba. Miró a Erica, que asintió. Había que probar suerte. Podía ocurrir que lograra conectar con Sam o que lo empeorase todo. Pero comunicarse con Sam era su única oportunidad. No tenía ninguna posibilidad de entrar en el local antes de que llegasen los refuerzos, así que lo mejor que podían hacer era mantener viva la conversación.

—Lo sabemos, Sam —dijo Patrik—. Sabemos lo que pasó. Sabemos que tu madre trató de cargar con la culpa. ¿No podrías dejar salir a los chicos que hay ahí dentro? Ellos no han hecho nada... Así podremos hablar de lo ocurrido.

—¿Que no han hecho nada? ¿Qué mierda sabéis vosotros de lo que han hecho o no? —Sam hablaba con voz chillona—. No tenéis ni idea. Son repugnantes, siempre lo han sido, y no merecen seguir viviendo.

Soltó un sollozo y Patrik vio una abertura, una grieta. Mientras Sam sintiera algo podría conectar con él, las personas más peligrosas eran las que se cerraban.

—¿Y Nea? —dijo—. ¿Qué pasó con Nea? ¿Ella también merecía morir?

—No, eso fue un accidente —dijo Sam en voz baja—. Fue sin querer. Estaba... Acababa de ver... Vi a mi madre besando a Marie. Creían que estaban solas, pero las vi claramente desde mi escondite en el cobertizo. Yo quería estar solo, pero Nea no me dejaba en paz. Se empeñaba en que jugáramos, y al final se me agotó la paciencia y le di un empujón. Se quedó muy cerca del borde y le di la mano para que se agarrara, pero creo que la asusté, supongo que le empujé más fuerte de la cuenta, porque retrocedió y..., y cayó.

Se hizo el silencio. Patrik miró a Erica.

—Y tu madre te ayudó con todo, ¿no? —dijo, aunque ya conocía la respuesta.

Silencio. Solo el murmullo de los lamentos de fondo, de voces imposibles de identificar. Sollozos y gritos de socorro.

—Perdón —dijo Sam al fin—. Dile a mi madre que lo siento mucho todo.

Luego colgó el teléfono.

Patrik trató de llamarlo otra vez, pero ya no respondió. Se oyó otro disparo, y todo el mundo se sobresaltó. Patrik miró el reloj desesperado.

—No podemos esperar. Tenemos que acercarnos. Erica, quédate aquí con Mellberg. No salgas del coche bajo ninguna circunstancia, ¿entendido?

Erica asintió.

—Paula, Martin y Gösta, vosotros venid conmigo. Mellberg, tú te encargas de los colegas y los informas de lo que ocurre cuando lleguen. ¿De acuerdo?

Todos asintieron. Patrik miró muy serio hacia el casino y comprobó que tenía el arma en su sitio. No tenía ni idea de cómo evitar que se produjera la catástrofe. Pero era su deber intentarlo.

Sam colgó el teléfono temblando. Lo sabían. Sabían lo que había hecho. Por un instante, vio aquel cuerpecillo infantil que perdía pie en el borde. Él solo quería que se fuera de allí, que lo dejara tranquilo. La expresión de su cara al caer fue más de sorpresa que de miedo. Él corrió para tratar de agarrarla, pero era demasiado tarde, ya estaba en el suelo, y alrededor de la cabeza se estaba formando un charco de sangre. Respiró varias veces emitiendo un sonido bronco. Pareció que el cuerpo se hundía y se le apagó la mirada.

Si aquello no hubiera ocurrido, tal vez no estaría ahí ahora. Lo que había escrito en el cuaderno no era más que un juego, una invención, una forma de crear la sensación de que podía tomar el control en cualquier momento si así lo deseaba. Pero después de lo que le hicieron a Jessie, y después de lo que él le hizo a Linnea, no había ya nada que perder.

—La policía está fuera —le dijo a Jessie—. Es hora de terminar con esto.

Jessie asintió.

Se acercó a Basse, se colocó delante de él, con las piernas un poco separadas. Tranquila. Levantó la pistola y le puso a Basse el cañón en la frente. Se le llenaron los ojos de lágrimas y susurró la palabra «perdón». Solo se oían sollozos aquí y allá. A Jessie se le movió el brazo al disparar. La cabeza de Basse cayó hacia atrás y él también quedó boca arriba.

Sam y Jessie contemplaron al trío unos instantes mientras se reanudaban los gritos a su alrededor. Bastaba con que Sam alzara la mano para que cesaran de nuevo.

Jessie se metió la mano en el bolsillo y sacó dos encendedores. Se los arrojó a los chicos que habían rociado la pared con la gasolina.

—Prended fuego —dijo Sam.

Ellos no se movieron. Se limitaron a mirar fijamente los encendedores.

Sam disparó tranquilamente al pecho del grandullón de la camisa blanca. El chico se miró sorprendido el pecho, donde la sangre formó enseguida una rosa roja. Luego cayó de rodillas y quedó boca abajo. Seguía teniendo el encendedor en la mano derecha.

—Tú, el encendedor.

Sam señaló a un chico bajito con gafas, que se agachó temblando.

—Prende fuego —dijo Sam, y volvió a levantar el arma.

Los chicos acercaron los encendedores a las cortinas empapadas de gasolina. Las llamas no tardaron en devorar la tela y se precipitaron hacia el techo y los laterales. La masa de gente se movía hacia las puertas presa del pánico.

Sam pegó la espalda a la de Jessie, como habían estado practicando. Levantaron las pistolas. Sentía el calor de la espalda de Jessie en la suya, las rítmicas sacudidas de sus cuerpos cada vez que disparaban. Nadie debía salvarse, nadie merecía salvarse, era todos o ninguno, lo sabían desde el principio. Y eso lo incluía a él. Y también a Jessie. Por un instante, se arrepintió de haberla arrastrado consigo. Luego vio otra vez a Nea en su caída.

La policía les dijo que se fueran a casa. Khalil estaba más que dispuesto a obedecer, pero Adnan lo agarró de la camisa.

—¡No podemos irnos, tenemos que ayudarles!

—¿Y cómo vamos a ayudar? —dijo Khalil—. La policía está aquí. ¿Cómo vamos a ayudar nosotros?

—No lo sé. Pero ahí dentro hay chicos, gente de mi edad.

—Ahí no podemos estar —dijo Khalil señalando la casa.

Los policías avanzaban sigilosamente hacia la esquina para poder mirar dentro.

—Bueno, tú haz lo que quieras —dijo Adnan, y se dio media vuelta.

Khalil comprendió que iba camino de la parte trasera del edificio.

—Joder —protestó, y luego fue tras él.

La puerta trasera estaba cubierta por dentro con algún tipo de tela, pero no estaba bien puesta y podían ver a través del cristal de una de las hojas. Enseguida descubrieron a los pistoleros. Un chico y una chica. Parecían muy jóvenes. En el suelo había otro chico y otra chica. La joven de la pistola se acercó a un muchacho. Adnan le agarró el brazo a Khalil. Sin rastro de sentimientos, la chica le disparó al muchacho. La cabeza se le fue hacia atrás y luego cayó boca arriba, al lado de los otros dos cadáveres.

—¿Por qué no hace nada la policía? —susurró Adnan a punto de echarse a llorar—. ¿Por qué no hacen nada?

Empezó a tironear de la cadena con el candado.

—Son pocos, seguro que están esperando refuerzos —dijo Khalil tragando saliva—. Me temo que esos dos han bloqueado los accesos al local; si la policía logra entrar, se arriesga a que mueran más personas.

—Ya, pero quedarse aquí mirando...

Adnan le apretaba el brazo compulsivamente.

Mataron a otro chico, uno de los dos que habían vaciado los bidones, y el de la pistola señalaba a uno bajito con gafas.

—¿Qué están haciendo? —dijo Khalil.

Se dio media vuelta y vomitó. Le salpicó los zapatos, y se limpió la boca con la palma de la mano. En el interior del local prendían las llamas. Ya se oían los gritos de los chicos allí dentro, la angustia y el pánico aumentaban a cada segundo. Corrían hacia las puertas de entrada. Se oía un disparo tras otro. Adnan y Khalil veían horrorizados cómo iban cayendo todos.

Khalil miró a su alrededor. Vio un adoquín suelto por allí, lo recogió y lo levantó por encima de la cabeza. Y empezó a golpear con él los picaportes de la puerta, una y otra vez, hasta que se soltó la cadena y pudo abrir.

El fuego avanzó rugiendo hacia ellos. Al igual que los gritos de angustia y de pánico. Todo estaba lleno de un humo denso y negro que les escocía en los ojos, pero pudieron ver a la gente que salía a la carrera.

—¡Aquí, aquí! —gritaban ayudando una a una a las personas que iban saliendo.

Tenían los ojos cegados por el humo, les escocían y les lloraban, pero siguieron guiando a aquellos chicos muertos de miedo hacia la libertad. Khalil oyó que Adnan gritaba justo a su lado, vio que estaba ayudando a una chica aterrorizada.

Y entonces el fuego alcanzó a Adnan. Khalil se volvió cuando empezó a gritar.

Bohuslän, 1672

En el lugar de la ejecución había lleno. El verdugo esperaba junto al patíbulo cuando sacaron a Elin del carro. La gente del lugar que se había reunido allí contuvo la respiración al verla. Llevaba una camisa nueva de color blanco, pero tenía la cabeza calva y cubierta de quemaduras, las manos le colgaban inertes y torcidas a los lados y le costaba andar entre los dos guardias que la llevaban medio a rastras.

Delante del patíbulo cayó de rodillas. Presa de la mayor angustia, recorrió con la mirada a todos los que la observaban. Lo único en lo que había sido capaz de pensar desde que confesó e hicieron pública la sentencia fue si Märta estaría allí. ¿La obligarían a ver morir a su madre?

Comprobó con alivio que no era así. Britta, en cambio, sí se encontraba allí con Preben. Ebba, la de Mörhult, unos metros más allá. Al igual que muchas de las personas que habían vivido codo con codo con ella y con Per, y que habían vivido codo con codo con ella en la granja de Preben y Britta.

Lars Hierne no estaba. Había partido reclamado por otros asuntos, otras brujas, otras abominaciones de Satanás que combatir. Para él, Elin Jonsdotter no era más que una nota en los registros. Una bruja más que la comisión de brujería había capturado y ejecutado.

El vientre de Britta se veía crecido a aquellas alturas. Allí estaba tan ufana, rodeándose la preñez con las manos. Le resplandecía la cara con el brillo de los justos. Preben la rodeaba con el brazo, pero tenía la vista clavada en la tierra y el sombrero en la mano. Se habían colocado muy cerca. Tan solo a unos metros de ella. Ebba, la de Mörhult, cuchicheaba con las mujeres que la acompañaban. Elin la oyó contar otra vez algunos fragmentos escogidos de su testimonio. Se preguntaba cuántas veces habría contado aquellas mentiras. Ebba siempre fue una chismosa mezquina y suelta de lengua.

El odio le bullía por dentro. Había dispuesto de muchas horas en aquella celda oscura para repasarlo todo una y otra vez. Cada palabra.

Cada mentira. La risa de Märta mientras, ingenuamente, decía todo aquello que le habían metido en la cabeza. La mirada satisfecha de Britta cuando, con Märta de la mano, salió del consejo. ¿Cómo iba a poder vivir con ello cuando, de mayor, tomara conciencia de lo que había hecho?

La ira fue creciendo. Se convirtió en una tormenta. Igual que la tormenta que le arrebató a Per y las convirtió a ella y a Märta en víctimas desprotegidas y llenas de gratitud.

Los odiaba. Los odiaba a todos con una intensidad que le producía temblores bajo aquella camisa blanca. Se levantó como pudo. Los guardias dieron un paso al frente, pero el verdugo los detuvo con la mano. Con el fuego de la ira en los ojos y tambaleándose con tan solo aquella camisa blanca, clavó la vista en Britta, Preben y Ebba. Todos guardaban silencio y la miraban con preocupación. Después de todo, era una bruja. ¿Quién sabía lo que era capaz de hacer a las puertas de la muerte?

Con voz fuerte y firme, dijo tranquila, sin apartar la mirada de quienes la habían condenado a muerte, las tres personas que tan dignas la miraban:

—Es posible que hayáis hecho creer a todos que esto ha sido obra de Dios, pero yo sé lo que ha sido. Britta, eres una persona falsa y pérfida, siempre lo has sido, desde que saliste del vientre de tu madre, tan falsa como tú. Preben, eres un libertino y un mentiroso, un hombre débil y cobarde. Sabes que me gozaste, no una vez, sino muchas, a espaldas de tu mujer y a espaldas de Dios. Y Ebba, la de Mörhult. Mujer perversa, envidiosa y chismosa, que nunca has podido soportar que tu vecina tuviera ni una corteza de pan más que tú. Ojalá ardáis todos en el infierno. Y caigan deshonra, muerte y fuego también sobre vuestra prole. A hierro y fuego podréis aniquilar hoy este cuerpo, pero mis palabras vivirán con vosotros mucho tiempo después de que mis huesos se hayan calcinado. Esto os prometo yo, Elin Jonsdotter, en este día, ante Dios Todopoderoso. Y dicho esto, estoy preparada para ir a Su encuentro.

Se volvió hacia el verdugo y asintió. Luego cayó de rodillas, puso la cabeza en el tajo con la vista en la tierra. Con el rabillo del ojo vio cómo encendían la hoguera en la que habían de quemar su cuerpo mutilado.

Cuando el hacha cayó, Elin Jonsdotter elevó una última plegaria a aquel Dios al que acababa de invocar. Y con toda su alma sintió que Él la había escuchado.

Recibirían su castigo.

Cuando la cabeza se separó del tronco cayó ladera abajo, y cuando se detuvo, quedó con los ojos vueltos al cielo. Por un momento solo hubo silencio y el aliento contenido de los presentes. Luego, el júbilo se elevó a las alturas. La bruja estaba muerta.

Patrik se había preparado a fondo toda la mañana para la conversación con Helen. Aquella mujer representaba muchos papeles en el relato. Como madre de un adolescente muerto, deberían dejar que lo llorase en paz. Sin embargo, como madre de un asesino, debía ayudarles a seguir adelante con la investigación. Patrik era consciente de que debía decidirse por una postura. Como padre, quería dejar de molestarla. Pero como policía, necesitaba obtener las respuestas que los familiares de las víctimas merecían. Y eran muchos. Toda la comarca se esforzaba por comprender lo ocurrido. Incluso el país entero. Las primeras páginas y los titulares no podían ser más negros, y gritaban su mensaje sobre la tragedia de Tanumshede.

Cuando llegaron los primeros informes sobre un tiroteo masivo en Tanumshede, los Amigos de Suecia se apresuraron a afirmar en las redes sociales que se trataba de un atentado terrorista perpetrado por uno o varios ciudadanos extranjeros. «¿No lo habíamos dicho?», era la pregunta que difundieron a la velocidad del viento por todos los medios a su alcance. Sin embargo, pronto se supo que habían sido dos jóvenes suecos los causantes de una desolación inexplicable, y la noticia se transmitió al mundo entero. Los medios de comunicación informaron acerca de los héroes que lograron salvar la vida de varios jóvenes, pero de eso no dijeron ni una palabra los Amigos de Suecia. En cambio, sí se propagó una oleada de respeto y de gratitud entre el resto de la sociedad sueca. Y las muestras de aprecio por el pueblo de Tanumshede llegaban de todas partes. Suecia era un país en estado de *shock*. Tanumshede, una región que estaba de luto.

Sin embargo, en aquellos momentos, lo único que veía Patrik era a una mujer que había perdido a sus seres queridos. Tanto su hijo como su marido habían muerto. ¿Cómo dirigirse a una persona que había sufrido algo tan duro? No tenía ni idea.

Cuando fueron a casa de Helen y James, encontraron a James muerto a tiros delante de un armero oculto detrás de una falsa pared, dentro de un armario. Dedujeron que Sam obligó a su padre a abrir el escondite donde guardaba las armas, y luego lo mató de un tiro en la cabeza.

Le contaron a Helen lo que había hecho Sam, y que habían encontrado muerto a James. Ella rompió a llorar descontrolada, por su hijo, eso quedó claro; al marido ni lo mencionó.

Le dieron media hora de respiro, pero no podían seguir esperando.

—Lamento mucho tu pérdida —dijo Patrik por fin—. Y te ruego que me disculpes, pero no tengo más remedio que interrogarte.

Helen asintió. Tenía la mirada vacía y estaba muy pálida. El médico la había visto, pero ella había rechazado cualquier tipo de fármaco.

—Lo comprendo —dijo.

Las manos, muy delgadas, le temblaban un poco, aunque no lloraba. El médico dijo que seguramente seguiría conmocionada, pero consideró que se encontraba en un estado tal que la policía podía hablar con ella. Le habían ofrecido un representante jurídico, pero había declinado la oferta.

—Como ya he dicho, yo maté a Stella —dijo, y lo miró directamente a los ojos.

Patrik respiró hondo, luego sacó unos folios que llevaba y los puso encima de la mesa, delante de ella, para que pudiera leerlos.

—No, no es verdad —dijo.

Helen tenía los ojos como platos mientras miraba sin comprender, primero a Patrik, luego los documentos.

—Son copias de un documento que encontramos en la caja fuerte de James. Dejó documentación escrita sobre varios asuntos, por si moría durante alguna de sus misiones en el extranjero.

Patrik tomó impulso.

—Hay documentos relacionados con cuestiones meramente prácticas: la casa, las cuentas bancarias y preferencias relativas a su entierro. Pero lo que quiero que veas es esto. Es un... En fin, ¿cómo llamarlo? Una confesión.

—¿Una confesión? —repitió Helen.

Miró los documentos que tenían la letra de James, pero los apartó otra vez.

—Cuéntame qué es lo que dice ahí —le pidió.

—Tú no mataste a Stella —dijo Patrik muy serio—. Creías que lo habías hecho, pero seguía viva cuando saliste corriendo. James... James tenía una relación con tu padre, y comprendió que para él y para la familia sería una catástrofe que Stella sobreviviera y contara lo que habías hecho. Así que la mató. Y dejó que tú y tu padre creyerais que lo hiciste tú, y que él había escondido el cadáver para ayudarte a ti. De ese modo, él se presentaba como el salvador, y tu padre se sentía en deuda con él. De ahí que aceptara que os casarais. En el Ejército habían empezado a extrañarse, ya circulaban rumores... James necesitaba una familia como decorado. Así que convenció a KG de que lo mejor para todas las partes era que él se casara contigo. Tú eras un parapeto. Una tabla de salvación para un hombre que llevaba una doble vida que habría podido costarle su carrera.

Helen lo miraba atónita. Las manos le temblaban más aún y la respiración se volvía más superficial, pero seguía sin decir nada. Luego alargó la mano en busca del documento. Muy despacio, fue arrugando las copias de la declaración de James hasta convertirlas en una bola muy prieta.

—Dejó que creyera... —Se le quebró la voz y apretó fuertemente la bola entre las manos—. Dejó que creyera que yo...

Empezó a respirar de un modo brusco y espasmódico, y no pudo contener las lágrimas. Le brillaba la rabia en la mirada.

—Sam... —Se le entrecortaba la voz—. El que me dejara creer que yo era una asesina hizo que Sam...

No pudo terminar la frase. Se le quebró la voz de la ira contenida, tanta que parecía que las paredes de aquella sala minúscula de la comisaría fueran a venirse abajo.

—¡Sam habría podido evitarse todo aquello! Su ira... Su culpa... Él no es el culpable. Lo entiendes, ¿verdad? ¡Él no tiene ninguna culpa! Él no es un mal chico. No es malo, nunca había querido hacerle daño a nadie. Yo creo que ha tenido que pagar mi culpa, hasta el punto de que al final no pudo más...

Soltó un aullido, y las lágrimas empezaron a salir sin freno. Cuando cesó el grito, se secó en la manga y miró a Patrik desesperada.

–Todo esto. Todo era una mentira. Sam nunca habría... Si James no hubiera mentido todos estos años, Sam nunca habría...

Cerraba los puños y los abría sin parar, y al final agarró fuerte la bola de papel y la lanzó contra la pared. Y aporreó la mesa con los nudillos.

–¡Todos los jóvenes de ayer! ¡Todos esos chicos muertos! Nada de esto habría ocurrido de no ser... Y Nea... Fue un accidente, ¡él no quería causar ningún daño! ¡Él nunca habría...!

Guardó silencio y miró hacia la pared con resignación. Luego continuó con una voz más serena y con una tristeza infinita:

–Debía de sufrir mucho para poder hacer algo así, debió de hundirse bajo todo el peso que cargamos sobre sus hombros, pero eso no lo va a entender nadie. Verán a un monstruo, lo pintarán como a un ser espantoso, un joven horrible que se llevó por delante la vida de sus hijos. ¿Cómo voy a conseguir que vean a mi niño? ¿Al niño amable y cariñoso que sucumbió malogrado por todas nuestras mentiras? ¿Cómo voy a conseguir que me odien a mí, que odien a James, pero no a Sam? ¡No fue culpa suya! Él fue una víctima de nuestro miedo, de nuestra culpa, de nuestro egoísmo. Permitimos que nuestro dolor devorase cuanto teníamos, cuanto tenía él. ¿Cómo voy a conseguir que entiendan que nada de lo ocurrido ha sido culpa suya?

Helen se derrumbó sobre la mesa y se agarró a ella con las dos manos. Patrik dudó. Su papel como policía no le permitía ceder a la compasión. Tantas vidas destrozadas... Pero el padre que también era veía el dolor paralizante de una madre y su culpa, y no fue capaz de negar esa parte de sí mismo. Se levantó, rodeó la mesa, retiró la silla que había al lado de Helen y la abrazó. Luego la meció despacio mientras sus lágrimas le mojaban la camisa del uniforme. No había perpetradores en esta historia. Ningún ganador. Solo víctimas y tragedias. Y el dolor de una madre.

No llegó a casa hasta el alba. Los coches de bomberos. El hospital. Las ambulancias. Los periodistas. Todo era una bruma. Marie recordaba que la policía la había interrogado, pero apenas conservaba ningún recuerdo de sus respuestas, tan solo que no había sospechado nada, que no se había dado cuenta.

Ni siquiera había podido ver a Jessie. Ni siquiera sabía dónde se encontraba el cadáver ahora. Cuánto quedaba de él. Cuánto lo había dañado el fuego. Y los disparos de la policía.

Marie vio su mirada en el espejo. Las manos se movían solas por costumbre. Una diadema de felpa para retirar el pelo. Tres gotas de leche limpiadora en un disco de algodón. Movimientos circulares para extenderla. El frasco de tónico. Otro disco de algodón. La sensación fresca y fría en la piel al retirar la crema. Otro disco de algodón. Desmaquillante de ojos. Frotar cuidadosamente para retirar el rímel sin quebrar las pestañas. Finalmente, la cara estaba desnuda. Limpia. Lista para ser rejuvenecida, renovada otra vez. Alargó la mano en busca de la caja grande, redonda y plateada. Crema de noche de La Prairie. Carísima pero, esperaba, tan beneficiosa para la piel como indicaba el precio. Hundió el aplicador en la crema. Se la puso en los dedos y empezó a extendérsela con las yemas. Primero las mejillas, la zona de la boca y la nariz. Luego la frente. Después, la caja plateada pequeña. Crema de ojos. Nada de frotar con fuerza y dañar la fina piel de alrededor. Un pegotito que se aplica cuidadosamente en la piel.

Ya está. Listo. Un somnífero y así podría dormir mientras las células de la piel se renovaban y se borraban los recuerdos.

No podía pensar en otra cosa. Si pensaba en algo que no fueran aquellas cajas plateadas o esa piel que debía mantenerse joven y tersa para que vinieran nuevos patrocinadores que se atrevieran a apostar por ella, se abrirían las compuertas. La superficie había sido su salvación, los focos y el *glamour* le impidieron recordar la suciedad y el dolor. El haberse permitido tener solo una dimensión le había brindado un refugio de los recuerdos de lo que había perdido y de los recuerdos de lo que nunca tuvo.

Su hija había existido en una realidad paralela, flotando en un mundo en el que ella solo se permitía alguna que otra visita de corta duración. ¿Hubo algún momento en el que sintió que quería a Jessie? Su hija habría respondido que no, seguramente. Ella lo sabía. Siempre fue consciente de lo mucho que Jessie deseaba un instante de cariño por su parte. Y hubo momentos en los que le habría gustado dárselo. Aquel primer contacto, cuando se la pusieron en el pecho. Jessie estaba pegajosa y caliente, pero su mirada irradiaba tanta curiosidad cuando la clavó en la de ella. Y los primeros pasos. La felicidad que reflejaron sus ojos al dominar algo que el ser humano llevaba dominando millones de años. El orgullo que sintió Marie estuvo a punto de derribarla, y tuvo que darse media vuelta y alejarse de allí para no ceder a aquel sentimiento. El primer día de colegio. Aquella niñita rubia con la cola de caballo y la mochila a la espalda que iba dando saltitos llena de expectativas ante todo lo que iba a aprender acerca del mundo, de la vida. A unos metros en la acera, con la mano perdida en la de la niñera Juanita, se volvió y le dijo adiós a Marie, que se quedó allí plantada en la puerta de la preciosa casa que habían alquilado en The Hills. Faltó tan poco aquella vez. Tan poco para que saliera corriendo en busca de su hija y abrazara fuerte aquel cuerpecillo y hundiera la nariz en la melena rubia que siempre olía a lavanda, el aroma del caro champú infantil que usaba. Pero Marie resistió. El precio habría sido demasiado alto.

Todas las personas que hubo en su vida compitieron por enseñarle la lección de que implicarse costaba demasiado. Sobre todo Helen. Ella quiso a Helen. Y Helen la quiso a ella. Aun así, la abandonó. Eligió a otra persona. Eligió algo distinto. Le tiró a la cara todo el amor, toda la esperanza. Y eso no podía pasarle otra vez. Nadie volvería a herirla nunca.

Jessie también eligió abandonarla. Eligió adentrarse en el fuego. Al final, también Jessie la había traicionado. La había dejado allí sola.

Marie notaba el olor a humo en la nariz. Sacó otro disco de algodón, lo empapó bien de tónico facial y se limpió la nariz por dentro a conciencia. Le escocía y le hacía cosquillas y le entraron ganas de estornudar, se le llenaron los ojos de lágrimas, pero el olor se resistía a desaparecer. Miró al techo y trató de que los ojos dejaran de llorarle, sacó un pañuelo de la caja de Kleenex y se secó los ojos enérgicamente, pero no fue capaz de detener las lágrimas.

El rodaje se había suspendido un par de días. Ahora no la necesitaba nadie. Estaba totalmente sola. Tal y como siempre supo que estaría. Pero nunca permitiría que eso la destruyera. Tenía que ser fuerte. *The show must go on.*

–Ayer fue un día negro en la historia del municipio –dijo Patrik.

Algunos de los que estaban allí sentados asintieron. La mayoría se limitaron a seguir con la mirada fija en la mesa de la sala de reuniones, que tan agobiante se les antojaba ahora.

–¿Qué dice el último informe del hospital? –preguntó Gösta.

Tenía la cara pálida y surcada de arrugas. Ninguno de ellos había pegado ojo. El trabajo desgarrador de tener que informar a los familiares les llevó mucho tiempo, y continuamente los molestaban con su insistencia los periodistas, que trataban de averiguar todo lo posible sobre lo sucedido.

Aquello era de lo que tanto tiempo llevaban hablando. Aquello que tanto temían. Que los tiroteos en los institutos de los Estados Unidos se extendieran hasta allí, que, tarde o temprano, a alguien se le ocurriría ir y quitarles la vida a sus compañeros de clase.

–Ha muerto otra chica, hace una hora. Así que ya llevamos nueve muertos y quince heridos.

–Dios bendito –dijo Gösta meneando la cabeza.

Patrik no era capaz de asimilar las cifras. El cerebro se negaba. Era del todo imposible comprender que tantos jóvenes hubieran perdido la vida o hubieran resultado heridos con secuelas que durarían de por vida.

–Diez muertos, si contamos a James –dijo Martin.

Patrik asintió.

–¿Qué dice Helen? –preguntó Gösta–. ¿O Marie? ¿Notaron algo? ¿Vieron si Sam y Jessie se comportaban de un modo extraño o si dieron a entender algo?

Patrik negó con la cabeza.

–Dicen que no sospechaban nada. De todos modos, en casa de Sam encontramos un cuaderno con una planificación detallada de cómo se iba a llevar a cabo todo esto, un croquis del casino y todo lo demás. Se ve que llevaba un tiempo planeándolo, y suponemos que, de alguna forma, logró que Jessie se sumara.

—¿Había tenido ella comportamientos violentos con anterioridad? —preguntó Paula.

—No, según Marie. Dice que su hija siempre fue un lobo solitario, que a lo mejor la acosaban en los colegios a los que iba, pero que no estaba segura. No parece que le dedicara mucha atención.

—El desencadenante de Sam debió de ser lo que le ocurrió a Nea —dijo Martin—. Figúrate, con quince años, tener que cargar con esa culpa. Y encima con un padre dominante y una madre débil. Y añade a todo eso el estigma de haber vivido a la sombra de la vergüenza de Helen. No debió de ser nada fácil...

—No sientas pena por él, joder —dijo Mellberg—. ¿Cuánta gente ha tenido una infancia mucho peor sin por ello ponerse a matar a tiros a sus compañeros de clase?

—No era eso lo que quería decir —dijo Martin secamente.

—¿Qué dice Helen? —preguntó otra vez Gösta.

—Está desesperada. Destrozada. Su hijo y su marido están muertos. La acusarán de un delito contra el respeto a los difuntos y de proteger a un criminal, por lo que hizo después de la muerte de la pequeña. Está conforme.

Paula sostuvo en alto uno de los periódicos.

—Adnan aparece como un héroe en toda la prensa vespertina —dijo, para cambiar de tema—. «El refugiado que dio su vida para salvar a unos chicos suecos.»

—Menudo chiflado —dijo Mellberg, aunque no pudo ocultar la admiración en el tono de voz.

Patrik asintió. Lo que Adnan y Khalil hicieron fue un acto de locura a la par que un acto de valentía. Salvaron a treinta jóvenes. Treinta jóvenes que, de lo contrario, habrían encontrado una muerte segura.

Él había pasado la noche luchando contra unas imágenes que se le habían quedado grabadas en la retina para siempre. Cuando el fuego y el tiroteo los obligaron a tomar rápidamente la decisión de entrar a la aventura, Patrik y Paula fueron los primeros en cruzar la puerta que habían forzado los bomberos. No hubo tiempo de pararse a pensar. No hubo tiempo de ponerse a dudar. Vieron a Sam y a Jessie en el centro del local en llamas, espalda con espalda, disparando contra los jóvenes que corrían chillando hacia la puerta trasera que Adnan y Khalil habían logrado abrir. Intercambió una breve mirada con Paula, que asintió. Apuntaron cada uno con su arma reglamentaria y dispararon. Sam y Jessie cayeron al suelo al mismo tiempo.

El resto era como una niebla. Las ambulancias se pasaron la noche yendo y viniendo, todos los hospitales de la región tuvieron que intervenir y hasta hubo particulares que se ofrecieron a llevar en coche a algunos heridos.

Cada vez se agolpaba más gente delante del casino. Encendían velas y lloraban, se abrazaban y hacían mil preguntas que quizá nunca encontraran respuesta. Tanumshede se había añadido a los topónimos que en los libros de historia se vinculaban a una gran tragedia, los que siempre suscitarían imágenes de muerte y de maldad. Pero nadie pensaba en eso ahora. Ahora lloraban a sus hijos y a sus hijas, a sus hermanos y a sus amigos, a sus vecinos y conocidos. Ya no podían seguir convenciéndose de que en los pueblos pequeños estaba uno a salvo de todos los males que aparecían en los periódicos. A partir de ahora, cerrarían las puertas con llave y se irían a dormir con la inquietud metida en el cuerpo, inquietud por lo que pudiera pasar.

—¿Estáis bien? —dijo Annika dirigiéndose a Patrik y a Paula.

Él miró a Paula y los dos se encogieron de hombros. ¿Qué podían responder a aquella pregunta?

—No había otra opción —respondió Paula sombría—. Hicimos lo que teníamos que hacer.

Patrik no dijo nada, se limitó a asentir. Sabía que tenía razón. De eso no cabía duda. Su única posibilidad de salvar la vida de aquellos jóvenes era disparar a Sam y a Jessie. Sabía que había sido la decisión correcta y que nadie los censuraría por lo que habían hecho. Pero la sensación de tener que matar a unos críos... Paula y él tendrían que vivir con ella el resto de sus vidas. Porque con independencia de lo que hubieran hecho Sam y Jessie, no eran más que dos adolescentes desorientados que se habían impulsado mutuamente a cometer una acción tan horrenda que era imposible de asimilar. Quizá nunca llegaría a comprender qué los había llevado hasta allí. Quizá nunca llegaría a comprender cómo pudieron defender aquel crimen ante sí mismos.

Patrik se aclaró la garganta.

—Cuando los técnicos revisaron la habitación de Sam esta mañana, encontraron una memoria USB con fotos íntimas de James junto con un hombre al que hemos podido identificar como KG Persson, es decir, el padre de Helen.

—¿Pudo ser ese el factor desencadenante? —dijo Martin—. ¿El ver a su madre besar a otra mujer, y luego encontrar esas fotos de su padre...?

Paula meneó la cabeza.

—No lo sé —dijo Patrik—. Seguramente, nunca lo averiguaremos todo. Y tenemos otra cuestión sobre la que hemos de decidir.

Señaló a Mellberg.

—Bertil me dijo durante la cena de la boda que habíamos recibido una llamada según la cual un coche llevó a tres jóvenes y los dejó cerca del campo de refugiados más o menos cuando colocaron las braguitas de Nea en casa de Karim. El testigo dice que eran Nils, el hijo de Bill, y dos amigos, una chica y un chico. A los tres los mataron ayer. No le veo ningún sentido a seguir adelante con eso, ¿alguna objeción?

Miró a los presentes, todos negaron con la cabeza.

—En cuanto al incendio en el campamento, seguiremos con las investigaciones, pero creo que nos resultará difícil averiguar quién lo hizo, y por toda Suecia queman campamentos de refugiados sin que nadie dé con los culpables. Pero mantendremos los ojos abiertos y los oídos alerta.

Todos asintieron. Se hizo el silencio en la sala. Patrik comprendió que deberían celebrar una sesión informativa y repasar todo lo ocurrido, pero el cansancio empezaba a causar estragos y el calor de la habitación los tenía aún más adormilados. Estaban tristes, conmocionados, cansados y consternados. En la recepción, el teléfono sonaba sin parar. No solo Suecia sino el mundo entero dirigían la atención a Tanumshede y a la tragedia que había sufrido. Y Patrik sabía que todos los presentes en aquel cuartito de la comisaría de policía de Tanumshede sentían que algo había cambiado para siempre. Nada volvería a ser igual jamás.

Tenía miedo de que pensaran que era un ingrato, que no apreciaba todo lo que habían hecho por él. Pero no era así. Karim nunca pensó que un sueco abriría de aquella forma las puertas de su hogar para él y para sus hijos, que le ayudarían a conseguir su propio piso, que abrazarían a sus hijos y le hablarían como a un igual. Se alegraba de haber podido experimentar esa faceta de Suecia. También.

Pero no podía quedarse allí. No podían quedarse allí. Suecia le había arrebatado demasiado. Amina estaba ya con las estrellas y en los cálidos rayos del sol, y la echaba de menos cada minuto, cada segundo. Colocó las fotografías de su mujer cuidadosamente en la maleta, bien envueltas entre algunas prendas de ropa. La mayor parte de la maleta estaba llena de cosas de los niños. No podría llevar más de un bulto, así que de sus cosas solo metió lo imprescindible. Él no necesitaba nada. Ellos lo necesitaban todo. Se lo merecían todo.

Era imposible llevarse todos los juguetes que les habían dado Rita, Bertil y Leo. Sabía que se pondrían tristes, pero no tenían sitio. Una vez más, tendrían que dejar atrás cosas que les gustaban. Era el precio que tenían que pagar por la libertad.

Miró a los niños. Samia dormía con el conejito de peluche en el regazo, uno gris y blanco que le había dado Leo y sin el que ahora se negaba a dormir. Ese juguete podría llevárselo, pero nada más. Y Hassan tenía en la mano una bolsa llena de bolitas diminutas de cristal multicolor. Se veían brillando a través de la red de color negro, Hassan podía pasarse horas mirándolas. También se las llevarían. Pero no había sitio para más.

Se había enterado de lo de Adnan y Khalil. Todos habían hablado por teléfono para comentarlo, unos con horror, otros con orgullo. Los suecos los honraban como a héroes. ¿No resultaba de lo más irónico? Karim recordaba la decepción de Adnan cuando le hablaba de las miradas de desprecio que le lanzaban, de cómo los suecos lo miraban como si viniera de otro planeta. De todo el campamento de refugiados, fue el que más interés puso en adaptarse, en que lo aceptaran. Y ahora los suecos lo consideraban un héroe, pero ¿qué sentido tenía? De todos modos, él no podría disfrutarlo.

Karim echó un vistazo al piso. Era luminoso y muy bonito. Espacioso. Habría podido convertirse en un buen hogar para él y para los niños. Y lo sabía. Si el dolor por Amina no le hubiera socavado el pecho de aquel modo. Si hubiera podido conservar la esperanza de que aquel país podría brindarle un futuro. Pero Suecia solo le había dado dolor y rechazo. Notaba el odio y la desconfianza, y sabía que nunca podría sentirse seguro allí. Irían a otro lugar. Él y los niños. A un lugar donde pudieran descansar. Donde pudieran sentirse seguros y abrigar fe en el futuro. A un lugar en el que él pudiera ver la sonrisa de Amina sin que el dolor le perforase el pecho.

Empuñó como pudo un bolígrafo con las manos estragadas. Le habían retirado la venda en el centro de salud, pero aún le dolían y, por mucho tiempo, quizá para siempre, quedarían plagadas de cicatrices y durezas. Tomó un papel y fue a escribir algo, pero no sabía qué decir. No era una persona desagradecida. No era eso. Solo tenía miedo. Y se sentía vacío.

Finalmente escribió una sola palabra en la nota. Una de las primeras palabras que había aprendido en aquel idioma: «Gracias». Luego fue a despertar a los niños. Les esperaba un largo viaje.

Había transcurrido casi una semana desde la tragedia del casino, el duelo había entrado en una nueva fase y la vida cotidiana empezaba a adueñarse de todos otra vez. Como hacía siempre. Al menos en el caso de quienes se hallaban en la periferia y no en el epicentro de la tragedia. Para quienes habían perdido a algún ser querido, el camino hasta algo que pudiera parecerse siquiera a la vida cotidiana era muy largo.

Martin se había pasado la madrugada pensando en lo que podría significar la extraña llamada que le había hecho el abogado el día anterior. Estaba mirando al techo cuando Mette, adormilada, se volvió hacia él en la cama y preguntó en un murmullo:

—¿A qué hora tenías que estar allí?

—A las nueve —dijo, y miró el reloj.

No debería tardar en irse.

—¿Por qué querrá verme? ¿Me habrán denunciado? ¿Le deberé dinero a alguien? ¿Eh?

Hizo un gesto de frustración y Mette se echó a reír. Le encantaba su risa. Bueno, en realidad, de Mette le gustaba todo. No se había atrevido a decirlo aún. No con todas las letras. Iban con mucho cuidado, paso a paso.

—A lo mejor eres multimillonario. A lo mejor eres el único heredero de un pariente lejano de Estados Unidos podrido de dinero.

—¡Ja! ¡Lo sabía! Tú solo estás conmigo por el dinero.

—Pues claro, ¿qué te habías creído? ¿Que era por tus bíceps?

—¡Oye! —Martin se abalanzó sobre ella para hacerle cosquillas.

Mette sabía que los bíceps nada fornidos de Martin eran un tema delicado.

—Deberías ir pensando en vestirte si no quieres llegar tarde —dijo Mette, y él asintió y la dejó, muy a su pesar.

Media hora después iba en el coche camino de Fjällbacka. El abogado se había negado a revelarle el motivo por teléfono, se había limitado a insistir en que Martin debía presentarse en su despacho a las nueve. En punto.

Aparcó delante de la casa donde se encontraba el minúsculo despacho y llamó discretamente a la puerta. Un hombre de pelo gris y unos sesenta años de edad le abrió la puerta y le estrechó la mano con entusiasmo.

—Siéntese —le dijo al tiempo que señalaba la silla que había delante de una mesa pulcramente ordenada.

Martin obedeció, algo inquieto. Siempre sospechaba de las personas que lo tenían todo ordenado, y en aquel despacho estaba claro que cada cosa tenía su sitio.

—Bueno, pues me gustaría saber para qué quería verme —dijo.

Notó que empezaban a sudarle las palmas de las manos, y supuso que la cara y el cuello se le habrían cubierto de esas manchas rojas que tanto detestaba.

—No se preocupe, no es por nada desagradable —dijo el abogado, y Martin enarcó las cejas.

Cada vez sentía más curiosidad. Tal vez Mette tuviera razón en lo del millonario americano.

—Soy el albacea de Dagmar Hagelin —dijo el abogado, y Martin dio un respingo.

Miró al hombre.

—¿Ha muerto Dagmar? —preguntó desconcertado—. ¿Cuándo? Si estuvimos hablando con ella hace solo una semana...

Sintió un punto de dolor en el pecho. Le gustaba aquella anciana. Le había tomado mucho cariño.

—Murió hace un par de días, pero siempre lleva su tiempo resolver estos asuntos —dijo el abogado.

Martin murmuró algo. Ahora se explicaba menos aún qué pintaría él allí.

—Dagmar tenía un último deseo muy concreto que le afecta a usted.

—¿A mí? —dijo Martin—. Si no nos conocíamos. Solo la vi dos veces, por un asunto policial.

—Ah, vaya —dijo el abogado con cierta sorpresa.

Luego se concentró en el trabajo.

—Pues debió de causarle una buenísima impresión en esas dos ocasiones. Resulta que Dagmar amplió el testamento, porque quería que usted heredase la casa en la que vivía.

—¿¡La casa!? ¿Qué significa eso?

Martin guardó silencio, desconcertado. Alguien le estaba gastando una broma. Pero el abogado que tenía enfrente lo miraba muy serio.

—Bueno, según el testamento de Dagmar, es su deseo que usted herede la casa. Añadió una nota en la que dice que necesita algunos arreglos, pero que cree que se encontrará a gusto en ella.

Martin no era capaz de asimilar lo que le estaba diciendo el abogado. De pronto se acordó.

—Pero Dagmar tenía una hija. ¿No se molestará? ¿No querrá ella quedarse con la casa?

El abogado señaló unos documentos que tenía encima de la mesa.

—Tengo aquí un escrito en el que la hija de Dagmar renuncia a la casa, y cuando hablé con ella por teléfono me dijo que era demasiado mayor para hacerse cargo de una casa tan vieja y que no necesitaba el dinero. «Tengo lo que necesito», dijo. «Si mi madre ha decidido hacerlo así, seguro que será lo mejor.»

—Pero... —dijo Martin, y notó horrorizado que las lágrimas empezaban a quemarle en los ojos.

Muy despacio, empezó a tomar conciencia. Dagmar le había regalado a él aquella preciosa casa roja. Aquella casa en la que no había podido dejar de pensar desde que la vio. Se pasaba los días dándole vueltas a cómo se las arreglaría para poder comprarla para vivir allí con Tuva. Se había imaginado el columpio que pondría en el jardín, dónde podrían tener un huerto en el que Tuva pudiera cultivar sus verduras, los inviernos con la chimenea en el salón y el acceso limpio de nieve hasta la escalera de la entrada. Había pensado en las mil cosas que podrían hacer, pero, por mucho que calculó, los números no cuadraban.

—¿Por qué? —preguntó, ya sin poder contener el llanto, porque había empezado a pensar en Pia, en cómo le habría gustado que Tuva pudiera criarse en una casita en el campo, con columpio en el jardín y un huertecillo propio.

No lloraba solo porque Pia fuera a perdérselo, sino porque sabía que ella se alegraría de todas las novedades que llegaban a sus vidas, aunque sin ella.

El abogado le alargó un pañuelo de papel y dijo con voz serena:

–Dagmar dijo que la casa y usted se necesitaban mutuamente. Y mire por dónde, creo que tenía razón.

Bill y Gun se ocuparon de él cuando volvió del hospital. En medio de su luto. Pusieron a Khalil en el cuarto de huéspedes tan luminoso y tan bonito que había en la planta baja. Las pertenencias que tenía en el sótano ya estaban allí. Y también las cosas de Adnan. Bill había prometido ayudarle a hacer llegar una carta a los padres de Adnan. Khalil quería que supieran que su hijo había muerto como un héroe. Que no había una sola persona en su nuevo país que no conociera su nombre, que no hubiera visto su retrato. Se había convertido en un símbolo, en un puente hacia los ciudadanos suecos. El primer ministro lo había mencionado en un discurso en televisión. Habló de cómo Adnan había demostrado que la humanidad no tenía nada que ver con las fronteras de las naciones ni con el color de la piel. Que, cuando dio la vida por salvar a tantos de aquellos jóvenes suecos, no pensó en su nacionalidad ni en su cultura ni en su color. El primer ministro dijo muchas más cosas. Fue un discurso largo. Aquello era lo que quería contar en la carta a los padres de Adnan.

El primer ministro también habló de Khalil. Pero él dejó de escuchar en ese punto. No se sentía un héroe. No quería ser un héroe. Solo quería ser uno de ellos. Por las noches tenía pesadillas con las caras de los niños. El miedo pintado en sus ojos, el miedo a la muerte, el pánico. Creyó que nunca más tendría que ver aquello otra vez. Pero el horror en los ojos de un niño era allí exactamente igual que en su país. No existía la menor diferencia.

Por las noches, Bill y Gun se sentaban delante del televisor. A veces se daban la mano, a veces se quedaban en silencio, uno al lado del otro, mientras la imagen de la tele les iluminaba la cara. Ni siquiera habían podido enterrar aún a su hijo Nils. La policía no podía precisar cuándo habrían terminado con la investigación. Sus hijos mayores iban a verlos de vez en cuando, pero luego volvían a casa con sus familias. Ellos no podían aliviar el dolor de sus padres, y además, también tenían el propio.

Khalil había dado por hecho que no competirían en la regata. No sin Adnan. O sin Karim. Lo echaba de menos, y se preguntaba dónde estarían ahora él y los niños. Se habían ido sin dejar rastro.

La tercera mañana que se despertó en casa de Bill y Gun, Bill le dijo que había estado hablando con los demás y que iban a reunirse en el barco a las diez. Así, sin más. Sin preguntarle. Simplemente le dijo que iban a competir. Sin Adnan. Y sin Karim.

Y allí estaban. Aguardando el disparo de salida. Varias de las otras clases ya habían competido, y Dannholmen estaba abarrotado de gente. Los organizadores habían tenido una suerte increíble con el tiempo, y el sol brillaba desde un cielo limpio y azul. Pero muchos también habían acudido para ser testigos del proyecto de Bill. La prensa y muchos curiosos. Lugareños y turistas. En fin, parecía que toda Fjällbacka y alrededores se hubieran desplazado a aquella isla minúscula y sin vegetación. Khalil había leído en internet que una estrella de cine sueca había vivido allí. Aquella cuya estatua se alzaba en la plaza del centro de Fjällbacka. No era una actriz que él conociera, pero Bill y Gun habían visto una película suya la noche anterior, *Casablanca*. Era guapísima. Un poco tristona, pero muy guapa. Con esa belleza sueca algo fría.

Había visto la isla con anterioridad, pero nunca había bajado a tierra. Estuvieron entrenando intensamente los pocos días que les quedaban y probaron con el trayecto alrededor de la isla. La competición se estableció en sus orígenes solo para embarcaciones pequeñas, para los niños y los jóvenes de la escuela de vela de Fjällbacka. Pero desde que la reanudaron unos años atrás, incorporaron otras clases, entre las que se contaba la suya, que se llamaba C55, según les había dicho Bill.

Lo observó junto a la caña del timón. Iban y venían con los otros siete barcos de su misma clase, con los ojos fijos en el reloj para llegar en la mejor posición posible cuando sonara el disparo de salida. Nadie hablaba de Adnan, pero todos sabían que aquello no era ya solo una competición, un espectáculo, una oportunidad de entretenerse mientras les llegaba la respuesta sobre si Suecia sería o no su nuevo hogar.

Faltaban tres minutos para el inicio cuando Khalil miró de nuevo hacia la isla. El murmullo que más se percibía, el ruido de gente que tomaba café, de niños que corrían jugando, de grupos de fotógrafos y de periodistas que charlaban de sus cosas había cesado de repente. Todos se habían reunido en el lugar de la salida. Adultos. Niños. Periodistas. Habitantes de Fjällbacka. Turistas. Vio a algunas personas del campo de refugiados. Allí estaba Rolf. Y Gun, junto con sus dos hijos mayores. Caras conocidas y desconocidas. Algunos de los policías de la comisaría. Todos observaban su embarcación en silencio. No se oía ni un ruido, más allá del chapoteo del agua contra el barco y del aleteo de la vela al viento. Bill agarraba fuerte la caña del timón y apretaba los dientes.

Un niño empezó a saludar con la mano. Luego, otra persona hizo lo mismo. Y otra. Toda la gente que había en Dannholmen empezó a saludar a su tripulación cuando pasaban delante de ellos. Khalil sintió que aquellos saludos le llegaban al corazón. No era un idioma que tuviera que esforzarse por comprender. Aquel era el mismo idioma en todo el mundo. Un gesto universal de amor. Les devolvió el saludo para que supieran que los habían visto, que los habían entendido. Ibrahim y Farid también saludaron, pero Bill siguió mirando al frente, con la espalda bien recta en la proa. Lo único que desvelaba que había notado algo era el brillo que se advertía en sus ojos.

Luego sonó el pistoletazo. Con una precisión perfecta cruzaron la línea de salida. En Dannholmen, el público seguía saludando y algunos los animaban con gritos y silbidos. El sonido se elevó hasta el cielo. La vela se tensó y se llenó de viento, y el barco empezó a inclinarse y a cortar las olas. Por un instante, creyó ver sus caras entre la muchedumbre. Amina. Karim. Adnan. Pero cuando miró bien, habían desaparecido.

—Qué bien que te guste la comida —dijo Erica, y le sirvió a su hermana un poco más de patata gratinada.

Al parecer, Anna era capaz de comer como un hombretón de dos metros ahora que estaba embarazada.

—No eres la única —comentó Patrik, a la vez que alargaba el brazo en busca de la sartén del pescado—. Yo estoy empezando a recuperar el apetito.

—Pero dime, ¿cómo te encuentras? —dijo Dan—. A todos nos ha afectado la tragedia del casino, pero para ti ha debido de ser... horrendo.

Aceptó con un gesto la botella de agua con gas que le ofrecía Erica. Sabía que Dan no se atrevía a tomar nada de vino por si tuvieran que salir corriendo con Anna a la maternidad.

Patrik dejó los cubiertos. Erica se figuraba que no sabía cómo responder a aquella pregunta. Había demasiados perdedores, demasiados dolientes, demasiadas víctimas.

—Tenemos ayuda para poder hablar de lo ocurrido —dijo, girando la copa entre los dedos—. Al principio me resultaba un tanto raro hablar con un psicólogo..., en fin, no creo que haya que rechazar esa ayuda a la ligera.

—Dicen que la película es candidata a un premio Guldbagge —dijo Anna cambiando de tema—. Y Marie también.

—Bueno, teniendo en cuenta toda la atención mediática que ha tenido, no me sorprende —dijo Erica—. Pero parece cambiada desde la muerte de Jessie. No ha concedido una sola entrevista.

—Dicen que va a publicar un libro sobre todo este asunto —dijo Dan mientras se servía más ensalada.

Erica asintió.

—Dice que quiere dar su versión. Pero ella y Helen me han prometido que volverán a hablar conmigo. Y Sanna también.

—¿Cómo se encuentra Sanna? —preguntó Patrik.

—Estuve hablando con ella ayer. —Erica pensó en aquella pobre mujer, que también había perdido a su hija—. ¿Qué quieres que te diga? Lo lleva como puede...

—¿Y Helen? —preguntó Dan.

—Seguramente la condenarán a pena de prisión por un delito contra el respeto a los difuntos y por proteger a un criminal —dijo Patrik—. No sé qué pensar al respecto. En cierto modo, considero que ella también es una víctima, como tantas otras personas en este trágico caso. Pero la ley es la ley.

—¿Y cómo están los padres de Nea? —dijo Anna, al tiempo que dejaba los cubiertos en la mesa.

—Van a vender la granja —dijo Patrik.

Erica lo miró compasiva. Sabía hasta qué punto se había tomado aquel caso como algo personal, las noches de insomnio que pasaba dando vueltas en la cama con unos pensamientos y unos recuerdos que no lo abandonarían jamás. Lo quería precisamente por ser como era. Se implicaba. Era valiente. Era fuerte y era leal. Como marido era mejor de lo que nunca habría podido soñar, y un padre estupendo para sus tres hijos. Su vida no siempre había sido de color de rosa, ni romántica ni fácil. Era estresante y liosa, y estaba salpicada de simples conflictos cotidianos. Tenían tres hijos en la edad rebelde, dormían poco, la actividad sexual no era mucha, disponían de poco tiempo para sí mismos y de poco tiempo para hablar de lo importante. Pero era su vida. Sus hijos estaban bien, estaban atendidos, eran niños felices. Alargó la mano, estrechó la de Patrik y notó que él también apretaba la suya. Eran un equipo. Una unidad.

Anna protestó un poco. Se había tomado cuatro raciones de solomillo con patatas gratinadas, así que no era de extrañar que la barriga se le rebelara. Pero iba teniendo peor cara a cada minuto. Dan se quedó helado y miró a su mujer, que fue bajando la vista muy despacio. Levantó la cabeza otra vez y empezó a respirar entrecortadamente.

—Estoy sangrando —dijo—. Ayúdame, estoy sangrando.

A Erica se le aceleró el corazón. Acto seguido, se abalanzó sobre el teléfono.

LA MALDICIÓN DE LA BRUJA

¿Pura casualidad? ¿O la maldición de una bruja con más de trescientos años que vuelve a cosechar sus víctimas? Lisa Hjalmarsson, de quince años, ha hecho una serie de descubrimientos que provocarán escalofríos en los lectores.

Lisa Hjalmarsson, del grupo 9B del instituto de Hamburgsund, ha hecho un trabajo sobre Elin Jonsdotter, natural de Fjällbacka, una mujer condenada y ejecutada por brujería en 1672. Jonsdotter lanzó en el patíbulo una terrible maldición sobre sus delatores: su hermana Britta Willumsen, el marido de esta, Preben Willumsen, y una mujer llamada Ebba, la de Mörhult.

Una historia tan cautivadora como sangrienta que adquiere hoy una continuación espectacular y desagradable gracias a las averiguaciones de Lisa Hjalmarsson.

Y es que a lo largo de la historia los descendientes de los delatores se han visto involucrados en todo tipo de tragedias: asesinatos, suicidios y accidentes.

Unas desgracias que quizá culminaran en la de este verano.

En efecto, la célebre tragedia de Tanumshede puede relacionarse directamente con la maldición que Elin Jonsdotter lanzó hace más de trescientos años. Lisa Hjalmarsson ha podido demostrar que los jóvenes que prendieron fuego al casino y acabaron a tiros con la vida de tantas personas son descendientes en línea directa de Preben y Britta Willumsen y de Ebba, la de Mörhult.

¿Casualidad?

¿O seguirá viva aún hoy la maldición de Elin Jonsdotter?

Gracias

Escribir sobre el siglo XVII ha sido un reto difícil, pero también muy divertido. He repasado multitud de libros, he leído artículos en la red y consultado a varios expertos. A pesar de todo, no he hecho más que arañar la superficie de esa época tan fascinante, y todos los fallos, conscientes o inconscientes, son solo míos. Otro tanto puede decirse del relato actual. Me he tomado ciertas libertades para adaptar la historia y los hechos al relato. Es privilegio propio del escritor y del narrador de historias.

Como siempre que escribo un libro, hay varias personas a las que quiero dar las gracias. Los libros no se escriben en un vacío, sino con un equipo, aunque sea yo quien se sienta al teclado.

Con la consabida preocupación por no olvidarme de nadie importante para el libro, quiero expresar aquí mi gratitud a una serie de personas clave, tanto de mi vida profesional como de la privada.

Mi editora, Karin Linge Nordh, y mi editor de mesa, John Häggblom, han hecho un trabajo ingente con el manuscrito de *La bruja,* un trabajo que ha sido muy largo debido a la extensión del libro. Con meticulosidad, prudencia y cariño han ido podando la maleza del seto y detectando lo que había que perfilar. Soy extremadamente consciente de su increíble aportación y les estoy por ello muy agradecida. También quiero dar las gracias a Sara Lindegren, de Forum, y a Thérèse Cederblad y Göran Wiberg, de Bonnier. Para la comprobación de datos he contado con la ayuda de Niklas Ytterberg, Miriam Säfström, Ralf Tibblin, Anders Torewi, Michael Tärnfalk, Kassem Hamadè, Lars Forsberg y Christian Glaumann. ¡Vuestra contribución ha sido de un valor incalculable!

También quiero dar las gracias a quienes os encargáis de que mi vida funcione. Mi madre, Gunnel Läckberg, Anette y Christer Sköld, Christina Melin, Sandra Wirström, Andreea Toba y Moa Braun. Y mis maravillosos hijos mayores, Wille, Meja y Charlie, que no se han rajado ante un turno extra de lavavajillas o a la hora de cuidar un rato de Polly cuando yo tenía que trabajar. ¡Sois unos hijos estupendos de verdad!

Joakim y el equipo de Nordin Agency. Sois lo más, y estoy deseando compartir con vosotros muchas hazañas en el futuro.

Gracias también a mi amiga y hermana (aunque no de sangre) Christina Saliba, y a Sean Canning, que no solo se ha convertido en un gran recurso en el equipo, sino también en un buen amigo. Y a todo ese equipo maravilloso que tenéis.

Mención aparte merece Johannes Klingsby, que me inspiró un personaje muy especial y muy importante de la novela. En una subasta del programa solidario Musikhjälpen pujó por la posibilidad de figurar como personaje del libro, y contribuyó así generosamente a su actividad solidaria. Contra él pujaba su amigo Fredrik Danermark, prometido de mi amiga Cecilia Ehrling, a la que conocí durante el programa *Let's Dance*. Tuvo que rendirse ante Johannes, pero se llevó una gran decepción, pues había pensado ofrecerle el papel a Cecilia como regalo después de su enlace, que se celebraría en breve. Por esa razón decidí hacerle un regalo de boda de Simon y mío, de modo que Cecilia también tiene un papel secundario en la novela. Gracias, Johannes y Cecilia, por haber brindado a mi relato un poco más de autenticidad y de carácter.

Y a todos mis amigos, claro. Como de costumbre, no quiero nombrar a ninguno específico, porque sois tantos y tan buenos que me sentiría fatal si me olvidara de alguno de vosotros. Sin embargo, como siempre, reservo una mención de honor para Denise Rudberg. Quizá nos veamos menos que nadie, pero durante toda mi carrera de escritora no he tenido más que llamarte por teléfono para contar con los consejos más sensatos, más inteligentes y mejores del mundo. Y a propósito de consejos inteligentes, es imposible no mencionar a Mia Törnblom... ¡Gracias por animarme siempre!

Y claro, mi gran amor, Simon. ¿Por dónde empiezo? Desde que escribí el libro anterior hemos tenido una hija adorable, Polly, nuestro rayo de sol, querida por toda la familia. He escrito esta novela durante su primer año de vida. Y si tú no hubieras sido tan maravilloso como eres, jamás lo habría conseguido. Eres mi gran apoyo. Te quiero. Gracias por todo lo que haces por mí y por los niños. Gracias por querernos.

Camilla
Gamla Enskede, domingo 5 de marzo de 2017

679

LOS CRÍMENES DE FJÄLLBACKA

La serie de novela negra más leída en Europa,
con más de 25 millones de ejemplares vendidos